散文集

农具家族

——苏中平原百种农耕器具的前世今生

陈明干 著◎
盛 钰 绘图◎

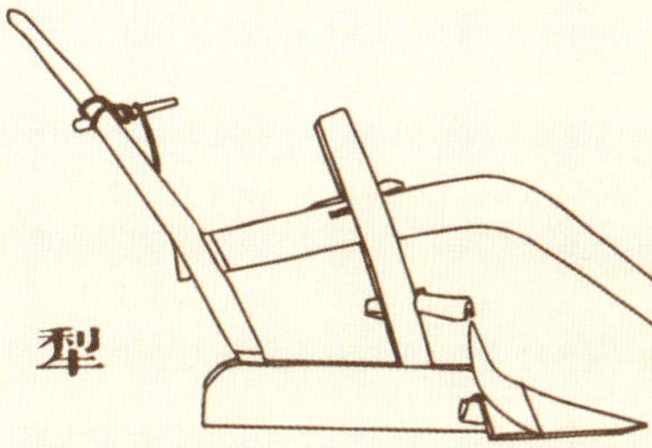

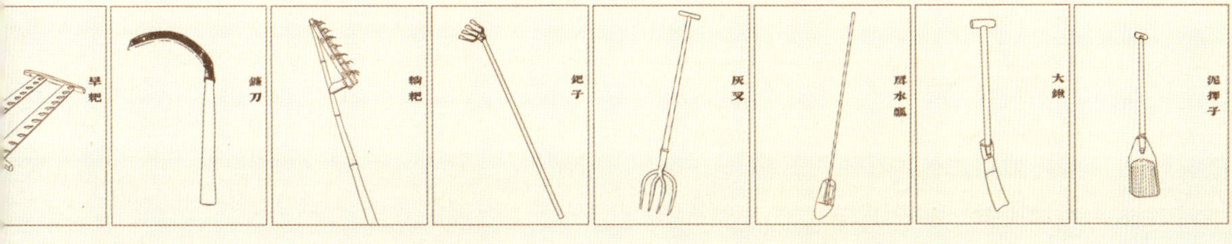

南京出版传媒集团 南京出版社

图书在版编目（CIP）数据

农具家族：苏中平原百种农耕器具的前世今生 / 陈明干著；盛钰绘图. -- 南京：南京出版社，2024. 11.
ISBN 978-7-5533-4945-9

Ⅰ. I267

中国国家版本馆CIP数据核字第2024JY2683号

书　　名　农具家族
作　　著　陈明干
绘　　图　盛　钰
出版发行　南京出版传媒集团
　　　　　南 京 出 版 社
　　　　　社址：南京市太平门街53号　　邮编：210016
　　　　　网址：http://www.njcbs.cn　　电子信箱：njcbs1988@163.com
　　　　　联系电话：025-83283893、83283864（营销）　025-83112257（编务）

出 版 人　项晓宁
出 品 人　卢海鸣
责任编辑　杨传兵　严行健
责任印制　杨福彬
装帧设计　王　俊

制版印刷　南京凯德印刷有限公司
开　　本　787毫米×1092毫米1/16
印　　张　28
字　　数　458千字
版　　次　2024年11月第1版
印　　次　2024年11月第1次印刷
书　　号　ISBN 978-7-5533-4945-9
定　　价　88.00元

介绍农具

记录农事

讲述农人

为传统农耕留下真情记载

——题　记

内容简介

江苏中部的里下河平原，农耕历史悠久。千百年来，里下河农民在生产实践中摸索制作出各种农具,进行丰富的农事活动。农民、农具、农事，将这里改造成了鱼米之乡。

这是一部专门介绍里下河农具的散文集，共收入115篇散文，记述了130种传统农器具，分为耕田、播种、施肥、除草、收割、运输、加工等九大类，是20世纪50至80年代里下河地区最有代表性的农器具。作者将视野放到中国农耕历史进程中，为里下河农具追根溯源；更是聚焦本土，以散文形式，详细描写每一种农具的特征、相关农事以及农民与农具的艰辛故事。书中设“农具图库”，对每种农具配上手工素描，多数还配有历史老照片，呈现劳动画面，让读者对农具、对使用农具的场面有直观印象。本书为里下河农具、农事和农民立传，是一部里下河乡村的文化传记。

本书既是一部文学作品，让读者感受苏中大地四季农耕的生活，又是一份农具档案，以图文并茂的形式，复活已经消失的众多传统农具，为充实和丰富里下河农耕文化提供有价值的参考。

终于有人看见了它们

——陈明干《农具家族》序

庞余亮

“当稻田里最后一株稻秸割完的时候，农人洗去镰刀上的泥土和草渍，再在雪亮的刀口上抹上厚稠的菜油，细心收藏起来，或挂在某一处墙缝，或搁在床铺下。接下来，镰刀是一场安静的冬眠。”

的确需要休息了，一场冬天的老农具的睡眠。安静的，长舒了一口气的，为疲惫的自己积蓄又一年能量的睡眠，把这一年的汗水和辛苦慢慢反刍的好睡眠。

很多时候，老农具们会在它们的睡眠梦见紧握住过它们的手。

梦见的还有土腥味的汗水，还有对土地的忠诚：“双手劳动，重建家园”的那种绵延了几千年的忠诚。

这是农闲，我们休息，老农具休眠。

……什么时候，我们就把墙缝里的它们，床铺下的它们，给忘记了。

彻彻底底地忘记了。

这年头，我们走得实在太快了，目不暇接的快，忘恩负义的快，快得我们都不知道自己是在做梦，还是在生活。

休眠，变成了遗忘。

我们遗忘得还不够少吗？遗忘了一缕向晨一缕向午一缕向晚的炊烟，遗忘了牛号子，遗忘了春风和初雪，遗忘了奔跑在田埂上的泥脚印。

但还是有人看见了它们，代替始乱终弃的我们，看见了它们，灰尘深处，遗忘深处的它们，写下了替代我们报恩的《农具家族》。

“里下河地区的犁为曲辕犁，上端为弓形的犁辕和犁梢，下端为笔直的犁底。一张犁，由牛轭、犁担、犁索、犁环、犁套、犁箭、犁辕、犁底、犁壁、犁头、犁耳、犁梢、犁棒和犁桩等十多个部件组成。除犁头、犁环、犁套和旱犁的犁耳为铁制外，其余均为木制部件，因而犁也称‘木犁’”。

这么多的名词，都是往土里要生活要食物的名词，都是和疼痛双手的接力的名词，是长在疲惫的双脚上的名词，也是和老父亲和老耕牛多风湿的身体血肉相通的名词。

被我们遗忘掉的名词，还是被有心人陈明干打捞出来了。

130多种农具啊，不止130多种的名词，不止130多种的动词。我翻阅草稿的时候，无数已经完全失踪的记忆被唤醒了过来。当年，精通各种农活的父亲口中的农具名词有了文字版，比如漫概，比如拖概。

很多农具我都见过啊，很多农具我都帮着收拾过啊，有心人陈明干看见了它们，并且代替我们拥抱它们，抚慰它们了，代替我们感谢，并且道歉。

其实，“看见”就是写作的秘密。

陈明干“看见过”养活我们性命的农事，在那样的一本书里，也是有名词的，也是有动词的，也是有人的，但陈明干了不起的，他在《农具家族》里“看见”了老农具们的灵魂，老农具也有双手，有嘴巴，耳边有喜悦的风声，亦有疼痛叫唤的老关节。

了不起的陈明干还代替忘恩负义的我们“看见”了命运。

“轭头架在牛的脖颈上，用的力就集中在这一个点上；轭头又是生硬的木材，始终不离开脖颈处那个巴掌大的部位。一开始，轭头的压迫与摩擦，使脖颈处红肿，没几天便鼓起了血泡。六七月，正是农忙季节，耕田、耙田、打场，农活连着干，日夜不停歇，持续的高温又致使破皮后的牛的脖颈处发炎、溃烂，轭头再一压，血肉模糊。当牛停下来吃草，蚊子、苍蝇、牛虻、蠓虫等等，又蜂拥而来，在流血化脓的伤口上紧叮不放。水牛不住气地摇头扇耳，跳起后腿甩动尾巴，以驱赶它们。怎奈何，伤口在脖颈上，牛耳朵再大，牛尾巴再长，也碰不到这些正在啃肉吸血的蚊蝇。水牛的一双大眼下，两行粗长的泪痕在流动。”

“白天太阳蒸、鸭虱子咬，晚上还有蚊子叮。因为路途远，加之水草越捞越少，因而，捞一趟水草，一个来回有时要两天，吃住都在船上。晚上，捞水草的人就睡在船艄的闷头洞（后舱）里。洞小，三个人睡在一起，又是夏天，肯定闷热。夜里热得受不了，就爬出来坐在船艄乘凉。这深夜里的旷野，既有满天高挂的星斗，也有蚊子的叫嚣与围攻。农人默默无声，用毛巾拍打身子，驱赶蚊虫，心里不停地念叨：怎么还不天亮，怎么还不天亮啊！”

——这哪里是在写牛，哪里是在写为了施肥而去捞水草的人们，分明就是写在人间赶路的我们，在人间苦熬的我们！

时光缓慢，农活漫长，耕田的苦，播种的累，收割的艰辛，再到脱粒的兴奋，都是为了活着。

无数种农具，大的，小的，很多外地人都无法知晓的农具，一块土，一根芦苇，一根草，都不能轻易放过，都是为了活着，活下去，活到底，

陈明干还“看见”那照耀老农具的星空。

“用布纱装满石灰粉，放在印框里；将印盖插进印框上端的边槽，拎起把手，就可以盖印了。封印员提着大印，往地上用力一拍，再提起大印时，地面上赫然显现出洁白的、方方正正的‘第四生产队印丰收’的字迹来。”

还有我喜欢的“丈管”那章：人心是把尺，心要放当中。

人群走动，农具晃动，带动的人心和命运的风，显现出来的，是文学的珍贵光芒。

“待一个稻场碾完，农人迫不及待地卸下牛脖颈上的牛轭，摘下牛

笼套，让牛吃起了早已准备在场边的青草。水牛默默地吃草，农人无声地叹息，他抚摸着牛脖挂轭处肿胀的部位，再拍拍牛的身子，算是对牛，也算是对自己一种安慰。”

读到这里，我又想到了这个忠诚于土地也忠诚于内心的那个陈明干，在文学领域老老实实耕耘的陈明干，他不也是一头收获苦也收获乐的好耕牛吗？

庞余亮，中国作家协会会员，扬州大学文学院客座教授，泰州市文联主席、作协主席。著有长篇小说《薄荷》《丑孩》《有的人》《小不点的大象课》，散文集《半个父亲在疼》《小先生》《小虫子》《小糊涂》，童话集《银镯子的秘密》等。曾获第八届鲁迅文学奖、柔刚诗歌年奖、汉语诗歌双年奖、万松浦文学奖、孙犁散文双年奖、扬子江诗学奖等。

目录

终于有人看见了它们（序）…………………………………………… 庞余亮 001

第一辑　一犁将暝色，月下自耕耘——耕田整地农具 …………… / 001

在泥土深处行走：犁………………………………………………………… 002
疏通土壤的高手：耖………………………………………………………… 005
平田的大熨斗：水耙　旱耙………………………………………………… 008
平田专家：漫概……………………………………………………………… 011
碾压一切杂草：沤田磙子…………………………………………………… 014
水牛的枷锁：牛轭…………………………………………………………… 017
水牛的无奈：牛笼套………………………………………………………… 020
水牛的痛点：牛鼻栓………………………………………………………… 022
水牛行走的方向盘：牛绳…………………………………………………… 025
惊怵的响声：牛鞭…………………………………………………………… 028
沉重的背负：泥辫子………………………………………………………… 031
拓荒者：铁镐………………………………………………………………… 035

第二辑　春种一粒粟，秋收万颗子——播种栽插农具 …………… / 039

劳动中的“享受”：秧凳……………………………………………………… 040
栽秧的规矩：秧尺　秧绳…………………………………………………… 043
棉花高产的诀窍：制钵器…………………………………………………… 047
让棉花苗有个新家：开塘器………………………………………………… 050
一壶甘露润幼苗：喷壶……………………………………………………… 053
润物细无声：椋子　水舀子………………………………………………… 056
洒向青苗是甘雨：戽水瓢…………………………………………………… 059
“短寿”的农具：暗墒锹…………………………………………………… 062

第三辑　晨兴理荒秽，带月荷锄归——生产管理农具 …………… / 065

水往高处流：水车…………………………………………………………… 066
迎风而舞：风车……………………………………………………………… 071
农具中的铁汉：大锹………………………………………………………… 076
大锹的搭档：洋锹…………………………………………………………… 079
铲土的大手：洋铲…………………………………………………………… 082
清理墒沟的专家：铲墒锹…………………………………………………… 085
给麦苗盖被子：麦泥耙……………………………………………………… 088
有“牙齿”的农具：钉耙…………………………………………………… 091
垛田的守护神：刀耙………………………………………………………… 095
给种子一个温暖的家：农膜………………………………………………… 099
放鸭子的指挥棒：鸭锹子…………………………………………………… 103

第四辑　积泥春粪树，储水岁浇秋——积肥施肥农具 …………… / 107

打捞丰收的养料：罱子……………………………………………………… 108

精准的投掷：擢锨…… 112
上下翻飞的舞蹈家：吊桶…… 115
挑粪做良田：粪舀　粪桶…… 118
在湖底“捞菜”：苲耙…… 122
垛岸上的接力赛：泥浆斗子…… 126
水草的“克星”：水草夹子　水草刀…… 130
背着青草回家：网包　草夹子…… 134
农具中的“西餐叉”：渣叉…… 138
劳作的多面手：灰叉…… 141
专和淤泥交锋的木质农具：泥择子…… 144
把化肥藏在土里：化肥棍…… 148

第五辑　锄禾日当午，汗滴禾下土——除草治虫农具……/ 151

翻土能手：钯子…… 152
专为除草而生：锄头…… 156
旧时代的新式武器：歼草子…… 159
盛夏里的大合唱：耥耙…… 162
小巧精致的农具：铲锹…… 166
飞蛾扑火：诱蛾灯…… 170
消灭一切病虫害：喷雾器…… 173

第六辑　田家少闲月，五月人倍忙——收获庄稼农具……/ 177

收获丰收的庄稼：镰刀…… 178
不吃稻谷的“兔子”：稻兔子…… 184
能脱粒的竹床：掼床…… 187
巧借撬力脱麦粒：麦撬子…… 190

洗衣棒的新用途：棒槌…………………………………………………………… 193
一把稻草的力量：草蔞子…………………………………………………………… 196
接力赛的劳动：滚筒…………………………………………………………… 200
发威的“老虎”：地老虎…………………………………………………………… 204
它把乱草堆成山：叉子…………………………………………………………… 208
借风洗谷粒：板锨…………………………………………………………… 212
让谷粒更干净：大扫帚…………………………………………………………… 216
晒谷的专门工具：拖概　拉耙…………………………………………………………… 219
让每一粒谷物都有阳光照耀：翻耙…………………………………………………………… 223
成双方可劳作：草杠…………………………………………………………… 226
劳动中的一对伙伴：杠子　钩子…………………………………………………………… 229
乡场上的号声：石磙子…………………………………………………………… 233
笑歌声里轻雷动：连枷…………………………………………………………… 237
囤积丰收的果实：摺子…………………………………………………………… 240
粮棉丰收靠它装：麻袋…………………………………………………………… 244
草包其实很有用：草包…………………………………………………………… 248
一种“万能袋”：蛇皮袋…………………………………………………………… 250
在开满棉花的田地里忙碌：拾花袋…………………………………………………………… 254
为棉花抢夺每一抹阳光：棉花箔子　棉花耙子…………………………………………………………… 257
连根拔起棉花秸：棉花钩…………………………………………………………… 261
拾起每一根稻草：草耙子…………………………………………………………… 264

第七辑　芰荻载满车，累累犊衔尾——生产运输农具 …………… / 267

装运繁重的农事：农船…………………………………………………………… 268
靠船下篙行路远：竹篙…………………………………………………………… 273
负重行进：纤绳　纤板…………………………………………………………… 277
农船的翅膀：桨…………………………………………………………… 281

农船的鱼尾巴：橹…… 285
扬帆远航：桅杆　帆布…… 289
行船靠舵手：舵…… 293
通往时节的条板：跳板…… 297
不让农船“开小差”：铁锚　船桩…… 301
挑起生活的重担：扁担　兜筐…… 305
装着生活的百般滋味：柳筐…… 309
扛起重任向前走：笆斗…… 312
推出想要的生活：手推车…… 316

第八辑　蓑笠朝朝出，沟塍处处通——生产辅助用具 …… / 321

牺牲自己，磨亮镰刀：磨刀砖…… 322
石榔声下架木桥：石榔头…… 326
夯歌声声打基础：夯与硪…… 330
快刀斩乱麻：铡刀…… 335
一蓑烟雨任平生：斗篷　蓑衣…… 339
沾满汗水的袋布：披肩…… 343
泥土上的足迹：草鞋…… 347
乡场上的岗亭：茅窝棚…… 351
乡村里的灯火：马灯…… 354
关爱水牛的“汤瓢”：牛灌筒…… 358
拾起乡村少年的第一件农事：畚箕…… 360
精打细算过日子：算盘…… 364
秤砣虽小压千斤：杆秤…… 368
集体粮食的守护神：大印…… 372
分田到户的大功臣：丈管…… 375

第九辑　打米用碓舂，五更碓声隆——生活加工器具 …………… / 379

建造农家新住房：土墼框…………………………………………………… 380
巷子里的捶草声：木榔头…………………………………………………… 384
它帮农家度难关：草包架　木扣………………………………………… 388
磨出生活的原汁原味：石磨……………………………………………… 392
旧时的碾米机：砻………………………………………………………… 396
舂出香喷喷的生活：碓臼………………………………………………… 400
让米粒更纯净：风箱……………………………………………………… 404
粮食过滤器：筛子………………………………………………………… 408
驱除一切杂质：簸箕……………………………………………………… 412
装谷三弟兄：箢子………………………………………………………… 416
阳光下的平常日子：匾…………………………………………………… 420
农家生活的见证者：土瓮子……………………………………………… 424

为农具代言（后记）……………………………………………………… 427
作者寻访农具（图片）…………………………………………………… 431

第一辑

一犁将暝色，月下自耕耘

——耕田整地农具

土地板结，抑制庄稼生长。田地耕翻后，土壤疏松平坦，通风透气，农作物就有了舒适的生长环境。每季庄稼收获后，农人便用此类农具耕田整地。

在泥土深处行走

犁

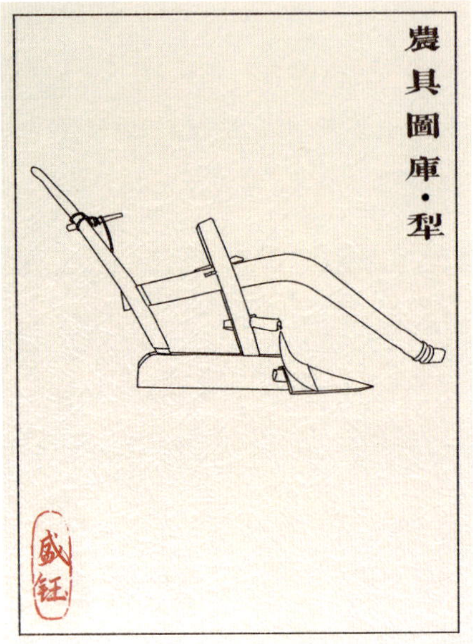

宽旷无垠的里下河平原，哪一寸土地没有经犁无数遍耕翻过？

水牛拖着犁，俯首迈步；农人扶着犁梢，扬鞭催赶；犁在两者之间缓缓向前，翻出一轮轮新泥……春、夏、秋三季，田野里常常见到这样的农耕图景。

犁的前身叫耒耜，是约8000年前原始农业时代先民用于翻土的一种农具。耒是木柄，耜是木柄下端石制或骨制的铲状尖头。后在长期的农业生产过程中发展和完善，至隋唐时期，耒耜最终成为用牛拉着耕地的犁。

里下河地区的犁为曲辕犁，上端为弓形的犁辕和犁梢，下端为笔直的犁底。一张犁，由牛轭、犁担、犁索、犁环、犁套、犁箭、犁辕、犁底、犁壁、犁头、犁耳、犁梢、犁棒和犁桩等十多个部件组成，除犁头、犁环、犁套和旱犁的犁耳为铁制外，其余均为木制部件，因而犁也称“木犁”。

木犁是村里被称作“巧木匠”的老师傅的得意之作。木料选用多年生的桑树或榆树，材质坚硬。一个老木匠，得花三四天工夫方能做成一张木犁。做好的木犁，你看不到一根铁钉或一圈铁丝，它以榫卯结合的形式拼接而成。农人不懂力学原理，但能凭自己的匠心和经验，制作出一张张经久耐用的曲辕犁。

犁又分为水犁和旱犁两种，耕水田用水犁，耕旱地用旱犁。水犁和旱犁的区别在于犁头的装置：水犁的犁耳为木制，犁头角度大，便于耕出的土地翻身覆盖；水犁犁头前端装有犁套，利于泥水润滑犁头，避免淤泥黏附在犁头上而影响木犁前进。旱犁犁耳则为铁制，无犁套，犁耳小，犁头角度也小，耕翻出的泥块覆盖面宽。

水田即沤田，长期浸泡于水中，一年只长一季水稻。20世纪60年代前，里下河地区有大面积的沤田。每年秋天水稻收割后至来年4月份春播前，农人要对沤田耕翻三次，以便疏松土壤，灭除草害。我的父亲是种田的老把式，长年与牛、与犁为伴，在田地里奔跑。耕沤田时，父亲总要高卷裤管，赤着双脚，每天是满身泥水。皮肤哪里经得住泥水的侵蚀？一遍沤田耕下来，父亲紫铜色的腿肚上血痕密布，每个脚趾缝早已溃烂，不忍目视。

20世纪70年代，“沤改旱”成功，遍地都是旱田，作物种植也由一季水稻变成稻麦两季轮植。“田地耕一遍，粮产高一倍”，种田的父亲懂得耕翻土地的重要，此后，父亲就更加忙碌了，通常是天不亮就扛着犁、吆着牛下田，太阳落山才收工，田野里散发着新翻的泥土的气息。

耕旱地，父亲就可以穿鞋了。起初，父亲穿的是用穰草编织的草鞋。耕地，扶犁者要与牛、与犁如影相随，用脚丈量犁过的每一寸土地，三天不得到

耕田 朱春桃／摄

晚，一双新编的草鞋就穿坏了。耕田一季，父亲要磨破好多双草鞋。后来有了胶鞋，但没几天，父亲的大脚趾就将鞋头顶出个洞。父亲心疼鞋子，之后索性还是赤脚耕田了。父亲晚上洗脚时，我常常看到他的一双脚后跟上，纵横交错着一道道又大又深、溢着鲜血的缝隙。

父亲木讷，平时言语不多。吆牛耕地时，也仅仅是“啊嘘！”“嘀啦！”“缩！”“稳！”这几句简短的话语，全然没有阿龙大叔那一声声响亮、悠扬的打牛号子。令我惊奇的是，与父亲做搭档的水牛竟能听懂父亲的话。父亲扬鞭吆喝：“啊嘘！”水牛拉犁的步子立马更快；父亲一拉牛绳，说：“嘀啦！”水牛随即拉着木犁拐弯；父亲说一声“缩！”水牛就四蹄后退，让父亲整理犁索；父亲说一声“稳！”水牛便立即停下步子，原地站着，父亲则卸下牛轭，让牛吃草，歇一会儿气。多年的朝夕相伴，风雨同处，让水牛与父亲配合得如此默契，心领神会。木犁在父亲手中，在水牛身后，更是勇往直前，翻出一片新天地。

犁底的前端，是安装犁头的部位。此处有一个凹槽，供插木楔之用。木楔分大、中、小三种，以调控犁头的位置。土层耕得深浅，泥瓦翻得宽窄，全由木楔控制犁头高低、左右的程度决定。能校（jiào）犁，是会耕田的一个本领。有人刚开始耕田时，不会调试木楔，耕出来的泥行七斜八歪，泥层深浅不一，急得坐在田头上直哭。

耕沤田时，田里有水，水牛拉犁轻松些，一天可耕五亩多地，但扶犁的人吃苦受罪，整天跟在牛屁股后面在泥水中跋涉；耕旱地时，扶犁人利落些，脚步没有羁绊，但旱地板硬，牛拉犁吃力，一天只能耕四亩地。一行行耕出的沟槽、翻出的泥土，都是农人、水牛负重前行、汗水流淌的印迹。

在泥土里行进，日复一日，年复一年，铁制的犁头越发铮亮，也有些颓亏；农人抓握的犁梢柄因手磨和汗浸，日益滑润；顶着犁头、始终在泥土里游走的犁底，在不知不觉中被磨得瘦削。还有牛轭和犁辕，当初的油漆光鲜，也因风吹日晒雨淋而枯褐老旧，一如耕田的父亲和水牛，慢慢衰老了。

当一台台手扶拖拉机陆续开进田地后，一张张木犁也退出了农田。每当我看到闲置在山墙边、犹如佝偻着身躯的木犁时，我会在瞬间联想到一头头曾经埋头拉犁的水牛，也会联想到我的父亲，以及千千万万个如父亲一样一辈子精心侍弄土地的中国农民。

疏通土壤的高手

耖

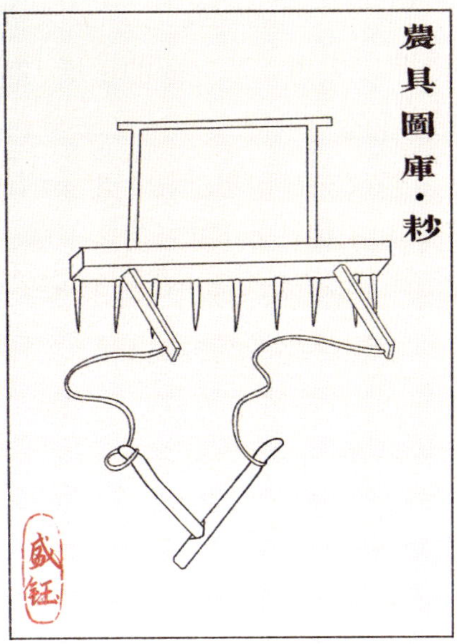

农人成天与泥土打交道，土地就是他们琢磨的对象。田地耕翻后，如何更快地平整田面，不失时机地栽插稻秧？他们发明了另一种农具——耖。

史料查证，耖最早出现于魏晋之前的南方稻作区，距今约有1700年的历史。耖的作用，元代农学家王祯在其所著《王祯农书》中介绍："疏通泥田器。耕耙后用此，泥壤始熟矣。"就是说，耖是一种疏通泥土的农具，在耕地、耙地后再使用它，土块更细小，土壤更熟化，田地更平整。里下河农人则通俗而简短地概括为"耖熟管平"。

里下河地区的耖，形状跟其他地方的耖基本相似，上有1米长的横柄，下有一根质地坚硬、长约2米的粗横木，横木底部装有一排铁齿，齿较长，每根约30厘米，齿与齿间隔约12厘米。在横柄与粗横木之间，有两根竖木将两者连接和固定。粗横木两端装有木制的"档头"，供系扎牛拉的绳索。

古时，先民将牛驯化成为人类耕种田地的助手真是一项伟大的发明。经过人的驯养，可以耕田的牛有黄牛和水牛。黄牛体毛为黄色，体形比水牛小，多在北方旱地劳作。里下河地区都是灰黑色的水牛，骨架高，力气大，一双铜铃似的大眼炯炯放光，两只大角盘在头顶更显得威武而凶猛。水牛力大无比，很多人力无法完成的重活、累活都能由它承担。同样，耖也是由水牛拉着作业的。

耖仅在水田里使用。里下河地区在沤田时代，春天耕翻一遍田地后，再用耖和水耙作业，田面很快平整，农人接着就做秧池畈、播撒稻种了。沤田有水，土壤疏松，耖田比耕田容易。

沤田消失，旱地得以扩大，耖使用最多的地方是麦茬田。麦茬田耕翻、上水后，高低不平一目了然：高的地方，灰褐的土垡露出田水面，低的地方则一片白汪。田面不平不能栽秧，接下来就是耖大显身手了。

当初耕田时，农人是顺着田块的长度旋转耕翻的，耕田结束，田间留下了几条狭长的洼沟。耖田时，最有效的方法是横着耖——与耕翻的一行行泥岭呈十字状作业。如此操作，高出的土垡能就近填到低洼处。

农人扛着耖，牵着水牛，直奔田间土垡高出田水面的位置。牛在前，农人扶耖在后，当农人摁住手柄，将一排长齿扎入泥土后，随着一声吆喝："啊嘘！"水牛的头和肩部立即前倾，原本高突的牛屁股也埋了下去，四蹄迈动，牛轭拖着推满泥土的耖向前，耖的两侧卷起了浊浪。一排泥土运送到低洼处，原来高出的地方瞬间被田水淹没。

耖田 朱春桃 / 摄

耖田，是要讲究技巧的。耖齿长，扎入泥土时需将木柄向后倾斜，使耖齿呈铲土状摆布，这样牛能很快拖动耖前进。如果将耖齿垂直向下，用力压着，牛拉耖十分吃力，甚至会将耖绳拉断。

耖底宽，耖齿长，拉的泥垡多，又要频繁转弯，操耖劳作就不太灵活，除了耕田的老把式只需一个人耖田外，生手有时需要两个人配合：用牛人在前赶牛、引路，另一个人则握柄耖田。耖田正值"三夏"（夏收、夏插、夏管）大忙时节，挑麦把、挑秧、栽秧、施肥等，农活一个接着一个，样样靠人干，劳动力相当紧缺，当耖田的人要人配合时，被农忙拖累得焦头烂额的生产队长就会恼怒："天上掉人吗？哪个人闲着了？你一个人耖田去！"

与《王祯农书》里记载的不一样，里下河农人在田地耕翻、上水后，都是先耖田后耙田的。耖过的水田，土垡被划细了，土壤松软了，麦秸根也被埋在了泥土里，田面基本拉平，再用漫概和水耙耙田，田面更易平整，又节省工时。

夏栽一个月，耖就得忙碌一个月。一个生产队有三四头牛，但仅有一张耖。麦子收割后，所有的牛先耕麦茬地。栽秧开始，耕翻后的田地一旦上满水，耖随即登场，一点不能耽搁，否则影响栽插进度。耖田，总是要抢先一步，通常的做法是，起大早耖田，是供早饭后耙田、栽秧；上午耖田，是供中午和下午耙田、栽秧；午饭后耖田，是供下午或次日耙田、栽秧。田里的农活，一环紧扣一环，也就是农人俗说的"一着不让"。即便阴雨连绵，农人也要头戴斗篷，身穿蓑衣，催牛耖田。雨一停，妇女们要来栽秧呢！只有当生产队一二百亩的秧田全部栽插结束，耖才算完成它的使命，才能撤离它日日劳作的田地。

平田的大熨斗

水耙　旱耙

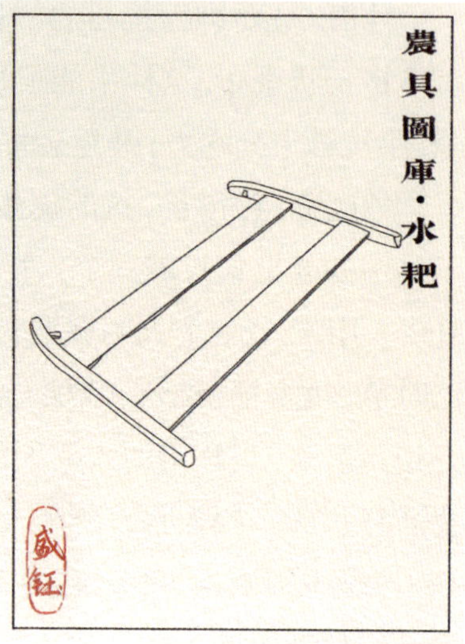

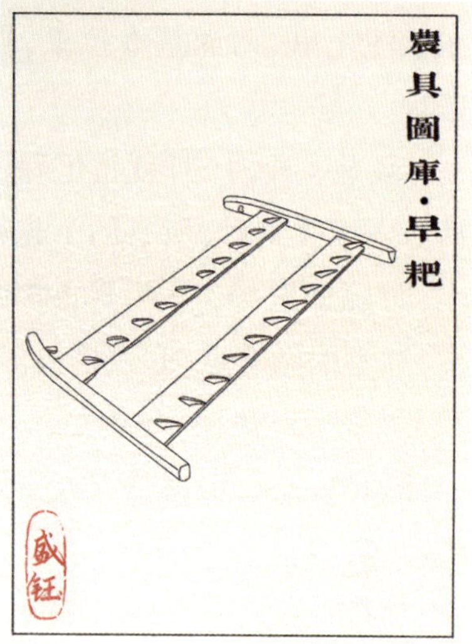

农人是最爱惜土地的，每一季庄稼播种前，都要对土地精耕细作。犁负责“精耕”，水耙和旱耙则用来“细作”，在犁耕翻的基础上再加工，使田地平坦，让农作物有适宜的生长环境。

水耙和旱耙体形大，由水牛拖着，专门用来平整田地。里下河农田有水田和旱地，水田种水稻，旱地长麦子和油菜以及其他蔬菜。平整水田用水耙，平整旱地用旱耙。

最早的耙在2000多年前的汉代就出现了。耙，古字写作“鑼”。东汉经学家、文字学家许慎在其所著《说文解字》中解释：“鑼，耜属。”耜，古代翻土的农具，意为耙也是破碎泥块使田地平整的农具。

很多农具在使用过程中，有一个不断改进与完善的过程，耙也是如此。起初，平整田地的耙为单梁耙、无齿耙，以牛拉动。后来有了双梁耙，包括方耙和人字耙，并装有耙齿，仍以牛牵拉。古时，耙并无水耙和旱耙之分。里下河地区的水耙和旱耙是在古代双梁耙的基础上再改进，劳作后田地更平坦。

水耙由双排耙板（也称“木梁”）做成，中间为空档，两端有档板连接固定，呈“Ⅱ”形状，长约3米，宽50厘米。每块耙板宽13厘米，厚7厘米。还有的水耙，在一块耙板上安装有“ㄒ”形状的扶手，便于农人站在耙板上劳作时抓握。水耙耙板长，厚重，人站在耙板上更增加了压力，所以使用水耙得用牛拉。

6月，麦子收割结束便是栽秧。麦茬地耕翻后，经热辣的太阳暴晒几天，再快速上水，所有土垡被浸泡为淤泥，虽经耖、漫概一番作业，但田面还不平整，这个时候便用到了水耙。经水耙耙过之后，才能栽秧。

耙田时，水耙两端的绳索连接牛肩上的轭头。路过高处时，用牛人的双脚一前一后站在两块耙板上，一手抓着牛绳，一手抓住牛的尾巴，以便站稳身子，借助水耙和人的重量将淤泥挤向低处。路过低洼处时，人从水耙上下来，让水耙滑过。水耙的两块耙板宽厚，板底平滑，耙过几转后，田面平坦且淤泥酥软，栽秧的人插秧时感觉很爽手。这之后，秧苗与泥土更能融合，每一棵秧苗也能公平享受水和肥的滋养。

每个生产队都有二三百亩农田，有三十多个男女劳力，夏收时这些人就

水耙耙田　顾建／摄

是最忙碌的一群将士，每天抢割、脱粒、栽秧，连续作战，田野里常常是“早上一片黄（待割的麦子），中午一片白（割麦后耕翻上水），傍晚一片绿（栽好的秧苗）”。这期间，用牛人和拖拉机手要趁隙而作：麦子一割完，牛和拖拉机就到田里耕翻；抽水机给田里上水后，用牛人赶紧耖田和耙田。田不耙不能栽秧，但田耙迟了，栽秧的十多个妇女就站在田埂上急得直跺脚；田耙得不均匀，栽秧的妇女更是怨声载道……每天天刚亮，耙田人就扛着水耙下田了；中午，耙田人午饭不吃，先将一块田耙好后才端起家人送到田头的饭碗。每一次耙田，耙田人总要在水田间三番五次地作业，直到田面水平如镜。

秋天种麦时，将稻茬田耕翻一遍后，用的是旱耙耙田。旱耙的形状、大小、长短跟水耙一样，不同的是，旱耙两排宽厚的耙板底部均装有一个个切刀状的铁片，两排铁片交错而均匀地分布着。使用旱耙，也是人站在旱耙板上，由牛拉着向前走，旱耙拖到哪里，土垡头就被切碎和拉平，麦秸根和其他杂草也被切断或拉到田埂边。

在生产队还没有拖拉机的年代，秋天种麦前，每个田块得用旱耙耙田三次：田地耕翻后一次，人工挖墒、破垡后又一次，播下麦种后再一次。土垡由大变小了，杂草也越来越少，麦种也被覆盖，但在硬实的地面上耙田，每一次都颠簸不已，人和牛晕头转向。

我的父亲是耕地耙田的熟手，站在耙板上还算稳当。遭罪的是那些刚学扶犁赶牛的后生。记得有一年，阿扣伙耙田破垡，接连从行走着的耙板上摔下来三次，有一次整个身子还被夹在两块耙板的空档处，连人带耙被牛拖着行进。当他从地上爬起来时，发现一条裤腿被撕出尺把长的缝，一只手面也被耙齿划得皮开肉绽，鲜血直流。阿扣伙竟把怨气发泄到老牛身上，举起手里的牛鞭狠狠抽了它几下。

除了破垡、盖种，农人还把旱耙拉到打谷场上做场。打谷场上的荒垡尤其板硬，但哪里经得起旱耙下那两排锋利刀片的轮番切割？几天之后，农人便将一个宽阔的打谷场做得平平实实。

平田专家

漫概

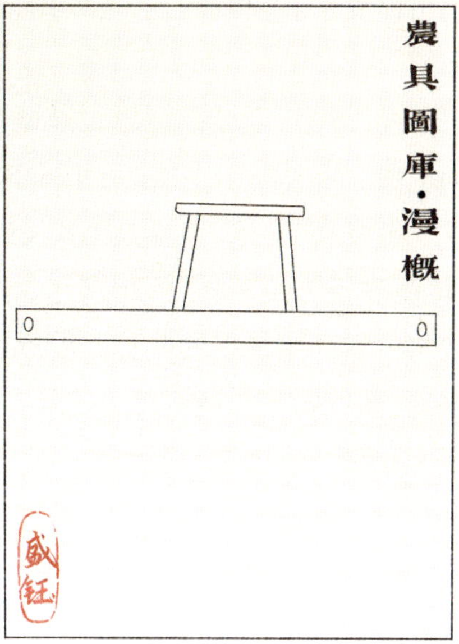

农人种庄稼，重视对土地精心打理，不将田地整理得疏松和平展，不会播种。除了耖、耙等工具外，农人还用漫概平田。漫概是水稻秧苗栽插前专门用来平田的工具。

概，古时的一种平准量器，是量米粟时平斗斛用的刮板，形状如木尺。战国末期思想家、散文家韩非在其所著《韩非子》中解释："概者，平量者也。"

元代农学家王祯在其所著《王祯农书》中介绍了一种平田农具——刮板，有图有文字，与里下河农人使用的概在形状、功能和使用方法上完全一样："铲土具也。用木板一叶，阔二尺许，长则倍之；板后钉直木二茎，高出板上，概以横柄；板之两旁，系二铁环，以环曳索。两手推按，或人或畜挽行……填污坎，积丘垤，均土壤，叠场圃，聚子粒……农家之事居多也。"

既然概是古时量米粟的刮板，《王祯农书》中介绍平土的农具也叫刮板，都具有刮平的功能，那么，里下河农人将作为农具的刮板称为概也就很自然了。

里下河地区的概有两种，一种叫漫概，一种叫拖概。漫概在水田作业，使田面溜平；拖概在打谷场使用，用于聚积或摊晒谷物。拖概在第六辑另文介绍。

漫，漫溢、漫流的意思。漫概在水牛拉动下，缓缓向前，水也在田间漫延和扩展。农具的名字描述了作业时的情景。

漫概高1.1米，上端是1米长的横向木柄，底端是一块直木板，叫漫概板（也叫底板），长3米，高20厘米，厚8厘米；木柄与漫概板之间有两根呈八字状将两者固定连接的竖称。漫概板为杂材，以从外地购买的柏木居多，质地坚硬，耐潮耐用。漫概板两端各有一个铁环，供系扎犁索用于牛拉。

在里下河地区，漫概属于历史悠久的农具。这里地势低洼，古时就有较多沤田。沤田一年四季都有水，耕翻后，田面高高低低一目了然。夏季栽秧前，农人必用水牛拖着漫概平田一次。

当牛轭架在牛的脖颈上、犁索系在漫概的底板后，农人扶着漫概木柄，一扬鞭，又一声吆喝："啊嘘！"水牛立即拖着漫概向前。农人双手用力压着木柄，将高处的泥垡兜在漫概板前，带到低洼处。

漫概板有一定的重量，略高的泥垡，农人只需扶着木柄，任由水牛拖着漫概走，自然被拉平；路过泥垡又多又高的田面，农人则将木柄稍微后仰，让底板斜插在泥土中，再将一只脚踩在底板上，另一只脚随着牛迈步向前而不停地在水田中跟步，被踩着的底板带走了很多的泥。有时农人的上身伏于木

漫概平田　梅立成 / 摄

柄，借助于人和漫概的重量，底板同样带走很多泥，高处被夷为平地，淹没在水中。

当所有的沤田被改造成旱地后，旱地种上了麦子、油菜和棉花。麦茬地耕翻、上水后，很多土块仍然大而硬实，耕出的墒槽也较多，农人先用耖将粗垡拉往低处，然后还是用漫概平田。

用漫概平田和用耖一样，是有的放矢地劳作，看到高处的土垡，农人才赶着牛过去，将其拉到低洼的地方。低洼处则直接越过。

每个田块都有好几个角落。漫概的底板较长，让水牛拖着漫概拐弯要相机行事：田角落较低，农人就早一点将漫概底板前推满泥土，拐弯时顺势送过去；田角落较高，农人就瞄好角度，拐弯时利用漫概底板的一端将高出的泥土刮走。角度找不好，要么漫概底板的一端伸出小，不能将高出的泥土全部刮走；要么漫概底板从田埂上划过，一点泥土都没刮到。不太熟练的用牛人使用漫概，常常在田角落打转转。

生产队有了手扶拖拉机，机器后腹部的旋耕齿可以快速地将大土垡破碎，田面也没有明显高突的地方，耖很快被淘汰，但漫概仍在使用，而且还配合手扶拖拉机作业：用两根结实的绳索，一头系在漫概底板两端的铁环上，一头系在手扶拖拉机的两侧，机工坐在后座上驾驶拖拉机，另一人则一手扶着漫概柄，一手抓着机工的裤腰带，双脚踩在漫概板上……机器突突响，漫概向前进，一个上午可拉平百十亩田地。

漫概还用来做打谷场。麦子或稻子收割前，需要重做打谷场。场面耕翻、破垡后，先用漫概将土垡拉平一次。石磙（碌碡）碾压后，再用漫概扫平一次。打谷场宽阔，漫概底板又长又直，覆盖面宽，再加上农人的精细劳作，每一个打谷场都做得平坦而硬实。

碾压一切杂草

沤田磙子

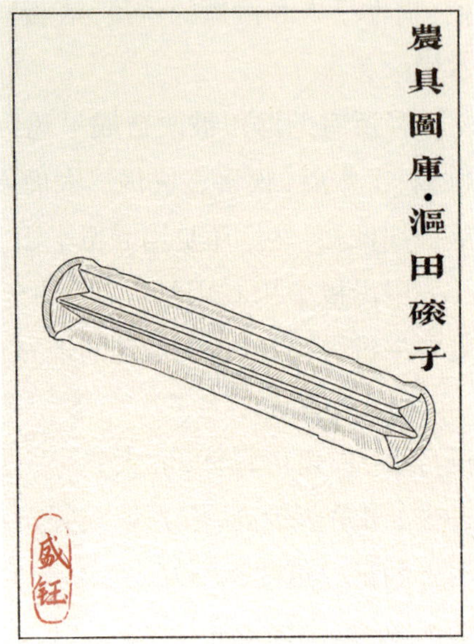

沤田磙子，古时称砺砎。砺砎是碌碡中的一种，有木制砺砎和石制砺砎之分。木制砺砎即里下河农人使用的平田灭草的农具——歼草子，石制砺砎就是沤田磙子。元代农学家王祯在《王祯农书》中介绍："砺砎，与碌碡之制同。外有列齿，独用于水田，破块滓，溷泥涂也。《耒耜经》云：自耙至砺砎，皆有齿者。"王祯还配以诗作说明石制砺砎的构造及作用："他山有奇石，镌凿烦良工。制成三尺余，簨轴旋其中。齿齿铓锷坚，就彼破块功。一转土膏润，再转春泥融……"《耒耜经》是唐代诗人、农学家陆龟蒙于公元879年所写，据此推算，沤田磙子至少已有1100多年的历史了。

里下河地区的沤田磙子与《王祯农书》所记载的一样，石头凿成，长1.7米，直径20厘米，重200多斤，周身有7排石齿，每排深约7厘米。古时里下河地区沤田较多，因此该石磙在此地出现较早，专在沤田间作业，故称"沤田磙子"。

沤田时期，土地利用率不高，只于夏秋季节种植一茬水稻，亩产量也极低，其余的日子皆闲荒着。这缘于里下河地势较低，土壤含水量高，又因时常遭遇水涝，更无沟渠等田间排水系统，旱熟作物诸如小麦、棉花、油菜等无法大面积种植。正因为如此，水稻就成了这里最传统的农作物。

“清明浸种，谷雨落谷”，清明一过，农人便在沤田里做秧池畈，作水稻播种的准备了。

秧池畈是培育小秧的苗床，要泥土松软，没有杂草，畈面平整。

立春之后，沤田已被农人耕翻了一两遍，田面露着高低不一的泥垡；春天，水田里许多杂草如章舌草、四叶菜等，被春风唤醒，争相萌发，自由生长。将田面做平，将杂草埋没，就需要沤田磙子了。

沤田磙子两端边侧的中间各有一根固定的木称，用牛人将犁索下端的“光脚”（长条木板，中间有孔）套在木称上；也有的打制成长方形木框，将沤田磙子放于框内，木称套在两侧的边框里，之后便举鞭赶牛，拉着石磙前进了。

沤田磙子的石齿雕凿较深，每一排石齿薄而坚硬。石磙向前滚动时，发出“吧嗒、吧嗒”的声响，所过之处，高出的泥土被压迫在水里，杂草也被石齿卡压在泥土中。当沤田磙子碾压过三四遍后，泥块就完全变成了浓稠的淤泥，杂草也统统不见了，这个时候做秧池畈就正当其时了。

一个月后，栽秧前，农人同样用沤田磙子将大田“滚”上两遍，让泥土软化，清除杂草。

沤田贫瘠，在没有化肥的年代，里下河农人常常于栽秧前或水稻收割后，在田间地头“拾荒草”，将各种青草铲起来，均匀地布撒在沤田里，再用沤田

沤田磙子平田　潘伟 / 摄

磙子将青草压在泥土里沤制发酵，腐烂后成为水稻生长的有机肥。

20世纪70年代，“沤改旱”成功，所有田地的种植都是“一年两熟”甚至“一年三熟”，即长过一茬或两茬水稻后再种麦子。

麦茬地耕翻后，忽然下雨，一个个土垡硬得像砖头，田间上了水也融化不了，泥土里疙里疙瘩的，栽起秧来碍手碍脚，令人头疼，农人称这种田为“冷垡田”。但农人自有办法，他们抬来了沤田磙子，让牛在田里不停地拉，几转下来，所有的泥块都碾成了淤泥。

农田一块连着一块，这块田“滚”完了，就去下一块田作业。沤田磙子重，得由两个男劳力抬，或者扛。两个人抬，就是用粗麻绳系在石磙两端，用竹杠穿过绳索，搁在肩上抬；两个人扛，则是将沤田磙子两端架在两个人肩上送往目的地。

道喜和大根准备扣麻绳抬沤田磙子，在一旁吆牛的刘三插上了话：“你们两个男人长得五大三粗的，这石磙还用抬吗？”两个人疑惑，停住了手里的活：“你一个人能搬走？”刘三说：“跟你们打个赌，要是我一个人搬走，你们要打肉请我吃晚饭！”道喜也把话挑明：“如果你搬不走，也要请我们吃晚饭！”刘三身材矮垛垛的，但很壮实，只见他竖起石磙，微微弯腰，慢慢地将石磙放在了右肩上，稳稳地向前移动步子，一步、两步、三步……走出一大块田头后，又慢慢将沤田磙子放在地上。立即，田里干活的人吼嚷起来：“不得了了，刘三把沤田磙子扛起来了！”“刘三是个大力士！”当天晚上，在场的人都到道喜家里吃晚饭。生产队长王连奎拎了一壶大麦烧也到场，刘三和王连奎坐的是“上岗子”（上席）。

沤田磙子虽是石头凿成，但石身狭长，受撞击易断裂，成了废品。里下河农人建房讲究风水，凡对着河道、巷子的墙，均在墙角或墙面嵌入石块、石磨、石臼、石柱等，有的还刻上“泰山石敢当”字样，认为石头重，可压妖邪保太平。断裂的沤田磙子自然成了农人建房用来避邪的宝物。

除了断残的被农人所用外，今天的里下河平原上，无论在村庄还是在田野，早已看不到一件完整的沤田磙子了，它们有的被深深地淹没在泥土里，还有的被石器爱好者收藏了。

水牛的枷锁

牛轭

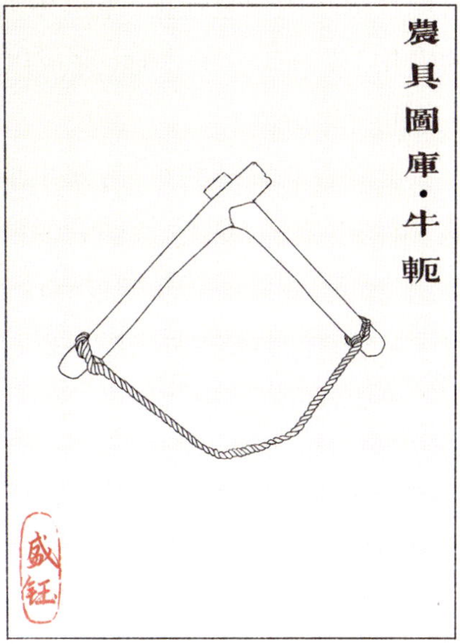

牛轭是什么？是架在水牛脖颈上的枷锁！

水牛拉犁耕田、拉耙耙田、拉着石磙打场，都需要牛轭配套。没有牛轭，水牛就无法拉起工具作业。

东汉经学家、文字学家许慎在其编著的《说文解字》中解释："轭，辕前木也。"意为轭是搁在车前牛马颈上的直木。这说明1800年前古人就发明了轭而用于牲畜拉车。至魏晋南北朝时，曲木代替了直木。

牛轭也称牛轭头、轭头、犁轭，专为耕牛配做。最原始的曲木牛轭是由一棵长成"Y"形的树木做成，锯掉多余的枝杈，再剥去树皮，就成了"人"字形牛轭。后来农人用两根各50厘米长、小碗口粗的木材，做榫、凿眼拼接后，形成了美观、牢固的轭头。即使在今天，凡用牛耕田的地方，仍然采用这种式样的牛轭。

牛轭还要配以亮板、犁索、犁旦和犁钩这四种部件方能作业。亮板和犁旦均为60厘米长、5厘米宽的薄木板；犁索有两根，各长2米，是用糯稻草编成的3股粗绳；犁钩为铁制的弯钩。人字形的牛轭架在牛的脖颈上，用短绳将亮板和下垂着的轭头两端连接，防止劳作中轭头向一侧倾斜；将亮板两端与犁旦两端用犁索连接，犁旦中间位置的犁钩勾住木犁上的犁环，或水耙上的绳扣，或石磙上的木轴，完成以上一系列的步骤后，水牛就可以在两根犁索中间行走劳作了。

没有农业机械的年代，水牛最辛苦。惊蛰前后，水牛就在沤田里耕翻田地、疏松土壤了；夏天，大面积的秧田要栽插，所有的田地又要耕翻一遍；秋天收稻、种麦，每一个稻场都要碾压，每一块稻茬田还要再耕翻、破垡。一年中，除了冬天寒冷的天气外，水牛每天都要架着轭头，一步一步地在田间行走。

水牛耕田、耙田、打场，完全是依靠脖颈上的牛轭拉动身后的犁、耙或石磙的，这样牛的脖颈处就成了它使劲的着力点。谁也没有计算出水牛耕田时犁头破开厚厚的泥土所需的动力，也没有计算出水牛打场时拖动沉重的石磙所需的动力，只知道，至少要有三个男劳力一起用力拉犁，方可在旱地里破开泥土；同样，至少也要有三个男劳力齐心用力，方能拉动几百斤重的石磙碾场。而且，人只能拉上一时半刻，不一会便要停歇一阵，以便恢复体力。只有水牛，才能用它脖颈上强健的肌肉，顶着坚硬的轭头，长时间地劳动。因为拖着的木犁、石磙沉重，水牛行走时，总是埋着头、躬着身，死命地向前，整个身子都呈前倾的姿势。也许，“老黄牛”的形象就是这么来的吧。

村童骑牛　丁亚平 / 摄

轭头架在牛的脖颈上，用的力就集中在这一个点上；轭头又是生硬的木材，始终不离开脖颈处那个巴掌大的部位。一开始，轭头的压迫与摩擦，使脖颈处红肿，没几天便鼓起了血泡。六、七月，正是农忙季节，耕田、耙田、打场，农活连着干，日夜不停歇，持续的高温又致使破皮后的牛的脖颈处发炎、溃烂，轭头再一压，血肉模糊。当牛停下来吃草时，蚊子、苍蝇、牛虻、蠓虫等等，又蜂拥而来，在流血化脓的伤口上紧叮不放。水牛不住气地摇头扇耳，跳起后腿，甩动尾巴，以驱赶它们。怎奈何，伤口在脖颈上，牛耳朵再大，牛尾巴再长，也碰不到这些正在啃肉吸血的蚊蝇。水牛的一双大眼下，两行粗长的泪痕在流动。水牛不会说话，但它的泪痕倾诉了内心的一切。

伤口好了结疤子，疤子掉了又被轭头磨破，天长日久的磨难，牛的脖颈上结出了厚厚一层起皱的大茧块。如果你用手在牛身上摸一遍，就知道这儿是最厚重、最硬实的地方。

我的父亲舍不得牛如此遭罪。新做成的牛轭，他先要用麻绳在轭头内侧来回拉磨，让紧贴牛脖的部位光滑无糙。牛脖红肿，他就用一双旧布鞋，或穰草编织的厚草垫绑在轭头内侧，以减轻轭头对牛脖的压力。有一年夏收夏种的大忙季节，水牛脖颈处被磨破了皮，鲜血顺着脖颈往下淌。父亲眼睛里有点湿润，他在轭头内的两侧分别镶嵌一块厚木板，让牛脖的受力点移到下部，受伤的部位架空，减少了牛拉犁时的疼痛。父亲还为牛脖的伤口清洗、敷药，找兽医喂药打针。在父亲的心目中，尽管牛是生产队的，但也是我们家庭的一员。

牛犊养到两岁左右，农人要让它架上轭头，学着耕田了。刚架上牛轭时，小牛极不习惯，拼命地摇头甩脖子，试图将牛轭从脖颈上摆脱。农人早有预料，配以两人训其耕田：一人在前牵牛绳，同时手握青草引诱牛犊向前走；另一人站在牛身后，执鞭扶犁耕田。耕田讲究直线走，脖颈上又多了一副硬邦邦的轭头，一向自由撒欢、无拘无束的牛犊何时受过如此规矩与束缚？它惊恐地跳蹦挣扎，拖着的木犁时缓时急、忽左忽右，耕出来的沟槽七斜八歪。

终于有一天，当牛犊耕完田，卸下轭头，喷着泡沫吐着气，站在田头吃草时，看着身边的农人和铺展到远方的田地，它似乎醒悟了：自己的脖颈上，将永远架着一副沉重的枷锁……

水牛的无奈

牛笼套

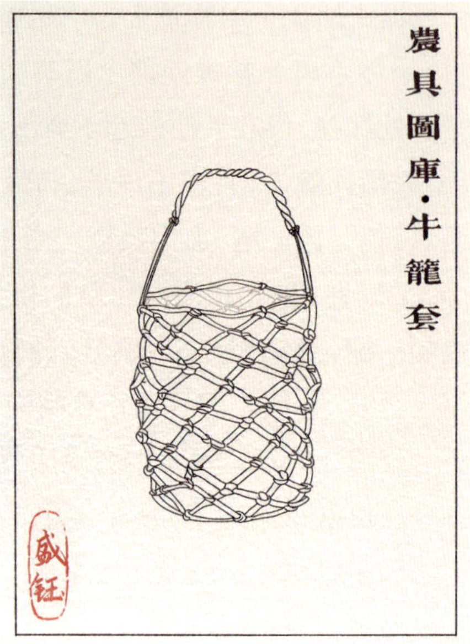

乡间农具的名字，土里土气，但准确而形象，比如牛笼套。

在公元前7000年左右，人类就开始驯化野牛，最终使之成为人类的劳动工具。牛是食草动物，包括庄稼在内的青苗它都吃。在漫长的驯化过程中，为了既让牛服服帖帖地干活而又吃不到庄稼，农人苦思冥想，最终发明了牛笼套。

牛笼套是限制水牛举动的工具，草绳编织而成。穰草经捶打后，质地柔软，搓成筷子粗的草绳，再织成有一个个鸡蛋大洞眼的网兜。将网兜套在牛嘴上，这时的网兜就不叫网兜，而叫成牛笼套了。牛笼套像笼子一样套在牛的大长嘴上，避免牛吃到庄稼。

牛笼套有两种，一种是给牛犊套的，一种是给成年牛套的。

给牛犊用的牛笼套，底部有开口，便于牛犊的嘴巴吃到青草，两边还各有1至2根竹片，夹在牛头两侧，以稳住网兜不滑落、不扭动，所以也称“笼头夹子”。笼头夹子的右侧系着一根牛绳，供牧童牵制。出生四个月的小牛生性顽皮，乱走乱动，常常跟母牛走失，或是随时走进庄稼地里，任性地糟蹋庄稼。牧童牵着牛笼套，既可以让小牛吃到青草，又能限制它的行踪。有时，当牧童牵着小牛路过水稻田的田埂，小牛抬头欲啃食秧棵时，牧童猛一拽牛绳，小牛的嘴巴就立即离开了秧棵。时间长了，习惯成自然，牛犊的野性慢慢收敛，也顺从人的指挥了。

给成年牛用的牛笼套，下部没有开口，两边也没有竹片支撑，而是上部有开口供套进牛嘴、周边完全封闭的网兜。

秋天，稻子收割后，稻秸铺展在打谷场上，农人要用碾场的方法将谷粒脱离下来。当水牛架上了牛轭、拖来石磙准备碾场时，农人还没有忘记给水牛加上牛笼套——将牛的长嘴巴从网兜敞开的上口套进去，再打上扣。这样一来，牛的嘴巴上就牢牢靠靠地戴上了一副“口罩”。

“号子啊来来呀，啊嘘！”农人的一声号子，拉开了碾场的序幕。水牛拖着沉重的石磙，咕噜咕噜地打转行进。开始，水牛吃饱了青草，饥饿感并不强，只是稻秸的清香刺激着牛的嗅觉神经，水牛一边走，一边不由自主地想用它的长舌卷起场面上的稻秸。怎奈，牛笼套的绳网封住了它的嘴巴，稻秸与牛嘴贴得再近，牛的舌头再长，牛也无法将稻秸卷进嘴里。牛在一次次失望中还是拉着石磙不停步行走。

夜已深，打牛号子仍在回响，牛鞭仍在挥舞，石磙仍在咕噜咕噜地打转。水牛早已饥肠辘辘，稻秸的清香散发着更强的诱惑力，此时的水牛多么渴望能吃到眼皮底下的几棵稻草啊！水牛嘴巴频繁触及场面上的稻秸，但每一次都无功而返。水牛一边行走碾场，一边张大嘴巴，试图用牙齿咬断绳网，或伸出长舌剔除嘴边的笼套，但一切都是徒劳的。这场面上的稻秸，尽管也凝聚着水牛的辛勤汗水，水牛却始终无法品尝到自己的劳动成果。这用柔软草绳编织的简单粗陋的圈套，此时犹如铁丝焊接的一张网封在牛嘴上，显得那么的冷酷无情，让牛嘴与稻秸相隔成两个世界。

农人的心情是复杂的。牛是农家宝，驱牛耕种更是为了收获庄稼，让牛吃到那结着稻粒的秸秆，农人内心却是一万个不情愿。

待一个稻场碾完，农人迫不及待地卸下牛脖颈上的牛轭，摘下牛笼套，让牛吃起了早已准备在场边的青草。水牛默默地吃草，农人无声地叹息，他抚摸着牛脖挂轭处肿胀的部位，再拍拍牛的身子，算是对牛，也算是对自己一种安慰。

水牛的痛点

牛鼻栓

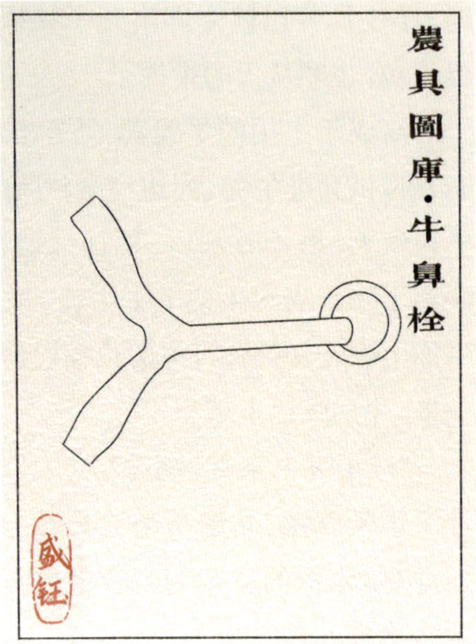

作为一头牛，人类有多种工具控制它，牛鼻栓是其中之一。

牛鼻栓，类似于古代的“牛鼻桊（Juàn）”，东汉经学家、文字学家许慎在其编著的《说文解字》中解释：“桊，牛鼻中环也。”意为桊是穿在牛鼻子上的小铁环。史料记载，中国的牛鼻穿环技术在春秋时期已经出现。牛鼻栓与牛鼻桊的功能相同，但牛鼻栓不是环，而是像栓子一样穿插在牛鼻子上，系上绳子后供人牵引。牛力大无比，而给牛插上鼻栓后，力气再大的牛也任人摆布。农人正是依靠牛鼻栓，牵制着牛的一举一动，让牛一心一意为自己干活。可以说，牛鼻栓是人类给牛戴上的终身镣铐。人的高明之处在于用智慧主宰其他动物。

里下河地区的牛鼻栓有三种，一为铁制，二为铜制，三为树杈制作而成。铁制和铜制的牛鼻栓，形状像哑铃，由大环、小环和横栓构成。横栓长约12厘米，穿插在牛鼻中；大环位于横栓右端，可转动，供系扎牛绳。大环灵活，人在牵引时，大环转动不会造成牛鼻栓对牛鼻的伤害；小环位于横栓的左端，阻止牛鼻栓从牛鼻中滑出。有的铁制或铜制的牛鼻栓无小环，用一小铁片或铜片焊在横栓左端，形成“T”字形的主体，达到阻止牛鼻栓滑出的目的。树杈做成的牛鼻栓，没这么复杂，直接选用“Y”字形的树杈，削去多余部分后，杈头代替了小环，一截杈根作横栓，横栓另一端钻个洞眼，将铁丝穿进去做成圆圈，牛绳就系在这个圆圈里。相比较冷冰冰的铁制和铜制的牛鼻栓，农人还是采用树杈做的牛鼻栓，轻巧，温润，不怎么伤害牛鼻子。

小水牛出生一年半后，体形已经高大，骨架硬朗，力气十足，农人准备让其拉犁耕田了。在这之前，农人必做的一件事，是为其解下笼头夹子，换上牛鼻栓。

牛这种动物，仿佛就是为人而生、为人而用的。不知在何时，也不知是何人，他在牛的两个鼻孔之间，发现了一个“软塘”。按专业术语讲，这个软塘叫“鼻中隔”。鼻中隔较薄，布满感觉神经，在此处插上牛鼻栓，农人稍一用力牵扯牛绳，牛便疼痛。这就是牛为什么听由农人任意摆布的原因了。

插牛鼻栓，先要在牛的鼻中隔处穿刺出一个孔，多是请乡村兽医操作，三四个农人配合。

地点选在一个空旷的地方，比如打谷场，或庄后的一片树荫下。皮肉连着心，在鼻中隔刺孔怎能不疼？为不让小水牛挣脱，农人先用麻绳将小水牛的两条后腿绕住，再猛一收紧，小水牛一下子失去重心，站立不稳，轰隆一声歪倒在地。众人有的摁住小水牛的前后腿，有的摁住双角，甚至再用竹杠死死卡住牛角，使小水牛头部动弹不得。兽医一手捏住牛鼻子，一手拿着筷子

水牛　朱春桃／摄

粗的锐利的钢针，迅疾而精准地在小水牛两个鼻孔之间刺出了一个洞眼。那一瞬间，牛鼻孔鲜血喷溅，小水牛发出撕心裂肺的吼叫，四腿乱蹬，疯狂翻身挣扎。兽医快速用准备好的“发绳”穿进鲜血淋淋的洞眼中，打上结，众人这才解开绳、放开手。小水牛艰难地爬起来，它的身下，是一片因拼命挣扎而蹬出的凹塘和泥土，以及一摊光鲜透亮的血。小水牛的眼睛里，充满了因惊恐和狂躁而生出的密布的血丝。它在空地上慌乱地蹦跳，牛头不住地摇摆，扎在鼻孔处的发绳仍在滴血……

发绳，剪自女人窝髻的长头发。用这种长发编的绳子，柔软，有油性。发绳有小指头粗，将其穿插在刚穿破的牛鼻洞中，不损害伤口，是一个过渡性做法。待一个月后鼻洞伤口长“老”（愈合）了，农人就慢慢抽出发绳，将牛鼻栓插进去。

牛的身子重，用麻绳绕后腿再将其放倒在地，牛的肋骨易折，肚皮、后腿皮常被磨破，牛也易受惊吓。农人想出了另一招。

农人牵着套上笼头夹子的小水牛，来到一棵大楝树旁，将牛绳绕在树杈上，向上提牛绳，小水牛的头也被高高拎了起来，鼻子朝上。兽医依旧先紧捏着小水牛的鼻孔，然后用钢针对着鼻中隔猛一穿刺，小水牛哞哞地朝天吼叫，喷出的气息连同鲜血射溅在大楝树上，牛头碰撞着树干，四条腿在原地乱踩……

农人还有更绝妙的办法。他们将小水牛牵下河，兽医和农人站在小船上。待小水牛游至河中央，农人双手抓着牛的双角，紧贴船帮；兽医捏着牛鼻子，将钢针穿入牛的鼻中隔。牛的四蹄在水中落空，无着力点，自然无力反抗，任人摆布。牛头在颠簸，哀嚎声在河面回响，鲜血在河水中荡漾……

在乡村所有的动物中，牛的眼睛最大，清澈如水。在牛的眼睛里，它也许觉得人类和牛一样，敦厚而温良。但牛从来没有想到，人类会使用种种圈套给它安上牛鼻栓，更没有想到这小小的牛鼻栓成为其一生的枷锁和痛点。

一个月后，穿刺的牛鼻洞伤口愈合，农人轻轻抽出发绳，将牛鼻栓再慢慢穿进去。因为已经有了现成的洞眼，小水牛并不感到有多大的疼痛。

小水牛套上了牛鼻栓，就意味着完成了一个“成人礼”。从此以后，牛就开始了它任劳任怨耕作的一生。

水牛行走的方向盘

牛绳

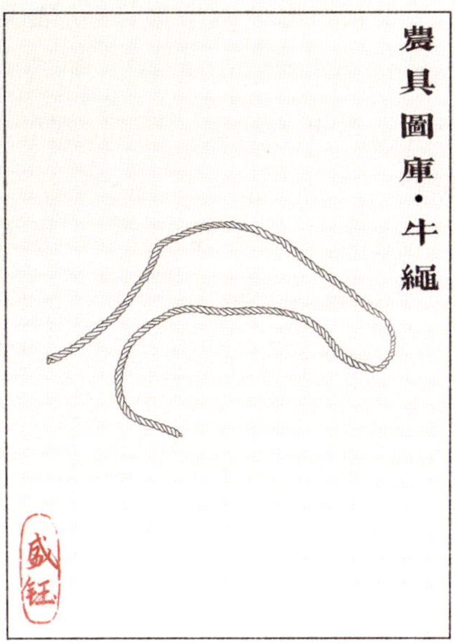

牛绳，许是所有农具中最简单的一种了。一根草绳，两至三米长，仅此而已。但它的作用实在不可小觑，再身强力壮的水牛，有了牛绳的牵制，都得规规矩矩地走路，老老实实地干活。

牛绳也叫牛缰绳。古时，称牛绳为“縻（mí）”。秦代《仓颉篇》解释：“縻，牛缰也。”东汉《说文解字》也注解：“縻，牛辔（pèi）也。”辔，即缰绳。

牛绳皆为农人绞成，有用麻丝绞的牛绳，有用稻草绞的牛绳。牛被驯服后很温顺，大多数牛绳是草绳，不会被牛拽断。

绞牛绳以干燥的齐头糯稻草为宜，秸秆细长，有韧性，不易断。农人将糯稻草晒干后，用木榔头反复捶打，草把柔软后开始绞牛绳。绞牛绳由两个人配合做，一人将几根稻草对折后绕在短木棍上，然后旋转木棍，使稻草绞成股；另一人往股绳里添草，使股绳越绞越长。牛绳为三股，先一股一股地单独绞，最后再将三小股绞合成一股。

新绞的牛绳只有中指粗，通体滚圆，粗细匀称，松紧一致，有一定的柔软度，结实好用。牛绳常年使用，每个生产队有三四头牛，每头牛一年要换两三根牛绳，所以农人绞牛绳时，一次要绞上好几条，以备后用。

小水牛出生四个多月后，农人为了收住其野性，就不再让它自由散漫，要给它戴上“笼头夹子”。笼头夹子的右侧，就系有一根牛绳。小水牛从戴上笼头夹子的那一天起，它的命运就由一根牛绳牵着，被农人牢牢地控制了。

起初，小水牛并不适应。它在路边吃了一会青草后，抬起头，想放开四蹄，奔向远处的稻田，或者寻找它的伙伴。牧童猛地一拉牛绳，小水牛怔住了；它强硬着脖颈，不想回头，仍在挣脱。牧童埋下屁股，使劲地拉着牛绳。最终，小牛屈服了，又在原地吃草。牛的本性温顺，容易驯服。

当成年牛被插上牛鼻栓后，牛绳也同时扣在了牛鼻栓上，牛绳的一头被农人所牵引。从这时起，牛就正式开始了它的农耕生涯。牛要低头吃草、饮水，靠近牛鼻栓处的牛绳最容易受潮腐坏，农人便在此处用一小截麻绳或棕绳将牛鼻栓与牛绳连接起来。

水牛拉耖平田、拉耙破垡、拉石磙碾场等等农活，都是农人手牵着牛绳，握着牛鞭，驱赶水牛作业的。在生产劳动过程中，农人用手中的牛绳，通过指向性的拉扯，辅之以吆喝声、打牛号子等特殊语言，教会了水牛向前、拐

牧归　朱春桃／摄

弯、后缩、停步等一系列动作，让各项农事得以顺利进行。一个用牛的老农，手中的牛绳就是方向盘，也是制动装置，始终牵制着牛鼻子，将一头水牛驾驭得恰到好处。

耕田，是水牛最常做的一件活。但唯有耕田，农人是不用牛绳的，而是将牛绳盘绕在牛角上，用另一根叫作“耕犁绳”的绳子来驱赶水牛。这个问题我一度弄不明白，为何多此一举。后来才知道，农人扶犁耕田，从牛鼻子到犁梢柄，前后有4米多长的距离，而最长的牛绳只有3米。耕田时，绳子中部既要拍打牛身催促水牛向前走，又时常落在田水里或泥土上，致使绳子易受潮受损。耕犁绳的末端，还有一根半尺长的绳柄，便于农人操纵。用耕犁绳代替牛绳，既好操作，又避免牛绳损坏。农人在制作木犁和轭头时，就同时配好了一根耕犁绳，并在轭头下的亮板右侧配有一个巴掌大的“耕犁桨”（类似于小轴），供耕犁绳穿越和悬吊。这些设置，既在需用时让农具拉得出，打得响，又有方便使用和保护农具的作用，体现了农人的生产智慧。

有了牛绳，农人也可以更方便地照顾水牛。盛夏，水牛渴了，农人牵着水牛来到河边，让它饮水、淹澡，或到树荫下歇凉；晚上，农人就将一头头水牛牵进“牛汪塘”过夜，避免蚊虫叮咬；寒冷的冬天，一头头水牛又被牵进温暖的牛屋，安全越冬。

一阵劳作后，农人将牛放在长长的圩堤或宽阔的河滩上吃草，还将牛绳盘绕在牛角上，任其随意走动。此时，应该说牛是自由自在的，但牛的内心一直被一根牛绳羁绊着，它毫无奔逃的念头，只顾低头吃草。

惊怵的响声

牛鞭

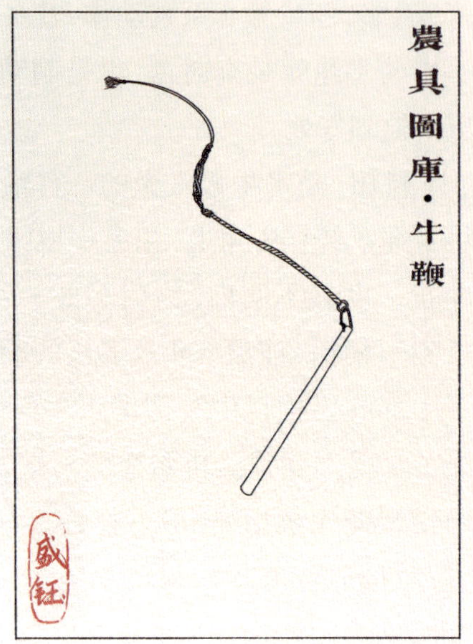

牛鞭，农人驱牛的工具，用以抽打牛，使之更快地向前迈步，完成劳作。

古时，称牛鞭为“呼鞭”。元代《王祯农书》解释：“呼鞭，驱牛具也。用警牛行。”

水牛耕田、耙地、拉泥，尽是农人无能为力的繁重活。人有疲惫的时候，水牛也有懒散的时候。农人有自律感，再疲倦，干农活也会自上紧；而牛是牲畜，越是懒散越会偷懒。农活紧张，季节不等人，农人心急如焚，越发感觉水牛干活的步子太慢了，于是大声吆喝催赶。但任由你喊破嗓子，急得往天上跳，牛也是无动于衷，甚至，它还扭过头来，一双大眼向你射出凶狠的光，那双大角摆出迎战你的姿势……于是，牛鞭就派上了用场。

牛鞭做起来极其简单：用20厘米长的小木棍作鞭柄，一端扎上一根2米长、用麻丝编织成的小指头粗的绳子，就成了让水牛闻风丧胆的武器。

水牛温顺，乖巧，人容易驯服它们。但在具体的生产劳动中，每样农活都有程序要求，牛不会说话，人与牛不能作语言交流，让牛完全按农人的意愿作业，人除了牵扯牛鼻栓外，最起作用的便是牛鞭了。当牛拉犁的步子慢了，农人用牛鞭抽一下它的屁股，疼痛感促使牛不由自主地加快了步子；当牛的脚步再次放慢，"叭"的一声，又是一鞭子落在它的身上……久而久之，牛终于悟出了一个道理：步子慢了会挨打，还是"不用扬鞭自奋蹄"吧。

还有一些野性十足、攻击性较强的"蛮牛"，一开始并不畏惧不痛不痒的鞭打，有时还用它坚硬的双角顶撞路人甚至主人。主人怒不可遏，将其拴在牛桩上，用牛鞭、柳条猛抽，直抽得蛮牛四蹄乱跳，围着牛桩直打转。几次教训后，再倔犟的牛也会服软，没有了脾气，服服帖帖听主人指挥，哪怕看到主人动一下手里的鞭柄，或是挥一下鞭子，便条件反射似的胆颤心惊。就连放牧的孩子，只要手里有一根牛鞭，哪怕是几根稻草编的牛鞭，水牛都会乖乖听任摆布。牧童骑在牛背上，扬鞭策牛，神气十足。

我的父亲用牛多年，我很少看到他用牛鞭抽打牛。父亲说："牛吃的是草，可它比你们兄妹几个还能干活。"父亲高举鞭柄，让鞭绳在空中打转，然后猛然收鞭，"叭"，鞭梢发出了清脆的响声。父亲就是用这响声和"啊嘘"的吆喝声催赶着牛，长长的牛鞭丝毫触及不到牛身。

牛干得最多的活是耕田。春回大地，水牛要耕沤田；炎炎夏日，水牛要耕麦茬田；秋风习习，水牛既要耕稻茬田，又要拉犁，让农人种麦子。"号子

放牛　佚名／摄

啊来来呀，啊嘘！”“叭！”农人歌声一般的赶牛号子后，紧接着便是脆响响的牛鞭声，水牛拉着木犁，马不停蹄向前走。

一年中，用牛人和水牛最忙碌、最辛苦的，要数6月和10月这两个月份，也就是夏收夏插和秋收秋种的紧张时刻，农活最密集，一个接着一个，一个催着一个。除了起早带晚干，还要夜以继日干，白天耕田、耖田、耙田、破垡，夜晚碾麦场或稻场，每一样都离不开牛。尤其夜深人静碾场时，水牛实在太困，也会走神，稍不注意，拖在身后的石磙有可能滚向场边甚至河边。“叭”“叭”，接连不断的甩鞭声，在夜空回响，让水牛时时警醒，不敢懈怠。

水牛的背脊和屁股皮层厚，粗糙，疼痛感不强，农人的牛鞭通常只打在这两处，不伤皮伤骨。水牛是农人最依靠的牲畜，一心一意为农人卖力，除非迫不得已，农人才将牛鞭抽打在牛的身上。即便抽打，也是举得高，落得轻。水牛疼感最强的部位是腹部，这里毛发稀、皮薄嫩，牛鞭或枝条稍一抽打，水牛便疼痛难忍，四蹄蹦跳，农人不会用牛鞭抽打此处。旧时，土地私有，有的人家有水牛，有的人家无水牛。有水牛的人家是不轻易将水牛借给别人家使用的。借出的水牛，借者要尽其所用，在最短时间内让牛将重活干完，这就不可避免地要“鞭打快牛”。牛送回来，牛屁股、牛腹部或隐或现着一道道鞭印。牛主人心疼不已，发出了“宁可借婆娘，不可再借牛”的狠心话。

跟打仗的人爱护枪、教书的人珍爱笔一样，用牛人对牛鞭也是情有独钟。有人喜欢把鞭柄用刀子刮削得匀称、光滑，握起来既合手又舒服；鞭绳从头到尾做得像蛇身一般由粗至细，甩鞭时鞭尾收缩灵敏，声音响亮，细长的尾梢打在不听话的蛮牛身上也更有力度。多数农人绞牛鞭时，还夹杂布条，抽打时不致牛的外皮受伤，这样的牛鞭包含着农人对牛的怜悯。还有的农人将牛鞭做成了工艺品，鞭柄涂上红颜色，再在柄头配上三四枚铜钱，挥动牛鞭时会叮当响，成为水牛知晓自己主人的独特信号。有的农人专选桃树枝做成牛鞭柄，据说这种牛鞭可避邪，大清早或傍晚在田里耕田时，妖魔鬼怪不敢近身。

其实，一根牛鞭做得再好，它也是对付牛的武器。这是牛的不幸，也是农人的无奈。

沉重的背负

泥辫子

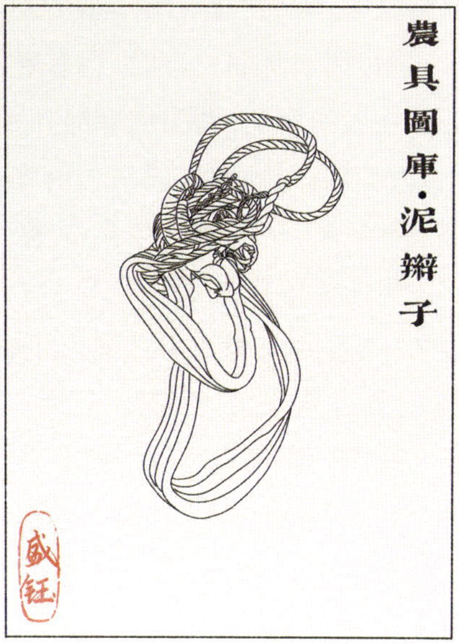

这是里下河地区特有的一种劳动用具，名字泥土味十足，是里下河农人自己发明的。

先前，里下河地区大部分农田为沤田。沤田里有很多辛苦的劳作，如拉木犁、拉泥船、拉稻把船等，有时靠水牛拉，有时是人力拉。人力拉动时，每个人都需要一根纤带，一头背负在肩，另一头连着木犁或船头，这根纤带就叫“泥辫子”。

也许，在泥辫子出现之前，农人已经尝试过多种办法拉犁、拉船，如用粗大的麻绳拉，或像在河边拉纤一样，宽厚的纤板搁在肩上，纤绳连接木犁或泥船。但犁地太费力，泥船也沉重，麻绳再粗也伤肩，纤板再宽也生硬，皮肉肩膀终究吃不消日夜劳作，疼痛难忍是避免不了的。在痛苦的行进中，里下河农人最终琢磨出了这种泥辫子。

泥辫子由穰草和麻丝编成。穰草要用木榔头捶熟，使之失去硬性；麻丝有现成的，像头发一样细软。也有的将麻绳切下一段，拆散后就成为麻丝。将穰草与麻丝混合，先搓成四小股，然后像编辫子一样交叉编织成一条长带子。没有麻丝，就把破旧衣服剪成布条，用穰草与布条混编。用麻丝或布条混编其中，柔韧性好，结实耐用。一条泥辫子长1.5米至2米，中间宽约10厘米，越往两头越细长，两头均有麻绳扣。使用时，将泥辫子对折，中间宽的部分套在人的肩上，两头的麻绳扣系在木犁前或小船头。泥辫子柔软，中间又宽，人在用力拉动时，没有粗麻绳和纤板那么压着肩膀痛。泥辫子多用于拉犁或拉泥船，又极像长辫子，故称“泥辫子”。

河泥是沤田的最好肥料，每年冬腊月，生产队要罱河泥，积蓄在田头。春节一过，再组织劳力开泥，也就是将田头的河泥散施到沤田间。

“九九八十一，犁耙一起出”，出了“九”，春耕大生产开始，农人首先开泥。开泥用泥辫子、泥择子和一种叫“鸭溜子”的小木船，四五个人一组。泥择子铲泥、抛泥，小木船装泥，泥辫子拉泥船。

沤田里有水，早晨一上工，农人就脱去鞋子，卷起裤管，将小木船推到田头的泥污滩边。每个人操起泥择子，择满淤泥又抛进船舱。淤泥装满了，前面两个拉船的人分别将泥辫子背在肩上，后面推船的两人双手架在船艄，随着领头人一声高喊：“一、二、三，拉！”拉船的埋头躬身，泥辫子拉得直绷绷的；推船的伸直双臂，全身也倾斜成直线。终于，泥船缓缓动身……

沤田各处都要布施河泥，但都是先从最远处开始。这既是因为田间尚

泥辫子　陈明干 / 摄

末抛泥，无阻碍，拉船顺畅，也是一种精神激励法。由远及近地抛泥，就是先难后易，离最终目标越来越近，士气越来越振奋，越干越有奔头。任何时候，把最难的事情解决了，还有什么解决不了的呢！

每年“三夏”（夏收、夏插、夏管）大忙前，生产队要将农户的猪厩肥堆积在田头，于栽秧前撒施到田里作基肥。一大框的麦茬田已经上好了水，白茫茫一片，用担子挑已没法进行了。生产队长叫人从河里拉上来一条鸭溜子小船。农人用灰叉将猪厩肥装满小船后，又像开泥时一样，有人用泥辫子拉船，有人在船艄推船。炎炎烈日下，农人一边被暴晒，一边干活，硬是抢在栽秧前将臭气熏天的猪厩肥一船又一船地分散到了田里。

收割双季稻的前茬稻，正逢七月下旬的大暑，高温闷热。其时，水稻田仍然水汪汪的。割这种水稻，不能将稻把放在地上，而是放到身后的鸭溜子小船上。小船堆满了，割稻的人用泥辫子拉，用手推，到了田头再将稻把转装到河边的大船上。田野里高温笼罩，割稻拉船的农人一个个被蒸得汗如雨下，满脸通红。

沤田多，牛又少，在快要进入冬季，或者春天稻谷播种前，水牛耕田忙不过来，生产队还组织人拉犁。

人拉犁，每张犁不少于四个人，三个人在前面拉犁头，一个人在后扶

拉犁　晓庄／摄

犁梢。前面三个拉犁的人，每人肩上挂一个泥辫子。三个人排成纵队，随着后面扶犁人的一声“好啦——走！”，三个人一步一点头，迈开步子向前走。木犁拖过，泥土翻起，垦出了一道沟槽。拉犁时，一块沤田里有三四组人、三四张木犁配合着耕地。一张木犁紧跟着一张木犁，人声喧闹，泥水飞溅，浊浪翻滚，不一会便耕出了一大片田地。

农活多，人员紧张时，女劳力也要背着泥辫子拉犁。播种在即，哪怕你是女人，你也必须像牛一样埋头耕地。拉犁时，前面一组木犁是领路的，后面一组像是“压阵”的，正常拉犁后打起转来，感觉每一组都是压阵的，因而拉犁的女人即使想小便也不能在半途中停下，只好死命地憋着。万不得已了，只能悄悄地边走边尿，让尿液渗入裤子里，反正身上的裤子早已被泥水淋湿了，谁也看不出哪是泥水哪是尿液。“春风裂石头”，冰冷的泥水，剐脸的春风，在每个女人冻得通红的双腿上侵害出一道道缝口，女人坐在田埂上歇气时，鲜血从缝口里渗溢出来。歇完气，想站起来再去拉泥，却感觉腰身、腿脚都是僵硬的，挣扎几下子方可站立起来。

每天都拉犁，哪个人的皮肉能经得住泥辫子贴身的摩擦？翻开上衣，肩膀早就红肿了。田不耕完，这肩上的泥辫子怎么也不会摆脱。农人用厚衣服裹住泥辫子，继续埋下头，在泥水里一路跋涉。

泥辫子是力气大、能干活的人的象征。那个年代，男劳力、女劳力都要用，每个农户家里都有一两条泥辫子。时间长了，泥辫子颜色变得灰褐，这有干活时被雨淋、遭日晒的原因，还因为它紧贴农人的皮肤，被农人汗水浸透的缘故。脸上的汗水可以用毛巾擦去，但浸入到农具里的汗水就成了农人辛苦劳作的印记。

每个农人都爱惜自己的泥辫子，平时不用就把它挂在墙上，不使其发霉。据说，一条结实的泥辫子可以让一个男人用上一辈子。那年，我81岁的岳父去世，他房间的墙上，就挂着一条陪伴了他一生的布条泥辫子。

泥辫子，一个柔软的外形下包裹着刚强与隐忍的农具。它陪伴农人在祁寒酷暑中并肩前行，浑身浸染了农人的汗水，见证了农人背起千钧重负的艰苦岁月。农人与泥辫子是患难之交，农人宁可让它挂在墙上慢慢老去，也舍不得丢弃。

拓荒者

铁镐

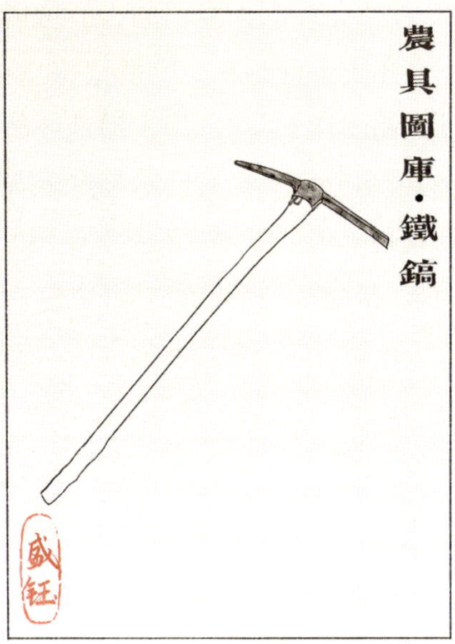

铁镐，一种破开坚硬土层或路面的工具。

铁镐由镐头和镐柄构成。镐头当然是铁制的了，长55厘米，略带弧状，一端为尖头，另一端为5厘米宽的扁齿。尖头是“开路先锋”，由其先掘开土层；扁齿是“后续部队”，对掘开后的土层再刨翻，使之更松散。镐头中部有孔，供安插镐柄。镐柄是一根圆棒，长90厘米，柄根直径6厘米，柄梢直径4厘米。镐柄通常是桑树棍，或是榆树棍。桑树棍、榆树棍老扎，硬实，不易断裂。镐头和镐柄组合后，形似丁字状、十字状，所以农人也将铁镐称之为“丁字镐”“十字镐”。

查找中国古代农具，开垦土地的工具有犁、铲、锄、大锹等，唯独不见镐或铁镐。最早分析汉字字形和考究字源的辞书是东汉时期的《说文解字》，其中并没有镐作为农具的说明，却说镐是“温酒器”；元代《王祯农书》里也没有相关文字记载和图形展示。但翻阅《中国古代冶铁技术发展史》一文，却发现如下内容：“商代时期（公元前16世纪—公元前11世纪）是中国冶铁技术的起点。商代人使用炭作为燃料，通过烧制铁矿石来提取铁。他们还发明了铁锤、铁镐、铁斧等冶铁工具，广泛用于农业和建筑工程。”还有资料介绍，铁镐是外国人发明的，是“舶来品”，所以铁镐也叫“洋镐”。

在里下河地区，20世纪80年代前还没有使用铁镐，人们甚至还没有见过铁镐的样子，这与里下河地区的土壤和生产方式密切相关。里下河地区的农田，水分含量高，土壤疏松，再坚硬的土壤，木犁、大锹、钯子都能翻动。传统农耕时代，农人一年四季在田间从事农业生产劳动，处于一种相对封闭的状态，接受不到新信息。铁镐进入里下河地区，是在20世纪90年代。

改革开放，使大批富余劳动力进军苏南、浙江等经济发达地区。他们中，有的为建筑工地运送建材，有的为民居和厂房砌墙、装潢，有的还承包建造路道、沿河驳岸等工程，过程虽然艰辛，但也赚到了走出家门的第一桶金，还增加了很多见识。比如在苏州、无锡等地，那里有山路、石子路、水泥路，当人们要破开路面整修时，最常使用的便是铁镐；人们拆除房屋，也用铁镐。铁镐的镐头刚硬而锋利，对于沙石路面和砖头墙壁，人们挥动铁镐，尖头就可以破开，再用铁镐的扁齿拉动几下，砂石和碎砖即可聚拢。那些在工地上手拿铁镐做工的人，更是体验到了铁镐的方便快捷。里下河农人看到铁镐如此中用，想到自己不久也会拆旧房建新房，回老家时就自然带回一把铁镐。

翻地　毛剑云 / 供图

有这种想法的何止一人，天长日久，很多铁镐陆续从外地来到里下河乡村落户。不久，本地集镇农器具摊点也有铁镐售卖，铁匠的锤子也敲打出铁镐头了。铁镐，一个异乡之客，从此成为里下河农具家族中的一员。由此，我想，有些农具也跟铁镐一样，是由本地人或外地人从别的地方带过来，成为这里耕种庄稼的一分子。

1990年，刘存扣和妻子买了一条30吨的水泥船，在无锡一带从事水上运输，为建筑工地装运水泥和石砂。六年后，夫妻俩还清买船时的借款，回到老家建房。刘存扣的老房是他1983年结婚时父母为他所建，墙基是水泥和着砖块砌的，墙体则是石灰与泥沙作为砂浆，一砖一砖码上去的。刘存扣站在老墙上，抡起铁镐，一块块砖头掉落在地。拆墙基时，刘存扣先用铁锤砸，待有了裂缝，再用铁镐刨翻……三个月后，一栋高大的新房拔地而起。

新房子越建越多，村里的巷道更显落后了，狭窄，弯曲，路面凸凹不平。村干部动员村民为修桥铺路捐资出力，在外老板也慷慨解囊。巷道多为砖头路面，庄中心一些老巷子还是旧时用小青砖侧着身子铺的，历经数十年、上百年踩踏，不仅砖面光滑，砖块与砖块更是紧密无缝了。村民们挥舞铁镐，

翻地栽菜　陈明干 / 摄

剷、撬、拉，将一块块砖头刨开、挑走。路基平整后，浇铺上混凝土。巷子拓宽了，拉直了，临近春节，外面的人回来过年，一辆辆小汽车直接开到了家门口。

生产队仓库和牛屋原来砌在打谷场东南角，倒塌后那里成为一片废墟，当年分田时，生产队分给张大喜家堆放草垛，3分地抵算1分地责任田。后来，张大喜时常用大锹挖翻、钯子剷土，将砖块拣出来，整理过的地方就稀稀疏疏地栽上油菜。有了铁镐，张大喜拣碎砖更方便了，他没事的时候就到那里剷翻，连指甲大的瓦砾都清理出来。他用铁镐刨出一个个小塘，再用铲锹将油菜秧移栽进去。那片废墟早已成为高爽而肥沃的菜地了，每年夏季和秋季，张大喜都能收获100多斤的油菜籽和200多斤的黄豆。

还是在20世纪90年代，意杨树成为里下河地区植树造林的当家品种。意杨树是速生树种，根深叶茂，生长很快。乡村实施通村公路工程，路基拓宽，一棵棵意杨树被砍伐，混凝土大道陆续向各村延伸。意杨树根系发达，枯死的树根留在土中腐烂，会致路基松动。施工人员用锯子锯，用铁镐刨，把路基下的意杨根须一点点清理出来。通村公路建成了，桂花树、海棠树、紫薇树也栽好了，成为路边的风景。

周叔住在镇郊，他和其他五六个人组成一个拆迁队，平时帮人家拆旧房、拉碎砖、挑土填房基，也帮水厂破路铺管道，铁镐、千斤顶、大锤、杠子、麻绳、担子等等，施工工具一应俱全，只要有人叫，只要天不下雨，周叔的施工队就会出工。三年前的一个下午，他们拆镇上一户人家的老房子，周叔站在东山墙下，用铁镐在墙根脚处撬开了一个缺口。他想把缺口再敲大些，大伙儿就能用杠子将墙推倒。哪知，墙体是老窄砖砌的，年代久远，墙体松动后立即倒塌，泰山压顶似倒在周叔身上。待众人将周叔从砖头堆中扒出来，周叔已没有了气息，手中的铁镐沾满鲜血……至今，那把铁镐还被周伯母藏在床下，她不想让自己看到，也生怕儿女们看到。

第二辑

春种一粒粟，秋收万颗子

——播种栽插农具

播种与栽插，是让庄稼安家落户，有一定的规范要求。农人使用不同的农具，让每一粒种子和秧苗都有了安身之处。

劳动中的“享受”

秧凳

秧凳，夏插时农人用于拔稻秧的一种辅助器具。农人坐在秧凳上，一边拔秧苗一边向前移动，减轻了因长时间弯腰劳作而造成的腰酸背痛。

早在北宋之前，农人就发明了秧凳并在宋代普遍使用。它由小凳子演变而来。小凳子四条腿，农人将它们固定在一块木板上。木板宽，人坐在凳子上拔秧，凳子不会陷入淤泥。后来，农人又进行改进，将凳面和底板都做成两头上翘、中间低凹的形态，人坐在凳面上，屁股挪动时更容易推动秧凳向前。改造后的秧凳形似马状或船状，因而也有人称之为“秧马”“秧船”。有的地方，农人还坐在秧凳上栽秧。

水稻是里下河地区的传统作物，农人每年都拔秧、栽秧，自然少不了秧凳。里下河地区的秧凳以两条腿居多，一前一后，如同小闸板一样支撑着凳面和底板；凳面、底板大多是平直的，上翘的少；秧凳大小不统一，但尺寸大致为：高30厘米，宽20厘米，凳面长30厘米，底板长40厘米。在这里，秧凳只用于拔秧，没有人坐在秧凳上栽秧。

“芒种芒种，连收带种。”芒种时节，麦子割完，接着便是栽秧了。里下河地区遍地皆农田，一到栽秧之时，场面浩大，铺天盖地。

栽秧先得拔秧，秧苗拔好后才能挑到大田里栽插。

拔秧都是在凌晨。栽插面积大，人手紧张，农时又不能耽搁，须趁早干活；六月大热天，在凌晨将秧苗连根拔起，秧苗不受暴晒；秧苗尽快栽到田间，能早点适应新环境。早的人，三点钟就到秧池田了，最迟的不会超过四点，早饭也不吃，拔好了秧才回家吃早饭，吃过早饭又去栽秧。拔秧的人一手拿秧凳，一手拿着扎秧把的齐头稻草，在朦胧夜色中从家里跑往秧池田，脚步匆匆忙忙，每个人都有一种紧迫感。

星月还高挂在夜空，田野里依旧蛙声一片，秧池田已经叽叽喳喳地闹嚷起来。拔秧的，大多是女人，也有少数男人，只要是能栽秧的，都来拔秧。生产队时期，一块秧池田里，每天早上有十多个女劳力聚在一起拔秧。分田到户后，尽管以家庭为单位种植，但栽秧时，有的以“换工”形式帮着栽秧，有的请众亲友突击栽秧，因而拔秧时，人数比生产队里还要多。

秧池畈都是长方形，5尺宽，这种宽度正好适合两个人并排拔秧。一个人一张秧凳，每个人都赤脚卷裤，低头弯腰，双手伸向浓密的秧棵，将一棵棵秧苗拔出来。

熟练的人拔秧，是双手操作，左右手同时进行。坐在秧凳上，双手抓着几棵秧苗后，拳头下端紧贴着泥土，用力向身子这边拖动，一下子就将秧苗拽了出来；握有秧苗的双手再微微张开，继续伸向前面竖着的秧苗，合指，再贴土而拔。手里的秧苗渐渐多了，拔秧的人还不满足，会将秧苗紧贴在手掌里，张开大拇指，敞开虎口，继续拔秧。当双手握满秧苗时，这才抬起头，直起腰，左右手抓着秧把，不停地在田水中点拍秧根，以洗去泥土。感觉秧把

秧凳　陈明干／摄

拔秧　陈明干 / 摄

轻了，双手里的秧苗合并在左手上，右手从秧凳下抽出一根稻草，拦腰在秧把上绕上两三圈，再将稻草头别在秧把上，一把干净、葱绿的秧把才算扎成。女人随手将秧把放在身后，又埋头向前拔……

拔好一把秧，是如此费心费力，而将一块块、一框框的秧田全部栽完，要拔多少秧把？要拔多少天的秧把？人的体力和精力都有限，还都是女人拔秧，又是起早贪黑连日劳作，谁能撑得住？屁股下的秧凳，就是“支撑点”，犹如“加油站”，给了农人源源不断的力量。

拔秧时，农人的双手向前移一点，屁股和秧凳也同时向前挪一点。一块秧池畈全部拔完，秧凳也“爬”到了畈子的尽头。当太阳跃出地平线时，一块块秧池畈上，尽是挤挤挨挨、青葱翠绿的秧把。

拔秧的人就着田水洗洗手，揉揉发胀的双眼，屁股离开秧凳，慢慢站起来，又背手拍打酸疼的腰眼，然后跨上田埂，这才回家吃早饭。

秧凳用木板做成，不能暴晒。秧苗拔完，农人要用塑料布、担兜、扎秧把的稻草将秧凳遮盖起来，或把秧凳淹在田水里，再扯来几把青草覆盖其上。晚上收工，秧凳洗干净，放在田埂上沥水，待明早再用。农人对使用的农器具，总是倍加爱护。

稻秧全部栽完了，农人洗去秧凳上的泥渍，晾干后，又成了在家小坐，或邻里间围坐在家门口聊天的凳子。

栽秧的规矩

秧尺　秧绳

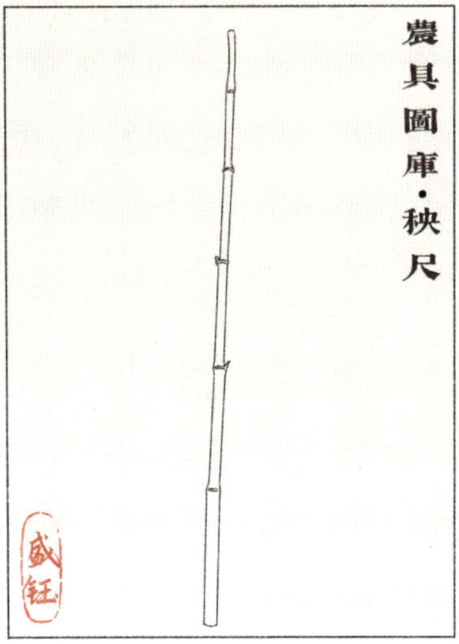

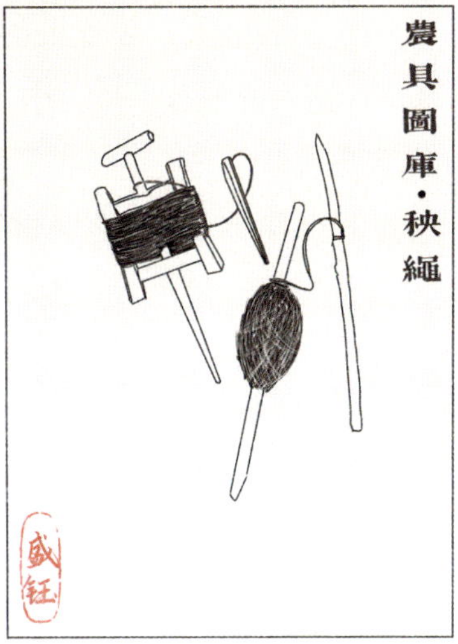

秧尺，是栽秧时用于测量秧趟宽度的尺子；秧绳，是用于拉秧趟的绳子。秧绳根据秧尺量好的宽度拉秧趟，农人在秧趟里栽秧。一块田栽完秧，秧苗纵看成行，横看成队，齐齐整整，美丽壮观，这既体现了农人栽秧的基本功，也是秧尺、秧绳规范的结果。

栽秧用秧尺、秧绳，古已有之。古时，秧绳叫秧弹（tán）。秧弹是用一根根竹篾连接而成的长索。元代《王祯农书》中就有记载："秧垄以篾为弹。农人秧莳，漫无准则，故制此长篾，掣于田之两际，其直如弦；循此布秧，了无欹斜，犹梓匠之绳墨也。"秧弹的结构与作用一目了然。古代农田不像今天如此平阔，制绳技术也达不到精细的程度，故用一根根竹篾连接作为秧绳也就不难理解了。秧尺是栽秧时与秧绳不可分离的测量工具，明代农学家徐光启所著《农政全书》中，除文字介绍外，还画了一根短篾条的秧尺，中间有竹节。

秧尺和秧绳，与里下河地区种植水稻的历史紧密相连。2022年，考古人员在兴化草堰港遗址中发现，出土的大量水稻遗存为栽培稻，稻米和穗轴都表现出明确的驯化稻特点，考古人员据此判断，早在7000年前后，里下河先民已经栽培水稻。西汉时期，里下河地区已有很多田地种植水稻。公元767年，捍海堰（后来的范公堤）筑成后，堤西区域农田大增，先民大规模种植水稻。纤纤秧绳，自古拉到今，从未中断。

旧时，里下河地区的秧绳用的是草绳。水稻田多，稻草也多，搓绳也容易。20世纪60年代，有了塑料秧绳，但需计划供应。及至70年代，细长、结实又有弹性的塑料秧绳普遍使用，每个栽秧的人都有一根秧绳。

秧绳有短有长，短的100米，长的有150米，一头一尾系在两根各30厘米长的小树棍上，俗称“秧绳桩”。秧绳大多绕在一根秧绳桩的中部，也有的绕在两根秧绳桩上。秧绳桩的一端削成尖头，便于栽秧时插在田埂上。还有讲究的，请木匠制作一个“中”字形的秧绳架，秧绳绕在中部，既好看，放绳、收绳也更快。

秧尺就简单了，就地取材，有用芦苇做的，有用竹竿做的，还有用向日葵

拉秧绳　陈明干 / 摄

秸秆做的。秧尺长度根据所栽水稻品种而定。旧时栽植的水稻，秸秆矮，穗头小，谷粒少，栽插株数要密，秧尺就短，只有1米长。后来种植杂交水稻，秸秆高而粗壮，稻穗长，谷粒饱满，栽插密度要稀，秧尺达1.5米长。秧尺无论长短，栽秧时每趟栽6行秧棵，不能多，也不能少。

"时雨及芒种，四野皆插秧。"插秧时节，每一个栽秧的女人都自带一根秧绳，每一帮栽秧的队伍至少准备两根同样长度的秧尺。栽秧前，两个人一组，先放秧绳，一个人站在这条田埂上，手里的两根秧绳同时放绳，另一个人则抓着两根秧绳的另一端，边拉绳边走向对面的田埂。跑到了头，两边的人都将秧尺在田埂上摆好，也就是量好秧趟，然后两人同时拉直秧绳，插稳秧绳桩。这样，一根根秧绳就划出了一道道宽度一样、线条平行的秧趟。

田面平展，水色透亮，天光云影共徘徊。一根根秧绳放好了，一个个束着上衣、卷着裤管的女人从田埂上依次而下，站到了自己的秧趟里。她们从上趟开始，俯首弯腰，解开秧把，右手每插一下，一棵绿色禾苗便直立在水中，脆生生的栽秧号子也在田水面上飘荡开来："栽秧要栽那戳天罡，秧根朝泥叶朝上。千万莫栽那奄水秧，趴在水上不发旺……"

栽秧　毛剑云／供图

栽秧，是一件很讲究规范的农活。根据水稻品种，每个人每趟除必栽6棵秧行外，秧棵与秧棵之间，又有相对固定的株距。生产队栽双季稻早稻，株距要求较密，为防止栽秧的人只顾进度，秧苗栽得稀，生产队长手握秧尺，在每个人栽好的秧行里量株距，达不到规定的棵数，除补栽外，还要扣工分。后来，推行杂交水稻种植，秧尺放宽了，株距要求也放宽了，但栽秧的人一时不习惯，不适应大行距、宽株距，栽的秧棵还是密密的。又是生产队长，手握秧尺量株距，超过密度的，除让栽秧的人拔去多栽的秧棵外，还是扣工分。栽秧的人不服气，跟队长争辩："秧苗栽这么稀，我就不相信能收到稻子！"可到了秋天收割，杂交水稻的产量就是高，亩产达到了1400斤，是双季早稻亩产量的三倍，不服气的人终于服了气。

男人在大田挑秧时，担兜底常常扯到秧绳，将秧绳拉下，栽秧的女人急得直跺脚。挑秧的人赶紧放下秧担，跑向田头，重新拉直秧绳，将秧绳桩插在洞眼里。

秧季栽插结束，栽秧的人绕理好秧绳，在渠水里洗干净，晾干后挂在家里的墙壁上。塑料秧绳是个结实耐用的东西，一根秧绳要用好多年。至于秧尺，一场秧季下来，再无他用，被弃之于田埂。

早在1958年，毛泽东主席就提出搞好农业生产的八项措施，即"土、肥、水、种、密、保、管、工"，也被称为"农业八字宪法"。其中的密，就是要合理密植，根据亩产量目标，播种量保持一个基数。使用秧尺、秧绳，是农人合理密植水稻苗的好方法。

除了栽秧，秧绳还有更多用处。挖生产河、挖墒沟、挖灌溉渠、挖草泥塘、做田埂，生产队砌仓库、农户建新房等等，都用秧绳放样，这时秧绳就成了"样绳"，无论干啥，丝毫不偏离这根样线。

没有规矩，不成方圆。秧尺、秧绳，就是栽秧的规矩，也是科学的规矩，带来丰收的规矩。

棉花高产的诀窍

制钵器

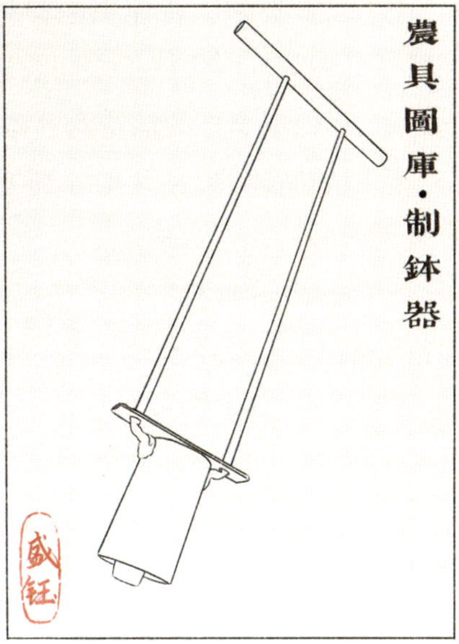

制钵器，完整的说法是“打制棉花营养钵的器具”。

史料记载，早在明代，里下河地区已引进棉花种植。此后，种植面积持续增加，但亩产量一直难以提升。里下河地区种植棉花，传统习惯是在清明和谷雨之间下种。这里四季分明，春天温度还是低，并不能满足棉花苗期生长，因而棉种发芽缓慢，出苗也参差不齐。20世纪70年代后期，这里试行营养钵育苗，棉花产量显著提高。80年代分田到户，棉花田经济效益高，长1亩棉花比种2亩水稻还合算，所以家家户户都用营养钵培育棉花苗。

营养钵育苗的方法是，秋播时，在来年长棉花的大田附近留一空白地块作苗床，施足基肥，耕翻晒垡，熟化土壤。第二年清明节前，打制棉花钵，播下棉种，用塑料薄膜搭成拱棚，增温促长。因钵土里包含了足够肥料，故称营养钵。用营养钵培育的棉花苗，发芽期提前，出苗齐整，茎叶健壮，抗病力强，棉花结桃多、开花多，增产明显。

制钵器，就是打制棉花营养钵的专用工具。

制钵器很像人工打制蜂窝煤的模具，底部是铁制的如茶缸大小的圆钵，圆钵两侧各焊有一根笔直的铁条，铁条上端是供双手抓握的把柄。农人握柄，用力将圆钵嵌入泥土，圆钵底口锋锐，钵体内一下子就吞满了泥土。农人用一只脚踩着两根铁条之间的活动踏板，很快将钵体内的泥土挤落到了地上，一个形似玻璃杯的棉花营养钵就打造出来了。

铁制的制钵器，使用时手感重，后来人们作了改进，用不锈钢材料制成钵体，更轻便，用起来省力。

“清明前，好种棉”，所有长棉花的人家都是在清明节前全力以赴打制好棉花营养钵的。

打制棉花营养钵也叫打钵子、制钵子。制钵的前一天下午，要给苗床浇足水。浇水不足，土粒就缺乏黏性，制钵时不能成块。第二天一大早，各家各户的劳力全都涌到了田地里打钵子。“啪”“啪”“啪”，绿油油的麦地里，都是那种清脆的打钵子的声音。

苗床上浇了水，又经过一夜的浸润，泥土湿润而松软。打钵子的人站在苗床边，拿着制钵器，用力下嵌、脚踩，一个个泥钵陆续落在地上。

若是前一天浇水过多，苗床面太过潮湿，泥土老是粘着制钵器，农人就用草木灰撒在土面上。土面上有了灰尘，每一个泥钵总是爽快地落下。

制棉花钵　陈明干 / 摄

踩制钵器的，大部分是男人。用双手将制钵器嵌入泥土，再用单脚将泥钵蹬出钵体外，没有持久的力气不行。男人力气大，这差事理所当然由男人来做。

女人蹲在地上摆放棉花钵。男人每打出一个泥钵，女人立即拿过来，依次排列着摆放好。有时，劈里啪嘟的响声中，男人脚底的泥钵就像滚铁球一样，接二连三地跳蹦出来，女人捡拾泥钵的速度也随之加快。

摆放棉花钵不是那种横向或纵向的平行摆放，而是泥钵与泥钵之间交错排列。泥钵圆柱形，平行摆放时，泥钵与泥钵之间会形成空隙，交错排列才使得所有的泥钵相互依偎、紧紧相贴。

制棉花钵的时候，农人用栽秧的塑料绳将苗床四周固定起来，男人制钵、女人放钵，都在这个规划圈内进行。男人制钵时，圆钵吞去的泥土形成了低平的空地，女人就将一个个泥钵摆放在这个空地上。一天下来，制出的钵子排列有序，平平展展，斜看成线，正看成框。

制棉花钵，每人每天最少可以打出2000多个，手脚麻利的男人一天最多能打出6000多个。只是几天下来，初次打钵的人，手上磨出了血泡；手上有老茧的男人，茧皮更硬、更厚了。

棉花田多的人家，女人也打钵子。一亩大田需栽4000个营养钵，剔除破损的，要打出5000个泥钵。几亩田的泥钵仅靠一个男人在短短几天内打出来，是极其辛苦的。因而，女人也力所能及地帮着打钵子，减轻男人的负担。

那年，阿桃的丈夫帮人家拆房时，从房顶上摔落，不幸身亡，丢下了阿桃和两个尚未成年的孩子。阿桃忍住悲痛，既带孩子，又种八九亩责任田。小叔子志龙舍不得嫂子吃辛受苦，一到农忙就帮嫂子挑把、脱粒。每到打制棉花钵子时，阿桃也让孩子叫来志龙帮忙。志龙文化不多，木讷寡言，尚未成家。阿桃知道志龙勤快，心地善良，将两个孩子视如己出，后来不顾闲言杂语，让志龙搬到了自家住。棉花价格高的那几年，阿桃和志龙每年都要打制两万多个棉花钵，把河西的大田全部栽上棉花。

现在乡村农妇培育瓜秧、茄子秧、胡椒秧等，也用制钵器育苗，只是制钵器的体形比棉花制钵器小。春天里，育出的各种秧苗除了留给自家生长外，大部分挑到集镇上卖，供更多的人栽种。一棵棵秧苗嫩绿清秀，小巧可爱，它们在新地方生根、开花、结果，为千家万户源源不断地提供新鲜可口的菜肴。

让棉花苗有个新家

开塘器

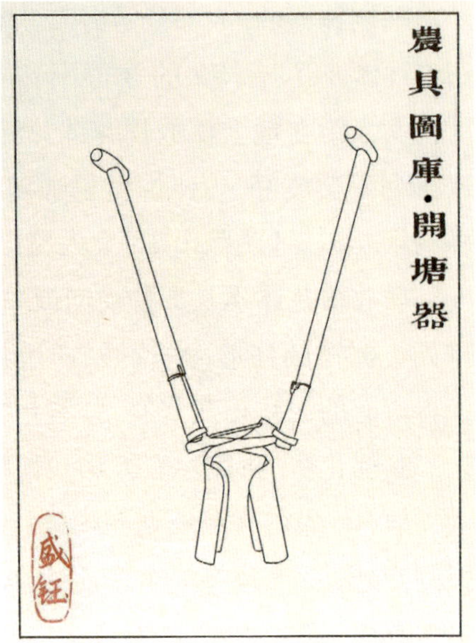

制钵器是打制棉花营养泥钵的，而开塘器则是用来开小塘的。小塘开好后，才能将育有棉花苗的泥钵放进去。开塘器的作用，是让每一棵棉花苗都在大田里安家落户。

“小满大麦黄，栽棉正大忙。”“芒种栽棉花，到晚不归家。”里下河地区栽棉花，从小满开始，到芒种结束。

棉花种是清明节播下的，经过五十天的精心管理，茎秆亭立，枝叶碧绿清秀。小满时移栽，棉花苗四叶一心，高矮适中，正是时候；芒种栽棉花，棉花苗已长至六叶一心，个子过高，再加上还有大面积水稻秧苗等着栽插，农人心情尤为焦急，早晚都在田里栽棉花。

泥钵身高10厘米，直径6厘米。移栽棉花，要将整个泥钵全部安放在泥土里，就需要开一个小塘。

起初开小塘，是用大锹挖。挖一个棉花塘至少三锹：左边一锹，右边一锹，两者之间再挖一锹。挖的泥土滑进塘里，还要用大锹捞上来；小塘挖得浅，再用锹口在塘底掏深。用大锹在干硬的麦地里挖棉花塘，既麻烦又费力。

办法总比困难多。很快，有人发明了“开塘器”。开塘器有两种，一种是开塘器下端的钵体为整体，外形与制钵器基本一样，不同的是开塘器钵体直径比制钵器钵体大2厘米；制钵器的脚蹬（也即踏板）位于作手柄的两根铁条之间，上下可活动，开塘器的脚蹬则固定在钵体一侧。这种开塘器的使用方法也跟制钵器一样，握柄、踩蹬，底口切进泥土后拎起，一个小圆塘就开出来了。开塘器钵体大，开出的小圆塘也大，泥钵正好放进去。另一种开塘器的钵体一分为二，形状像大剪刀：两块半圆的、小瓦一样的切片分别焊在两根支架上，通过铆钉交叉后可张可合。支架合并时，下端的两块瓦状切片合在一起，组成了一个圆筒。农人用力踩一下脚蹬，圆筒就陷进了泥土；农人拎起把手，圆筒将泥土带出，一个小圆塘便挖了出来。这种开塘器的好处是，圆筒带出泥土后，只要双手张开支架，泥土就落在地上，不像前一种要踩出一个小塘才能将钵体中的泥土挤出来。

农人开塘时，行距要用秧绳放样。一块麦塝子上栽四行棉花，放样开塘后，四条线平行向前，栽出的棉花行笔直直的。若不用秧绳放样，棉花行就开得七斜八歪，隔壁田的人会发笑："某人喝了多少酒啊，这塘子打得歪歪扭扭的。"

开小塘的距离也有讲究。棉花侧枝多而长，叶子宽阔，栽的密度高，田

开塘　陈明干／摄

间不透气，结的棉桃少；密度太稀，没有合理利用田地，棉花产量低。栽棉花前，农科站的科普资料上都规定好了什么棉花品种是什么样的株距和行距。小塘，就根据株距和行距的要求开出来。

“明肥不如暗肥，浅肥不如深肥”，暗肥、深肥指的是底肥。棉花是喜肥作物，底肥必不可少。生产队时期，劳动力集中，一部分人开塘栽棉花，一部分人罱河泥。栽棉花的人将河泥挑到田里，每个小塘放半舀子河泥。河泥肥沃，又是淤泥，棉花苗入塘后不耷叶，醒棵早，是最好的底肥。一家一户长棉花，底肥用磷肥和碳胺，混拌后，一小把一小把、一个塘一个塘地放进去。

栽棉花是突击性农活，全家成员齐出动。用开塘器挖棉花塘，要力气，还要先行一步，自然是男主家干的。天不亮，男人就到田里开塘了；中午吃饭前后，还有傍晚收工前，他都要开一阵子塘，这样才不影响栽棉花的进度。年龄稍大的长辈或放了学的孩子，除了放底肥，再就是扒棉花钵。棉花苗长在苗床上，栽棉花就得让棉花苗“搬迁”。扒棉花钵不用多大力气，只需将它从苗床上扒动身，再码放在担筐里，由男人挑走。放棉花苗、栽棉花苗就是女主人的事了。放苗，一个小塘里放一棵。放苗要小心，营养钵是泥制的，磕磕碰碰会开裂。栽棉花苗用小铲锹，锹口在棉花塘底掏几下，肥料与泥土便混合了。底肥是磷肥和碳胺，棉花钵直接放在底肥上会伤害棉花苗的根。小塘与泥钵之间有空隙，棉花苗放进塘中后，女人用小铲锹将周边的碎土填满缝隙，淹没钵面，一棵棉花苗便安稳地立在了土里。女人蹲在两条棉花行之间，放苗、填土，左右开弓，两条绿色的苗行在她身后延伸。

夏天多雨水。农人早有准备，穿起雨衣，在淅淅沥沥的雨水中，在泥泞的麦地里，继续开塘、放苗，将一棵棵棉花苗安顿下去。

农人最焦急的，是两边人家的棉花苗都栽下去了，即将上水润苗，而自己的棉花田才栽了一角。两边的田都上了水，漫进自家的田，水汪汪一片，棉花苗就没法栽了。这时候，已经栽完棉花的人家来了，左邻右舍来了，其他亲戚也来了，开塘的开塘，放苗的放苗，合土的合土，栽下的棉花苗铺天盖地地往前推进。

“轰隆隆、轰隆隆”，所有棉花苗都栽好了，抽水机也在田头轰响起来，一股股清亮的河水涌进干涸的棉田，向苗行的尽头漫延……

一壶甘露润幼苗

喷壶

喷壶不是老农具，是农器具的新一代，产生于20世纪80年代初，伴随着改革开放的步伐走进千家万户，用于为小范围内农作物浇水。

喷壶由集镇上的白铁匠打制。白铁匠，不是说他的皮肤白，而是指专门用手工切割薄铁皮，制作并出售小农具或生活器具的师傅。薄铁皮为浅白色或纯白色，乡间便称师傅们为“白铁匠”。起初，喷壶是纯铁皮打制而成，容易生锈，用上两三年就有锈洞漏水。后来师傅们做不锈钢喷壶，它比铁皮喷壶漂亮而且耐用。现在，凡家里有喷壶的，都是不锈钢的。

喷壶圆筒状，一般高30厘米，内径22厘米；上端有固定的提柄，用于手拎；上口有半遮的“壶顶”，防止喷壶倒水时从顶部溢水；喷壶外侧有一根倾斜的出水管，高度与壶身基本一致，根部安在壶身下方，上口外伸，与壶顶齐平。喷壶有一个重要部件，叫“喷头”，像淋浴的莲蓬头一样，直径10厘米，套在出水管上端。喷头上有若干小孔，浇水时，小孔喷出一道道水线。喷壶越倾斜，水线喷得越有力，也喷得越远；壶身倾斜度越小，水线则喷得缓慢。农人爱用喷壶，除了它比木头椋子轻、提水方便外，主要是用它浇水时，这个喷头可以均匀、轻盈地喷洒，避免了水舀子浇水过程中时重时轻的现象。

用喷壶浇水，是个细作活，多用在为农作物育苗上。

分田到户后，各家使出浑身解数，千方百计提高责任田的产量和经济效益。农业科技讲座一举办，农人纷纷涌到大队部，挤进去听讲；种植新技术一推广，人人虚心学，跟着做。棉花制钵育苗是当时推广的农业新技术之一。传统的植棉方法是直接将棉种播到大田，盖上薄膜，等待出苗。这种方法，棉苗出土缓慢，棉花产量不高。采用制钵育苗，发芽早，棉苗肥壮，抗病力较强，皮棉产量明显提高。

在大田一侧选一狭长的地块做苗床，施肥、劘翻，熟化土壤。清明时，到了下棉种的时候，农人用制钵器打出一个个茶杯状的泥土钵，放入棉种，盖上碎土后，喷壶就派上了用场。覆盖的碎土层较薄，浇水过猛、过多，容易冲散碎土和棉种；水浇少了，水分不足，又影响出苗率。喷壶是这儿最合适的浇水工具，浇水的人提着喷壶，将丝丝水流轻稳而均匀地飘洒在苗床上。苗床全部潮湿后，盖上塑料薄膜，增温促长。农人每天来到苗床边，透过薄膜往里查看。若发现苗床发白，又用喷壶补水，保持苗床湿润。一周后，棉苗露出了芽头，不久又舒展绿叶。此后，农人每天都要到苗床地里浇水、间苗、

浇菜水　陈明干 / 摄

除草、打药，像养育婴孩一样细致周到。

旱地育秧也是当时推广的水稻种植新技术。传统育秧是在水田秧池畈上培育秧苗，而旱地育秧则是在圩堤或田头边选一小块旱地做苗床。旱育的秧苗，秧秆壮实，根系发达，移栽后活棵早，产量高。

“谷雨下秧，大致无妨。”谷雨过后，农人平整苗床，将一粒粒稻种播了下去。一层碎土将稻种覆盖后，农人站在苗床边，用喷壶为苗床浇足了一次水，再盖上塑料薄膜。在接下来的日子里，发现苗床有点失水，农人就揭开薄膜，用喷壶浇水。尽管有点麻烦，但比水田育秧方便多了，再一想到旱秧能增产，每个农人都心甘情愿。而且，旱地育秧，人可以穿着鞋子在墒沟里薅草、施肥、打药，轻轻松松，脚下不沾泥、不沾水。

苗床打理得平坦，稻种播得均匀，水又洒得适中，没几天，一棵棵秧苗破土而出，齐齐整整，似绿毯铺展，一片碧翠。

农人对农田有了自主经营权，最大的好处是看到哪样赚钱就种哪样。张阿扣住在镇郊，他在自家责任田里搭起了塑料大棚，专长瓜果蔬菜，黄瓜、丝瓜、茄子、豇豆、胡椒等等，品种多样。长四亩田麦子、水稻很省事，夫妻俩不用多烦神，但有四亩田大棚蔬菜，就忙碌多了，翻土、除草、育苗、移栽、施肥、采摘，四季轮番，每天有做不完的活儿。那时还没有自动滴灌设备，下种、育苗、移栽等关键环节，都得用喷壶拎水喷洒。夫妻俩每天各拎着两个喷壶，早晚浇水。一分辛苦一分收获，一担担新鲜的瓜果蔬菜挑到农贸市场很快卖完，换来的是满心喜悦。那些年，张阿扣大棚蔬菜每亩年纯收入有6000多元，是长麦子、水稻的四五倍。

今天，喷壶仍然是农妇侍弄菜园的浇水工具，很多城里人养花也用喷壶。小小喷壶，带给人们的不仅仅是轻便和收获，还有愉悦的心情。

润物细无声

椋子 水舀子

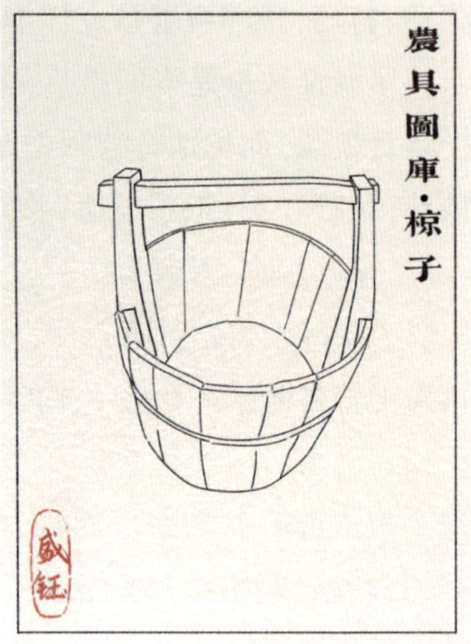

椋子，木板箍成圆桶的拎水工具，两侧有竖称，上置横柄，成为拎水的把手。还有的直接用一根厚竹篾拱成半圆形，两端安插在圆桶两侧，同样成了把手。根据容量，椋子又有大椋子和小椋子之分。大椋子的圆桶高40厘米，内径30厘米；小椋子的圆桶高35厘米，内径25厘米。其实，大与小，装水也只有几斤重的差别。在里下河乡村，家家都有椋子，既有大椋子，也有小椋子。没有自来水的年代，农人每天都提着椋子，到水码头上拎水，倒入水缸储备、沉淀，供烧饭烧菜用。

水舀子，有粗瓷碗大小，是农人从水缸往锅里舀水的生活器具。之前，水舀子既有用成熟的葫芦一劈两开做成的，也有用薄木板做的，后来又有铁皮打制的。现在，无论椋子还是水舀子，都有不锈钢的和塑料的。

吃上了自来水，椋子就常常被农人当农具用，水舀子紧跟其后，做它的助手。

“谷雨前后，种瓜点豆。”四月的里下河乡村，麦苗葱绿，油菜花金黄，此时也正是为各种瓜果蔬菜育苗的最佳时期。农户家前屋后的空地，打谷场场头和圩堤边，经农妇除草、整理后，便成为各类蔬菜的落脚之地。前几天先育苗，将丝瓜、黄瓜、茄子、胡椒等一粒粒细小的种子放在泥土里或茶杯似的土钵中，集中在桌面大的地方，盖上碎土，再用小椋子拎来水，用水舀子轻柔地浇水，缓缓渗透在泥土里。浇完水，农妇用塑料薄膜覆盖，保温保湿。

我看见我的邻居姜奶奶是这样为菜地种子浇水的：她将水舀子靠近泥土，慢慢倾斜舀口，舀子里的水缓慢地落在泥土上；姜奶奶移动舀子，水流跟着移动，水落在地面几乎听不到声响，更不会溅出水花。一椋子水浇完，桌面大的地方也就浇湿了。她浇水动作慢，不是因为年纪大，而是为土里的种子着想。种子细小，又是酥土覆盖，浇水快，或水舀子举得高、浇水重，会将种子冲刷出来。她浇水的动作，就跟她纳鞋底一样小心，生怕针尖戳到手指；又像是为熟睡的孩子拉盖被子，生怕弄醒孩子。

一段时间后，秧苗破土而出，青嫩嫩、绿油油的。农妇用铲锹挖出秧苗，

浇水　陈明干 / 摄

或扒出土钵，小心地放在椋子底，移栽到先前挖好的小塘里。栽完一批，再用小椋子去拿苗。秧苗放在小椋子里，稳重，钵土不易松散。当一棵棵小苗都有了安身之处后，农妇又用小椋子拎水、用水舀子逐个浇水。苗小、茎嫩，水舀子慢慢浇水不会碰伤茎叶。培育这类小秧苗，跟育婴一样，需要细心和耐心，不能着急。

如此连续多日浇水后，秧苗挺直了腰杆，伸直了叶子，一个个醒棵成活。

时令转到立夏，秧池田里的水稻秧苗也碧绿清秀了。再过二十多天，它们就像出嫁的姑娘，离开苗床，移栽到大田。“好苗长好稻。”“要想谷满仓，先要育壮秧。”农人深知壮秧的重要，傍晚，拎着半椋子尿素化肥，均匀地撒施在秧苗间。若施的是碳铵，农人还要站在墒沟里，用水舀子或双手戽水，将附着在秧叶上的化肥泼落到水田里。碳铵沾在秧叶上容易伤苗，只有用水将碳铵浇落，农人才放心地回家。

秋天戽麦种，也有农人用椋子的。一只椋子可装15斤麦种，一来一去，正好戽两个塆子。戽麦种讲究均匀，不能有的塆子上戽得密，有的塆子戽得稀。塆子大小一致，椋子里装的麦种斤量又稳定，农人算好了：每亩用种量30斤，一亩田4个塆子，正好戽两椋子麦种。年长的农人没有文化，有时用“拙（笨）婆娘数瓜子——死办法”也是好办法，不用算来算去的，简单明了。

夏秋之时，里下河降雨频繁，暴雨连连，棉花、大豆等旱熟作物常常受淹。农田低洼，雨下得太猛，排涝站开足马力也不能使内河水位迅速下降。农人身穿雨衣，用吊桶打水，用椋子和面盆刮水，一刻不停，以“排内涝”的方式将田水排向田埂外，拯救水深火热中的庄稼。每一棵青苗都是一个生命，都是一束丰收的星光。排内涝，就是利用一切可以排水降渍的工具，争分夺秒保庄稼，从洪魔口中夺收成，延误不得。

初冬，生产队种植的茨菇田、荸荠田采收完毕，就“放荡”了。放荡就是放开的意思，任何人都可以到田里寻找茨菇和荸荠。消息像长了翅膀，大人、小孩，男人、女人，都带着椋子和竹篮涌到了田里。天气已经降温，西北风如约而至，但人们顾不得寒冷，用手在淤泥里扒茨菇，用脚在田水里崴荸荠。运气好，一个下午可以有半椋子的收获。

洒向青苗是甘雨

戽水瓢

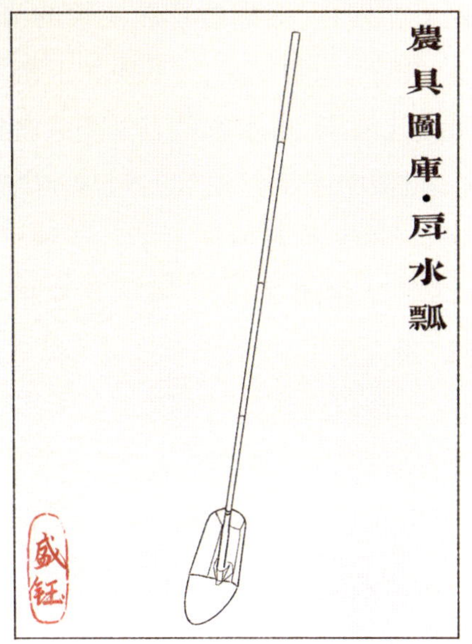

里下河是地势低平的水乡，河多水多。作物生长离不开水，农人要取水浇灌，于是这里就产生了一些特有的农具，比如戽水瓢。

戽水，是取水浇泼的动作；瓢，舀水的器具，戽水瓢自然就是专门用于浇水的农具了。瓢身用薄薄的铁皮敲打而成，长30多厘米，宽20厘米，形似汤瓢，底端深，顶端浅，瓢头圆。将这铁皮瓢固定在3米长的竹竿末端，就成了戽水瓢。

早先，里下河农人是将成熟枯干的葫芦一分为二剖开，半边绑定在竹竿上，就成了戽水的工具。宋代，人们已经熟练掌握了木板制作技术，利用树木锯板，用木板做成了舀子之类的器具作浇水工具。至清代，铁制加工进一步细化，铁皮出现。铁皮轻薄，且耐潮耐用，人们用铁皮制成了浇水的器具，经多次改进，便有了今天戽水瓢的样子。20世纪80年代初分田到户，家家户户都添置戽水瓢，以至于乡村和集镇上，敲白铁皮的匠人货摊上都卖戽水瓢，挂着的，叠在一起放着的，很多，也便宜，几块钱一个。手巧一点的农人自己也会做戽水瓢。

水乡农田多，在朴实的农人看来，肥沃的大田，只有栽水稻、长棉花、种麦子才划算，而那些弯曲狭长的河岸、圩堤，高高隆起的场头、垛烙，才是芋头、山芋、大豆、油菜、瓜秧和玉米等旱熟作物最好的落脚之处。这些地方机械无法灌溉，戽水瓢就有了用武之地。

“清明芋子谷雨姜”，四月，阳光和煦，万物萌动，农人便在圩头圩脑整地施肥，培育和栽植秧苗了。待种子入土，瓜秧进塘，农人拿起躺在地上的戽水瓢，站在河岸上，一瓢一瓢地将河水舀泼上来……临河的菜地，用这戽水瓢，最方便了。

河岸有高有低，菜地有长有短，风向也时有变化，勤快的农人使用这戽水瓢却是得心应手。高一点的河岸，在河坎边铲出一条脚板宽的小道，站在这“二道坎上”，无论舀水还是浇泼，不高不低，距离适中。浇水讲究退步走，这样泼出去的水不会淋湿后面的道；握着长长的柄，舀满一瓢水，高高举起，借着顺风之势用力泼去，连那最远处的茄秧、瓜秧也得到了滋润。若是遇到顶风，则水瓢浅舀，低位戽洒，否则，被逆风顶回来的“雨水”会淋人一身……

在这帮瓜菜果蔬中，数芋头最难照料。五月底，圩边、垛烙上所有的菜籽拔除了，农人将集中培育的芋头苗一一起出，分散移栽到事先挖好的小塘

浇水　吴萍 / 摄

里。芋头是一种既离不开水、又忌怕水的“怪物”。说它离不开水，是因为芋头苗自栽入塘子后，需用戽水瓢每天为它浇水。“田里长芋头，天天来碰头”，说的便是长芋头的人每天下田浇水而与芋头碰面。七、八月份的高温时节，无论天气多么炎热，无论农活多忙，只要老天不下雨，农人每天都要给它浇水，让它解渴，早上一次，傍晚一次。芋头的茎叶长得越高，戽水越是要用力，每浇一次水，人都是大汗淋漓。为了减少水分的蒸发，农人还从河里捞来水草，壅在芋头苗的根部。如果老是缺水生长，挖出来的芋头籽少个小。说它怕水，是说在浇水过程中，还不能浇得过多，让芋头长时间地浸泡水中，形成渍害。在渍涝中长起来的芋头，烧煮不烂，有半生不熟之感。之前在家种田的时候，自家的场头上长着二十多棵芋头，当那阔大的芋头叶子长到了腿膝弯，我带着戽水瓢再去给芋头浇水时，母亲总要叮嘱：浇潮了就行，千万不要浇得太淹。

垛塔和圩边长年种植作物，常施水草、湖渣、人畜粪等有机肥，土壤早已熟化，土质疏松，肥力充足，又因农人浇水得当，及时除草施肥，这儿长出的芋头，有体大实沉的龙头芋，单个的可达二三斤；有小巧玲珑的紫荷芋，鸭蛋大小，棕毛裹身，一个个憨态可掬。芋头是美食，可单独清蒸或红烧，更多的则是当配菜，有青菜烧芋头、猪肉烧芋头、扁豆烧芋头、老鹅烧芋头，还有芋头豆腐汤、芋头虾米汤等，每一样芋头菜都令人满口生津，回味悠长。“吃芋头，遇好人。”每逢过年，里下河农家都要做一道芋头菜，让亲友品尝，送上美好祝福。

霜降过后，当大面积的水稻收割完毕，一框框小麦田播种结束后，疲惫不堪的农人腾出身子，转移到圩头、堤边、谷场、垛塔上来了。此时，所有的芋头早已挖走，黄豆秸也已拔除，留下的是光秃秃的空地。清除杂草，开挖菜塘，施基肥、栽菜秧，一天下来，哪怕是屁股大的空地，都被惜土如金的农人栽上了油菜。农人直起身，背手轻敲酸疼的后腰，拿起圩堤上的戽水瓢，站在河边，将长长的瓢柄伸展到河里，为菜地浇水。

“哗——哗——哗——”夕阳西沉，深秋的圩堤和垛塔上，清冽的秋风中，家家户户的戽水瓢都在卖力而畅快地舞动起来，凌空划出一道道晶亮的弧线，为来年四月金黄的菜花注入了生命的源泉。

“短寿”的农具

暗墒锹

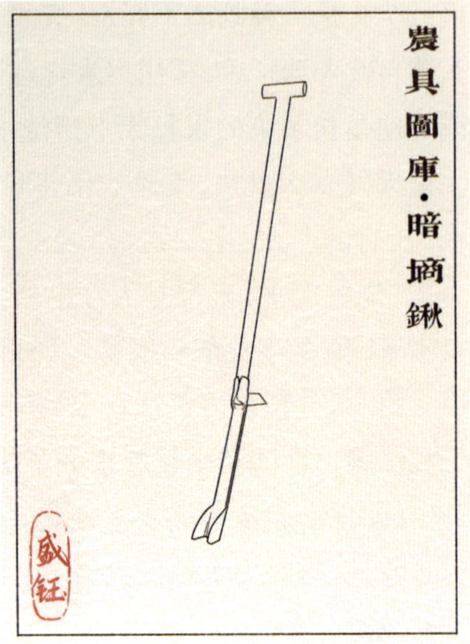

有一种农具，还有一种农活，在里下河地区仅仅存在了一两年。这种农具叫暗墒锹，农活叫挖暗墒。

那是1975年秋天。

向土地要粮，在有限的土地上增产增收，这是多少代农人孜孜以求、一刻也没有停止的梦想。20世纪70年代初，里下河地区完成了“沤改旱”，也尝到了由沤田“一熟制”种植到旱地“两熟制”种植的甜头。但人多田少，且亩产量也不高，在“农业学大寨”“以粮为纲”的大背景下，怎样进一步抓农业生产、使粮食产量再提高，成为农村各级干部的头等大事。

终于有人想到了办法：在现有农田里，不挖明墒挖暗墒，既扩大种植面积，又不影响排水降渍。

明墒，即田间看得见的墒沟，包括顺墒和横墒。顺墒是顺着田块而挖出来的墒沟，横墒挖在田的两端，将几条顺墒首尾串联，便于排除田间积水。麦子、棉花、油菜等旱熟作物怕水渍，每块田里都要开挖顺墒和横墒。

顺墒宽20厘米，长100至150米不等；横墒虽短，但比顺墒更宽更深。墒沟是淌水用的，不能长麦子。有人算过一笔账，一块5亩的麦田，有4条顺墒和2条横墒，约有两分地不长麦子。一个生产队有200多亩麦田，一个大队有1000多亩麦田，一个公社、一个县那就更多了。不算不知道，一算吓一跳，这么多的墒沟不长麦子，要损失多少斤产量啊？废除明墒，将墒沟埋在土层里，不就能扩大种植、增产增收了吗？

这埋在土层里的墒沟就叫暗墒。暗墒也要挖，普通大锹不能挖暗墒，要有专用锹。公社有“铁木社”，是专门生产各种铁制农具的社办企业。铁木社的铁匠师傅们一刻不停地敲打，一把把暗墒锹新鲜出炉。

暗墒锹结构与大锹相似，有柄、楞、锹身、锹蹬。但其锹身很独特，长度比大锹锹身长，有35厘米；宽度比大锹锹身狭窄，只有7厘米；锹口两侧还各有一块与锹口呈90度角的“耳朵”一样的铁片，也是7厘米宽度，使锹口整体呈“凵”的形状。一眼看上去，这暗墒锹就是一个瘦骨嶙峋的细高挑儿，样子有点怪异。

稻子割完后就该种麦了。种麦先要挖墒。因为是挖暗墒，所以方法与往年不一样。

挖暗墒得有三个人配合，一人挖上层明墒，一人挖下层暗墒，另一人盖土。明墒挖好后，铲去墒沟里的碎土，农人用暗墒锹在新挖出的明墒底部中间下锹开挖。从头到尾，明墒有多长，暗墒也挖多长。挖明墒要三锹才能将一块荒垡端上来：左右各一锹，然后在两者之间再挖上一锹。而挖暗墒，只需一锹就可以取出荒垡，这是暗墒锹锹口两侧的“耳朵”起了作用。暗墒锹锹口呈“凵”形，农人用脚向下踩锹蹬时，压力的作用，使锹口、两只“耳朵”同时向下切土，一脚踩到了底，农人端起锹柄，一块狭狭长长的土垡也同时端了上来。明墒挖得宽，暗墒挖得窄，这就出现了倒“凸”字的沟形。另一个填土的人，将暗墒锹挖出来的土垡横铺在暗墒上口，像铺砖头一样，一块紧贴着一块。一段铺好后，用洋锹在盖好的土垡上再填土，如此这般后，明墒不见了，暗墒埋在了地下。

挖暗墒比挖明墒吃力。农田的表层是熟土，土质较松，而表层以下的土是“死板土”，硬得很，踩锹下挖更要用力。暗墒锹锹口是“凵”形，与切下的土垡被挤夹在泥土中，农人向上端锹柄时同样要力气。挖暗墒更要有耐心。暗墒锹两侧的“耳朵”7厘米宽，这就表示暗墒锹每挖一锹，只能是7厘米的长度。一条100米长的暗墒，只能以每一锹7厘米的长度向后延伸。挖暗墒如此费力，多是由男人挖，女人盖土、填土。

一块田挖的暗墒，密度与之前的明墒差不多。暗墒的两头，直接连接灌溉渠。有的生产队为稳妥起见，灌溉渠较少的田块，采用“一明一暗”的布局挖墒，即一条明墒间隔一条暗墒开挖，这样，积水过多时，明墒和暗墒能同时排水。

那年秋播，里下河地区很多麦田都推广使用了暗墒。暗墒挖得多的圩田，除了整块麦田和灌溉渠道，几乎看不到墒沟。

理想是美好的，但现实又让人难以预料。第二年春天，连续阴雨，导致田间大量积水，暗墒一时半刻不能将田水排干，“尺麦怕寸雨”，麦子受渍，减产成了定局。之后又是连续多日的晴好天气，形成干旱，麦田急需窨水。但没有明墒，就没有上水的通道，麦苗被蒸得奄奄一息。

暗墒周边毕竟是泥土，是泥土总会坍塌，使暗墒堵塞。再加上挖暗墒比挖明墒费工费力，两年后，再也没有一个生产队挖暗墒了。

暗墒锹锹身独特，只能挖暗墒，不能像大锹、洋锹那样一锹多用，因而暗墒不挖了，暗墒锹也很快消失。有的人家则将锹柄安在了其他农具上。

里下河地区有悠久的农耕历史，今天我们看到的作物种植、管理和收割，是科技指导与机械化作业。但这样的结果，与世世代代里下河农人坚持不懈地艰难摸索密不可分，他们尝遍了无数次失败的酸楚，又在失败中另找出路，挖暗墒算是没有成功的一个。“吃一堑，长一智”，在汲取教训、不断总结的基础上，里下河农业生产才有了一次次飞跃。

第三辑

晨兴理荒秽，带月荷锄归

——生产管理农具

庄稼从播种到收获，有一个漫长的过程，需要农人精心管护。一件件农具成了农人的好帮手，为庄稼上水、松土，助力生长。

水往高处流

水车

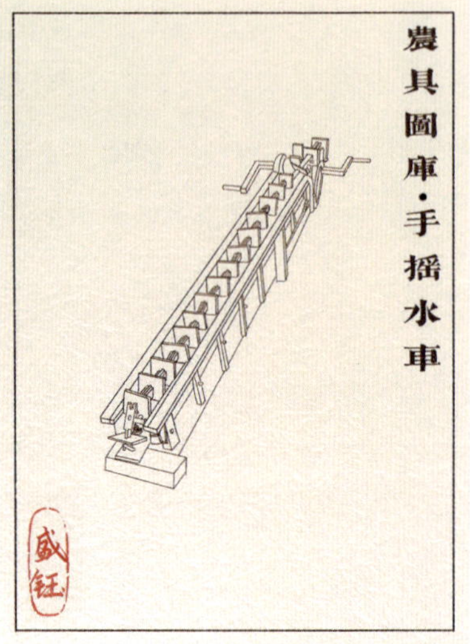

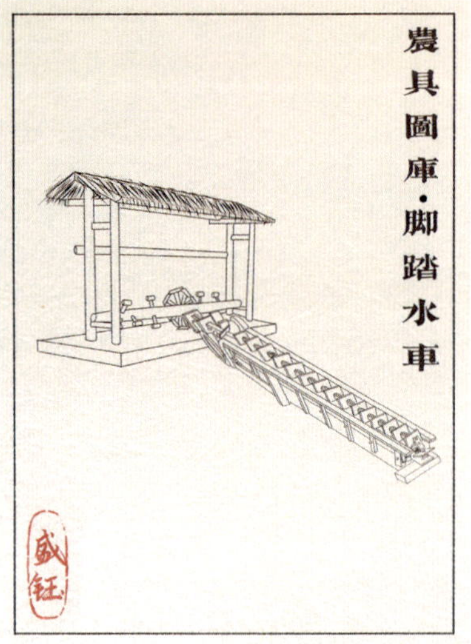

水车，一种靠人脚踏或手摇而上水灌溉的工具。

起初，水车叫翻车，是距今1800年前东汉时期的宦官毕岚发明的。翻车靠轮轴翻水。轮轴巨大，经人力旋转后，由轮边刮板将低处水源送至高处田地。后经400年的演变和发展，至唐代，水车有了槽桶，通过转动轴带动槽桶内的刮板将河水翻送至田间。因带动刮板的木榷连成一体，形似龙骨，故水车又被称为龙骨水车。

自唐代修常丰堰，特别是宋代筑成范公堤后，里下河区域大片沼泽地被开发成农田。农田与河水面有两米左右的落差，如何把河水引进田间？水车在这里显露身手，它让每一块田地都得到了水的滋润，庄稼得以生长。

在里下河地区，水车分为脚踏水车和手摇水车。它们的区别在于：脚踏水车体形大，槽桶既宽又长，需两人以上才能安装或拆卸，而手摇水车规格小，槽桶既短又窄，一人即可搬运和安装；脚踏水车通过脚踏转动轴（也叫横轴）上水，因而也称之为“踏车”或“脚车”。手摇水车的槽桶上端设有轱辘，也即小转动轴，轴上有枴柄，通过双手摇动枴柄带动木榷和桸板上水，因此也叫轱辘车或拨车；脚踏水车人力投入多，翻水量也多，用于圩田灌溉水稻等作物，而手摇水车一两人即可操作，取水量少，用于对落差小的垛垎作物的浇灌。里下河地区绝大部分是圩田，所以常见的是脚踏水车。

脚踏水车算得上是结构复杂的大型农具。它由转动轴、槽桶和车担棒三大部件组成。转动轴是一根粗大而笔直的圆木，长三米多。轴的中心位置套着车轮一样的大水钵，水钵周边有一排木齿。水钵两侧的转动轴上，各插有两副（四根）对称、交叉的圆形木枴。转动轴由两端的支架撑着，离地尺许。槽桶呈U型，长4至6米，边高50厘米，底宽40厘米。槽桶是翻水的通道，下端有一个小水钵，俗称“舞端子”，木榷（类似链条）和桸板（带水之用）围绕在转动轴的大水钵和槽桶下端的小水钵上。槽桶斜卧于河坎，上端搁在堤岸上，位于转动轴的水钵下方，下端伸在河水里。车担棒，是踏车人作为扶手的横木，长而粗，横亘在转动轴上方半人高的位置。踏水车有四个人，分布

手摇水车　杨桂宏／摄

在转轴两侧，每人脚踏一副木榜，手扶车担棒，双脚踩在木榜上，左右脚交替踏步，踩下去的压力使水钵转动，又带动了木榷和栦板，一片片栦板经过槽桶底端的水中，将河水不间断地拉到了堤岸上……

安装水车叫“支车”。水车部件大而多，要用船装。撑到田头后，先在岸上竖好支架，安放好转动轴和车担棒，然后在河中打牢人字架，吊好槽桶底端。支车的关键，一是在岸上要放好“车口”，即槽桶的出水口须平整，高度适中。车口放不平稳，要么木榷容易从水钵上滑落，要么栦板刮坏槽桶内侧壁板，也影响出水量的大小。二是在河水中调试好“舞端子”，既不太深又不能太浅。太深了，踏车的人踩榜吃力；太浅了，拉水不多。

水车支在旷野，盛夏酷暑更需踏水车。有的水车的上方，会搭建一个麦草盖的简易棚子，或在附近用白洋布支一顶凉棚，为踏车人遮阳、挡雨，防止他们中暑或遭雨淋湿。

转动轴沉重，拉水十分吃力，一两个人势单力薄，踏不动水车。踏水车如同走路，一只脚踏在一只榜上，右榜踩下去了，左榜又翻上来；再将左榜踩下去，右榜又翻上来……四个人手扶车担棒，上身保持不动，只有双脚不停地交替踩踏，他们步调一致，循环往复，形成的合力使得水车的转动轴一刻不停地运转，河水也源源不断地向上翻涌。四个人中，只要有一人用力不足，其他人都会感觉到踩榜吃力，转轴减速。

初学踏水车，与其他人配合不协调，免不了要吃点小苦。一只脚踩在左榜上，一只脚踩在右榜上，稍不注意，一脚就会踩空，立即从转动轴上跌落下来；或略有怠慢，一只脚便跟不上榜的转速，坚硬的圆榜打在那迟缓的小腿的前骨上，让人疼得龇牙咧嘴；大家齐用力，转动轴快速地转，木榜也跟着转，如果有人双脚一下子都跟不上节奏，慌乱之中，双手只好死死地抱住车担棒，双脚悬吊，人挂在半空，上下不得，便成了同伴谈笑中的“吊田鸡”。更有甚者，悬着的双脚落下时顶住了木榜，导致旋转的转动轴戛然而止，然后倒转，这就是人们俗说的“打倒榜”，意思是没有成全某一件事，反而起反作用。

之前，只有地主和富农才有水车和风车，雇人使用。中华人民共和国成立后，水车和风车归集体所有。一部水车踏一天，能上足五亩田的水供人栽秧，醒棵后一天能加十五亩田的秧水，所以，很长一段时期，水车是生产队主要的灌溉工具。

农忙时生产队踏水车，快节奏，都说是“踏翻车”，轮番上阵的意思。小满未到，农人割了大麦，便耕地栽秧了。田多，除了风车上水，就是踏水车翻水。天未亮，八个男劳力匆匆赶往圩田踏水车，上水盘田。水上得快，秧就栽得快，为了歇人不歇车，生产队安排了两班人马轮流踏水车，每班四人。第一班的人伏在车担棒上，一字排开，踏着水车，“嗨哟、嗨哟”地打着车水号子，踏车轴呼呼作响，河水不停地向上翻滚。约莫半个小时，转动轴上汗水湿透的四个人跳下，坐在堤岸上随时待命的另外四人又跃身而起……河水在田间漫延，绿色的秧苗也在栽秧人的手下向前铺展。

田多水车少，每隔一两天，生产队就要将一部水车移往别的圩田上水。移水车，一条船，两个人，先拆车担棒，再拆转动轴，最后拆槽桶。别看水车身架大，部件多，但拆了再装好，在农人手里，也就是半天的事情。

水稻品种有早稻、中稻、晚稻，从五月份一直长到九月份，历时五个多

踏水车　毛剑云 / 供图

月。伴随水稻生长的，便是这繁重的踏水车的活儿。时间一长，每个踏水车的人都感到厌倦。有人想出了妙招：将一只碗放在槽桶出水口不远处，溅起的水花在碗里聚满了，则下一班人马来换岗，碗不满，岗不换。后来，又有人设计出了踏水车的“线筹”。线筹是一根30厘米长的木棍，中间有轴，轴身绕满细线。细线一端连着水车的转动轴，一班人踏着水车，转动轴将线筹上的细线全部拉完后，便到了下一班人上岗踏水车的时候。线筹是踏水车最公平而科学的计量工具，天气再热，踏水车再累，在这线筹面前人人心服口服。

干旱的日子，不仅烈日当空时踏水车，繁星满天时也要踏。“赤日炎炎似火烧，野田禾稻半枯焦”，秧苗干渴啊！连续踏水车，脚板肿了，腰眼酸了，收工回家，浑身像散了架似的。

20世纪70年代初，水车随着抽水机的出现而销声匿迹，但那枯燥而艰辛的踏水车滋味，在上了岁数的农人的记忆里，怎么也不会消失。

迎风而舞

风车

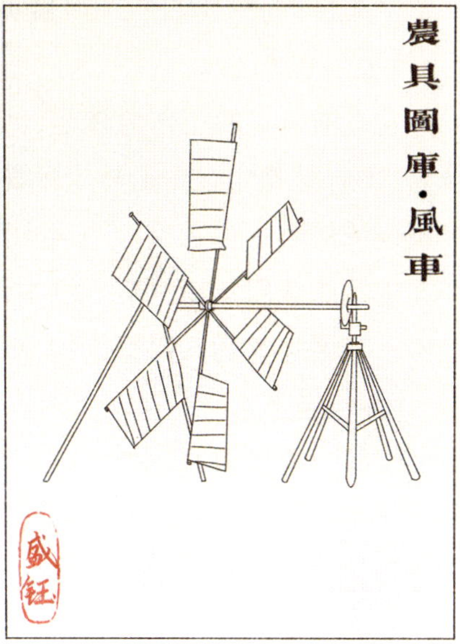

风车，是利用风力提水灌溉的工具。

风车发明于1000年前的宋代，初始记载风车的是南宋诗人刘一止的《苕溪集》：“老龙下饮骨节瘦，引水上诉声呷呀。初疑蹙踏动地轴，风轮共转相钩加。”老龙、地轴、风轮皆是风车上的主要部件。奇怪的是，中国古代著名的农学著作《王祯农书》中却没有风车的记载。《王祯农书》写于1313年，是元代农学家王祯所著，他在总结前人所述的基础上，对我国农业生产知识作了全面而系统的论述。书中无记录，说明风车在元代王祯时期还没有推广应用。到了明代，有关风车的介绍多起来，徐光启的《农政全书》，宋应星的《天工开物》均有记述。

里下河地区的风车有两种，风轴竖立的，叫立式轴风车，风轴横卧的叫卧式轴风车。风轴是安插篷叶的转动轴。立式轴风车的产生早于卧式轴风车，卧式轴风车是对立式轴风车的改进和发展。它们各有其结构，靠风运转，都借助于水车系统工作，即通过槽桶、水钵、木榷和梻板送水。

立式轴风车受帆船启发而发明，农人概括它的结构为“四缆八桅一中心”，即用四根竖立的柱子和四根缆绳在外围对称固定风车；用八根桅杆连接一个中心柱，每根桅杆挂一片篷叶；中心柱上装着主轴，篷叶转动带动主轴后，使水车系统上水。

立式轴风车的工作原理是，八根桅杆围绕并连接中心柱，离地一米对称竖立，下方是抱定在中心柱上的圆盘式主轴，主轴周边的木齿与旁边连接水车系统的横轴木齿相交。当风力鼓动篷叶时，八片篷叶像走马灯一样旋转，带动主轴作圆周运动，同时驱动横轴及槽桶内的水钵运转，从而拉动栋板向上送水。因竖立的八根桅杆构成风轴，故称立式轴风车，里下河农人也称之为"八桅立式大风车"。

帆船上的风帆是粗布，篷叶也应该用粗布，布眼细密，兜风十足。但在里下河地区，立式轴风车的篷叶很少有用粗布的，大多是蒲草编织，看起来十分粗笨。旧时，使用风车的都是地主和富农，按理说，他们在一部风车上配上粗布作篷叶不是难事。但用蒲草编织篷叶，也许蒲草轻飘，表面光滑不淋雨，结实耐用。还有就是地主和富农过于吝啬，舍不得粗布日晒夜露，风吹雨淋，容易破损。

八桅立式轴风车　毛剑云／供图

立式轴风车有体形庞大、占地面积多、维修成本高等诸多缺点，于20世纪60年代被“洋车”即卧式轴风车所替代。

洋车有人字架、四方架（主架）、天轴、地轴、篷篙、篷叶、钻芯等部件。人字架和四方架搭成“洋车架子”，天轴横向搁在架子上；天轴中部有一圆钵，圆钵周围有六孔，六根篷篙呈放射状插在六孔中，每根篷篙上挂一片粗布篷叶；四方架内，钻芯垂直竖立，上端齿轮与天轴一端的齿轮相交，下端齿轮与地轴一端的齿轮相交，地轴另一端宽大的齿轮与槽桶内木榷相连。篷叶迎风旋转，带动钻芯和地轴转动，继而拉动拂板，将河水由低到高输送到田里。与立式轴风车相比，洋车的六片篷叶都是侧着身子的，因其构成的风轴（天轴）横卧上方，故称卧式轴风车。那个年代，凡新鲜事物皆冠以洋字，所以卧式轴风车俗称洋车。

起初，里下河地区的洋车为树木所制，包括齿轮都是桑木做成，后来每个生产队添置了铁制洋车。一部部洋车耸立在不同的圩田，篷叶吱吱转动，清水哗哗翻涌，构成了里下河平原上独有的景象。

卧式轴风车　毛剑云／供图

洋车固定支撑在靠近河口的“洋车垛”上，一部洋车可以灌溉五六十亩水稻田。每个生产队有三到四部洋车，每部洋车有专人看护。一个老练的农人，可以看护两部到三部洋车。

洋车不停地运转，零部件容易发生偏差。锯子、凿子和斧头是看护洋车的人每天随身带的三样工具，用以及时校正或修理零部件。看护洋车的人还常用油料涂抹钻芯和木齿，增强润滑作用，减轻部件的磨损。

看护洋车，关键是会看天气，根据风力与风向调整洋车。篷叶是白粗布做成，每片宽一点五米，长两米，由篷竹支撑着张开。天气晴朗，风力三到四级时，六片篷叶全部扯满，迎着风向匀速转动，河水不停息地向上涌来；当风力增加到五级时，看护人收缩篷面，通过操纵篷钩，将每片篷叶降至一半；风力再大时，看护人就卸下四片篷叶，只留下对称着的两片篷叶运转……风力增大，但篷面收缩或篷叶减少，并不影响洋车的转速。那时没有天气预报，判断风力大小，完全凭看护洋车的人的经验。

风云难测，刚才还是平平稳稳的东南风，转眼之间，老天调转了风向，刮起了西南风。看护洋车的人立即爬上主架，松开落篷绳子，降下所有篷叶，然后用肩膀扛着人字架，一步步向西慢慢移动……当六片篷叶重新挂上篷篙时，每片篷叶正好对着西南方向迎风转动。洋车上的篷叶，类似于帆船上的风帆，只有调整好角度，迎着风向，方可正常转动。逆风，或角度偏差太大，不仅洋车无法拉水，还会损坏部件。

使用洋车，不是风速越大越好，估计风力将要达到六级以上时，看护洋车的人就赶紧落下所有篷叶，让洋车停止转动。七、八月份是天气多变时期，常有台风暴雨来袭，若不及时卸下篷叶，当乌云翻滚、狂风大作时，就为时已晚，巨大风力将洋车上的篷叶吹得鼓鼓胀胀的，篷叶发疯似的狂转，整个洋车发出令人胆战的声音。紧接着，凶猛的台风会将飞转的篷篙折断，篷叶摧散，人字架、主架、天轴等瞬间倾塌……这便是农人眼里恐怖的“倒洋车”。

我父亲曾经看护过马厂圩上的那部洋车。八月暑天热如火，洋车在烈日下一刻不停地运转着。那天午后，父亲发现洋车上铁制的钻芯底部突然冒出了火花，越擦越大。“不好，钻芯起火了！”钻芯起火会引燃并烧毁上层拨轴周围的一个个木齿，导致洋车没法运转拉水。父亲立即用水桶拎水灭火，慌乱中，父亲的后脑勺不幸被高处转动着的篷篙头擦伤……至今，我还记得当时父亲双手捂着流血的后脑，独自奔向村卫生室的情形。

天气干旱，河水消退，看护洋车的人站在船头，或直接站在河水里，降低槽桶底部，让水钵、木榷和梻板始终埋在水中，便于提水。田有高低，上框的田水上满了，看风车的人拿一把大锹，挖开田埂的口子，让上游的水流进下框的田里。

稻田面积大，水稻又处在旺盛的生长期，一刻都不能缺水。夜里有风，看护洋车的人还要守在洋车垛上看风车。离村庄较远的洋车垛上，砌有一间土墙草盖的“洋车棚子”，供看护洋车的人歇息。夜里困了，他点燃麦稳子或者枯草，以烟驱赶蚊虫，再在里面打会儿瞌睡。没有洋车棚子，就用竹竿和棚布临时搭一个窝。在看护洋车的人眼里，夜晚的燥热寂寞、蚊虫的围攻叮咬，以及自身的困倦，都算不上什么，只有那嫩绿的秧苗和运转的洋车比他的性命还重要。

岁月流逝，古老的风车早已隐身而退。兴化市陈堡镇蔡堡村木匠出身的徐长龙师傅制作了各式风车和水车竖立在村旁，重现风车和水车的灵动与活力，作为水乡的印记，也让人们铭记曾经的农耕岁月。

农具中的铁汉

大锹

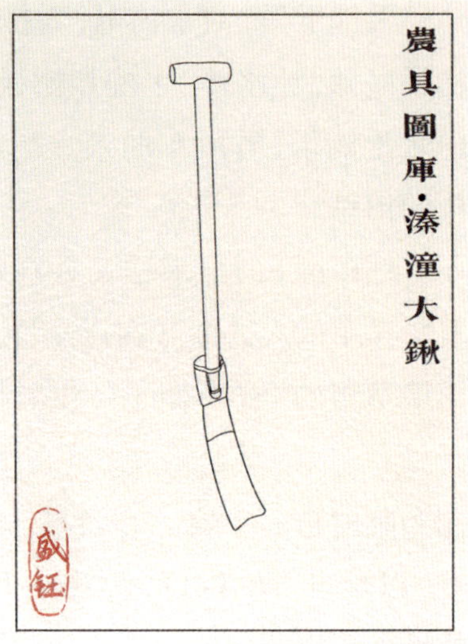

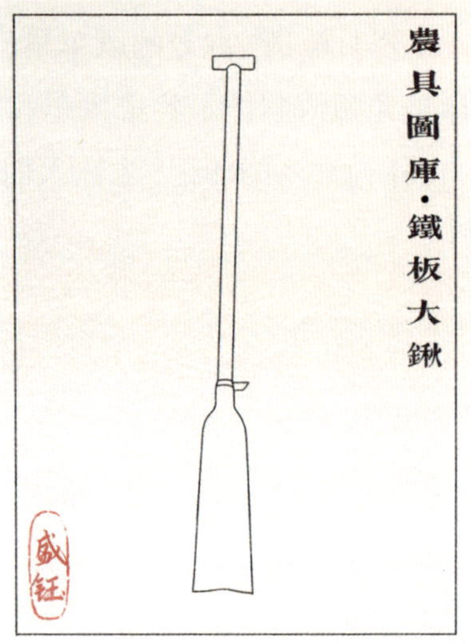

锹，前身叫锸，中国最古老的农具之一。先秦诗人韩非所著《五蠹》中有诗文：“禹之王天下也，身执畚锸，以民为先。”意为禹统治天下的时候，亲自拿着锹锄带领人们干活。禹是夏代的开国君王，夏代距今已有4000多年，锹在那时就出现了。元代《王祯农书》中记载：“江淮南楚之间谓之锸……盖古谓锸，今谓锹，一器二名，宜通用。”江淮包括里下河地区，由此可见，大锹是里下河历史悠久的农具。

大锹是农人开挖泥土的主要工具，挖渠、挖墒、挖河道、挖草泥塘等等，凡深挖泥土都离不开大锹。“无锹不成户”，在里下河农村，哪户农家没有一把大锹？劳力多的农户，有两把甚至三把。

之所以称大锹，是因为其锹柄长、锹身宽。里下河地区的大锹曾有三种式样，即老式板锹、溱潼大锹和铁板锹。老式板锹，也叫蒲锹，形同蒲扇，除锹蹬是木质的外，锹身后还镶贴着一方厚木块，以增强挖土过程中向后扳动时锹身的硬度;溱潼大锹锹身更长,略呈弧形,锹口稍圆,锋利,挖土较深。20世纪80年代后,老式板锹和溱潼大锹渐渐消失,最常使用的就是铁板锹:锹枴、锹柄、锹蹬、锹身,都是铁制或不锈钢的,坚固耐用。铁板大锹一米多高,锹身长30厘米,口宽12厘米,锹枴、锹柄、锹蹬与锹身焊接为一体。

里下河平原地势低平,沼泽地曾广为分布。"万物土中生,有土斯有粮。"里下河先民为了生存,在每年枯水期和浅水期,都用大锹等农具,在沼泽地中挖沟取土,堆积垛田种庄稼;夏秋之际降水频繁,为抵御洪涝灾害,先民们用大锹挖土,挑筑成一道道圩堤,守护着庄稼和村舍。先民还在荒田野滩上挖翻泥土,晒垡灭草,让荒地变农田,日复一日的劳作,终将这里开辟成肥田沃土。

大锹的一个重要用途是开挖渠道。20世纪70年代初,里下河地区很多圩田是整块的,面积大,河道少,无沟渠,排水不通畅,田间作物生长常遭渍害,产量普遍不高。推行农田方整化因此兴起,既开挖灌溉渠,又修筑田间路。我的父亲母亲便是参加者之一。

时值深秋,稻把刚刚挑离田头,父亲母亲和其他劳力们,就赤脚站在仍有水迹的农田里,忙不迭地挖土开渠。他们手握锹柄,踏着锹蹬,一脚一脚地用力踩下去,然后又将一块块泥土端上来,甩到水渠的两边。

开挖一条灌溉渠,最常见的模式是"三二一",即上面一层三大锹口宽,第二层两大锹口宽,最下面一层一大锹口宽,这样挖出来的水渠正好呈倒三角形,上口宽约60厘米,深90厘米,底宽20厘米,上水快,泄水也快。

一个田块有多长,渠道就该挖多长。那时以丈为单位,测量验收每个劳

挖墒 陈明干 / 摄

动力挖渠的长度，给予相应的工分报酬。最长的渠道可达五十多丈，这样的长渠，那么多的土方，要一锹一锹地挖上来，三个劳力两天才能完成。每天傍晚，父亲母亲总是拖着疲惫不堪的身子，扛着大锹，满身泥斑回到家。

一条水渠挖成了，还要做好渠埂，修好渠坡。农人用大锹铲，用洋铲拍，将一条条长龙般的灌溉渠修理得棱角分明，面面如镜。放眼望去，广阔的田野里，尽是笔直如线、纵横交错的水渠和土路。原先连成一片的大圩田，被切成了几十亩一大框、三五亩一小块的方整田。

正是在那些年，父辈们靠着一把大锹，起早贪黑地开挖，乡村所有农田都实现了"沟渠配套、排水畅通"的格局，对改良土壤、提高粮食产量发挥了巨大作用。

我高中毕业那年，学会的第一个农活，就是用大锹挖墒。

秋天种麦时，挖墒算是重农活。麦子怕水，一块田如果不挖几条墒，春天雨水多，会造成渍害，麦子肯定减产。稻茬田耕翻后，播麦种前，每块田都要挖墒。

用秧绳拉直于一块田的两头，用大锹或洋铲依着秧绳铲去表面碎土后，我手拿大锹，先"打划口"。划口打得直不直，决定了墒沟直不直。打划口是将大锹紧依着秧绳踩缝口。一锹踩到了底，双手提起大锹，接着刚才的那个锹缝继续向后踩。一个锹口只有四寸宽，一条五十多丈长的墒沟该踩上多少次大锹呢？谁也没有统计过，只知道这挖墒的农活弯腰吃力，枯燥乏味。

划口打到头，便是再回到起点挖墒：距离划口一锹口宽，平行地踩上一锹，接着在两锹缝之间连接性地再踩上一锹，然后锹枴稍微前移，随即后扳，另一只手用力托起锹柄，一大块泥土便端了上来。将近一天工夫，一条长而笔直的墒沟才能挖成。对于那些天，一个初出校门的人的全部记忆，除了腰酸腿痛，还有就是手心里破了皮的血泡。农人手心里的老茧，都是长时间地手握农具，经起泡、破皮、再生新皮等轮番磨炼后生成的。

麦子刚刚播种结束，上河工的任务就下来了。大锹，又跟随着浩浩荡荡的大军，奔赴冬季水利的工地……

铁匠在打制大锹时，对锹口是特别用心的。锹口在铁砚上敲打成薄片后，再淬火加钢，这就使得锹口坚硬而锋利，在面对任何板实的土壤时，它都能无坚不破。大锹，就是个迎难而上、肯干硬活的"铁汉子"。

大锹的搭档

洋锹

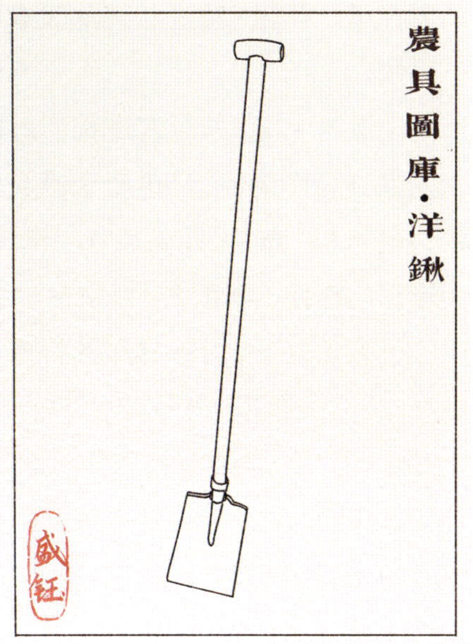

1949年以前，积贫积弱的中国有很多生产生活用品从国外进口，这类商品都姓“洋”，如火柴叫“洋火”，煤油叫“洋油”，铁钉叫“洋钉”，等等，以至于后来，人们凡见到新奇物品，都称之为“洋玩意儿”。里下河地区的农具中，洋锹、洋铲是中华人民共和国成立后我们自己的产物，但仍有人将它们归于“洋”类。

其实，洋锹古已有之，与耜几乎同时产生，作平地、除草之用，其名称经历过剷、划、钱和铲的演变。元代《王祯农书》介绍：“今铲柄长数尺，首广四寸许，两手持之，前进擿之，划去垅草。”

里下河地区使用的洋锹，锹身形状酷似出土的古代青铜铲、铁铲，凸字形，比青铜铲和铁铲略大。锹身为铁制，有肩，供农人脚踩使锹口往下挖；有銎，即安装木柄的锹窝；有刃，薄而锋利。锹身长25厘米，锹口宽20厘米。柄为圆木棍，长1.2米，上端有拐，便于抓握。

洋锹在里下河地区使用，与另一种农具——泥择子有关。泥择子是在沤田开泥、放泥的工具，但为木制，易朽易坏，不经用。中华人民共和国成立后，手工业得到发展，洋锹便随着其他铁制农具在铁匠手中诞生，从而代替了泥择子。洋锹轻飘且结实，又有锹刃，农人开泥、放泥比用泥择子放得开，干得快。

洋锹与大锹，外形有点相似。区别在于，大锹的锹身狭长，洋锹较宽；大锹的锹身厚而坚硬，洋锹整个锹身较薄，没有大锹钢硬；大锹口内凹，略带弧状，洋锹口平直，比大锹口宽。因为两者的特点不同，它们的功能也就不同：大锹用于深挖，洋锹适合浅铲。

很多情况下，大锹和洋锹就像一对小夫妻，夫唱妇随：大锹先挖土，洋锹后择土。20世纪七八十年代，冬季水利工程每年有，要么上“大型”，要么挑“小型”。大型，指的是省、县组织的水利工程，诸如大运河、通扬河、车路河等拓宽浚深，土方工程量大，民工多，工期长；小型，就是各公社、大队自行组织的小工程，比如圩堤加修、鱼池浚深、生产河开挖等。那时没有工程机械，无论大型还是小型，都由人工开挖和挑运。开挖时，农人先用大锹挖出一层泥土，将土块装入担筐后挑走。清理土层上的碎垡，靠的就是洋锹：有时，一担土挑完，空担子回来时，农人就及时用洋锹将碎垡铲起来，装入担筐挑走；有时，等上面一层土方全部挖完后，再用洋锹全面清理碎垡。总之，农人开挖土方时，土方塘里始终保持着平坦、干净的状态。

大集体时期，里下河地区曾推广种植双季稻，即在同一块田地里，一年

做秧池畈　王晴山 / 摄

种植和收获一季早稻后再长一季晚稻。培育双季稻早稻秧，是在清明节前两三天。先做秧池畈，农人用洋锹将淤泥择起，做成一块块长方形的塝子，然后将稻种播在塝子上。因为气温低，秧苗生长缓慢，一个月后，只长到3寸高。其时已是立夏，按早稻的生长期及下茬晚稻的播种期推算，此时已到了早稻栽插的时候。

季节不等人。对于这么一个“小不点”，最好的方法是用洋锹带泥铲。农人双手握稳洋锹柄，锹口对着秧池畈面向下2厘米的位置用力推进。洋锹口缓缓前移，长满秧苗的薄薄的一块泥饼蠕动着身子，慢慢地躺在了洋锹面上……2厘米厚度的泥层，所有的秧根都长在这里面，铲得再薄一点，会伤及幼小秧苗的嫩根；铲得再厚一点，又加重秧担分量。铲秧，锹口平直的洋锹最适用。

一条条渠道像划出的格子，笔直而又交叉地刻在田地里。渠道既便于上水，也利于放水，让生长在圩田里的庄稼旱涝保收。但渠道是需要养护的，一年或两年下来，渠道里沉淀了好多淤泥；两边的渠坡，也长满盐巴草和烂叶草，影响渠道畅通。农活不太忙，生产队就组织劳力清理渠道。农人赤脚卷裤，站在渠道里，用洋锹铲除青草后，再将渠底的淤泥择到渠埂上，正好加宽加高渠埂。清理渠道时，躲在杂草和泥土里的那些黄鳝和泥鳅，冷不丁地窜出，一个个被劳作的人捉住，成了晚饭桌上的下酒菜。

渠道事关作物丰收，清理沟渠也是农业生产的重点工作。公社党委常常结合秋播，到田头召开“三沟配套”（渠道、横墒、顺墒）流动现场会。大队干部临场督阵，指挥全体劳力用大锹挖渠、用洋锹修整。凡现场会线路经过的地方，所有渠道都得“打扮”一番。打扮，就是用大锹、洋锹将渠坡和渠埂拍实铲平，做成坡是坡、角是角，然后再用洋锹择上淤泥，涂抹一层。用淤泥涂抹过的渠道，油光闪亮，几乎照得出人脸。尽管农人心有怨言，认为这是多此一举，但多见不怪，习以为常了。

分田到户后，各家都有了责任田。户与户的田块之间，需做一条田埂。做田埂时，两家人合起来做：用大锹挖土，依着秧绳堆放，再用洋锹拍实、裁直、铲平。新做的田埂，平整，崭新，一条直线。农人笑着说：自家的田埂，也是种田人的脸面，一定要做好。

铲土的大手

洋铲

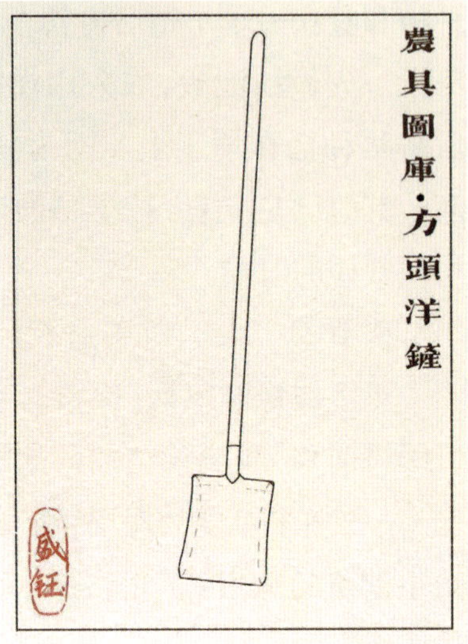

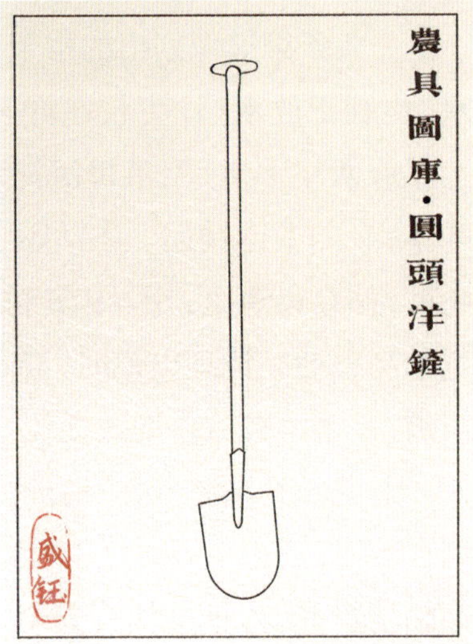

在里下河地区，洋铲成为普遍使用的农具，比洋锹的历史短，约在20世纪70年代初期。也就是说，先有洋锹，后有洋铲。还可以说，洋铲是洋锹的替代物，因为随着洋铲的大批出现，洋锹慢慢消失了。现在，我们在里下河农村看到的，只有洋铲而没有洋锹了。

洋铲铲身的形状，起初皆为方口，也即农人所说的“方头洋铲”。铲身比洋锹大，长35厘米，铲肩和铲口宽各30厘米。与洋锹还有不同的是，洋铲铲身两个边侧有稍微卷起的边框，可挡铲中之物不外落。20世纪80年代，里下河地区又出现了圆口洋铲，铲身长度与平口洋铲相当，但铲口呈弧状，小半圆形，有的铲口还圆中带尖，因此有农人称之为“尖头洋铲”或“圆头洋铲”。洋铲的主要功能是铲土，圆口洋铲铲土时受阻面小，铲土更快，必要时还可以用尖口挖土，连挖带铲，效率更高。

洋铲带木柄，有的木柄上端装有楞，有的无楞。有楞的，铲柄短些，长约

1.2 米；无楞的，铲柄稍长些，1.5 米。铲柄长，人劳作时，弯腰幅度不大，轻松点。

洋锹、洋铲皆为铁制。但洋锹是铁匠打制，将铁片经炉烧、锤打而成，其硬度相对较弱，也易生锈；而洋铲则是工人在车间里将钢板锻造后形成的产品，内含钢的成分，故而铲身更坚硬，铲口更锋利，且不易卷口，比洋锹耐用。这便是洋铲出现后洋锹被淘汰的一个重要原因。

我初识洋铲，还是在十一二岁的时候。那时，生产队每分完一次口粮，几户人家就合用一条船，将稻谷运往邻村的碾米厂轧米。碾米机开动后，大人们扛稻的扛稻、抬米的抬米，我们小孩则帮着择糠（择，方言，铲的意思）、扫地。出糠口在碾米机后侧，旁边就放着一把跟我个子差不多高的平口洋

做山芋苗床　陈明干 / 摄

铲。洋铲口宽大，一次可以择好多的糠。我每择起一洋铲的糠，就倒进笆斗或者大袋子里，然后再将空洋铲支在碾米机出糠口的下面，等着飘飘落下的细糠。

20世纪70年代，各大队“大办工业”。大队办工业，多数是新建一座土窑，用砖坯烧出青砖。做砖坯，就地取土：在土窑附近的空地上挖土，挑送到制砖坯的机器上搅拌后，制成砖坯。大队办工厂，又是为建房造砖头，哪个不高兴呢？生产队都是挑选身强力壮的男劳力为窑厂挑窑泥。土窑是个“吃土”大王，每天都得用好多泥土制砖坯。挖到潮湿疏松的泥土层后，农人不再用大锹挖，而是拿洋铲挖。方头洋铲每挖一下，泥块总比大锹挖得大，还不像大锹那样左一锹、右一锹，中间还要踩一锹才能将土块取上来，而是直接脚踩洋铲肩，再双手用力端起洋铲柄，一大块泥土就放在了担兜里，干净利索。只要三大块土，一只担兜就放满了。一担担泥土倒入制砖坯机器的搅拌口，很快在另一头变成了一块块长方形的砖坯。

洋铲用得最多的，还是铲土。进入20世纪八九十年代，里下河地区冬季水利工程仍在持续，既有河道拓宽浚深、修筑公路，如兴化的车路河、乌巾荡、盐邵河整治工程等，也有圩堤加宽加高，仍旧是人工用大锹挖、用扁担挑。此时，洋铲已完全替代洋锹，每一次铲起碎垡，都比洋锹多得多。对于潮湿的土壤，农人干脆用洋铲挖，尤其是尖头洋铲，一锹踩下去，既挖得深，端起来的泥块还很大。

除了跟泥土打交道，洋铲也常常跟着麦粒和稻谷走。夏收时节，地老虎（脱麦子的机器）轰麦把时，有农人专门站在地老虎的一侧，用方口洋铲不停地将从地老虎肚子里滚落的麦粒择到空地上，腾出位置，让更多的麦粒滚出来。秋天，滚筒脱粒机脱稻把时，同样有一位农人手拿洋铲，将脱下来的稻谷择到笆斗里，扛到空场上晒。送夏粮、秋粮到粮管所去卖，农人都是用洋铲、板锨将麦子或稻谷在打谷场上择到笆斗里，装上船。到了粮管所，农人又用洋铲、畚箕将船舱里的麦子或稻谷装进笆斗，一笆斗一笆斗地扛进仓库。

洋铲口锋利，干起活来得心应手。在旱地做苗床、堆山芋岭、挖芋头塘、植树造林等等，都使用洋铲。每年夏收前重新做场，农人先用洋铲铲去杂草，再平整场面，压实后，迎接新收成登场。

清理墒沟的专家

铲墒锹

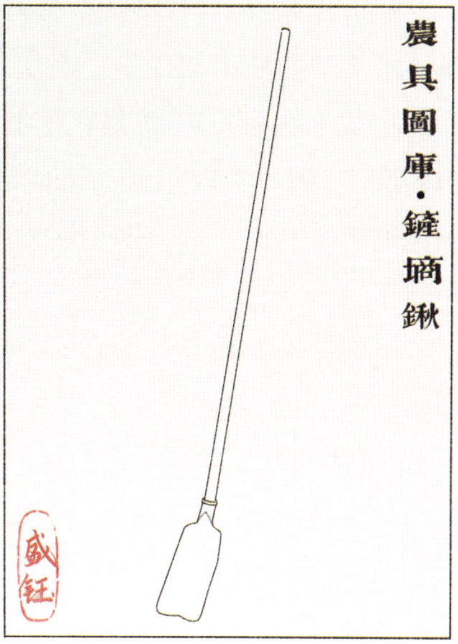

农人干活很讲究。比如在麦田挖过墒，还要用铲墒锹在墒底铲一遍，清除碎土，好让墒沟顺利淌水。以后墒沟淤塞了，还要再铲。这好比一条路铺好后，要经常清除路面杂物，保持干净，便于行车走人。

铲墒锹，顾名思义，是专门用来铲墒的一种锹。1949年后，国家重视农业发展，鼓励工厂和匠人制造农具，新式铁制农具因此层出不穷，纷纷涌入农家，成为农人生产劳动的好帮手，铲墒锹就是其中之一。

挖墒用大锹，铲墒用铲墒锹，大锹和铲墒锹是弟兄一族，但“长相”上稍有区别。让我们将铲墒锹和大锹作个比较：铲墒锹锹身比大锹短，约20厘米，厚度比大锹薄，身子轻；铲墒锹锹口比大锹略窄，弧形，10厘米宽，比大锹口锋利；铲墒锹的柄比大锹柄更长，2米左右。铲墒锹的这些特点，都是为铲墒量身打造，便于在墒沟里铲土理墒。

麦子的一生怕渍害。“麦田一套沟，从种用到收”，农人种麦时，讲究“三沟”配套，不仅深挖周边的灌溉渠，更是在麦田里挖出了一条条笔直的顺墒和横墒，让墒沟连接灌溉渠、灌溉渠通往河道。只有这样，不管老天下多大的雨，也能雨歇田干，麦子安然无恙。

麦子种完，墒沟刚挖好，农人紧接着就用铲墒锹铲墒了。挖墒时，墒沟里会落下一些断垡与碎垡。断垡，就是挖墒人端起荒垡时，断裂在墒沟底部的一小截土块；碎垡，就是在挖墒过程中，墒沟两侧自然滚落的碎土。新挖的墒沟里，断垡和碎垡遍布墒沟的底层。断垡不铲除，墒沟底便不平坦，像一道道潜伏着的土坎，阻碍沟水流动；碎垡不清理，墒沟会变浅、变窄，排水不顺畅。

铲墒算不上是辛苦的农活。在大集体时期，生产队长安排铲墒的，常常是年纪稍大的，和刚从学校毕业、农活还不太熟练的年轻人。当天农活不是太忙，女劳力也去铲墒。

铲墒时，每人一条墒沟，人的一只脚站在墒沟里，一只脚站在麦垮子上。铲墒习惯后，双脚都可以站在狭窄的墒沟里，人侧着身子，双脚呈直线一前一后地站着，一边铲墒沟，一边向前移动步子，不再站立不稳。

锹柄长，铲墒的人无须弯腰。锹口铲到断垡或大的碎垡，才稍微弯一下腰，用力扳动锹柄，将土垡铲出墒沟。

锋利的锹口铲除断垡不太费力，窄窄的、带着弧形的锹身很合身地在墒

铲墒　沈海波 / 摄

沟里游走，将大大小小的断垡、碎垡统统铲上来。麦子在前两天刚刚播下去，少数麦种还暴露在土面上，这些铲出的碎土正好覆盖了麦种。一条墒沟铲完，站在这头望那头，墒沟里碎土块不见了，太阳映照下，墒沟底子像一条水线，平滑而光亮。

水往低处流。下雨时，顺墒里的积水流往横墒，横墒里的积水流往渠道，因此，铲墒时，铲墒人会注意将顺墒和横墒的端头在原有基础上再向下铲深一些，确保了下雨时顺墒与横墒、横墒与渠道连接部位的水流顺势而下。

每下一次大雨，垮子上细碎的泥土也随着雨水流进墒沟，并淤积在墒底。时间一长，一条条墒沟变浅了，影响下次雨水的流动。有时，墒沟边一个较大的泥块塌进了墒沟里，像土坝一样阻在那儿，整条墒沟甚至多条墒沟里的积水都无法流向灌溉渠。“一丈不通，万丈无用”，积水越聚越多，就给麦子生长带来不利影响。墒沟是麦子生长的健康通道，每年腊月，生产队都组织人员第二次铲墒，对所有墒沟疏通一次。

化肥膣过了，麦泥打过了，泥浆浇过了，此时麦苗长到了几寸高。农活已经不忙，这第二次铲墒的活儿多是交给女劳力。

经过风霜雨雪的侵蚀，墒沟里聚积的泥土特别酥松，加上第一次铲墒形成的平坦底子，现在每向前铲一锹土，对于平时做惯了重活、累活的女人而言，实在是一件轻而易举的事。那些铲上来的碎土，正好壅在瘦弱的麦苗根部。一天下来，每个女劳力能铲十多条墒沟。两三天工夫，生产队二百多亩的麦田墒就全部铲完。只是，铲墒的活儿轻松，每个人得的工分少得很。

“麦怕清明连阴雨”“寸麦不怕尺水，尺麦就怕寸水”。立春过后，大地回暖，麦子起身拔节，个子一个劲地往上蹿。为防春雨过多，给旺盛生长的麦苗造成渍害，农人还要铲最后一次墒。墒沟两侧都是已经长高的麦苗，铲墒时，农人的一双脚都要站在墒沟里。若是脚站在垮子上，肯定要踩断脆嫩嫩的麦秆的。铲上来的土，也要小心摆放在麦棵的空隙中，不能压断麦秆。对于庄稼，没有任何人像农人这样细心呵护和疼爱。

给麦苗盖被子

麦泥耙

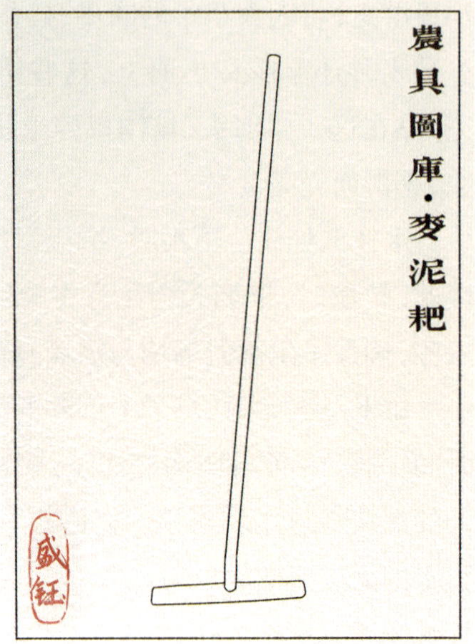

麦泥耙，里下河农人打麦泥用的工具。也有人称“揉田耙”。

麦泥，即麦田里的泥垡。打麦泥，意即将泥垡打碎。之所以有人称揉田耙，是因为通过耙头的揉搓，也能致泥垡破碎。

麦泥耙“T”字形，耙头为木棍，选自楝树、桑树或榆树的枝棍，材质硬实，宽45厘米，直径约8厘米；柄长2米左右，有的是木棍，有的是竹竿，硬朗笔直。麦泥耙制作简单：在耙头中间位置凿一圆孔，将柄较粗的一端作为柄根插入孔中。为使柄根在孔中牢固而不脱落，农人或在柄根一侧钉入一根木楔，或在耙头圆孔外侧往里钉入一根铁钉，这样就卡住了耙头。后来，农人在耙头一侧还装上一排铁钉，6至8根不等，每根长8厘米，打麦泥更便当。

麦泥耙的前身是古代农具“耰”（yōu），也就是木榔头。东汉时期《说文解字》中解释：“耰，摩田器，从木。”元代《王祯农书》中说：“耰，田家所制无齿耙，首如木椎，柄长四尺，可以平田畴，击块壤，又谓之木斫。”由此可见，里下河地区早先使用的麦泥耙的形状跟耰十分相似，功能也一样，是农人用来击碎田间泥垡的工具。

麦种播进田地后，秋末的阳光与大地的体温使麦芽破土而出。但这样的好日子不长，随着节气转入冬至，气温明显下降，人们身上的衣服越穿越多，田间瘦黄的麦苗却在寒风中瑟瑟发抖。

种麦之初，稻茬田是用犁耕翻的，有三寸多深；之后，通过旱耙耙地、人工破垡，将麦种盖在了泥土里。覆盖在麦种身上的，是一块块大小不一的土垡。盖种时，因为缺乏足够压力，麦根周边以及土壤表层下有稀疏的缝隙，寒冬腊月，阵阵朔风从缝隙里穿过。天气冷，麦子种得迟，出芽也迟；基肥不足，麦子发芽便营养不良。用麦泥耙将一块块土垡打碎，能为麦子补充肥力、壅根保暖、抵御寒冻，以便麦子安全越冬。

最好的方法是，打麦泥时，将泥肥与湖渣一同壅在麦苗周围。麦子发芽齐苗后，生产队组织男劳力将田头上的河泥和湖渣挑到了麦田里。河泥和湖渣渐渐风干，农人用钯子将它们劆碎，分解成拳头大小。全部破碎后，麦田里到处是散乱的泥块。

冬至后天气阴冷，甚至还有冰冻，麦子进入休眠期。铲过了麦田墒，农人顶着刺脸的西北风，一个个扛着麦泥耙，来到田里打麦泥。

打麦泥的活计不重，数九寒天里，挥舞着麦泥耙，周身还感到暖乎乎的。

打麦泥　陈明干 / 摄

参加打麦泥的，多是中年妇女，还有十七八岁的姑娘，以及五六十岁的男人。那个年代，每到冬季，壮劳力一部分被安排到水利工地，挑河筑路，还有一部分罱河泥，为春天窖草泥塘肥料做准备，像打麦泥这样轻巧的活怎么也轮不到他们干。

经过连日的风吹和冰冻，再经太阳一晒，那些被劘碎的河泥和湖渣，还有麦苗间的泥垡，已经很酥松了，麦泥耙一敲，最多是用力一击，大多土块都松散开来。碰到大土块或硬土块，就用有耙钉的一侧劘碎，再将土拉散。打麦泥，就是用泥耙头敲敲打打，推推揉揉，使塝子上的一块块泥垡和湖渣粉身碎骨后，一边弥合麦子周边的缝口，一边将泥土壅裹到瘦黄的麦苗根部。没有挑泥渣的田块，就直接将麦苗周边的土垡敲碎，但保暖不增肥，效果不理想。

打麦泥，可以一个人一个麦塝子，也可以两个人一个麦塝子。二十多个人打麦泥，排成一路横队，能分布在两块大田里。一天麦泥打下来，能有几十亩。

打麦泥的活轻巧而简单，长期被割麦栽秧累得喘不过气来的女人们哪里能像今天这样轻轻松松干活的？麦田里，除了噼噼啪啪的麦泥耙的击打声，总也少不了人们的说笑声。

冬天的早晨，天气寒冷，麦叶上结着晶亮的霜花，土块还冰冻着。打麦泥，不需要像割麦、栽秧那样下田早，都是八九点钟才上工，此时太阳已经出来，大地开始回暖，土块上的冰冻渐渐融化。上工早，冻着的土垡一块连着一块，麦泥耙怎么也敲打不碎。

麦泥耙打过，好多麦叶被打烂、打断，看起来让人心疼。一旁的大爷会安慰你："麦子冬天养心（休眠），春天长根（分蘖）。它们正在睡大觉呢，叶子坏了不要紧，只要麦根不死就行。"

打过麦泥的麦田，潮湿的泥斑一摊连着一摊，麦苗也是七斜八歪的，整个麦田看起来一片狼藉。但农人放心，春天一到，春风吹，阳光照，春雨润，这麦苗便是齐崭崭、绿油油的了。

除了打麦泥，麦泥耙再无他用。一季麦泥打完，农人将其放入屋内一角保存。此后，麦泥耙一直默不作声，在静静等待下一个冬天的到来。

有“牙齿”的农具

钉耙

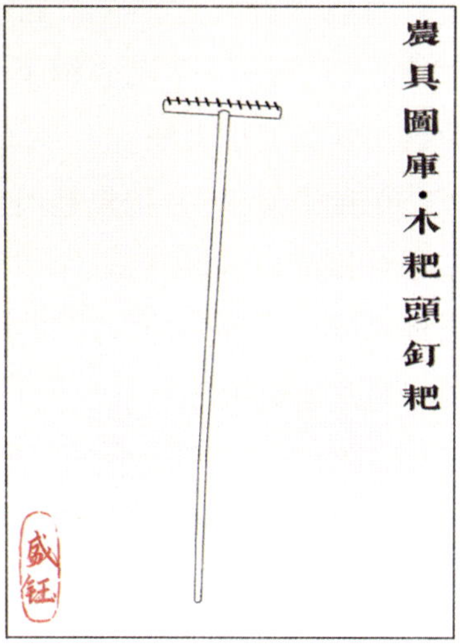

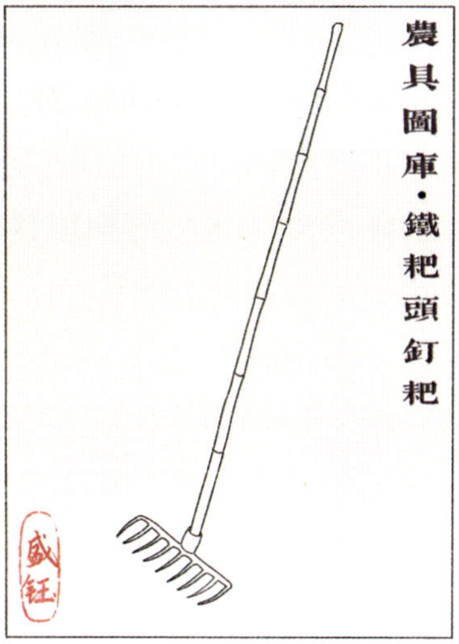

钉耙，耙头上有耙钉。耙钉也叫耙齿。钉耙是用来梳理田面的，所以也有人称钉耙叫“梳耙”。

农耕包括耕、种、管、收等，包含许多具体农活。在农业生产过程中，随着农人对农耕经验的不断总结，农活分工越来越细致，作物产量也越来越高。农活多，分工多，新生的农具也越多，犹如打仗，什么兵种就使用什么武器，在什么样的场合就使用什么样的武器。起初，耙是由畜力拖拉以平整田地的农具，如单梁耙、无齿耙。后来又派生了各种手工推拉的耙，如钉耙、耥耙、翻耙、拖耙等等，用于平田、除草、翻谷、为作物培土壅根等，这正说明农活得到了更科学合理的细化。

钉耙呈“T”字形，耙头是膀子粗的圆木，一侧有耙齿；钉耙的柄，或木头柄，或竹竿柄，插在耙头正中位置。

耙，也作杷（pá）。有钉的耙，早在元代就有很多种了。《王祯农书》中就介绍了五种，分别是大杷、小杷、耘杷、竹杷和谷杷。其中描述大杷：“直柄，横首，柄长四尺，首阔一尺五寸，列凿方窍，以齿为节。夫畦畛之间，镬劚块壤，疏去瓦砾……”既介绍了大杷的形状，又说明了用途。里下河农人使用的钉耙其实就是大杷。

在我印象中，钉耙先是用来盖茅草屋的。小时候，全村农户皆住茅草屋。盖茅草屋的匠人叫茅匠，特别忙。晴朗天气，他每天都为人家盖草屋，或者修理草屋。他随身带三件工具：一块拍板、一把泥塌子和一把钉耙。

茅匠的钉耙耙头细短，直径10厘米，宽30厘米；耙齿为木齿或竹片齿，5至6根，每根齿长约8厘米。柄也不是太长，一米多一点。

屋梁上铺好架竹和竹箔后，接下来是“搪汪”，也就是铺淤泥。脚手架上的人用长柄舀子将淤泥一点点送上来，倒在竹箔上。茅匠站在屋檐口墙上，立即用泥塌子将淤泥抹平。一面屋顶全部抹上淤泥后，茅匠就从屋檐口向上铺放茅草。每铺放好一捆茅草，茅匠总要用拍板自下而上拍几遍，使茅草形成一定的坡度。铺上两三排后，茅匠就用钉耙像梳头一样自上而下梳草，所有茅草都紧紧贴贴地排列在屋坡上，以后下雨，就顺着茅草向下流淌。

接下来，茅匠还要向屋顶盖草。茅匠将耙齿劚在铺好的茅草上，使耙头成为一个固定的落脚点，自己坐在或站在耙头上，继续向上铺草。南北两边屋顶全部盖好草，茅匠就骑坐在屋脊上，再用钉耙在屋面自上而下的梳理。梳毕，新盖的茅草屋面就像刚理过的头发，齐齐整整，清清爽爽。茅草屋因了茅匠一丝不苟的铺设，怎么也不会漏雨。

当乡村竖起一排排新瓦房时，茅匠消失了，木齿、竹片齿的钉耙也不见了。但另一种用于打麦泥的钉耙又出现了。

有的麦子因基肥少、播种迟，进入腊月后，麦苗矮小瘦黄。天气寒冷，农人便用打麦泥的方法壅根护苗，也就是将麦苗间的土垡敲碎后壅裹在麦苗根部。打麦泥，先前的麦泥耙也是“T”字形，但没有耙齿。也许是受茅匠钉耙的启发，农人在麦泥耙耙头一侧装上了一排耙齿。

这种钉耙耙头粗长，直径8厘米，宽45厘米；耙齿为铁钉，6根至8根，每根长8厘米，柄长2米。

麦泥耙装上耙齿，打麦泥更方便，能有的放矢：小土垡疏松，只需用没有耙齿的一侧敲击即可粉碎；大土垡坚硬，就用另一侧的耙齿敲碎后，再将土拉散，壅裹到苗间。有的麦田播种后，挑施了一层猪灰或湖渣，农人就用钉耙揉碎后，再拉到麦苗根部。

钉耙的另一个好处是，可以清除田间的稻秸，减少病虫害发生。麦田的前茬是水稻田，水稻收割后，田地耕翻，仍然留有一棵棵稻秸根，很多麦子的害虫如蚜虫、粘虫等，就躲藏在稻秸根里越冬，立春后产卵。农人打麦泥时，就用钉耙将稻秸根从麦苗间划出来，集中在河边或田埂上点火焚烧。

机械化作业，使得秋播提前，麦子按时出苗，旺盛生长，麦泥耙也被淘汰。20世纪80年代，出现了铁耙头钉耙，用途广泛，特别适合一家一户种田使用。

铁耙头钉耙，耙头和耙齿整体连在一起，耙头宽40至50厘米，有齿8根至12根，每根齿长15厘米；其柄更长，2米往外，多为竹柄。

分田到户后，每个人家还要单独做秧池育秧苗。秧池里有荒垡、稻秸根和杂草。上水后，农人就用铁耙头钉耙处理。秧池田是留茬田，经过冬天和春天的翻晒，土壤不再硬结，只需用钉耙来回划动几下即可碎化。田角部分没有耕

平田　朱春桃／摄

捞水草　陈明干 / 摄

翻，农人挥动钉耙，铁齿把板硬的地方划得疏疏松松。农人在秧池田里来回划上一阵后，稻秸根和杂草被清理到田埂边，土壤稠和了，就能做秧池畈了。

栽秧前，农人要在田地里拉墒平田。大集体时期，平田多用钯子。有了铁耙头钉耙，因其耙头宽、耙齿长，平田速度比钯子更快、更平整。一耙子劚下去，高突的泥块很快就被拉到低洼的墒沟里。又因是长柄，农人站在低洼处，即可将前后左右突兀在水平面的泥土都拉到身边。站在田埂上平田，还可以把泥土以及漂浮在田水面的麦秸根、杂草等一起拉过来做田埂。田埂原来狭窄的、缺口的、凹陷的地方又被填充得完整而实在了。

里下河农人有在垛垎、河岸边、场头栽种芋头的习惯。七、八月份，天气炎热，也是芋头生长的旺季，需要水和肥。水草既有水分，又有营养。农人将铁耙头钉耙伸入河中，又拖又拉，满满一耙头水草就有了。当河边有了足够的水草，农人便一小把一小把地布放在芋头根部。很多人都说里下河的芋头绵软细腻，口感顺滑，他们哪里知道，农人为长芋头而操过多少心事，流过多少汗水啊！

垛田的守护神

刀耙

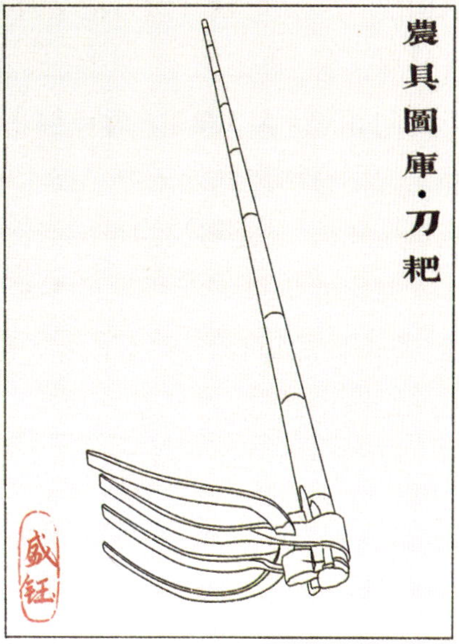

兴化垛田，是一种地形独特的农田：有的像方块，有的如半圆；有的狭长，有的短小；有的弯弯曲曲，有的笔笔直直；有的单独成垛，有的三三两两相连接，或者互有围裹。他们形态各异，大小不等，一个个被河水间隔，一年四季，河水绕垛田，垛田映水中。如果从空中俯视，这星罗棋布的垛田，像天书，似神画，组成神妙莫测、令人无限遐想的景观。千百年来，垛田农民就在垛上挥洒汗水，勤劳耕种。

每一块垛田都是泥土堆积而成，雨水的冲刷，河水的浸蚀，都能使泥土流失，垛坡坍塌。然而，即便岁月流过千年，每一块垛田的面积还是那么大，土壤还是那么肥沃，还是那么绵绵不绝地呈献着清新碧绿的菜蔬。这其中，就有垛田农民用刀耙扒脚坎的功劳。

刀耙也叫刀钯，是扒脚坎的工具。扒脚坎也叫拓脚坎，是一种农活。扒，就是扒泥土；拓，方言，用泥土一点点相加、镶嵌的意思。扒脚坎或拓脚坎，就是用刀耙从河沟里扒来泥土，相加在垛田斜坡上，做成“脚坎”供人行走，又不使水土流失。

刀耙的形状，跟翻土破垡的钯子十分相似：耙头四个齿，铁制，耙头与耙柄构成“7”字形状。但刀耙又有它的特别之处：耙肩较宽，有23厘米；四个齿又扁又长，每齿宽2.5厘米，长28厘米；每个扁齿都呈弧形向内稍弯，齿与齿之间相隔4至5厘米；齿口扁平，并不锋利；耙柄长4米左右。这些特征，都是为了将河沟底处的泥草捞上来。刀耙，是垛田农人习惯性叫法，它的功能是捞和扒，就是将河沟里的淤泥和水草捞上来或者说是扒上来。

兴化处于里下河平原的最低洼处，俗称“锅底洼”，垛田又处于洼中之洼，每一块垛田长年被河水包围着，从未断绝；每年六、七月份的梅雨期，这里又是阴雨连绵，甚至暴雨成灾。这样的地理位置和气候因素，必然导致用泥土堆积的垛田水土流失。垛田是兴化先民像燕子衔泥一样，历经数年一点一滴堆积起来的，寸土寸金。自古以来，垛田农民既在垛上耕耘种植，又用扒脚坎的劳动方式守护垛田，保持了每一块垛田的完整性。

脚坎，农人劳作的落脚点。垛田高突于河水面，四面皆有斜坡，农人除在田面种植外，每一面斜坡上也都长有庄稼。脚坎就是农人在斜坡上铲出的一条尺把宽的小道，便于站在此处播种、除草、施肥、浇水等劳作。脚坎俗称“二道坎”，距离河水面三四十厘米，高的也不足一米，被雨水冲刷下来的泥土容易落在这里，使脚坎更狭窄，又因河水上涨，脚坎被淹没，导致塌陷。用刀耙扒脚坎，能把流失的泥土从河沟里捞上来，相加于脚坎上，脚坎又变宽；扒上来的泥土中有水草，连同淤泥就成了泥苲，是有机质，加在垛坡上，既护坡又增肥，给坡上生长的庄稼提供了营养；河沟里的水和草扒上来，河底更深了，农船靠岸装卸东西更便当，行船也更畅通。正因为扒脚坎有这么多好处，所以垛田地区很早就诞生了刀耙这一专用工具，扒脚坎也成为每年必做的农活。

每年，扒脚坎要抢在梅雨期到来之前进行，从清明前后（4月上旬）开始，到芒种（6月上旬）结束，约两个月时间。此时是枯水期，雨水少，河沟浅，便于用刀耙扒泥，农人也能站在河水中，用苲叉和擢锹从河底往上择泥。梅雨期一到，河水上涨，就不再扒脚坎。

扒脚坎，先要铲一下老脚坎。老脚坎狭小，用大锹或洋铲铲去最上面一层泥土，放在坎边，形成一个围挡；或者将老脚坎挖宽和挖深，挖的泥土同样放在坎边，从河底扒上来的淤泥和水草再放在老脚坎上，就不会滑向河道。

扒脚坎时，农人站在老脚坎处，将刀耙耙头伸入河中，耙齿向下，耙柄搁在一侧的肩上，然后双手向下按住耙柄，使劲往岸边拉动。耙齿扒进的泥草越多，越要用力往上拉。当耙齿兜满泥土被拉出水面时，农人将耙头停在岸边，沥去一些水分后，再用力拖到身体右侧的老脚坎处，卸下泥草。

有的农人是左撇子，左手有力，那么他扒脚坎就从老脚坎的左侧开始扒，扒上来的泥土卸在左侧，边扒边向右侧退步，自始至终，左侧是刚扒上来的乌黑稀烂的泥草，右侧是方便退步的干硬的老脚坎。

刀耙耙头宽，耙齿长，每一次拉上来的泥土有三四十斤重，都需要农人凭过硬的力气从河底处拉上来，卸在脚坎上。水草多、藤蔓长，夹在淤泥中向上拉更加费力。农人感觉耙头实在太重，也要用足气力将满耙头泥草拉出水，停在脚坎下，既让泥草沥水，也让自己稍微休息，积聚一下力气后，将耙齿朝上，再死拖硬拽把泥草拉到位。若耙头在水中停留，无法沥水，耙头还可能滑至河底；耙齿朝上拖，更容易将水草连根带起拖上来。

大集体时期，扒脚坎是正常农活，每到扒脚坎时，生产队长每天安排一两个人扒脚坎，早上六、七点钟上工，下午五点左右收工。扒脚坎是力气活，都安排男劳力，女劳力不参加。

垛上其他农活不太忙，生产队就组织全体男劳力突击扒脚坎，二三十个人，有的拿刀耙，有的拿苲叉，有的拿擢锨，分散在多个垛田边，扒的扒，择的

扒脚坎　陈明干 / 摄

择，一天能扒好几个垛子的脚坎。参加的人干劲十足，每人每天都是8分工的劳动报酬。

垛上长的是瓜果蔬菜，季节性很强，"清明芋子谷雨姜""谷雨前后，种瓜点豆""到了立夏，动刀动耙"。这段时间，垛上农人要育芋头苗、茄子秧、番茄秧、山芋秧和各种瓜秧；春节前后种植的白油菜、黑油菜、盖菜、小连根菜和扬花萝卜等，也要"起"出来，送到城里卖；还有一些杂草也混在蔬菜棵里长高了，急需拔除。农活一忙，扒脚坎就得停下来，男人女人统统转到这些农活上。农人种田，必须跟着节气走，围着垛上的庄稼做，该种则种，该收则收，该卖则卖，一点也不能懈怠。

刚扒上来的泥草，烂乎乎的摊在脚坎上，经过几天的风吹太阳晒，泥草有些干硬，农人用钯子和苲叉做脚坎，将凸凹不平的坎面拉平，把歪歪扭扭的边角用泥土补齐。农人又站在河沟里，用罱锹往脚坎上择淤泥，然后再用罱锹底抹平。新脚坎做得光滑，平整，像一道乌黑油亮的腰带围系在垛田河坎上。每条新扒的脚坎，宽30至40厘米，增加高度25厘米左右。

一个生产队有四五十亩的垛田，多的生产队有七八十亩，两个月内，几十个垛田的斜坡上都做好了一道脚坎。

扒脚坎，既是为了行走，劳作方便，也是守护垛田的一种劳动方式。分田到户后，一家一户耕种，每个农户还是一如既往地用刀耙扒脚坎。一块垛田，面积既没有减少，也没有增加，但垛上种植的蔬菜品种多了，经济效益也增加了。

兴化垛田街道周严村村民周祝干，今年73岁。多年前，他家的垛田被征用，建设富民蔬菜批发市场。他和妻子顾忙娣就租用别人家五亩垛田，搭起钢架大棚，轮番种植白萝卜、小香葱、大蒜、香菜、豌豆头、苋菜、茼蒿等，品种有十多个。长蔬菜辛苦，每天凌晨两三点钟，夫妻俩就到大棚里忙活了。收获的蔬菜，有的是自己批发给附近的富民蔬菜市场，有的是城里蔬菜批发商直接到他的田头订购。每年，周祝干垛上的纯收入有十多万元。

垛上活计再忙，周祝干每年也要扒脚坎。他说，虽然我种的是人家的田，但也要像种自家的垛子一样，爱护垛子，守护好垛子。

给种子一个温暖的家

农膜

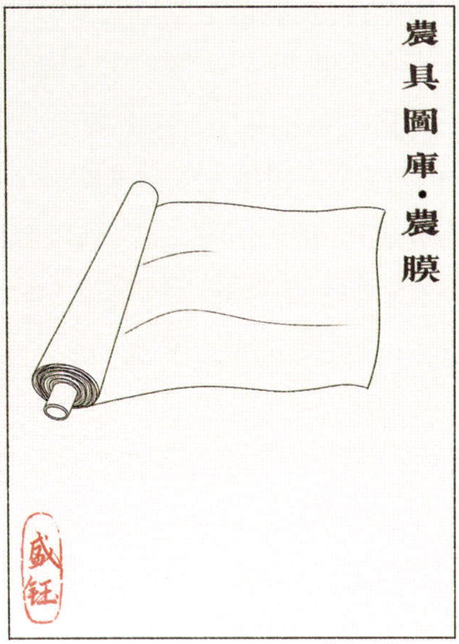

人类的吃和穿，原料多来源于土地。这世上有多少人生存就有多少双眼睛盯着脚下的土地，企盼长出更多好吃的，造出更多好穿的。除了农民，更有科学家专心研究如何让庄稼增产增收，农膜就是他们对农业生产的贡献。

农膜是农用薄膜的简称，农人称之为塑料布。它是由聚乙烯或聚氯乙烯等热塑性材料经机器吹制的薄膜，有无色的、黑色的、绿色的等，覆盖地面后有提高地温、保持湿度、促进种子发芽和幼苗快速生长的效果。

最早的农膜叫地膜，由国外科学家在20世纪50年代研制并应用于农业生产。我国于60年代引进使用地膜，后经自主研发，生产的农用薄膜不仅有地膜，还有棚膜，成为重要的农业生产资料。

里下河农人最早看到农膜神奇作用的，是20世纪70年代初。为了向土地要粮食，那时推广种植双季稻，就是在同一块田地，一年里种两季水稻，前期的叫早稻，后期的叫晚稻。

种早稻，须在清明前后完成浸种、催芽、落谷。此时气温低，在没有农膜的年代，农人只能将催过芽的稻种播在秧池畈上，抹进泥土后，用稻草覆盖保温。结果，稻种出苗缓慢，参差不齐，整个秧池畈就像“瘌痢头”，造成插秧时间推迟，还供苗不足。

有一年，生产队第一次分配到了一批农用地膜，是专门用来育早稻秧的。稻种播在秧池畈上，抹上泥土，用稀疏的稻草铺上后就覆盖地膜。地膜宽150厘米，正好稍大于秧池畈的宽度；地膜是一整块，现成的一个卷子，沿秧池畈铺开，秧池畈有多长，地膜就覆盖多长，剪断后再去覆盖另一块秧池畈。秧池畈布上稻草起支撑作用，避免地膜与地面粘在一起，压迫种子发芽，也防止以后温度过高烫伤秧苗。

地膜覆盖好，农人用手将地膜的四边埋进泥土，还用草绳交叉拉好，系扎在一根根短桩上。如此严密封扎，再大的风雨也不能将地膜吹开。当秧池田全部盖上地膜后，雪白一片，太阳照在地膜上，反射的光芒十分耀眼。

只需十天左右，所有稻芽就长到了两叶一心，齐刷刷顶在了地膜上。随着气温升高，秧池管理员每天练苗：早上九点揭开地膜的边角，让秧池畈通风降温，下午三点再覆盖好。二十七八天后，秧苗有了五叶一心，茎秆健壮，叶色碧绿。农人欢欢喜喜地将它们移栽到了大田，还说育了这么多年的秧，第一次见到这么齐整的秧苗，多亏了塑料布。秧池管理员一块一块地清洗干净，说下年还用它育秧呢！

地膜育秧　朱春桃 / 摄

先前长棉花是“直播”，也就是在清明时节，将棉花种子直接播在一条条泥行里，等待发芽，效果自然不理想。有了水稻育秧的成功经验，农人就尝试将地膜用在长棉花上。

育棉花的地膜与育水稻秧的地膜宽幅一样，但更轻薄和柔软，手指头稍一用力就能戳破。

条播的棉花，间隔播在大麦和小麦地里。四月初，麦苗长到了尺把高，留着种棉花的空行也被农人剮翻了多次，土壤早已熟化。农人将棉花种播进泥土，浇水后用地膜覆盖好。地膜宽、棉行窄，农人用剪刀将地膜剪成3条块，每一条块覆盖一条棉花行。覆盖后，用碎土块压在地膜上。

土壤里有温度又有湿度，一周后，很多棉花苗就破土而出了。那几天，农人手拿剪刀，在棉花行里慢慢跑，慢慢看，看到棉花苗顶着地膜了，就用剪刀在地膜上剪个洞，让棉花苗从洞口伸出头来。若不剪洞，地膜再轻薄，棉花苗也不会冲破地膜；气温升高，地膜还会灼死幼嫩的棉花苗。

制钵育苗是棉花高产的一项新技术，就是将富含肥料的泥土打制成营养钵，下种后育成健壮的棉花苗，再移栽到大田。制钵育苗的关键就是地膜覆盖。那时已经分田到户，家家户户长棉花，每个农户都熟练掌握了制钵育苗

蔬菜大棚　陈明干／摄

的新技术。

农人在苗床上打制完一个个泥钵后，放棉种、盖碎土、浇湿水、喷施除草剂，这些完成后，覆盖地膜。这时的地膜有两种，一种是像条播时用的那种薄地膜，另一种是结实的厚地膜。薄地膜直接覆盖在营养钵上，厚地膜则覆盖在用竹条搭成拱形的架子上。既用薄地膜，又用厚地膜，叫双层覆盖，增温保湿的效果更好。

竹条每根长2米，宽3厘米，修理得光滑，不刺手，不伤地膜。竹条一端插在苗床这侧，一端插在另一侧，正好拱成半圆形，每间隔40厘米的距离插一根竹条。所有竹条插好后，下层铺薄地膜，再在竹条上覆盖厚地膜。为防止被风刮走，农人还像育水稻秧一样，将厚地膜的四边压在泥土里，上面用塑料绳交叉后，再系扎在木桩上。泥钵里的棉花种是一年的希望，不将地膜加固好，农人的一颗心怎么也放心不下。50天后，一棵棵枝叶清秀的棉花苗就移栽到大田里。

邻居蒋奶奶住在镇郊，70多岁了还闲不住。她有半亩蔬菜地，春天一到，就用地膜培育各种蔬菜秧子，有茄子秧、番茄秧、黄瓜秧、丝瓜秧、南瓜秧等，凡本地能够生长的瓜果蔬菜，她都育苗，育好后挑到菜场边出售，仅此一项，她每年就能赚5000多块钱。她说：育秧子好处多呢，又赚钱，还又锻炼身体。

村人王新贵，今年67岁，早年去苏南开船搞运输，赚上一桶金后，他不是在苏南买房安家落户，而是回乡创业。他在城郊流转了50亩土地，购置钢管、棚膜和供水设施，聘用了8位村民帮自己种植大棚蔬菜，长草莓、番茄、黄瓜、韭菜等水果蔬菜，源源不断地供应城里的几大菜场。这几年他的净菜还进了超市。这么多年来，王新贵的大棚蔬菜稳步发展，每年都给自己带来不少收益。他说，大棚蔬菜不是暴利行业，但只要经营有方，也不是亏损项目。你想想，每天有多少人吃蔬菜呀？只要是新鲜环保的蔬菜，你就不愁卖不掉。

放鸭子的指挥棒

鸭锹子

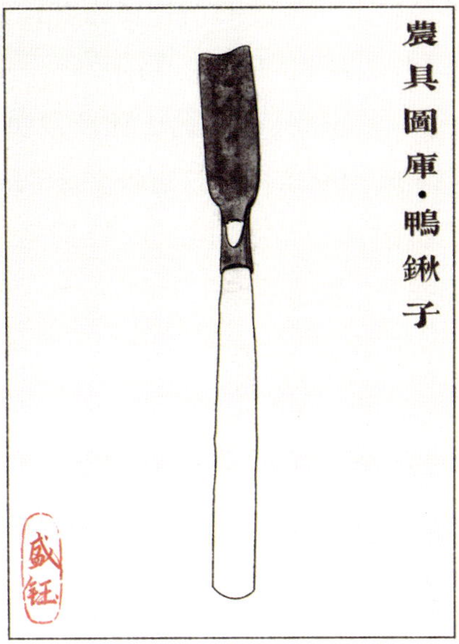

鸭锹子，农人放养趟鸭的工具。趟鸭，数百只鸭子组成的鸭群。

鸭子是水禽，适宜在湖荡湿地生存。里下河水系交错，湖荡星罗棋布，天然饲料丰富，有鸭子生长的良好环境，很多临河而居的农人有零星养鸭的习惯，如同家里养几只鸡和鹅一样。还有的农人将饲养趟鸭作为职业，少则养几百只，多则上千只，在20世纪70年代大集体时期作为获取工分的劳动形式，改革开放后又成为发家致富的养殖项目。

早在西周时期，我们的先民已经驯化养鸭，到宋代时，长江中下游流域已养趟鸭。嘉泰《吴兴志》记载："鸭，今水乡乐年尤多畜，家至数百只，以竹为落，暮驱入宿……" 至清代，《咸丰重修兴化县志》记载："本邑西部、中部水乡泽国，河湖港汊，草荡淤滩各处以养鸭为业。" 民国时期，《兴化小通志》又有记述："养鸭，吾兴农民之副业也，少以百计，多以千计，成群结队。"

养趟鸭，鸭锹子必备。

鸭锹子由锹柄和锹头组成。锹柄有的是竹竿，有的是木棍，长1.2米，直径4厘米；锹头铁制，长18厘米，宽10厘米，整体凹陷，锹口半弧形，不算锋利。锹头上端有锹窝，锹柄插在其间。

里下河地区的鸭种多为麻鸭，原产地兴化，但历史上兴化隶属扬州府高邮州，故被人们称为“高邮麻鸭”“高邮鸭”。麻鸭浑身灰褐色，生长快、肉质好、产蛋量高，很多鸭子还产双黄蛋。鸭子本来是会飞的野禽，经人工驯养后才成为家禽。但其野性并未彻底消失，人们在饲养过程中，鸭子们有时并不听话，时常“开小差”。特别是放趟鸭时，鸭群在河中游走，“鸭头”（领头的鸭子）忽然游偏了方向，众鸭紧随其后。这时候，鸭锹子就发挥作用了：放鸭人用鸭锹子挖一小块泥土，奋力一掷，泥块在空中跃过，不偏不倚，正好落在鸭头的前面，“扑通”“扑通”，连续两三团泥块落入水中，溅起朵朵水花，吓得鸭子们赶紧掉头，又按照放鸭人的意图游走了。

每年七月中旬，养鸭人购买苗鸭，有的从高邮买，有的从江都买，有的从建湖买。高邮鸭名气大，孵化苗鸭成为里下河地区很多地方的一种产业。成百上千只毛茸茸的苗鸭分别放在篾匾或鸭篓里，有的是养鸭人自己开船去拿回来，有的是卖苗鸭的人开车开船送到家门口。

苗鸭在鸭栏里喂养三个月后，进入成年期，放鸭人就不再投喂饲料，而是赶鸭子下河，带着它们去水中淘食。

放趟鸭，除了一把鸭锹子，还有一条“鸭溜子”（一种很小的船）和一支竹篙。后来还添置了一双木桨，行船赶鸭更快了。

清晨，天色大亮，鸭子们在鸭栏里呱呱呱地大合唱。养鸭人打开栏栅，鸭子们一窝蜂地涌向河里，扑展着翅膀，合唱的声音更响了。养鸭人撑着鸭溜子，赶着鸭群一路前进。小河里水草、河蚌、螺蛳和小鱼小虾多，都是鸭子最喜欢的美食。它们沿着河坎边游边淘食，所到之处，浑水滔滔。

河道宽阔悠长，鸭群分散在河面自由自在地觅食。养鸭人将鸭溜子停靠在河边，拿起鸭锹子在堤岸上巡视。登高望远，河面上每一只鸭子的动向尽收眼底。

河道交错，有两条河呈十字状交叉的，有呈丁字状交汇的，甚至还有三条河、四条河汇合的。鸭子只顾觅食，逢水即游，不知不觉间，有七八只鸭子充当“鸭头”，拐过弯，游向另一条河道，其它鸭子纷纷跟随。养鸭人见状，一边“鸭喳喳、鸭喳喳”不停地呼唤，一边迅速抄起鸭锹子，挖上一块泥土后，高举锹柄掷向对面。泥块落在水面，击出声响和水花，几只鸭子先是一愣，左右探望；一块又一块的泥土接连落下，还有接二连三“鸭喳喳”的呼唤声，鸭子们终于明白主人的意思，回过身子游向养鸭人这边。

旧时，里下河地区多沤田。沤田常年有水，小鱼小虾和水草螺蛳等天然饲料更多。冬天和初春，天气阴冷，养鸭人将鸭群赶进沤田后，自己拿着鸭锹子在田埂上跟踪。沤田成框成片，之间有狭窄的田埂分隔，鸭子们吃过这块田又爬向另一块田。养鸭人用鸭锹子时不时扔几块泥土甩向远处，始终将鸭子们控制在自己的视野范围。

一方区域内有好几户人家养趟鸭，鸭子游走或觅食时，常有两趟鸭群在同一条河道中相遇，鸭子们激动得呱呱直叫，声音响彻河面。不等两趟鸭群汇合，两个鸭主同时用鸭锹子挥土拦截，一片片水花在鸭群之间的空白水域溅开，即将混合的两支队伍又分别收拢起来。

也有鸭群混趟的时候。下大雨，鸭子们异常兴奋。大雨如注，小鱼在河边游窜，蚯蚓在岸上蜗行，小青蛙和小癞蛤蟆在雨中跳跃，蝗虫在草丛中躲雨……鸭子们忘乎所以地追逐争食，任凭养鸭人怎么吆喝、驱赶，两趟鸭群照样灰蒙蒙混在了一起。两个鸭主也不慌张，雨停后，他们蹲在各自的小船上，围着混趟的鸭群“捉分”，张三拣张三的鸭子，李四拣李四的鸭子，半个小时，两趟鸭子又各归各主。

放鸭　陈明干／摄

原来，每个养趟鸭的人都在自己的鸭子上做着记号：苗鸭刚买回来，养鸭人就用剪刀在鸭掌上剪一个小口子；养到四个月，趁为鸭子打疫苗时，再用火针在鸭嘴边烙一个火印。每个养鸭人做的记号与其他人是不同的。苗鸭混合时，拎起鸭子看一下鸭掌就能区分。成年鸭子更好认，鸭子昂首浮在水面，看到鸭嘴上的火印就知道是不是自己的鸭子了。

秋季，稻子收割后，养鸭人将趟鸭赶进稻田觅食，自己则手拿鸭锹子在渠道和田埂上来回走动。此时稻田没有水，不需要鸭锹子投掷泥块了，但放鸭人还是手不离鸭锹子，看到鸭子快要爬进菜地，挥舞一下，鸭子们立即呼呼啦啦掉转身子，不再越雷池半步。

村人查桂珍，已连续养了30年的趟鸭。刚开始，他每年养400只，后来每年600只，最多的一年养了1000只。种田的同时，有的农户外出做生意，有的养鱼养螃蟹，还有的进厂上班，而查桂珍始终如一养趟鸭，他说：赚钱要拣自己熟悉的路子走，我懂鸭性，也知道怎么养鸭赚钱。每年，苗鸭成年后，他把会生蛋的留下，不怎么生蛋的批发给菜市场，蛋鸭存栏量每年保持在600只左右；三年左右的老鸭价格高，他就特意饲养一部分卖给客户，卖蛋、卖鸭成了他家主要的收入来源。查桂珍现在成了“海陆空三军司令”：水上养趟鸭，岸上养趟鸡，屋顶上养趟鸽。问起一年的收入，查桂珍乐不可支，一五一十地说给我听……

查桂珍的鸭锹子早已不用，放在墙角生锈了。他现在放鸭，每天胸前挂一个金属口哨，开着小挂桨，赶着鸭群去往河荡。小挂桨缓缓行进，口哨声清脆嘹亮，鸭子们引吭高歌，查桂珍心花怒放。

第四辑

积泥春粪树，储水岁浇秋

——积肥施肥农具

庄稼一枝花，全靠肥当家。化肥稀缺的年代，农人依靠人畜粪肥和积造有机肥培育庄稼。罱子、渣叉、化肥棍、水草夹子等等，都是积肥、施肥的工具。

打捞丰收的养料

罱子

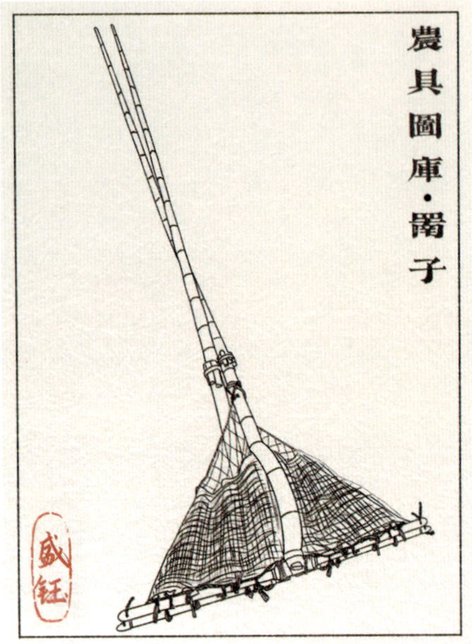

罱子，一种从水中捞取水草和淤泥的农具。里下河地区河荡密布，水中杂草茂盛，淤泥黏稠肥沃，罱子是这里独特的劳动工具，农人常用罱子将水草和淤泥夹取上来，作为庄稼的肥料。曾经，里下河农村身强力壮的男劳力哪个没有用过罱子呢？

很多传统农具经历了由结构简单到构件完备，或由彼物到此物的演进过程，从而成为农人劳作方便、得心应手的生产工具。罱子起初为捕鱼工具。古时，穷苦人为了生存，用一张网绑在交叉着的两根竹竿上，以捕鱼接济生计。至明代，这种捕鱼工具已经演变成罱子，作为取泥工具，为农田增加肥力。明代《隆庆高邮州志》记载："计照浅铺一所，置浅船一只，编定浅夫八名，审立浅长一人，每夫二名领船一只，更置竹罱、木锨、篙、棹等物，一人斛棹，一人罱泥，朝罱一船，暮罱一船，俱令发于岸上。"浅铺为主管罱泥的机构，浅夫为撑船罱泥的农民。

罱子的构件不少，有罱篙2根，每根下部弯曲成瓢状，上部和中部笔直，每根长4至5米，用于双手推送和提取罱子；罱衣（也称"网兜"）2片，早先的为棕丝或麻丝所织，也有用竹篾编就，后用塑料网做成，三角形，每边长约

50厘米；罱钯1只，用于固定下罱口，便于夹取淤泥或湖渣；罱口2根，竹制，每根长约60厘米，用于张开罱衣；锁壳1只，用于固定上侧罱口；罱铐1只，手铐状，铁制，用于连接2根罱篙瓢形部位的上端；罱箍 2 只，用于固定在插入罱钯和锁壳的两根罱篙底口。两根罱篙下部都弯曲成瓢状，呈对称分布，中间空隙大，罱衣安装其间，能夹取更多的淤泥或湖渣。

罱子有两种，即小罱子和大罱子，结构一样。区别在于，小罱子罱衣的网眼小，大罱子罱衣的网眼大；小罱子专在河道中取淤泥，大罱子在湖荡中取湖渣。网眼大小，作用完全不一样。小罱子罱泥时，淤泥多，水草少，网眼小，提罱时淤泥不会从网眼中漏落。湖渣多是水草，网眼大，便于提罱时沥水，减轻提罱时的分量。小罱子的罱篙还比大罱子长1至2米，这是因为河水深，罱篙要长，否则罱口接触不到河床；而湖水较浅，罱篙短，便于操作。多数农户家里，必备两副罱子，一副大罱子，一副小罱子。

罱子都是由农人自己组装而成。很多农人虽然大字不识一个，但称得上是巧手，他们既能熟练地干好各种农活，又能亲手制作农具。我上初中时，曾亲眼看到邻居石叔用一天时间“制造”出一副罱子。

罱泥　吴萍／摄

做罱子，先要拐罱篙。罱篙通常都是新买来的竹篙，表皮墨绿色，两根，均有5米多长。石叔点燃一摊稻草，将竹篙根部放在火上熏烤。待火候到了，石叔快速地将竹篙熏烤的部位插在两张板凳的空档处，用力向下扳，他的大儿子在一旁往竹篙上洒水，竹篙熏烤处吆吆作响，冒出缕缕青烟。经过几番火上熏烤、凳上弯曲、洒水成形，两根膀子粗的竹篙下部，最后都被弯成了瓢形状。

接下来，石叔用罱铐将两根竹篙的瓢状部位连接起来，再装上罱箍、罱口，缝上罱衣，一副罱子便做成了。石叔提着自制的新罱子，在大院里做着罱泥的动作，像战士兴奋地把玩刚到手的新武器。

20世纪70年代，种田没有化肥，除了人畜粪，肥料全靠人工积造，也就是在春天罱泥窖草塘，秋天下湖罱泥渣，冬天罱河泥浇麦泥浆。罱泥罱渣，成了农村男劳力最主要的农活之一。

正月初，年气正浓，生产队便组织劳力下河罱泥了。公社还召开"春季生产开门红现场会"，开展轰轰烈烈的大积大造自然肥料的社会主义生产劳动竞赛。村庄四周，圩里圩外，所有河道里，泥船穿梭，罱篙舞动。

罱泥，是个实实在在的力气活。

每隔一段时间，河床上总会沉积一层淤泥，长出一批水草。罱泥，就是将这些淤泥和水草用小罱子夹进船舱，再用擢锨、吊桶等工具将其翻转到田头挖好的方塘里，为春暖花开时窖草泥塘之用。每一罱子里的淤泥，再加上

罱泥　佚名 / 摄

罱子本身，有六七十斤重，没有一大把力气绝不能将其从水里接二连三地拎上来。罱泥时，农人站在船梁上，双手撑开罱篙，将张开的罱口慢慢推向河心。农人感觉罱子里吞满了淤泥，双手合紧两根篙尾，缓缓上提。当提至罱篙的下部、快接近罱铐部位时，农人已经看见水花里那饱鼓鼓的一罱网淤泥了。农人定了定神，将罱子略一下沉，然后迅速弯腰，右手下伸一把，同时运足气力，大喊一声“嗨哟号”，借着罱子在水中的浮力，猛力一提，“哗”，罱口张开，一罱子淤泥便落进了船舱，泥船晃动间，农人又将空罱子顺势甩向河中……一连串的动作，迅猛有力，娴熟自然。罱泥的人仅有力气，而不懂得技巧，要么提不动水中那沉沉的罱子，站在船梁上束手无策；要么被那沉沉的罱子拖入水中，自己变成“落汤鸡”。

罱泥至少要两个人，一人撑船，另一人罱泥。可以是夫妻俩做搭档，男人罱泥，女人撑船；也可以两个男人配合，轮流罱泥、撑船；还有的是三个人，一个人撑船，两个人罱泥。两个人同时罱泥，先站在船的同一侧，将船帮压近水平面，提罱时省力。当船舱中有了大半淤泥时，两个人分立两侧，避免泥船向一侧倾斜。起早带晚，两个人一天可以罱上七八船河泥。

罱渣，是在秋天，要到十多里外的湖荡里。湖荡里水草繁茂，泥渣肥沃，是秋播的好基肥。去湖荡罱渣，是带大罱子。天不亮，罱渣的人们就撑着船、拉着纤或摇着橹出发了。湖渣分量轻，容易夹取，也容易提进船舱，一条船，两三个壮劳力，这么远的水路，每天都拉回两大船黑乎乎的湖渣，并堆积在田头上。

“世上三样苦，打铁罱泥磨豆腐。”寒冬腊月，为浇麦泥浆罱河泥最辛苦。天气寒冷，北风呼呼，但小河里、沟塘中，“嗨哟号”“嗨哟号”的罱泥声此起彼伏。装满河泥的农船紧扣河边，一担担粪桶满载着河泥挑向麦地，浇铺在瘦弱的麦苗上。即便是小雪纷飞或是河面结上薄薄冰片的天气，小河里仍旧可以看见汉子们身穿单衣挥动罱篙的身影。最是苦了那一双手，因为不停地在寒风和冰水中推罱、提罱，没几天，手掌心里便龟裂出了一道道带血的“断心口子”，钻心刺骨的疼……

精准的投掷

擢锨

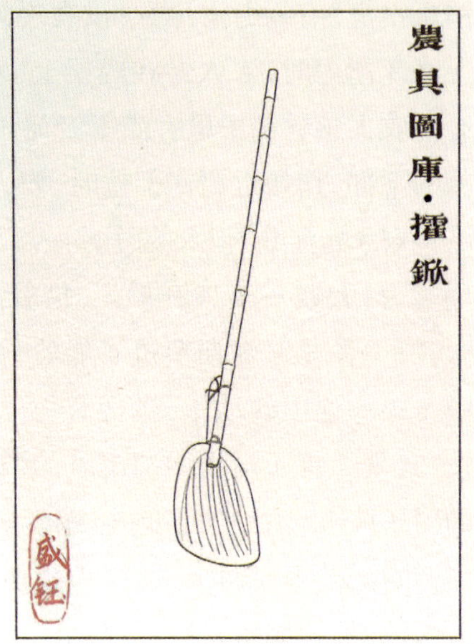

作为一种农具，锨在古代写为“杴”，专作择取谷物之用。元代《王祯农书》介绍：“其首方阔，柄无短拐。剡木为首，谓之木杴，可择谷物。柄头掌木尽宽平，谷实抄来忌满盈。”

里下河农人在木杴的基础上进行改进，制作成了擢泥用的擢锨。擢，把堆在一起的东西铲起来掀到一边去的意思。擢锨，铲起泥土再掀到别处的农具。用厚木板凿刻成擢锨头，擢锨头簸箕状，长30厘米，宽25厘米，厚3厘米；锨身上部凿成内凹状，三边略高，锨口平坦；内凹的底面有几条顺向浅沟，便于淤泥从锨头流出。与擢锨头整体相连的，还有一截长30厘米的粗木条，俗称“脑头”，便于用铁丝和铁钉将擢锨头固定在一根2米长的竹柄上。

曾有很多年，擢锨头就这样用木板凿制，其弊端是浸水后较重，也易损坏。20世纪70年代，木质擢掀头逐渐被浇铸的铝制擢锨头所替代，不仅轻巧，而且容量大，擢泥效率高。

让我们来看看里下河农人是如何使用擢锨的。

农人罱河泥的目的，用于沤制草泥塘，作田间肥料。船舱里罱满了河泥，接下来就用擢锨将河泥擢进草泥塘里。

把泥船撑到草泥塘下的河岸边，让泥船与河岸并排，紧紧靠拢，再将船头和船艄上的桩绳分别牢牢地系在岸上，这样，泥船就被固定了。

草泥塘在田头上，泥船在河岸边，如果两者落差不大，农人可以直接用擢锨将河泥擢进草泥塘里。但春天雨水少，河水浅，泥船又罱得满满的，吃水深，船帮几乎平水，两者落差大是必然的。落差大，距离远，就不能一下子将河泥擢到位，需要在两者之间的堤坡上（俗称“二道坎”），挖一个狭长的“蓄泥塘”，船上的人先用擢锨将河泥擢进这个小塘，岸上的人再用打吊桶的方式将小塘里的河泥吊翻到草泥塘里。蓄泥塘就是一个中转站。

擢泥的人，就是这条船上罱泥的人和撑泥船的人。长年累月的劳动，造就了农人集十八般武艺于一身，什么样的农活都会做。他们在生产活动中能随时转变角色，调换“工种”。一季庄稼的成熟，是农人综合劳动的成果。

泥船船舱正好对着蓄泥塘，擢泥的人分别站在船舱两边的船梁上，一边一个，面对面。开始先试：手执擢锨，在船舱中舀起一擢锨河泥，眼神瞄了一下蓄泥塘，双手迅速用力上扬擢锨柄，“叭”，满满一擢锨河泥由下而上划了一道弧线，精准地飞进蓄泥塘中。擢泥人找到了感觉，“叭、叭、叭”，随着有节奏的一声连着一声，一擢锨一擢锨的河泥接连不断地飞向蓄泥塘……

擢泥时，擢泥人的双脚呈八字形稳稳地站着，上半身在动，而双脚不动，如同生根了一样。擢泥靠力气，需将满满一擢锨河泥先从船舱中快速舀起，

擢泥 吴萍 / 摄

然后用力扬起罱锨柄，并使罱锨口越过头顶的高度，让河泥飞向蓄泥塘。罱泥又是一种连续而单一的农活，舀泥、扬起，再舀泥、再扬起……吃力、呆板，枯燥无味，时间一长，人稍有疏忽，便有滑倒河中或船舱淤泥中的可能。

刚学罱泥，看着高高在上的蓄泥塘会望而生畏，罱出去的河泥也是拖泥带水，断断续续，一半进了蓄泥塘，一半掉到河坎下。有时因握力不稳，还会将罱锨口撞到船帮，使罱锨头断裂。一个熟练老道的人，蓄泥塘再高，也会将满满一罱锨、一罱锨的河泥以团块状接二连三而且准确无误地投送进去。

两个人站在同一侧的船梁上，面对面一起舀泥，一起用力投送，动作一致，“叭、叭、叭”的罱泥声快速而有节奏。罱泥时的惯性，使得泥船一摇一晃的，河面上荡出一浪一浪的波纹。夫妻俩罱泥，上半场时，泥水稀薄量轻，女人还跟得上节奏。快罱到舱底时，河泥厚稠量重，女人则撑篙固船，尽量使农船紧贴河坎，以缩短男人向上罱泥的距离。三个人罱泥，一个人站在这边船梁上，另两个人一同站在那边的船梁上，在外侧罱泥的人距离河岸更远，罱泥时更用力。看三个人一起罱泥，就好像看三个人集体表演的某个杂技节目，动作整齐划一，节奏感极强。

罱泥时最怕遇到刮风天气。高高扬起的罱锨将河泥连续不断地送往蓄泥塘，而阵阵大风，会将飞溅的泥点吹向罱泥人，一船还未罱完，浑身早已泥水斑斑。

半个多小时，两个人一气呵成，终于将一船河泥罱完。紧接着，拔出船桩，将农船撑往别处，继续罱泥。

农人罱泥时，宽大的罱口将河床上的河蚌、螺蛳、鱼虾等夹进船舱是常事。罱泥时，鱼和虾在泥水中甩尾乱窜，成了显眼的目标，农人立即用罱锨捞起；巴掌大的河蚌，在泥水里时隐时现，也容易看到。有时，罱锨口碰到河蚌发出声响，农人正好用罱锨将它们捞上来，放进夹舱。傍晚收工，鱼虾、河蚌直接放在罱锨头里，满满当当的。

白天既罱泥又罱泥，一天干的都是劳筋苦骨的活，农人晚上收工到家，浑身酸疼，吃着刚刚烧好的鲜美鱼虾，又荡漾出一脸的笑颜。

罱锨还用来做秧池畈、盖稻种，但那不是它的主业。罱锨的名字告诉我们：它的强项就是罱泥。

上下翻飞的舞蹈家

吊桶

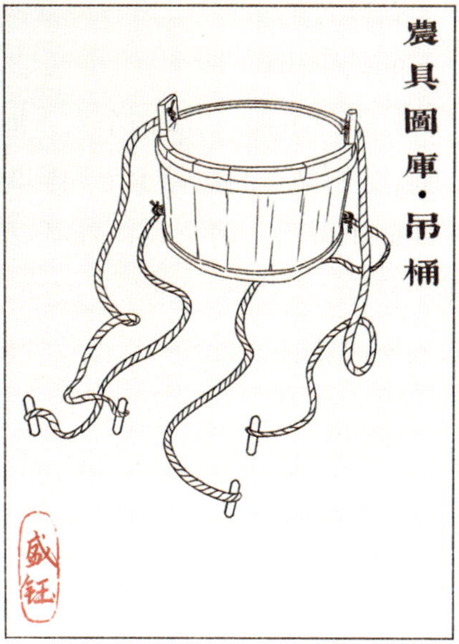

吊桶，是里下河地区的叫法，别的地方称“戽斗”“戽桶”，古代书籍里也称“戽斗”“戽桶”，作提水灌溉之用。元代《王祯农书》介绍：“戽斗，挹水器也。”明朝罗欣所著《物原》一书中，有“公刘作戽斗”的记载。公刘即姬公刘，是周文王的祖先，是他发明了戽斗。照此推算，戽斗在3000年前的周朝就出现了。里下河先民用木板制成小圆桶，专门用来翻淤泥、上田水，又因用绳子吊着操作，所以不叫戽斗而称“吊桶”。

吊桶与农家的洗脚桶相似，锥形，口大底小，高40厘米，上口内径40厘米，底口内径35厘米；桶口外和桶底外分别镶嵌着4个小铁环或有4个耳洞，上下对齐；有4根各两米多长的麻绳或塑料绳，每根绳的一端系在一个小铁环上或耳洞里，另一端扣着一个小木楔，供人抓握。

罱泥是里下河农人一年四季常干的农活，为农田增加有机肥料。农船罱满了河泥，因田头与罱泥船之间落差大，要将船舱中的河泥运送到田头，除了用擢锨把河泥擢进河坎中部的蓄泥塘外，还得有人在岸上用打吊桶的方式进一步向上翻河泥，让其流进田头。

打吊桶，是手握塑料绳楔操纵吊桶的意思。

农村大集体时代，男劳力要罱泥、撑泥船，打吊桶的都是女人，有二十岁左右的姑娘，有三四十岁的妇女。

打一只吊桶，需要两个女人同时操作。蓄泥塘位于河坎边，两个女人面对面，分别站在蓄泥塘上方两侧的圩堤上。每个人的左右手里，各抓着绳子一端的小木楞。两个人拉着绳，抬着吊桶，然后俯下身，同时将系着桶底的绳子拉紧、系着桶口的绳子放松，圆圆的桶口立即栽进了淤泥里。紧接着，两人同时将桶口的绳子上拉、桶底绳子放松，吊桶里便吞进了河泥。随即，两个人仰着身，一齐用力拉绳，将重重的吊桶稳稳地抬起，借助吊桶向上的惯性，将河泥倾倒在堤岸上的沟槽里……

打吊桶特别讲究两个人的配合。两人身子的一俯一仰，手里绳索的一紧一松，都要同时进行，这样才动作一致，用力一致，吊桶也才能有节奏、不中断地起落。两人配合默契，吊桶就像被艺人操纵的木偶，一上一下，一吞一

打吊桶　朱春雷 / 摄

吐，看起来速度均匀、井然有序。只要有一方不用力，或者两个人动作不一致，这浑身泥污的吊桶就像一头笨重的死猪，怎么也拉不上来。打吊桶过程中，自己左右手也要协调好，做到左手放绳要立即放绳，右手收绳要迅速收绳。

打吊桶还需配合罱泥的。罱泥船天刚亮就出发了，待两个女人跑到圩田时，蓄泥塘里淤泥快擢满了，女人赶紧打起吊桶；中午，罱泥人回去吃午饭，女人须将蓄泥塘里的淤泥吊尽，便于罱泥人饭后擢泥。天色渐晚，圩堤上还有晃动身子忙着打吊桶的女人。女人明白，明天一早，男人就往蓄泥塘里擢泥了。农人劳动，讲究协同作战，一个环节停滞，下一步就受阻。

打吊桶，靠的是自己原地不动地站在那儿，身子机械性时仰时俯地晃动，一天下来，哪能不腰酸腿疼？打吊桶时，泥船上的人接连不断地向上擢泥，那蹦蹦跳跳的泥点飞溅在女人身上和脸上，很快，裤管湿漉漉的了，寒冷的潮气就侵入裤腿；冬天打吊桶，脚下要垫上穰草暖脚。打了一阵吊桶，浑身热气腾腾；休息一下，浑身又感到冰凉。尽管穿着棉衣棉裤，头上裹着方巾，但刺骨的寒风将女人的脸颊冻成了酱紫色，将她们的双手吹出裂痕，渗出血丝，没几天，一根根手指肿得像紫萝卜。

一个生产队每天有好多条农船罱泥，每天也有好多个女人打吊桶。按当时的生产管理规则，一只吊桶负责4条罱泥船吊泥，每条农船每天平均罱5船河泥，这样共20船，每船以3吨计算，两个女人一天竟将12万斤的河泥从岸下翻到岸上，真不简单！

每年六、七月份，梅雨期如约而至，里下河地区暴雨连连，河水猛涨，刚刚栽下的水稻秧和棉花苗淹没在水中；八、九月份，又逢高温酷暑，久旱无雨，正在拔节孕穗的水稻被炙烤得奄奄一息。里下河农人毫不妥协，奋起抗争。庄稼淹没在水中，农人用"三车六桶"（风车、脚踏水车、手摇水车，水桶、粪桶、吊桶、面桶、提桶、脚桶）自救，将每一部水车架在圩田口往外排水，男女老少用各种木桶往田外刮水。干旱时，农人又用"三车六桶"抗旱保苗，把各种水车反转过身子，槽桶伸在河中，将一汪汪河水输送到稻田间，用大大小小的水桶把河水提上来……"戽斗救枯田"，庄稼遭受灾难，在抗旱排涝的危急关头，吊桶不辞劳苦，哪里需要就随时奔向哪里。

挑粪做良田

粪舀　粪桶

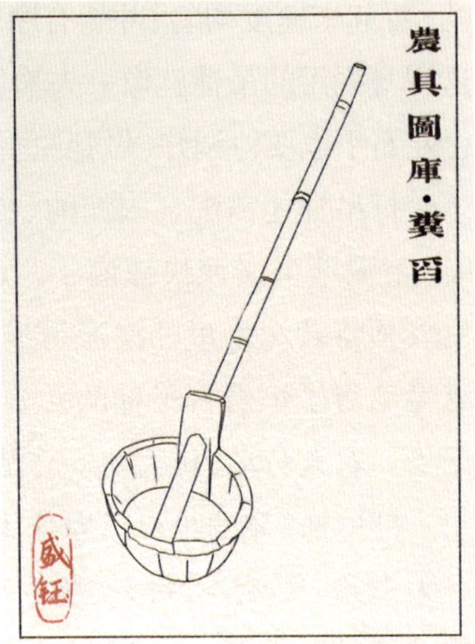

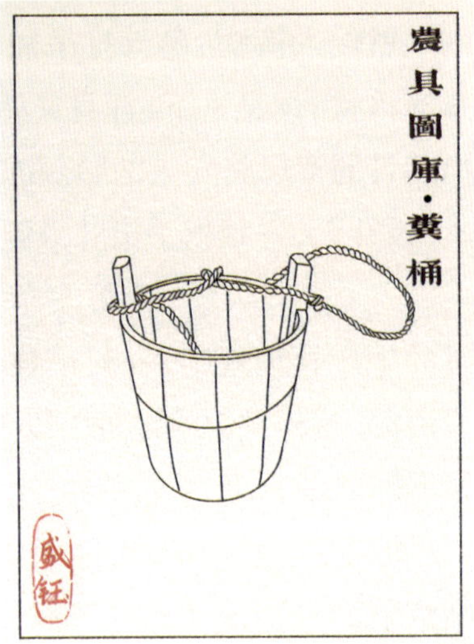

粪舀，农人舀粪的工具，木板做成，舀头圆柱状，矮矮墩墩，直径和深度均约25厘米，柄长2米左右；粪桶，装粪的工具，由木板箍成的圆桶，深50至60厘米，直径40厘米左右，上口略大，两侧有凸起的耳洞，对称分布，供系扎绳子。起初的粪桶绳是麻绳，后来是塑料绳。用废旧的手扶拖拉机三角带做粪桶绳最结实。粪桶多为两只同时使用，一个人以扁担挑运。使用一只时，则由两个人用竹杠穿过粪桶绳抬运。

粪桶的前身，是周朝先祖姬公刘发明用于灌溉农田的戽斗。在中国古代，木制与柳编的农具和生活用具较为普遍，元代《王祯农书》介绍戽斗："其斗或柳筲，或木罂，从所便也。"受戽斗启发，水桶、谷桶、粪桶、粪舀等农具应运而生。

在里下河地区，有一种手艺人叫"箍桶匠"，他们挑着工具担子，走村串户，专门制作木质桶状的器具，粪舀、粪桶便是他们的得意之作。箍桶匠做成一只滴水不漏的粪桶，一要每块木板的斜面须刨得一致，角度完全吻合；二要拼板上箍时，上下箍必须同时紧固，稍有不慎，木板就会崩解。

生产劳动中，粪舀和粪桶是天生的搭档，一个舀，一个装，互相配合，缺一不可。

乡里农家，每户都有一个粪坑，也叫茅坑。生产队种田，化肥紧缺，除了施用积造的有机肥，还有农户平时聚积的人畜粪。

立春过后，春耕大生产拉开序幕，生产队安排一部分人挑粪，三四个人一组。农船停靠在庄后的水码头上，先用粪舀将粪坑中的粪液舀起，装入粪桶，再用扁担挑到农船上。

舀粪的，通常是年长的男人或女人；挑粪桶的，则是男劳力。粪水臭，搅动起来更是又脏又臭，一直低头在粪坑边舀粪，舀粪的人始终忍着；挑粪的也不容易，担程近的几十米，远的有上百米，满满一担粪上百斤，挑在肩上，走起路来小心翼翼。不是他们惧怕臭味，而是担心迈着的步子稍有不稳，粪桶里的粪液会晃荡起来，溅出桶外，落到巷面上或是路人身上。

各户粪坑挑完了，还是不能满足生产需要，得去县城挑粪，那里公共厕

挑粪　朱春桃／摄

所多，很多生产队都托熟人找粪源。

我高中毕业那年，被生产队长安排跟其他人去县城挑粪。对于刚出校门的我来说，最担心的是遇见熟人。越是怕什么，就偏偏遇到什么。那天我挑着粪担，走在胜利剧场到备战桥河边的街上，无巧不巧，碰到了刚看完电影从剧场里出来的一位女同学。那位同学显然也看到了我，愣了一下。我像做了贼似的，慌忙将凉篷拉到额头下，低着头，加快脚步逃离。从此，我再也没有去县城挑过粪。

在城里挑粪，最大的麻烦是担距远。一担粪，一个来回，足足有两里多路。若挑粪担的人停下担子在路边歇气，臭气熏天，路人就掩鼻而过。挑粪担的人尽量不停歇，自个儿换肩挑：先将扁担压在右肩上挑，右肩酸疼了，再将扁担在头颈后面打个转，移到左肩上。一口气将一担粪挑到农船上，大汗淋漓。

粪船装满，撑到秧池田边，仍由原班人马将船舱里的粪水一担一担地挑上岸，再用粪舀戽到田里。没几天，河水一上，秧池畈做好，吐着白芽的稻种便落在了这肥沃的苗床上。

冬天，麦田里有一种火热的劳动场面，就是浇麦泥浆。

浇粪水　朱春雷 / 摄

泥浆即河泥，是农人从冰冷的河水里用罱子夹上来，再戽进田头的方塘里。河泥浇在麦苗上，既严严实实地保暖，又给麦子生长提供了营养。

浇麦泥浆的活儿重，干这种农活，男男女女齐出动。方塘设在田头，两个女劳力站在塘边，专门用舀子舀泥浆；有十多个男人挑泥浆，一副粪桶装满泥浆挑走后，下一个人的空粪桶放过来，女人再把泥浆舀进去。挑泥浆的人来来往往，舀泥浆的人一刻不停。

挑泥浆是最要力气的重活。满满一担泥浆足足有一百二十多斤，肩上的扁担被压成了弯弓。人手实在不足，只好由女劳力抬——两个女人用竹杠抬着一粪桶泥浆往前走。

泥浆担子挑到田间，由另外浇泥浆的人泼在麦苗上。别看粪桶里泥浆装得满满的，其实舀上七八舀子也就空了。最后，浇泥浆的人还手脚并用，将粪桶侧翻，桶底朝上，待余留的泥浆流进舀子后，才将空粪桶交给挑泥浆的人挑走。一粪桶泥浆只能浇泼桌子面大的麦地，一天浇下来，满田都是黑乎乎的。

每年春节前后，生产队还从县城装回氨水垩麦子。氨水浓度高，必须稀释后才能施用，否则会灼伤麦苗。先在装氨水的船上进行稀释：一粪桶的河水里加入小半舀子的氨水，充分搅匀后，再挑到岸上，浇到麦田里。人工稀释并不均匀，没几天，就看到好几处被氨水熏黄的麦苗。但过了一阵子，整片麦田还是由黄转绿了。

离河边较远的堤边、谷场或田块，种上作物后无法用戽水瓢就近浇水，农人就用粪舀舀水、用粪桶挑水浇泼。水是万物的生命之源，尽管挑水费力，但既然播下了种、栽下了苗，就要让它们安然生长。

除了挑粪、挑水时使用，平时，粪桶还是农人存放化肥或种子的器具。

木制的粪舀、粪桶笨重，也容易损坏。20世纪80年代后，塑料和不锈钢粪舀、粪桶相继出现，既轻巧，又耐用。

粪舀、粪桶，装运的是粪水，农人收获的则是饱满的谷粒。

在湖底“捞菜”

苲耙

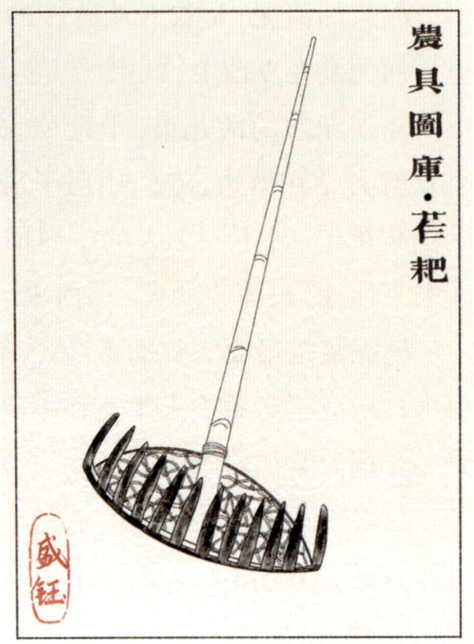

在里下河地区，有一种农田叫垛田，主要分布在兴化的垛田街道、千垛镇和沙沟镇境内，总面积6万多亩。

垛田始于唐代，兴于明清，被称为“里下河最具典型意义的活化石”。先民们为了生存，在湖荡沼泽地挖土，就近堆积，世代接续，日积月累，湖荡沼泽地最终变成若干个大小不一的泥土垛子，俗称“垛田”。千百年来，农人就在垛田里耕翻种植，收获庄稼。春天，垛田油菜花盛开，遍地金黄，又因被一道道河水间隔，形成流光溢彩、奇特壮观的画面。

每一块垛田面积都不大，大的两三亩，小的不足一分地，它们都不能像圩田那样储水种植庄稼，只能栽种瓜果蔬菜之类的旱熟作物。农作物生长离不开肥料，垛田施用的肥料是从附近河沟湖荡里捞起的一种有机肥。有意思的是，包括千垛镇、沙沟镇的兴化农民，从湖荡里获取有机肥的方法均用大罱子夹取（一种网眼稀疏的罱子），而位于兴化城东侧垛田街道的农民多用苲耙捞，当然也用大罱子夹取。

苲（zhǎ），百度解释为莋草、金鱼草等水生植物。但在垛田街道的农民看来，苲其实是他们从水中捞取的有机肥的代称，捞取这种肥料的农活叫

"扒苲",使用的工具就叫"苲耙"。河沟湖荡里有各种水草,既有新生的,也有枯萎后腐烂沉积在水底的,一年四季层出不穷,各种水草和淤泥、螺蛳混合在一起,就成了农作物最需要的肥沃的有机肥。兴化北部地区的农民则将这种肥料称作"湖渣"。苲,泥苲,湖渣,都是指这种有机肥。

苲耙,也称苲钯,由铁匠打制,宽70至80厘米,有向内稍弯的弧度,安装有10根、12根或14根成双的耙齿,每根长22厘米左右,宽4厘米,齿端较尖,齿与齿间隔约3厘米。每根耙齿不是铁锤敲打连接或焊接在耙头上,而是由铆钉铆定,这样耙齿更牢固。耙柄是一根粗直的竹竿,长约4米,柄根安装在耙头正中位置。侧看,耙头与耙柄形成"7"字形状。在耙头肩部与柄根部位,还有一根用粗铁丝弯成的半圆形网框,农人用草绳编织成网,扒起的泥苲既不漏落,还可以沥水,减轻了提取时的分量。耙头宽大,又是铁制,加上耙柄粗壮,每张苲耙有一二十斤重。当然这是近现代的苲耙,此前苲耙的耙头没有这么宽,做工也不会这么精巧。

每年4月至8月,是垛田农民扒苲的时期。这期间,天气由暖转热,适合农人在水中劳作;垛上各类瓜果蔬菜轮番生长,需肥量大。农民捞上来的泥苲,给了作物源源不断的养料。

垛田人扒苲,是自古以来的农耕方式。一方面,围着垛田周边的河沟湖荡扒苲很方便,满足了垛上作物生长的营养;另一方面,又或多或少的加高了垛田,使作物脱离了水涝。这种突兀于水面的一个个地块,土质疏松肥沃,成为垛田农人视若珍宝的耕种之地。垛田成为肥田沃土,是垛田人的一种创造,也是祖祖辈辈垛田人农艺传承的结果。

只是,古代耕种垛田,一家一户劳作,扒苲势单力薄。新中国成立后,土地归生产队集体所有,劳动力统一调度,扒苲和罱苲成为日常的生产劳动,也同时展现了垛田农民团结协作、吃苦耐劳的精神风貌。

生产队扒苲,起初为木质船,有独舱船和二舱船两种。独舱船只有一个船舱,可装3吨苲;二舱船有两个船舱,可装5吨苲。20世纪70年代,有了载重量2吨至5吨的水泥船用于扒苲。每条船配三个年轻力壮的男劳力,一人扒苲,两人撑船。扒苲要力气,女劳力和年龄太大的男劳力都不安排扒苲。

扒苲的地点,大多在本村范围内的河沟里,或者去往水面宽阔的湖荡,如得胜湖、旗杆荡、癞子荡等,那里是公共水域。早晨天刚亮,三个人就吃过早饭,带上苲耙,撑船前往扒苲的地方。

每条扒苲船前部的船梁上，都绑定一根较粗的木棍或竹杠，叫“撬杠”。撬杠一端伸出船帮外尺许。撬杠硬实，扒苲离不开撬杠。

两个撑船人各执一篙，站在船艄撑船，木船缓缓向前。扒苲的人站在船梁，将耙头在撬杠前侧伸入河底。耙齿朝前，又紧贴河底，撬杠顶着耙柄，使编有绳网的耙头在慢慢前移过程中兜进了泥苲。船继续向前，耙头继续兜进泥苲，就像人们用畚箕兜麦粒，畚箕越向前，兜进的麦粒就越多。很快，扒苲的人感觉耙头上兜满了泥苲，便将耙柄从撬杠前侧移至后侧，转到靠近船中舱这边，然后双手紧握耙柄，倚着撬杠向上提。此时，苲耙连同泥苲重达近百斤。扒苲人不急不躁，稳稳提柄，见耙头露出水面，他猛力向后扳动耙柄，在耙柄搁在撬杠上的那一瞬间，扒苲人顺势向船舱用力一拉，“哗啦”一声，一扒苲的泥苲落进了船舱……船儿继续行进，扒苲人又将耙头丢进了水中。

其实，扒苲最原始的方法是“扒”：扒苲人站在船头，将耙头伸进水底后，向身边拉动，耙头扒满了泥苲，再提至撬杠处将泥苲抛进船舱。“扒苲”一词，应该由此而来。在船头扒苲，需要一个人在船头撑船，用竹篙顶住因拉苲而向前移动的船。也就是说，这样扒苲只要两个人，一人撑船，一人扒苲。旧

扒苲　吴萍 / 摄

时种田，各种各的，只能是夫妻俩或父子俩或弟兄俩一起扒苲，每次扒苲的量也有限。唯有在"人多力量大"的大集体时期，才显示了三个大劳力一起扒苲的力量和效率。

扒苲的诀窍，一靠力气，二靠巧借撬力。撬杠顶着苲耙柄行进，你的双手要死死握紧并稳住苲耙柄，让水中的耙头兜满泥苲；耙头兜满泥苲、准备往船舱抛进的关键时刻，你手中的耙柄依在撬杠上，一定要快扳、快拉、快抛，稍一迟疑，耙头就会"扭头"，泥苲又回落到河水中。没有足够力气，绝不能将近百斤重的泥苲提至水面；不巧借撬力，泥苲又成了"回锅肉"。

河底苲多，扒得快，一个多小时就能扒满一船，泥苲堆至船帮高；河底苲少，扒得慢，两三个小时才能扒满。船舱装满，三个人又撑船到垛田边，把泥苲翻上岸。

在生产队劳动，很多农活是有基本任务的。每三人一条船，独舱船每天要扒5船苲，二舱船每天要扒3船苲，包括将每船苲翻到垛田岸上。扒苲属于累重活，当天任务完成，每人都记给"大工分"，10分工以上，不能完成则要扣相应工分。那时工分单价是一角多，每个扒苲的人每天可挣一块多钱。每个生产队有二三十个男劳力，很多有力气的男人都想挣这种大工分，但每个生产队只有三四条农船，所以扒苲都得由生产队长轮流安排。

扒苲是水上作业，撑船、扒苲，双手时时不离水，农人又是赤脚干活，天长日久，手指和脚趾间会溃烂，生成无数个小孔，俗说"吴翁窝"（蜜蜂窝）。晚上收工回家，将明矾和凤仙花叶子捣烂，包扎在指丫间，吸水、消炎。第二天一早，被凤仙花叶子染得乌青的双手和双脚又在苲船上劳作了。

农人最怕的，是发生意外。船梁上淋了水，扒苲人的脚下最容易打滑，很可能跌倒；借撬杠扳动和拉动苲耙柄，动作稍有失衡，或手腕脚腕脱臼，或腰部扭伤；耙柄依着撬杠磨损，时间长了也不结实，而农人并未在意，再次扳动时，耙柄忽然断裂，人仰面朝天，跌在河里还算好，要是跌在船上，后果就难说了……一发生意外，少则休息三五天，多则长达一两个月。在"多劳多得，按劳分配"的年代，哪个农人能在家里躺得住啊？每天都是心急火燎的。

20世纪80年代初，垛田分给农户种植，又因更多垛田人从事其他工副业生产，扒苲这一农事退出了农耕舞台。

垛岸上的接力赛

泥浆斗子

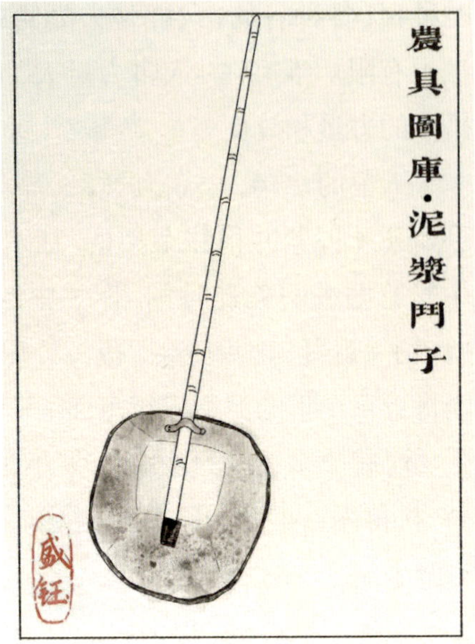

垛田人扒苲，是给垛上的庄稼作肥料。苲船扒满了，把泥苲翻到垛上，是一件特别耗费气力的事。

兴化区域内的垛田，虽然相距不远，但高度有明显差异：兴化西北部的千垛镇、沙沟镇等境内垛田，普遍不高，与当地大面积种植的水稻田基本相当，高于水平面约1.5米；而位于兴化城东侧的垛田街道境内的垛田，原来的高度竟高于水平面4到5米，直至20世纪70年代初，才因"放岸"和"卖窑泥"而降至离水平面1.5米左右。也许，千垛和沙沟境内既有种植水稻的圩田，又有垛田，农田面积多，古代人就不想再劳心费力将垛田加得太高；而垛田街道境内可种植的农田面积太少，堆积的垛田占了绝大多数，农人惜土如金，在洪水泛滥的古代，只有将垛田加高凸起，脱离水淹，才能保证作物不遭涝受灾。

时光回到1970年前后，也就是在"放岸"和"卖窑泥"前，让我们看看垛田农人是怎么翻苲的。

翻，用工具挖并且向上递送的意思。翻苲，就是将船上的泥苲递送到高高的垛子上。翻苲的用具有苲叉(也叫渣叉)、泥浆斗子（也叫斗子）和戽水瓢。连同斜坡，垛田高达四五米，有的甚至更高，仅靠扒苲的三个人递送不上去，每次翻苲，生产队长就再增加两至三个“做杂工”的人协助。垛顶部，挖有一道“灌槽”；斜坡上，挖有两至三个“戽塘”，灌槽和戽塘相当于递送泥苲的中转站，每处有一人，另外船上和河坎边也各有一人。其中，船上的先是拿苲叉，河坎边和戽塘边的人拿泥浆斗子，垛顶灌槽口处的人使用戽水瓢。五六个人从船上呈纵队一直分布到垛顶，各有各的事。

泥浆斗子的形状跟粪舀子相似，但斗子头略呈四方形，四个角稍圆；斗子头比粪舀子头大，上口四个边长以及深度均约35厘米；斗子头上口大，底部小。原来的泥浆斗子是木板箍成，笨重，后来用薄铁皮打制，轻便多了。泥浆斗子的柄是竹竿，粗直，长2至3米。

扒苲人将装满泥苲的船靠近垛边，船头和船艄的桩绳均被拉直系在岸上。但苲船重，吃水深，而水下河坎又有坡度，所以苲船离岸边还有一定距离。农人将跳板从船帮架到河坎，准备翻苲。

扒进船舱的苲，水草和淤泥浑然一体，整个舱面烂糊糊、黑乎乎一片。船上一个人用苲叉在船舱里择起苲草，然后放进河坎边那个人搁在跳板上的斗子里，河坎边的人举起斗子，倒在上面戽塘边那个人的斗子里，那个人又倒进再上面戽塘边的人的斗子里，最后倒在接近垛顶的地方，由最上面的人用双手布在斜坡面上。苲草杂乱，藤蔓细长，也沾有烂泥，若倒进戽塘后泥浆斗子无法舀起，只能由两三个斗子一对一地向上翻送。斜坡面长有芋头、青菜、萝卜、胡椒、韭菜等作物，有空行，用手将苲草分布其间，这样不会损伤作物的枝头。

苲草占了船舱泥苲的一半，农人就这样一苲叉一苲叉地择，一斗子一斗子地翻，像传递接力棒一样由低处向高处翻送，任劳任怨。

吃菜汤，菜搛完了，余下的就是汤水。翻苲跟吃菜汤一样，苲草择完了，船舱里剩下的是苲泥，约有半船舱。接下来，船上的人也拿起泥浆斗子，舀起苲泥倒进河坎边的人的泥浆斗子中。这时的戽塘和灌槽就有了作用，河坎边的人直接将苲泥倒进戽塘里，下面戽塘里的人用斗子舀起后再倒进上一个戽塘……这样劳作方便，节奏更快，不像翻苲草那样呆板，非得斗子对斗子倒进倒出。苲泥递送到垛顶灌槽后，顶上的人拿起戽水瓢，将苲泥戽在垛田面。垛田面同样长有果蔬，有时果蔬收获后是空茬。苲泥稀烂，用戽水瓢戽在空行不会损坏庄稼，若是空茬更能随意泼浇。

苲草布在坡面不下滑，而苲泥戽在坡面很快就流向河道。先择苲草分布坡面，后用泥浆斗子将泥苲翻转到垛顶再戽施，是垛田人翻苲常规性做法。但实际劳动中，并不是一成不变，有时农人也将苲草分布于垛顶作物的秧行间，有时坡面布上苲草后，再将苲泥戽在苲草上。苲草能挡住苲泥不下滑，也能存苲泥。长年累月的翻苲和布施，才有了垛田的高爽与肥沃，垛田里才有了碧绿的蔬菜和飘香的瓜果。

斗子口大，底子也深，容量是粪舀子的双倍多，能装二十多斤的泥苲。但如此设计并不仅仅是从装量的多少着想，而是考虑倒进斗子里的泥苲不外溢。农人向上举送时，斗子上口有斜度，斗子里装满了泥苲，既无力向上传送，泥苲还从斜口处流落，人身上和站脚的地方都流淌着黏乎乎的泥水。所以，农人翻苲时，每次斗子里只倒进一半深度的泥苲。

但是，翻苲是突击性劳动，这船翻完了还要去扒苲，每天扒苲的船数一定要完成，因而翻苲时每个农人的动作都不慢，一斗子追着一斗子，以致激起的泥浆水四处乱蹦，不多时，农人浑身上下都是泥点子，每翻完一船苲，

翻水　吴萍／摄

每个农人都成了“泥猴子”，要跳进河里洗身子。“翻苲就是跟泥巴打架”，这是垛田农人对翻苲的形象说法。

每一项集体劳动都需要众人团结协作。翻苲是由下而上干的累重活，更需要协调和包容。人的力气有大小，一个人力气再大，倒进斗子里泥苲的分量也要照顾力气小的；站在高处的人端斗子、倒斗子格外小心，因为稍不注意，漏落的泥浆水就可能泼在下面人的头上；布苲的活相对轻松，布苲的人常常换下站在斜坡上翻苲的人……

斜坡的落脚处，不足尺把宽，没有多少活动空间，有的斜坡还是陡坡，从上往下看，心里发慌。农人就站在这里，端着、举着苲泥晃荡的泥浆斗子向上送。为防止滑倒，农人扯一把青草垫在脚下，或用大锹再挖一下落脚处，使脚下更平整，人站立更稳。只有一船苲全部翻完，一颗悬着的心才放下来。

夏天常有暴风雨，说来就来。翻苲最怕雨天。一船苲刚撑到垛田边，忽然天色阴沉，似乎要下雨。农人一个个拿起苲叉和斗子，拼了命似的忙乎着。即使雨下起来了，雨点打在身上，农人还是不停歇。船舱有苲，大雨能很快将苲船沉没，沉没的苲船是很难打捞的。农人挥舞泥浆斗子，与风雨赛跑。

那个年代，农人贫穷，即便当天扒苲、翻苲，早饭也只能吃稀薄的老黄玉米粉子粥，或者胡萝卜缨子粥、粯子粥；农人头上戴的是斗篷，脚上穿的是草鞋，男人上身遮一件用“洋面袋”做的披肩，下身穿着裩子（短裤）。干不了多久，每个人的肚子就咕噜噜地叫了；大热天干活，上面太阳晒，下面热浪烤，干的又是重活，农人只能在心里叫苦叫累，但手脚仍然不停地干活。

众人齐心协力，个把小时，一船苲也就翻完了。农人用泥浆斗子舀水冲洗空船，然后收起跳板，拔出船桩，又去往扒苲的地方。

垛田常年种植各类蔬菜，除了用戽水瓢浇水，用泥浆斗子翻水更是常事。翻水，男人女人都参加，有说有笑，场面气氛活跃。还是四五个人，站在河坎和戽塘边，舀的舀，翻的翻，浇的浇，一年四季，翻腾的河水给垛田带来了勃勃生机。

水草的“克星”

水草夹子
水草刀

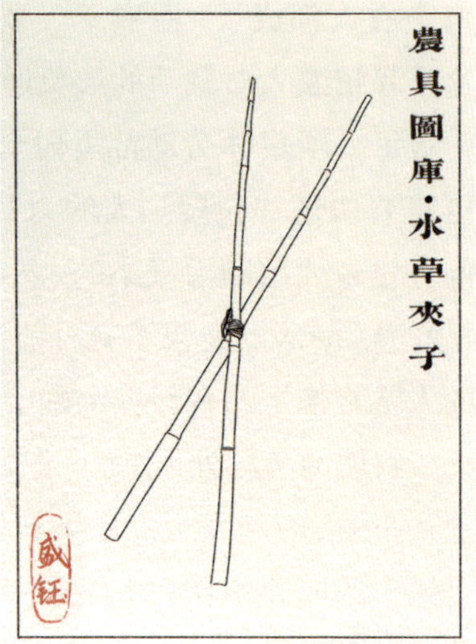

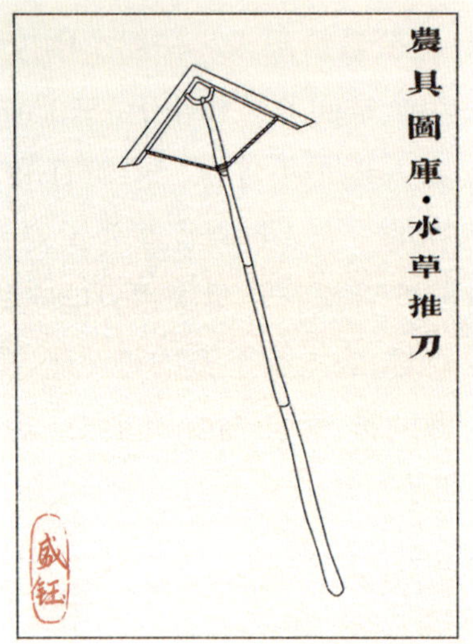

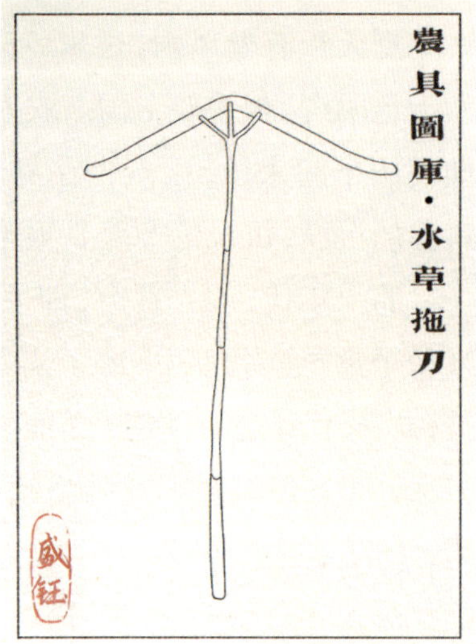

水草夹子和水草刀，都是里下河农人为了积造自然肥料，在水中捞水草的工具。里下河地区种植芋头历史悠久，可以追溯到明代，甚至更早。农人常用水草夹子捞取水草壅裹在芋头根部，既有营养又保湿，加之水草夹子容易做，所以，尽管水草夹子具体产生于何时无从查考，但应该说时间久远。而水草刀，则出现于20世纪80年代，属于新生的农具。

水草夹子也叫“辗管”，做起来极简单：选两根3米长笔直而又结实的竹竿，用麻绳或塑料绳拦腰扎好便可使用。张开竹竿，形成剪刀状，夹取水草。不用时，合并竹竿，或拆除绳子，竹竿另作他用。辗，来回转动的意思。因竹竿展开后将水草揽入其中，并通过旋转的方式使水草缠于竹竿而将水草拉上来，故称“辗管”。

劳作时，农人站在船头或水中，将水草夹子张开伸向水草丛中，竹竿间兜满了水草，再用力向一侧转动，水草在竹竿上缠紧后，农人就拖至船舱，回转竹竿，水草松开落在舱中。捞水草需将两根竹竿合紧并转动，使水草绞在竹竿上，所以捞水草也叫“绞水草”。

很多农具是农人在流汗流泪的艰辛劳作中创造出来的。用竹竿绞水草，弯腰费力气，速度慢，茎藤不长的水草也绞不上来，这之后便出现了水草刀。

水草刀又分为推刀和拖刀。推刀刀身有弧形的，也有三角形的，拖刀刀身则呈弧形。推刀和拖刀的刀身均厚长，弧形推刀的刀身长1米，刀刃向外；三角形推刀的刀刃在两个边的外侧，各长80厘米。拖刀刀身长约1.6米，刀刃在内。推刀和拖刀均装有一根5米长的粗竹柄。使用推刀时，人站在船头或水中，用力向前推进，刀刃在河床上游走，割断的水草便浮出河面。使用拖刀时，人站在船艄拖着拖刀，随着农船前进，拖刀所过之处便有割断的水草从河床上泛起。农人用两根绳索分别系在一根长篙的两端，将长篙横向拖吊在船后，浮在水面的水草被长篙拦住，由他人捞入船舱。

生产队农田多，农作物需要的肥料也多。大集体时期，一年中除了抢收抢种的农忙季节，其余日子就是施肥、治虫、除草等田间管理，还有积造自然肥料。捞水草是人造有机肥的一个环节。捞来的水草与河泥拌和在一起，在田头堆积发酵后，挑到田里，就成了种麦的基肥。

捞水草都是在七、八、九三个月里。夏天天气热，水温适宜，河中各种水草长得也快，前泛后起。捞水草的船上有三个人，一个人在船艄撑船，将船慢慢前移，两个人站在船头两侧，每人手中拿一副水草夹子，各绞各的水草。农人双手抓着辗管，将叉开后的另一端伸向茂密的水草丛。竹竿间挤满了水草，农人紧紧合拢竹竿，不停地转动，有的水草被连根拔起，有的水草茎秆被绞断，农人将水草夹子用力一拉，拖泥带水的一大股水草就被拉进了船舱。

水草生长的速度再快，也没有农人天天罱河泥、捞水草在河床上席卷的速度快，没几天，本地河道都被清理了一遍，已经难觅水草的踪影了。再捞水草，须撑船前往地势低洼的湖荡地区。

兴化西部的千垛、中堡、沙沟等乡镇，湖荡最多。早在600多年前，这里的先民为了生存而种上庄稼，就用人工方法，将湖荡里的泥土开挖堆积起来，年复一年，愚公移山，一块块小岛似的垛垺日渐形成，一条条河沟也循环贯通。因为湖荡宽阔，河沟密布，常年水流不断，因而这里水草特别茂盛；加上这里水稻种植面积少，人造积肥不多，所以每到夏秋之时，这里便成了兴化东北部农民前来罱湖渣、绞水草的理想之地。

和去湖里罱渣一样，天色未明，捞水草的人就带着水草夹子或水草刀，撑船出发了。

盛夏，水草茂密繁杂，水韭菜、蜈蚣草、伊乐草、黑藻叶等等，一个个身腰细长，千丝万缕，青色、紫色的叶子簇拥其上。船儿前行，河波荡漾，水里的藤蔓也随波摇曳。

人站在船头上，水里一大片一大片的水草清晰可见。农人如获至宝，一刻不停地捞着水草。四乡八邻都有人来捞水草，湖荡里、垛垎间的河沟里，都是捞水草的船，有人操着辗管绞，有人用推刀推，有人用拖刀拉。路远迢迢，撑船来一趟不容易，一个个农人使出浑身力气，犹如抢水草一般。

八、九月的天，骄阳似火，人站在水泥船上，脚板都感觉到滚烫。天太热，很多农人干脆将水草夹子扔进河里，身子也跳了下去。每夹满水草，就

捞水草　陈明干／摄

将辗管架在船帮上，回转几下后，抽回辗管。站在水里绞水草，既凉快，又便当，哪儿水草多，就去哪儿夹。

傍晚收工时，人的身上奇痒难耐。原来，这湖荡地区有不少人家养鹅养鸭，且是成群结队的饲养，鹅棚、鸭棚临河搭建，水里就滋生了一种俗叫“鸭虱子”的细虫子。这肉眼看不见的鸭虱子咬在人身上时，刚开始是微微发痒，后越抓越痒，钻心地难受，很快，人的身上便泛起了一大块一大块的红痘痘。

白天太阳蒸、鸭虱子咬，晚上还有蚊子叮。因为路途远，加之水草越捞越少，因而，捞一趟水草，一个来回有时要两天，吃住都在船上。晚上，捞水草的人就睡在船艄的闷头洞（后舱）里。洞小，三个人睡在一起，又是夏天，肯定闷热。夜里热得受不了，就爬出来坐在船艄乘凉。这深夜里的旷野，既有满天高挂的星斗，也有蚊子的叫嚣与围攻。农人默默无声，用毛巾拍打身子，驱赶蚊虫，心里不停地念叨：怎么还不天亮，怎么还不天亮啊！

背着青草回家

网包
草夹子

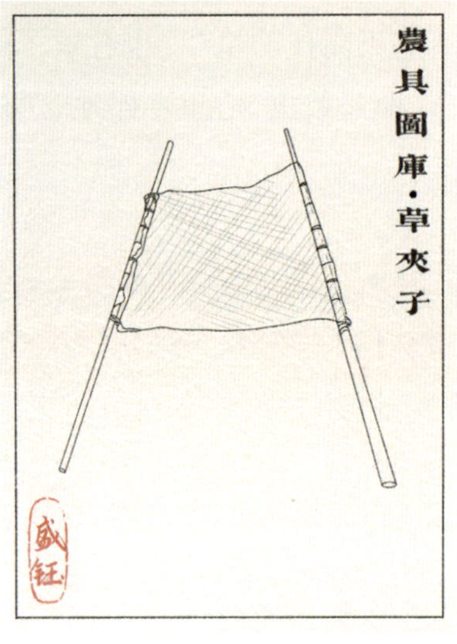

世上物件，皆由各种材料组构而成，只有简单与复杂的工艺之分。连农户生火烧饭的穰草也可以做成农器具，网包、草夹子就是穰草做的。

网包、草夹子，是农人铲青草时装草的用具。20世纪六七十年代，农户家里养猪，生产队积肥，养牛人喂牛草，都要下田铲青草，青草就装在网包和草夹子里。

做一只网包，或一副草夹子，农人需花一两个晚上。

先要搓绳。选干燥的齐头糯稻草，用木榔头反复捶打后，稻草柔软了，双手搓成粗股和细股的两种草绳，就可以编织了。

网包像一个半圆状的背袋，上端有口。编口用粗股绳，连成一圈后，用细股绳扣在粗股绳上，以打结织网的形式，一层一层地往下编。编到最底层，收绳扎紧。再用粗绳在上口装个背带，一只网包就编成了。

网包分小网包和大网包。小网包的网袋小，只能装十多斤青草，供小孩子到田里铲猪草用；大网包网袋大，可放四五十斤青草，是大人为生产队积肥铲草用的。

草夹子形状与网包不一样，所以做法也略有不同。选两根各120厘米长的小竹竿，用细股绳先在一根竹竿上编成100厘米长的一排结，然后像织网包一样一层一层地往下编。编到约100厘米的长度后，再编扣到另一根竹竿上。两侧的边绳也为粗股绳，用起来不会"豁口"（断绳）。两侧的边绳适当收紧，使网成为袋状，便于装青草。竹竿上都有粗股绳系扎的背带，两根竹竿合在一起，像夹子一样兜着青草，农人可背着行走，故称"草夹子"。草夹子的容量比大网包还要大，可放六十多斤的青草。

小时候，家里每年都养一两头猪。春天一到，我和伙伴们就拿着铲锹，背着网包，去田里铲猪草了。铲猪草时，男孩子喊上男孩子，女孩子跟女孩子结伴，基本上不混合。男孩子胆大，就到河边、乱坟地里铲，那里人去得少，青草多，所以我们的网包很快就铲满。女孩子常在田埂边、场头上铲，青草又少又小，但她们有耐心，一直低头弯腰寻找，每天放学也能铲上一网包青草。

网包装满了草，鼓鼓囊囊的，也重实实的。我们力气小，背着难走路，都将网包顶在头上，双手举起，扶着网包往前走。男孩子、女孩子，一个个从不同的方向汇集到了回家的路上。夕阳将我们的身影拉得长长的，我们放下膀子，影子也放下膀子；我们举手，影子也举手，唯有头上的网包平平稳稳。

生产队农田多，常在春天组织女劳力铲青草沤制草泥塘，作为庄稼的有机肥。开始铲青草，都在自家生产队田地附近。女劳力每人有一只大网包，她们各自散开，各铲各的。青草多的地方，就蹲在那儿，接二连三地铲，铲完了立即站起身，拖着大网包继续向前寻草。网包装满了青草，女劳力背着跑上船。船上有两个专门用大秤称青草的人，称好斤重，记在考勤本上，便于记工分。青草倒入船舱，女人上岸再铲。每天傍晚，总有满满一大船青草卸在田头的草泥塘边。

生产队附近的青草铲完了，就撑着农船，一班人往邻村进发。近的，去往三五里外；远的，有十多里路。其实，船撑得再远，情况都差不多，因为每个生产队都要沤制草泥塘，同时还要防止别人捷足先登铲青草，所以每个生产队都先组织人员抓紧将本生产队附近的青草铲完。发现外地人来铲青草，立马阻止，不让其进入领地。凶悍粗暴的生产队长，还会将外来人铲青草的网包扯断撕碎，连同小铲锹一起扔到河里。

草夹子不离身的，是生产队看牛的少年。他们十四五岁，已经不上学，也干不了重农活，先以看牛作为人生的过渡。白天，水牛交给耕田的人，看牛少年就拿着小镰刀，背着草夹子去“剐牛草”，水牛中途歇气时，正好吃剐来的青草。每天，放牛少年要剐上四五夹子的青草，上午两草夹，下午两三草夹。

尽管野草有割后再生、层出不穷的特性，但毕竟牛儿太多，还有孩子铲猪草，青草生长的速度哪里比得上那一把把小镰刀和铲锹挥舞的速度？于是，放牛少年常常到偏远僻静之处剐牛草，赤身站在河水里，在桥头下、坝头埂上，将一棵棵青草揽入草夹子里。乡村少年的胆子再大，到了四周寂静、乱坟丛生之地，也会心生恐惧；他们头顶着烈日，脚攀着陡坡，伸直双臂，举刀拿下青草，每一次也会惶恐不安。

除了装青草，网包、草夹子还有另用。

大草夹子抬草　陈明干 / 摄

家里的烧草堆在打谷场上，农户去拔草时就带着大网包或草夹子。稻草或麦秸草装在网包、草夹子里，省得打捆，背在肩上或两人抬着，既省力，草屑也不掉落。

20世纪80年代初，很多农家养婆母猪。婆母猪一窝可生十多头猪崽，卖出后能增加收入。猪崽长到20斤左右，农人将它们放在网包或草夹子里，用扁担挑着，送到猪集上出售。买小猪的人也带来网包或草夹子，同样用扁担挑回去。猪崽透过稀疏的网袋眼，一边惊恐地嘶叫，一边张望着喧闹的世界。

即便后来有了收割机，农人还是用到草夹子。收割机只能收割和脱粒，稻秸和麦秸仍然留在田里，影响拖拉机耕翻和下一茬的播种。农人用草绳编成更大的网兜，再用两根长竹竿编扣于两侧，用草叉将稻秸或麦秸叉入网兜，堆满后，两个人一前一后抬着，半天时间，几亩地秸秆就能抬走。

平常不用，农人总是将网包和草夹子放在遮阴、通风的地方，更不会让它们遭雨淋。尽管是草绳编织的，但一只网包，一副草夹子，农人可以用上好几年。

农具中的“西餐叉”

渣叉

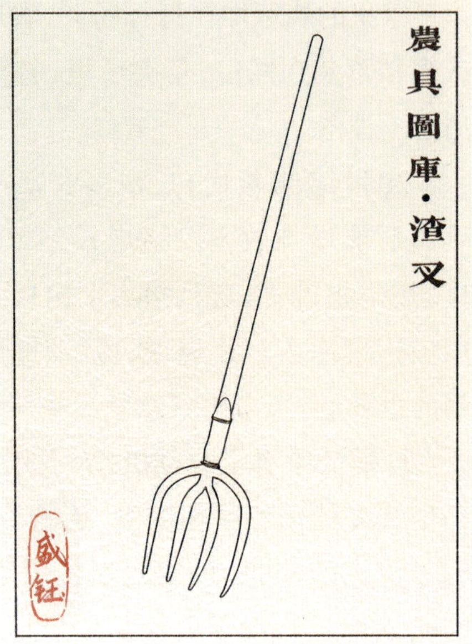

没有武器就不能打仗，没有农具就谈不上整理田地种粮食。建国伊始，百废待兴，恢复和发展农业生产成为全国农村最重要的任务。1951年1月，农业部专门召开第一次全国农具工作会议，提出递补旧式农具、发展新式农具的要求。此后，各地陆续建起了集体性质的农机修造厂、铁木社，炉火通红，铁锤声响，工人们日夜不停地敲打，一件件老式的、新式的农具源源不断地传递到农民手中，成为农业生产的得力助手。渣叉、灰叉、洋锹等多种农具便是在那时诞生的。

渣叉也叫苲叉，是农人择渣、上渣的工具。农具的名字，直接反映了它的用途。

渣叉的叉身像吃西餐的叉子，铁制而成。它有 4 根弧形一致且叉口齐整的叉芒，每根叉芒有男劳力的中指粗，中部圆柱状，齿头稍尖，长28厘米，叉芒与叉芒间距 4 厘米；叉身肩部正中位置，有一根与叉芒成反向伸出的铁条，用铁箍将此铁条固定在两米多长的渣叉柄根部，就可以到湖荡里择湖渣了。有的不是铁条而是叉窝，渣叉柄就安装在叉窝里。

里下河区域内，水系发达，湖荡众多，仅兴化境内就有蜈蚣湖、平望湖、得胜湖、大纵湖等。每年初秋，生产队男劳力都要到湖荡里罱湖渣。湖荡水波浩渺，水草茂盛，老水草枯死腐烂，沉积湖底；新水草又萌发生长，层层叠叠。农人将腐烂的水草、新鲜的水草统称为湖渣。将湖渣罱起来，堆积在田头发酵，就成了秋播种麦时肥沃的有机肥。

夏末初秋，就到了农人罱湖渣的时候。每条船上，除了带上大罱子，还带两把渣叉，有人罱渣，有人择渣。

农船出发早，到达湖荡时才是早上七八点钟，农人先站在船梁上用罱子夹取湖渣。十点钟左右，太阳炎热，湖水变暖，农人跳进湖水中，手拿渣叉择起了湖渣。湖底平浅，人站在湖中，湖水也只有齐胸高。来罱渣的，都是男人，在水中择渣，很多人都赤条条光着身子。

湖水清澈，人站在水中，一眼能看穿到湖底。可以看到曼妙舞动的水草，看到在水草间匆匆穿行的鱼虾和悄然爬行的螃蟹……农人握住渣叉柄，从湖底操起，浑水翻起间，一团黑乎乎的烂渣便被抛进了船舱。农人再次将渣叉伸向水中，满叉的水草又被捞了上来。湖波荡漾，每一次翻起的浑水都随波流走，正好让农人看到了湖中的水草；双脚在湖底移动，时时能踩到丰厚绵软的湖渣，农人一次次将渣叉伸至水里，一团团湖渣就这样被捞进了船舱。

湖中水草，不仅藤蔓纤长，有的茎秆还长着刺丁，茎叶周边布满锯齿状的豁口。赤身裸体的人在水中劳作，常常被齿状的茎叶缠绕，身上被划出一道道红杠。湖中渣船有几千条，满眼都是船，船上、水里都是抢着罱渣、择渣的，脚下的湖渣很快就被捞尽，渣船再撑往别处水域。每个捞渣人心里想的，就是怎样尽快将船舱装满，并不理会身上那些痛痒的划痕。

罱的罱、择的择，湖渣很快平舱。这时候再罱上来和择上来的湖渣就要堆积。撑船从十几里外来一趟湖区不容易，每一船的湖渣总要堆积得高高的。湖渣中水草成分居多，堆积也容易。每夹上来一罱子湖渣，罱渣人用罱口将湖渣沿船帮摆放；择渣的人每择起一叉湖渣，也是沿船帮堆砌。当船帮四周垒成一道“围墙”后，罱渣的、择渣的，又可以随心所欲地往船舱中抛放。一层装满了，再垒一道围墙往里装。但堆积时也不可贪心，堆得太高，载重量大，渣船会沉没。湖水茫茫，一望无边，打捞沉没的渣船那是非常困难的事情。看到船帮“平水”，湖渣在船舱中形成一个凸起的四方形渣丘，船头与船艄正好翘于水面时，农人即停下手中的罱子和渣叉，撑船返航。

渣船撑回来，农人还要“上渣”，也就是将满船湖渣擢上田头。上湖渣，非这渣叉不可。叉头宽大，叉芒又长，抔起湖渣总是满满的；渣叉是长柄，便于将湖渣从船上抛向田岸。将渣船与河岸并拢，船头和船艄的绳桩插在岸上，两三个农人分别站在船梁上，每人一把渣叉，像擢泥一样，将湖渣擢向田头。开始擢渣，岸高船低，落差大，每擢出一渣叉湖渣，要奋力投掷。当一半的湖渣擢上岸后，农人有点不放心了。湖渣中有淤泥，当岸上的渣堆越积越高时，后加上去的湖渣有可能滑坡，要滑到河心里。农人停下手中的活计，爬上岸，用渣叉先将湖渣往田里翻走一部分，再在渣堆边圈成一道坎，船上的湖渣才又往上擢……

一船湖渣上完了，每个农人的身上都溅满了乌黑的泥点。太阳已经落山，青蛙也在秧田里歌唱，农人满身疲惫，顾不得蚊子在腿上叮咬，在渐渐落黑的河道里，撑船回家。

劳作的多面手

灰叉

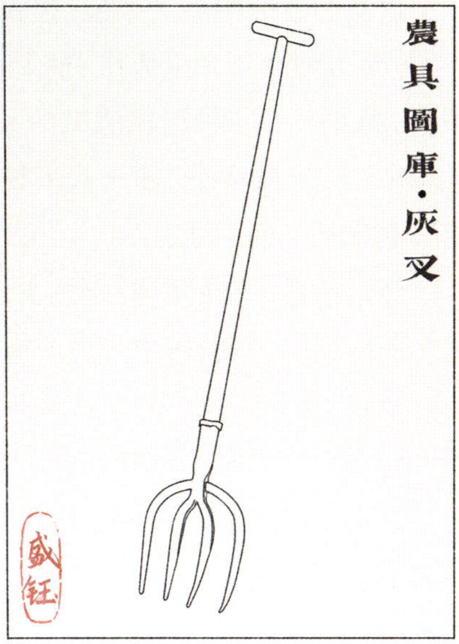

乡间农活多种多样，每一种农活都有相应的劳动工具，就像打仗，排地雷有扫雷器，打坦克有火箭筒。灰叉，是农人挖猪厩肥的叉子。

在乡间，农户有养猪的习惯，每年，几乎每家都养有一两头肉猪。养猪有很多好处，一是全家平时的泔水可以利用起来，倒给猪吃，一点也不浪费；二是养猪的饲料易得，可以是碾米时获得的稻糠，也可以是田间铲来的青草；三是到了年底，将卖了大猪的钱用来给孩子买衣服或购置年货。养猪还有一个好处，猪灰挑给生产队能得到一笔收入。农家老虎灶烧出的草木灰统统倒进猪圈，所以农人将猪厩肥称为“猪灰”。

农家的猪窝和粪坑紧邻，一般建在屋子的山墙旁，或是屋后的小河边。猪窝分为猪舍和猪圈。猪圈是敞开式的，像住房的院子，有用土墼或砖块砌成，也有用栏栅围成的。猪舍是个小房子，低矮，可以遮风挡雨，冬天暖和。不管白天和夜晚，猪儿在猪圈里吃喝撒拉，睡觉回到猪舍。也有人家的猪舍和猪圈全封闭，猪的吃喝撒拉都在一间棚子里。猪儿吃食多，拉得也多，尿得也多。农人铲来的青草、拉回来的稻稳子，以及平时扫起来的垃圾，全都倒进猪圈里，连同猪粪、猪尿混在一起发酵后，便成了庄稼的有机肥。

灰叉的外形跟渣叉相似，但稍有不同。灰叉的木柄较短，只有1米多一点，这是方便在猪舍里劳作；柄上有枴，挖时可握得稳当；灰叉也是间隔的4根齿，每根长25厘米，比渣叉的叉齿短；每根叉齿扁平，不像渣叉的叉齿圆柱形；灰叉叉肩宽平，便于农人挖猪灰时用脚往下踩；叉肩正中位置有“锹窝”，是安插叉柄的地方。

经过一冬一春的积累，到了四月份，每家每户的猪圈里都存满了猪厩肥。这个时候，生产队就集中劳力挖猪灰。

挖猪灰，是一家一户依次清理。挖猪灰的工具，除灰叉外，还有担兜、粪桶和笆斗。干活时，有明确的分工：两个女劳力挖猪灰、倒猪灰；三个男劳力分别用担兜挑猪灰、用笆斗扛猪灰。女劳力用灰叉挖起猪灰后，装入粪桶；粪桶满了，给户主一根筹，然后将猪灰倒进笆斗。三粪桶后，笆斗满了，挖猪灰的、扛笆斗的，合力将笆斗掇起（抬的意思），架在扛笆斗人的肩上。扛笆斗的刚离开，女劳力将粪桶装满后又倒进另一个人的担兜里，同样给户主一根筹。扛笆斗的弯着腰，噔噔噔地快步走向河边的农船，将猪灰倒进船舱；紧接着，挑担兜的也上了船……

一根筹的猪灰二角钱，挖一次猪灰有30多粪桶，一年挖两到三次，年终分配时，每家的猪灰也有十多元进账。在那时，这可是一笔轻巧而又不小的收入。

起个大早，挖的挖，扛的扛，挑的挑，五个人抓紧干，一个上午可装满一大船舱的猪灰。吃过午饭，将满船的猪灰撑到几里外的圩田，堆积在田头上，用淤泥封好，避免肥气挥发和因下雨流失，待到麦子收割后，再挑到麦茬田里。

最烦人的，是六月里“三夏”（夏收、夏插、夏管）大忙期间挖猪灰。

麦子收割后要耕田栽秧，栽秧前必先将基肥挑到田地里。此时，各家猪圈里又积聚了很多猪灰。天气炎热，又是梅雨季节，猪圈里又湿又臭。挖猪灰的人顾不得这些，女人弯着腰，在闷热的猪圈里不停地挖，不一会便衣衫湿透；扛笆斗的，那潮湿猪灰里常常有黑臭的水从笆斗缝里漏出来，从男人的肩膀上、后背部自上而下地流淌。

船舱里装满了猪灰，男人女人的身上也染上了猪屎猪尿的味道，农人哪里在乎这种气味，也顾不得太阳的热辣，他们又将猪灰船撑往田头。这一次，他们直接用担兜将猪灰挑送到麦茬田里。一担担猪灰散施在田间，拖拉机耕翻后，水一上，便可栽秧了。

一年里，最后一次挖猪灰是在秋播的时候。只有播种前在地里施足了基肥，长出的麦子才健壮。一大早，村庄炊烟袅袅的时候，巷子里就响起了农人扛猪灰的脚步声。"噔噔噔、噔噔噔"，这声音，显得那么匆匆忙忙。

猪灰和湖渣挑到大田后，还得用灰叉散放开来。猪灰、湖渣松散，挑到田间后，将灰叉向下一揿，接着再一抛，一小团猪灰便被甩得远远的。农人手脚不停，又揿又抛，一个上午可将一田的猪灰放完。

生产队每年利用边角田长荸荠和茨菇，分给农户调剂生活。初冬，到了挖荸荠、茨菇的时候。灰叉的四根齿间距稀疏，挖破荸荠、茨菇的概率小，每一灰叉翻上来，都可以看到土块上粘有几个大荸荠或茨菇。当然，灰叉不长眼，有时一叉挖上来，叉齿上也戳着几个荸荠，农人会发出遗憾的叹息。

兴化垛田地区芋头长得多，采收时，这灰叉是最理想的挖芋头工具。龙头芋硕大，实沉，挖上几灰叉才能将一棵翻上来。紫荷芋个头小但数量多，挖出一个芋头根，有多个芋头籽吊在根上，还有几个仍在塘子里，好像不肯上来，农人看着，心里直发笑，又用灰叉将它们捞出来。

挖芋头　吴萍／摄

专和淤泥交锋的木质农具

泥择子

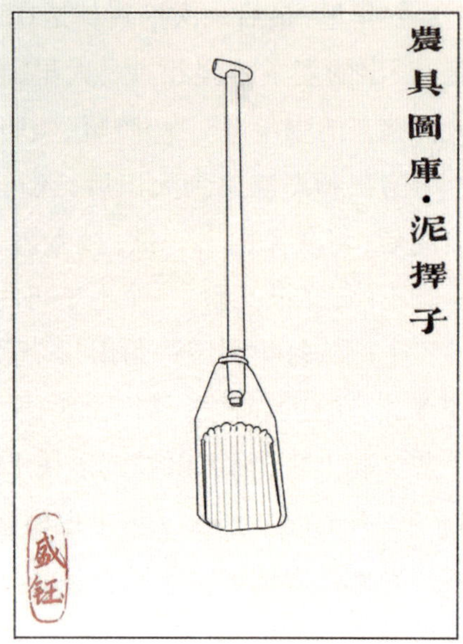

一种农具的产生，与它所在的客观环境密不可分，包括土壤、水、耕种方式以及人们的生产习惯等，农人在生产劳动中经反复琢磨后制作出本地的农具。泥择子，是里下河地区特有的产物，属于里下河农人的“专利”。

泥择子，纯属地方性叫法，故在中国传统农具书籍里找不到它的踪影。择，方言，铲的意思。泥择子是一种铲泥工具，但只能铲淤泥。泥择子通身为木质，柄是圆木棍，长1.2米，上端有木楞；柄的下端装着“择头”，长30厘米，宽20厘米，由整块木板凿刻而成，中间低凹，两侧稍高；择口低平，便于择泥。它外形像擢锨，但比擢锨短小。

泥择子诞生在里下河地区，与这里特有的一种农田——沤田有关。

里下河平原位于长江、黄河之间，西有里运河湖区平原，东有因海水冲刷而形成的泥沙沉积层。从近代开始，黄河数次决口，加上淮河来水的冲击，使本来地势低洼的这片区域约有一半耕地长期浸泡在积水中。又因生产力落后，无力兴修水利，每年的洪涝灾害使这里的农田雪上加霜，田水无法排出。后来，人们把这种常年泡沤在水中的田称为“沤田”。处于里下河平原腹部的兴化，旧时沤田最多，有大半以上的农田是沤田。

泥择子　陈明干／摄　

沤田贫瘠，在没有化肥的年代，农人通过罱子将河泥取上来，翻进沤田作为种稻的基肥。泥择子，就是在沤田里开河泥、放河泥的工具。

让我们把时光回流到20世纪60年代的大集体时期。

冬腊月，生产队罱的河泥堆积在沤田边，形成一个个偌大隆起的馒头状“泥污滩”。春节后，泥污滩表层已经风干，河泥像豆腐块一样绵软，这就到了开河泥的时候。

开河泥，四个人一组，每人一把泥择子，将泥污滩的泥择起，放到小木船里，再拉到远处，散抛在沤田间。

开泥是在早春，气温仍然偏低。农人顾不得田水的冰凉，赤脚下田，将小木船推至泥污滩边。众人分布在木船周边，一个个挥舞着泥择子，一下一下地将淤泥择进船舱。择头容量小，每择一次都是满满的淤泥。泥污滩里层淤泥还是烂乎乎的，每择一下都有泥点飞溅，落在农人的脸上和身上。田水的冰冷从农人脚底穿透全身，农人冻得浑身发抖，他们不停地择泥，也不停地迈动双脚，以减轻腿脚因受冻而带来的麻木。当一鼓作气地劳作，船舱里有了大半的淤泥后，农人身上冒出了热气，这才感觉到了少许的适应。

船舱装满淤泥后，便是推船送往田的远处：两个人在船头，背负着泥辫子拉船，两个人在船后推船。

沤田的泥水深至人的腿膝弯，农人拉船、推船，深一脚浅一脚，随时还有跌趴的可能。前面拉船的人，用手中的泥择子当拐杖撑着，一步一步往前走；后面推船的两个人，将泥择子搁在船艄上，侧着身子低着头，用肩膀顶着船艄往前进，这既使泥船行得快，自己的身体也有了依靠。

沤田面积大，跨度长，这就有了等级：“一节田”紧靠河边，“二节田”往里，“三节田”再往里，“四节田”在最里面。一节田也就是农人俗称的上框田，其余的即为下框田。田块越往里，地势越低，田块与田块之间有10多厘米的落差。将泥船从田头拉到最远处，长达150多米。整天在齐膝深的淤泥里拉泥船，农人迈步艰难，送往三节田、四节田的河泥，农人就站在田埂上，用粗纤绳拉泥船。每过了一块田，农人立即用木板拦住过船的缺口，阻止田水向下流淌。

泥船拉到了远处，众人从田里爬到船上，又手握泥择子，一下又一下地放泥，将淤泥分散而均匀地挖抛到沤田里。田面上，砸出一朵朵浑水花，此起彼伏。

泥污滩又大又多，人手少时，农人先将船中河泥卸在船的两侧，待泥污滩的泥拉完了，再来放泥。这样先一心一意开泥，而后再专心致志放泥，省心省事。

春寒料峭，有时沤田里还结着一层薄冰，须用竹竿打碎后才能干活。开河泥的人一整天就赤手巴脚地站在水田里，那种冰水刺骨、寒风侵肌的滋味，未经艰苦生活磨炼的人是无法承受的。“寒从脚底起，春风裂树皮”。长时间在寒水中泡，在春风里吹，泥土粘着腿肚，干干湿湿，谁的双腿经得住这般折磨？每个人的双腿上都布满流血的裂痕，隐隐的痛感伴随着每一天。

泥污滩多，开泥活计又繁重，男劳力不够用，女劳力也上阵。女人开河泥更有说不出的苦。女人力气小，择泥碰到稍硬的泥面，得用水浇一下，使泥面软化，或是将泥择子沾一下水后变得润滑，再择泥；泥块大的，两个女人的泥择子合力抬着，将其翻进船舱里。沤田开阔，无遮掩之处，为减少小便次数，女人干活尽量不喝水。实在憋不住了，只能拖着沾满泥水的裤子匆匆上岸，蹲在河坎边，旁若无人地就地解决。拉泥行走的途中，女人的汗水、泥水和泪水混在一起流淌，她们暗自叹息：自己的命运为什么这么苦啊！

泥择子全身木质，常年与泥水交锋，农人倍加爱惜。农人都是选取多年生、质地硬的桑树、榆树和柳树，请木匠制作泥择子。使用前，要用桐油涂抹两遍，防虫蛀、防腐坏。开河泥的那些天，每天中午吃饭前和傍晚收工时，农人都将泥择子洗干净，不留泥斑。一季开泥结束，农人将洗干净的泥择子放在阴凉处风干，不暴晒，不让雨淋，防裂缝、防变形。收入家中，也是置放于高处或通风处，防老鼠咬、防受潮腐朽。农具是农人种田的贴心帮手，哪个农人不视农具为自己的手足呢？

把化肥藏在土里

化肥棍

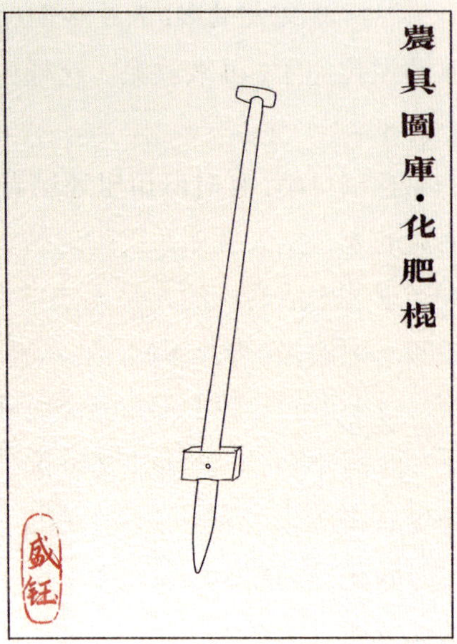

一米多长、大锹柄粗的树棍，上端装着木枴，下端削成尖头，尖头向上20厘米的部位安有一截蹬枴，这就是化肥棍，如此简单。也有的蹬枴与树棍呈十字状安插，将化肥棍上下颠倒过来，化肥棍就跟十字架一模一样。农户砍下来当柴烧的粗长的枯树干，就是做化肥棍的原材料，几乎每一位农人用斧头剁剁削削，都会做成一根化肥棍。

长庄稼，如同养育小孩，离不开营养供应，庄稼的营养是各种肥料。施肥料又有不同的用具，粪水用舀子浇泼，猪厩肥、湖渣、草泥塘肥等用渣叉、灰叉挖抛。化肥棍则是塍化肥的工具。塍，里下河地区方言，切口或打洞后摆放的意思。这种化肥叫碳铵，农人俗称“骚气味”，容易挥发，气味刺鼻。使用时，农人的双手抓着上端的木枴，一只脚踏在下端的蹬枴上，用力一踩，化肥棍的尖头便在地面钻出一个10多厘米深的小洞。将一小把化肥丢进小洞里，再用脚填土合上洞口，化肥就被埋进土里难以挥发了。

碳铵的全名叫碳酸氢铵，是一种速效化肥。农作物施了碳铵，过个三四天，叶子就由淡黄转为深绿。对于一直施用人畜粪肥、人造有机肥的农人来说，碳铵的肥效简直太神奇了。20世纪70年代后期，碳铵在里下河地区普遍施用，既是播种和栽插的基肥，又当平时的追肥，包括水稻、麦子、油菜等等，所有的农作物都需要。

小麦生长过程中，农人要对其施基肥、苗肥、腊肥、返青肥、拔节肥和叶面肥等，不下于五六次。施基肥、苗肥、返青肥，都可以直接用手撒，将碳铵撒在田地里，称“戽化肥”。而对于腊肥，只能塍。因在腊月里塍，所以人们既叫塍化肥，也叫塍腊肥。

进了腊月，气温下降，一阵阵寒风在大地上掠过，那些播种迟、基肥又不足的麦子，叶片发黄，叶尖泛紫，看上去显得营养不良，有气无力，病恹恹的。直接将化肥戽在麦地里，天气冷，麦子不吸收，达不到施肥的效果。用棍子将碳铵塍在泥土里，能促进麦子的根系发育，使麦苗安全越冬。冬天，许多植物进入休眠期，但土壤里的麦根还在吸收营养，为在春天里生长积蓄力量。

男劳力有的上了河工，有的罱河泥，为浇麦泥浆以及春天窖草泥塘作准备。塍腊肥不是重活，因而都是女劳力来做，还有年纪稍大的男人。

一袋一袋的碳铵挑到了田头，十多个人开始塍化肥。

塍化肥 陈明干 / 摄

塍化肥，通常是两个人一组，一个人踩化肥棍，另一个人往小洞里丢化肥，并即时合上洞口。麦田里有一个个面积相等的垮子，每个垮子一组人，一天下来，以完成塍化肥的垮子拿工分。

踩化肥棍的人直着腰，抓着上端木枴，踩着蹬枴，每隔七八寸的距离踩一个洞。麦田土壤疏松，踩洞不费力，一脚踩下去，化肥棍拔出，一个黑乎乎的洞口呈现出来。放化肥的人紧跟其后，一手拎着装化肥的椋子，另一只手抓起化肥，见一个洞就弯腰放一点化肥，满满一手化肥可以放四五个小洞。碳铵吸湿性很强，若小洞布得太密，放进洞里的碳铵分量多，会灼伤小洞周边麦子的根系。

拿着化肥棍踩洞的人，通常从垮子的一侧踩起，先并排踩出几个洞，再后退。若化肥棍插在麦苗间，几片麦叶正好遮住洞口，踩洞的人担心放化肥的人看不见，就用棍尖拨开麦叶，或在附近重新踩一个洞。垮子踩到了头，再转身后退着踩。放化肥的人沿着踩出的小洞，一边丢放化肥，一边用脚踢土封洞口。用脚封洞口就像走路顺带一样，脚尖一踢，泥土便盖住了洞口。一个垮子塍下来，到处布满了一个个洞眼的痕迹。

冬天的早晨，天气寒冷，麦地面有时冰冻，这时候踩化肥棍就比较吃劲。有时是双手举起化肥棍，然后向麦地用力一戳，再踩两下蹬枴，一个小洞才出来；有时先踩两下蹬枴，然后用腹部压在上端的木枴上，再旋转半圈，才打出一个小洞。午后，气温回升，冰层融化，麦地又成了烂地，化肥丢进小洞后，用脚踢土封洞不再容易，常常是鞋帮上沾满了烂泥，那个小洞口还是敞开着……

施了腊肥，有了营养，立春一到，大地回暖，麦苗一个劲儿地生长，田野里像染了色，绿油油一片。

随着机械化的普及，以及人们对科学种田技术的掌握，农人对农作物施肥的节点把握更加精准，不再在寒冷的腊月为麦子钻洞施肥，化肥棍也销声匿迹了。

化肥棍寿命很短，在里下河地区只存在了十年左右的时间。但化肥棍是所有农具中的一个代表，它的产生，是时代的进步，是农人的福音；它的消失，更是时代的进步，农人的福音。

第五辑

锄禾日当午，汗滴禾下土

——除草治虫农具

庄稼有生命，同样会生病，还有各种害虫的轮番攻击；庄稼茁壮生长，须在没有杂草的田地。农人灭除草害和病虫害，自有他们的武器。

翻土能手

钯子

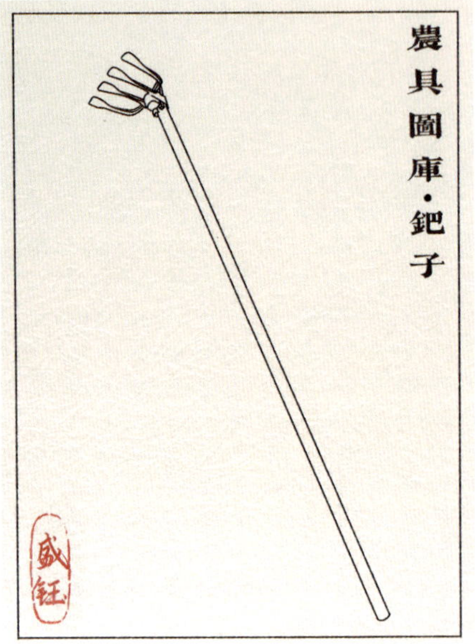

《新华字典》解释："钯"（pá）通"耙"。钯子，亦作耙子。钯的原型是古代木制或竹制农具——耙子，用于划草和翻晒谷物。后随着铁制农具越来越多，产生了金属打造的耙子，用于翻地和除草，从而由"金"和"耙"演化出"钯子"。《辞源》解释："钯，锄属，平土除秽用之，俗作耙。"

钯子是我国古老农具之一，已有1500多年的历史，其功能为翻土、平土和除草。南北朝时期北魏农学家贾思勰所著《齐民要术》中称之为"铁齿楱"，元代《王祯农书》中称之为"铁搭"。因其齿多，北方也称"多齿镢"。

钯子呈"7"字形状。钯头铁打而成，有两齿、三齿、四齿、六齿不等。里下河地区的钯子均为四齿，又分为尖齿钯和鸭脚趾钯，每根钯齿长20厘米左右。尖齿钯，四齿滚圆笔直，尖齿锐利，适宜翻斸板硬的土壤；鸭脚趾钯，齿口宽如鸭掌，薄而锋利，用于松土和除草。钯头肩部上方的正中位置有銎（圆孔），用两三米长的竹柄或木棍安插在銎中，再用一块木楔嵌在两者之间，固定住竹柄和钯子头，就成了一张可以使用的钯子。

里下河农户，每家至少有一张钯子，多的有三张，平时连同扁担、锄头、大锹一起，竖放在屋子的一角，一个个像整装待发的士兵，随时出征。

20世纪50年代后期，秋播在即，牛力不足，耕地缓慢，人们就用钯子劚土翻地。农人在旱地里一字儿排开，每人手里拿一张钯子，有尖齿钯，也有鸭脚趾钯，他们高举钯子，用力劚下，一块块泥土被拉翻出来。每劚一钯子，也只能往前移动一筷子长的距离。距离劚得长，钯齿扎得深，土块翻不上来。钯子劚田等于开荒，要像梳头一样细密，须一钯子一钯子地劚翻，不能有疏漏之处。人多力量大，又是起早贪黑地干，每一框圩田都被农人用钯子翻了个底朝天。

“你中饭吃完就去姜家圩，拿个钯子劚田角落，拖拉机已经耕到我家田了，等着种麦呢！”刚分田到户的那年秋播，母亲在饭桌上催促我。我饭碗一丢，扛个鸭脚趾钯子匆匆下田了。田是长方形，四个角都是直角，手扶拖拉机耕田时，因调头转弯，角落没法耕翻，空在那儿，必须用钯子劚翻一下。

钯齿长，我力气又用得大，一钯子劚下去，钯柄向上一抬，撬力的作用使土块松动，再用力一拉，一块土垡就翻过身来。我用钯齿将土垡再破开，使之分成多块。一个下午，四个角落全部劚完，翻出的土块与先前耕翻的泥土

翻地 吴萍／摄

连成了一片。用钯子劘田，没有技术含量，要的是力气。

麦子怕渍害，每块种麦的田都要挖墒。15米宽的田，要挖四至五条顺墒。墒沟挖完，一块块用大锹端上来的荒垡横七竖八地散落在塝子上。只有用钯子将土垡破碎，麦种才能均匀地落在泥土里。刚挖上来的荒垡潮湿，松软，鸭脚趾钯子三下两下就将一块荒垡分解了。农活多，忙不过来，荒垡多晒一两天，再来破垡就十分吃力。

麦种播到田里，也用鸭脚趾钯子盖种。鸭脚趾钯子齿口宽，拉土盖种最适合。一个塝子上两个人，并排站着，一边用钯齿翻着泥土盖麦种，一边退步。看到仍有麦种露在土面，再用钯齿将其覆盖到泥土里。人往后退着干活，好处就是随时看到钯子头下有没有盖下去的麦种。麦种遗漏在土面，会被鸟儿或老鼠吃掉，那个地方就不出苗，是空白。

栽秧时，钯子还用来“拉墒”。因为旋转耕翻，手扶拖拉机每耕完一块麦茬田，总会在田中间留下一条长长的“深墒”。栽秧讲究田面平整，深墒不填平，就无法插秧。田里没上水的时候，先用钯子将深墒两边的土块拉进来。

盖麦种　陈明干／摄

上了水，深墒处还显得低洼，农人卷起裤管，赤脚站在深墒里，再用钯子拉来泥土……之后，漫概一过，整块田平如镜面。不一会，田野里就响起了栽秧号子。

长棉花，钯子用得更勤了。每亩棉花田的经济效益要比水稻田高出好几百块钱，分田到户后好多人家都长棉花，多的人家长有四五亩。但长棉花要比长水稻辛苦好多倍。

棉花苗移栽到大田后，便要翻土，用钯子或锄头将田面普遍翻剮一遍，不留一点死角，土面上的青草和麦秸根被覆盖在了泥土里，泥土里的草根或草种子又被翻到了表面，太阳一晒，不少杂草不再萌生。

棉花苗醒棵后，还得用钯子松土，使根部通风透气。六月下旬，进入盛夏，炎热已经笼罩大地，翻土的人们依旧不折不挠地挥舞着钯子。手握钯子柄，不停地摩擦，手心里干燥、打滑，“呸”，农人不时往手心里吐一口唾沫，以便更牢靠地握紧钯子柄，让钯子举得更高，钯齿剮得更有力，土层翻得更深。农人不停歇地劳作，汗珠从脸颊往下流淌，在太阳照射下闪烁着晶莹的光亮。为什么每一个农民的皮肤都是那么黝黑？那是他们争分夺秒，为使每一粒有生命的种子能够跟上节气的步伐，结出丰收果实而成年累月在太阳下拼命劳作的结果。

杂草的生命力实在太强，过了一些时日，棉花地里又生出一批杂草。此时已进入暑天，但无论气温多么闷热，必须将棉花地里的杂草除掉，否则杂草会跟棉花苗争肥力，争光照，影响棉花产量。天刚大亮，长棉花的人家扛着钯子，拎着早饭，一个个急匆匆地奔往田野。

只要能长庄稼的地方，农人绝不让其荒废着。圩堤边、河岸上、坟地间，土壤板结，杂草丛生。尖齿钯齿如钢钎，是拓荒能手，一钯子剮下去，再硬实的土块也能翻动身。今天的里下河平原，早已看不到一块荒地，处处肥田沃土，翻涌着稻海麦浪，这也有尖齿钯子的功劳啊！荒地变成了熟田，尖齿钯失去了用武之地，慢慢消失了。留守的，则是亲弟兄一样的鸭脚齿钯子，松土、除草，它至今还是农人精心打理庄稼的好帮手。

专为除草而生

锄头

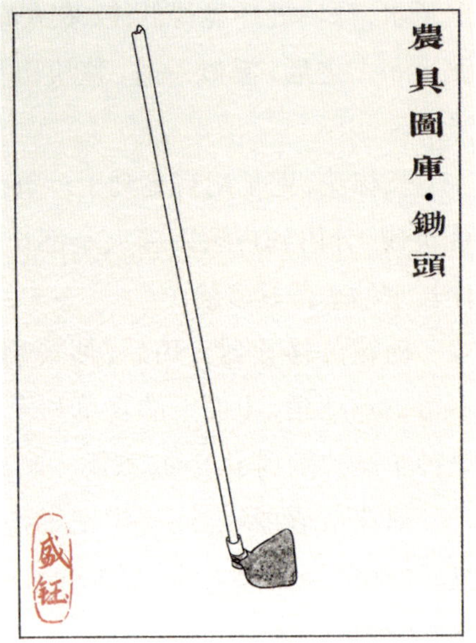

“锄禾日当午，汗滴禾下土。”“凌晨荷锄去，薄暮不盈筐。”“多除草，籽粒饱。”“苗怕草欺，草怕锄地。”……锄头是主要的生产劳动工具，翻开古诗，听听农谚，与锄头相关的，俯拾皆是。

史料记载，我国在西周以前就有了石锄、铜锄，战国以后多为铁锄。元代《王祯农书》中就提到了当时里下河地区的一种锄头：“江淮间虽有陆田，习俗水种……用直项锄头。”

锄头由锄片和锄柄构成，锄片为铁片，锄柄或为木棍或为竹竿。直项锄头像铁铲，锄片与锄柄呈一条线。后来里下河地区有了曲项锄头，即锄片与锄柄呈“7”字形状。

曲项锄头的锄片有两种式样，一为近似三角形，上窄下宽，两个侧边稍微凹陷；刃口弧形，月牙状，中部下突，两个边角上翘；锄片正面的顶端有直接安柄的拱形孔。另一种形状近似梯形，锄片薄，上部稍拱起，刃口平直；锄片正面顶端狭窄部位经弯曲后有供安柄的圆孔。刃口平直的锄头比刃口弧形的锄头轻巧。两种锄片的尺寸大致为：边高20厘米左右，刃口宽18厘米左右。锄柄笔直，长约2米。锄柄以小于90度角安装在锄片顶端的孔中，锄头因此呈“7”字形状。后来铁匠对锄片进行改制，把上部打造成透空状，用三根铁条将安柄的圆孔和刀刃连接，这样锄片更轻巧，农人使用时更轻便。

锄头在旱地里作松土、除草和做垄之用，湖桑田、棉花田、油菜地、玉米地里等，都用到锄头。旧时，里下河地区以沤田为主，旱地较少，同时由于农人习惯于以钯子作为剐田和除草的工具，所以锄头并不多见。20世纪70年代初，里下河地区完成了沤田改为旱地（俗称“沤改旱”）的重大改革，棉花、油菜等旱熟作物大面积种植，此时锄头才被更多农人使用，但也只用于除草和松土。

起初种植棉花为“直播”，是将棉花种子直接播在白茬地或快要收割的麦茬地里。下棉种是在清明前，春光明媚，风和日丽，既有利于棉种发芽，田间杂草也同时生长。一个月后，小满、芒种相继而至，气温更高，下雨频繁，棉田里的杂草层出不穷，与棉花苗争夺养分，争取生长空间。从清明后出苗到小暑时棉苗封行前，在棉田薅草是主要农活。农人除了用双手拔草，更多的是用锄头和钯子松土灭草。

棉花苗长到两叶一心时，农人就用锄头或钯子在棉花行里剐翻土面了，

菜地锄草　梅立成／摄

将里层的土翻上来，草根露出，正好让太阳暴晒，而土面上的杂草又被覆盖下去。一段时间后，棉花长高了，农人又拿来锄头，一边除草，一边培土壅根。这时候，使用刃口为月牙状的锄头是最合适的了——两个微微上翘且锋利的边角可以伸到棉苗根部附近勾除杂草，锄片两个凹陷的侧边能避免触碰嫩绿的棉叶；厚重锄片下突出而锋利的刃口既能有效地刨去土面上的杂草，又能轻易地划出土来壅裹在棉苗根部，防止刮风下雨时棉苗倒伏。一棵棉花苗，从播种到出苗，再长到有枝有叶，包含了农人太多的汗水和对丰收的希望，如果除草和壅土时不小心将棉苗碰断，农人会深深自责。

在生产队，每人每天的农活均由队长安排。长棉花，农活繁杂，且有连续性，起初，生产队长采取“包工不包产”的做法。比如，一个生产队30亩棉花地，由队长指定四五个人种植，一季下来，生产队记给每人固定的工分，但棉花产量收多收少，与长棉花的人没有关系。每逢杂草旺盛的时候，生产队又增加人员除草，这就滋长了长花人干活的依赖心理。后来采取“包工又包产”的做法，队长省心了，长花的人有积极性了，其他人也没有了怨气，棉花产量也得到提高，皆大欢喜。及至20世纪80年代初，又有生产队实行“联产到组”“联产到劳”的生产方式，将棉花和粮食产量与劳动者报酬紧密挂钩，集体和个人双双得益。所有这些，是落实联产承包责任制的“前奏”，为以后分田到户提供了启发和经验，奠定了农民群众的思想基础。

分田到户后，农人干活自上紧，棉花田长得再多，育苗、施肥、打药、除草、松土、壅根等等，也做得有条不紊，忙而不乱。很多杂草在刚刚萌芽时就被农人的锄头消灭了。那种轻便的、刃口平直的锄头渐渐多起来，年龄稍大的人都可以拿着它松土除草。

农人珍惜土地，十边隙地都要种上庄稼。场头、圩边、田埂、渠道、垛垎等，按时按季种上了油菜籽、花生、大豆、玉米等早熟作物。“锄头响，庄稼长。”每当有农人扛着一把锄头去往田野，他一定是去往这些庄稼地里松土除草了。

歼草子

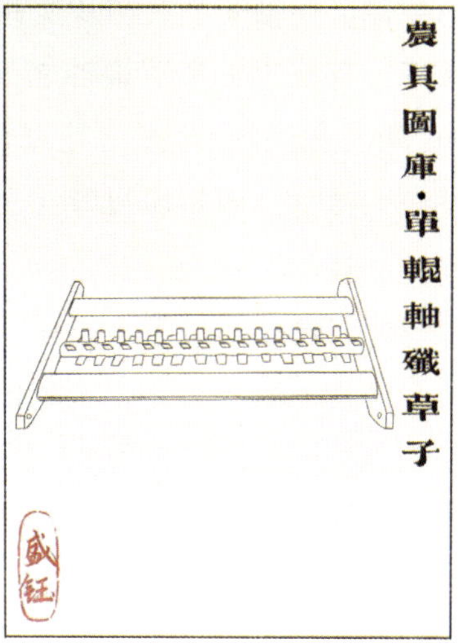

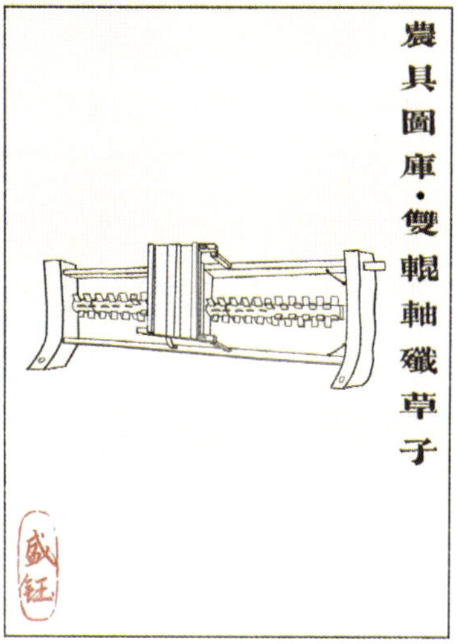

庄稼生长，要有平展且无杂草的田地。农人为此准备了多种农具，歼草子是其中之一。

歼草子是集灭草、破垡、平田于一体的水田作业工具。歼草子，是里下河农人习惯性叫法。歼，消灭之意，这里指灭除草害。在外地，歼草子也叫滚耙、百秒，这说明歼草子还有耙田和耖田功能。

经考证，歼草子就是古代农书中记载的木砺碎。砺碎分为木砺碎和石砺碎。石砺碎乃里下河农人使用的沤田磙子。确切记载木砺碎的是南北朝时期北魏农学家贾思勰的《齐民要术》，书中《水稻》一文说："先放水，十日后曳陆轴十遍。遍数唯多为良。"陆轴即木砺碎。如果从北魏《齐民要术》记载算起，歼草子已有1500多年的历史了。

歼草子用杉木和杂木制作，由脚踏板、边框、辊轴、横档和凸齿等组成。歼草子呈长方形，脚踏板即前后两块长板，两者间隔50厘米。每块踏板宽20厘米，厚8厘米。脚踏板两端有边框，一侧稍长，略微上翘，供系扎绳索后用牛拉。辊轴安装在两块脚踏板之间，数十片木齿交错而有序地镶嵌其上。歼草子有单辊轴和双辊轴之分，单辊轴歼草子长1.8米，双辊轴歼草子长2.5米，两者宽均约1.2米。是双辊轴的，踏板中间有两根横档，上配木凳装置，供农人站立。双辊轴歼草子的辊轴是分离的，便于拐弯：向右转，左侧的辊轴转动快；向左转，右侧的辊轴转动快。农人在实践中设计的每一种农具，都有他们的精巧构思。

歼草子的功能是碾压时由凸齿将土垡压碎，将杂草深埋，同时由脚踏板将田面拉平。使用歼草子，农人一定要站立其上。是单辊轴的，无木凳装置，农人直接站在脚踏板上，一只脚踏在前板上，一只脚踏在后板上；是双辊轴的，农人的双脚一前一后站在木凳装置上。水牛拉着歼草子行进，辊轴及凸齿连续翻滚，发出噼里啪啦的声响。农人的体重再加上歼草子本身的重量，压得辊轴淹没在田水里，一片片凸齿正好将土垡划破，将杂草埋没；又因两块脚踏板长而平直，所过之处，田面拉得平平坦坦。

歼草子只能在水田中使用。里下河地势低洼，有史以来水田居多，歼草子很早就被使用，是这里古老的农具之一。较早年代，水田俗称“沤田”“老沤田”。沤田只长水稻，无论育秧还是栽插，先前必耕翻三到四遍，以疏松土壤。水生杂草生命力强大，各种杂草肆意生长；沤田耕翻后，形成大小不等的泥垡，同时也将草苗和草根暴露在泥面。这时候，歼草子上场就恰逢其时了。

“立夏小满家家忙，男女下田去栽秧。”立夏已过，气温升高，正是沤田栽秧的时期。沤田淤泥深厚，土质黏稠，但仍有土块藏匿其中，不将土块破碎不能栽秧。农人站在歼草子上，扬鞭驱牛；牛躬着肩，在淤泥中迈步。随着歼草子凸齿的翻转，泥块有的被捣碎，有的被挤压到辊轴上，落下后又被脚踏板压下……当农人的双脚不再有磕磕碰碰的感觉，当田中泥水有了稠糊的状态，当田面上几乎看不到一根草头时，农人这才放心，停止作业。

收割后的花草田留有花草的茎和根，农人俗称“花草藤”，可作为秧田基肥。但花草藤老枯而细长，蓬松而生硬，不将其埋入土中，农人难以栽秧。花草田耕翻、上水后，歼草子在这里有了用武之地。农人先在田间横向行驶，密密地碾压一遍后又纵向行驶。纵横交错多次碾压后，花草藤才被埋没于泥土中。这期间，常有一些花草藤缠绕在辊轴和脚踏板上，农人喝住牛，停下来，清除后继续碾压。

耕翻后的泥土如遭雨淋，所有土块就成为硬疙瘩，农人栽秧难以下手。即使秧苗栽下去，因没有足够的淤泥壅裹，不能生根，就漂浮在水上。要将一个个硬疙瘩打碎，只能依靠歼草子的凸齿。一遍遍碾压后，有的硬疙瘩被划碎了，有的则连同麦秸根一起埋到淤泥下面。

歼草子作业，田水高低须把握准确，通常保持在1寸高水位最佳。水位太高，歼草子浮于水上，压力不足；水位太低，歼草子贴近泥土，水牛拉着吃力，也容易损坏辊轴和凸齿。

歼草子外形有点像水耙，但比水耙还重；歼草子装有辊轴和凸齿，作业时增加了行进的阻力；只有农人站在歼草子上增加压力，歼草子才能发挥作用；水田多，栽秧时节每天都要用到歼草子……所有这些，对水牛和农人来说都是一种考验。使用歼草子，都是熟练老道的用牛人，因为他们懂得技巧。任何物体行进时都有惯性，当水牛拉动歼草子滚滚向前时，辊轴和凸齿快速转动，农人及时扬鞭吆喝，不让水牛放慢脚步。唯有保持歼草子持续行进、辊轴连续滚动，水牛拉动也才省力。农人在木凳装置上要始终站稳，即使拐弯也不能下来，这样才不漏压一块土垡和一根杂草。农人紧紧抓住牛尾巴，前脚轻踩，后脚重压，人的身子后仰，歼草子快速向前，田水翻起浪头，被挤向两侧，身后便是浓稠而平坦的田面。

再结实的农具也经不住长时间在水田间劳作。歼草子最容易损坏的部件是凸齿，一发现折断，农人立即更换。每天劳作完毕，农人都要清洗歼草子。当水稻田全部栽插完毕，农人就将其抬进仓库，避免日晒雨淋。

20世纪70年代后期，带有粉碎土垡耙齿的手扶拖拉机开进了乡村，歼草子这才隐身而退。

盛夏里的大合唱

耥耙

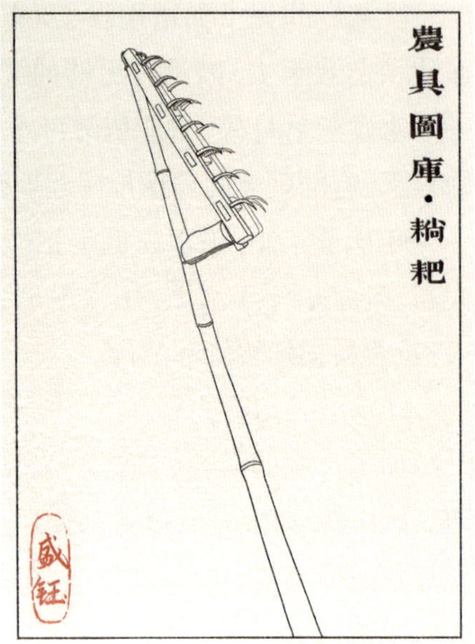

耥耙，一种专门在水稻田间除草、松土的农具。也有人称它“薅耙”“水耙”“打草耙”。

古代农人为发明这种农具，可谓煞费苦心。

水稻是中国的传统作物，种植历史悠久，遍布大江南北。与水稻同生同长的，还有各种杂草。杂草越多，水稻产量就越低，所以农人三天两头就去稻田里薅草。农人薅草，都是面朝黄土背朝天，以双手在泥水中劳作，元代《王祯农书》记载：“两手耘田，匍匐禾间，膝行而前，日曝于上，泥浸于下。”日晒雨淋，腰酸臂痛，手足溃烂，农人苦不堪言。

后来农人发明了耘爪，即用小竹竿锯成短管，或用铁皮制成小铁管，做成尖头，套在手指上薅草。尽管这样保护了手指，但仍然没有减轻薅草时弯腰曲背的苦痛。后又发明了耘耙和耘锄，它们的形状与结构类似于剛田翻土的钯子，农人可在稻行间以推拉方式去除杂草。但耘耙和耘锄齿头稀少，除草效果并不理想。

及至元代，江浙一带出现了耘荡。其时《王祯农书》里说耘荡：“形如木屐，而实长尺余，阔约三寸，底列短钉二十余枚，桙其上以贯竹柄，柄长五尺余。”主要是用以“推荡禾篼间草泥，使之溷溺，则田可精熟，既胜耙锄，又代手足。”耘荡可以让人站立着操作，避免了弯腰薅草，减轻了劳动强度，也提高劳动效率。到明代初，耘荡在江浙农村普遍使用。耘荡，就是我们今天所说的耥耙。

里下河是水稻主产区，自然少不了耥耙。耥耙的精妙之处在耙头。耙头木质结构，系桑树、榆树等硬实树棍制成；狭长三角形，头尖尾宽，小船模样，两侧边框首尾稍有往内弯的弧形；长50厘米左右，头部宽5厘米，尾部宽20厘米；根据耙头长短，有三至四档木称，既支撑两侧的边框使耙头牢固，又供扎入耙齿。耙齿铁制,有四至五排分布，计13根至17根，从耙头至尾部，分为头部2根，第二排3根，第三排、第四排、第五排各4根。耙齿不长，但有些奇特，其根部为四方形，扎入木称后死死嵌入其中，不会掉落；齿头尖细，且统一呈45度角往后弯曲，形成多排齐整的钩子。耙头尾部有一截10厘米长的竖称，将2米多长的竹柄根部固定于耙头顶端，再把木称上端与竹柄也牢牢固定，这就成了可以使用的耥耙。

耥耙的上述构造，自有其道理，体现了农人的智慧。耥耙是通过农人抓握耙柄，经来回拖拉，使耙头下的弯齿清除杂草并同时松土。耙头以硬质木棍制作，柄为竹竿，是考虑到耐用和使用时的轻便；耙头设计成三角形、两侧边框首尾稍有向内弯的弧形，以及耙头狭小等，都是便于在秧行间来回拖拉时不伤及两侧的秧棵；密集分布的一排排往后弯曲的耙齿，既能有效地缠住、拖走或拉断秧行间的各种杂草，又可将泥土搅烂，为两侧的秧棵松土壅根，一举两得；耙齿向后弯曲而不是向前弯曲，是便于将杂草拖到身边处理，或脚踩埋入泥中，或扔至田埂上暴晒；尾部的竖称，既使耙底与竹柄形成三角形而牢固地连成一体，又支撑竹柄后翘，让农人劳作时直立腰身。有的耙柄末端置有木楞，利于农人抓握，推拉时更有力。一把精巧的耥耙，从选料、制作到安装，极为讲究，都是由本村老木匠精心做成的。

使用耥耙，农人称“打耥耙”“打水耙”“打草耙”，是在小暑、大暑期间。此时，天气高温，阳光充足，莎朗、稗子、章舌草、鸭舌草、水韭菜、三棱草、野荸荠等各种杂草像与秧苗赛跑一样，层出不穷地生长；水稻秧棵尚未封行，方便农人与耥耙在秧行间劳作。早晚天气凉爽，每天天刚亮，农人就扛着耥耙下田，天将黑时才收工。

打耥耙最壮观的情景出现在生产队时期，每天有十多个人一起打耥耙。

打耥耙　陈明干／摄

打耥耙时，按栽秧的秧趟，每人一趟。十多个人排成队，依次下到秧田里，将耙头伸进秧行，然后双手一前一后地抓住耥耙柄，来来回回地推拉。每趟有六个秧行，耥耙在这个秧行里推拉一阵后，再移到另一个秧行里。杂草缠在了弯齿上，农人用手扯下，再用脚将杂草踩入烂泥中。农人的双手有力度地摁住耙柄，使耙齿深入泥土拖断杂草，泥土也因此松软稠和。六个秧行都打过，人与耥耙再向前移动，每移动一次，也只有一两米长。一大片碧绿的秧田里，十几个人就这样紧张而吃力地推送着耥耙，缓慢地前进。每一张耥耙在有田水的秧行间穿行，发出唰唰唰的声响，十几张耥耙都在穿行，汇集成声浪如潮、气势汹涌的合唱，在秧田里持续不断地回荡。

天气炎热，又须用力，打耥耙的男人戴着斗篷，穿着裩头子（短裤），一件白披肩披在上身，既遮阳又擦汗；女人也戴着斗篷，身穿短褂和短裤。烈日下打耥耙，汗水一直流淌，没有停顿的时候，男人女人一边打耥耙一边擦汗，每个人的脸都被蒸得通红甚至发紫。一趟打到田头，无论男女，都迫不及待地跳入河中，猛喝几口河水，享受河心里的清凉，久久不愿上来……

杂草繁多，生命力也极其旺盛，耥耙打过没几天，一批新草又长出来，生产队组织劳力打第二遍耥耙。那些天，所有打耥耙的人都在与时间赛跑，与高温搏斗，他们要抢在秧棵封行前，将一亩亩秧田多打一遍，让杂草不再萌生。

打耥耙，力气再大，一个女劳力一天最多打出一亩田，男劳力也不超过一亩半田；打耥耙也只能将行距里的长草、嫩草去除，并不能把根深蒂固的杂草和秧棵株距间的杂草清除。所以说，再好的农具也有它的局限，人们总是在不断总结、不断摸索，让更先进的农具诞生。

耥耙打过后，农人还要用最原始的手抓方式薅草，一行行、一棵棵清理，不让稻田间有一棵杂草。一季庄稼的生长与收获，不知流淌了农人多少汗水，只有干过农活的人，才能切身体会到“粒粒皆辛苦”的真正含义。

小巧精致的农具

铲锹

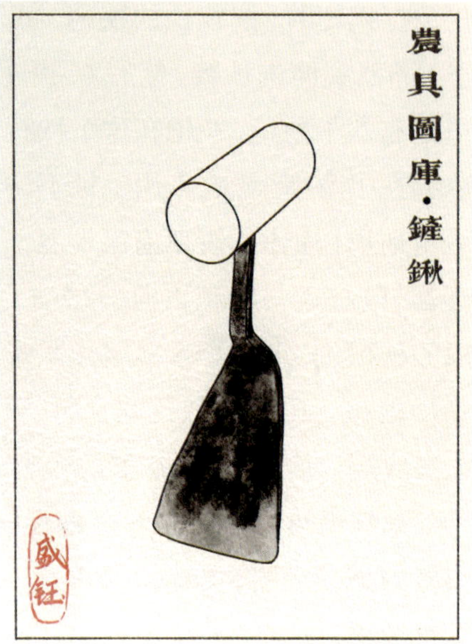

铲锹，是所有农具中体型最小的。铁制铲头，三角形，铲口宽8厘米；小木柄长10厘米，一端是木楞，另一端连接铲头。一把铲锹，总长不超过25厘米。现在已经有不锈钢铲锹了，楞、柄、铲头都是不锈钢，焊成整体，铲口锋利，始终不生锈。

铲锹虽小，但名字有趣。铲和锹，都是中国古代农具，早在3000至4000年的夏商时期就已经出现。南朝宋著名的思想家、天文学家何承天在《纂文》中说铲："铲柄长一尺，刃广二寸，以划地除草。"元代著名的农学家王祯在《王祯农书》中说锹："起土作堤防，决渠沛霖雨。"自古以来，铲用于平地除草，锹用于挖土开沟，各有各的用途。里下河农人很聪明，对这两种农具进行"重组"：将柄缩短，取铲的铲头，取锹的木柄和楞，这就形成了小巧精致而又实用的农具，既能铲土除草，亦可适当挖土，一具两用。正因为如此，也就有了两者合一的名字——铲锹，就像今天有些年轻人，生个孩子取名字，将双方的姓都放在其中。

对于乡里孩子来说，接触最早的农具便是铲锹。20世纪70年代，每个农户家里都养一两头猪。大人要下田干活，铲猪草就成了还在上小学的孩子的任务。

春天的田野，百草蓬勃，绿意盎然。放学了，我们结伴拿着铲锹，背上网包，在田埂、场头、圩堤上蹿来跳去，寻找猪儿最喜欢吃的青草。我们蹲在地上，一手用铲锹铲，一手拎起青草放进网包。猪秧秧、馒头草、荞荞儿、兔子苗，这些嫩嫩的青草有一股扑鼻的清香，一扔进猪圈，两头猪就会你争我夺，大口咬嚼。玩是孩子的天性，在菜花盛开、蜂飞蝶舞的田野里，我们兴之所至，就在菜花丛里捉迷藏，在开着蚕豆花的田埂上“过家家”。有时还玩“斗草”的游戏，那铲锹就是道具了：两个人分别从自己网包里抓一把青草，合放在一起，然后各人扔铲锹，谁的铲锹口插在泥土里，铲锹竖立着，那一摊青草就归谁。有的小伙伴运气不好，三番五次下来，铲锹老是躺在地上，网包里的青草越来越少。眼看太阳快要落山，见四下无人，便野兔一般钻进附近生产队的花草地，将鲜绿的花草满把满把扯下，又将网包揣得饱鼓鼓的，赶紧回家。

夏天和秋天铲的猪草，要铺在庭院里或巷头上晒，等晒干了轧成草糠，与稻糠混合，给猪慢慢吃。轧草糠的青草，多是铲圩堤、河边、沟渠和草泥塘边的盐巴草、狗尾草以及稗子草。秋天，这些草都长老了，又长又结实。铲断了草根，但侧须还连接在泥土里，我们要用力拽着才能将青草拖离地面。晒干的青草轧糠不见眼头，草多糠少，一百斤的草糠，需要我们铲上十多天、几十网包的青草呢。

大人也用铲锹铲青草。大人们铲青草是倒在草泥塘里，沤制有机肥。大人们铲青草，什么青草都铲，所有的青草沤在草泥塘里，都会变成肥料。有时生产队组织十几个女劳力突击铲草，每天可以铲到一大船青草。大人们一铲青草，我们铲猪草就难了，要等新的青草长出来才下田。

在乡村，每家都有小菜地，我家菜地有二分地，分在打谷场的西侧，每年夏天，母亲用来长山芋。山芋秧就是用铲锹栽进土里的。栽山芋秧先打“岭子”：用钯子将平地拉成一道道波浪似的脊梁。岭子打好了，母亲就栽山芋秧子了。山芋秧是从育苗的山芋藤上剪下来，扎成一小把一小把的，无根，一个个耷拉着叶子，没精打采的样子。母亲先用铲锹在岭子上崴条缝，然后插一棵山芋秧，随即用铲锹合上土。七八个山芋岭子全部栽完了，一棵棵山芋秧毫无气力地趴在岭子上，昏迷了似的。母亲一棵一棵地浇水，连浇了五六天，山芋秧全部醒棵，桃形的叶片很精神地舒展开来。秋天，我扯开山芋藤，用铲锹挖开山芋岭子，一个个憨实的红皮山芋暴露出来。自然界是如此奇妙，植物与泥土亲密接触后，原本没有根须的茎，几个月一过，竟在土里长出了果实。

生产队的活计总是拖拖拉拉做不完，麦子一直种到了腊月初。种完麦子栽油菜。腊月头上，西北风呼呼的，河边、小渠里有了冰冻。栽油菜，全靠这小铲锹，一人一把。栽油菜和栽山芋秧一样，先用小铲锹在土面上崴开一条缝，然后插进菜秧，合上土。妇女们扎着头巾，裹紧双耳，蹲在地上，一棵一棵地往后栽。一夜寒风刮过，潮湿的土壤表层已经冻得坚硬，此时铲锹要在泥土面崴开一条缝已不可能，只有“笃”（方言，猛力往下插的意思）。笃，比崴更用力。每一锹口笃进泥土，会发出“督”的声响，有时要笃上两三下才能将铲锹口插进泥土。中午，土面融化，烂泥土又黏附在鞋子上，一时难以摆脱，女人只能蹲着栽菜，拖着泥鞋移步。一连数天，妇女们就蹲在西北风里，一下一下地笃，一棵一棵地栽。油菜栽完了，女人的腰似乎也断了，手心里是破了皮的血泡，手面上是红肿的冻疮。

农田分到了户，各家农活自上紧，谁也不会将栽油菜的活儿拖到腊月头

栽山芋秧　陈明干 / 摄

栽菜秧 陈明千 / 摄

上。圩堤边，谷场上，渠道旁，田头间，只要空着的地方，全都栽上了油菜。此时的小铲锹，就像江南女子手里的绣花针，这针游走到哪里，那里便是一片绿锦。来年春天，是一片黄灿灿的菜花美景，夏天又是一份沉甸甸的收获。

棉花苗、玉米苗、大豆苗长高了，用钯子或锄头除草很不方便，一不注意就能折断枝叶。农人就蹲在苗行间，用铲锹除草，培土壅根。只是，高温酷暑天，钻在闷热的庄稼地里干活很难受，很快就浑身是汗，热得满脸通红。

家前屋后、河边路旁的空地，农人舍不得让其闲着。春天，他们用铲锹挖开一个个小塘，栽下茄子秧、黄瓜秧、丝瓜秧、胡椒秧、豇豆秧。平时，农人像花农打理花木一样，松土、施肥、浇水。从夏天到秋天，餐桌上总有吃不完的碧绿鲜嫩的蔬菜。去城里孩子家，农人带得最多的，便是装在大袋小袋里这些自种的蔬菜。自己长的，新鲜，吃起来也放心啊。

飞蛾扑火

诱蛾灯

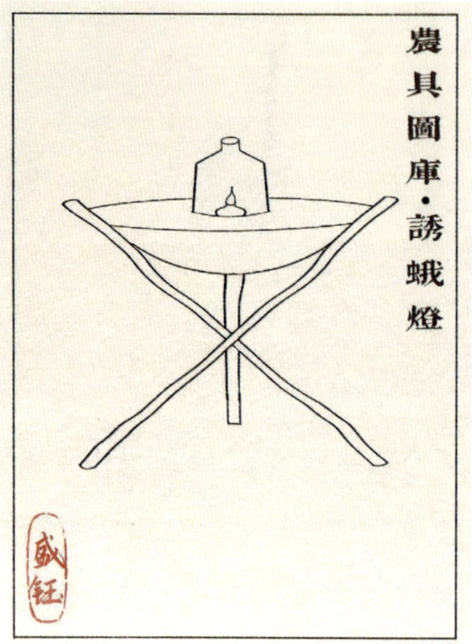

夏至，里下河平原是一望无际的嫩绿，似铺展着的一幅淡雅清新的水墨画，那是刚刚栽下的水稻秧苗，它们在田水里扎根，醒棵，生长。热辣的阳光照耀着，秧苗的清香、有机肥的气味，伴随着热浪在田野里一阵阵飘过。经历了忙碌的夏收夏插，腰酸背痛的感觉还没有完全消退，但看到这水清秧秀的稻田，农人心情舒坦。这稻田，承载着农人对丰收的企盼。

庄稼就是农人的孩子，上水、施肥、薅草，一着不让。随着稻秧一天天长高，农人对它的期望也越来越高，管理也越精心、细致。

天气越热，稻秧发劲似的生长。很快，秧棵封行，继而开始孕穗。但随之而来的，是水稻螟虫的侵害。

水稻螟虫，农人称它为“钻心虫”“白穗虫”，算得上是水稻的头号杀手。

水稻在苗期和分蘖期时，螟虫的幼虫钻进叶鞘和稻茎内咬食，使水稻养分和水分供应中断，从而形成枯心苗和白穗，最终使水稻大面积减产。如此害虫，农人恨之入骨，在农业科技还不发达的年代，农人只能在稻田间寻找并摘除螟虫产卵的稻叶，或拔除已经成为白穗的秸秆，防治螟虫的效果并不理想。20世纪70年代初，农人采用新方法，即在螟虫还是成虫时期，利用它昼伏夜出、喜欢光亮和在稻棵上产卵的习性，点灯引诱，让它自取灭亡，避免其在水稻秸秆上产卵，繁殖幼虫。

水稻螟虫的成虫就是有着翅膀的褐色飞蛾。在秧苗刚刚封行的时候，生产队便布下天罗地网式的诱蛾灯加以防治了。

每个生产队有一两个治虫员，专门防治农作物病虫害。这诱蛾的灯就是他们做的。

那时，小学生有练毛笔字的课，大队写标语、写通知也常写毛笔字，小小的空墨水瓶便成了诱蛾灯必不可少的存放柴油的容器。

用一块薄铁皮剪成瓶盖大小，一根穿有粗棉线的细铁管插在薄铁皮中心；铁皮盖在墨水瓶口，棉线的一端浸在瓶中的柴油里，用火柴点燃上端的线头，这油灯便亮了。为了防风，油灯外还得有大灯罩。大灯罩也是就地取材。一是取自农药瓶，药瓶大，农药用完了，瓶子就用来改做灯罩。二是从大队卫生室和公社卫生院找来打吊针的空玻璃盐水瓶。做灯罩要去瓶底。先在靠瓶底的瓶身处绕上一圈浸了柴油的布条，点燃，稍后将瓶底放在冷水里，“啪”的一声，热胀冷缩的原理立即使瓶底与瓶身脱离。将没底的大瓶身罩在墨水瓶做的油灯上，既可防风，也可以遮挡小雨。

除此之外，每个诱蛾灯还要配一个大瓷盆，或旧面盆，或者旧铁锅。盆里放水，再倒入少许柴油，诱蛾灯放在盆中央。飞蛾落入油与水的混合物后，就被粘住没法脱身。

放诱蛾灯，一条120米长的田埂上要设两盏。每个生产队有200亩左右的水稻田，有数十条田埂，那该有多少盏诱蛾灯啊！那些日子，治虫员天天忙着做诱蛾灯。

诱蛾灯大多放在田埂上，也有的放在稻田间，但都高于秧棵。放在田埂上的，就用土墩。用大揪就地挖土，堆成一个高50厘米、直径70厘米的小土墩，土墩上部做成凹陷状，便于放置有水和柴油的旧面盆或旧铁锅。旧面盆或旧铁锅不够用，就在土墩凹陷处铺上化肥袋里的塑料布内胆，只要能存水就行。放在稻田间的诱蛾灯，用三根木棍支撑着，旧面盆或旧铁锅架在上面。将诱蛾灯置于高处，更显眼，便于吸引飞蛾。

每天傍晚六点以后，治虫员一手拎着装满柴油的大瓶子，一手拿着水舀子，走到田间，一盏灯一盏灯地加油、加水。夜幕降临的时候，又用火柴一盏灯一盏灯地点亮。当全部点亮时，田野里都是密集分布的灯火；放眼远望，邻村的田野同样是灯火万盏，宛如繁星。夜色下，还有成群的萤火虫闪烁着点点星光，青蛙的合唱声也此起彼伏。

诱蛾灯亮了，躲在稻棵间的飞蛾便兴冲冲地飞舞而来，围绕着那亮光一个个纵身翻飞，令人眼花缭乱。最终，有的撞在油灯的外罩上，有的落在了盆中的油水里，还有的甚至从外罩的瓶口钻进了里面的灯火上……

第二天一早，下田干活的农人忍不住好奇，凑近诱蛾灯一看，盆里都是横七竖八的死蛾。农人十分开心，似乎在说：活该，谁让你糟蹋我们的庄稼呢！

治虫员也来了，他一手拿着用芦柴做的长“筷子”，一手拎着猪食灌子（煮猪食用的瓷器）。这是他每天清早必做的事，将死蛾全部夹起来，交给大队分管治虫的干部数一下，统计每个治虫员，也是每个生产队每天的治虫成果。死蛾多的，大队干部不忘鼓励治虫员：这几天王某某拾的死蛾最多，我让生产队长给你加工分！

那些年的夏天，在诱蛾灯下，乡村每天晚上都上演着飞蛾扑火、自取灭亡的精彩情形。

过了螟虫的产卵期，诱蛾灯就不再点了。小油灯、大灯罩、旧盆、旧锅、支架等，能用的留着下一年。稻子收割后，在种麦前，田埂上的一个个小土墩又被农人挖翻到田地里，无影无踪了。

消灭一切病虫害

喷雾器

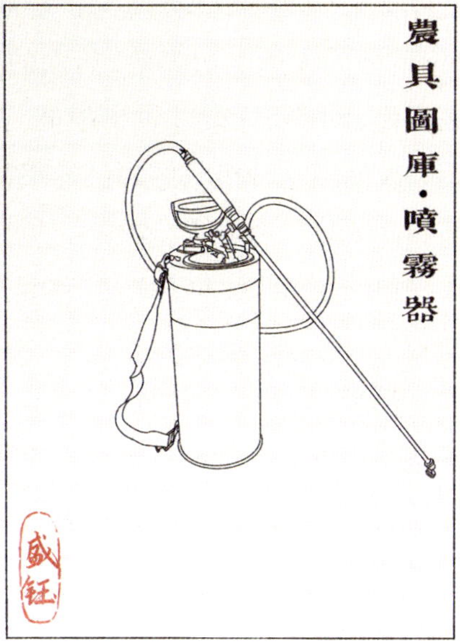

我这里记述的，是里下河地区第一、二、三代老式喷雾器。第一代喷雾器距今已有60多年的历史，第三代也有40多年了，它们早已消失在人们的视野。

庄稼有生命，同样会生病，还有各种害虫对它们轮番攻击。过去农作物产量不高，除了种子、肥料、耕作方式等原因外，再就是农人对各种病虫害束手无策，任其肆虐，眼睁睁看着长势茁壮的庄稼一天天枯萎，甚至丰收在望时因病虫害糟蹋而所收无几。

1958年，人民公社成立时，里下河乡村有了第一代喷雾器——手动液压式单管喷雾器，农人称之为“单管枪”，每个生产队一台。这是新中国成立后我国农村最早使用的植保机具，它体积小，只由圆柱形塞泵和喷射管两部分组成，其中塞泵上端有手拉塞杆，下端有吸筒管，药液放在另外的粪桶里与水配兑。喷施时，将吸筒管放入粪桶药液里，通过手拉塞杆，使吸筒管吸入药液进入塞泵中；再推压塞杆，液压的作用使药液转至喷射管喷出。在田间作业，需两个人操作，一人在后拎粪桶和塞泵，一人在前拿着喷射管喷农药。因圆柱形塞泵容积小，积聚的药液和气压少，因此每行走五六步远，两个人就停下来，操纵塞杆吸药、打气。有时两个人一前一后用竹竿抬着粪桶和塞泵，前面的人边走边喷药，后面的人边走边不停地提升和推压塞杆。无论怎么操作，均费工费时，效率很低，两个人一天只能喷施几亩地。但那时农人第一次使用这种机具感到已经很先进了。更让农人惊奇的是，当时使用的农药叫“1605”，有剧毒，是国家从德国进口过来的。凡用1605喷施的地方，螟虫、蚜虫、粘虫、蝗虫、蚊虫、苍蝇等等，很快被灭杀，所以农人称1605叫“一扫光”。

20世纪60年代中期，里下河地区出现了第二代手压式喷雾器。它的身子是一个直立的铁皮圆筒，高65厘米，直径25厘米；圆筒上端有椭圆形铁皮封盖、铁制“捺杆”、喷管和背带扣。封盖处是倒农药和水的进口，农药与水倒进筒里搅拌均匀后，盖上封盖，并拧紧卡栓螺丝，卡死封盖。捺杆是打气用的，上端有手柄。农人手握捺杆柄，连续打气，气压足够时将捺杆按到底，扭转至卡住状态。喷管根部是一根塑料管，连接铁质喷杆。背带扣是个半圆形铁环，圆筒下部也有个铁环，一根帆布带扣在上下环上，农人背着喷施农药。

这种手压式喷雾器是通过捺杆往铁筒中打气，筒中气压将农药水压送到喷管进行喷射。因为直接在铁筒中形成压力，因而铁筒内每次只能倒入百分

麦田打农药　陈明干 / 摄

之七十容量的农药水，另外百分之三十的空间用于存放形成的气压。筒内气压足，必须有卡栓将封盖卡死，防止喷施过程中气压顶翻封盖。打完气，捺杆扭转至卡住状态，也是避免跑气。

在田间喷施农药，农人将喷雾器斜背在身后。每打足一次气，喷施一段距离，筒内气压消失了，喷杆顶端的喷头不再喷雾，农人在田埂上再次打足气后重新返回田间喷雾。打一亩田农药，得打好几次的气。那时，每个生产队配一到两名治虫员，每天背着喷雾器打农药。

除1605外，当时的农药还有1059、二二三乳剂、敌敌涕等有机磷高效剧毒农药，防治粘虫、螟虫等小麦和水稻害虫。农人对庄稼害虫有切骨之恨，防治时起早带晚，全然忘了剧毒农药对人体的伤害。村里青年王许寿初中毕业后即担任生产队治虫员，那年八月份防治水稻螟虫时，打了一天的农药，他吃过晚饭便昏昏欲睡，不一会呕吐不止。其父到另一个生产队治虫员倪定仁家里一看，倪也同样呕吐不止。大队干部知道他俩是农药中毒了，立即送医院抢救，才转危为安。第二天，生产队一头水牛误食了打过农药的水稻田路边的青草，竟一命呜呼。全村人震惊，没想到农药这么厉害。农人在一声声叹息中将这头水牛埋在村西的深塘里。

与手压式喷雾器同时出现的，还有喷粉器。喷粉器也是铁皮做成，筒

棉花田打农药 朱春桃 / 摄

身比喷雾器略大，一侧有摇手，另一侧的长管上装有簸箕形喷口。粉，指“六六六药粉”，同样是防治水稻和小麦害虫的剧毒粉剂农药。常用的方法是，治虫员把六六六药粉倒入筒内，将喷粉器横着挂在胸前，一手摇手柄，一手喷施药粉，边走边喷，不像那个喷雾器气压没了，要停下来再打气。喷粉器内有个小鼓风机，作业时嗡嗡作响，治虫员的面前粉尘翻滚，药性味浓烈。

每个生产队只有一台喷粉器，治虫紧张时，生产队就组织男女劳力将药粉与水拌和在面盆中，用草把往秧苗上泼浇药液。那时无口罩，农人就用头巾蒙住嘴巴和鼻子后系扎在头上。天气闷热，药味呛人，治虫员和泼洒农药的人中毒是常事。

我们小时候，每到夏天就去秧田里张长鱼（黄鳝）卡，每天早晨都能收获两三斤的长鱼。但自有了六六六药粉，第一天喷施或人工泼浇后，第二天就发现秧田和灌溉渠里都是大量死亡的鳅鱼和长鱼，一个个肚皮朝上，漂浮在水面。以后，再难以用鱼卡张到长鱼了。再后来，田间的青蛙、癞蛤蟆、水蛇等也越来越少见了。

进入20世纪80年代，第三代喷雾器——背负式喷雾器面世，特别是分田到户后，家家都有一台这样的喷雾器，田多的人家有两台。背负式喷雾器全身几乎都是塑料制品，比铁制喷雾器轻得多；筒身呈扁状，便于农人背负在身后；气压装置设在筒外，形似胶囊。它的优点在于，筒内可以装满农药水，农人一边操纵把手打气，一边行走喷雾，直至筒内农药水喷完；喷头开关可调节，能调成粗喷雾和细喷雾。粗喷雾时，农药水喷射距离远，覆盖面广；细喷雾时，喷出的农药水像雾水，作物从上到下，从叶面到背面，都能喷施到位。每当棉花、水稻病虫害齐发的时候，田野里到处都是背着喷雾器喷洒农药的人，空气中弥漫着刺鼻的农药味。

里下河地区的喷雾器，已经经历了液压式、手压式、背负式、油机式、电动式五代，今天已有无人机在空中喷施农药了。犁、耖、耙等传统农具，经过几千年才完全被机械所替代；而喷雾器，只有几十年时间就是高科技装备了，这就是国家科技的力量。

第六辑

田家少闲月，五月人倍忙

——收获庄稼农具

起早贪黑，寒耕暑耘，农人一切的辛勤劳动都是为了收获庄稼的果实。收获时采用的工具，因物而异，多种多样。

收获丰收的庄稼

镰刀

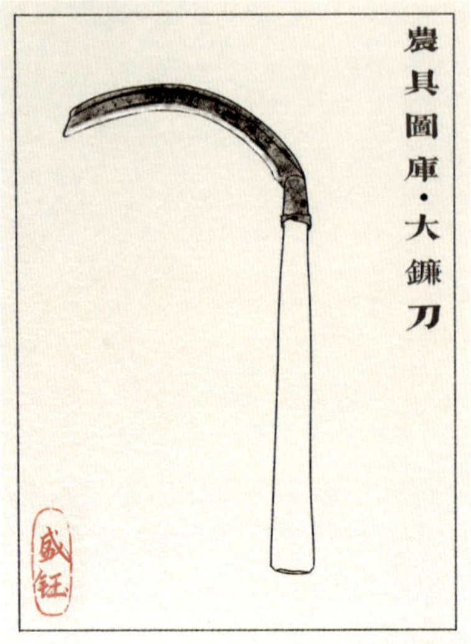

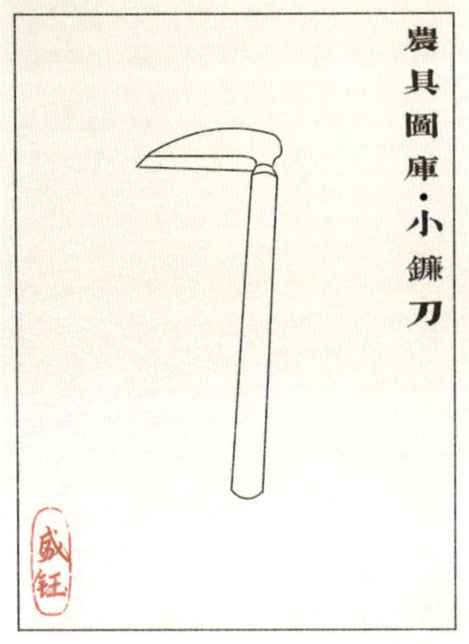

农人割麦、割稻，必用镰刀；收获油菜、大豆、蚕豆时，也用镰刀割断秸秆，再摊晒处理。镰刀是庄稼饱满成熟时必不可少的收割工具。

弯月形的铁制刀身，再加上一截直柄，就成了“7”字形状的镰刀。别看镰刀如此简单，它算得上是农具中的“寿星”。早在250万年前的旧石器时代，就有了镰刀的雏形；从12000年前的原始农业开始，先后有石镰、骨镰、蚌镰、青铜镰，最终演变为今天的铁镰。

里下河地区的镰刀有一大一小两种。大镰刀，形状跟其他地方的镰刀一样，弓形刀身，长25至30厘米，宽4厘米；刀背略厚，内刃锋利，寒光闪闪；刀尖削薄，刀根有銎（柄窝）；柄为圆木，粗细合手，35厘米长，安插于銎中。因刀身弯曲，里下河农人也称其“弯刀”。小镰刀，刀身短，只有弯刀的一半长，刀背拱起，刀刃为直线；刀柄比弯刀柄更长，超过40厘米。大镰刀割麦割稻，小镰刀专门用于剐牛草，刀柄长，可以剐到圩堤下或河坎边伸手够不着的地方的青草。

春天，大镰刀就有了用场，用来剐花草。红花草、黄花草是生产队种植的用于沤制草泥塘的植物。春光明媚，它们都人来疯似的往上长，嫩嫩的绿叶和鲜艳的花朵密密地布满田间。剐，就是割。农人右手握镰刀，向左侧的花草挥去，“呼”的一声，花草瞬间瘫倒在地。“呼、呼、呼”，只要有力气，你可以连续不断地尽情挥舞镰刀，眼前的花草会一大片一大片地瘫倒下去。“呼呼呼、呼呼呼”，十几个人排成队，弯着腰，手里的镰刀所向披靡，田野里到处散发着花草的清香。

芒种未到，里下河平原已是麦浪翻滚，麦香阵阵，各地进入日夜抢割的麦收时节。大集体时，生产队都是组织劳力像打歼灭战一样突击收割麦子。割麦按劳取酬，每割一个垮子记给相应的工分。起早带晚，每人每天可以割一亩半田的麦子。

凌晨三点，村庄通往田间的大路上，就嗵嗵嗵地响起了脚步声。星光月色下，这块田、那块地里，尽是唰唰唰的割麦声。农人弯着腰，左手反招麦把，右手挥镰，唰唰唰，大把大把的麦秸应声倒地。当红彤彤的太阳露出地平线的时候，每个人的身后，已经长长地躺着一捆捆麦把了。

六月的太阳光芒直射，耀眼灼人，麦浪中挥镰收割的农人早已汗流浃背。午饭后，太阳更毒，气温更高，麦子发出了噼噼啪啪的裂变声。这声音让人惶恐不安，农人仿佛听到麦粒落地的声响。尽管热浪蒸腾，人的脸上、臂膀都晒得通红，但每个人都在躬身前行，挥镰收割。一大片麦地里，但见草帽晃动，滚滚麦浪渐渐消失。

我对第一次割麦刻骨铭心。分田到户后，家里大部分责任田种上了麦子。第一天割麦，我还能坚持下来。但第二天、第三天，腰酸背疼已经令我挤眉抽眼、龇牙咧嘴，我手中的镰刀越来越沉重，割麦的动作越来越迟缓，身上的力气几乎用尽，每次艰难地直起腰来，看到眼前翻滚的麦浪，总在心里愁苦地抱怨：“怎么还割不到头？怎么还割不到头啊！”看到前面父亲母亲默不作声地割麦，我再次挥动镰刀。弯腰挥镰中，我忽然感觉有一股暖暖的气流从脑顶经鼻孔窜出。我本能地用左手捂住鼻孔，哪知，从手指间流出的，竟是一股黏糊糊的带有腥味的鲜血！

经过披星戴月的连续作战，大片大片的麦子终被斩尽杀绝，田野里空荡荡的一片。而割麦的农人，会褪去一层皮，削去一成膘，又黑又瘦。

割麦　陈明干／摄

割稻　陈明千 / 摄

剐牛草　朱春桃 / 摄

秋天露水多，割稻不必像割麦那样起大早了，通常是吃完早饭，拿着镰刀，迎着朝阳，与左右邻里说说笑笑地走向田间。

割稻比割麦清爽许多。麦秸和麦叶上生有褐色的霉灰，时间不长，割麦的人便灰头土脸。而稻秸和稻叶上没有霉灰，低头割稻的时候，随着唰唰的割断声，晶莹的水珠从秸秆断裂处溅到皮肤上，凉丝丝的，稻秸的清香以及脚下的泥土味交替着钻入鼻孔，竟让人感到那么的舒心惬意。

晴空万里，秋风荡漾，割稻人全然没有烈日下割麦时的那种焦灼。一天里，无论男女，每个人能割一亩田稻子。

当稻田里最后一株稻秸割完的时候，农人洗去镰刀上的泥土和草渍，再在雪亮的刀口上抹上厚稠的菜油，细心收藏起来，或挂在某一处墙缝，或搁在床铺下。接下来，镰刀是一场安静的冬眠。

让我们再来说说小镰刀。

每个放牛人的手里都有一把小镰刀，专门用来剐牛草。我们生产队的阿龙伙就有一把，他既放牛又用牛。阿龙伙耕田时，每天都带着一个草夹子和那把小镰刀。耕田歇气的时候，水牛在田边吃草，阿龙伙就拿起小镰刀，在水渠和田埂边寻找，将盐巴草、猪秧草、馒头草一把一把地割下，揽入草夹子里。太阳落山，阿龙伙卸下牛轭头，将牛的晚餐——那满满当当的一草夹子青草放在牛背上，赶着水牛收工。

入秋以后，阿龙伙的小镰刀就不得闲了。生产队里的稻草要分给各家各户做烧草，留给牛过冬吃的草料并不充裕，这就需要阿龙伙剐牛草作备料。阿龙伙每天放牛、用牛的时候，总是一个人在田野里剐上几大草夹子青草，铺在圩堤上晒。阿龙伙说：牛会耕田，是生产队的宝，也最听我话，饿死了牛，我要坐大牢的。一个秋天下来，阿龙伙晒得跟黑甲鱼一样，他剐的牛草堆比牛屋舍子还要高。

不吃稻谷的“兔子”

稻兔子

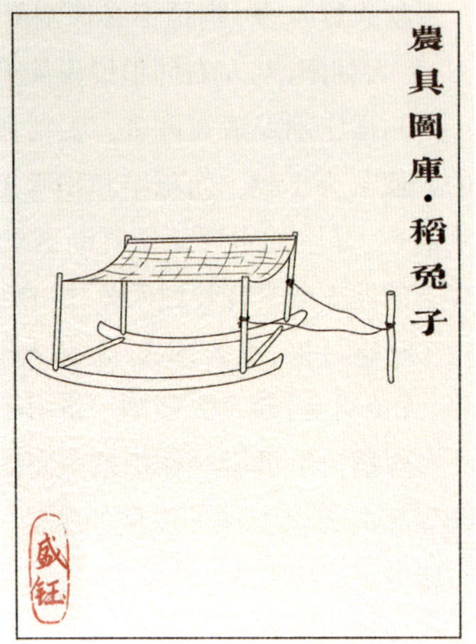

稻兔子，不是稻田里的野兔，而是农人割稻时放稻把的一种用具。

中国人口多，吃饭是头等大事。“以粮为纲”的年代，抓农业生产，提高粮食产量，成了乡村干部一年忙到头的工作。1970年前后，里下河地区完成了沤田改旱田的重大改革，农田种植由之前的一年“一熟制”（只种一季水稻），改为“两熟制”（水稻收割后再种一季麦子）。不久，又推广“三熟制”，即花草田（长花草供沤制草泥塘肥料的田）收割后再长一季早稻和一季晚稻。

收割早稻是在大暑后、立秋前。按下一茬晚稻的生长期推算，早稻一定要在此期间收割让茬，好让晚稻秧及时栽插生根。若过了立秋栽秧，后期气温不足，就影响晚稻生长，导致减产。那些天，农人既抢割早稻，又抢栽晚稻秧，俗话说叫“双抢”。

早稻生长周期短，田间不能缺水；收割后要立即催牛耕地，便于栽秧，因而收割时田里仍旧水汪汪的。割稻时稻秸不能在水田里捆把，捆好的稻把也不能堆在水田里，都要在离水的地方捆把、堆把。

起初，农人是在澡桶里捆把。澡桶每家每户都有，早晨下田割稻时，农人用头顶着，或用胳膊夹着带到田里。每割下一把稻秸，在澡桶里捆好，有了三四捆稻把后，就拖到田埂边，将稻把放在田埂上。晚上全家人要洗澡，收工时再将澡桶带回家。澡桶是木板做的，又大又重，早晚都要带，太麻烦了。这样，就有人设计出了“稻兔子”。

稻兔子，上面类似长方形，稍长的两侧有边框，稍短的两端没有边框，长1.3米左右，宽80厘米；四个角的下方各有一根60厘米高的竖称，垂直连接底部同样是长方形的木框。底部两侧边框的一端或两端伸出40厘米，且微微上翘，像雪橇一样，便于农人在泥水里拖动。上面两侧边框中装有3根凹陷的称子，称子上铺着草包。称子凹陷，农人好在上面捆稻把，也增加摆放稻把的个数；铺着草包，是不让稻粒掉落到田里。有麻绳及木桩系在某一端的两根竖称中部，麻绳用于拖拉，不拖时用木桩拉直绳子并插在田地里，避免绳子受潮。割稻时，常有野兔从稻棵里窜出来，农人突发奇想，将此农具叫作“稻兔子”。

大暑里，是全年中天气最热的时候。太阳直射，照得农人如芒刺背，田水也被蒸得发烫。为避开高温，也为了抢割，凌晨四点多，割稻的男女劳力就下田了，大多数人每人身后拖着一个稻兔子，也有两个人合用一个稻兔子，还有人仍旧使用澡桶。捆把的草要子是用上年的糯稻草打成的，长而结实。草要子横在稻兔子上面的草包上，每割下一大把稻秸，就放在草要子上。草要子上放满了，打成捆，然后在稻兔子上摆放好。一个人使用，稻兔子上堆放三至四捆稻把；两个人合用的，稻兔子堆放五捆稻把。稻把放满了，就将稻兔子拉到靠河的田岸边，或者两侧的田埂边，再将稻把卸在铺有草包的地上。一个人使用稻兔子，就由一个人背着绳子往前拖；两个人合用的，一个在前面拖，一个在后面推。稻把重，脚下是淤泥，拖着稻兔子行走是缓慢的。好在下面的边侧顶端上翘，行走时不会陷在泥土里。

也有的生产队在稻田里放一条小木船，农人拖来稻兔子，稻把卸到木船上。木船装满了稻把，由众人或水牛拉到田头的河岸边，再由另外一班人将稻把转到农船上，运往打谷场。

无论稻把放在田埂上、河岸上，还是小木船上，一切都是为了节省时间，先尽快将早稻割完。

割过一阵子，稻兔子的草包上就落了很多稻粒，趁再次送稻把的机会，农人卷起草包，将稻粒倒在装稻把的农船上。

一块田全部割完，所有的稻兔子和滗桶都放在田岸上，让水牛耕田、耙田。田面平整后，割稻的男男女女又忙乎乎地栽起了秧苗。每一天，每一块农田都在变换色彩：早上一片黄，那是未割的稻子；中午一片白，那是耕翻过的水田；晚上一片绿，那是刚刚栽下的稻秧。整个大地，每天都在魔幻地变化着，而变化的背后，是农人付出的难以想象的艰辛。"双抢"期间，是农人一年中最为辛苦的时候，早晨要起大早割稻或拔秧，中午要耕田、平田、挑把，下午要挑秧、栽秧，晚上还要将白天割下来的稻把脱粒完毕。那些日子，农人每天只睡三四个小时的觉。太阳蒸，泥水泡，还有蚂蟥、蚊虫叮咬，农人伤痕满目，体无完肤，更是精疲力竭。

后来证明，在里下河地区实行一年"三熟制"的种植方式并不科学。无论早稻还是晚稻，皆因生长期间积温不足而造成产量不高，因此有了"三三进九不如二五一十"的形象说法；它更是加大了农人的劳动强度，对人的身心是一种折磨，有人说成是"穷折腾"。

20世纪80年代初，推行了十年的"三熟制"种植方式，随着联产承包责任制的落实而结束，稻兔子也像野兔一样消失在田野里。

能脱粒的竹床

掼床

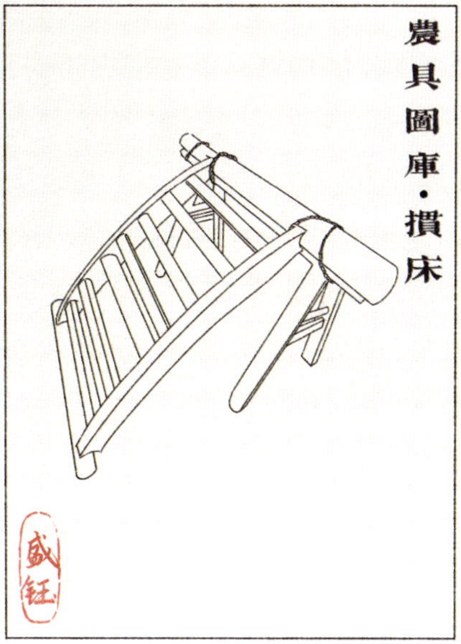

起早贪黑，寒耕暑耘，农人一切的辛勤劳动都是为了收获庄稼的果实，比如种水稻是获取稻粒，种麦子是获取麦粒。而收获时采用的工具，又因物而异。掼床，一种专门用于水稻脱粒的器具，也称“稻床”。

古代起初专门用于脱粒的农具很少。古人在劳动中慢慢摸索，懂得用木椎、木杖敲打穗头使谷粒脱落后，发明了连枷；石磨、杵臼也先是用来脱粒，之后才用于加工谷粒，也就是脱壳或制粉。古人还采用掼击的方法，即抓住成熟作物的秸秆根部，让穗头对着石块撞击，使谷粒脱落，因此发明了“掼稻簟”，即用竹子或芦苇编成席子，席子上放木块或石块，农人掼稻穗时，谷粒“积于簟上，非惟免污泥沙，仰且不致耗失”（《王祯农书》）。在此基础上，农人发明了专用于水稻脱粒的农具——掼床和掼桶。

掼桶是大木桶，或方或圆，内置竹条或木板条，穗头对其掼击，谷粒落入桶内；桶口随时遮盖，防雨水淋湿谷粒。南方地区稻田多，雨水频繁，故多用掼桶。里下河地区收获水稻时，秋高气爽，多晴少雨，因而使用掼床。

里下河地区的掼床有两种式样。一种是平板式掼床，长方形，长90厘米，宽80厘米，四边用树棍或木板做成框，框内横向排列着稀疏但齐整的一道道竹条。竹条侧放，能增强稻穗受掼击的力度；竹条与竹条之间有5厘米的空隙，供稻粒落下。框内正中位置有一横档，以稳固每根竹条。使用时，将掼床斜架在长凳一侧，农人站在长凳后侧或掼床两侧即可掼稻。另一种是支架式掼床，床面斜坡式，上部及斜面均有掼击面，长、宽各80厘米左右，高60厘米；上部床面两侧的下方各有一竖称，与底部两侧的脚木呈直角连接，从而构成支架式掼床。床面也是用一道道竹条间隔排列。支架式掼床的好处是，省去了对长凳的依赖，放在哪儿随时使用；农人既可以在上部的床面掼击稻穗，也可以在斜面掼击，避免因同一种姿势长时间掼击而过早产生腰酸背痛。无论平板式还是支架式，因掼击面形似竹床，故称掼床。

旧时，里下河土地为私有制。地主、富农田多，有水牛打稻场；贫农田少，稻子脱粒只能采用掼把的方法，有掼床的人家对着掼床掼，没有掼床的就用门板或树段等硬物代替。有时地主、富农收割的稻田少，也由为其打工的贫农和雇农在石磙或掼床上掼稻把。那时的掼床简陋，就是用几根树枝条编排在框内。

沤田潮湿，先要将稻把挑离田间。地主、富农的稻把是由贫雇农挑送到

掼把　毛剑云 / 供图

他们的打谷场上，贫农的稻把只能放在自家门口或其他高爽的空地。掼稻把前，要将地面整理平坦，打扫干净，或垫上席子，周围再用箔子围起来，避免掼击时稻粒散失。农人解开稻把，双手合抄在稻秸根部，将稻穗一端对着掼床连续掼击。之后，再转动稻秸，将里层的稻秸翻出，继续掼击。三番五次掼击后，所有稻粒才能掉落。农人还是不放心，将稻穗贴近眼前查看，再用手翻找，发现仍有零星挂着的稻穗就摘下来，直到完全找不到一颗稻粒了，才将稻秸放在一处。

中华人民共和国成立初，土地改革，农民成了土地的主人，每家每户都有了土地耕种，掼床也因此多起来。掼床有自己做的，也有请村里木匠做的。选边框，买钉子，找铁丝，桑树、杨树、楝树等匀称、笔直的枝干都用到了掼床上。很多人家还将竹条嵌在框内，做成了一张张硬实的掼床。

大集体时期，土地归生产队所有，农人除用掼床处理自留地稻子外，更多的是为生产队掼稻把。生产队种有早稻、中籼稻和晚糯稻。早稻和中籼稻秸秆短，枝梗脆，铺在打谷场上用牛拖着石磙碾场，而晚糯稻秸秆细软，枝梗结实，石磙碾压无法完全脱下稻粒，只好人工掼把。

掼把有用掼床的，也有用石磙的。生产队稻田多，人也多，每个打谷场上有五六个石磙，也有五六张掼床，每三个人围着一张掼床或一个石磙掼稻把。

晚秋的凌晨，月朗星稀。当村庄和田野还是一片寂静时，打谷场上已经有了喧闹的声音。白天要割稻、挑渣、挖墒，做秋播前的准备，掼稻把都是起大早。

掼稻把按劳计酬，每掼完8捆稻把记1分工。稻把全部掼完后，小队会计拿着记工簿，来到各人面前数捆稻把的草要子。草要子多，说明掼出的稻把多，给的工分也多。

当太阳升起，大地一片清朗的时候，一船糯稻把也已掼完。

掼出来的稻把齐整，实用，农人常用它搓草绳和打草包。一个冬天，一个农户可打出二百多条草包，卖出的钱正好购年货，添新衣。

除了掼击稻把，收获之时，农人还用它来处理少量的小麦把、蚕豆秸、大豆秸等。进入20世纪80年代，机械化脱粒取代了水牛碾场及手工脱粒，沿用多年的掼床消失于人们的视线。

巧借撬力脱麦粒

麦撬子

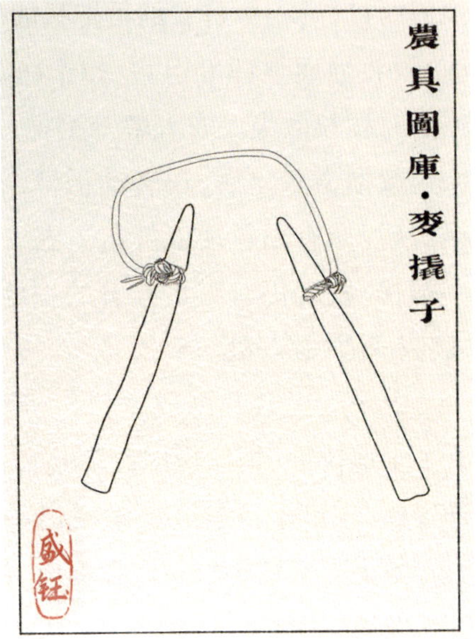

没有脱粒机的年代，稻子、麦子脱粒，除了用水牛碾场外，还有人工掼把，也称“索把”。农人双手合抱秸秆，将穗头对着石磙或掼床，通过连续掼击，使稻粒或麦粒落下来。

稻秸湿润，粗糙，农人的双手容易抱紧，无论掼击多少次，秸秆也不离手。但麦秸相反，干枯，亮滑，双手合抱一把秸秆时，轻飘飘的；对着石磙或掼床击打时，常有麦秸从手中滑落。因手抱的麦秸不多，掼把脱粒速度慢，效率低，农人因此而着急、苦恼。苦思冥想中，农人发明了麦撬子。

撬，用棍棒等物拨开或挑起的意思。麦撬子，是农人用短棍棒和短绳索做成的用于掼麦把的工具。它出现于20世纪60年代初，消失于70年代后期生产队有脱粒机的时候，伴随里下河农人十多年。

麦撬子结构并不复杂，是简单的小农具。麦撬子形状有点像双节棍：两根各长30厘米左右的小木棍，一端削成尖头，距尖头5厘米处刻有凹槽，一根长40厘米的细麻绳两头分别扣在两根木棍的凹槽里。也有的麦撬子是木板条或小竹竿做成，结构一样。

麦撬子使用方法是，农人先用麦撬子的尖头插在解开的麦把上，两根尖头合拢后，双手操纵木棍以收紧麻绳，同时将两根木棍合并在一起扭转一下，以便绳子牢固地勒住一大把麦秸；农人抓住两根木棍，高举过头顶，将麦穗对着石磙或掼床掼击……

使用麦撬子的好处显而易见：绳子兜住的麦秸比原来双手合抱的要多两三倍；棍子和绳子可以死死地勒住麦秸，无论掼击多少次，麦秸也不掉落；农人抓住双棍，比双手抱着一大把麦秸更合手、省力，时间长了也不觉手指酸疼。

20世纪60年代初，里下河地区每个农户都有了自留地。自留地是生产队按国家政策分给农民自由种植的一小块地，按家庭人口分配，每人分到一分多地。自留地所有权是集体的，但使用权是农户个人的，可以自由种植。那个年代，吃是头等大事，农户通常在自留地里种麦子、长水稻，麦子用来轧面粉、换面条，稻子轧成米作为口粮。

在生产队，每人每天都要根据队长的安排下田干活。自留地里的庄稼，薅草、施肥等日常管理，只能起早带晚、见缝插针进行；栽插或收割，要等生产队大田全部结束后才放一两天假让农户去做，假期结束，农人必须按时归队，否则就被扣工分。因此，农人在假期里忙自留地，都是手脚不停，夜以继日，尽快干完所有农活。

自留地虽小，但种植的小麦也要经过镰刀收割、挑麦把上船、再挑上打谷场，每一项程序都不少。掼麦把是最后的工序。

打谷场上有碾场的石磙，也有人带来了掼床。农人将麦把解开，双手合抱起一把麦秸，朝着石磙或掼床猛力掼击。一把一把地抱，再一把一把地掼击，农人感觉这样的速度太慢了，心里着急。

不知是谁最先发明了麦撬子。有了麦撬子，农人掼麦把的速度与效率明显提高。因为麦撬子简单易做，事半功倍，很快，家家户户都有了麦撬子，劳力多的人家有两三把。自留地再多，家庭成员齐上阵，也能在半天里将麦把全部掼完。

此后，麦撬子更多的是用到为生产队掼麦把上。生产队小麦面积种植多，谁掼的麦把多，拿的工分也多。

掼麦把，气温越高越好，麦穗干燥，麦粒容易掉落。为自留地掼麦把，只能见机而作，避开生产队干活的当儿，或是在中午，或是在晚上。但为生产队掼麦把，则是在傍晚，要等一天的农活干完，男劳力、女劳力集中到打谷场上一起掼。

夏天的傍晚，热浪还没有消退，大地仍像蒸笼一般热气腾腾。掼麦把，要接二连三地举起、掼下，再举起、再掼下，人的头、双臂、腰身和双腿，从上到下，都不停地晃动。天气热，男人们只穿一件短裤，上身搭着一件布肩，女人也是薄裤短衫。麦秸又脆又硬，经镰刀割下来还有斜尖。麦秸不长眼，戳到人的皮肤上就是一道血印。不将满船的麦把掼完又不能收工，焦躁的农人全然忘了麦芒和麦秸的刺疼，很多人用麦撬子夹麦秸，也有人用双手抱麦秸，一个劲地低头掼着。夕阳照在打谷场上，橘红色的光芒洒在拼命索把的人们的身上，每一个人的身影都好像燃烧起来……

掼出来的齐头麦草很实用，除少部分用于编织草毡子作围护土墙之用外，大部分用来盖茅草屋。那时，几乎所有的农户都住茅草屋，所有的茅草屋顶都是用齐头麦草覆盖的。一日三餐的烧草，用的是乱头稻草、乱头麦草或其他秸秆，而用力气掼出来的齐头麦草，农人怎么也舍不得送进锅堂。

麦撬子只能用于掼麦把，别无他用。麦把掼完了，农人就让它与秧绳一起，挂在屋里墙壁上，等下年再用。

洗衣棒的新用途

棒槌

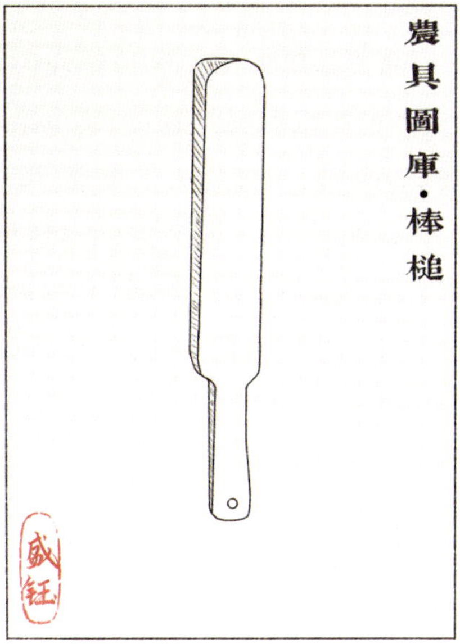

棒槌，里下河农人俗称“洗衣棒”“洗衣棍”。物质贫乏的年代，农人身穿粗布衣衫，没有洗衣粉、洗衣液，更没有洗衣机，衣服脏了，农妇就拿到水码头上泡、搓，再用棒槌捶打，将脏水打压出来。经反复捶打、河水汰洗，衣服逐渐干净。

棒槌是用一截木棍做成的，多为榆树、桑树或杂木，耐敲打，不易腐坏；40至50厘米长，一头细圆，一头粗扁，细圆部分供手抓握，粗扁部分用于捶打。

棒槌的前身叫杵。西周时期的《周易·系辞》记载：“断木为杵，掘地为臼。”意思是说，取一根断木作为杵，再在地面挖一个洞作为臼，铺上麻草，放入谷物后，用杵捣臼，稻壳就剥离开来了。这是古人最原始的以杵捣臼而获取米粒的方法。其实，刀耕火种时期，在此做法前，古人就是用杵来脱粒的，也就是说先用棍棒敲打谷穗，使谷粒脱落后，再用杵臼加工，舂打后获得米粒。

作为农家之物，常常是一器多用。用洗衣服的棒槌收获庄稼，伴随着传统农耕走过了几千年。当洗衣完全由洗衣机承担时，棒槌则成了一心无二用的农具。

油菜是里下河地区传统农作物。油菜长在家前屋后、路边、垛格、河岸边，种植面积小而分散；油菜也是分批次栽种、分批次收获。收获油菜籽，机械无法作业，只能靠人工收割、捶打，装包回家。

五月下旬，收割后的油菜秸秆晒上两三天，农人用大油布就地摊开，将油菜秸秆散放上去，然后用双脚踩踏、用连枷拍打，黑溜溜的油菜籽纷纷滚落下来。菜籽荚角细长，干湿不匀，双脚踩踏和连枷拍打也不周到，很多油菜籽还藏在荚角里。农人在进行二次处理时，就用上棒槌了。他们仍将油菜秸秆放在油布上，用棒槌拍打；或用左膀弯夹着秸秆的腰部，右手握着棒槌朝荚角多的地方捶击。几番之后，又用手拨翻秸秆，查看还有没有闭合的荚角。倘若还有，农人再用棒槌敲打，直到所有荚角裂开、油菜籽都落下来，才将秸秆丢在一边，重新捶打其他秸秆。很多人欣赏油菜花的艳丽，也尝到菜籽油的芳香，唯有农人才知道收获油菜籽更需要耐心和细致。

油菜籽收获后，是塍黄豆、种芝麻、长芋头、栽山芋。农人惜土如金，不

捶菜籽　陶玉峰 / 摄

会让每一寸土地空闲着。大自然十分奇妙，庄稼们总是错开季节亮相，不是一哄而上，这既让农人有条不紊地侍弄庄稼，也让四季都有满盈盈的收获。

蚕豆跟油菜一起，在秋天下种、第二年初夏收割。蚕豆没有黄豆种得多，但收获时更离不开连枷和棒槌。蚕豆荚角大，荚尖也不好惹，尖硬戳人，农人只能借助于拍打的力量，将豆荚敲开。蚕豆粒饱满硬实，无论棒槌怎么用力拍打豆秸，豆粒也不会粉碎。

收获黄豆是在九月下旬至十月初。农人将剐下来的黄豆秸捆着，挑到场头、巷子里或院子里摊晒。四五天后，有的人家用小石磙在秸秆上来来回回地碾压，有的举起连枷反复拍打，还有人家仍旧铺在路面上，任由行人踩踏。不管何种方法，待到最后，估计大多豆粒从裂开的豆荚里掉落了，对仍有不开裂的豆荚，农人拿个小凳子坐下来，一边用手翻动黄豆秸，一边手握棒槌捶打。豆荚干硬刺手，若豆秸铺得厚实，农人就双手举起棒槌，一下又一下的用力向下捶击。有的豆荚还是湿润，任你拍打也不裂开，农人只好将其拣出来，放在墙角处再晒，过个两天再用棒槌敲打。

芝麻成熟，是九月下旬。剐下来的芝麻秸秆扎成小把子，架立在铺好的大油布上，秋风吹拂，太阳照耀，三五天时间，芝麻秸秆枯黄了，蒴果也枯黄了，大油布上已经有很多因蒴果开裂而落下的芝麻粒。接下来，棒槌就派上了用场。“架起来晒，倒过来捶”，与处理其他秸秆不同的是，芝麻蒴果向上开裂，要将芝麻的秸秆头朝下、根朝上，倒立后再拍打，芝麻粒才能从蒴果里掉落。拍打时还要轻手轻脚，不像拍打黄豆秸、蚕豆秸那样能“往死里打”，否则芝麻粒会欢蹦乱跳，四处散落。最后，农人还要一手抓着一把芝麻秸，两把相互磕碰几下，再也看不到一粒芝麻掉落了，农人才丢手。

一把稻草的力量

草葽子

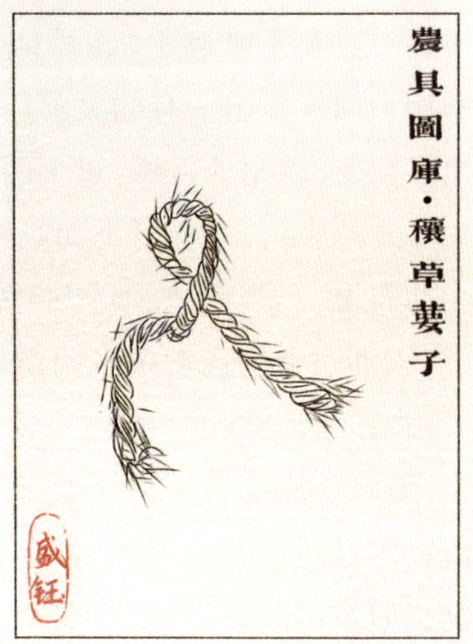

农具是耕种田地和收获庄稼的工具，必与泥土交锋、与作物接触，这就需要农具本身过得硬。因此，凡农具，有树木所制，有竹竿所做，有金属制品、石头制品，还有的是铁木混合打造，每一种农具都有相对固定的结构。而草葽子，是稻草、麦秸或其他杂草编成的捆绑用具，且根据需要可长可短，可粗可细。草葽子不能算作农具，但作用实在不可小觑，收获农作物时随时编就，不可或缺。

双季稻秸秆矮小，农人收割时常用穰草葽子捆扎稻把。

草葽子靠编，但农人不叫编草葽子，而说成“打草葽子”或“打葽扣”。穰草是堆积在场头供牛吃的稻草，杂乱，干燥，有韧性，做草葽子不容易断。下田割稻前，每个割稻的人先要到穰草垛边打好草葽子。

农人就着草垛，右手抓住一把稻草，按顺时针方向旋转，稻草慢慢束成了镰刀柄粗的一股“葽子头”；左手紧贴草垛，连续往葽子里添草。右手不停地旋转、伸长，左手不停地添草，葽子也越伸越长，当将近一庹长（左右两臂

打蒌扣　陈明千 / 摄

呈一线伸直时的长度，一米多长）的时候，农人就此打住，从草垛上摘下草蒌子，对折后，草蒌子随即扭成一团，一根草蒌子算是打好了。

当每个人都有了四五十个穰草蒌子后，一帮人手拿镰刀，背着捆好的蒌子，去往稻田。

割稻时，将扭曲的草蒌子拉直，横铺在地上。当草蒌子上放满了稻秸，农人左右手分别抓住草蒌子的两端，一只腿膝压在稻秸上，双手收紧草蒌。感觉草蒌再无收缩的空隙时，随即将草蒌两端交叉打成扣，再插在草蒌与稻秸之间。如此打成的稻捆，十分紧固，拎把、挑把都不会松散。

稻把运到打谷场碾场时，农人用手一一解开草蒌，收齐后再用于第二天割稻捆把。毕竟，这穰草蒌子结实，打起来也挺费劲的。

割麦子时，打草蒌子就简单多了，直接割下麦秸打成草蒌子。农谚说："九成麦熟十成收"，意思是，当麦子有了九成的成熟度时就要全部开镰收割，若等到完全成熟再收割就为时已晚，麦粒会掉落。九成熟的麦秸黄中泛青，割麦又是起大早，麦秸里含有水份而不会被扭断。农人先割下一小把约二十多根麦秸，一分为二，将两部分的麦穗头扭在一起后，就成了一根草蒌子。将其平放在地上，放满了割好的麦秸，农人收紧草蒌子后，此时要将草蒌子两端打成十字扣，再从麦把中抽出几根麦秸缠绕在十字扣上，一捆麦把就捆好了。麦穗大，两部分的麦穗扭在一起，再加上草萲子捆把的约束力，麦穗并不会分离；草萲子两端被打成十字扣，又有麦秸缠绕，萲扣也不会松开。

秋天收割的杂交稻、粳稻和糯稻，秸秆比麦秸还硬朗，捆扎稻把时，跟捆麦把一样，就地割取稻秸后打成草萲子。

杂交稻面积大，农人多用水牛碾场脱粒。铺场时，解草萲子的办法是直接用镰刀剐，手起刀落，一根草萲子瞬间被割断。因为第二天割的也是杂交稻，这种草萲子就不再重复用了。

粳稻和糯稻，农人采取掼稻和滚筒脱粒的方法，脱下来的齐头稻草用来搓草绳、打草包。齐头稻草经“删草”（去除杂丝草）后，要扎成一个个小把子，架在空地上晒干。扎小把子的草萲子做起来更简单：农人一手抓着稻秸的空穗头，另一只手抽出几根稻秸，旋转几下后，稻秸束成了细细的一股，农人将其紧紧绕在空穗头的下方，一小把稻秸便扎好。这种草萲子只有一根稻秸长，筷子粗，算得上是最短、最细的草萲子。

小把子晒干后，也要捆成大捆。这样的草萲子则又是一种打法了：两手各取十多根干稻草，将两部分的空稻穗头交叉后打成扣，通过对拉秸秆，“萲扣”越拉越紧，怎么也不会松开。这种草萲子，一根可以捆上七八个小草把子。

捆稻把　陈明干 / 摄

秋末，黄豆荚饱满成熟了。农人捆扎黄豆秸的草葽子，取自田埂边的杂草。盐巴草和狗尾巴草，茎蔓细长，柔软又结实，成了打葽扣最理想的料子，捆扎的黄豆秸不仅多，而且能用叉子或扁担插着草葽子挑回家。那一年，我刚走出校门参加生产队劳动时，不知道草葽子怎么写，要么写成“草要子”，因为它的读音与农人的说法一模一样；要么写成“草腰子”，因为它是捆扎在作物秸秆腰部的。后来才知道，准确的写法应该是“草葽子”。葽，狗尾巴草。《诗经》里说：“四月秀葽。”《汉书》里说：“丰草葽……”都是指狗尾巴草长得茂盛。狗尾巴草生命力强，各地都有。在古代，我们的先人就知道用狗尾巴草捆扎实物了。

最长的草葽子，有四五丈长，那是勒在草垛顶上的。夏收的麦草要堆积起来，作平时的烧草；秋收时生产队的稻草也要堆积起来，成为水牛越冬的饲料。无论哪种草垛，都像小山一样耸立在打谷场上。新堆的大草垛松软，大风一刮摇摇晃晃，有可能歪倒；暴雨倾注，大草垛也可能漏水。农人想到了草葽子。一个人用尺把长的树棍就着草垛绕上一把乱草后旋转，形成了膀子一般粗大的草葽子；另一个人紧贴草垛持续往草葽里添草。前者边旋转树棍边后退，后者的一双手一直往草葽里添草，同时均匀把握好葽子的粗细……感觉长度足够了，两个人拉着草葽子，分立草垛两侧，一齐喊：“上！”两个人同时扬手，又长又粗的草葽子立即跃上了草垛顶，两个人各将手中的葽子头深深埋进草垛的下部。若是草垛更大，草葽子更长，一下子跃不上草垛顶，则有人站在中间，用长柄草叉或竹篙顶着草葽子，踮起脚尖，将草葽子送上草垛顶……一个大草垛，需要编成六七条这样又长又粗的草葽子，纵横交错拉好后，犹如一张巨大的网，将大草垛覆盖得实实在在又安安稳稳的。

一根草是脆弱的，但用一把草拧成一股绳，就形成了力量。正是那一根根看起来弯曲柔软、装束凌乱的草葽子，捆扎起一季季成千上万亩的庄稼，承载了几千年传统农耕生生不息的重任。

里下河乡间习俗，父亲或母亲去世时，儿子须在腰间系扎一根穰草葽子；父母入葬后，解下穰草葽子，贴放在新坟之上。如此，以表达儿女与亲人骨肉相连和依依不舍之情。

接力赛的劳动

滚筒

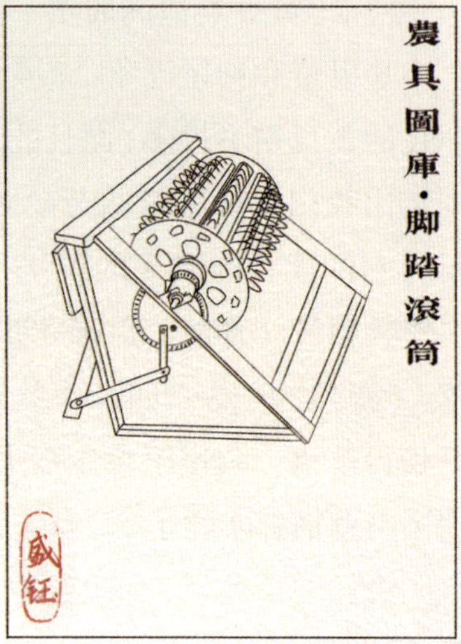

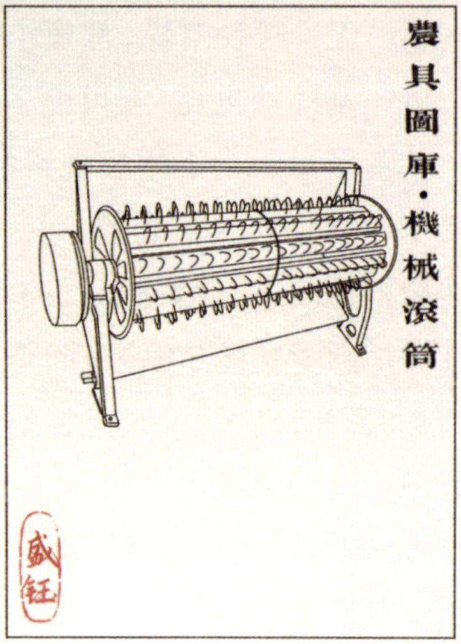

中国农业发展史，可以说是中国农民的探索史和奋斗史。从原始社会以狩猎为生、野果充饥发展到今天的五谷丰登，从把荒滩野地开辟成鱼米之乡，从最初的刀耕火种到今天的机械化作业，哪一处没有农民锲而不舍艰难摸索的漫长过程呢？

如何从农作物穗头上轻快地取下谷粒，从古到今，农人一直尝试使用各种工具，并一步步加以改进。从最初利用木椎、木杖敲打穗头然后发明连枷，从把穗头对着石块掼击继而发明掼床和掼桶，及至现代，受掼床和掼桶的启发，农人又发明了脚踏滚筒，专门用来脱稻粒；之后很快出现了机械滚筒，有的用来脱麦粒，有的用来脱稻粒，通过滚筒快速转动由铁齿将谷粒击打下来，脱粒效率突飞猛进，农人脱粒时的艰难困苦得以解脱。

在里下河地区，脚踏滚筒有两种，一是踏轴式，二是踏板式，分别出现在20世纪60年代初期和中期。两种滚筒的共同点是，以木材打制为主，高度

70厘米，宽度80厘米；都有一个框式架子，后侧有挡板，挡板前面是圆柱形滚筒。滚筒周身装着十多根木条，每根木条上钉有数十个倒“U”字形铁齿；中心轴搁在架子两侧的边框上，使滚筒平衡滚动。

它们的不同点在于，踏轴式滚筒原理跟踏水车一样，通过踏动横轴，一端的大齿轮带动滚筒的小齿轮，从而使滚筒转动。而踏板式滚筒作了改进，用踏板代替了横轴，将滚筒两侧都装有一大一小的齿轮，大小齿轮咬合；两个大齿轮上分别装有铁钩，一根木条踏板在挡板后侧将两端的铁钩连接。农人踩动踏板，在曲柄连杆原理作用下，铁钩带动大齿轮转动，大齿轮带动小齿轮转动，又使滚筒转动。踏轴式滚筒体型大，一方面有横轴装置，另一方面滚筒的长度达到1.5米至2米；踏板式滚筒短小，长度1米至1.2米，没有横轴；踏轴式滚筒需多人操作，其中两人专门踏横轴，另有两至三人脱粒；踏板式滚筒仅一两人操作，每个人都是一只脚踩踏板、一双手脱粒。但踏轴式滚筒脱粒功效大于踏板式滚筒。

20世纪70年代，东风195柴油机出现，安装在手扶拖拉机和抽水机上，为乡村农业发展带来了勃勃生机。就在此时，有了水稻脱粒的机械滚筒，也

机械滚筒脱稻粒　朱春雷／摄

俗称“滚筒脱粒机”。它的规格比脚踏滚筒大，长1.75米，宽80厘米，高85厘米，浑身铁制，安顿在打谷场上稳稳当当。机械滚筒与东风195柴油机配套使用，它一侧有皮带盘，通过三角带或宽皮带连接到柴油机的皮带盘上，柴油机带动滚筒飞速转动，滚筒上的铁齿瞬间将稻粒打下来，脱粒效果极佳，每台机械滚筒每小时可脱2亩田稻把，是脚踏滚筒无法企及的。

生产队每年种植糯稻和粳稻，面积小，两种稻加起来只有二三十亩。糯稻和粳稻稻秸长，枝梗紧，收割后必用机械滚筒脱粒。

在生产队，秋收秋种农活忙，晚上的时间也用起来干活。傍晚将装满糯稻把的农船撑到场头，晚饭后召集十多个人一起脱粒。

脱粒又分很多活，包括拉稻把、分稻把、滚稻把、捆草把、堆草把、择稻谷等，每一件活都要分工到人。只有分工明确，各司其职，脱粒才顺利。哪个环节跟不上，脱粒进度就受影响。

机器响起来，滚筒飞转，根本看不清它周身的铁齿，只有一行行铁齿的影子在闪动，发出呜呜呜的声音。由柴油机输送的一盏并不耀眼的电灯挂在草叉柄上，竖立在滚筒的前面，农人就在这灯光和月光映照下将稻把脱完。

电动踏板滚筒脱稻粒　董维安 / 摄

分把的人将一大捆稻把解开，分成若干个小稻把放在铺好的门板上。四五个人一字儿排开，站在滚筒挡板的后面。第一个人双手合抱着稻把，将稻穗在滚筒上反复翻滚后，就传递给右边的人；右边的人双手接过，也在滚筒上反复翻滚后，再传递给下一个人……一直传递到最后一个人时，稻把上的稻粒就被铁齿完全击打干净，飞溅到滚筒的前面。

脱过的稻把成了齐头稻草，由捆草把的人用草要捆扎好，拉到堆草垛的人那儿。

站着滚稻把，双脚一定要站稳，手中的小稻把不能用力压在滚筒上，而是将稻穗头悬浮在滚筒上面，让转动的铁齿将满穗的稻粒"啃"下来。若是用力压着，飞速转动的滚筒瞬间会将手中的稻把卷走，铁齿甚至伤及脱粒人的双手。那时，因为农活多，人疲惫，深更半夜脱粒时，人的手或腿脚被这种滚筒伤害的事不在少数。

分田到户后，家家种有几亩粳稻田。农户收割时，每割好一小把稻秸，就用穰草扎起来，铺放在田里晒。小稻把晒干了，将柴油机和滚筒一同抬到田地里，铺开大油布，十几个人直接在田里脱粒了。

毕竟，柴油机和滚筒笨重，移动很不方便；一家一户种田，一家忙家家忙，十多个人一时也难以召集。后来，踏板式滚筒忽然又多起来。它们是厂家专门生产的，虽是铁制，却小巧精致，油漆鲜亮，只有一米左右的长度，近百斤的重量，既便于抬运，一个人也能操作，哪块稻田收割了，随时抬到那里脱粒。有的踏板式滚筒还配有电动机，能带电作业，免去了脚踏之累。每到收割粳稻的时候，机械滚筒和踏板滚筒各显其能。秋天的田野里，晴朗的天空下，尽是连续不断的滚筒的呜呜声，仿佛是合奏的丰收乐章。

发威的“老虎”

地老虎

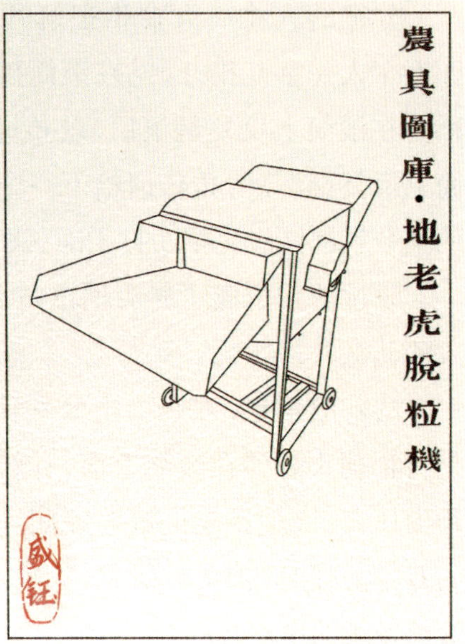

地老虎，真名也叫滚筒脱粒机，一种专门脱麦粒的机械。在《滚筒》一文中，我介绍了脚踏式滚筒和机械滚筒，那是脱稻粒的。因为名字里都有滚筒两个字，为了有所区别，不致混淆，里下河农人就以各自的特征重新起名，各有所指，好懂好记：脱稻粒的机械滚筒因作为核心部件的滚筒袒露在外，特别醒目，就直接叫作“滚筒”；脱麦粒的这种滚筒脱粒机因“吞食”麦把厉害，威风凛凛，犹如老虎一般，又因农人操作不小心，可能伤及手臂，故称“地老虎”。

机械滚筒和地老虎属于现代机械农具，与大锹、锄头等传统农具不能相提并论。但我仍在此介绍，是因为它们已经消失了很多年，年轻一代未必知道；更重要的是在那个年代，它们对里下河地区的农业生产发挥了无可替代的巨大作用，减轻了农人的体力劳作之苦。凡亲身经历那时农业生产的人，亲眼目睹这两种机械脱粒的人，都会铭记它们的功劳和恩情。

地老虎诞生于20世纪70年代，消失在80年代后期。在此之前，乡村麦子脱粒，要么用牛拉着石磙碾压，要么是人工对着掼床或石磙掼击。地老虎的出现，无疑把农人从近乎原始劳动的繁重中解救了出来。

其时，东风195柴油机是个十分重要的角色，可以与多种机械相配套，让它们各显身手：与手扶拖拉机配套能耕田，与抽水机配套能上水，与挂桨机配套能行船，与机械滚筒配套能脱稻粒。同样，它与地老虎配套就能脱麦粒。

生产队财力有限，不能单独买一台柴油机专门配套地老虎脱粒，只能配合利用：要么把抽水机的柴油机抬来配套地老虎脱粒，要么把手扶拖拉机开到打谷场上配套地老虎脱粒，再无他法。白天，抽水机要给农田上水，拖拉机要耕田，脱粒大多在晚上，所以那时候，每逢夏收夏种或秋收秋种，每个农人都夜以继日地劳作，疲惫不堪。

地老虎长1.7米，宽0.8米，高1米。外层是一个铁皮包裹的壳子，里面是铁制滚筒，滚筒上交错镶嵌着一排排椭圆形铁齿；正面是簸箕状的进料口，好似老虎的大嘴始终张着，从中可以看到里面的铁齿；对面是出口，供麦草飞出。它的两侧，一侧是露在壳子外的转盘，一侧是出麦口。四根铁脚将地老虎稳稳撑起。地老虎外表看起来简单而笨重，但里面包含了一定的技术含量，有传动、进出、脱粒、麦草分离等装置。

脱粒前，先要在打谷场上安装好机器。地老虎四根铁脚由四边的底称连接固定着，农人用木杠卡住其中一个底称，再用石磙压着，避免地老虎作业时因震动而移位；地老虎在前，柴油机在后，一条又长又宽的皮带将两者的转盘套着；一盏由柴油机输送的电灯挂在高处，照亮场地；地老虎右侧是供分放麦把的门板，麦把分好后，由专人传递到地老虎的进料口中。

柴油机开动后，转盘飞转，带动了滚筒，地老虎发出“嗡嗡嗡”的吼叫声。一捆松散的麦把递进老虎口，“呜——”的一声长啸，金黄的麦粒从出麦口滚落下来，齐刷刷的麦把瞬间成为一团乱草，从出口处喷射而出……这情形如同战场上士兵轰炮，所以，里下河农人将脱麦粒说成是“轰麦把”。

轰麦把需十五六个人协同作战，有“喂”麦把的、分麦把的、从船上往岸上拉麦把的，还有扛麦子的、抬麦草的、堆草垛的等等，不少于七八种活计。

轰麦把时，喂麦把的人最辛苦。他必须始终站在地老虎进料口面前，从右边的人手中将解了捆的麦把往地老虎嘴里喂。他喂得快，轰麦把就结束得快。由于喂麦把时双手连续向老虎口里推送麦把，这样就存在一定的危险性，因此，喂麦把必须由有经验的男人轮流操作。

喂麦把，讲究既均匀又快捷。喂麦把的人戴着口罩，身子稍离老虎口，两只粗壮的胳膊持续地抱过麦把，顺势将其推进老虎口，随着一阵阵“呜呜呜——”的吼叫，地老虎喷出了一条条长长的草龙；地老虎左侧的出口处，麦粒滚滚而下。

麦把喂得快，麦粒就出得快，麦草出得更快。择麦的人不停地往笆斗里装麦，笆斗一装满，又被其他人扛走，倒在远处的麦堆上。地老虎每吼一声，就有一大片麦草喷涌出来，散落在机器的正前方，叉草的人连忙挥动草叉，将麦草放在草杠上，让另外两个人赶紧抬走。

轰把的人如同流水线上紧张作业的工人，任何一个环节跟不上，都影响轰把的进程，这就有了众人的相互帮助。当叉麦草的人忙不过来时，旁边择麦子的立即放下板锨，拿起草叉，帮着将麦草拖离机口；拉麦把的一时怠慢，导致麦把供应不上，分麦把的转过身来，飞奔上船，每只手拎起两捆麦把飞跃上岸。

那时，乡村六月的夜晚，只要不下雨，所有的打谷场上都是地老虎的轰响声。

经过数小时奋战，一天割下来的麦把才被轰完。打谷场上，又多了一堆堆的麦子和小山一样的草垛。机器声一停，所有人的耳朵顿感这个世界是多么的静谧。

并不是每个夜晚都是忙碌而且安稳的。我怎么也不会忘记那年最后一

轰麦把　毛剑云 / 供图

次轰麦把。

“我来换你。”麦把轰到后半场，一直用笆斗扛麦子的老队长洪章大叔换下了正在喂把的阿扣伙。

“呜呜呜——”夜空里，地老虎连续不断地吼叫声，显得特别轰响，甚至凶狠。

“啊，我的手——”忽然，洪章大叔失声大叫起来！随着“嘭”的一声，转盘上的皮带滑落在地，地老虎的吼叫声戛然而止，洪章大叔瘫倒在地。

我们一个个吓坏了，扔下麦把和叉子，迅速围了过去。

洪章大叔在地上翻滚，痛苦不堪地呻吟：“我的手，我的手！”有人快速摸到了他的左手，还在；有人摸到了他的右膀——只有上半段，温热的血在喷涌。随即，阿翠撕心裂肺的哭声炸了出来：“不得命了，膀子没了，队长的膀子没了啊！”所有的人都被阿翠的声音吓得号啕大哭起来。人们一边用麻绳捆扎洪章大叔正在冒血的胳膊，一边在麦草中寻找另外的那一截膀子，还有人赶紧开动挂桨船，把洪章大叔送往集镇卫生院。

原来，因劳累而困倦到了极点的洪章大叔在喂一个潮湿的麦把时，不小心右手被带进了老虎口，右膀弯以下瞬间被地老虎肚里的滚筒无情地拖了进去……

它把乱草堆成山

叉子

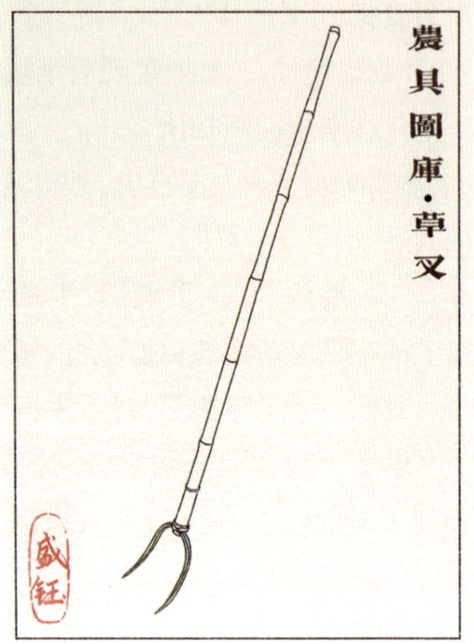

叉子，农人挑麦把、挑稻把、叉草、堆草的工具。里下河是鱼米之乡，盛产麦子和水稻，每到收获之时，叉子就成了农人形影不离的用具。

古人很聪明，他们很早就选用多杈头树竿做成天然的三齿叉，用来挑运农作物。叉齿蓬展，握柄硬直，叫“木杈”。至元代，铁制的两齿叉已普遍使用，叉齿坚硬，称作“铁禾叉”。无论哪一种，都是“箝禾具也”（元代《王祯农书》），意即挑运庄稼秸秆的农具。

里下河地区的叉子都为两齿叉，由叉头和叉柄组成。叉头，铁匠打制，U形，底端焊有30厘米长的小铁条。两根叉齿微微上翘，便于叉草，叉柄是一根竹竿或树棍。用铁箍和铁钉将叉头底端的小铁条固定在叉柄根部，即可使用。

叉子包括草叉和把叉，形状完全一样，但有大小之分。草叉叉头小，两根叉齿间距18厘米，各长20厘米，叉柄2米长。相对于草叉，把叉的叉头明显宽大，叉齿也粗，两根叉齿间距25厘米，每根长25至30厘米，刚硬有力；叉柄长达2米以上，粗壮结实。把叉的柄梢有点尖，便于挑把时插把。草叉常用来叉草、翻场，把叉多用于挑把和堆草垛。

还是在大集体时，炎烈而繁忙的“三夏”，通常是女劳力割麦，男劳力挑麦把。当男劳力拉着纤、撑着船，将农船吊在麦田河边时，女劳力们起大早割下来的麦把已一捆捆、一大片躺在了麦地里。男劳力赶紧拿起把叉，上岸挑麦把。

靠近河边的麦把，只需用把叉一捆一捆地叉起，直接甩进船舱。接二连三的，三五个大男人很快就叉出一片空地。

田块长，接下来便是挑把了。太和大哥先是将四捆麦把上下并列堆放，然后将叉头对准麦把的腰部，用力撳下去，转身又拎起两捆麦把，插在把叉的尾梢，“嗨哟号”，随着一声吼叫，戳着六捆麦把的把叉被双手举起，瞬间落在了右肩上。太和大哥并未罢休，他右手扶着肩上的把叉，腰身稍微下蹲，左手又从地上拎起两捆麦把，架在把叉前端的空档处。几乎是同时，其他人的麦把也已上肩，“嗨哟号的个号、嗨哟号的个号”，一群汉子，打着号子，挑着满担的麦把，在烈日下行进。

晚上，打谷场上响起了地老虎的轰把声。白天挑上来的麦把，都要在夜晚脱粒完毕。十四五个人，围着地老虎，拉把的，喂把的，扛麦的，各司其事。阿女拿着草叉，守在“机口”，不停地将地老虎喷出来的麦草迅速叉离，堆在身后，然后又由别人用草杠抬走或用草叉拖到场边，打成一个个小草堆。地老虎源源不断地喷出麦草，阿女就一刻不停地挥舞草叉叉草。

第二天一早，麦草分给各户作烧草。分麦草根据每户人口多少分配小草堆，然后每户捆成小捆挑回家。麦秸草滑溜，捆麦草也需要一点技术。捆草的人用草叉将麦秸草理顺，以自己的双腿为挡墙，一叉一叉地将麦草紧贴着自己的双腿往前排列。待排到一定长度时，农人将草要沿麦草底部穿过，另一只手抓住伸出来的草要扣，将聚集的麦草竖起，人压在麦草上，双手收紧草要再打成扣，一大捆麦秸草才算捆好，然后用草叉挑着两捆麦秸草，轻轻松松走回家。不会捆麦草的人，捆的麦草松松垮垮，没走几步就散了。

秋天挑稻把，也靠把叉。稻把比麦把重得多。挑麦把，一把叉能挑七八捆，稻把只能挑四五捆。马厂圩是“塘心田”，有150多米长，这么远的距离，挑最远处的稻把就须“接担”。接担就是两个人像接力赛一样合挑一担稻把。还是太和大哥，他挑着五捆沉甸甸的稻把，“嗨哟号、嗨哟号”地走过来了。行至一半，早有启明老弟竖着把叉、站在田埂上等着他了。在启明与太和背贴背的当儿，太和双手托起自己肩上的把叉柄，启明瞬间接过，又稳稳地放在了自己的肩上。启明挑着稻把，“嗨哟号、嗨哟号”地迈向河边的船上；太和拿着空把叉，转身又去往田的深处……这么长的担距，这么重的稻把，多是由身强力壮、熟练老到的男劳力接担，将一捆捆稻把挑上船的。

傍晚，农人将白天挑上船的稻把拿上场，解捆铺展在场面。晚饭后，经过水牛两个多小时的碾压，原来厚厚一层的稻秸变成了十分板结的稻场。

接下来是“翻场”，就是将已经打好的稻场用叉子翻个身，下层的稻秸翻到上层，上层的稻秸翻到下层。经过水牛第二次碾场后，所有稻谷才会从稻秸上脱离，这稻场才算打得透熟。

差不多是夜里十一二点钟，白天割稻挑把累得浑身像散了架的农人，一个个揉着惺忪的眼睛，拿着草叉，来到了场上。翻场特别要用力，若是人少，一时半刻翻不出来。

稻场板结，男劳力力气大，翻场用把叉；女劳力力气小，用草叉，但每操起一把稻秸，还是觉得沉重，稻秸如同生了根一样。她们将叉柄紧贴着腹部，肚子挺起来，憋足一口气，将稻秸操翻出来。

挑稻把　朱春桃 / 摄

三四天好太阳一晒，稻谷干了，稻草也干了，秋风送爽，也送来了稻草的清香。稻草是个好东西，一部分要分给农户作平时煮饭做菜的烧草，一部分留给生产队耕牛做过冬的草料。稻草不能淋湿霉变，要堆成草垛。

堆草垛，草叉和把叉一起上。晒草的四个妇女用草杠或草叉从场边陆续拖来稻草，车大伯、王大年和阿扣伙用把叉先堆积草垛根脚。不停地拖、不停地堆，草垛越堆越高。当草垛堆到3米高的时候，车大伯和王大年站在草垛上，阿扣伙仍旧站在地面，将妇女们拖来的稻草用把叉送到草垛上，由车大伯和王大年堆放。当草垛堆到5米多高的时候，阿扣伙用宽大的把叉头叉满稻草，高高举起，递送给草垛中间的王大年；王大年站在草垛的边缘，弯腰用把叉接住下面递上来的稻草，然后又高高举起，递给了最上面的车大伯……他们像燕子衔泥一样，将地面上所有稻草一点一点由下而上一层层传递到了草堆顶。每向上递送一叉子稻草，中间的王大年和地面上的阿扣伙，总会落满一头的草屑。

那时乡村的打谷场上，有好多好多小山一样的草垛，都是这样一点点堆积而成的。一个个草垛，在朔风萧瑟的冬夜里，温暖着庄稼人的梦乡。

堆秸秆　陈明千／摄

借风洗谷粒

板锨

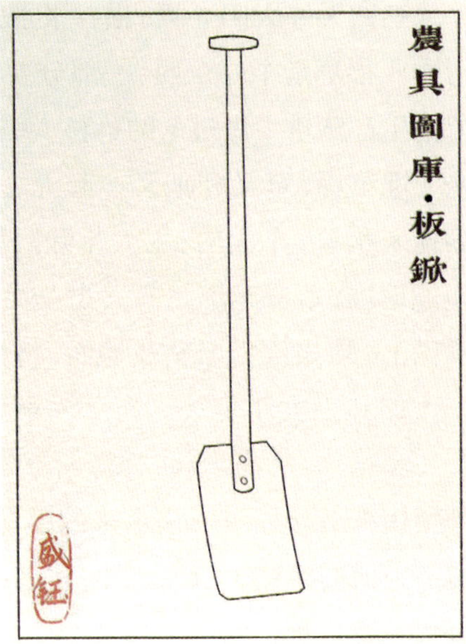

成书于战国与秦汉时期的言论集《管子》一书中已有总结："一农之事，必有一耜、一铫、一镰、一耨、一椎、一铚，然后成为农。"意思是说，要完成某一项农业生产，不能仅靠一种农具，还要有相配套的一系列农具。庄稼从播种到收获，多种农具参与其中。收获稻子和麦子，板锨是其中一员。

板锨，也叫木杴、扬锨，木质材料所制，是脱粒后用来扬场以剔除杂质的工具。

"杴"同"锨"。从文字产生的先后而言，先有"杴"后有"锨"。南朝太学博士顾野王所著《玉篇》中解释："杴，耕土具，锹属。"如此说来，杴的作用起初是翻土。及至元代，农学家王祯在其著作《王祯农书》中介绍："杴，剡木为首，谓之木杴，可撡谷物。"可以看出，元代时木杴已经用来抄取谷物。至于板锨或扬锨，那是后来里下河农人的叫法了。

板锨由锨板（也称锨头）、锨柄和木枴构成。锨板是两至三块小木板通过内钉并列拼成的梯形木板，稍宽的一端30厘米，此处为板锨口，稍窄的一端25厘米，是安装锨柄的地方；两侧边长33厘米，板厚约1厘米。锨柄长1.1米左右，上端是供手抓握的椭圆形木枴，下端是连接锨板的接头，长13厘米。

接头有点奇特，与锨柄不在一条直线，而是有点上翘，使接头与锨柄之间形成凹陷的弧线；接头底部平直，供安装锨板。用两根螺丝钉或圆铁箍将接头与锨板牢牢固定后，锨板与锨柄形成的凹陷角度更加明显，两者构成了勺子状。这样设计的好处是，人在抄取谷物时，弯腰幅度要小得多。如果锨柄与锨板是一条直线，那么，劳作的人每一次抄取谷物都要深深弯腰，特别累人，板锨口也会刮破地皮，使泥土混入谷物。别看有些农具小而简单，但每一个细节都有农人细致而周到的考虑。

板锨的阵地是在打谷场上，麦子和稻子脱粒时就用到它。

"地老虎"脱麦粒时，麦把连续喂进，麦粒也从出麦口滚滚落下。出麦口旁边，有一个人手执板锨，专门择麦子，及时将麦子移离，腾出空地让给新落下的麦子。一般情况下，择麦子的人直接将麦子装进笆斗，供人扛走。但有时笆斗来不及扛，择麦子的人干脆用板锨把麦子先择在身后的空地，待脱粒结束再用拖概拉走。

秋季用滚筒脱稻粒就没有脱麦粒那么紧张了。四五个人站在机械滚筒后侧，每人手中的小稻把在滚筒上翻转，稻粒落在滚筒前面。当稻粒形成岭子一样的稻堆、滚筒前几乎已没有空隙时，机工停下机器让众人稍息，有两个择稻的人每人一把板锨，往笆斗里择稻，由其他人扛到空地上晒。

板锨的最大作用，是扬场。

麦子或稻子晒干后，都要扬场，使谷粒更干净。扬麦和扬稻，方法都一样，既靠力气，更靠技巧。我以扬麦为例说说扬场。

尽管晒麦时已经用扫帚清扫过杂质，但麦子中还掺杂许多细碎的穗壳、草丝和麦叶，只有通过扬麦才能将它们完全剔除，麦粒才干净。

扬麦通常是在傍晚。此时，东南风徐徐吹来，不急不缓，正好适合扬麦。

晒干的麦子聚拢成堆后，农人手握板锨柄，抬头看看天空，寻找到了风向。他站在风的一侧，弯腰择麦，然后将板锨向上扬起，一片麦子腾空跃出，又纷纷落下；风力的推动，穗壳、麦叶和草丝被吹到了下风口。

扬麦须迎风而上，即农人所说的"对着风口扬麦"。只有对着风口将麦子抛出去，风力才显得强劲有力，沉甸甸的麦子如雨珠般下落，而轻飘飘的穗壳、草丝和灰尘等则被风刮走。

会扬麦的人与不会扬麦的人，效果是不一样的。不会扬麦的人，从锨板上抛出去的麦子都是整团的，散不开，风一吹，落下来的还是麦粒夹着穗壳。

会扬麦的人，从锨板上抛出去的，先是长长的一串，及至空中，是宽大的雨幕；而后，雨幕垂直下落。半空中，从雨幕中脱离的穗壳、草丝和尘灰被风刮到了另一边。落到地面上，自然分成两堆：上风口的是麦粒，下风口的是穗壳和草丝，泾渭分明。

锨板是一块平板，无边框，择起的麦子并不多，但这样的分量足够向上抛出。没有边框，农人向空中扬起时，更有利于麦粒散开。这是板锨的又一独特之处。

农人俗说“女将要能换褂肩，男将要能两边掀。”说的是一个巧妇缝补上衣时，能把左右肩膀的补丁对称、平展的补好；同样，一个男人扬场时，能在谷物堆的两边都会操作。“两边掀”，左右手都要熟练自如，交替着扬场，既省力又提高效率。

生产队时期，生产队长专选有经验的人扬场。送公粮，不干净卖不掉；做口粮，有瘪稻农户就有意见；留种子，有杂质影响出芽率。扬场的人自知责任不小，每次扬场都是尽心尽力，一丝不苟。

扬稻　朱春桃／摄

一家一户种田后，不但男人扬场，好多女人也学会了扬场。一次脱粒，少则四五亩田麦把，多的有七八亩。这么多麦子脱下来晒干，按每亩麦产750斤计算，总量在3000斤至5000斤。一个晚上，都要将这么多的麦子扬尽。

"扬场没有风，力大也没用"。天，越来越黑，终于，晚风来了，风力也越来越大，农人甩去上衣，赤着上身，操起板锨，一下接一下地迎风扬起来。

那段日子，是农人最艰辛、最煎熬的时候：凌晨三四点就下田割麦了，晚上又要脱粒，夜里不到十一二点钟不会睡觉，一天的农活都是抢着干、交叉着干。好不容易将麦子脱下来，又好不容易等来了这么好的东南风，万一明天下雨怎么办？不一鼓作气将晒干的麦子扬完，睡觉怎么会安稳？尽管已经筋疲力尽，但只要还能站得住，哪怕扬得鼻孔冒血，也要紧握板锨，扬，不停地扬……

"老鼠拖板锨——大头子在后头"。这是里下河农人常说的歇后语，它形象概括了板锨的外貌特征。这句话的含义，是比喻某一件事刚刚开始，精彩好戏还在后面。进入21世纪，千百年来传统农业的耕、种、割、晒、扬等一系列繁琐工序，被现代化农业机械"一手包揽"，这样的重头好戏，之前哪个农人料想得到？

让谷粒更干净

大扫帚

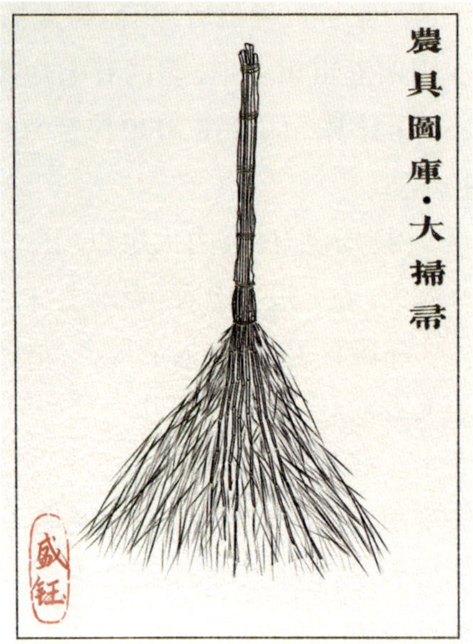

扫帚的历史可谓悠久。东汉经学家、文字学家许慎在其所著《说文解字》中介绍："古者少康初作箕帚。"少康是4000年前的夏朝人，一次他看见一只受伤的野鸡拖着身子爬行，所过之处灰尘很少，他判定这是鸡毛的作用，便用更多鸡毛做成了第一把扫帚。后来少康觉得鸡毛太软，就改用竹条和草为原料做成了扫帚。

时光流转了几千年，扫帚依然如旧，只是有大小之分。小扫帚也叫笤帚，由秸秆较硬的野草或高粱穗秆做成，居家必备，用于室内及庭院清扫灰尘和垃圾；大扫帚则是竹枝做成，是农家翻晒谷物不可缺少的工具。

里下河地区没有较大的竹林，大扫帚都是购买。生产队时期，农业生产资料均从供销社生产资料门市部购得。改革开放后，集镇上有很多店铺经营化肥、农药、种子和农具等生产资料，还有专门经营竹器的门店，大扫帚、竹篙、罱篙、草叉柄、钯子柄等，应有尽有，从外地购进，在本地销售，门庭若市。

大扫帚全身为数十根细长的竹条编成，总长1.6米，其中柄长70厘米，帚枝部分长90厘米，两者连成一体，从上到下由小渐大，好似一个不规则的三角形，帚枝最大宽度达1.1米。扫帚柄有六至七道铁丝缠绕，手握时感觉紧密、刚硬；帚枝茂密而宽大，弹性十足。用大扫帚扫地，唰唰作响，呼呼生风，灰尘一扫而光。又因帚枝有弹性，有力道，即便鸡蛋大的泥块也能毫不费力地清扫而走。

“立夏大麦黄，老牛忙做场”。立夏一过，气温升高，油菜籽和大麦日趋枯黄，即将成熟。农人开始做打谷场，作好夏收的准备。经过浅耕、破垡、平整、浇水后，做场的最后一道工序是用水牛拉着石磙碾压。碾压前，农人要在场面上稀疏地铺上一层稻草，避免潮湿的泥土沾粘在石磙上。碾压后，农人捡去稻草，就用大扫帚清扫，那些零散的泥土和压在泥土表层的稻草都被大扫帚清理了出去。紧接着农人用草包裹住石磙再碾压，场面做得平平实实。

晒麦、晒稻时，大扫帚就用得频繁了。

每天早上，太阳还没出来，农人先用大扫帚清扫场面。由于前一晚上脱粒，场面上落下许多秸秆和草屑。场面宽阔，小的也有两三亩，大的有四五亩，清扫场面的少则两人，多则数人，有男有女，每人手拿一把大扫帚，从打

掠草　陈明干 / 摄

谷场不同的方位分别扫起。他们双手紧握扫帚柄，奋力扫动，有的向左侧扫，有的向右侧扫，有的左右开弓扫，散落的乱草在一把把挥动的扫帚前渐渐聚拢。不多时，偌大的场面干干净净，很快，金黄的谷物也铺摊开来。

谷物翻晒过程中，大扫帚就用来“掠草”。脱粒后，麦子或稻子中混杂许多穗壳以及被轧断的草屑。谷物均匀地平摊在场面，掠草，就是用大扫帚将穗壳和草屑清除出来。

掠草不能像清扫场面那样用力挥舞扫帚，而是从晒场的一端开始，依序一点一点地轻扫。掠草时，抓在手里的大扫帚有点悬空，扫帚的下枝触碰到谷物的表层即可。每掠一次草，谷物中的草屑和穗壳就被清扫出一批。经过两到三次掠草，草屑和穗壳就不见了。掠草的都是四十岁左右的妇女，熟练老道，混杂的草屑都能被她们用扫帚枝“挑”出来，最后一起扫到场边。不会掠草的人，轻重把握不准，要么连谷物一同扫起，场面有了空白；要么扫着扫着，先前掠出的草又被掩没在谷物里了。

扬场时，大扫帚也要在场。农人每扬一阵麦子或稻子，总要放下板锨，拿起大扫帚，将谷物与草屑分门归类。谷物被板锨向上抛出后，又很快落在场面，风的吹动，沉实的谷物落在了上风口，轻飘的草屑落在下风口，但它们不是完全隔离的，而是以带状连在一起。农人用大扫帚在中间凹陷处轻扫，是谷物的扫向谷物这一边，是草屑的扫向草屑那一边，不一会儿，两者之间就有了空地。农人用板锨扬场一阵后，再用扫帚分门归类。当麦堆或稻堆全部扬完，场上有了两个堆子，一个是纯谷物堆，一个是纯草屑堆，两者中几乎没有混杂的成分。既会扬场，又能用扫帚分类，是农人长年累月积累的一种基本功。

麦子或稻子晒干，傍晚收场时，大扫帚最为活跃。当其他人用翻耙和掩概把厚厚的谷场聚拢成堆后，场面上还有一层稀薄的谷物。三四个扫场的人奋力掀起大扫帚，从四周扫起，向场中心合围。落日余晖和淡淡尘烟中，扫地声、择谷声和人们的喧闹声在打谷场上一起回响。

晒谷的专门工具

拖概　拉耙

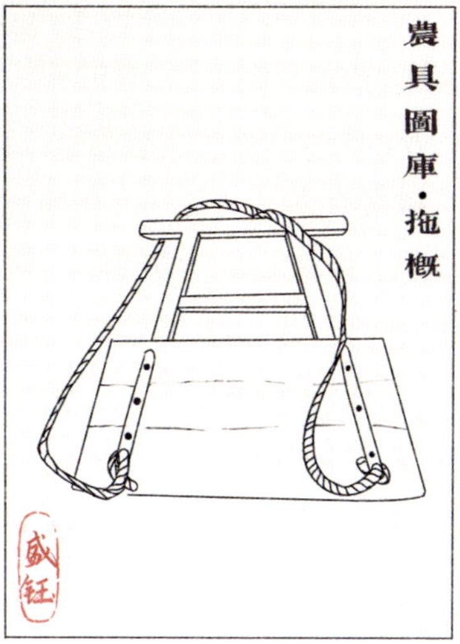

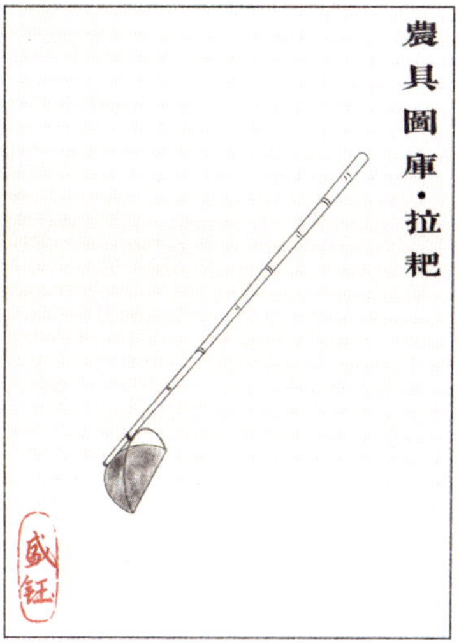

拖概和拉耙，均为谷场用具，用来拉取谷物，达到堆积或摊晒的目的。

在《漫概》一文中，我曾介绍，概是古代量米粟时平斗斛用的刮板。元代《王祯农书》中，有一种"平土壤、聚籽粒"的农具叫刮板，其图形以及文字说明的用途、使用方法等，与里下河地区农业生产中使用的概完全一样。概有刮平的功能，刮板的功能也是刮平，由此推断，里下河农人将刮板称作"概"是有道理的，说明当初起"概"这个农具名字的人有一定的学识。当然，在其他地方，仍称此农具为刮板。

里下河地区的概有两种，一种叫漫概，一种叫拖概。它们犹如亲弟兄，长相相似，都有扶柄和概板，但有"胖瘦"之分，"工作地点"及用途也不一样：漫概板狭长，拖概板短而偏高；漫概用于在水田间平整泥土，拖概在打谷场拉取谷物。

拖概高1.1米，宽75厘米至85厘米，形状极像"西"字：上面一横是扶柄，下面“口”字是梯形木板，叫拖概板；中间两竖是扶柄与拖概板之间的固定杆，俗称“称子”。有的称子之间还加有一根横档，使用时更牢固。拖概板下方，对称钉有两个铁环，系扎绳索，供人拖拉，这也是拖概名称的缘由。使用拖概有两个人，一人在前面拉绳索，一人在后扶扶柄，谷物被拖概板拉着向前。拖概板底边为斜口，使用时扶柄的人稍将拖概向身边倾斜，使底边与场面吻合，拉走更多谷物，也不致拖概底边划破地皮。

旧时，土地私有，以地主拥有最多。地主家的打谷场分散在各个圩口，收获之时，贫雇农往返奔波于田间与谷场。人和拖概是场上最主要的劳动工具，农人一切劳作的成果尽入地主粮仓。

进入新社会，生产队打谷场集中而宽阔，所有谷场做在靠近村庄的位置，便于农人去场上干活。一个生产队有二三百亩的农田，只设一个打谷场，但有六七亩甚至更大，碾场、晒谷、堆草都放在这里。

夏收或秋收，打谷场上就忙碌起来。夏季用地老虎轰麦把，秋季是机械滚筒脱稻粒。每脱一阵子，机械前面会聚积谷物。机械脱粒速度快，飞溅的谷粒打在脸上生疼，择麦或择稻的人忙不过来，机工就停下机器，其他人拿

拖概晒稻　毛剑云 / 供图

来拖概，一人拖绳，一人扶柄，拉上七八趟，一堆谷物就被拉离了机器。

正常使用拖概，是摊晒谷物和收场时。

早晨太阳一出来，清扫过场面后，农人就拉晒谷物了。谷物堆积在场中心，有的堆成圆堆，有的堆成长垅。场面宽大，要将谷物全部摊晒在场面上，非拖概莫属。

拉绳索的人“牵”着扶柄的人来到谷堆边，扶柄的人将拖概板插在谷堆一角；拉绳索的人拖着绳子往前走，拖概板拉着满满的谷物向前移动。越是往前，扶柄的人就慢慢向上提柄，使谷物从概板底漏落。当快到尽头时，拉绳索的人猛一拽，拖概板前剩余的谷物立即被掀起，散了一地。扶柄的人随即转身，重新回到谷堆边……

一个打谷场上有两三把拖概，再多的谷堆也经不住这些宽大概板的拉运，半个小时，一个个谷堆就被拉散，分布到打谷场的每一个地方，翻耙也将谷物均匀地铺在了场面上。场地一片金黄，阳光照射下，还有些耀眼。

傍晚收场，当翻耙在场边推起谷堆后，扶柄的人将拖概板插在谷堆底边，由拉绳索的人拖向场中心。拖概板前拉满了谷物，半途中竟有谷物从概板两侧溢出来。到了场中心，拉绳索的人一拽绳子，满概板的谷物在此落地。一张张拖概你来他往，满场的谷物又收拢成堆。

拉拖概，有时是两个女人，有时是两个男人，有时是一男一女，无论谁跟谁组合，常常“寻开心”：拉绳索的人有时跑得特快，扶柄的人须紧紧跟上；扶柄的人有时将拖概板在谷堆中插得很深，拉绳索的人须竭尽全力拉；拉绳索的人为了“报复”，快走时又突然止步，扶柄的人一时刹不住步子，脚尖磕在拖概板上，差点连人带拖概跌趴在地，吓出一身冷汗，拉绳索的人却捂着肚子笑弯了腰。

夏天晒麦，最怕碰到雷阵雨。天色一变，就得“抢场”。在田里割麦、挑把的，在河里撑船的，在家烧火煮饭的，都大呼小叫地奔到了场上。一时间，场上的拖概、翻耙、扫帚、板锹都不够用了，拖概的绳索被两个人同时拉着，拉的麦子更多了；翻耙也是被两个人抓着，他们一起用力推着麦子；板锹和大扫帚被力气大的人抢了，他们拼命地择麦、扫麦……人们一边干，一边还不停地自我鼓励：“快快快，快快快！”麦场上尘烟飞扬，人影穿梭，喊声响彻云霄。辛辛苦苦收到手的麦子千万不能遭雨淋啊，所有抢场的人表现出前所未有的紧张和忙碌。终于，人们抢在暴雨来到之前，将所有麦子聚拢在一起，

拉耙晒稻　陈明千 / 摄

又用塑料布覆盖起来。

分田到户后，几乎所有人家都有一张拖概，晒麦晒稻十分方便。但这些年，很多农田被流转出去，变成了蟹塘，富余劳力也外出挣钱了。三亩两亩的边角田块，收割机没法去作业，还是靠人工处理。农田少了，晒的谷物自然也少，再加上种田的多是年纪稍大的长者，拖概不用了，代之而起的是拉耙。

拉耙的原形，其实就是1700多年前晋代出现的朳，翻晒谷物之用。自古到今，它的样式基本上没有改变：一块长方形木板中间，垂直安装一根握柄，一个人即可拉动，既可以聚积谷物，也可以将谷物拉散翻晒。只是，今天的拉耙，有的是白铁皮，有的是不锈钢皮，耙头由半圆形替代了长方形，用起来更轻便。

时光穿越千年，古老的农具重新复活，这是传统农具生命力的召唤，也是机械化时代少量田块无法作业时农人的实用选择。

让每一粒谷物都有阳光照耀

翻耙

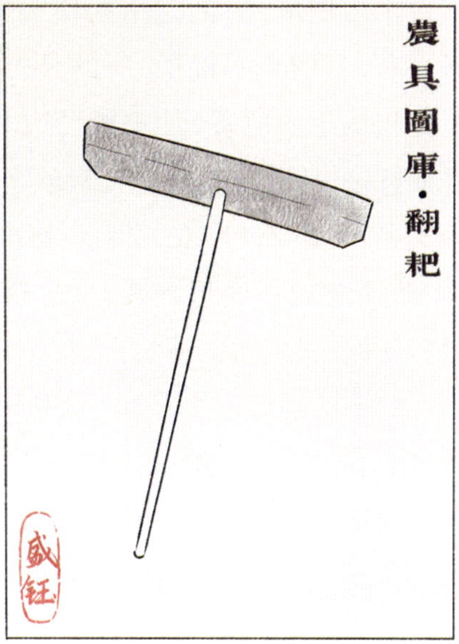

翻耙，翻晒谷物的工具。

翻耙的前身叫“朳”。作为农具，朳在距今1700多年前的晋代就已出现。北魏时期农学家贾思勰在《齐民要术》中记述：“置枣於箔上，以朳聚而散之。”意为晒枣时，用朳既可以将枣子聚集起来，也能将枣子摊散。元代《王祯农书》中也介绍：“朳，无齿杷也。平土壤，聚谷实。”并以诗句“长柄为身首阔横”描述其形状，同时还画了朳的图形：一块长方形木板平面的中间，垂直安装一根木柄。朳，实际上就是里下河农人晒谷使用的拉耙。

翻耙由朳演变而来，并在朳的基础上作了进一步改进，改木柄垂直于木板平面为垂直于木板边侧，与木板同处一个平面，形成“T”字形，既有利于谷物的“聚”，更有利于谷物的“散”，以体现翻耙“翻”的特质。

在传统农具中，耙的种类最多，也最实用，仅里下河地区就有旱耙、水耙、钉耙、麦泥耙、耥耙、翻耙等多种；又因我国地域辽阔，所以各地在叫法或写法上就存在差异，出现了耙、杷、朳、钯等名称，应该说它们是通假字。

翻耙，别的地方也叫“推谷板”，由耙板和耙柄组成。耙板是长方形木板，长度不等，在50厘米至80厘米之间；宽15厘米，厚2厘米。有的耙板是整块木板做成，有的是由两块小木板通过内钉并列拼装而成。耙柄，长1.8米左右，有的是木棍柄，有的是竹竿柄。在耙柄大头一端锯开一条槽口，插在耙板的正中位置，使耙板两边对等，然后用两道铁丝将耙柄和耙板勒紧，再加钉一根铁钉，耙柄和耙板就牢牢靠靠地形成一体了。耙板的底部是一道约3厘米宽的斜口，农人握柄劳作时，斜口正好与地面吻合，推动更多谷物向前，也避免耙板底边刮破地皮，这与拖概使用的原理一样。翻耙结构简单，材料易得，皆由木匠或农人自己做成。

里下河是稻麦主产区，晒麦晒稻必靠翻耙。大集体时期，每个生产队打谷场上有四五把翻耙，分田到户后，每户至少有一把翻耙。

翻耙的作用首先是推。早上晒谷物时，要将谷物堆拉散，让谷物晒在场面，除了用拖概拖、板锹抛外，也用翻耙推。一把翻耙由一人操作。农人手握耙柄，用耙板从谷物堆中截取一部分，然后向场地推送。更多的情况是配合拖概分散谷物。拖概又高又宽，拖来的谷物也多，当拖概将谷物拉到空白场地后，翻耙便将它们推散开来，均匀地铺散在场面。傍晚，谷物晒干后收场，也要用翻耙推送。农人先用翻耙将场边谷物推起，有了一定厚度后，再用拖概将谷物拖走形成大谷堆。大扫帚在后面清扫场面，范围缩小，谷物形

晒麦　陈明干 / 摄

成一定厚度时，翻耙又回来将它们推送到大谷堆那儿。农人摊晒和收拾谷场，拖概冲锋陷阵，翻耙拾遗补缺，大扫帚清理战场。

之所以叫翻耙，更因为它有翻的功能。晒麦晒稻，靠的是勤翻动。翻的好处是，将上层晒过的谷物翻一下身，把下层没有晒到的翻上来。用翻耙翻谷物，最方便也最均匀，其他农具无法与之相比。

谷物丰收，摊晒的场面又大又厚，这时候就要大扫帚和翻耙配合，“起底”翻晒。起底翻晒是两人一组，一人拿大扫帚，一人拿翻耙。拿翻耙的人在前，拿大扫帚的人在后；拿翻耙的人每推动一下翻耙，拿大扫帚的人便在刚才推过的地方扫一下，将遗漏在底层的谷物扫上来——此时扫帚的作用就是起底。场面大，有三四组的人同时从一侧向另一侧依序进行，每次起底后，宽阔平坦的场面上，谷物如同一排排荡漾的波浪。轮番起底，确保了晒场上所有谷物都能享受到阳光的照耀。

“丢下翻耙拿扫帚”，这是里下河地区的乡间俗语，是表扬某人特别勤快。可以肯定，这俗语就来自晒场。夏收时节，一个生产队每天要摊晒两三块大麦场，麦子有上万斤。从早上放麦、中途轮番掠草和起底，以及傍晚收场，都需要每一个人手脚勤快，见缝插针找活干。勤快的人常常是放下翻耙拿起扫帚，做了这活干那活。

麦子水分少，只晒一两个太阳；稻子水分多，需晒三到四个太阳。每晒一天，农人要用翻耙翻多次，早上两次，下午两到三次，里里外外的谷物都能晒干。晒干的谷物送公粮、做口粮、留种子，翻耙功不可没。

一家一户种田，晒谷物还是靠翻耙。农人珍惜土地，连打谷场都种上了庄稼，农人就把谷物摊晒在通村大道上，用翻耙翻动几次，一两天的太阳，谷物便晒干。只是，在混凝土道路上晒谷物，汽车轮和摩托车轮常在干硬滚圆的谷物上打滑，甚至有骑摩托车的人滑倒，也有翻晒谷物的农人被车辆擦伤。

翻耙不常用，只有收获庄稼时才拿出来。农人对农具情同手足，每一件农具用后都擦拭干净，集中归放在屋内一角，或在室内搭成架子，将农具悬放于上。翻耙是木质的，我在乡村见过好几把四十多年前就使用的翻耙，除了颜色变得灰暗，还算得上完好无损。年长者说：“尽管责任田给了人家养螃蟹，我不再种田，但这些农具就像自己的孩子，舍不得丢弃。”

成双方可劳作

草杠

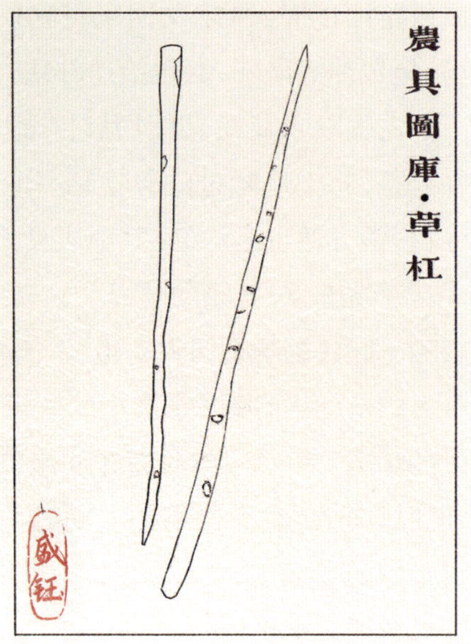

杠，较粗的棍棒。草杠，用长棍棒做成的抬草工具。在乡间，农人称农作物秸秆为“草”，或“烧草”。

草杠硬直，多为树棍，也有用竹竿做的，很少。草杠粗如撑船的竹篙，长3米左右，一头略尖，一头较粗，尖头用于插草堆，粗头用来抓握抬草。做草杠的树棍，皆为山区生长的瘦长杂树，从供销社生产资料门市部购回后，去皮、刨磨，稍作处理就成了草杠。树棍草杠硬朗，有弹性，日晒雨淋一时不会朽坏，加重也不易断裂。本地树木枝杈多，材质软，不适宜做草杠。竹竿做的草杠笔直，插草时不如树棍滑溜，尖头也容易卡草；竹杠有刺，时常戳手；竹杠不易加重，抬的草不多；竹杠经不住暴晒。总之，时间用不长，一副竹竿草杠就会破裂。

草杠专门用于抬草，两个人配合。每人手里拿一根草杠，一人在前，一人在后，来到一堆草前，两人同时将草杠尖头沿地面往草堆里插去。几乎是同时，两根草杠分别在两侧露头。两人弯下腰，双手抓着两根草杠头，起身将草堆抬走。两根草杠平行相隔一定距离，兜着草堆底，草堆不会翻倒。

翻阅中国古代农具书籍，一直没有找到草杠或其他用于抬草农具的文字和图片介绍，只有禾擔(扁担)、木杈（草叉）之类挑草工具的记载。收获庄稼，必然有大量秸秆。用草杠抬草，比用禾擔、木杈效率更高。没有介绍，不等于古代农人就没有使用过草杠。在里下河地区，草杠是农人抬草的主要工具。

使用草杠，是在麦收和秋收之时，也就是抬麦秸草和稻草。

夏收时，用地老虎轰麦把，有十多个人参与，拉麦把、喂麦把、叉草、抬草、扛麦等，每一种活计都有两三个人。地老虎是脱粒机械，威力十足，一捆捆麦把投进它的嘴里，瞬间就喷射出杂乱的麦草。叉草的人迅速用叉子将麦草打成馒头状的小堆子，抬草的人赶忙用草杠抬走。地老虎轰响，喂把人连续投喂，机器前面的麦草就像加了酵母一样往上涨。叉草的手脚再快，也比不上地老虎喷草的速度快。眼看麦草高过机口，影响出草，抬草杠的人顾不得地老虎迸出的麦粒，拉低凉篷遮住脸部，快速插好草杠，飞也似的抬离了机口。

麦草轻飘，草杠沿地面轻轻一插，就从小草堆这边穿到了那边。只要两根草杠兜着草堆底的大部分，一摊草堆就能抬走。即使半路上草堆从草杠间掉落，两个人还可以用两根草杠夹住草堆两边，连拖带拉地抬走。

轰麦把是夏收过程中最紧张忙碌的一个场面，所有参加者都忙得不可开交。抬草杠的人来回穿梭，将一堆堆麦草分散抬到了打谷场周边。只要有一点点空地，都塞满了麦草堆。

秋天水稻脱粒，多用水牛打场。稻秸潮湿，打完场，农人还是用草叉打成小堆子，用草杠抬到谷场周边的空地上晒，腾出场地正好晒稻谷。

打成的稻草堆没有麦草堆那么高，却比麦草堆重得多，小一点的五六十斤，大的近百斤，抬草的人要用力才能将草杠从草堆这边穿到那边，抬草行走时，两根草杠明显被压弯，一上一下地晃动，全然没有抬麦草时那么轻松。草杠要是插歪了，抬走时，稻草堆滑落，用草杠夹着走行不动，两个人还要再插草杠，一定要插在草堆底部的合适位置。稻草潮湿，插了两次草杠都没有出头，只好将两根草杠平行放在地面，用草叉将稻草重新叉放在草杠上，这一次才稳稳当当地抬走。

稻草晒干了，要堆成大草垛，作为水牛过冬的草料，俗称牛草垛。牛草垛堆得又高又大，约有三丈高；抬草的人也多，有两三副草杠抬草。堆积这种高高大大的牛草垛，农人自有独特的方法。

在堆稻草垛之前，早有人在草垛位置附近挖了一个深洞，竖立了一根长长的桅杆，桅杆上用麻绳横向悬吊着一根又长又粗的竹篙。竹篙两端分别系着麻绳，一端扣草捆，一端供人向下拉，以便将另一端的草捆送上草垛。

众人先用草叉拖、用草杠抬，运来稻草做草垛跟脚。当草垛堆到一人多高时，有两个专门堆草的人爬到草垛上，他们用草叉将地面上送上来的稻草布平、压实，一层一层地堆放。当草垛堆到一丈多高时，下面的人再也无法用草叉向上递送稻草了，这时候，就用到旁边那个立着的桅杆了。

稻草被人用草杠一小堆一小堆地抬过来，这边负责叉草的人将准备好的麻绳铺在地上，叉上稻草。达到一大堆的程度时，叉草人将麻绳的两头收起，合紧，系在竹篙一端的麻绳扣上。竹篙的另一端，两个人埋下屁股，用力向下拉绳扣，利用杠杆原理使得竹篙那一端的草捆被高高吊起。下拉竹篙的人转动竹篙方向，那一端的草捆就被送到了高高的草垛上。草垛上的人接过草捆，解下绳扣，悬挂在竹篙上的麻绳扣又落到捆草的地点……

用麻绳吊稻草，每一次的量都很多，这就忙煞了用草杠抬草的人们。他们来来去去，脚步不停，源源不断地将远处的稻草抬送过来。每打完一个稻场，稻草晒干后就往上加，没几天，一个大牛草垛就堆上了天。

20世纪80年代初，村民张志元承包了村里的土窑。土窑烧麦草，每年麦收时，村民总要跟张志元用麦草换青砖，窑厂上始终不离两个大麦草垛。刚开始，张志元没经验，烧出来的不是青砖，而是斑斑点点的花砖，老是亏本。夫妻俩不气馁，请来外地师傅看窑火、烧窑火，夫妻俩负责收草、抬草。烧窑用草量大，白天气温再热，晚上蚊子再多，夫妻俩也要抬着草杠，将麦草送到窑门口供师傅烧火。烧窑火的师傅看不下去了，对张志元说："你老婆叉草、抬草这么辛苦，请个人替替她吧。"张志元老婆阿翠却说："以前在生产队做惯了，这点苦怕什么？"三年后，张志元不仅还清了债务，还建起了楼房。

草杠时间用长了，两头都发亮：尖头发亮，那是穿草堆时摩擦的；粗头发亮，那是农人抓着抬草时，手掌心摩擦的。每一根草杠上，都浸染了农人的汗水。

劳动中的一对伙伴

杠子 钩子

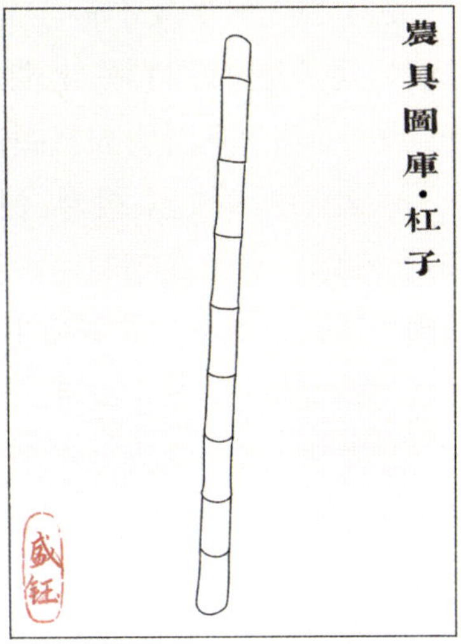

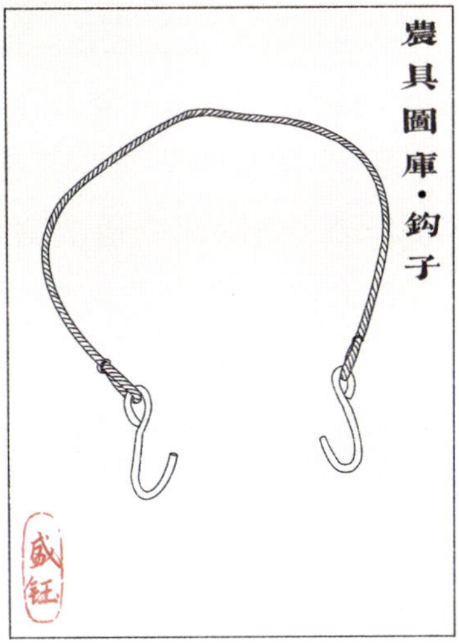

杠子、钩子，是农人抬运实物必不可少的工具。

杠子长1.5米至2米，直径10厘米左右。有的杠子是粗毛竹做成，俗称“竹杠”；有的杠子是粗树木做成，俗称“木头杠子”。竹杠选竹子靠近根部的地方，杆粗，竹节稠密，表皮泛黄，“老扎”，经用，竹节稀、表皮绿的竹杠容易断裂。木头杠子多为山区生长的杂树，有人说是“山青棍”或“麻栗棍”，又硬又直，不管实物多重，只要人能抬得起，绝不会断裂。农人多使用竹杠，它身子轻，外皮光滑，压在肩上滑润，无粗糙感。木头杠子分量重，架在肩上硬生生的，抬重物时才用得到。

杠子与草杠不同，草杠修长，杠子粗短；草杠专用于抬草，杠子用于抬运重物。虽然草杠也属于杠子的一种，但农人仍将它们视为两种不同的农具，习惯将草杠和杠子分开来说，没有大概念与小概念之分。在名称上分别叫，拿取时也不会混淆。

钩子与绳索连接才能组成抬物的钩子。一根绳索上扣两个钩子，一头扣一个。钩子是铁匠打制，上端是圆环，圆环下是J字形的钩子。圆环用于系绳，钩子勾物。还有农人自制钩子，取一尺多长的洋圆头，弯成S状，一端扣绳，一端勾物，看起来粗糙，但作用与铁匠打制的一样。绳子长1.5米左右。起初为麻绳，后来为塑料绳。手扶拖拉机出现后，废弃的三角带成了最好的钩绳。三角带里有尼龙丝做主筋，做成的钩绳可以用上二三十年。三角带有硬性，须用铁丝缠绕方能固定钩子。

尽管各地考古遗址中没有挖掘到农用的杠子和钩子的文物踪迹，古代农书中也少有这两物的记载，但并不能说明古人就没有使用过杠子和钩子。在农耕过程中，无论耕种还是收获，凡是运送，杠子和钩子是必需的。古人使用的杠子和钩子与我们今天使用的不一定完全相同，但原理都一样。

杠子与钩子配合使用。笆斗是里下河农人装物的主要器具，除了一个人用肩膀扛，还常常由两个人抬。抬笆斗，杠子和钩子缺一不可。

夏收、秋收时节，杠子、钩子和笆斗在打谷场上用得最多。麦子或稻子脱下来，要运到空地上晒。麦堆距离空地近，笆斗又装得满满的，有一百二十多斤重，农人就抬笆斗。将两个钩子分别勾住笆斗的两只环，同时

抬麦子　陈明干 / 摄

将竹杠在钩绳下穿过，另一人接过杠子的一端；两人弯下腰，将竹杠架在同一侧肩上，“嗨唷！”，一声简短的吆喝，像是信号，两个人同时直起身子，一前一后，快步将一笆斗麦子抬到了空地上。倒下麦子，一人拿杠子和钩子，另一人拿笆斗，再去装麦。

抬物时，杠子架在两个人同一侧的肩上，走路时就很顺当，一直向前。如果一个人将杠子架在左肩，另一个人架在右肩，两个人走路都不稳，忽左忽右的，抬着的笆斗也摇摆不定。

去粮管所卖公粮，绝大多数人家是扛笆斗，但仍有用杠子抬笆斗的。扛笆斗需要另一个人帮着掇，协助架在肩上。抬笆斗卖粮的，有的是老夫妻俩，有的是父女俩或母子俩，总之，他们要么缺一个掇笆斗的人，要么都没有力气扛笆斗。卖公粮是责任，也是义务，不完成哪行？不能扛笆斗，那就用杠子抬笆斗。先是从场上将麦子或稻子抬到船上，粮船撑到粮管所，再从码头抬到大门的磅秤处，称好后再抬到仓库里。好在这些家庭种的田不多，公粮任务每季也只有几百斤，抬上几笆斗就完成了。

几乎每个农户都有圩头圩脑的地块，用于长芋头、蚕豆、大豆等。收获这些作物时，农户也用笆斗装着，用杠子和钩子抬回家。五月下旬，油菜籽采收

抬菜籽荚壳　陈明干／摄

后，乌黑油亮的菜籽装了满满一笆斗，夫妻俩用竹杠抬着，既满心欢喜，又一路小心。欢喜的是，两分地的圩头竟然收了这么多菜籽；小心的是，万一上船、上岸不注意，笆斗抬歪了，菜籽倒在河坎边甚至河水里，那就无法收拾了。

碾米厂在庄东头，农户要轧米了，夫妻俩用杠子和钩子抬着一笆斗稻谷，直接送过去；大豆晒干了，老两口用杠子和钩子抬着，将半笆斗大豆存到村里的豆腐店，平时想吃豆腐、百页，随时来换取。有时，若有现成的担绳，就只用到杠子。比如庄后的田离家近，种麦时，粪桶里装满磷肥，两个人就用杠子穿过粪桶绳抬到田头；碳铵是袋装的，50斤一袋，将四袋碳铵叠放在麻绳圈上，两个男劳力用竹杠抬过去……乡村里，用杠子抬东西实在太多了。

20世纪80年代，里下河农村兴起建房热，村庄内外也架起了一座座水泥桥。

农人建房，常用“五孔板”，即水泥楼板。建楼房，或建厨房等附属用房的平台，都用到它，那时它很畅销。因楼板内有五个直孔，减轻了楼板分量。楼板每端用一根竹杠、两个人抬：用钩子勾住楼板上的洋圆扣，四个人同时起身，同时迈步。“嗨唷！”“嗨唷！”在一阵阵号子声中，一块块楼板运往宅基地，一座座新房拔地而起。

那时建的是板桩组合的水泥桥。打好了水泥桥桩，下一步就是架桥板。桥板浇铺在水泥场上，要先抬上船，然后运到建桥的地方。其时还没有吊机，抬桥板也靠人力，用多根杠子一起抬，俗称“抬软杠”。桥板的截面呈“T”字形，板面厚10厘米，短桥板3米长，最长的桥板有5米，每块重达千斤，得由八个人或十个人一起抬：桥板每端先用粗大的麻绳捆扎一根木头杠子，木头杠子两端再分别捆扎一根竹杠，每根竹杠由两个人抬着。若桥板长、分量重，中间再增加一根竹杠，两个人抬。一块五米长的桥板两侧，聚集了十个人，每个人将杠子架在肩上，微微弯腰，一只手搁在杠子上，另一只手搭在同伴的肩上，随着带队人一声高喊：“预备——抬！”众人一起用力，一根根杠子将那沉重的水泥桥板从地上拎起。“嗨唷！”“嗨唷！”众人低着头，打着号子，相互搀扶，缓缓移步，从地面经过跳板，稳稳当当地将桥板停放在水泥船上……

抬软杠，场面犹如蚂蚁搬家，巧集众人之力移动沉重之物，把不可能变成了完全可行，这是人民群众在生产劳动中的发明创造。

乡场上的号声

石磙子

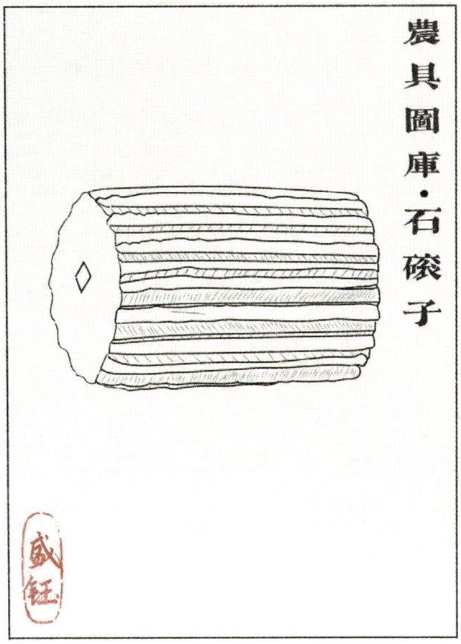

石磙子，这是里下河农人的叫法，书本上或北方人称之为“磟碡”“碌碡”。史学家根据西汉农学家氾胜之所著《氾胜之书》记载推断，在2200多年前的西汉时期就出现了磟碡的雏形。北魏农学家贾思勰在其所著《齐民要术·大小麦》中更是具体说到了磟碡的作用：“青稞麦，治打时稍难，唯伏日用碌碡碾。”意思是说，大麦和元麦脱粒，用连枷或棍棒拍打没有效果，只能在炎热天气用碌碡碾压。

石磙子圆柱状，用整块青石或红麻石做成，大小稍有差别，常用的石磙子长70厘米左右，直径一头大、一头小，大头直径50厘米，小头直径45厘米；也有的石磙子是中间略鼓，两端稍小，直径相同。这样设计，是便于石磙子作业时好转弯。石磙子周身凿有一道道凸齿和凹槽，根据石磙子直径大小，凸齿有18道至22道，每道凸齿上刻有密密的斜纹。两个侧面中心凿有一个正方形洞眼，用于安装和固定木质的“磙称子”。有的石磙子两个侧面还刻有寓意五谷丰登或吉祥如意的美观图案。作业时，用两块木轴（俗称“光脚”）套在磙称子上，木轴的两根绳索连接牛肩上的轭头，由牛拉着石磙子向前。

“碌碡碌碡，没有一千也有八百（斤）”。石磙子沉重，专在旱地上作碾压之用。

一年里，石磙子接手的第一个活是做场。5月初，立夏，天气渐热，田间大麦和油菜籽即将成熟，小麦也争相灌浆。夏收马上开始，该做打谷场了。

一个打谷场有5亩多地，荒芜了一冬一春，杂草丛生，土面浮松。经浅耕、破垡拉平后，农人牵来牛，架上轭头，拖着石磙子来压场。

石磙子重，周身又有突起的齿，一圈又一圈地碾压，凸凹不平的土垡轻而易举地就被压成了平地。用旱耙重新划破土层后，再第二次碾压。三到四次后，场面越发板实。傍晚，场面浇透一次水，农人于第二天早上还要作最后一次碾压。场面浇了水，土壤更有黏性，碾压时更易融合、平实。

这最后一次压场，农人叫“叠场”，就是反反复复地碾压。叠，重复、重叠的意思。叠场后，整个场面如水泥路面一样平平实实。

大麦、元麦、小麦登场后，石磙子又成了脱粒的工具。在里下河地区，用碌碡碾场叫“打场”，就是通过石磙子反复碾压，借助于石磙的重力、凹槽和凸齿以及齿上斜纹的咬力，让麦粒从麦穗上脱离下来。

旧时，农人打场前，先要敬菩萨：麦场或稻场铺好后，将石磙子竖立起来，然后对着石磙子烧香、磕头、放小鞭炮……将石磙子竖起来，是祈愿麦场和稻场打完后，收获的麦堆和稻堆高过石磙子。旧时生产力落后，麦堆或稻堆高过石磙子就是奢求了。

水牛打场　晓庄 / 摄

一捆捆麦把拉到打谷场上，铺展成一个大平面。农人赶着牛，牛拖着石磙子，石磙子循环转圈碾压，发出“咕嘟咕嘟”的声响。石磙子碾过，蓬松的麦秸就被压趴。感觉上层麦粒已经碾下，农人用草叉翻场，将压扁的麦秸翻起身，让底层的麦秸翻上来。再经一段时间的碾压，一个麦场算是“打熟”了。

20世纪70年代初，“沤改旱”结束，旱地面积扩大，麦收之时水牛要拉犁耕地，同时农户盖房需要很多齐头麦草，因而不再用牛打场，而是人工索把，即用掼击麦把的方式来脱粒：多个石磙子分散地围在场面，男女劳力三个人一组，每组一个石磙子，人站在石磙子外侧，每人双手握住一大把麦秸，举过头顶后再猛力将麦穗掼在石磙子上。多次掼击后，所有麦粒都掉落。

大麦种植面积少，麦芒又硬又长，麦粒摊晒在场面后，农人又用牛拉着石磙子，将大麦芒碾断。

秋天，成片的稻田陆续收割，农人再用石磙子打场，方法与打麦场一样。只是，打麦场多在白天，而打稻场都是在夜晚。天气炎热，麦穗枯脆，石磙子碾压更容易使麦粒分离；同时麦子面积小，麦粒水分少，一个麦场晒一个太阳就行了，上午打场，傍晚麦子就能聚拢进仓。而水稻面积多，稻粒水分高，一个稻场要晒三四个太阳，白天场地只能用于晒稻，不能用来打场。加上农人白天要割稻、挑把，水牛要耕田，所以用牛打稻场只能安排在夜晚。这段时期是水牛和石磙子最忙碌的时候。

机械打场　毛剑云／供图

一个生产队有二百多亩的稻田，分为早、中、晚稻。每个生产队有两三头水牛，每头牛每天晚上只能打出四亩田的稻场，一个秋天，农人要用二十多个晴好夜晚才能将一季的稻场打完。“号子啊来来呀，啊嘘——”那些深夜，旷野里总是回荡着石磙子咕督咕督的碾压声和农人的打场号子。

20世纪70年代中期，生产队利用手扶拖拉机强劲的动力，让其拖上两个石磙子打场。用树木制成一个长方形的磙架，将两个石磙子一前一后地排在里面，磙称子安插在磙架两侧边框的圆孔里。拖拉机突突地飞奔，后面的一双石磙子欢快跳动，等待翻场的农人围在场边，啧啧惊叹。

农人在场上干活，比如铺场、晒稻、堆草垛等等，干着干着，话题就扯到了旁边的石磙子上。

“哎，你说说看，我们这里没有山，这么多、这么重的石磙子是从哪里来的？”“大概是过去大地主家买的吧？土改时分给了生产队。”

“那人家又是怎么运得来的呢？”“可能是江南卖石磙子的人用大木头船装过来，再用大跳板从船上架到岸上，把石磙子从跳板上‘盘’上来的。”盘，方言，意即人工慢慢地往前推。

这是打谷场上每年常有的对话。也难怪，谜一天不解开，人们就永远好奇。

男青年爱在姑娘面前显摆，在场上干活歇气时，常拿石磙子炫耀自己的力气。山喜伙双手抓住一侧的磙称子，用力向上，笨重的石磙子一下子立在了地上。“你这算什么？看我的！”扣龙伙用脚蹬倒石磙，弯下腰，用右膀弯勾住磙称子，憋足劲，直腰的同时用力向上抬。“啪”的一声闷响，扣龙伙的裤带崩断了！石磙子也瞬间倒下，围观的男男女女哄堂大笑。扣龙伙涨红了脸，不死心，又用膀弯勾起磙称子，石磙子很争气地竖了起来……

石磙子用上十年八年，石齿上的纹沟会被磨浅，影响打场的效果。其时常有外地石匠背个背袋，来这里专门铣石磙子。铣，就是凿，石匠用铁锤和錾子在石齿上叮叮当当地凿，加深纹沟。铣好一个石磙子要花大半天时间，生产队指派人家为石匠做饭，酒菜相待，石磙子全部铣完，给石匠一定的报酬。铣过的石磙子焕然一新，安静地蹲在打谷场上，等待下一个收获季节的到来。

笑歌声里轻雷动

连枷

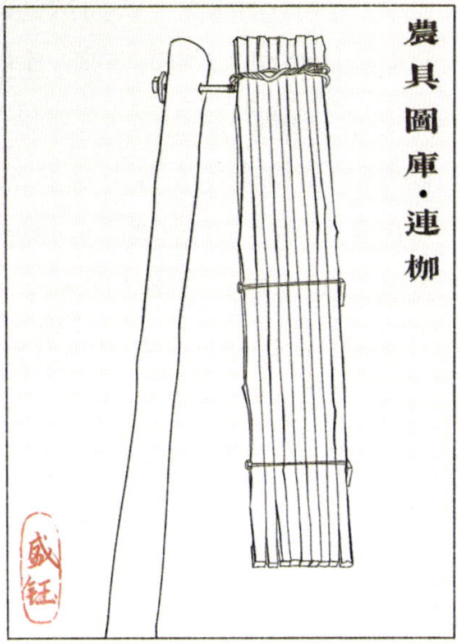

南宋名臣、诗人范成大在《四时田园杂兴》诗中写道："新筑场泥镜面平，家家打稻趁霜晴。笑歌声里轻雷动，一夜连枷响到明。"诗中生动形象地描写了农人拍打连枷、收获稻谷的忙碌场景。

追溯连枷的历史，早在原始农业时代，木椎、木杖是其雏形，到春秋战国时期则演变成连枷。最早记载连枷的，是春秋末期史学家、文学家左丘明所著的《国语》："察其四时，权节其用，耒、耜、枷、芟。"耒、耜都是古代最初翻土的工具，枷即连枷，芟为镰刀。这也说明那时古人已经根据季节变化，使用各种农具从事农耕活动了。

里下河地区的连枷，起初制作既简单又显得粗重。将猪皮切成细条，晒干后把几根树棍并列编扎起来，由此拼结成枷头，再配一根木柄即成连枷。后来为了轻便，改用竹条编成枷头，木柄也换成了竹柄。将齐整的竹条并排，并用铁丝穿连，便成了紧密、牢固、硬实的枷头。枷头长约60厘米，宽12厘米，连枷柄长约2米。枷头顶端一侧有一根固定的小铁轴，套在长柄顶端的圆眼里，小铁轴与长柄成直角，使枷头与长柄平行。人操纵长柄，枷头便绕轴打转；枷头平稳而有力地落在地上，拍打着作物。在连枷头起起落落的拍打之下，谷物脱离秸秆，从而达到收获的目的。

大集体初期，生产力落后，连枷是农人处理收割后的庄稼的主要工具。

麦把上场时，就由多人一起打连枷处理。男劳力要干累重的活，打连枷不算太重，就落到了女劳力身上。

众多女人同时打连枷，犹如表演一幕没经彩排但却是最具乡村气息的民间舞蹈。可以是六七个人站成一排，高举连枷，枷头腾空翻转，一道道弧线上下穿梭，地上的麦秸无一漏打；可以分成两排，众人面对面，左右间保持一定距离，手中的连枷你举我放，错落有致，拍打的效果同样不错。齐整一致的动作、节奏欢快的声响，令人赏心悦目，构成了那个时代热火朝天的劳动画面。

20世纪80年代后，农业机械大显身手，机械脱粒几乎完全取代了打连枷、掼把、打场等原始的劳作方式。但对于那些数量不是太多，或者无法动用机械作业的成熟作物，还只能用连枷拍打。

麦子经过“地老虎”轰把，稻子经过滚筒脱粒机的脱粒，都会产生断

打连枷　陈明干 / 摄

穗——那些被机械轧断后，上面仍存有少量稻粒或麦粒的穗头，农人俗称“虾头”。中午，这些稻穗或麦穗平铺在谷场的一角，农人拿来连枷，上下翻飞拍打。毕竟天气晴好，穗头干燥，时间不长，残留的稻粒或麦粒便落在地上。处理这种“虾头”，没有比用连枷更快捷有效的方法了。

打连枷，显得较为急促的时候，是小满时踏菜籽。其时，小麦田一片连着一片，风吹麦浪，一天比一天泛黄。三四天前，已经将场头、垛垎和圩堤上的菜籽秸拔下来了，荚角已经枯脆，今天该踏菜籽了。不将菜籽踏完，万一夜里下雨怎么办？菜籽不踏完，怎么腾出场地来脱麦子？正是烈日当头的晌午，夫妻俩扛着连枷，带着大彩布、蛇皮袋、筛子和笆斗，匆匆去往场头。铺开大彩布，抱来一堆堆的菜籽秸，女人用脚踏，男人举起连枷，“啪”“啪”“啪”，不停地操打……两个下午，圩堤、垛垎和场头上的菜籽全部收拾干净。

打连枷的诀窍，在于操纵手中长柄使前端的枷头转动时，用力要均匀。操作过程中，要紧握其柄，使枷头平稳不歪斜；要借助于枷头转动的惯性，使竹排每落地拍打一次、再跳跃而起时，还能恰好在翻转一周后再次平行落地。手中的长柄，看似一上一下地举动，其实它内在的作用是确保前端的枷头翻转、落地、再翻转、再落地……在这循环、单一的操作中，完成劳动。初学打连枷，动作生硬，举在空中的枷头一时转动不起来；即便转了，也不灵活，不是匀速，而是翻过来、覆过去地不听使唤，磕磕碰碰的，要么是枷头的一侧歪倒在地，要么是枷头的一角砸在地上。

今天，稻麦的收割早已被收割机所取代，而垛垎上、圩堤边收获的蚕豆、黄豆、油菜籽等，还是离不开连枷。能够熟练地使用连枷，该数村里那些六十岁以上奶奶级别的人了，因为她们年轻时，参加过集体生产劳动，曾经使用过连枷。年长的农妇将收割后的作物秸秆铺展在院子里，耐心地翻晒。几个晴天后，院子里便响起了不紧不慢的打连枷的声音。

“啪”“啪”“啪”，在各种机械声越发轰鸣的今天，这种打连枷的声音，更让人感受到一种朴拙、自然、纯正的乡村气息。

囤积丰收的果实

摺子

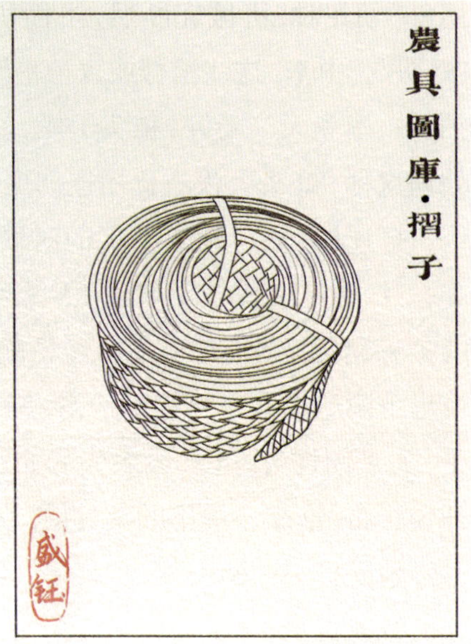

摺子、踅子、茓子，皆是指用竹篾、高粱秆或芦苇编织，用以圈储粮食的长席子。根据里下河地区方言，我们通常写成摺子，而茓子、踅子则是北方人的叫法。

人类靠粮食生存，从长远着想，粮食还要储备。历朝历代，国家设有粮仓，百姓有储粮的坛坛罐罐。让人惊奇的是，在多个考古现场，总能发现储粮的席子的痕迹。在距今7000年前后的兴化市千垛镇草堰港遗址中，考古人员发现了大量的炭化稻壳以及用席子铺底的贮藏坑；考古人员在内蒙古呼和浩特西汉王朝国家粮仓遗址中发现，2200多年前，先民就用高粱秆编织成茓子储存粮食；在河南上蔡县东汉时期光武台遗址中，发现距今1800多年前先民用茓子圈粮……这些说明，席子在古代就成为储粮的用具。

里下河地势低平，湖荡众多，芦柴资源丰富，因此，摺子多用芦柴编织。兴化西部的缸顾、中堡、沙沟等地，为湖荡地区，每到冬腊月，农人将芦苇剐下来，编织摺子。摺子编多了，就撑船到外地卖。

编摺子，农人称“打摺子”，颇为繁琐，要经选、抽、浸、压、剥、编六道工序。选，就是选筷子粗、两米以上的芦柴作原材料；抽，将每根芦柴放在特制用具“芦柴抽子”上从头到尾过一下，使芦柴一分为二；浸，将抽过的芦柴浸泡，使之不再枯脆，但有柔韧性，便于编织；压，用小石磙将芦柴压成扁状；剥，将芦叶剥光，同时将柴秆较粗、仍是整体的用手剥成两开。最后一道才是编。

编，是所有工序中最需细心和耐心的。先用3根芦柴分别做顶筋和上、下边筋，再取9根或11根芦柴经几番斜折后裹住顶筋。摺子想编多宽，顶筋就多长，裹的幅度就多宽。接下来便是以人字形、像编辫子一样交叉向前编织。每次编到上下边筋时，仍用斜折的方法将它们裹进去，使摺子始终保持在设定的宽度以及上下边成为直线。当手中某一根芦柴快编完，再取1根插在斜缝处继续向前编。到达一定长度后，将芦柴反折，裹住尾筋收尾。

编摺子是在堂屋里，借助的工具通常是大澡桶。将澡桶反过来，桶底朝上，芦柴放在桶底子上，人坐在上面，双脚落地，低头编织。摺子编成一截，就往后缩一截，屁股正好压实一截。

编摺子需手疾眼快，还要低头屈背，大多是姑娘们。年龄大的农村妇女手脚不如姑娘灵活。编摺子最辛苦的是一双手，要不停地剥和编，裹边筋时还要用手掌或拳头拍打，柴刺常常扎入手指和手掌心。编摺子的手皮肤裂缝，时常有肉刺生在指甲旁，碰到即痛。长时间编摺子，年轻女子的一双手变得粗糙而干硬。说编摺子是打摺子，道出了其中的辛苦。编摺子的苏北女子一定比织布绣花的江南女子更劳累。

摺子分宽摺子和窄摺子，也叫大摺子和小摺子。宽摺子的宽度是40至50厘米，长25至30米；窄摺子的宽度25厘米，长10至15米。宽摺子用于国家粮库、公社粮管所储粮，窄摺子用于生产队和家庭囤粮。宽摺子和窄摺子编的方法一样，但编宽摺子费工费时。

摺子编好了，卷成圆圈，用绳子扎紧，放在墙边，一“盘”摺子算完工。从早到晚，甚至点着油灯到深夜，一个姑娘最多编完两盘摺子，以每盘小摺子3元算，一天的收入也只是6元钱。

摺子通风透气，防潮防霉，最适宜存放粮食。大集体时期生产队买摺子，一次要买十多盘。农户靠生产队分口粮，分到口粮就去轧米，无须摺子囤粮。

用摺子囤粮，叫“放摺子”“做摺子”或“盘摺子”。先将摺子围成一大圈，并用绳子扎紧，使底圈固定；倒入粮食后，每放一层粮食就放一圈摺子，盘旋上升。具体有两种放法：一种是“正放”，将摺子按顺时针方向盘旋，做出来的粮囤底部小、上部大，或上下一样大，存粮多。另一种是“反放”，将摺子按逆时针方向盘旋，做出的粮囤底部大、上部小，存放的粮食也少。采用何种方式视具体情况而定。

生产队用摺子，最先用在送公粮的船上。无论夏季还是秋季，生产队公粮任务都有三万多斤，每条粮船都需装满。船舱装满了粮食，接着就放摺子加粮。这种情况是反放：以船舱麦子或稻子为基础，沿船帮内侧向上放摺子。当加入三圈摺子的粮食后，粮顶已经收缩，船帮也快平水，不再加粮。如果正放摺子，粮顶大，粮船重心不稳，行船或上、卸粮时，都存在倾斜的危险。

送进仓库的粮食都是正放摺子。仓库里的粮食分为种子、口粮和储备粮，每个粮囤均分门别类，都是底部小、上部大。仓库地面稳固，粮囤越向上，空间面积越大，存放的粮食也越多。

放摺子是个技术活。当倒入的粮食达到一圈摺子高度的三分之二时，就要紧贴摺子内侧继续布放摺子。过早放摺子会浪费摺子，过迟放摺子导致上

粮囤　朱春桃 / 摄

下接口过短，吻合不牢靠，容易漏粮。每一个粮囤都是圆形，放摺子要四周匀称，不能倾斜，否则会歪倒。做粮囤过程中，要一边放摺子，一边用脚轻踩粮食，使摺子层层紧贴。一盘摺子快放完，用另一盘摺子插在接缝处继续放，接缝处要插得紧紧密密，不能松松垮垮。一开始放摺子正反不分，半途要扒开粮食，从头再来。正因为放摺子需全过程细致，当仓库里要做存放几千斤、上万斤的粮囤时，生产队长总是安排有足够经验的老农放摺子。没有把握的人断然不敢做粮囤。

为避免粮食受潮，农人先要在地面铺上厚厚的穰草，再铺上草包和一层塑料布，然后才在上面放摺子。仓库里老鼠不绝，常钻进粮囤吃粮食，把好好的摺子咬破几个洞，粮食从里面淌出来。农人气得咬牙切齿，用穰草把子堵塞好摺子洞口后，连忙找鼠药毒老鼠，或支好老鼠夹子夹老鼠。

分田到户后，每家每户都买摺子做粮囤。特别是秋季，农户缴完了公粮，就将余下的稻谷运回家，用摺子囤积，到轧米或需要用钱时，再把稻谷抬出来。存稻的粮囤叫稻摺子，责任田种得多，家里的稻摺子也多，堂屋里、厨房里、走廊上，都堆积着稻摺子。乡文娱宣传队每年要自编自演乡土节目，宣传种田大户。记得经典的唱词有这么几句："稻摺子堆到屋梁，就要大会上表扬。不愁家里小伙多，自有姑娘做婆娘……"

唱词还真说到点子上。五队的刘叔有三个儿子，之前为儿子说亲，对方听说这个家庭后总是摇头。自从刘叔种了三十多亩责任田，人家看到他家敞亮的新瓦房、满屋的稻摺子，再看看憨厚朴实的小伙子，说一个成功一个。

家里稻摺子又多又高，怎么看心里都是喜滋滋的。每逢过年，农人除了在大门上贴花边和对联，还在稻摺子上贴好一张张大红的"丰"字。农人开心的笑颜，还有身后饱鼓鼓的摺子，摺子上的"丰"字，构成了一幅喜气洋洋的年画。

粮棉丰收靠它装

麻袋

庄稼收获后，农人要运送和储存。运送就是从甲地送到乙地，比如将刚晒干的稻谷从打谷场送往仓库，或从家中送往碾米厂加工；储存，就是将粮食长时间的存放在仓库或家中，作为以后的口粮和种子。

麻袋，曾是里下河农人运送和储存劳动果实的用具。

翻开元代《王祯农书》，发现古人是用柳条和竹篾编成的筐、畚、箩等挑运粮食，储存粮食则用囤、窖和谷盅等。两者都没有使用麻袋，说明元代时，麻袋还没有出现。

麻袋是大麻和苎麻的纤维织成。公元前4500年至公元前3500年，我国就已经种麻织布了。至于麻袋，应该出现于明清时期。

大集体时，里下河地区的麻袋有两种，一种是装粮麻袋，另一种是装棉麻袋。此地不种麻，也不编织麻袋，装粮麻袋是从供销社购买，购买麻袋时还同时买麻丝，用于缝合麻袋口。

装粮麻袋长方形，通体呈黄色，熟麻织成，厚重、柔软、细密。熟麻，即经脱胶洗净后而制得的韧皮纤维。厂家生产时，将麻布对折后，两侧缝合，只留上口，用于买家装粮。每只麻袋长1.05米，宽0.7米，可装麦子180斤，或稻谷140斤。因袋子大，装得多，农人也称“大麻袋”。麻袋装满后，用“渔串”和麻丝缝好上口。渔串就是钢针，筷子长，针头尖锐，针尾有孔，供穿入麻丝。给麻袋缝口，先要将麻袋立起后晃动几下，使麻袋立稳地面，接着一手拧紧上口，一手用渔串缝上麻丝。有的口缝得简单，麻丝从左边开始，围绕口袋上下穿过、缠绕，一直到头；有的缝得复杂，每上下绕一圈麻丝，就打一个结，直至到头。无论哪种方法，上口要缝得紧密，麻袋放倒后堆积起来，不致粮食外溢。

生产队时期，种子自留，即从当年收获的麦子和稻谷中，选饱满实沉的籽粒留作下年种植的种子。装种子，常用麻袋。

夏收时，麦种装进麻袋，要入生产队仓库储存。地面铺上一层穰草或者大糠后，一袋袋麦种就堆积在上面。穰草和大糠吸湿，麻袋堆在上面能避免受潮。麦子有大麦、元麦和小麦，按成熟先后分批次收割，每收割一批，就选籽粒饱满的留种。几次装袋后，仓库里堆放了整整齐齐的一袋袋麦种，大麦种归大麦种堆在一起，元麦种归元麦种堆在一起，小麦种归小麦种堆在一起。大麦和元麦种植面积少，麦种袋也少；小麦种植面积多，麦种袋也多。

七月份是梅雨期，阴雨连绵，即便是晴天，空气也潮湿，给人湿漉漉、黏糊糊的感觉。进入八月，天气晴朗，农人惦念麦种，生怕转潮，又一袋一袋地把麦种从仓库里抬出来，摊放在谷场上暴晒。太阳火辣，空气干燥清爽，只需晒上一天，农人就彻底放心了，不仅晒干了麦种，还灭除了麦种里的飞蛾。

秋天，先期收割的早稻，因为下年种植面积少，留种也少，也装在麻袋里，两三袋足够了。后期收割的中籼稻，下年种植面积大，留种多，就用摺子存放。

生产队种麦子和稻子，均要缴公粮，地点是在公社粮管所。粮管所大院里，是一个个用大摺子围成的像蒙古包一样的粮囤；大仓库里，除了粮囤，还有用麻袋堆积的宛若山丘一样的粮堆，卖公粮的农人扛着笆斗，犹如在悬崖峭壁的山下行走。收购繁忙的时候，粮管所一边收粮，一边用麻袋装粮后直接上船。麻袋由装卸工扛着，从码头走上长跳板，再卸到几百吨的铁板船上。铁板船装满了粮食，原本高大的船体就沉降到水平面，然后轰隆隆冒着黑烟驶向了远方……

装棉麻袋的袋口呈正方形，长宽均为1米，袋高0.6米。袋子灰褐色或淡白色，袋布较薄，布眼稀疏。它是生麻织成，即未经脱胶而直接用韧皮纤维制成袋子，所以明显干硬，不如装粮的麻袋柔软。

生产队种植棉花，成框成片，有40亩左右。通常是妇女拾棉花、晒棉花，棉花晒干后就装在一只只麻袋里。棉花打包，则是男劳动力。打包采用“1+1”的方式：两只棉花麻袋装满后，将两个袋口对拼，再用麻绳以“十”字形状将两个棉花麻袋打成大包。原来每只麻袋装70斤棉花，两只麻袋打成大包后就是140斤。所有棉花麻袋打成大包后，装上船，再撑到供销社棉花收购站出售。

计划经济时代，各部门有职责分工，粮管所负责收购粮食，供销社负责收购棉花。六月份，棉花移栽结束后，供销社派人到村统计棉花种植面积，然后以种植面积免费发放棉花麻袋，长1亩棉花发放4只麻袋。棉花收购结束，麻袋仍由供销社收回。不过，生产队领取麻袋时，要交一定的押金，防止麻袋丢失。供销社发放棉花麻袋的好处是，既方便了棉农将晒干的棉花及时装袋打捆，又能在卖棉花时直接过磅、堆积。

卖棉花还是男劳力。每一大包棉花140斤，先一包一包扛上船，卖时还

麻袋装粮　朱春雷 / 摄

卖棉花　朱春雷 / 摄

要一包一包扛上岸，没有大力气，哪能扛得动？

船到棉花收购站，早有若干条卖棉花的船排队等候了。好不容易等到棉检员开好票，卖棉花的人用肩膀扛着，低头弯腰将一个个棉花包送到大仓库里。后来觉得距离远，仓库里的棉花又越堆越高，人扛着吃力，于是两个人一组，用竹杠抬着，将棉花包送进仓库。

装粮的麻袋堆在仓库里，因老鼠偷吃麦种和稻种，常将麻袋咬个洞；麻袋抬来抬去的，时间一长，也会被地面、船头或墙角磨个洞。一旦有了洞，农人就用麻丝补好。洞口大的，还从旧衣服上剪下布条，一针一线密密地缝合，有的麻袋上竟补了四五个补丁，跟农人穿的衣服上的补丁一样多。至于装棉花的麻袋，因为用的时间不长，装的又是棉花，难得坏。即使有个洞，也不用补，交送到供销社时，验收的人只数麻袋数，不看有无洞眼，只要麻袋不少，押金照退。

草包其实很有用

草包

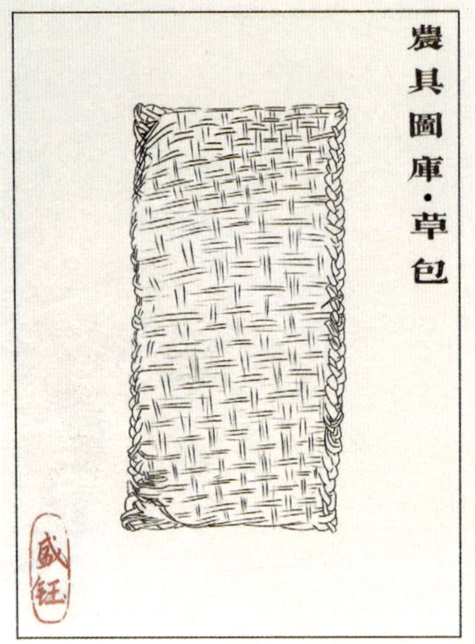

草包，以及编织草包的器具是什么时候发明出来的，暂时在史料上无法查证，但很长一段时期内，编织草包曾是里下河农人的家庭副业。

20世纪70年代，里下河地区很多农户都编织草包。尽管生产队农活繁重，但经济贫困时期，利用早起后和晚睡前的空隙时间编织草包，卖给供销社，是挣取家庭零用钱的一条途径。

草包用齐头糯稻草或粳稻草与草绳编织，双层重叠后，两侧用草绳缝合；上口倒入实物后，再用草绳包边封口。做好的草包长1.2米，宽0.8米，一条草包能装100多斤的实物。

草包除了卖，它还是本地生产和生活的必需品。

相比较装粮食的麻袋，草包编织稍微疏松，编织紧密的草包才用来装稻谷和麦子，但所有草包都能存放蚕豆、黄豆、豌豆等。豆粒大，不轻易从草包里漏出来。草包松软透气，是豆类理想的储存袋。

蚕豆、豌豆和大豆通常长在十边隙地里。生产队田地多，蔬菜地里也长豆子。大豆即黄豆，是夏季栽秧结束后下种，九月份便可食用，十月初枯萎；蚕豆和豌豆于秋播结束后下种，次年四月份食用，五月份枯萎。留种的大豆和蚕豆，豆秸拔下晒干后，用连枷拍打，将豆粒装进草包，堆放在仓库的一角。豆类种植不多，留种也不多，每一种豆子用一条草包装着就够了。

每个生产队都有长花草的田，少则十几亩，多则二三十亩,所种花草用来沤制草泥塘肥，作为种植水稻的基肥。花草有两种，一是黄花草，二是红花草。黄花草种子扁圆，红花草种子细碎，都用草包装着，每年十月下旬霜降前后播种到大田里，次年四月份收割其茎叶，与河泥一起沤制。留种的花草田则在五月份枯萎时收割，收获的种子装进草包，也存放在仓库里。

生产队曾栽种过双季稻。双季稻的前茬稻栽插早，因气温低，播种前要催芽育种。稻种浸泡后，育种人在仓库的空地上，用摺子围成一个大圆圈，里面铺一层潮湿的穰草，穰草上放一层草包，然后将洒过温水的稻种铺摊在上面。抹平稻种后，再在上面盖一层潮湿的穰草和草包，有的还用刚割来的青草覆盖，加上一层塑料布，以达到加快增温的效果。三天后，稻种全都露芽，农人用粪桶装着，挑到秧池地里播种。

那时，农户家里也用到草包的。冬天，生产队先前分配的山芋、胡萝卜和黄芽菜等，不能冻坏，农人将它们装进草包，放在老虎灶旁堆草的地方，还用穰草遮盖起来。有太阳时，搬出来晒晒。口粮紧张，这些都是度过冬天紧紧依靠的食粮。

贫困年代，床上铺上草包也觉得温暖。家庭人口多，茅草屋里，房间和堂屋都搁着铺。说铺，其实就是两条木凳上放一张竹床，或铺上木板，没有木凳就用树棍做支架。竹床上先铺一层厚厚的穰草，穰草上并排放两条草包后就可以放被子了。新打的草包有些硬，还有草头戳人，农人先用剪刀剪去草头，再用木榔头将草包捶软熟，这样睡觉时就舒服了。

草包的另一个作用是防汛排涝，农人用它加固圩堤和河口打坝。

里下河平原宽广辽阔，一块块农田和一个个村庄都被绵延不绝的圩堤包围着，圩堤是阻挡洪水的城墙。圩堤是泥土堆垒的，每年洪水来临、河水上涨时，有的段面塌陷，农人就用草包装入泥土，加急填充，消除决堤的隐患。那时的河口，还没有一处设置混凝土闸门，拦截洪水的唯一办法就是用泥土打坝头。洪水汹涌，汛情紧急，草包装满了泥土，农人也顾不得缝上袋口，就急急地从船上和岸上推进了河水中。草包成了中流砥柱，形成的土坝挡住了一轮又一轮洪水的肆意侵犯，守护着村子和庄稼的安宁。

一种“万能袋”
蛇皮袋

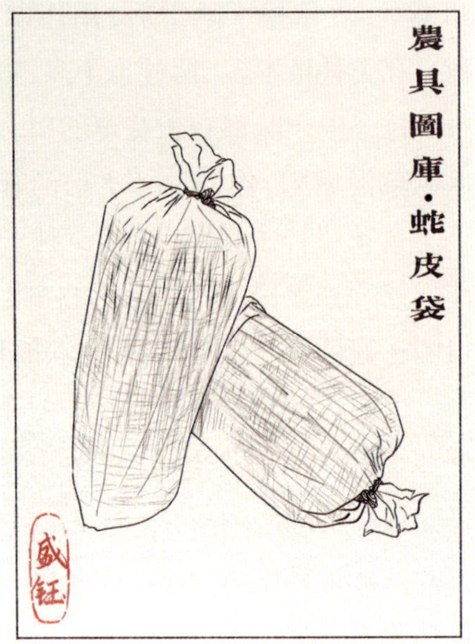

蛇皮袋并不是蛇皮做的，而是由聚乙烯、聚丙烯等化学塑料原料经拉成扁丝后编织而成的。因扁丝像蜕变后的蛇皮，袋子外观也像蛇皮的色泽，所以农人就称这种塑料编织袋叫蛇皮袋。

我国于1966年研发生产聚丙烯塑料扁丝编织袋，后很快用于各领域的包装，并逐渐取代了麻袋。也是在那时，碳铵和尿素等化肥开始装在塑料编织袋内，送到田头，成为庄稼的肥料。

蛇皮袋规格多，大多为长方形，白色和灰白色，无臭味，无毒害，不易破裂，也不沾水。空袋子即便淋湿了，猛摔几下便没了水渍。装碳铵化肥的蛇皮袋长80厘米，宽50厘米，每袋装50斤；装尿素的蛇皮袋稍大，每袋装100斤。那时化肥紧张，要计划供应，一个生产队每年只供应一两吨化肥。

蛇皮袋轻薄而且结实，相当于“万能袋”，能装米、装糠、装油菜籽、装豆粒，还能装衣服、放鞋子等等，什么都能往里面放。袋子吊在屋梁上，既干燥又能防老鼠咬。农妇下田拾麦穗，取一个蛇皮袋夹在腋下，蛇皮袋里拾满了，背在肩上拿回家，也十分方便。所以，农人在田里戽化肥，刚一戽完，蛇皮袋立刻被他人抢走。

农人常轧草糠供猪子吃，轧的草糠就装在蛇皮袋里。轧草糠时，草糠机发出“呜呜呜”刺耳的声音，特别响，震得人头晕耳鸣。一不注意，出糠处的布袋口没扎紧，草糠犹如龙卷风一般喷涌翻腾，整个米厂里就像放了烟幕弹一样，人的眼睛都没法睁开。烟尘平息，轧草糠的师傅拎起出糠的袋口，往蛇皮袋里倒草糠。尽管小心翼翼，但还是有糠尘弥漫。农户每轧一次草糠，有两蛇皮袋，够猪子吃上好多天。

分田到户后，农户卖完麦子和稻子，做的第一件事就是到供销社门市部买化肥。买得多的是碳铵，其次是尿素和二铵。用后的空蛇皮袋洗干净，就用来装粮食。家里既有用摺子圈积的粮囤，也有用蛇皮袋堆积的粮堆，堂屋里有，走廊里有，厨房里也有。装的粮食，夏季有麦子、油菜籽、蚕豆等，秋季有稻子、大豆、玉米等，分门归类堆放。需要用钱了，叫来粮老板，卖上几袋子；要轧米了，就扛上几袋稻子送到碾米厂加工。

梅雨季节一到，要防汛排涝。防汛还是最原始的方法：在河口处打土坝头。打坝头，蛇皮袋和草包一样，有了大作用。

1986年7月初，汛期又至，淫雨霏霏，浊浪排空，连续上涨的河水令每个人惴惴不安。村支书的大嗓门在喇叭里急促地响起来：“请各户立即到大河口打坝头，每人要带足蛇皮袋，越多越好！”人们立即着忙了，男人找大锹、

拾麦穗　陈明干 / 摄

取担兜，女人抓紧收拾蛇皮袋，连爷爷奶奶也帮着找袋子。老人还担心袋子不够用，又解开装麦子的蛇皮袋，倒出麦子后递给儿子说："多带点、多带点，袋子多了打坝头才牢靠！"村民们纷纷从家中奔出来，涌向大河口，消失在风雨中。

杂交稻制种技术性很强，每年都在农技员指导下进行，农户负责栽插、施肥、治虫、拉粉、收割等日常生产。制种面积当初只有几十亩，后来扩大到五六百亩，保证了全乡杂交水稻种植的全覆盖。秋天，杂交稻种子收获后，统一装到麻袋和蛇皮袋里，蛇皮袋每袋装50斤，麻袋装80斤，每袋都登记造册，写上农技员和农户的姓名。万一种子有问题，如种子不发芽，或者有杂种，可以追根溯源，找到责任人。

农人一旦闲下来反而无所适从，心里不踏实，总不能守着这十亩八亩地坐吃山空啊！农人从收音机里听到了外面世界春天的信息，于是，收拾行囊，第一次离开故土，踏上了外出打工的征程。有的是一个人外出，有的是夫妻俩外出，有的是兄弟姐妹一同外出，还有的是邻居结伴外出，四面八方的人汇聚成人流涌动的"民工潮"，近的去苏州、无锡和上海，远的南下深圳和广州。说是行囊，其实就是蛇皮袋子，里面装着衣服、毛巾、牙膏牙刷。是木匠

打坝头　陈明干 / 摄

的，再带上斧头、锯子和刨子；是瓦匠的，带上一把瓦刀。一个人外出，东西少，只有一个蛇皮袋子；两三个一起的，有好几个蛇皮袋子，他们用扁担挑着，挤上公共汽车和火车，来到陌生的城市，寻找适合自己的活儿干。他们在建筑工地上找，在城市天桥下找，在劳动力市场找。农人从不怕苦，只要有活干，挣到钱就行。再说了，即使苦，也没有之前上河工苦啊！终于，有人在建筑工地上抬起了水泥和石砂，有人进了工厂车间上班，木匠瓦匠也加入了砌楼房、搞装潢的行列。临近春节，思乡心切的打工人拎着大包小包又搭上了返乡的车子。第一次挣了几千块钱，农人怕被小偷偷走，就装穷，把钱和新买的皮鞋放在蛇皮袋里，里面是新蛇皮袋，外面是旧蛇皮袋，直到家门口时，一颗惶恐不安的心才算落地。

邻居春鹏哥在昆山打工回来，把挣的2000块钱放在蛇皮袋里，到城里某商场买电视。那时买彩电要供应卡，春鹏哥没有，拎着蛇皮袋傻傻地在柜台外转悠。售货员老是催他离开，不要影响其他人买电视。春鹏哥不死心，央求售货员"匀"一台彩电卖给他。售货员见他一身土农民的衣着，被惹得不耐烦了，竟说了一句："看你这样子还买得起彩电吗？"没想到这句话被春鹏哥抓住了把柄，他从蛇皮袋里抓出钱，扔到柜台上说："你瞧不起我？今天不买到彩电我就不走！"后来，商场经理出来了，了解了原委，还真的"匀"了一台彩电卖给他。

看到蛇皮袋用途多，村干部不安分了，就筹办蛇皮袋编织厂，为村民打开致富大门。他们把大会堂腾出来，用集体积累的10万元余款，又跟银行借了20万，购买了拉丝机、编织机和塑料粒子等，投入生产。但一年后，编织厂关门，还落下了一屁股债。原因是产品质量不过关，生产过程有环境污染，还有就是非生产性开支不合理，吃喝招待账目混乱。

刘家庄王支书有一颗创业的雄心。十年前，他租赁本村和邻村1000亩农田，设立农业生产合作社，种植优良品种水稻，加工后的大米被评为绿色食品。王支书跟厂家定制专用蛇皮袋包装大米，有20斤、50斤、100斤的不等，销往城市超市，同时还在网上销售，大米供不应求。逢年过节，他用大米慰问敬老院老人，他说："这些人苦了一辈子，现在老了，我要让他们尝尝新大米的香味。"

在开满棉花的田地里忙碌

拾花袋

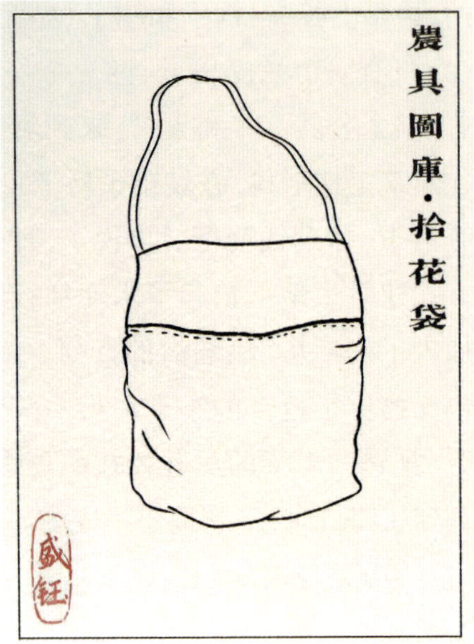

拾花袋，农人拾棉花的袋子。

明代时，里下河地区就种植棉花，棉花是这里的传统经济作物。生产队时期，每年秋天规划来年种植布局，棉花面积仅次于水稻和小麦面积。分田到户后，棉花收购价格稳中有升，农人种棉热情高涨，面积成倍增加。1985年9月，兴化市被国家列为第一批优质棉生产基地县（市）。

拾是俗语，采摘的意思。棉花前后要开两种花，一种是为了结棉桃而开出像丝绒一样的花朵，粉红的、鹅黄的、淡白的，花瓣阔大，色彩鲜艳；另一种是棉桃成熟后吐出的棉絮，也就是棉花纤维，洁白，蓬松。拾的棉花便是后一种。棉絮从裂开的棉桃中露出来，一半还留在棉壳里，除了用手采摘，别无他法。拾棉花都随身带一个袋子，手里摘满了棉花，就放进袋子里。棉枝密集交错，人在棉花行里行走很小心，生怕碰断棉枝，带上任何一种很小的硬性储存器具放棉花，比如竹篮、淘箩等，都没有柔软的袋子合适。

在生产队，是买白粗布做成一个个拾花袋，分发给拾棉花的妇女。农户自己长棉花后，用旧被里、被面或旧衣服做成拾花袋，袋色五花八门。拾花袋是双层布料做成，除上口外，将左右两边及底边缝合；长、宽各约50厘米；

上端有布带，系于人的颈后，中部有布带扎在腰后，拾花袋像个大围裙，挂在拾花人的胸前。拾花袋中间还用线分隔成左右两个口袋，一个口袋放“好花”，一个口袋放“丑花”。好花棉絮蓬大，纯白，无杂色；丑花是相对于好花而言的，棉朵略小，色泽暗淡。好花卖的价格高，丑花价格低，好花和丑花混在一起卖不出好价钱。农人一边拾棉花，一边分开放。

七月下旬，农人开始零零星星拾棉花了。此时开花的棉桃是入伏前结的，故称“伏前桃”。正是暑伏天，高温多雨，棉叶茂密，棉株底部不透气，很多伏前桃胀裂后却吐不出棉絮，成了“烂桃子”。农人蹲在棉枝下，将半裂开的棉桃一个个摘下来，放在拾花袋里。晚上，一家人坐在堂屋里剥棉桃，把潮湿的棉絮一瓣一瓣地扒出来，第二天再铺在院子里晒。

八月和九月，拾的是伏桃和早秋桃上的花，这是棉花丰收的主力军。伏桃指入伏时结的棉桃，早秋桃指刚入秋结的棉桃。天气晴朗，光照充足，农人施肥又得当，成熟的棉桃争先恐后地吐絮，棉花像发过酵的馒头，鼓鼓胀胀地挂在棉枝上，棉花田里像下了大雪，铺天盖地的白。手疾眼快的女人，手一伸，大拇指、食指和中指三个指头一捏，再轻轻一抽，几瓣棉絮便整团地被拉了出来。花多，又是清一色的好花，无需分拣，直接往袋子里放。有人还用蛇皮袋子装棉花，蛇皮袋子放在地上，一边拾一边往里放，袋随人走。袋里装满了棉花，扛到圩堤上，铺在竹箔上晒，或者扛到农船上，船装满了送回家。

拾棉花　朱春雷 / 摄

棉花田多，又处于开花的高峰期，那一段日子，常常是这个塆子上的棉花拾完了，再转移到别的塆子上，隔了两天，拾过的塆子又开出了雪白的一片。拾棉花的人整天都挂着一个棉花袋，在棉花棵里来回跑，吃饭的工夫都没有。

棉枝上有枯叶，拾棉花时，稍不注意便有枯叶粘在棉花上。拾棉花再忙，也要将枯枝残叶从棉花上拣出来，否则也影响棉花的等级和价钱。

进入十月，就采摘秋桃上的棉花了。秋桃，立秋后结出的棉桃。秋风送爽，天气晴朗，催着秋桃吐絮，长棉花的人每天匆匆忙忙奔到田里拾棉花。

秋天露水多，有时还落霜，拾棉花不宜起早，要在露水干后才能拾。带着露水拾棉花，有湿气，晒花时间长。

久晴必有久阴，天气预报说明天要下雨。拾棉花的人心急火燎，麦子也顾不上种，一家人白天拾棉花，晚上还要带着月光拾。第二天，也顾不得露水和早霜了，天不亮又奔到了棉花田里。雨前拾的棉花和雨后拾的棉花，卖的价钱相差大得很呢！

忙忙碌碌的秋天过去，初冬来临。这时候拾的是晚秋桃上的棉花，既有“眼屎花”，又有“僵果花”。前段时间，拾花匆忙，棉花壳里还存有尚未完全拉出的棉絮，像眼屎一样蜷缩在棉壳的一角，一段时间后，这些残留的棉絮竟也悄然膨大了；天气降温，又有霜冻，晚秋桃开得半途而废，成了僵果，棉壳内色彩灰暗、像果块一样的棉絮隐约可见。眼屎花和僵果花虽然卖不上好等级的价钱，但弹一两条新棉花胎还是很暖和的。拾眼屎花和僵果花要一只手稳住棉桃，另一只手摘花；或者双手剥开棉壳，将僵果花扒出来。

拾花袋是布做的，每天在棉花行里穿来穿去，经不住棉枝的划划戳戳，袋子破了是常事。袋子一破，农妇很快用针线缝上布块，一季棉花拾下来，拾花袋上有好几块补丁，也像开出了一朵朵花。拾棉花，最苦的是一双手。棉桃吐絮时，裂开的果壳上有四五个酷似菱角的尖角，太阳照晒的时间越长，尖角越硬。每一次拾棉花，手指和手面无意间都被尖角戳着。棉花拾得越快，一双手越易被尖角戳中，流血是常有的事。每天收工回家，农人都用医用胶布将手指缠绕起来，女人的十个指头上，也打上了一块块的“补丁”。

为棉花抢夺每一抹阳光

棉花箔子
棉花耙子

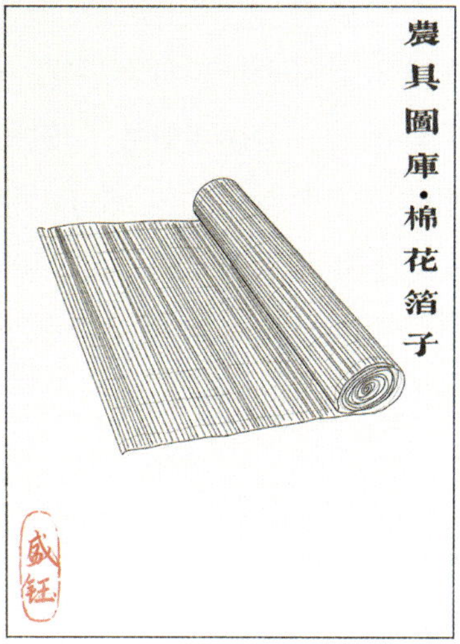

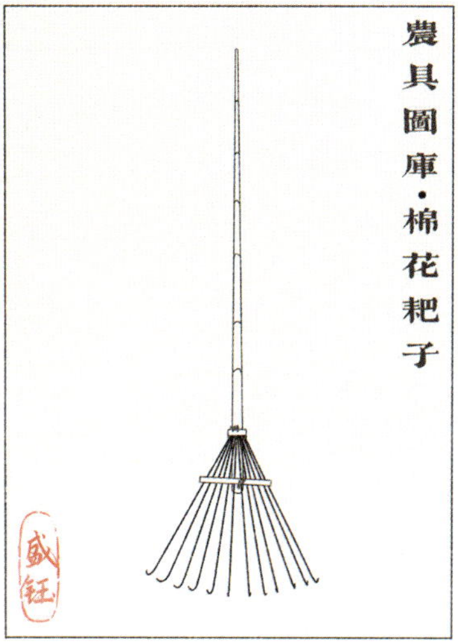

箔子作为生产用具，古已有之。古人养蚕，就用芦苇或竹篾编成箔子，供小蚕在上面食叶和活动。元代《王祯农书》记载："曲簿，承蚕具也。"曲簿即箔子，是养蚕的器具。自明代起，里下河地区种植棉花，箔子又晒上了棉花。

棉花箔子用芦柴或芦竹编织而成。里下河是水乡，河边、池塘、湖荡是芦苇和芦竹最适宜生长的地方。芦苇的主茎俗称芦柴，笔直而细长；芦竹稍粗，长得高的芦竹略有弧弯。初冬，芦花凋谢，芦叶枯黄，芦秆也硬实了，农人用镰刀割下芦柴、芦竹，扯去枯叶，晒干后打成捆。收得少的，自己留着编箔子；湖荡地区芦柴多，既有自己留着编摺子、编箔子，也有人家用船装着，撑到外地卖给人家编箔子。

编箔子是在自家院子或巷子里。编箔子不算多复杂。取两根竹杠斜架在墙壁，再用一根粗木横绑在两根竹杠上部。一张箔子有六至七根"筋绳"，每根筋绳两端各系扎一块砖头，长长的绳子缠绕在两块砖头上，以便一边编结一边放绳。之前的筋绳是草绳，后来是细麻绳、塑料扎丝。筋绳等距离搭在横木上，间距20厘米左右，以“8”字形式将一根根芦柴编织成箔子。砖头悬吊着，一根芦柴放上横木，每根绳子交会后正好收紧芦柴，也使部分编好的箔子严密平整。编好的箔子通常长2米，宽1.5米。很多农人买来芦柴自己编箔子，熟练的人一天可以编好两至三张箔子。棉花田多的人家编的箔子也多。箔子多用来晒棉花，又是芦柴编织，因而农人称箔子叫“棉花箔子”，或“芦柴箔子”。

棉花耙子也是翻晒棉花用的。在一块长30厘米，宽、高各5厘米的木条上钻五六个小孔，将打毛线衣针一般粗的铁丝从每个孔中穿过后，弯成耙齿，呈放射状展开；再用一根一米长的木柄或竹柄在木条正中位置固定，使柄与木条呈T字形状，棉花耙子就做好了。晒的棉花少，可以用手翻；棉花多，一双手翻来翻去的，人累，麻烦，效率也不高。有了棉花耙子，既翻得快，又翻得匀。棉花耙子简单易做，每个长棉花的人家都有一把棉花耙子。

刚拾的棉花水分高，要摊在芦柴箔子上趁晴好天气晒干。

编箔子　朱春桃／摄

暑伏天里，很多“伏前桃”因雨水多、缺光照而吐絮不足，有的棉桃还因潮湿而糜烂。唯一的办法就是白天把棉桃摘下来，晚上再一一剥开，将棉絮铺在箔子上或簸箕里晾，次日再晒。农人称这种花叫“僵花”，僵硬的棉花的意思。僵花晒干后用手拉扯几下，棉絮可以蓬松一些，多少卖一点钱。

僵花少而潮，只要家里有人，每晒一会儿，就要用手将僵花翻来覆去地动动身，这样干得快些。

从处暑（8月下旬）至霜降前（10月下旬），大批棉桃绽开，整田棉花怒放，农人拾棉花忙，晒棉花也忙。早上下田拾棉花的时候，农人就将几张箔子带到了田里。箔子铺展在圩堤或渠道上，袋子里拾满了棉花，就扛过来，均匀地摊开，让太阳照晒。拾的棉花越多，圩堤上的箔子铺得越长。

水乡的秋天，天空碧蓝高远，白云飘荡；宽广的棉田里，棉花盛开，似白云铺就。在这阳光照耀、秋风宜人的田野里，除了枝头上白得耀眼的棉朵、箔子上安然晒着的棉花，还有拾花农人内心的那份舒畅与喜悦。

拾的棉花越来越多，家里的箔子就全部用上了。箔子除了铺在田里晒，

晒棉花　朱春桃 / 摄

农人还在院子里、巷头上用板凳和竹竿搭成架子，把箔子铺上去晒棉花。棉花箔子仍然不够用，水泥船的船头和船艄，水泥桥面，厨房的水泥平台等干净地方，都晒上了棉花……整个村庄，随处都铺展着一块块大小不一的晒着棉花的箔子。每晒干一批，一家人赶紧装袋打包，送到棉花收购站去卖，这样又腾出了好几张棉花箔子。

生产队时期长棉花，有专晒棉花的场地。靠近棉花大田旁边的空地里，有用泥块垒成的一道道矮土墙，一张张棉花箔子架在土墙上，南低北高，迎着太阳。晒棉花的时候，这里就成了雪白的花海。箔子离地，上有阳光，下面透气，又有专人翻晒，棉花干得也快。

晒的棉花多，又需要勤翻，这就用上了棉花耙子。棉花耙子跟着箔子走，箔子多的地方必有一把棉花耙子。农人握着耙柄，一排宽宽的弯齿便能将箔子上的棉花像梳头一样很快翻个遍。上午翻一两遍，下午再翻两遍，晒上两天，棉花就干了，一把棉花抓在手里再放开，弹性十足，蓬蓬松松；靠近鼻端闻闻，满是阳光的味道。

箔子上晒棉花，除了透气外，收取也方便。如果夜里不下雨，傍晚可直接将箔子卷起来，避免夜里露水沾湿棉花，原地放着，第二天再展开来晒。白天晒棉花，忽然天色有变，估计要下雨，农人迅速卷起一张张箔子，立马抬进家里。实在来不及，就用塑料薄膜将卷好的箔子覆盖起来。晒的棉花多，操的心思也多。

细细想来，这芦柴箔子的作用真不少。贫困年代，农人盖草屋，先用箔子盖在桁条上，然后“搪汪”、盖屋顶；芦竹编织的箔子，是家中房间与房间的隔断，也曾是很多农人睡觉的床席；暑伏天，农人把箔子铺在院子里，伏曝衣服；晒咸菜、晒山芋干也靠箔子。20世纪80年代，栽桑养蚕是里下河农人发家致富的项目，箔子成为蚕农必备的用具；长棉花，又用上了箔子……芦柴箔子，竟与里下河农人的生产生活息息相关。

芦柴、芦竹土生土长，用它们做箔子，是大自然对农人的馈赠啊！

连根拔起棉花秸

棉花钩

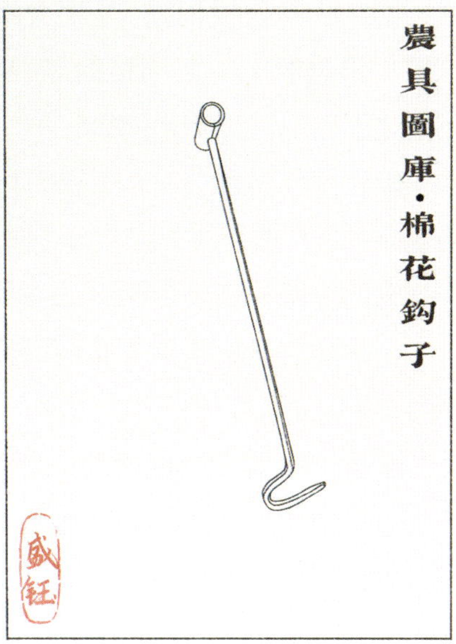

麦子收割后，稻秧、棉花苗亮相；油菜籽拔除了，芋头苗、山芋苗上场……大地因角色的变换，色彩也时常变化：或由葱绿转为金黄，或由金黄变成葱绿。四季更替，田野色彩斑斓，让人心醉神迷，惊叹自然界的壮观和神奇。

庄稼收获时，离场甚是豪壮，也显得毫不留情，凡地面向上的部分统统清除，好给下一个角色安家落户，顺利生长。芋头、山芋、南瓜是连藤带走，麦子、稻子、油菜籽是秸秆离田。棉花秸秆离田更是与众不同，要连根拔走。正是庄稼一茬又一茬的被清除，才有了土壤的纯净与肥沃，才有了下一茬农作物的繁茂与丰收。

十二月下旬，节气到了冬至，气温急剧下降，里下河平原的天空显得灰蒙蒙的，有时薄雾弥漫，有时冷雨飕飕，甚至还有零星的雪花。曾经炸蕾吐絮的棉花田，此时棉秸枯焦，一棵棵孤寂地立在田地里，套种的麦苗在枯枝败叶下酣然入睡。

每株棉秸高达一米多，侧枝又密又硬，棉秸不拔除，要影响麦子的生长与收割。冬至往后，越冬作物进入休眠期，冬天里其他农活也不多，此时正好拔棉秸。

生产队起初拔棉秸，是用大锹剁，一个人沿棉秸根部剁秸秆，另一个人打捆后挑到船上。但棉秸的老根仍留在土里，不易腐烂，栽秧时伤手伤脚，无奈之下，农人选择用手拔。

棉秸根深蒂固，必须用双手拔：拨开斜密的枯枝，双手握紧棉秸中下部的主干，借着双手向上提拔和双脚向下踩踏的双向顶出的力量，最终将有多个根叉的一棵棉秸硬生生地从泥土里拉出来。

用手拔棉秸，男劳力拔，女劳力也拔。女劳力实在拔不动的棉花秸秆，就留在那儿，等男劳力来拔。

双手拔棉秸，靠的就是死拽硬拖。拔一棵两棵可以，拔十棵二十棵也不算什么，但那么一大块棉花田有成千上万棵棉秸都让你用手拔，谁吃得消呢？一天拔下来，即便戴着布手套，再粗大厚实的双手也会磨出几个血泡来。

20世纪70年代末，棉花钩的出现，终结了靠双手拔棉秸的历史。

棉花钩，专门用于拔除棉花秸秆的工具。棉花钩总长60厘米，钩子和钩身为铁条（俗称洋圆）打制，钩身笔直，钩子呈“2”字形；钩身另一端是供农

拔棉秸　朱春桃／摄

人手握的楞，有的是木质楞，有的是铁管焊上去的楞。别看棉花钩造型简单，但它非得由铁匠打制不可，关键环节在“2”字形钩子上：铁匠要将做钩子部位的铁条由圆形打成四方形；钩子弯曲的空档要适中，不能太窄也不能太宽，如此要求，目的是既能放得进、又能卡得住棉花秸秆，拔时不打滑。

用棉花钩拔棉秸，既省力，又提高效率。农人左手抓住棉秸上部，右手将棉花钩钩子套在棉秸靠近地面的部位，稍微用力一拉楞，棉秸就被拔出了泥土。棉钩空档的铁边角正好卡在棉秸上，农人向上拉动时，棉钩先将棉根压歪，使根部松动；棉花钩钩柄长，且钢硬，人弯腰幅度不大，省力气，个子不高的人直着身子就能将棉秸拉出来。

这种简单而实用的劳动工具一面世，便被农人抢购一空。不仅男劳力用棉花钩拔棉花，所有的女劳力也用它拔。奇怪的是，女劳力拔的棉花秸竟然比男劳力多。一个男劳力一天拔一亩半地，而一个女劳力能拔两亩地。女劳力个子矮，身子灵活，动作快；男劳力个子高，身板硬，干一阵子还要坐在田埂上吸上一支烟。用棉花钩拔棉花，成了女劳力战胜男劳力的强项。

棉秸根部周围长有麦苗，拔棉秸时，农人的双脚要合在棉秸的周边，拔出棉秸后，尽管土壤有所松动，但不至于将麦子根部翻出泥土。即便有的麦根翻出来，再用脚翻回去，麦子在春天照样生长。冬天麦子休眠，就像熟睡的孩子，动一下身子不要紧。

拔棉秸的时候，农人总是穿着最破旧的衣服。棉秸侧枝多，枝头又尖又硬，整天在田里拔着棉花秸，再好的衣服都会划破。农人宁可少穿衣服，哪怕皮肉划出了血，也不将完好的衣服穿在身上拔棉秸。皮肉破了可自行愈合，而衣服划破了要缝补，甚至花钱再买，心里更痛。

下了一场雪或雨，田面容易上冻。冰雪融化后，土层松软，拔棉秸更省力，但田面泥泞不堪，穿着粘有泥土的鞋子像拖了一块石头，移步都难。

手是皮肉做的，一天到晚地拔，用棉花钩再省力也会磨破手掌心。农人用厚实的布条把手楞包起来，继续拔。田里棉花秸拔完了，布条黑乎乎的，那是农人手心里的血渍和汗渍染成的。

拾起每一根稻草

草耙子

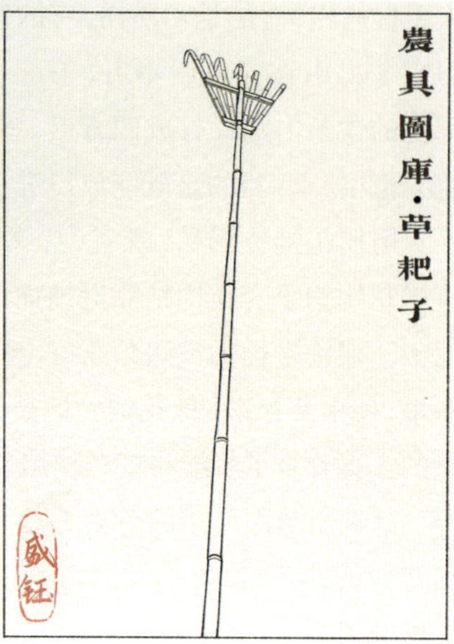

草耙子，农家划草的工具。

我年少时，下午放学回家，母亲常对我说："你到田里划划，兴许能拾点烧草回来。"我放下书包，拿起草耙子，背上网包，去往庄后的田野。

草耙子是父亲做的。耙头是一块木条，30厘米长；耙齿4根，粗铁丝做成，每根长约40厘米；耙齿顶端做成"7"字形，四齿呈放射状，能扩大划草面。一根1.5米长的竹柄安装在耙头正中位置。做草耙，重点是耙头部位：将木条等分钻出四个孔，竹柄临近耙头的部位钻两个孔，两根粗铁丝分别从竹柄的两个孔和木条的四个孔中穿过；四根铁丝头拉紧拉直后，再弯成齿钩。铁丝经竹柄和木条的孔穿过后，已经将两者固定了，再用另一根细铁丝将竹柄与耙头缠绕起来，就更牢固了。那时，只要家里有少年，每家都有一把这样的草耙子。

大集体时期分配口粮和烧草，与工分和人口挂钩，体现多劳多得。烧草包括麦草和稻草。那时农户家里人口多，少则四五口，多则十口八口。烧饭用的是老虎灶，人口越多，需要的烧草也越多，每烧一顿饭，要消耗一小堆烧草，灶膛口犹如老虎的大口，无穷无尽地吞噬着烧草。仅靠分配的烧草自然不够，只能到田间划草作补充。

生产队每分配一次烧草，农户们就堆积在打谷场边，家里的草快烧完了，就到场上拔草挑回家。打谷场在田野里，与村庄有一定距离，农人在挑草途中或多或少总要落下一些乱草。我们划的，就是这些草。

秋风扫过，路面上不见一根稻草，只有路边的麦地和沟渠里才能看见零零星星的稻草。我抓着草耙子在麦地里拖行，跑了几十步，见耙齿上有了一小撮稻草，便收起耙齿，将稻草放入网包，继续向前拖行。有时看见沟渠里或河边处浮有几根稻草，尽管是潮湿的，也将它们打捞起来。

入冬后，草木枯萎，沟渠边的盐巴草没有了生机，用耙齿用力一勾，竟也能将茎藤扯离地面，再用手扯断；河岸边的野芦苇枯脆了，用耙头猛一扫，耙齿总能带下几根芦苇梢。更多的，是楝树和杨树上的枯枝败叶，西北风一吹，落在地上，成了我们的战利品。

家里养猪，我们常在暑假里铲猪草，晒干后轧成草糠，作为猪饲料。青草摊在巷头上晒，有时用草叉翻，有时用草耙子翻。碧绿的青草在阳光照晒下慢慢失去了鲜艳的光泽，清香浓缩在干枯的茎叶里。

揉菜籽　陈明干 / 摄

我高中毕业后回乡劳动，粗重的农活还不会做，就先到打谷场上帮着翻晒谷物。这里也有草耙子，形状和结构跟我小时候划草的基本一样，但耙头宽、耙齿多，有6根至8根耙齿，耙柄有2米长。想想就会明白：划草的草耙子是给小孩用的，而场上的草耙子是供大人在场上清理杂草的。地老虎脱粒时，既将麦粒脱下来，也将一些麦草轧碎了，混杂在麦粒中。农人将麦粒摊晒在场面后，要先用草耙子将碎草划去。草叉只有两个叉芒，划草不管用；碎草多，大扫帚掠草也费力，唯有这种齿多的草耙子划碎草最合适，草耙子每拖动一下，总有几根碎麦草被划到一起。草耙子划草的另一个好处是，将摊晒的麦子又重新翻动了一遍。

机械滚筒脱稻粒时，铁齿飞转，不仅将稻粒打下，有的稻草也被连带抛到了谷堆中。每过一阵子，就有人用草耙子将谷堆中的稻草划出来。划草时，滚筒仍在飞速转动，稻粒如暴雨般飞溅而来。好的是，草耙子柄长，人站在旁边就能将草划出来。及时划草，使稻谷更干净，晒稻时也更方便。

里下河地区的油菜种在垛垎、圩堤和路边等零散地块，每个农户种植的面积也不多，少则几厘地，多则一两亩地。采收油菜籽，就用到了竹篾草耙子。

这种竹篾草耙是买来的，乡镇竹器店里都有卖。竹篾草耙子的耙头是双层竹片，由铁丝紧夹着5根至7根耙齿；耙齿是长条竹篾，有的耙齿笔直，有的耙齿弯曲。几根竹篾耙齿呈放射状排列后更加阔大。耙柄2米多长，一端用草火烤成弧状后绑定耙头。将晒干的油菜秸秆铺在大油布上，举起草耙子，用耙头猛拍菜籽秸秆。连续拍打，蓬松的菜籽秸秆就被拍扁，荚角被拍裂，油菜籽掉落。用草耙子拍打，比用连枷更快捷。连枷要翻转，而草耙子直接落下；耙头宽大，落下时既有力，覆盖面又广。拍完之后，直齿草耙子能将油菜秸秆挑起，把下层的秸秆翻上来再拍打。一亩地的油菜籽，半天工夫就处理结束了。

竹篾草耙子还适用于采收大豆、蚕豆，既能拍打，还能挑翻和划去秸秆，比连枷好用。会不会有一天，竹篾草耙子取代连枷呢？

一日，翻看《王祯农书》，发现书中竹杷（pá）的图形与里下河农人使用的竹篾草耙子一模一样，再看文字：“竹杷，场圃、樵野间用之。”原来，早在元代，农人就使用草耙子了。

第七辑

芟获载满车，累累犊衔尾

——生产运输农具

农业生产离不开运送，粮食、肥料、种子、秸秆等等，都需要农人从此地送往彼地。里下河独特的自然环境和生产方式，催生了具有地方特色的运输工具。

装运繁重的农事

农船

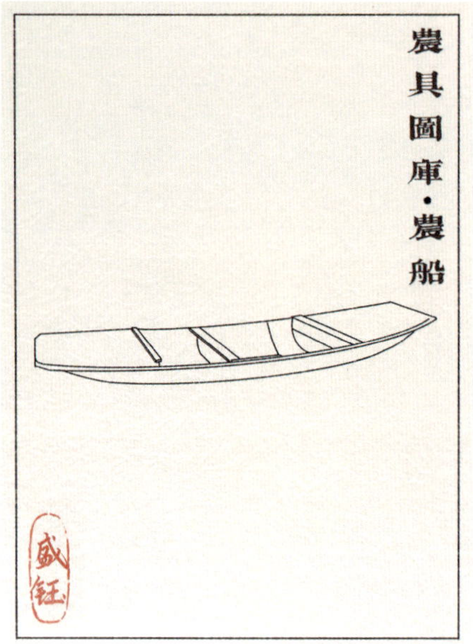

船，古代称“舟”，水上助行和运输工具。早在新石器时代（约10000—4000年前），我们的祖先就使用独木舟。1313年，元代《王祯农书》中记载了农舟、野航和划船三种农船：“农舟，农家所用船也，沟港交通，利用舟楫。野航，农家小渡舟也。划船，别名秧塌，载宿浥稻种、箝贮粪泥……”这说明元代时农船已广泛用于农业生产。

农船，即农用船，船类的一种，是农人用来装运肥料、柴草、粮食的运输工具。农船形状狭长，上部宽敞，下部为狭窄的船底。因在内河运行，故农船有体积小、行进快、易操控等特点。农船载重量不大，所装吨位在10吨以下。

里下河自古就是水网地区，河沟交错，农人出脚靠船，“无舟楫不行”，船的需求催生了船业制造，兴化市竹泓镇木船制造始于宋朝，起初制作木船用于捕鱼，明朝以后则大量制作农用木船和内河捕捞渔船。

木船虽小，但结构复杂，分为船头、前舱、中舱、后舱、夹舱和船艄六个部分，大部件有肋骨、脚梁、面梁、隔舱板和底板等，制作工序繁多，包括断料、破板、拼板、放样、投船、打麻和油船等十多道，每一道都须一丝不苟。

木船易渗水腐朽，每隔一两年需拉上岸去污维修。

20世纪70年代，水泥农船因其坚固耐用、易于滑行而受农人青睐。水泥农船的式样与木船相似，由钢筋网与水泥和石砂整体浇筑而成。每个生产队有五六条水泥农船，以载重量5吨至7吨的居多，每条船船身长7米至9米，宽2米左右，深约1米。水泥农船的出现导致木质农船销声匿迹。

及至80年代，家家户户种田，农忙之时都需要农船运肥运粮。兴化市大邹镇吴家庄村有150多户制作载重量1吨左右的水泥农用船，适用于一家一户的农业生产，畅销周边县市，成为水泥小农船制造专业村。

在里下河水乡，载重量500斤左右的农船称“鸭溜子”，0.5吨至5吨的叫小农船，6吨以上的叫大农船。农人依载重量大小，各司其用，行船的方法也不一样，有用竹篙撑、纤绳拉的，有用木桨划、大橹摇的，有竖桅杆挂风帆的，还有后来用机械动力驱动的，从而达到农事活动的目的。

鸭溜子小巧，船头略尖。人站在舱中，竹篙一点，小船便窜出丈许。溜，滑行的意思，此类小船多为放趟鸭之用，故称“鸭溜子”。一趟鸭群有几百只甚至上千只鸭子，浩浩荡荡去觅食，放鸭人挥舞竹篙，左右开弓，进退自如，鸭溜子似矫燕一般在风浪中穿行。放鸭人一边用竹篙击打水面，阻止鸭子乱窜，一边口中“鸭喳喳、鸭喳喳”不停地呼唤，用特有的口令聚拢鸭群。

鸭溜子也是渔民的工具船，一年到头，渔民在鸭溜子船上张鱼卡、放虾笼、放丝网。秋末，夕阳西下，一条鸭溜子船缓缓行驶在晚霞映红的河面上。船艄，男人“啪吱”“啪吱”地操桨行船；船头上，盘腿而坐的女人一把一把地放着丝网。次日清晨，“啪吱”“啪吱”的桨声又徐徐而来，鸭溜子夹舱里，多了一条条活蹦乱跳的白鲢和鲫鱼。

载重量1吨左右的小农船原来叫“开泥船”，农人用它在沤田里运淤泥，俗称“开泥”。后来沤田没有了，不再运泥，而多用于在田间运秧把供人栽秧，所以这种船又被叫成了“秧碧子”。除了运秧把，秧碧子还有很多用途。曾经很长一段时间，乡间都用它作渡船。垛垎多的人家，都有一条秧碧子，去垛上浇水、送肥，往家里运蔬菜、秸秆等，几乎每天都用它。圩田多的村庄，农人用秧碧子往田里送种子和肥料，也把收获的油菜籽、大豆等带回家。现在很多农田开挖成蟹塘养螃蟹，每个蟹塘里都有一条秧碧子，蟹农撑着船，站在船头喷药消毒、投喂蟹料、收获螃蟹。

载重量 4 吨和 5 吨的小农船最实用，平稳性好，人上船、上岸方便，农人常用来挑粪、罱泥、装草、装麦把、装稻把、送稻轧米等，凡日常做得多、用到船的事情，首先用这类船。在生产队挑粪、挑猪灰，四个人一组，上午将船舱装满，下午再撑到田头，船舱里挑尽后正好收工。罱泥时，一个人撑船，两个人分立船头和船艄用罱子夹泥，一天能罱8船河泥。自己种田后，割麦割稻，夫妻俩割个半天，麦把或稻把正好装满一条 5 吨的船；脱粒晒干后，又用它装着谷物送回家。

大农船，载重量大，一次可装1万斤以上的实物，送公粮、罱湖渣最顶用。夏季和秋季，每次只要往粮管所送上两三船，生产队公粮任务就能完成；罱湖渣，罱一船可作3亩田的基肥。冬季上河工，装粮草、衣被，装大锹、扁担等劳动工具，还有运送民工，都用大农船。粮草拿上岸，直接在船

罱泥船　朱春雷 / 摄

上搭好工棚，这船又成了民工们晚上睡觉的窝棚。

20世纪70年代后期，农船上安装了动力机械，作用更大了。将一台12马力195柴油机安装在水泥船上，再配上水泵和铁筒，就成了为农作物生长输送水分的抽水机船。抽水机轰轰作响，水流喷涌而出，每小时能灌溉5亩稻田，抽水机船撑到哪个圩田，庄稼就逢上一片甘霖，完全取代了风车和踏水车这些原始的上水工具。

后来，农船又安装了挂桨机，船速和劳动效率大大提高。再次送粮和罱渣时，这挂桨船的后面能拖上6条农船，一条连着一条，宛如长龙在河面游动。推行生产责任制后，各家各户都种田，农家争相购置水泥挂桨船。一时间，河边停满了一条条崭新的农用挂桨船，船头上都挂着象征吉祥和喜气的红绿布带。那时，乡村人家购置一条挂桨船，其自豪的心理绝不亚于今天的有钱人购买一辆豪车。

抽水机船　陈明干 / 摄

挂桨船　吴萍 / 摄

有了挂桨船，用起来方便多了。上午去麦地里割麦，午饭后就可以将麦把船开到场头；秋天卖稻子，两三户邻居一起，上万斤稻谷装在同一条挂桨船上，上午去粮管所，下午就能回来；圩头圩脑长的甘蔗、芋头、生姜、萝卜，起获后放在船上，搭好船篷，带上被子，驶往县城销售，吃住在船上，风雨打不到；春节去外地做亲戚，一家人开上自家的挂桨船，想玩几天就玩几天。

传统农耕的消失，陆路交通的延伸，使得水泥农船大量闲置。破旧的农船，都用船绳系于村前庄后的河面，废弃的农船则沉没在河底，淹没在岁月的长河里。

靠船下篙行路远

竹篙

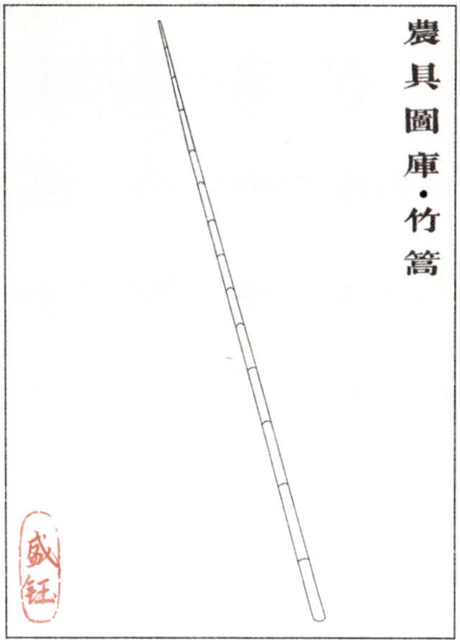

竹篙，也叫篙子，撑船的竹竿。2000多年前，东汉文字学家许慎在《说文解字》中介绍："篙，所以进船也。"可见，篙子在古代就已成为行船的工具。

篙子有竹篙和木篙之分。竹篙有节，内空，长而轻；木篙为瘦长的树干或粗长的树椏，实心，短而重。农人都选用竹篙撑船。

竹篙有长有短，有粗有细。年长的农人对竹篙分类，有一个老方法，以竹篙根部的周长而定：周长6寸（18厘米）的，称为大篙子、粗篙子或长篙子；周长5寸（15厘米）的，属中等篙子，直接称竹篙或篙子；周长4寸（12厘米）以下的，称细篙子或短篙子。周长大，意味着篙子长，反之则短。大篙子总长6米左右，中等篙子总长5米左右，短篙子总长不超过4米。大篙子根部装有10厘米长的铁制篙钻（铁钎），有单齿的，也有双齿的，撑船时扎在河床上，既防篙底打滑，又能增加撑篙力度，推进船速；中等篙子大多将篙根削成尖头替代篙钻，细篙子根部既不削尖也不安装篙钻。大篙子结实，用于撑大吨位农船；细篙子轻便，只用来撑"鸭溜子"一类的小农船。农人常用的，是中等篙子，既可以撑大农船，也能撑小农船。

里下河地区的竹篙多是购买。20世纪六七十年代，公社供销社生产资料门市部有竹篙销售。80年代，市场放开，有个人开设竹器店，也销售竹篙。因家家种田，每家都需要竹篙撑船或做罱篙，竹器店生意极好。

新买的竹篙都经过了加工，直挺挺的，连竹节都修理得滑溜溜的，无竹刺，拿回去就能用。

用竹篙撑船，有个练习的过程。凡撑船，人站在船艄的位置。但初学撑船的人，生怕掉入河中，总是站在船舱中划动竹篙，农船在原地打转。之后小心翼翼地站上船艄，竹篙插入河底后，农船要么向左转，要么往右拐，偏偏不肯直行。如果插篙用力过猛，要么船头撞向河坎，自己站立不稳落入水中，要么河泥"咬"住竹篙，怎么也拔不出来，只得松手，让农船与竹篙分离，人在船上随船飘移。有时也会因插篙落空，自己身体失衡，差点落水而吓出一身冷汗……多次练习后，就慢慢掌握了撑船要领：站稳船艄、靠船下篙、直插河底、弯腰推篙、拨篙转向等，能熟练自如地把控农船，做到该快则快，该慢则慢，要转弯就转弯，想靠岸随时靠岸。

里下河水系纵横，河流环绕圩田，农船是生产劳动中必不可少的工具，

撑船　陈明干 / 摄

农人因此也练就了成熟的撑船技巧。

双脚立定撑走小船和空船。小船是只装一两吨实物的船。圩田离村庄远，每到农忙季节，化肥、种子、大锹、粪桶等生产资料和劳动工具常常放在小船上，撑船前去。空船是指撑往圩田装麦把或稻把的水泥船，能装四五吨重的实物。人站在船艄，双脚分开，原位不动；篙子插入水中后，撑船人一弯腰，双手再用力一推篙，农船微微一抖，倏的一下，向前窜出了老远。无论下篙、推篙还是收篙，撑船人的双脚始终不动，农人称之为“定脚撑船”。撑船过程中，农人侧着脸，双目一直注视着船头的方向，气定神闲，想快、想慢、想拐弯，完全由手中的竹篙掌控。三里水路撑下来，除了船帮有一些水渍，双脚及船艄干干爽爽的。

来回走步撑动重载船。重载船，指的是装满实物的大农船，可装6吨至10吨不等的实物，用于装麦子或稻谷，化肥或湖渣等，舱里装得满满登登的，船帮贴近水面，在远处看，农船像是快要陷入河水中。撑这种船，有一个人用大篙子的，有两个人各用一根大篙子同时撑的。路远心又急，撑船人

撑草船　陈明干 / 摄

就“走步撑船”或“跑船帮撑船”。6至7吨的农船，船艄有2米的长度，人站在后舱船梁上，插下竹篙后，立即用双手顶着，跑到后艄……虽然每次只有几步的距离，但不间断的推力足以将农船向前送出很远。8吨以上的农船，两侧有20厘米宽的船帮，船艄有木舵，还有人掌舵。两个人分立船头两侧，各自下篙。当篙钻扎入河床后，两个人上身前倾，用肩膀顶着篙头，从船头沿船帮一直跑到船艄。两根长篙推着农船呼呼向前，船头撞击着浪头，发出“噼噼叭叭”的声响。撑船人收起篙子，回到船头，再次下篙，借助船行的惯性，继续顶着竹篙跑向船艄。河水被船头劈出一股股波浪，呈八字形向两侧散开……

竹篙还是农人走捷径的帮手。

装粪水的船一般是4吨的水泥船，船帮狭窄。船舱装满了粪水，要撑船送往田头。胆大的人直接从船头沿船帮跑到船艄，或双手将竹篙平握，借助竹篙的平衡力，像走钢丝一样从船帮上走过；胆小的人则手持竹篙，插至河床后，将竹篙当拄拐，从船帮上走过去。夏天，船上堆满了麦把，高高大大，船头、船尾离河岸又远，只见农人将长竹篙往水中一插，纵身一跃，腾空飞起，身子瞬间从岸上落到了把船上。

靠船出行的年代，运草、运粮、运肥，哪一样少得了农船、少得了竹篙呢？一条农船上，可以没有桨、没有橹、没有舵，但必有一根竹篙，那是农人行船最便利的工具，也是他们最亲密的伙伴。农人常常是天刚蒙蒙亮撑船出去，晚上带黑回来。

农活再苦再累，也不忘让自己开开心、乐一乐。烈日下，船上装满了麦把，扣喜和文兵站在船艄，一人一边，一人一篙，埋着屁股往打谷场上撑把船。撑着撑着，文兵说话了：“刮风起皱皮，下雨有瘪塘，又能生吃又能做汤。你猜是啥？”扣喜笑答道：“河水！”紧接着扣喜也说了一个让文兵猜：“在娘家青枝绿叶，到婆家面黄肌瘦。”“哈哈，我们手里的篙子！”一问一搭，嘻嘻哈哈，闷热的河道里没有了寂寞。

时间用长了，竹篙的体色由青变黄；不停地在船帮边摩擦，篙身也渐渐破损。当竹篙磨破了肚皮，或出现较长裂缝，农人只好重新换一根。

负重行进

纤绳　纤板

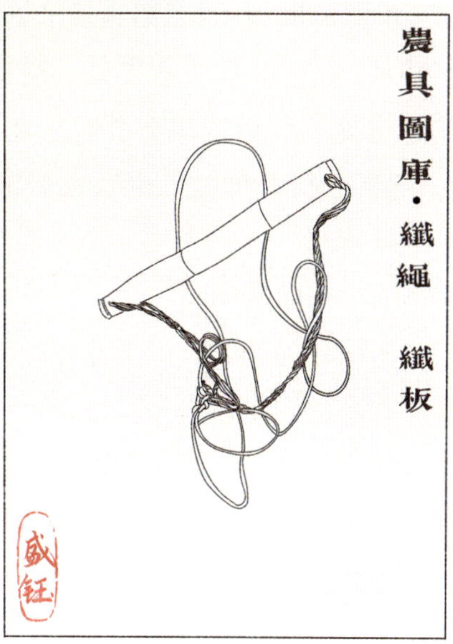

里下河水网交织，河道纵横，农船自古就是这里的水上运输工具，拉纤是助船行进的方式之一。

用一根长绳，一端系在船上，另一端由岸上的人拉着，人在岸上行走，船也被绳子拉着在河道里行进，这就是拉纤。拉的绳子叫纤绳。

拉纤的人通常被称为纤夫。船运是我国古代主要的运输方式，在4000多年前的夏朝，我们的先民就拉纤行船了。到隋朝时，纤夫已经作为一种养家糊口的职业，大规模地出现。大运河是漕运、盐运的重要通道，当时官府还在运河边设置纤道，专供纤夫背纤行走。

里下河地区农人拉纤的历史源于何时，目前无确切的时间查考，但可以推断：农船什么时候用于农业生产，拉纤就应该在什么时候出现。20世纪90年代前，里下河地区陆路交通尚未完全形成，绵长的河岸上，常常看到农人拉纤的身影，那也是他们农耕生活的一部分。

一根纤绳长30米左右。纤绳要结实，旧时的纤绳是麻绳，农人俗称“麻绳弹（tán）子”“纤弹子”。麻绳用麻丝绞成，三小股绞成一大股，有男人的中指粗。20世纪60年代，公社供销社已有现成的麻绳销售，生产队买来正好做纤绳。麻绳粗，淋水后也重。70年代后期，有了塑料纤绳，只有筷子粗，且不淋水，比麻绳弹子还结实。拉纤离不开纤板。纤板为厚竹片，60厘米长，10厘米宽。纤板两端各扎一个小孔，将纤绳一端呈“丫”字形扣在纤板上。人在拉纤时，纤绳的一端系在船梁竖立的竹篙上，纤板的这一端架在人的肩上。纤板起护肩的作用。拉纤需要用力，宽厚的纤板搭在肩膀上，避免了因用力而带来的疼痛。

运秸秆、运粮食、运肥料、运泥土等，只要运送量大的实物，都离不开农船。我高中毕业回村务农时，曾多次拉纤。

路途最近的，是去田里拉麦把船和稻把船。范家圩、姜家圩离打谷场有四里多水路，那里有生产队近百亩农田。船舱里装满麦把后，在岸上拉纤的常常是我，另外两个人，一个在船头，一个在船尾，既执篙撑船，又把控方向。麦把船堆得高高大大，船尾的人看不到船头上的人，完全以河岸线把握方向。我刚出校门，自然没有这个本事掌控船只，只能用力气拉纤。我背着纤板，

拉纤　陈明干 / 摄

在高低不平的河岸上行走。路过渠口时，我一跃而过；河岸弯曲，每逢拐内弯时，我快收纤绳，加快脚步。若纤绳收慢了，麦把船在河中就近取路，纤绳中部就落在水中，被兜进船底。而转外弯时，我就脚步放慢，待麦把船越过拐角，再快步向前。

麦子晒干扬净后就是送公粮，到十里外的公社粮管所出售，必须拉纤。

凌晨4点多，满载小麦的农船就从村里出发了，拐进兴盐界河后，我们拉纤的人手拿纤板，沿着河坎爬到了堤上，一边放纤绳，一边快步向前走。站在船艄的，点着竹篙掌握方向。长长的纤绳被我们拉成了直线，船头两边泛起阵阵波浪，我们的船很快超越了那些用篙撑的、摇着橹的一条条麦船。

大纵湖离我们这儿有二十多里水路，那沉积在湖底的草渣是种田的上好肥料，每当水稻秧苗栽插结束，农人总要冒着高温酷暑，去大纵湖罱渣。罱渣船大，路又远，无论去时的空船，还是罱满湖渣的实船，都要拉纤。我们在堤岸上背着纤绳走，渣船跟着我们的脚步一同向前进。圩堤上，靠近河边的

拉纤 陈明干／摄

青草丛中，早被拉纤的人踏出一条狭窄的路。一看到这大路边生出的小路，我立马想到鲁迅先生的那句话："其实地上本没有路，走的人多了，也便成了路。"这是拉纤的农人不辞劳苦硬生生走出来的纤道啊！

拉纤的时候，最怕遇到河岸边的树或河面上的桥。遇到树时，要么是船上的人将插在船梁上的竹篙高高举起，以便纤绳越过树顶；要么从船梁上解下纤绳，待船行过树木后再将纤绳系在竹篙上。若碰到河面上的小桥，拉纤人手握纤板，从桥面的一侧向下用力甩过，凭借纤板运动的惯性和拉纤人控制纤绳的长度，纤板又会从桥面下的另一侧跃上桥面……这"甩纤板"的功夫是拉纤人必学的一种技巧和本领。

除了甩纤板，拉纤人还要会"滑纤板"，也叫"滑溜子"。拉纤人想赶超前面不远的纤船，先稍微放松手中的纤绳，随后猛然将纤绳收紧，纤绳向上跳跃时，惯性的作用使纤绳升空，一下子就越过了对方船梁上高高竖立的系着纤绳的竹篙。

船的吨位大，装的东西多，一个人拉纤吃力，就需要两至三个人同时拉。每个人肩上的纤绳间隔两米的距离连接主纤绳，就像植物的主藤上生出来的一条条支藤。走在最前面的那个人叫"头弹"，第二个人叫"二弹"，第三个人叫"三弹"或"了弹"。一个人在前面走，后面的紧紧跟着，每个人都埋头向前。人多力量大，劲往一处使，船行得更快。

尽管有宽宽的纤板护在肩上，但载着满船的粮食或湖渣，为快去快回，或看到天色将晚，或风雨将至，每个人都心急如焚，拉纤的人更是加快了脚步。肩膀被纤板压疼了，就将纤板放在胸前，用胸脯顶着纤板前进。胸脯由肋骨支撑，吃不消纤板的压痛，拉纤人又用双手挡在纤板与胸脯之间，咬着牙，继续向前迈步。

大河里，无数条装满化肥的农船在行进，船头和船帮只露出河面一点点，大风大雨随时可能让农船沉没。拉纤人将纤板贴在胸前，头埋得更深，步子迈得更大，整个身子呈俯冲式向前，拉纤号子也在大堤上响起来："哎呀里个号，嗨哟！""哎呀里个号啊——嗨哟哟！"认识的与不认识的，所有的拉纤人都在呐喊，所有的农船都在奋勇向前。

农船的翅膀

桨

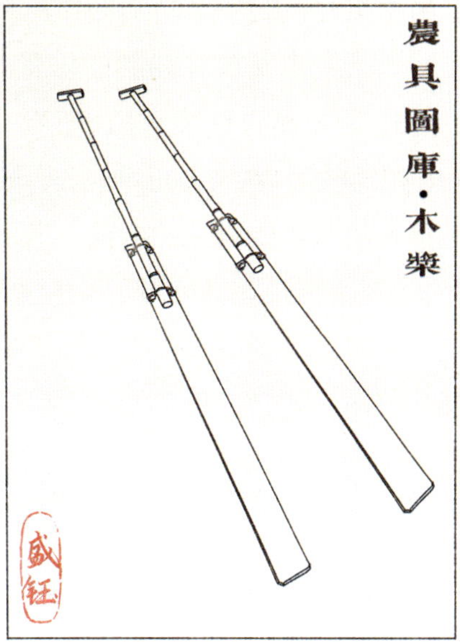

桨，划船之用，使船只向前行驶。

在古代，桨被称为“棹”或“楫”，宋元时期进士黄公绍在其所著《古今韵会》中解释：“棹，短曰楫，长曰棹。”

桨也叫木桨，由桨柄和桨板构成。上半部分是桨柄，或木棍柄，或竹竿柄，顶端有木楞，便于把握；下半部分为木质的长条形桨板，用于划水。短桨一米多长，长桨达三米，根据船只大小配置，船小用短桨，船大用长桨。

船是我们的先民很早使用的水上助行和运输工具，与此同时出现的还有木桨。在浙江萧山跨湖桥遗址中，出土了8000年前的独木舟和木桨等遗物，说明早在那时我国东南沿海的先民已普遍操纵木桨行船。只是，古代木桨的桨柄较短，桨板狭长。后经摸索改进，桨柄变长，桨板也变得轻薄和稍宽，用起来更便利也更有力，加快了行船的速度。

里下河河流众多，自然少不了农船和木桨。农船两侧的船帮上，各有一个眼口，俗称“桨疤子”，类似于过去农家安装木门的“门窝子”。将两尺长的桨桩的下端安插在桨疤子里，用塑料绳穿在桨桩上端的圆孔中，然后塑料绳打成圆圈，将桨柄放在绳圈里，船上的人即可操动双桨了。桨桩和绳圈起着悬吊木桨并使之灵活转动的作用。

木桨大多安放在船艄的位置。划桨的人站在船的后舱中，上身前倾，双手握住交叉着的双桨木柄，随着一下一下有节奏地划动，木桨拍打着水面，发出"啪吱""啪吱"的声响，桨板将水划向后方，打着水圈，形成的反作用力推着船儿轻飘飘一路向前。若不是急着赶路，划桨人可以坐在窄窄的船梁上，不紧不慢地荡着双桨，船儿也是优哉游哉地缓缓前行。

如同鸟儿的翅膀一样，每条船上的木桨都是双桨，设在船的两侧，便于划桨时的平衡。只要是直行，划桨人都是均衡用力地操动双桨。顾此失彼、用力不均，会使船儿左右摇摆，方向把握不准。只有在船头拐弯时，手中的双桨才各有分工：船头左拐，右桨不停地划动，左桨闲着；船头右拐，左桨不停地划动，右桨闲着……

还有一种情况，那就是双桨的位置不都在船艄上，而是船头、船艄各设一桨。船头的，设在船的左侧；船艄的，还是在右侧原来的位置，每只桨都有一个人操作。这种设置，扩大了划桨的操作空间，增强了划桨的力量，提高了船速。只是，这需要一前一后两个划桨人的协调配合。

任何一种工具都有其局限性。船太大，装的东西多，木桨无力划动，只能用篙撑、用橹摇、靠扬帆。在里下河水乡，桨一般适用在载重量四吨以下

放鸭　朱春雷 / 摄

的农船，尤以一吨左右的船只居多。

使用桨，这里的农人叫划桨、操桨或荡桨。水路有远有近，河面有宽有窄，河底有深有浅。水路远、河面宽，一直用篙子撑就感到吃力；河底深，篙子插不到河底，船儿只能在水面上打转转。这时候，划桨就是最好的选择了。

在乡镇与乡镇之间的分界处，常常是大河相隔。之前没有桥，行人来来往往靠渡船。这种河面宽阔、河水较深的地方，渡船上用的就是木桨。漫长的岁月里，无论白天还是黑夜，无论刮风还是下雨，摆渡人靠着一条船和一双桨，总在风浪中迎来送往，成全着路人。

养趟鸭、趟鹅的人家，一养便是几百只、上千只。对付这趟鸭、趟鹅，没有配上双桨的小鸭船（鸭溜子）是不行的。鸭子嘴泼皮，小鱼、小虾、螺蛳、河蚌、水草等等，都是它们的美食。村前村后的河道里，能吃的都被它们淘尽，养鸭人每天划着双桨，领着它们去往更远的水域觅食。自养的鸭子有灵性，养鸭人的呼唤、双桨击船的声响，都是鸭子们跟随主人的信号。

入冬后，村庄周围河道里常常上演“老鸦拿鱼”的热闹场景，沿河两岸挤满了观看的人群。老鸦即鸬鹚，是渔民驯养后专门用来捕鱼的一种鸟。利用老鸦捕鱼，俗说“放老鸦”。老鸦船极其狭小，船头船尾既尖又翘，两侧船帮有供老鸦停歇的木架，船艄配木桨，双桨一划，老鸦船轻快地向前窜。老鸦拿鱼需协同作战，有多条老鸦船参与，少则四五条，多达十几条，有数十只甚至上百只老鸦在水中钻上钻下地捕鱼。放老鸦的人操着双桨，时进时退，忽左忽右，不时用桨板击水，用桨柄拍船，发出噼里啪啦的声音，十多条老鸦船合拍，就在河面上奏出了惊天动地的声浪，似在鼓舞老鸦拿鱼的斗志，又将水里的鱼儿吓得失魂落魄。老鸦叼到鱼，浮出水面，放老鸦的人竹篙一挑，连鸦带鱼挑到了船上。

兴化的垛田街道和西部几个乡镇，垛垎是当地农人收入的主要来源地。大的垛垎两亩三亩，小的几分几厘，只能种植旱熟作物，如油菜、芋头、生姜、甘蔗、大葱、大蒜等。垛垎凸起，爽水，而旱熟作物在生长的前期又需要水。这里多数人家总有一条安着双桨的小船。盛夏酷暑，无论天气多热，他们每天都要划着小船，去垛垎为庄稼浇水。芋头、甘蔗、生姜收获后，他们又装满小船，操着双桨，驶往县城出售，或去其他乡镇投亲靠友，帮着推销，日子过得艰辛而憋屈。

生产力的快速发展，让传统农耕日渐消失，里下河独特的水土形态和

菜花景区　杨天明 / 摄

植物资源，赋予了这里别样的自然风光，旅游业因此兴起。四月，春暖花开，兴化千垛菜花景区格外迷人：大小不等、形态各异的垛垎被一道道河水分隔；垛垎上，油菜花烂漫盛开，流金溢彩。一垛一垛的油菜花，宛如飘浮在水面上的盆景，身穿蓝花布衫的船娘划着双桨，荡着游船，载着兴致甚浓的游客在曲曲弯弯的河水间穿行……河水悠悠，桨声连连，菜花丛丛，笑语阵阵，构成了一幅“船在水中行，人在花中游”的旖旎画卷。

一双桨，拨出了水花，荡出了笑声，划出了风景。生活在垛垎的农人从来没有想到，当初挥汗如雨耕耘垛垎时所掌握的划船技巧，今天会在菜花景区里大显身手。她们更没有料到，手中握着的双桨，犹如灵巧的翅膀，让游船在倒映着菜花的水云间荡漾，这美丽的画面不知不觉便被定格在如织游人的手机里，分享在网络中。

农船的鱼尾巴

橹

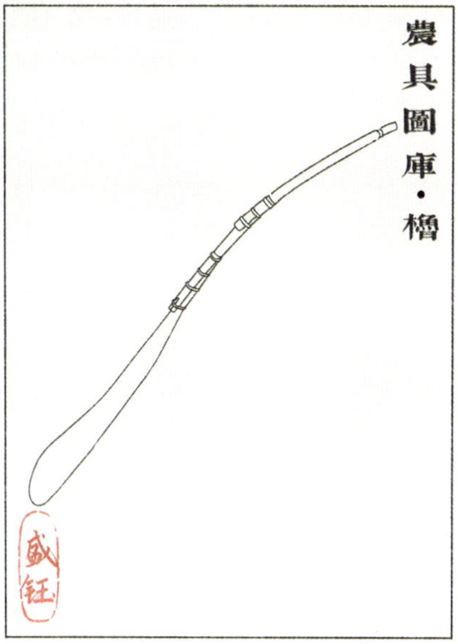

一条船浮在河面，有多种方法使之前进。橹，跟竹篙、木桨一样，也是推动船只行进的工具。

橹是我们的先民在木桨的基础上发明出来的，是对世界造船技术的一项贡献。根据中国古籍记载，橹产生于2000多年前的汉代。东汉经学家、训诂学家刘熙有一部专门探求事物名源的著作《释名》，对橹的解释为：“船尾曰柂，在旁曰橹。橹，膂也，用膂力然后舟行也。”意思是说橹安装在船舵的旁边，靠人用力摇动后推动船向前。

里下河地区农田面积多，劳动量大，装粮装肥、罱泥罱渣等，都离不开船。为提高劳动效率，农人往往优先选择吨位大的农船装运实物。大农船装上了橹，比用双桨划更省劲，船速更快。木桨靠划，作为木桨的演变物，橹则是摇。桨板短而狭窄，划水有间歇性；橹板宽而修长，且连续推进，故而摇橹时行船更提速。“一橹抵三操（操桨），一操抵三篙（撑船）”，里下河农人深有体会，常常这么说。

一把橹，由橹板、橹柄、橹结、橹钉、橹脐和橹绳组成。橹板、橹柄和橹结都是质地密实的木材所做，坚硬，不易腐朽。橹板身材颀长，可达三米，下身宽厚，上身渐圆。橹柄粗壮，橹结略弯，两者均不足一米长，皆为长方形，背脊略圆，便于摇橹人把握。橹柄与橹板，由橹结经卯榫和铁箍连接固定后，就成了弓背形状的橹身了。橹身腹部有一小圆孔，俗称“橹脐”，供船艄上的橹钉支撑。将橹绳套在橹柄的前端，便可以摇橹了。

摇橹的窍门多得很，比撑船、划桨难学。摇橹，先要学会稳住橹身。一把小橹，重近百斤；大橹总长四米多，重达一百三十斤。船艄上，牢固竖立的橹钉，五寸长，拇指粗，顶头滚圆。橹身腹部的那个橹脐，真像人的肚脐，圆圆的，浅浅的，直径与深度均不足两厘米。橹钉顶着橹脐，就使得橹板下部大半个身子伸在水里；橹柄翘在船上，整个橹身如弯弓一般悬浮在那儿。圆头的橹钉顶着浅圆的橹脐，可使橹身灵活摆动。但初学摇橹的人，不知道把

摇橹　朱春雷 / 摄

握平衡，摇橹时一不小心，橹身就从橹钉上轰隆一声掉落在船艄上。掉下来再抬上去，抬上去又掉下来，连续几次是常事，急得浑身冒汗。

据说橹的发明，是古人受鱼儿游水的启发。鱼尾巴不停地扭动，起着推进和平衡的作用。但摇着橹的船，最容易左右摇晃、船帮进水。船上装着满舱的化肥或谷物，岂能让水进来？使船平稳行进，这是摇橹人的又一技巧。摇橹人立在橹的左侧，双脚前后叉开，双手抓住橹柄，用劲推拉，使水中的橹板频繁划动，就像鱼儿甩动尾巴，形成了推力，促使农船向前。摇橹时，人的上身时而前倾，时而后仰，水中的橹板也随着这种节奏荡出一圈圈的旋涡，农船就不可避免地晃动起来。会摇橹的人，巧妙运用双脚的踩力，保持船体平稳：感觉右侧船身向上时，伸出的前脚用力下踩；感觉左侧船身向上时，他的后脚用力下踩……

农船上没有类似于汽车刹车的制动装置，摇橹时就靠着一把橹来把控船速的快慢。一个摇橹的老手，要想船速加快时，他就放足橹绳，将橹板深埋于水中，奋力摇动橹柄，河水中翻起了一圈圈“大花”，农船犹如百米冲刺，勇往直前；农船该平缓前移时，他又将橹绳收缩，轻扶橹柄，使橹板轻轻拨动水面，河面上泛起一朵朵“小花”……摇橹人的双眼一直注视着前方，人上身的一俯一仰、双手的一推一拉，与橹身的一摇一摆、水中橹板的一划一翻，十

卖公粮　毛剑云 / 供图

分协调自然。船身平稳向前，船速快慢有序，船的两侧，是悠悠滚动的波浪。

船上没有舵子，农船拐弯绕道，全凭摇橹人手心里的橹柄：船头要右拐，摇橹人会将橹柄微微上翘，以橹钉为顶柱，将橹柄向身体内侧扳动；农船欲往左行，摇橹人又将橹柄推向身体外侧，水下的橹板翻了一个大花，船头立即调转了方向……在熟练的摇橹人手里，橹再长，也只是一件小玩具；船再大，也会任其摆布。

曾经，乡村5吨至8吨的大农船上，多数装有橹。船大，装的东西多，农船"吃水"深，一个人摇橹船速不快，就两个人扶着一把橹柄同时摇，一人在前，一手抓橹绳，一手摇橹柄；另一个人在后，双手摇橹柄。后面的人是重点，既要稳住橹身、使劲摇橹，又要把握方向；前面的人当助手，既要抓好橹绳，又要协助摇橹。两个人同时摇橹，看起来互不相干，各摇各的，实质上心心相印，紧密配合，两个人双手的推拉、身子的仰俯，如同一个人的动作，整个一把橹也犹如柔软的鱼身在游动。

并不是熟练的人摇橹就万事大吉，也有意想不到的情况发生。船上装满了湖渣，要匆匆回程，便奋力摇橹。路远心急，推橹过猛，橹身一下子从橹钉上滑出，人一时收不住身子，冲进了河里。长时间摇橹，橹绳也会受损不结实，正全神贯注摇橹时，橹绳断裂，惯性的作用同样让人掉入河中。夏天还好，若是冬天摇橹落水，其寒冷可想而知。

在乡村，男女老少几乎都会撑船，但会摇橹的，就是那么几个身强力壮、苦活累活轮流着干的男劳力。学会了摇橹，生产队长会吩咐："明天早上，你们摇橹去送粮。"过了几天，他又安排："你们摇船去一趟县城，把一船化肥装回来。"每天得的工分都比别人多。

在里下河，橹，是一种劳动工具，摇橹就是生产劳动。

扬帆远航

桅杆 帆布

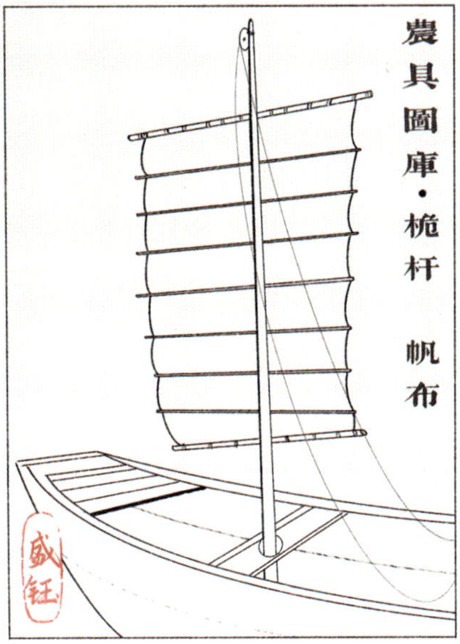

桅杆和帆布，都是帆船上的主要部件。桅杆竖立在船上，帆布悬挂于桅杆，风推动帆布，也推动了船只行进。这种立桅挂帆的船叫帆船。

人类最早的木帆船起源于古埃及，已有5000多年的历史。我国帆船出现在2200年前的西汉。东汉时期经学家、训诂学家刘熙在其著作《释名》中，有对帆的解释："帆，泛也，随风张幔曰帆，使舟疾泛泛然也。"这是较早对我国帆船的文字记载。

帆船分为单桅帆船、双桅帆船和多桅帆船。在各类史料记载中，多是浩浩荡荡、云帆密集的有关漕运、盐运和航海的多桅大型帆船，如郑和下西洋、哥伦布发现新大陆等，而对单桅帆船从事农业生产活动的记述少之又少。

在里下河平原碧水盈盈的河道里，也曾有白帆高挂、扬帆远行的劳动岁月。

帆船是利用帆布、巧借风力而行进的船。在这里，农人不叫帆船，而称"攘风船"，这是方言，意为用帆布兜着大风向前行驶的船。农人在常用的木船或水泥农船上，竖一根桅杆、挂一张帆布，便能运粮或运肥了。大部分载重量5吨以上的农船都立桅挂帆，这与配置木桨的船正好相反。

船是农人最重要的劳动运输工具，撑船、拉纤、划桨、摇橹，都是为了装得多、行得快。而这一系列行船的方式，都离不开人的劳心费力。在日复一日、困苦厌倦的状态中，农人学会了使用帆船。

帆船上的桅杆，杉木做成，粗壮笔直，结结实实。短的桅杆也有8米多，长的达10米以上，桅杆越长，分量越重。桅杆的长度根据农船吨位的大小而设置，载重量越大，桅杆越长，垂直地竖立在船梁上，有直刺蓝天的感觉。

帆布，是从供销社门市部买来的白洋粗布，由生产队妇女围坐在一起缝制而成。帆布呈长方形，宽3至4米，长约7米，由多幅布面拼接成整块。女人低头缝帆布，心里在默默祈祷男人挂帆行船的安全。

除了桅杆和帆布，每条帆船上还有许多名称冷僻的部件和与之相配套的部位，让我们简略认识一下：埂梁，桅杆依立的一道船梁；盘脚，供桅杆根部站立的固定圆圈；桅销，圆形铁棍，插于埂梁，以固定桅杆；搽服，3米长的木柱，一端顶着船头，另一端顶着桅杆的下半部，以防刮大风时桅杆折断；篷竹，在帆布后侧自上而下等距离横向排放，根据大小，每张帆布有篷竹10根

帆船　毛剑云 / 供图

左右，使帆布有张开、升降和依护作用；力索，即帆绳，升降帆布之用。还有铃铛、抱桅、脚绳、悠绳……名字稀奇古怪，各有各的用途，但都为桅杆和帆布服务。

谁也不会想到，在看似简单的帆船上，部件竟如此之多，结构如此复杂。由此可见农人的巧妙心思与聪明才智，也足见人们摆脱繁重劳动的心情何等迫切。

行驶帆船，有明确的分工，不可乱来。

年轻人力气大，竖立或放倒桅杆，非他莫属。若是竖立10米长、重达300斤以上的大桅杆，需要两个人配合。两个人站在船头，一前一后，将桅杆根部顶在盘脚里，然后用肩膀扛着桅杆，慢慢竖起。在桅杆垂直站立的那一瞬间，一人稳住桅杆，一人迅速将桅销插在埂梁上。

驾驭帆船，最关键的，还是靠年龄稍大、身经百战的舵手。舵手坐在船艄，既要掌握木舵，把握方向，又要手牵脚绳，根据风力大小调整帆布，使帆船顺利行进。

扬帆　许才清／摄

帆船靠风前进。春天，生产队去县城装磷肥，风和日丽的天气，尽可以将帆布从底端一直扯到桅顶，风帆饱满，顺风顺水，乘风破浪，昂扬向前。

夏天从湖荡绞水草回来，忽然风起云涌。河面上，风力增强，劲风吹得帆布哗哗作响，桅杆剧烈颤动，船头摇摇欲坠，帆船像脱缰的野马，横冲直撞。舵手立即命令船头上的人松开力索，降低帆布的高度，自己快速收拢脚绳……很快，帆船减速，又驯服地回到了原来的航线。

不是所有的航行都是一帆风顺的，会借旁风行船，才能真正显示一个舵手娴熟的驾船能力。秋天罱湖渣，要向西行船二十多里。去的路上，刮的却是南风，风向与行船不属于同一个方向，这时，舵手会调整木舵，将帆船贴着南河边行驶，只见他站在船艄位置，一只脚踩着舵柄掌舵，双手牵着上下脚绳，像操纵木偶一样，始终让帆布侧着身子，兜着南风，帆船劈风斩浪，一路西进。在这里，“见风使舵”不是贬义的，而是对舵手行船技巧的肯定。

20世纪70年代前，每年二三月份，农人便挂帆去大纵湖耥渣，做垩田的肥料。湖面辽阔，渣船游走，一片片白帆犹如白色蝴蝶翩跹的翅膀。耥渣，一人掌舵控制帆船，另两人立在船头，手握耥网，将湖底的淤泥和水草揽入网中。舵手操纵力索和脚绳，将帆布一侧降低，借着旁风，让帆船在密集的渣船间缓缓穿行。一天时间，便会耥满一大船的湖渣。

行驶帆船，麻烦的是遇桥必停。那时，横跨水乡河面的，都是木桥，帆船破浪行进，桅杆高高耸立，船上人稍有迟缓，要么是桅杆撞断桥面，要么是桥面折断桅杆。所以，当前方一出现桥梁时，船上所有的人都紧张地行动起来，落帆布的落帆布，卸桅杆的卸桅杆，待农船行过桥梁后，再将它们一一复位。

难度较大的，还有帆船拐弯。水乡河流虽多，但多数河面不宽，河弯近乎直角。拐弯时，稍不注意，帆布就会倾斜，农船就能侧翻。那年冬天，一个北风呼啸的日子，急驶如飞的帆船满载着大运河疏浚工程的民工，返程而归。船至上官河即将拐弯，舵手洪根大叔连忙站起身，迅速松开力索和脚绳，让帆布快速下降；紧接着他操纵舵柄，船头立即转向，冰冷的浪花飞起半人高，溅到船头上。在众人的惊呼声中，帆船拐了一个大弯，缓缓驶进了内河。

行船靠舵手

舵

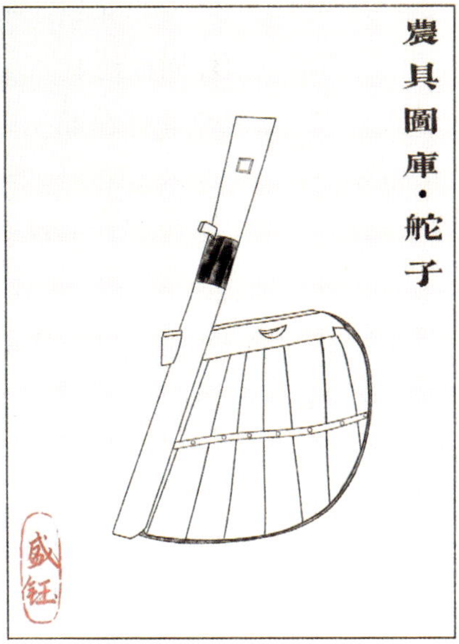

舵，即船舵，也叫舵子，安装在船艄用以把控船只行进方向的工具。

早在4000多年前的新石器时代，我国已有木船，后来有了木桨，既行船又掌握方向。舵是在木桨之后出现的。1955年，广州东汉墓出土的陶船模型，距今已有2000多年的历史，其尾部位置装有木舵，它不仅是中国最早的船舵，还是世界上最早的船舵。

舵在古时作柂、柁、杕。东汉经学家、训诂学家刘熙所著《释名》解释："船尾曰柂。"南北朝太学博士顾野王所著《玉篇》解释："杕，船尾小梢也。"

里下河是水乡，人们生产和生活自古就离不开农船。舵子安装在船艄，是农船最亲密也是最重要的伙伴。

舵由舵杆、舵板和舵棒组成，皆为木质。舵杆也叫舵管，选用的是桑树或榆树的树干，硬实耐用。农船上常用舵子的舵杆长1.2米，上端大、底端小，上端舵杆头直径16厘米，下端直径10厘米；舵杆头中部有一四方孔，供插舵棒。舵板蝶翅状，由杉木板拼装而成，竖式排列，由板与板之间的内钉串联，上部宽70厘米，下部宽90厘米，高80厘米，厚4厘米；一根铁箍缠绕在中部两侧，将所有板块死死夹住；舵板上端加盖压板，使板块更固定；舵板底部略带弧形，一片厚竹条钉于底端，既避免行驶过程中舵板带着水草，又防止舵板扭曲变形，同样还有固定板块的作用。在舵杆头与舵板之间，有铁皮包裹着舵杆，避免舵杆在舵孔中转动而磨损，并装有木把手，用于提升或放下舵子。舵棒是一根树棍，也是桑树干做成，长80厘米，直径6厘米；舵棒一端削成四方形，正好插在舵杆头中部，与舵板呈反向的四方孔内，掌舵时怎么也不会松动和脱落。

木匠在制造木船的同时，就为舵子留好了位置：在船艄的正中，设上下两层"后翘板"，之间相隔10厘米的空隙，每层板宽20厘米，厚5厘米；每层板中部凿一圆形舵孔，直径12厘米；舵孔向后是一条直槽，宽6厘米。舵孔和直槽，是供放入舵子或提升舵子的。因舵杆头直径大于舵孔直径，舵杆头就正好搁在后翘板上。后翘板设两层，增加了舵孔对舵杆的包围面，避免行船时舵杆前后左右摇晃，也有效地保持舵子的稳定。舵子挂在船艄，随船只的升降而升降，从而掌握行船方向。

有的舵子是木匠造船时一同打制的，还有的舵子是后来单独打制的。舵子造好后，要用桐油涂抹，风干后再涂抹，两到三次后才使用。舵子木制，既要经得住水泡，还要防虫蛀。

木船和木舵　佚名 / 摄

船上安装了舵子，操作起来方便，行船又安全可靠。掌舵人站在舵子右侧，左手握住舵棒，船欲右拐，就将舵棒推向左侧；船欲左拐，就将舵棒拉向右侧。舵棒通过舵杆控制水中的舵板，舵棒推向哪一边，舵板就被推到相反的一边，拨动水波形成推力后使船头也往相反的一边行进。只是，行空船时，舵板一部分在水中，掌舵推力小；行重载船时，整个舵板淹没在水中，掌舵推力大，有时还是双手推拉舵棒。推力无论大小，只要推动舵棒，船头随即拐弯。

当我弄清楚舵子的使用原理并啰啰唆唆写下这些文字时，我从内心敬佩先人的聪明才智，想象着他们在制造这些古老农具或部件时付出了多么大的心血！这也就不难理解中国人发明的船舵，对于世界造船业和航运业的巨大贡献。

旧时，在里下河地区，只有地主和富商家里的“万斤船”才配舵子。万斤船，指的是五吨的木质船，可装一万斤左右的实物，行驶在内河，算是庞然大物了。中华人民共和国成立后，万斤船归集体所有，一个生产队只有一条，用于罱泥、罱渣、装粮和装草。

万斤船两侧的船帮有“套箱”装置：靠内是8厘米高的船沿，离船沿5厘米处有多个方孔，每孔插入一根护桩，将一块20厘米高的厚长木板侧着放在船沿与护桩之间，这样船的中舱和夹舱都高出了20厘米，罱湖渣或者运粮食就多了很多。载重量大，船帮平水，有风时，农人竖起桅杆，扯起风帆，乘风破浪向前进；无风时，用木桨划船，前面两把桨，后面右侧一把桨，三桨齐用力，船只依旧疾驰。无论扬帆还是划桨，总有一个人掌舵，他双目注视前方，双手紧握舵棒，或左推，或右拉，或中立，始终让船行进在正确的航线，顺利到达目的地。

20世纪70年代初期，里下河水泥农船渐渐多起来，载重量从2.5吨到8吨不等，每个生产队有五六条水泥船，船艄均留有舵孔。村里的木匠忙碌起来，每天打制木舵，吨位小的船配小舵子，吨位大的船配大舵子。农船多，又有舵子方便行驶，罱泥、罱渣的人多了，装粮、送草更便当了，农业生产的节奏也加快了，生产队常常开展轰轰烈烈的劳动竞赛。

农人掌舵，不是简单不变的习惯性操作，总有他们的奇思妙招。

三个人去湖荡罱渣，进入笔直而悠远的河道。本来是两个人在前面撑船、一个人在船艄掌舵，但掌舵人闲不住，他用绳索扣在舵棒上，再将绳子两端系在两侧船帮，然后也拿起竹篙加入撑船行列。舵棒被固定在正中位置，使船保持直行，但多了一个人撑船，则加快了行船速度。

生产队机工常常将抽水机的送水管卸去一截，改成冲水机船，拖着几条粮船一起卖公粮。机器在船舱，舵子在船尾，相距3米的距离，通常是一人掌舵，另一人管机器。机工用一根细塑料绳扣在油门上，左手掌舵，右手牵绳调节油门。当船拐弯时，他放松绳子松开油门，趁船减速的当口，左手推动舵棒；拐弯完成后，他又拉紧绳子加大了油门……大忙时节，人手紧张，机工一个人做了两个人的事。

很长一段时间，农人将稻草和麦草卖给造纸厂，或者送给窑厂换取砖瓦。秸秆堆积在船上又高又大，站在船艄掌舵的人根本看不到前方。掌舵人用一根长竹竿绑定在舵棒上，延伸舵棒的长度，自己站在草堆上，既眺望远方，又掌握舵棒，把控着草船行进的方向。

力索、脚绳是控制风帆升降和转向的牵线。每条帆船上，有1根力索和14至16根脚绳，全由掌舵人操纵。风和日丽，掌舵人左手控制舵棒，右手牵扯力索和脚绳，帆船正常行驶。当风力增大，或帆船拐弯时，掌舵人的双手频繁操纵每根绳索，左脚则踩在舵棒上“拿舵”。此时，掌舵人将“手脚并用”演绎到了极致。

“掌舵的稳当，乘船的不慌”。舵子把握方向，对农船及船上的人和物至关重要。农人对舵子倍加爱护，有专人保管。平常不用时，将舵子提上来，搁在船艄沥水；炎炎烈日，将船停在河边树阴下，避免舵子暴晒。每年，农人要将舵子用桐油重新涂抹一次。发现舵板有破损，及时更换。20世纪70年代后期，乡村有了连带铁舵的挂桨机，木舵退出了历史舞台。

通往时节的条板

跳板

跳板，是放在船与堤岸之间，或架设在沟壑上面供人行走的条板，便利通行。

在工具类书籍中，一时查找不到跳板最早出现于何时。但较早的文学作品里还是能找到跳板的踪影，如宋代官员赵溍的小说《养疴漫笔》中写道："船前独设一木脚道，煜徘徊不能进。"木脚道即跳板。元代杂剧家乔吉的越调《斗鹌鹑》歌词中直接写到了跳板："丽春园门外是浔阳岸，最险是茶船上跳板。"

农船与河岸之间有一定的距离和落差，架起了跳板，农人劳作时可来回自如地上船、上岸。用到农船就不能没有跳板，跳板配合农船使用，它的历史与农船应该同时，也就是说，什么时候有农船的，什么时候就有了跳板。

跳板有木头跳板和竹跳板两种，以木头跳板为多。木头跳板硬朗结实，竹跳板易裂易断，不多见，即便有，使用寿命也不长。

跳板有长短之分，根据农船大小配备。通常情况下，农船吨位大，跳板就长，反之则短。农船大，装的东西多，船与河岸的落差就大，距离就远，长跳板必不可少。

短跳板，2米至3米长，由一块或两块木板拼成，宽30厘米左右，厚约8厘米。长跳板4米以上，最长的可达8米，由两根或三根长杉木并列拼排而成，宽35至40厘米，厚达12厘米。长跳板除拼排的杉木间有内钉固定外，表面还有若干个“铁巴子”（铁钩），每间隔30厘米的距离固定一个，这既使拼排跳板的杉木更牢固，又帮助走在跳板上的人脚底防滑。长跳板沉重，两端装有抓环，供抬跳板时之用。长木头跳板每年要护理一次，先清洗后晒干，再用桐油涂抹数次。每年如此，使用寿命较长。

挑粪、挑猪灰常用短跳板。春天和秋天，农人要将人畜粪肥挑到田里做基肥。载重量3吨的农船系在码头边，两三米长的跳板架在船头与码头台阶上。农人一担一担地挑着粪肥，从猪圈走到码头，踏上跳板，倒进船舱。粪肥装得越多，农船“吃水”越深，农人就将跳板下移一级台阶，使农船与码头基本保持在同一水平。船舱装满了粪肥，撑至大田边，先是将跳板从船帮架至临水的河坎上，挑担的人也由低处向上走，重担在肩，步子有点难迈。随着舱中粪肥越挑越少，农船渐渐上浮，跳板也从河坎边架到了堤岸上。跳板

挑秸秆上船　陈明干／摄

放平了，与在平地行走一样，挑担人的步子也轻松了。

挑秧把时也用到短跳板。田间有很多灌溉渠，渠口一米多宽，农人挑着秧担没法一步跨过去。农人将两米长的跳板架在渠道上，一担担秧苗就挑到了栽秧人的身后，一点也不影响栽插的进度。

冬季上河工，在河底挖好龙沟排水，然后一块块短跳板就横架到龙沟上；河底泥泞，行走困难，一块块长跳板也铺在了泥土面，成千上万副担子从跳板上走过，一条又宽又直的大河最终竣工。

一船湖渣罱回来，要擢到田头上。湖渣罱得多，船帮临近水面，船与圩岸相距甚远，用擢锨直接擢上田头很困难。将长跳板从船帮架设到河坎，一个人站在跳板上，另一个人站在船梁上，船梁上的人用擢锨择满湖渣后，倒入跳板上人的擢锨里，跳板上的人再擢上田头，这叫“接渣”或“翻渣”。这是一个缓慢但又是必做的程序。接渣过程中，擢锨里的渣泥会溅在跳板上，特别湿滑，跳板上的人稍不注意，脚步不稳，就滑倒河中，因此接渣时要常用擢锨浇水洗跳板。当船舱中三分之一的湖渣被“接”走后，渣船浮出水面一

扛粮　毛剑云 / 供图

大截，这时候农人才都站在船梁上向田头擢渣。

装麦把、稻把用大农船。多日不下雨，正逢枯水期，船与堤岸的距离又远，一块长跳板从船头伸到堤岸，一捆捆麦把从田间装到了船上。麦把堆得又高又大，农人将长跳板收起，压在麦把堆上，这才撑船去往打谷场。

用笆斗扛麦子上船，必走跳板。跨上跳板的第一步，先是试步，稍微停顿后感觉跳板稳当时，才一步接一步从跳板上走过去。若是性子急，踏上跳板就匆匆往前走，船身后缩，跳板一歪，人和满满一笆斗麦子都会翻倒在河里。

粮管所码头，送公粮的船只拥挤，密密麻麻排到了河中心。麦子看过样，准备扛粮，但里面的粮船一时又无法出来。农人将每一条粮船的跳板都借用起来，从这条船架到那条船上，又从那条船架到粮管所码头，一笆斗一笆斗的麦子就从弯龙似的跳板上扛了过去。

麦子在磅秤上称过，就扛进粮管所的大仓库。仓库内的跳板比生产队里的跳板还要长，是供农人扛粮倒在麦囤里的。

开始，麦囤只有几米高，搁上一个跳板，扛粮的人就能走上去倒麦子。扛粮的人络绎不绝，麦囤也渐渐涨高。很快，从地面到麦囤上端，就加到了四块跳板，跳板与跳板之间用木头架支撑着，弯来弯去有十几米高，站在地面向上看，宛如天路向上延伸。尽管如此，扛粮的人流还是源源不断地从仓库门口进来，由低向高如同走独木桥一般走在跳板上。扛着百十斤的笆斗，走在这狭长的、高高的跳板上，扛粮人全然没有了平地上扛笆斗的稳步快走，一个个低着头，躬着腰，小心翼翼地向前移动脚步。五六个人扛着笆斗同时走在跳板上，跳板会上下晃动。跳板上落着好多麦粒，又硬又圆，穿着胶鞋或赤着双脚的扛粮人一不留神，就会在跳板上滑倒，连人带笆斗落到地面，轻则皮肉受伤，重则伤筋断骨。有经验的扛粮人感觉自己快要滑倒时，立即顺势一推肩上的笆斗，纵身一跃，跳进下面那软软的麦堆里。当每个扛粮的人到达最上面一块跳板尽头时，肩上的笆斗便底朝上、面朝下一掀，“哗——”一笆斗小麦倾泻到麦囤里，再转身从另一路长跳板上走下麦囤，走出仓库……

不让农船“开小差”

铁锚 船桩

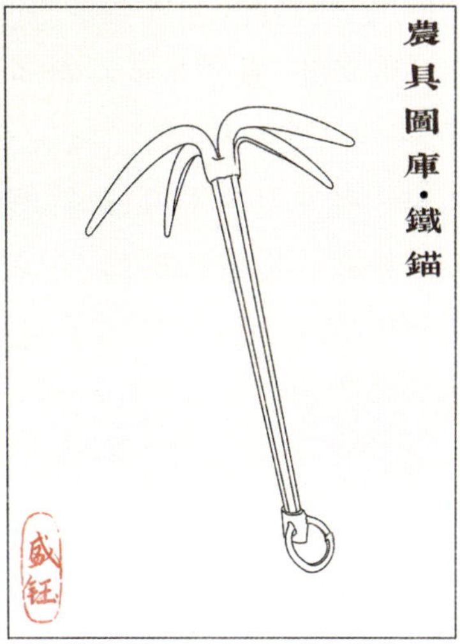

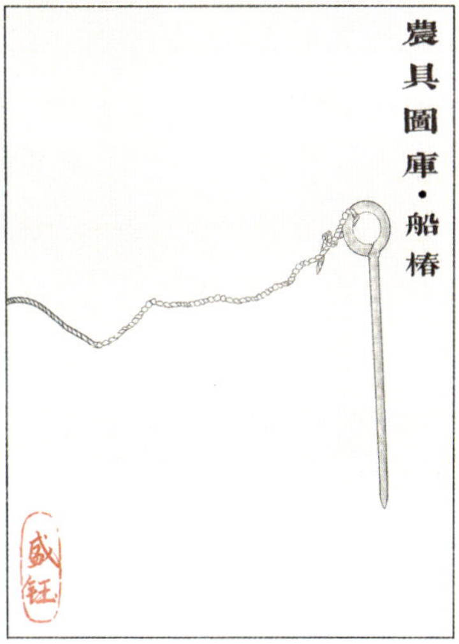

铁锚和船桩都是停船的工具，分别使用。用铁锚必用锚链，用船桩必有桩绳。锚链一头系住铁锚，桩绳一头系住船桩，两者的另一头均固定在船上，将铁锚锚爪或船桩插在河岸，可使船只停靠。

铁锚是锻打而成，分为四爪、两爪和单爪三种，以四爪的最常见。铁锚有锚杆，每爪从锚杆一端呈弧形展开形成倒钩，爪身瘦长，爪齿尖硬。四爪铁锚的爪子对称分布，犹如一朵开着的花，也像一把撑开的伞；锚杆另一端有圆环或孔洞，供系扎锚链。锚链是铁链，短则七八米，长则十米，环环相扣，跟拴狼狗的链子一样。乡村里，大铁锚三十斤左右，小铁锚十多斤，大农船配大铁锚、粗铁链，小农船配小铁锚、细铁链。经济困难年代，铁锚也属贵重物品，因而不是所有农船都配有铁锚。没有铁锚，就用船桩。船桩是一根笔直的桩子，长四十厘米左右。有铁质船桩，是一截粗洋圆，还有的是铁匠打的船桩，桩头卷成圆圈，供扎扣船绳；有树棍做的船桩，镰刀柄粗，底部削尖供插在地面。桩绳起初为草绳，后来改为麻绳、塑料绳，系在船桩的中部。

据考证，铁锚是从碇石演变而来。用绳索将石头捆绑，或用柳筐装上石头，称为“碇”“碇石”。将碇石用绳索扎牢后沉入水中，以其重量使船停稳。后来先民发明了木爪石锚，即用木棍捆在石头上，以石块之重和木棍的抓力使船停靠。锚最早的文字记载，是在1400多年前南朝官员、史学家顾野王所著《玉篇》中说：“锚，器也。”说明在那时或之前就有了铁锚。至明代，铁锚得到推广和使用，郑和下西洋的帆船便是用了特大的四爪铁锚，内地的农船和渔船上，也多用四爪小铁锚。

里下河是传统种植区，一年四季，河道里尽是忙碌往返的各种农船，川流不息。载重量6吨以上的大农船装肥装粮最见效，船头配一把四爪铁锚，船艄扣一根船桩，便于农船与河岸并排停靠。大农船装的东西多，稍有风浪船就摇晃或者移位，一头一尾有铁锚和船桩带着，就安安稳稳。载重量4吨左右的农船，要么只配一把铁锚，要么只有一根船桩。一两吨的小农船一般只配有一根船桩。船小，载重量也少，一根船桩就能拴住船，不让它离岸了。

芒种前后，天气炎热，河水较浅，大农船无法紧贴河坎。空船急急驶到麦田河边，尚未停稳，农人奔往船头，双手急速抓起铁锚杆，抛锚上岸，铁锚的两只爪子勾进泥土；农人一拉锚链，两只锚爪在泥土间越扎越深。农人用固定在船头的链钩勾住锚链，船头紧依河岸，老老实实停住了，一担担麦把顺利挑上了船。

铁锚重，没有一把力气，铁锚抛不上河岸。抛锚既要见机而作，更要注意方法。锚爪张开，抛上岸的铁锚须由锚爪勾住泥土，这就要求抛锚者掌握好铁锚的重心。凡大铁锚，农人都是双手拿起，将有锚爪的前端抬高，平衡用力抛出后，铁锚仍旧以前端高、后端低的姿势飞上岸、落到地，锚爪正好嵌入泥土。前端有锚爪，重心在前，倘若重心不稳，抛出去的铁锚就会“底朝上”，锚爪勾不住泥土，农船退到河心。初次抛锚的人，重新抛锚是常事。

麦把船装了一半，船搁在了河坎上，需撑离原位，否则越堆越重，无法撑动。农人将锚钩松开，锚链也拉长了；农人用竹篙拨动把船，使船头离岸。农人跑到船艄，将船桩扔上岸后，再插立在地上。船头有铁锚拉着，船艄有船桩拖着，船中间外侧还有一把竹篙插着，麦把堆得再高，农船也是稳稳当当的。将跳板搁在农船与堤岸之间，农人又继续挑麦把上船了。

到粮管所卖麦卖稻，就不能抛锚，而相当于是“轻拿轻放”。粮管所码头是水泥浇铺，码头上有供勾铁锚和栓桩绳的固定铁环。粮船到达码头后，农人抓起铁锚，走下船，将锚爪勾在铁环里。倘若抛锚，铁爪对着水泥面，硬碰硬，不仅将码头砸坏，还要遭到周围卖粮人的指责。粮船多，船头挤船头，一把铁锚勾住铁环后，那些后来的没有铁锚的粮船纷纷将桩绳绕在铁锚上，一团乱麻。

每年八、九月份，兴化和盐都地区的农民都去大纵湖、蜈蚣湖罱渣。湖荡一望无际，“无风三尺浪”，稍有风力，更是波浪翻滚，一条船浮在湖面如同一片树叶漂流不定。罱渣需停船劳作，水面茫茫，无岸可靠，此时铁锚便成

农船和铁锚　陈明干／摄

中流砥柱：铁锚抛入水中，弯曲而刚硬的爪子很快就抓住了湖底，农船也立时停下。农人挥舞罱篙，将湖渣夹进船舱。此处湖渣罱完了，再收起铁锚，农船随波逐流移到下一处有湖渣的区域，再抛锚罱渣……锚的最初用法，就是沉在水底，使船停稳。但在里下河水乡，沉锚停船只是在罱渣时才出现，绝大多数情况下是靠岸停船。

两爪或单爪的铁锚，主要作船桩用，以拉住农船。它们的锚爪少，前端不重，抛上岸也不能勾住泥土，只能在船靠岸时，上岸将其插在泥土里，这跟船桩的用法一样。

船桩轻，桩绳也轻，插桩、拔桩更灵活。只是，树棍桩易腐，桩绳也易断，加上桩绳扣在船上不牢靠，容易丢失，因而船桩和桩绳常常更换。

四爪铁锚比两爪和单爪铁锚好用，只要抛锚，总有两根锚爪勾住泥土，但剩余的两根仍昂首翘立，这就留下了隐患。夏收和秋收，干活都是披星戴月，各种农活交替着干，农人疲惫不堪。月色下，农人挑着一担沉甸甸的稻把准备跨上船，一不留心，被铁锚爪子绊倒，人和把担子一起滚落到河里。那年夏收挑麦把，邻居王四龙被锚杆一绊，身子跌在锚爪上，小肚子被戳了个洞，鲜血直冒，紧急送医院抢救，最终转危为安。

记得那年夏天，村人张山桂见别人买船跑运输，心里痒痒的，和妻子阿香商量后，也买了一条30吨的水泥船在无锡做砂石生意。一天，张山桂在船艄开船，阿香站船头，手拿靠球，准备避让一条铁驳大船。风大浪急，在大船擦着水泥船一驶而过的当口，手忙脚乱的阿香站立不稳，撞在铁锚爪上，小腿骨骨折……此后，张山桂和阿香开船就胆战心惊，最终卖了水泥船，回家办了养猪场。多年之后，靠养猪致富的张山桂有感而发："不是每个人都能搏击风浪的，在陆地上同样能开辟一条生财之道。"

锚链是铁制，时间一长会锈蚀断裂，冬天铁锚掉入河中无法寻找。那天，我看见一条吸废旧的船在渭水河中作业，他们用大磁铁从河心吸上来一把大铁锚。铁锚表皮驳落，锈迹斑斑，一副瘦骨嶙峋的模样。刚刚打捞上来，放在船头仍在滴水，它似流着眼泪向围观的人诉说它曾经的历史以及多年来沉在河底的寂寞。

挑起生活的重担

扁担 兜筐

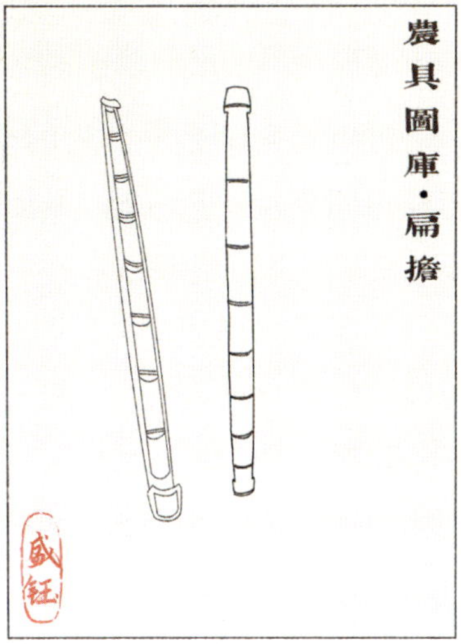

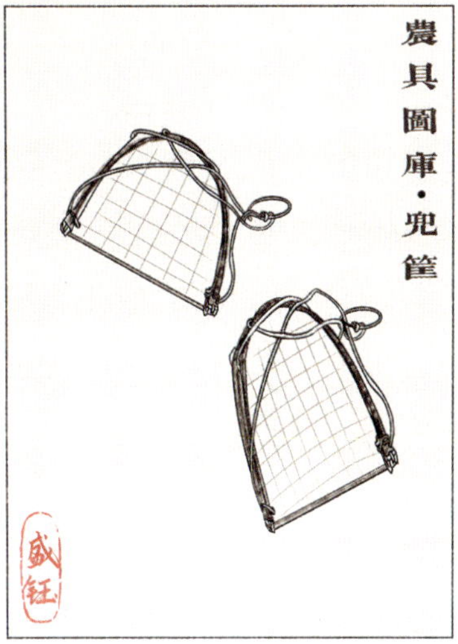

扁担，古称“禾担”，是较早使用的农具之一。最早记录扁担的文字是元代《王祯农书》：“禾担，负禾具也，其长五尺五寸……田家收获之后，塍埂之上，禾积星散，必欲登之场圃，荷此尤便。”

里下河地区的扁担有两种，一种是用大毛竹根部的厚竹片做成，长1.5米左右，即农人俗说的“一庹（tuǒ）长”，中间宽，两端略窄，且有卡边，以防担绳滑落。用竹片做成的扁担，挑起担子有弹性，养肩，省力。新做的竹片扁担表皮墨绿，节骨青白，有淡淡的清香，天长日久劳作后，因日晒雨淋和汗浸肩磨，扁担呈黄色，担面光滑。另一种是用多年生桑树或山区的杂木做成的扁担，两端上方有竖卡，供夹担绳。桑木扁担没有竹片扁担宽，但比竹片扁担硬朗，更结实，挑起三百多斤的重物都不会断裂。“麻栗扁担，宁断不弯”，说的就是它，也指性格刚强的硬汉。

我年少的时候，每当家里的水缸快空了，母亲就说：去把水缸挑满。我拿起父亲用的竹片扁担，挑起两只小椋子，从水码头到厨房，五六个来回，一缸水便满了。那时感觉，扁担又宽又直，压在肩上硬邦邦的。长大后挑着重担子才知道，扁担是有弹性的，是柔软的。

扁担和兜筐是最紧密的搭档，两者常配合使用，一支扁担挑两只兜筐。兜筐也叫担筐。用桑树、榆树或杨树等有柔性的树棍，还有竹条，弯曲固定成簸箕状，再用粗铁丝和塑料绳在筐底、筐边编织成稀疏的网，最后在兜筐的三个角系好担绳，半天工夫，就能做成两只兜筐。将担绳上端的绳扣分别套在扁担的两端，就可以下田挑担了。

四夏大忙，农活催人。一方圩田的麦把刚刚挑走，生产队长便安排男劳力挑草泥塘了。草泥塘是清明前沤制的，经过两个月的发酵，青草与河泥早已混合成黑乎乎、臭熏熏的肥料了。秧池田里绿嫩嫩的秧苗一天天长大，等着移栽。只有及时将草泥塘里的肥泥挑送到麦茬田里，耕翻入土，成为水稻的基肥，才算不误农时。

“嗨哟号的好哟，男将儿比着挑啊……”麦茬田里，洪章大叔敞着嗓子，打着挑担号子，领着十多个劳力，迈着大步，来来回回地挑着草泥塘肥。

挑草泥塘，全是清一色的壮汉。男人们干活，多是比着干，一个不让一个，每只兜筐里都装着三大锹的泥块，每担都有一百多斤重。六月，骄阳似

挑泥渣　梅立成 / 摄

火，炎烈而又闷热的田野里，每个人都是赤着上身，披件布肩，脸庞和身子被晒得油黑发亮，汗珠子不住气地从紫铜色的皮肤上沁出来。那沉重的担子，压得每个人肩上的扁担都成了弯弓，压得挑担的汉子青筋暴突，肌肉鼓胀，也压得他们一个个脚下生风，呼呼作响。

没几天，麦茬田变成了镜面似的水田。女人们拉绳栽秧，男人们负责挑秧。起早拔好的秧把一个挨着一个挤在秧池畈上或是田埂边。男人们挑着空担，先来“码秧”。一只兜筐里可以码上十层八层、五六十个秧把，用担绳一夹，那层层叠加的秧把怎么也不会滑塌下来。乍一看，那两只兜筐里码好的秧把，似结构匀称的小宝塔。

接着便是将秧苗挑往大田了。男人们挑着秧担，赤脚走在湿润松软的田埂上，听着不远处女人们脆生生的栽秧号子，全然没有了挑草泥塘时的那种沉重与乏味。“嗨哟号的好哟，妹妹栽秧哥来挑啊……”阿宝伙挑着秧担，打着号子，昂首挺胸走在最前面。后面，众人一边迈着步，一边“嗨哟号、嗨哟号”地应和着。他们肩上的扁担，似展开的羽翼，上下翩飞。蓝天白云下，笔直的田埂，田埂上行走的秧担队伍，还有那边一排头戴凉篷弯腰栽秧的女人，一个个倒映在清亮的水田里，构成了一幅诗情画意的水乡农耕图。

挑河　朱春雷／摄

最艰苦的，该是挑河工了。一个“挑”字，足以说明河工是用扁担挑出来的。

20世纪80至90年代，河工特别多。每年冬季，要么挑圩堤、挑生产河、挑集体鱼塘，要么是挑“大型”，既浚深老河道，又挑筑公路。

挑大型水利工程，场面壮观，劳作最为艰辛。忘不了自己曾亲历过的车路河整治工程、盐宁一级公路工程、高兴东公路工程、乌巾荡公路工程、钓沙公路工程、盐邵河浚深工程等，这些，都是县里组织的大型水利工程，最长的近百里，最短的也有三四十里。那时全县都没有一台挖掘机、推土机参与其中，靠的是千万个民工的千万支扁担一担一担地挑。凌晨五点，嘹亮的军号就将夜宿于田野里草棚中仍在熟睡的民工们闹醒，催向工地；傍晚五点，军号声才将民工从土方塘里召回。寒冬腊月，在白天这十多个小时里，所有的民工包括女人们，都在那连绵数十里的工地上，用大锹挖、用兜箧装、用扁担挑……土方塘里潮湿，脚上的鞋子随时就被黏土“咬”住而拔不出来；走在烂泥斜坡上，一不小心就可能连人带担滑倒在地。从河底挖土，挑担上肩，再沿着缓缓向上的河坎运送到圩堤之外，每一担运距都在百米以上，一担泥土挑上来，力气再大的男人也气喘吁吁，浑身冒汗。远远望去，那挑担的人流似群蚁爬行，那肩上的一支支扁担如一根根竹签在晃动……经过二十多天的连续作战，曾经凸凹不平的老河底，最终水平如镜；曾经弯曲崎岖的河坡，变得平整光亮；曾经狭窄的圩堤，成了坦荡大道。河底、河坡、大道，笔直如线，棱角分明，这连绵数十里的水利工程，犹如能工巧匠精心雕刻的艺术品。

扁担简单如一，兜箧土里土气，但都是与农人同甘共苦、并肩战斗的伙伴。一年四季，扁担不离身，重担压肩上，天长日久地磨炼，哪个农人的双肩上没有生成鸡蛋大的“担瘤”？这一担担、一天天挑起的，都是生活的重任啊！

装着生活的百般滋味

柳筐

古时，竹篾编成的用来盛放谷米的方形器具称“筐”。后来先民用柔软柳条编织成圆形或方形筐子，作为生产劳动工具，或作为存放杂物的器具，称“柳筐”。

作为劳动工具，早在1400年前的唐朝初期，山东省临沭县的先民就使用柳筐了。里下河地区普遍使用柳筐则是在20世纪六七十年代。

里下河地区的柳筐皆为圆形，形状似碗，上口大、底座小，大柳筐上口直径90厘米左右，筐底直径30厘米，深40厘米；小柳筐上口宽50厘米，筐底直径20厘米，深30厘米。大柳筐，两个人用杠子抬；小柳筐，由一个人用扁担挑，一头一只。

村庄和田野的河岸边，生长有许多桑树、杨树，农人就地取材，用这些树上的枝条编织柳筐。20世纪60年代，里下河各地在灌溉渠边、河边推广种植紫穗槐和杞柳，成排成排地长。这两种树，扦插即可成活，生长速度极快，枝条纤细修长，柔软有韧性。一年生的枝条有1.5米长，即可用来编织柳筐。

编柳筐，先选数根较粗的枝条作为主筋呈十字状摆放，再用细长的枝条在每两根一组的主筋之间交叉编排。底部编织到约20厘米宽时，主筋逐渐向上收起，并用草绳绕着间隔固定。越往上编织，圈口越大。编到最上口，将主筋枝条向一边扭捏，用铁丝紧紧缠绕，形成较硬的筐口。柳筐不是专业师傅编织，很多农人自己会编，因而无论大小，做工粗糙，有的柳筐甚至歪斜，但枝条密实，不影响使用。每只柳筐用两根麻绳十字交叉，缠住框底，再固定在上口后就成了担绳，便可以用于劳动。

柳筐常用于运土。兴化城东郊，有若干垛田，大小不一，星罗棋布，一个个呈小岛状分布于水中，总面积有2万多亩。这里原本是湖荡地区，先民为了生存种粮食，于枯水期围湖开沟，挑土垒垛，每块垛田均高于平时水位4米以上，避免了洪水对垛上庄稼的侵害。20世纪70年代初，兴化大兴水利，筑圩围田，将一块块垛田揽入圩田范围，垛田从此告别了水淹时代。为扩大种植面积，也为了浇灌方便，当地人实施“放岸行动”，将每一块垛田的上层土降低，就地挑运到四周，填沟扩田。

投入放岸行动的，便有这大大小小的柳筐。靠近河边的泥土，农人直接用大锹、洋锹挖，抛至河中；越往里，距离河边越远，农人就用柳筐挑运。一只大柳筐能装150斤以上的泥土，由两个男劳力用竹杠抬到河边，再合力搬倒柳筐，泥土就滚到了河里。两个人抬柳筐，往往是力气小的在前，力气大的在后，在后的人常将担绳向自己这边挪一点，以减轻前面人的压力。小柳筐是一个人用扁担挑，一支扁担挑两只小柳筐，每担泥土百十斤，担距不算远，十几步就到达河边。农人手抓柳筐边，猛力一掀，泥土就倒了出去。女劳力多是挖土给男劳力挑，若是挖土的人多，也有女劳力抬土。女劳力力气小，抬土用小柳筐。几年的放岸行动，降低了垛田高度，现在垛田面离水平面不足2米，但垛田面积比原来扩大了。春天里，油菜花开满了垛田，金黄娇艳，香气怡人。

柳筐周边高起，栽秧时节，小柳筐挑秧是最理想的工具。一把把嫩绿的秧把尽管往里面放，及至柳筐上口，再往上码秧，秧把的根朝外，秧叶朝里，一层一层的码放。堆到担绳的终点，正好用担绳夹着，挑到栽秧的大田都不会歪倒。只是，农人挑着柳筐跑向秧田中间时，柳筐底常常碰到拉好的秧绳。秧绳被拉松了，一心想快点栽到头的女人一定着急，免不了责怪几句。挑秧的男人也不吭声，赶紧放下秧担子，三步并作两步跑到田头，重新拉直秧绳，插好秧桩。

还是在20世纪70年代，粮食产量低，还要完成国家粮食征购任务，农户吃粮紧张，每个生产队辟有三五亩蔬菜地，专门种植山芋、萝卜、青菜之类的蔬菜，调剂和改善农户生活，“口粮不够，山芋萝卜凑”，说的就是那时候的事。每到山芋、胡萝卜、黄芽菜收获之时，农人扛着笆斗，挑着柳筐，来到蔬菜地里等分配。分配蔬菜，有时按人口，有时按劳力，有时也按工分。生产队会计按花名册报户主姓名，两个拿大秤的人称斤数，人口多或劳力多的，柳筐、笆斗里装得也多；人口少或者劳力少，柳筐、笆斗里装得也少。无论多与少，十天半个月差不多同时吃完。有的人家舍不得吃，时间一长放坏了，农人叹息，吃还是不吃，犹豫好一阵子。

后来，有农户养婆母猪，每到逢集时，几户人家分别将猪崽捉进大柳筐和笆斗里，罩上网，用小船撑往集市上卖。猪价随行就市，猪崽多，价格下跌，上一集市是每斤8角钱，现在5角钱一斤都难卖。隔了一个集市再去，却跌到了4角钱一斤。“这样卖出去，肯定蚀本了！”看着猪崽一天天长大，吃食也越来越多，农忙又快到了，农人狠狠心，牙一咬，就将猪崽卖了。回来等婆母猪养起了肉膘，也宰了。哪知过了两个集市，猪崽价格又涨了上来。农人一脸茫然，怎么也不明白这世界为什么如此捉弄人。

使用过程中，柳筐边枝条常被折断。“小洞不补，大洞吃苦”，农人一发现某处枝条断了，很快用新枝条补上，或用铁丝缠紧。

日子逐渐好起来，建房时挑运砖头，老旧而粗陋的柳筐又有了新用场。一块块红砖、青砖装满了柳筐，两个人一筐一筐地抬着，从窑厂抬到船上，又从船上抬到了宅基地，“哗啦”“哗啦”声中，砖头倒了一地，一根根柳条也在不知不觉中折断。新房建好了，柳筐也破败了。没几年，曾在里下河平原上风风火火劳作的柳筐也不见了踪影。

柳筐，承载过农人艰苦的日子，盛放过生活的百般滋味，也曾装着农人对美好生活的向往。柳筐早已消失，但农人对未来的梦想一直没有放弃。

扛起重任向前走

笆斗

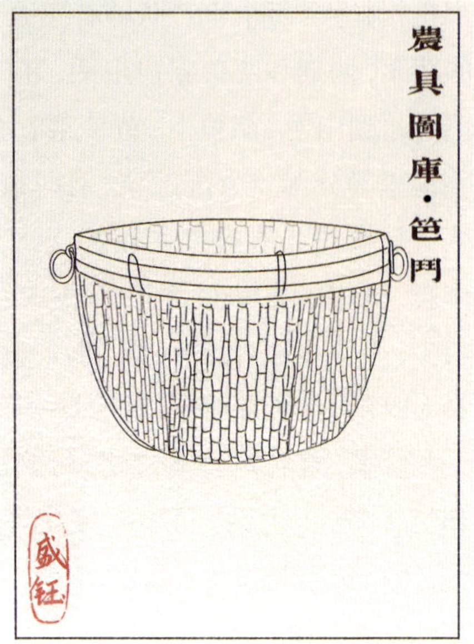

笆斗，里下河农村常用的一种运输和储物器具。农人运送和盛放麦子、稻子、油菜籽、大豆等收成，都用到笆斗。笆斗体积大，靠一个人肩扛，或两个人抬。斗是中国古代的计量工具，从这个含义上说，笆斗也是一定的计量单位，里下河农人常说：这亩田收了多少笆斗的小麦，今天卖了几笆斗的稻谷，等等。

古农具书籍中，查不到笆斗这个名字，也看不到它的图谱。用百度搜索"笆斗"，解释为："用柳条编织的一种盛器。"出处为明代大臣、藏书家都穆所作的文言短篇小说《都公谭纂》："兴甫闻之，携一笆斗，置钱数千以往。"再搜索"柳斗"，其解释为："柳条去皮编成的笆斗。"出处为明代举人沈榜的志书《宛署杂记》："乡场补办家火……簸箕五十八个，柳斗二个。"原来笆斗即柳斗，柳斗就是笆斗。早在2000多年前的汉代，柳斗是先民从井中提水的工具。根据《都公谭纂》和《宛署杂记》的描述，至明代时，笆斗已作为盛放谷物的器具，和簸箕一样，成为乡人的日常生活用品，或生产用具。

笆斗由柳条编织而成，半球形，碗状，内径65厘米至70厘米，深度42厘米左右，能装100多斤的实物；上口有宽厚竹条做成的圆框，以增强硬度，更耐用。圆框外侧有两只铁环，俗称“笆斗环”，对称地固定着，供人们用竹杠抬，或用手搭（方言，拎、抬的意思），或肩扛时用手抓着。离开了这两只环，人们就无法使用笆斗。用竹杠抬笆斗，是将担绳的两个铁钩分别勾在两只环上，竹杠穿入担绳，两个人便将一笆斗实物抬走；用手搭，每人一手抓着一只笆斗环，抬着笆斗往前走。扛笆斗，是用肩膀扛，满满一笆斗实物，沉沉地压在一个人的肩膀上，人低头弯腰向前走。一个人扛笆斗，比两个人抬笆斗、搭笆斗跑得更快，效率更高。

笆斗还有一个特别的部件，叫“躺”（按方言所写），是两根厚长的竹条，并排呈对称状插在笆斗上口圆框外侧的下方。“躺”兜着笆斗底，又护着笆斗外侧，使笆斗更加稳固；两侧的笆斗环分别固定在两根“躺”的上端，笆斗放在地上，人们拉着环更容易挪动笆斗。

很多笆斗外侧都有用黑墨水写的大字标记。生产队的笆斗上写着第几生产队字样，农户个人的笆斗直接写户主的姓或者名字。有了标记，使用时不会混淆。

在生产队，一个男人不会扛笆斗，是会被村里人耻笑的，也无法为家里挣到更多工分。扛笆斗是在劳动过程中慢慢学会的。

夏天打谷场晒麦时，年轻人就有了学扛笆斗的机会。

扛笆斗，需经过“掇笆斗、上肩、走、倒”四个环节。掇，方言，快速抬起的意思。掇笆斗，需要另一个人配合。扛麦子时，在一旁择（意即铲）麦子的人就是帮着掇笆斗的。笆斗里装了麦子，两个人同时弯腰，每个人的双手各抓着一只笆斗环，起身站立的同时，猛力将笆斗高高抬起；在笆斗底快到人的肩膀高时，扛笆斗的人立即转身、弯腰，一手仍然抓住笆斗环，另一只手撑住腰部，将笆斗架在了肩膀上。前面的过程叫“掇笆斗”，后面的叫“上肩”。肩上的笆斗摇摇晃晃，扛笆斗的人走路也是不稳，踉踉跄跄地到达目的地后，才将笆斗里的麦子倒下。初学扛笆斗，有时走到半路上，肩上的笆斗就侧翻在地。

扛笆斗不仅靠力气，还要靠技巧。行走时，一只手要死死地抓着笆斗环，撑在腰间的另一只手尽量抬高，使上部的臂膀始终顶着笆斗底，一侧的笆斗边也牢牢地紧贴自己的后脑勺，这样笆斗在肩上才稳当。经过多次练习，笆斗里装的麦子也渐渐多起来，人走路的步子也平稳了。记得我第一次学扛笆斗时，装的麦子多，笆斗底的柳条粗糙，又是夏天，上身只穿着背心，笆斗底在我肩膀上磨来磨去的，半天下来，肩膀上的皮都磨破了，汗水流经破皮处，直往心里痛。

生产队里每个男劳力都会扛笆斗。扛笆斗的人多，夏季送公粮时，几万斤的麦子，一气呵成，两天就送结束。

送公粮的地点在十里外的粮管所，头天傍晚将麦子从打谷场扛到船上。第二天一早，粮船到达粮管所，看完了样，扛笆斗的人就将船上的麦子扛进大仓库。笆斗里的麦子要过秤，每一笆斗装100斤，不多也不少。运距近，过秤后可以一个人直接扛进仓库。若运距太远，一来一去上百米，又是大热天，扛笆斗就要“换肩”：两个人一组，一个人在靠近磅秤的这头，另一个人在靠近仓库的那头。靠近磅秤这边的人扛着笆斗走到一半距离的时候，那一头的人紧靠上来，抓着空着的笆斗环，贴着这个人的后背，弯腰将笆斗底挪到自己的肩上，气喘吁吁地跨向仓库；这边的人拿过对方丢下的空笆斗，夹在腋下，又大步流星地返回船上，一边走一边擦着满头的汗。

秋天，卖完了稻谷任务，还要将剩余的扛进生产队仓库，有的作为来年

扛笆斗　陈明干 / 摄

的种子，有的分给农户做口粮。

分口粮时，仓库内外排满了各家各户的笆斗。每户的口粮按基本口粮、工分粮和饲料粮合计分配。基本口粮按家庭人口分配，饲料粮按家庭养猪的头数分配，工分粮按全年所做工分分配。三者中，工分粮比例最大，这是激励人们多下田干活的一种手段，劳动力多的人家，挣的工分多，分的口粮也多；人口多、劳动力少的人家，挣的工分少，成了“超支户”，分的口粮少，平时不够吃，只好跟左邻右舍借。分口粮时，分得多的人家，扛起笆斗来脚下生风，连笆斗上的那一只空铁环都“吧嗒、吧嗒”的有节奏地响个不停，像打着欢乐的快板。我家属于人多劳力少的户，每次分口粮，我都发现父母站在仓库的角落里，一脸的自卑与愁苦……

分田到户后，送公粮的任务分摊到了各家各户，每到夏季和秋季，每家都要撑船到粮管所卖粮，粮管所码头的粮船在河边排到了几里远。粮船蜂拥，田里农活又急等着做，每个卖粮户都希望早点将粮食卖完。粮管所附近的村民看到了商机，他们自发组成扛粮队，有十七八个人，分成几个组，每人一只笆斗，每天在粮管所为农户扛粮。有时是他们找农户谈，有时是农户主动找他们谈，每扛一笆斗付费1元，粮食卖完，现金结算，双方满意。粮食收购结束，扛粮队又为粮管所装粮、卸粮，又能挣取一点收入。一年下来，每个扛粮队成员靠力气也能为家庭增加几千元的劳务收入。

农人对笆斗特别爱惜。新买的笆斗，用桐油多次涂抹，风干后待笆斗表层变成了金黄色，方才使用。每年秋收结束，农人对旧笆斗重新抹上桐油。桐油抹过的笆斗，防潮，防晒，更耐用。我家里曾经使用过一只笆斗，二十多年了，表面变成了灰褐色，而紧密的柳条一根也没断过。

推出想要的生活

手推车

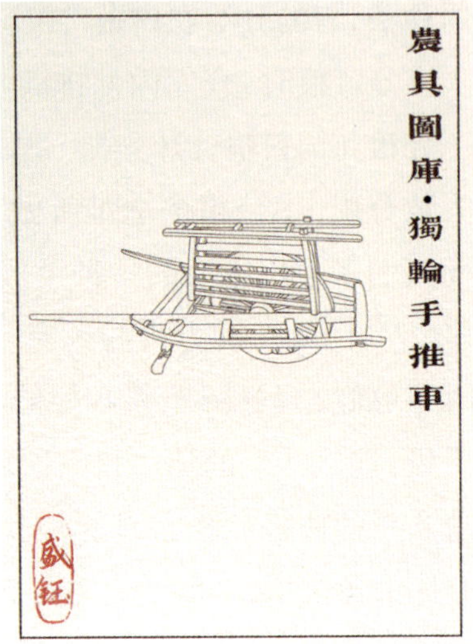

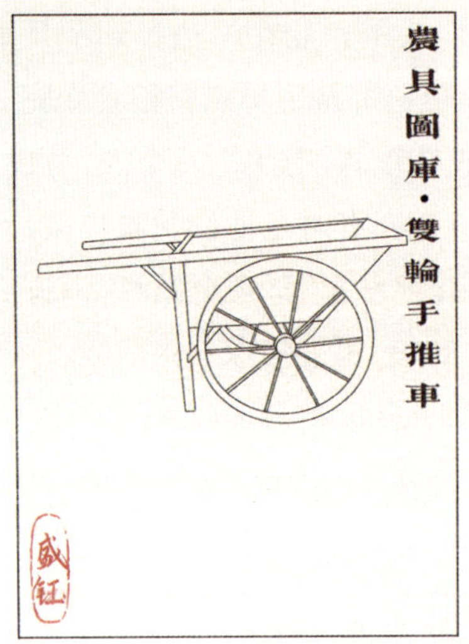

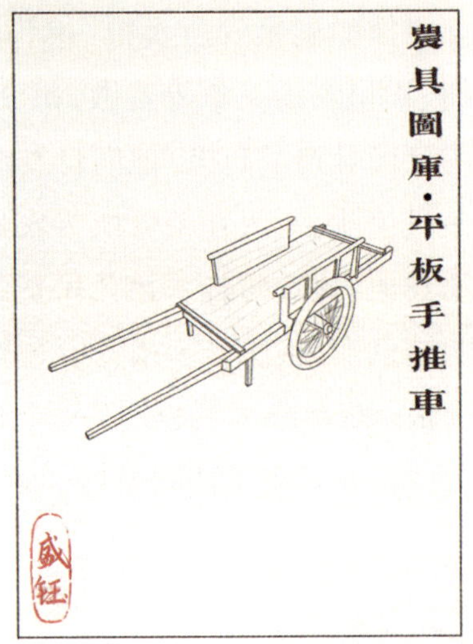

旧时，里下河农业生产中的运输，如运粮、运肥、运草等，以农船为主。但地势稍高的南通、扬州、盐城、淮安等地，手推车也是少不了的陆上运输工具。

手推车有两种，一种是独轮手推车，另一种是双轮手推车。独轮手推车只有一个轮子，双轮手推车有两个轮子，实物放在车上，农人用双手推着车向前行进。生活中，农人称独轮手推车为“独轮车”，称双轮手推车为“平板车”“手推车”。

历史上，双轮车的出现早于独轮车，中国历史博物馆珍藏着一辆精致的双轮车，是距今3000多年前的商代的车模型。而独轮车，在2000多年前的汉代也已被农人所使用。考古人员在对四川渠县浦家湾汉代石像浮雕考证时，发现有一独轮手推车图像：推车人坐在车辕上，右侧有一农夫站立，其右手与推车人交接物件，左手抓着一把铁镐。这完全是农人劳作时的画面。

在里下河地区，早前使用最多的是独轮手推车，这与手推车的结构及陆路状况密不可分。旧时贫穷，乡间只有狭窄的巷道和泥土路，农人运送肥料和粮食，只能用担子挑，或用独轮车推。独轮车狭小，只有一个轮子，推行、拐弯、会让、装物、卸物，灵活而方便。

独轮手推车又有大小之分，俗称"大车"和"小车"。早前的独轮车都是木制，包括车轮、车盘、支杆、车辕、轮罩等，只有一条牵带是布条和麻丝编织的。车盘即托架，放实物的地方；支杆有两根，在车子后侧，与轮子形成三个立足点，停下时可稳住车子；车辕就是把手，两根直木，双手握紧后推车向前；轮罩，护着轮子的外罩。大车长1.9米，宽1米，高1米；小车长1.5米，前宽45厘米，后宽90厘米，高60厘米。大车能装五六百斤实物，小车装二三百斤实物。大车车轮大，高出车盘，故在车盘之上的车轮外围设有凸起的轮罩，既护着车轮，也使车盘一分为二，实物放置在两边。小车没有轮罩，车盘是一个平面，实物就放在上面。

使用独轮车不是一件容易的事，既需要力气，更需要稳功。独轮车是单车轮，推行前，先将牵带在一根把手上绕紧，农人挂上肩后再缠绕在另一根把手上。牵带的作用是帮助农人把持车的平稳，助力向前。但几百斤重的实物放在车上，推行后两根支杆离地，着力点和重心完全落在圆滑的运动着的轮子上，稍微把控失衡，独轮车就侧翻，轻则实物倾倒一地，重则压歪轮子、碰断车盘和支杆，推车人也可能被绊倒。熟练老道的人，实物装上独轮车后，系好牵带，微微弯腰，来回试推两下后，两手都找到了平衡点，这才缓缓推车。行进途中，他的双目紧紧注视着车前方，使手推车及早避让凸凹不平之处；推车时，双手牢牢握紧两根把手，丝毫不顾此失彼，始终让车保持平稳状态；拐弯时，重心有倾斜，车子有歪倒的迹象，推车人立即借助牵带用力扶正，调控好方向，使车走上正轨。尤其是在细雨蒙蒙、道路泥泞时，推着载重的独轮车一路前行，更需要推车人的艺高胆大。

很多农家都有独轮车，要么是大车，要么是小车。独轮车配有谷斗和车篮，收获之时，谷物放在谷斗里就能运送。车篮是柳条或竹篾编成，用来装土块、运砖头、送猪灰，山芋、白菜等也是常运之物。收割的作物秸秆打成捆，也能平放在车上拉回家。

独轮车的不足是，它只能在平地上行走，不能上陡坡。遇有一定坡度的路面，还得有人在前面拉，或者两个人一起向上推。

独轮车不仅仅是生产工具，它还为全国解放立下了汗马功劳。翻开抗日战争、淮海战役和渡江战役的战斗史料，我们都能看到里下河地区的人民不顾自身安危，冒着枪林弹雨，用独轮车为人民军队运送粮草、衣被等支前的壮观场面。参与指挥淮海战役的中原野战军副司令员、总前委委员陈毅深有感触地说："淮海战役的胜利，是人民群众用小车推出来的。"

中华人民共和国成立后，独轮车为里下河地区的水利建设作出了巨大贡献。在洪水泛滥而又缺少机械的年代，里下河地区新开河道、老河浚深、修造公路等，全靠人力用扁担挑土，用小车推土。里下河区域内有大运河、淮河等大河流经，还有高邮湖、邵伯湖、洪泽湖等蓄洪和过水湖泊。为根治水患、疏通水系，20世纪五十到七十年代，里下河地区几乎每年都要组织几万甚至几十万农民投入上述河道或湖泊配套工程的治理，先后进行了苏北灌溉

独轮手推车运土　毛剑云 / 供图

总渠、江都水利枢纽工程、斗龙港河、通扬河等工程的施工。1970年10月,原扬州专区组织十万大军对邵伯湖下段凤凰河截滩,这是淮河治理的入江水道工程,就是把阻碍水道的滩涂挖掉,将泥土运到湖边加固堤防,彻底解决淮河水的出路。村人沈传保,今年70岁,是十万大军中的一员,说起当时的情景,他记忆犹新:从挖土区到倒土区,运距达一公里,用扁担挑一担泥土,一个来回得有半个多小时。后来工程总指挥部配发了很多铁质大独轮车,每车装四五百斤的泥土,推一车抵挑三四担土。但连奔带跑,一个身强力壮的男青年每天也只能推送18车土。经过六个多月的艰苦作战,至1971年3月,

双轮平板车运麦把 朱春桃/摄

截滩工程如期完成。

生活中，独轮车也是农人的亲密伙伴。过去娶新娘，农人就用过独轮车。车盘上，一边是鱼肉和新被子，一边坐着新娘子，推车人就是新郎。当独轮车在颠颠簸簸的节奏里到达村口时，巷道里迅即响起噼里啪啦的鞭炮声。独轮车装载的，不仅仅是生活的沉重，也有农人对幸福、对未来的憧憬。

20世纪80年代，农村因改革开放而生机勃勃，村庄街巷、田间路道由窄变宽，泥土路先后变成了砖头路、砂石路、混凝土路，独轮车消失，双轮手推的平板车一下子多起来，连地势最低洼、出脚就靠船的兴化农村也有了这种手推车。

双轮手推平板车的车盘是一块拼接的长方形木板，故称平板车。平板车比独轮车宽大，长2.2米，宽1.2米，高1米；两个轮子是可充气的橡胶轮胎，置于车子前端的下方，与后侧两根支杆形成稳定板车的支点，一双木质把手固定在平板两侧。农人为了增加载物量，有的还在平板上方四周安装了挡板。平板车稳当，既能在后面推，转过车身后也可以在前面拉，不管跑多快，也不必担心车子歪倒。

平板车比独轮车的作用大多了。农忙时节用它装麦把或稻把，一车可装十多捆；到粮站卖粮，一车子能重重叠叠放上四个笆斗；农人砌新房，每车能运送一百多块砖头。母猪一窝产仔十多头，育成后统统装进有挡板的平板车，推往集镇的路上，猪仔恋恋不舍的嘶叫声与车轮咕隆咕隆的行进声交织在一起，推车农人的脚步轻轻松松。

进入21世纪，又一种双轮手推车出现，其结构与平板车一样，但体积没有平板车大，两个轮子也是橡胶轮胎；畚箕状的车斗替代了平板；车斗、把手、支架均为铁制。车斗里能装两百斤水泥石砂或五十块红砖，使用者推着或拉着把手向前。

乡村里自有有胆有识之人，那些精明的瓦匠或木匠自己组成建筑工程队，在农村建民房、建厂房，每个工程队添置的施工设备里，就有多辆这样的手推车，供运送建筑材料。村里还有一些勤快的人，忙时种田，闲时做工，也购置这种双轮手推车，帮人家拆房、修路，用它运送建材。一个个勤劳的人，辛苦打拼，努力挣钱，营造了幸福之家，也建设了美丽乡村。

第八辑

蓑笠朝朝出，沟塍处处通

——生产辅助用具

农耕劳动，不仅仅是农人和农具并肩作战，还有其他成员的协助。磨刀砖使镰刀锋利，农人收割更凌厉；蓑衣、斗篷帮助农人在风雨中耕种，不误农时；算盘、杆秤让劳动分配公平合理……四季劳作，乡村安宁，靠的是团队协作。

牺牲自己，磨亮镰刀

磨刀砖

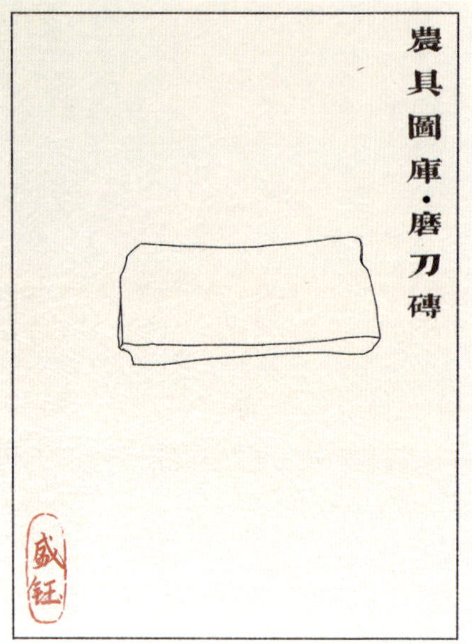

夏收秋收时节，农人用镰刀将一望无际的麦子和稻子一扫而光，磨刀砖功不可没。

2000多年前，荀子在《劝学》中写过：“木受绳则直，金就砺则利。”庄子在《庄子·养生主》中也写过：“刀刃若新发于硎。”砺、硎，都是指磨刀石，意思是说刀刃在磨刀石上磨过后就锋利了。

里下河农田广阔，收割庄稼皆用镰刀。有镰刀必有磨刀的器具。但这里磨刀石很少，只有木匠家里才有，用于磨斧头。农人磨镰刀，都用磨刀砖。究其原因，缘于这里是水乡平原，没有山石，砖头却容易得到，还因为砖头质地比磨刀石更细腻，不伤刀刃。

磨刀砖取自本地窑厂烧制的青砖。里下河土壤多为沉积多年的灰色黏土，制成砖坯经窑火烧烤后，为青色砖块，坚硬耐磨。明初，南京砌建城墙曾大量使用兴化戴窑烧制的大砖。旧时，本地烧制的小青砖，长度只有18厘米，宽9厘米，高4.5厘米，地主、富有商人和官宦皆以此砖建筑私宅。20世纪70年代，乡村土窑兴起，烧出的砖块以“九五砖”居多，即长度为9.5英寸，长、宽、高分别为24厘米、12厘米、6厘米，此外还有“八五砖”“七五砖”，都是本地农人建筑住房的砖块。磨刀砖是从青砖中百里挑一选出来的，青色均匀，无裂纹和缺角，两砖相碰，或用镰刀一敲，会发出清脆悦耳的声响。

砖面粗糙，边角齐整，要成为磨刀砖，先要“磨面”和“去角”。农人将两块青砖合在一起摩擦，或将青砖放在地面砖头上来回磨，不一会砖面就平滑了。去角就是将砖面两边的直角磨去。镰刀刀身是弧形，刀刃狭长，刀口齐平，不磨面和去角，砖面和边角都能损伤刀刃。

也有选错刀砖的时候。磨上一阵子刀，刀砖里出现沙砾或螺蛳壳，造成刀刃缺口，农人懊恼不已，只好丢弃一旁，重新再选。选磨刀砖就像选人一样，选错了心里一定后悔。

南风阵阵起，麦子日夜黄。小满过后，农人就坐不住了，时常走到麦田边，抹一束麦穗，双手一搓，摊开大手，吹走穗壳后，将几粒饱满的麦粒扔进嘴里，当咬出“咯崩、咯崩”的硬朗声时，农人不再犹豫，赶紧回家磨镰刀。

磨镰刀，多在自家院子里，或在有荫凉的巷头上、大树下。磨刀前，农人要将磨刀砖泡足水，使刀砖保持湿润。磨刀砖放在长凳的一端，旁边有装着水的椋子或面盆。农人骑坐在长凳上，右手抓住镰刀柄，左手摁着刀面，在磨刀砖上来回推磨。

多时不用，镰刀浑身生了锈。开始磨刀是平磨：刀面紧贴砖面，用力来来回回地推送。当镰刀的正面和背面都去了锈，这才磨刀口。

刀口就是刀刃。割麦速度快不快，在于刀刃锋利不锋利。磨刀刃，是一件非常细致又需要耐心的技术活。农人先是磨镰刀背面的刀刃：将镰刀正面朝上，刀柄微微下按，使刀面倾斜；刀刃紧贴砖面后，农人以轻巧而均匀的力度来回推送镰刀。磨过一阵，再将镰刀反过来，磨正面刀刃。反过来磨刀，是左手握镰刀柄，右手摁刀面。无论磨哪一面刀刃，握刀柄的手与摁刀面的手都要平稳，来回推送的力度也要平稳。只要其中一项不平稳，要么刀刃就离开砖面，要么刀面倾斜过度，使刀刃反口（卷口）。

砖面宽，镰刀身又是弧形，所以磨刀过程中，刀根(靠近刀柄的地方)和刀尖处的刀刃有时被忽略。农人把磨刀砖侧起身子，将这两处的刀刃又正面、背面的分别在狭窄的侧砖面上磨一会儿。从头至尾，弯弯的镰刀口就是雪亮的一条线了。

农人用大拇指指心在刀刃上轻轻划两下（注意：不是沿刀刃上下划，而是与刀刃呈十字状划），感觉刀刃润滑，说明仍不锋利，需继续磨；感觉刀刃与指纹产生阻隔感，发出“咯咯”的声音，说明刀刃已经削薄，非常锋利了。

有经验的农人还用眼睛看：将镰刀竖着，一双眼睛对着刀刃看，只要看到细丝一般的刀刃，那就要继续磨；如果刀刃看上去模模糊糊的，说明刀刃已经锋利。还有农人将刀刃紧贴自己小腿的皮肤，向上移动，看到体毛轻易掉落，就知道刀刃不需再磨了。

磨刀过程中，要时常往磨刀砖上浇水。浇水，既可以及时冲去刀砖上的潮湿粉末，保持砖面露出毛孔，利于磨擦刀刃，也避免刀刃发热，防止钢火退化。农人在磨刀砖与板凳间还垫一条湿毛巾，磨刀时刀砖平平稳稳，又保持了刀砖湿润。

磨刀是有声音的，但前后是不一样的。开始平磨，磨面较大，也要用力，是“嚯嚯嚯”的大声响；中间的过程是磨刀刃，刀面微微倾斜，力度适中，发出“唰唰唰”的小声；最后虽然也是磨刀刃，但实际上属于精加工，对已磨过的刀刃再打磨，刀刃在湿润的砖面上轻轻滑动，产生“吵吵吵”细微的声音。

磨刀　陈明干／摄

一把镰刀磨好后，农人再磨第二把。一个农户有两三个人会割麦割稻，家里就有三四把镰刀。割麦割稻打的是歼灭战，镰刀是农人的武器，镰刀越多、越锋利，农人收割才能所向披靡，无往而不胜。所有镰刀磨好了，一个个刀面铮亮，刀刃闪着寒光，它们整齐地排在地上，随时出征。

去麦田割麦，农人也要带上磨刀砖、凳子和棕子。麦秸干枯，麦浪翻滚，一眼望不到头，每割一阵麦子，刀口就钝了，农人就在麦地里，照旧骑坐在长凳上磨刀。磨刀时，既要刀砖放得平稳，磨刀人的心境也要平稳。麦田再多，割麦再忙，磨刀的农人也是不急不躁，心平如水，“慢工出细活”，心气浮躁，急于求成，是磨不好镰刀的。

生产队时期，劳力们按所割面积拿工分。这一年夏收时，第六生产队队长张世龙别出心裁，安排村民王银寿专门为割麦的人磨镰刀。谁的镰刀钝了，王银寿就将已经磨好的镰刀递过去，每个割麦的人手里始终握着一把锋利的镰刀。王银寿自小放牛，剐牛草的镰刀磨得异常锋利。全队十多个男女劳力连续割了七八天的小麦，王银寿就在田里磨了七八天的镰刀，手掌处因长时间摁着刀面磨刀而生出一大块老茧。结果，第六生产队率先结束夏收。张队长算了一笔账：只要每人每天多割一分地，十多个人就能轻易地把王银寿该割的麦子补上来。一个人用快刀割麦，情绪高涨，一天又何止多割一分地呢？这才叫“磨刀不误切菜功！”

平时，农人还用磨刀砖磨剪刀、菜刀。年年收割，经常磨刀，天长日久，砖面凹陷了，有一天再磨刀时，刀砖一折两段。

岁月流逝，沧海桑田，曾经的磨刀砖如今在乡村已很难寻见了。我的父辈的农人，也如被磨得凹陷了身子的刀砖，有的已入土为安，有的正慢慢老去。

石榔声下架木桥

石榔头

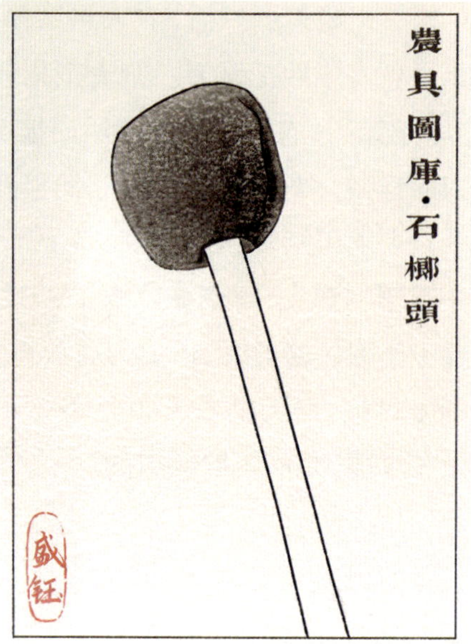

一块石头，或圆柱状，或正方形，高20多厘米，重10公斤往外，石面粗糙；一根一米多长的木棍牢牢地插在石块中间，成为抓握的手柄……这就是农人时常使用的石榔头。岁月的打磨，石榔头周身凸凹不平，伤痕累累，有的一角或多角缺失。木柄色泽暗淡，裂纹密布，也许在这之前，木柄早已换了几茬。石榔头，给我的感觉是历经数年，饱经沧桑。

“工欲善其事，必先利其器”。人类的生产劳动，首先是从制造和使用工具开始的。在距今10000年前的新石器时代，先民已经学会在石器上凿孔，发明了石镰、石铲、石锄、石犁等，用于原始农业生产。也许那时就有了石榔头的雏形。

里下河地区不产石头，旧时石榔头来到这里，有两种渠道，一是本地人行船去外地做生意，便将石榔头之类的工具带了回来；二是专门做石材生意的人，用大船贩运石磙（碌碡）、石磨、石臼、石榔头之类的器具，到这里出售。石器的到来，助推了里下河地区的社会发展。

水乡河道多，行路需搭桥。过去里下河农村皆为木桥。架木桥须打桥桩，有的在河道中打一道桥桩，有的打两道、三道甚至更多，河道越宽阔，桥桩越多。

桥桩用的是树木，每一根底部都用斧头削成尖头，便于扎入河底泥土。打桥桩，需在吨位大的农船上操作，有多人配合：船头和船尾各有一人执篙，稳住农船；两人合力将一根木桩竖起，插在桥桩的位置，并稳稳扶住；一人举起石榔头，先谨慎地对着桥桩顶端往下砸，一下、两下、三下，每砸一下，桥桩就向下埋一截，随着“嗵”“嗵”“嗵”的声响，桥桩在河底立住了脚。举石榔头的人放开手脚，高举石榔头，继续往下砸，节奏明显加快，力度进一步加大，桥桩也一截一截地往下埋。

打桥桩，手臂伸得高，石榔头才举得高、砸得重。但一个人力气再大，也有力竭的时候。船上几个人总是轮番替换，你砸一阵，他砸一阵。桥桩打得越深，石榔头也越要用力往下砸，轮番上阵中，一根根桥桩竖在了河中心。

每个参与打桥桩的人都要全神贯注。执篙的人牢牢稳住船，不让农船移动和晃动；扶桥桩的人既要双手稳住桥桩，使之始终保持垂直状态不走样，又要抬头看着上下起落的石榔头，防止落空砸下来。特别是抡石榔头的人，他的注意力完全集中在桥桩上，手中的石榔头每一次落下，必须稳、准、狠地砸在桥桩顶上，千万不能打歪。凌空挥舞石榔头，最怕石榔头与木柄脱离。一旦脱离，石榔头要么砸在扶桥桩的人头上或膀背上，人非死即伤；要么砸坏农船或落在河里。所以，每打一阵，抡石榔头的人总要检查榔头柄是否松动。稍有异样，就要加插木楔，并放在水里浸泡一会，使木楔膨胀，固紧木柄。

越是宽阔的河道，各种行船都有，桥面更高。桥面越高，桥桩越是粗长，打下这些桥桩颇费功夫，第一步要在桥桩四周搭一层稍高的平台。这次是好几条船、有更多的人参与。还是用石榔头，先将一根根小木桩打立在河面。小木桩铺上了几块木板，下一步就是站在这平台上扶桥桩、抡石榔头，将一根根长桥桩打下去。平台上木板铺得稀疏，人站在上面，高举着沉重的石榔头打桥桩，稍有疏忽，就可能发生意外。平台上铺的木板比船高，人站在上面打长桥桩，以及下一步铺桥板就方便了。木桥建成后，平台木板及下面的小木桩再拆除。

昔日，里下河平原上有数不尽的木头桥，有短桥，有长桥，有高桥也有矮桥，它们连接着村庄与田畴，让农人得以走村串户和耕耘稼穑，也让一条条农船和商船你来我往，畅通无阻。一座座木桥，承载了农人每天正常的生产

打桩　陈明干 / 摄

和生活，架起了通向未来的路道。但要打下那么多木桥的每一根桥桩，农人该下多大的力气、承受多少风险啊！

曾经，哪个村庄四周没有一个个伸在河面的水码头呢？旧时的水码头多是树木搭建：水中打两根树桩，再用木杠和绳索将码头板固定在两根树桩之间，另一头架在河坎上。打那两根树桩，用的也是石榔头。河水浅、树桩短，人就站在河水中打桩；河水深、树桩长，人还是站在船上抡石榔头。一座座水码头，方便了农人的生产生活，也成了水乡特有的标志。

打簖设缳，是里下河农人捕鱼捕蟹的一种方法。簖，即簖箔。簖箔是用一根根竹篾编织成的，每根竹篾有小指头粗，两米多长。簖箔拦在河口，沿河底从此岸排到彼岸；中间部分叫箔口，稍矮，供船只行驶。簖桩是数根粗毛竹，每隔一米的距离打一根。打簖桩的方法与打桥桩一样，人站在船上用石榔头打。但簖桩上端需放一捆草把作“盾牌”，否则一榔头下去，毛竹头会炸裂。簖桩打好了，就将簖箔紧贴着簖桩，用铁丝扎牢。簖箔的内侧，箔口两边设迷魂阵一样的簖网和虾缳。簖箔拦住了去路，鱼和螃蟹钻进簖网，就成为农人的囊中之物。有的螃蟹没有钻进网中，却沿着簖箔往上爬，翻过箔顶，以为能溜之大吉，殊不知，它一翻身，却落在了农人早已准备好的网笼中，成为今天里下河蟹农引以为傲的“簖蟹”。能翻过簖箔，说明体格健壮，在螃蟹市场并驱争先的今天，簖蟹自然成为抢手货。

每年梅雨期，里下河地区常“发大水”，威胁着村庄和庄稼。昔日，人们阻挡洪水的方法是将河口打成土坝头，再用石榔头在坝头两侧将树干和木头打成排桩，以加固坝头。一道道土坝，一排排木桩，将洪水拦在了堤外。

洪水滔滔，持久不退，新打的土坝头仍有漏水倒塌的可能。那是1985年的夏天，新沟口的土坝头真的漏水了，危急之际，村里的王支书开着他家停放在外河的水泥挂桨船，急驶到坝头外侧，停下机器，跳进船舱，抡起石榔头朝着船底子一阵猛砸。一声轰响就是一股喷泉，船舱进满了水，水泥船侧翻，正好紧紧俯伏在土坝外侧，险情一下子被止住。抢险的人们争相把王支书从河水中拉上来，雨水和泪水交织，从每个人的脸上唰唰落下……

夯歌声声打基础

夯与硪

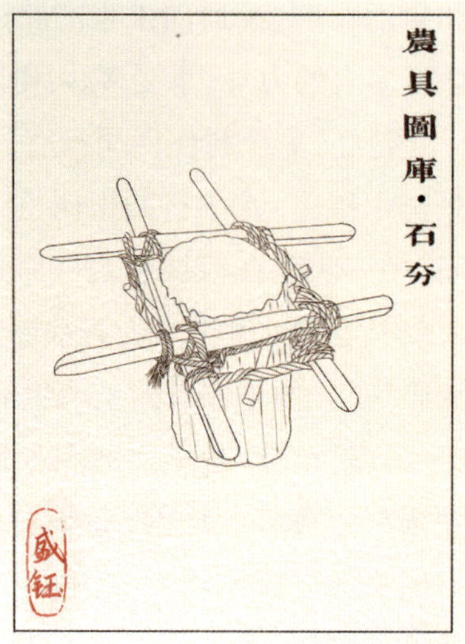

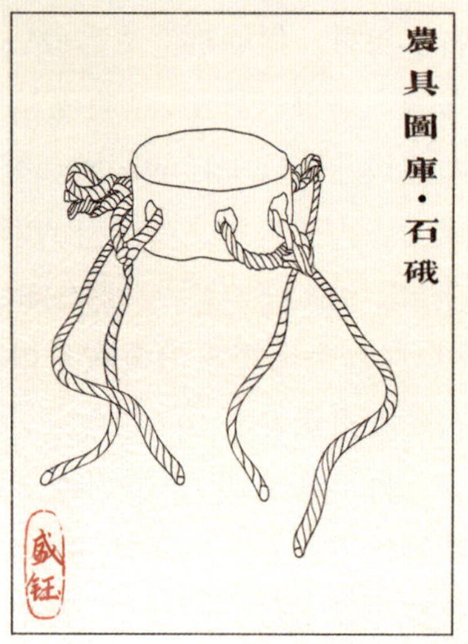

夯、硪，都是用来敲打地基，使土层板实的工具。使用夯和硪，需多人参与，称为抬夯、抬硪，或打夯、打硪。

夯有木夯、石夯和铁夯；硪有石硪和铁硪，都是沉重之物。唯有沉重，砸向地面才有力度。史料记载，在4000多年前的新石器时代晚期，我们的先民发明了夯土技术，即用粗大的树干和较重的石块砸实墙基与墙体，使住所稳固。后经演变与改进，先民相继发明了木夯、石夯、铁夯、石硪和铁硪，用来夯土。夯土技术除用于民居建筑外，还用来建造堡垒、宫殿和城墙。

20世纪90年代前，里下河农村建住房、砌仓库，村庄铺设巷道，桥头和防洪闸两侧填土，以及防洪圩堤关键部位加固等，都要抬夯或抬硪，使基础扎实牢固。

里下河地区有石夯、铁夯和水泥夯三种。石夯为旧石磙（碌碡）做成，圆柱形，高约70厘米，直径50厘米，石磙上端凿有凹槽，用4根粗竹杠呈井字形固定在凹槽内，8至10人抬着杠作业。铁夯纯粹铁制，四方形，高约90厘米，直径45厘米，上下是厚铁片，中部是4根铁柱，4根绳索系于夯底铁片的四角，8人牵绳作业。水泥夯用混凝土和洋圆浇制，规格与铁夯相仿，但比铁夯矮一截。

硪多为石块，圆饼状，系农户碾米粉的大石磨做成，直径55厘米，厚13厘米。石硪周边有4个洞眼，系着4根绳索，众人拉动绳索抬高石硪，达到夯实土层的目的。

新建民房或仓库时，夯实墙基就靠抬夯。新挖的墙基槽有1米宽，多名打夯人抬着石夯，在槽内或槽边来回移步。“大寒无禁忌”，农人建房讲究习俗，多选在大寒里放样、抬夯。白天要生产劳动，抬夯多在晚上。鸟儿归林，月上树梢，朦胧夜色下的村庄便传出了石夯砸地的声音，“嗵”“嗵”“嗵”，石夯每一次落地，都震天动地。

石夯和铁夯，均有三百多斤重，石硪也重达一二百斤。抬夯一时半刻不能结束，短则两三个小时，圩堤夯土则长达数天，在这种繁重而漫长的劳动过程中，衍生了打夯号子，打夯号子与石夯的落地声相依相伴：“大家一起来啊，嗨号！”“嗵”“齐心把夯抬啊，嗨号！”“嗵”“房基夯得实啊，嗨号！”“嗵”“新房建起来啊，嗨号！”“嗵”……一声号子，一次夯声；号子阵阵，夯声连连。

抬夯人员中，有一个是领头的，俗称“夯头”。夯头的职责是把握众人抬夯的方向，领唱抬夯号子，不停地为大家鼓劲加油。夯头一般是德高望重的长辈，其他抬夯的都是身强体壮的中青年男人。那时，帮人家建房抬夯，无论夯头还是其他抬夯的人，都不计报酬。夯头每领唱一句夯词，其他人就紧跟着附和一声“嗨号！”，一唱一和，石夯被接二连三地抬起、砸下，发出“嗵”“嗵”的声响，围观的人都能感受到大地在震动。

我们村里的夯头是洪章大叔，他身材魁梧，浑身是力气，领唱的号子既吉利又顺口。洪章大叔最忙的时候，是在1980年后联产承包的那些年。那时建房一家接着一家，每年大寒来临，好多人家都提前到洪章大叔家里预约抬夯的日子。

建房是大事，乡间抬夯讲究某些规矩。抬夯前，房主先放一串小鞭炮，然后按东南西北顺序依次抬夯。抬夯是力气活，一支烟工夫，所有抬夯的人身上冒出了热气，他们甩去棉袄棉裤继续抬，劲往一处使，步往一处移，高亢、粗犷的打夯号子从村西头传送到村东头，落地的夯声让整个村庄都感受到来自大地深处的轰鸣。

抬夯沉重，枯燥乏味，没有洪章大叔领唱打夯号子，众人抬夯肯定是用力不齐的。每一次抬夯，洪章大叔总能临场发挥，即兴而唱，有效地控制着场面。看到挖开的墙基有点凹凸不平，他会扶着夯吼道："脚下有凹塘啊，嗨号！大伙夯又夯啊，嗨号！"大家会在某个地段多抬几下，直至平坦；如果感觉到某一边抬夯的人有点偷懒，他就高声提醒："对面的大老张啊，嗨号！用力再向上啊，嗨号！"立即，沉重的石夯又用力均匀了。洪章大叔还联系当时形势唱号子："联产到了劳啊，嗨号！日子天天好啊，嗨号！""嗵""嗵""嗵"夯声和夯歌气势如雷。

抬夯　毛剑云 / 供图

一个房基要来来回回抬上三遍夯才能硬实。第一遍，房基属于原始土，疏松，众人抬夯时的移步就要紧密一些，抬夯时间也会长一些；第二遍、第三遍，房基的土层越夯越实，众人抬夯的移步也会稍快一些。房主时常抢在石夯前面往房基槽里添加碎砖、碎瓦和干土，以便让石夯砸实和砸平。

两个小时后，三间大屋所有的墙基都夯实了。明月高照，夜空晴朗，大汗淋漓的众人按照老规矩，抬着大夯来到堂屋的中心位置，围成一圈，齐声高喊："抬夯抬到堂屋正中央啊，嗨号！富贵的日子万年长啊，嗨号！"……

里下河平原地势低平，绵延不绝的圩堤包围着一框框圩田和一座座村庄，预防洪水的侵害。当初修筑圩堤的薄弱地段，以及后来在圩堤上建造防

抬硪　毛剑云／供图

洪闸，农人都曾用石硪或铁硪夯实基础。在圩堤上和闸口两侧打硪，场地就显得宽阔多了。打硪通常有八个人，分布在四面，每两人操纵一根绳索，随着夯头一声呼喊“大伙齐用绳啊”，以及众人一声“嗨号！”，那又重又圆的石硪被高高拎过了头顶；“龙王的大水不上门啊”“嗨号！”，石硪又落在地上，砸出一片泥花。

圩堤守护着村庄和庄稼，防洪闸改变了千百年来用泥土打坝头的历史。“基础不牢，地动山摇”，遭受洪涝之苦的农人视圩堤和防洪闸为自己的命根子，打起硪来更加卖力。“圩堤长又长啊，嗨号！石硪夯成墙啊，嗨号！”“闸塘泥土不能松啊，嗨号！抬着石硪齐向东啊，嗨号！”……夯绳轻舞飞扬，石硪上下跳跃，在一阵阵气吞山河的打硪声中，里下河筑起了一道道牢不可破的抵御洪魔的城墙。

快刀斩乱麻

铡刀

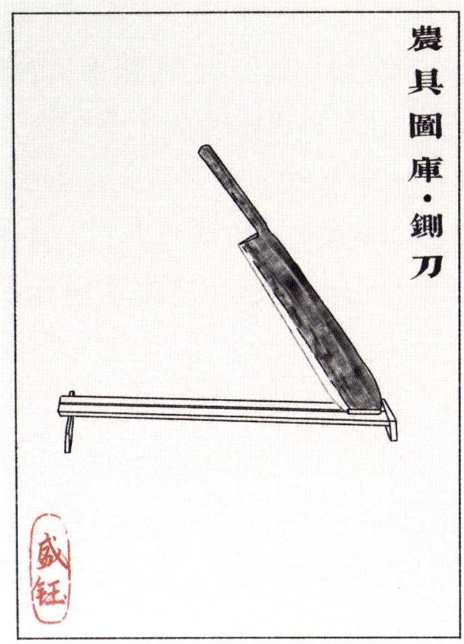

铡刀，农人切碎草料喂养牲畜的工具。

起初，铡刀是斩杀犯人的刑具。最早记录铡刀的，是2400多年前战国时期儒家经典书籍《公羊传》：“君不忍加之以鈇锧。”鈇锧即铡刀，意为国君不忍心用铡刀行刑。到了秦代，铡刀已用来切草料。北宋语言学著作《广韵》介绍：“铡，秦人云切草。”元末史书《宋史》解释：“铡，刈草也，主斩刍饲牛马。”其意均为铡刀用于切草，饲喂牛马。

元代《王祯农书》对铡刀的构造做了详细描述，翻译为：凡造铡刀，先锻造铡背，约寸把厚；铡背下边是刀刃，像长长的半月形状；刀背一端带铁銎（窝子），用以插入木柄。用一截木方作为砧木，长三尺多，宽四五寸。砧木首端置木榫，三五寸高，把铡刀头穿入榫眼中，即可使用。

从古到今，铡刀形状基本上没有改变，里下河地区的铡刀也是如此。

1970年前后，里下河地区很多生产队将养猪作为集体副业，兴办养猪场，存栏量保持30至40头肉猪。每个猪场配两名饲养员，还有一把铡刀，用来切草喂猪。

生产队办猪场，先是有了垩田的肥料。30多头猪，每天产生不少猪粪，每月清理一次，能垩好多亩田；每头猪长到了100多斤，送到公社食品站出售，卖的钱作集体收入，用来买农具、化肥和种子等，年底还能分红；过年时杀猪，作为年货分给农户，各家各户欢天喜地。

国家为鼓励乡村养猪，还有奖励措施：生产队每在食品站出售一头肉猪，凭发票可以去粮管所购买平价饲料粮和返还糠，购回后又用在猪场喂猪。饲料粮只有一角钱一斤，返还糠只有二分钱一斤，非常便宜，所以称平价粮和平价糠。

猪场砌在打谷场附近，靠近河边的位置，装运饲料、生猪和猪粪很方便。猪舍用灰砖或红砖砌成一排一排的，前低后高，前面是猪圈，猪子吃喝撒拉就在这儿；后面是猪窝，供猪子睡觉晒太阳。猪场两侧有一个畜粪池和沤制池，畜粪池存放猪的粪便，沤制池轮流沤制青饲料。猪场旁边的空地用来铡草料。

猪子多，吃的饲料也多。除了稻糠，生产队还在副业地长山芋、芋头和花生，将它们的茎藤切碎后用来喂猪。农人称这些茎藤为草料，切碎后称为青饲料。

花生藤上段青嫩、下段老扎，农人拦腰铡断后，将上段直接抛给猪吃，下段再铡碎沤制。山芋长得多，藤也长，先前扯下来的山芋藤鲜嫩，都是铡碎后扔给猪子吃，后期收获的山芋藤枯老，是铡碎后沤制。芋头秆，农人俗说“芋头苞子”，含有草酸钙，进嘴麻涩涩的，要铡碎加盐沤制十天后才能喂猪。

用铡刀铡草料，得有两个人，一人握柄往下铡，另一人往刀口处放草料。铡刀刀刃锋利，铡的又是青嫩的茎藤，应该说不费力。但刚开始，两个人心里还是慌里慌张的。刀刃长而雪亮，当对方的手递来草料时，握柄的人心里发怵，生怕铡到那个人的手；递草料的人心里同样不踏实，担心落下的刀刃碰到自己的手。所以，开铡之初，双方都异口同声地提醒对方：注意刀口，注意刀口！铡的次数多了，有了经验，双方就若无其事了。

使用铡刀，关键是垫得稳、切得稳。铡刀刀身长、刀床（砧木）长，铡草料前，农人要将铡刀放在平坦之处，再在地面钉一根木桩，将铡刀顶端绑定在木桩上，使刀床固定。铡刀头穿在榫眼中，刀床中心位置有一条长缝，那是铡刀切到底部时的刀槽。递来的草料有多有少，有软有硬，握刀柄的人一定要平稳用力往下切，使刀刃垂直到底。若握柄不稳，刀刃歪扭，草料不能立即一刀两断，刀槽边缘还可能损伤刀刃。

青饲料铡得长短也是有区别的。直接投给猪子吃，青饲料就铡得短些，三五寸长，猪子吃起来方便，一张口满嘴都是草。如果沤制，铡的草料有七八寸甚至尺把长。沤制十天后，再硬朗的茎藤也会腐烂。

养的猪子多，事情也多，煮食、喂食、打扫、搬运等，猪场上有做不完的事情。事情一多，两个人就得分开干活，铡草料有时只能一个人：一手握柄，一手添草。麻烦往往就在这个时候发生了。铡刀柄长，人是侧着身子添草料的，忙乱之中，人就忘记了双手的协调性，当添草的手还没有离开刀床的时候，另一只手就将刀柄摁了下去。仅仅听到咔嚓的声音，并没有感觉到疼痛，右手的三个手指头就被切断了。当准备再去抓草时，却发现右手鲜血淋漓……村人王克珍，一提起当年铡草料的情景，仍历历在目，心有余悸。如今，王克珍已经70多岁了，三个断指陪伴着他的后半生。改革开放后，他自己办了家庭猪场。他并不后悔为集体养猪而切断手指，他甚至感激当初生产

铡青草　朱春桃／摄

队长安排他养猪，为后来自己创办家庭养猪场积累了经验，开辟了致富之路。

农户没有铡刀，砌房就跟猪场借用。那时，农户均住茅草房，屋顶盖草和维修时就用铡刀铡草。将齐头麦秸铡成50厘米长，扎成一个个小捆子，由茅匠铺盖在房顶上，经拍板和梳耙整理后，两边房顶的麦草齐刷刷的，下雨滴水不漏。

铡刀用久了，刀刃会钝。磨铡刀刀刃，要先取下榫眼中的插销，再双手抓着刀刃两端，放在磨刀石上磨。这个磨刀石与磨镰刀的砖块不一样，是砂石的，有磨刀砖的两倍大，石面刚硬而粗糙，在上面推几个来回，长长的刀刃就锋利了，寒光闪闪，阴气逼人。怪不得古时用它来处决犯人。

猪场长年养猪，饲料不能断缺。后来乡村培育“三水一萍”，补充饲料。“三水一萍”是指水浮莲、水花生、水葫芦和绿萍，都是水生植物，叶色碧绿，茎秆脆嫩，含水量充足，繁殖力特强，它们还是沤制有机肥的原料。生产队挖成一条条狭长的水沟，搭成草棚，专门繁殖“三水一萍”。猪场购置了打浆机，包括“三水一萍”在内的所有青饲料经打浆机处理后，变成了草浆，或直接喂猪，或沤制储存，让猪子慢慢吃。有了打浆机，铡刀便闲置一旁了。

猪场养的猪，生长太慢了，10个月才长到100多斤，都是瘦肉多，肥肉少。送到公社食品站出售，被分成一等猪、二等猪和三等猪。一等猪160斤以上，膘肥体壮；二等猪130斤至160斤，略瘦；三等猪125斤至130斤，更瘦。等级高，所挂钩奖励分配的饲料粮和返还糠也多。每年腊月二十七八，生产队要拣两头大猪宰杀，按人口分配猪肉，每人一斤半。分肉时，众人围着杀猪的，希望能分到肥肉。但因为分肉前已经抓过阄，按顺序分肉，所以分到肥肉者眉开眼笑，分到瘦肉的也心服口服。

那时，除了生产队养猪，农户家里也养猪。一段时间后，猪场里的稻糠、饲料粮甚至青饲料不知不觉就少了，甚至饲料粮和返还糠在粮管所就被他人取走，猪场里的猪子越养越瘦，猪场日渐衰败，墙边的铡刀早已锈迹斑斑，打浆机也几乎没有了声响。

所幸，生产责任制的大潮奔涌而来，冲走了乡村的污泥浊水，更让乡村焕发生机。乡村不仅有丰收在望的农田，还有家庭养猪场、养鸡场、养兔场等，如雨后春笋般呈现，电动小机械把各种动物饲料处理得十分精细。

一蓑烟雨任平生

斗篷　蓑衣

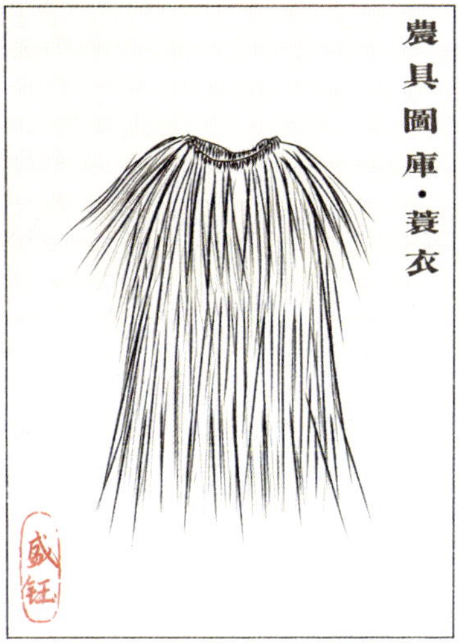

斗篷和蓑衣，自古以来就是农人下田干活时遮阳挡雨的护身用具。

早在2500多年前的春秋时期，就有了蓑衣和斗篷。我国最早的一部诗歌总集《诗经》中记载："尔牧来思，何蓑何笠。"蓑，即蓑衣；笠，指斗篷，意为你到这里放牧，披戴着蓑衣和斗篷。元代《王祯农书》中也有文字记述："传曰：首戴苎蒲，身服袯（bó）襫（shì），此谓之农。""蓑所以备雨，笠所以御暑。"苎蒲指斗篷，袯襫指蓑衣。意为古书上说：头上戴斗篷、身上穿蓑衣的人，就是农民；蓑衣用以防雨，斗篷用来防暑。

中国地域辽阔，有田地的地方就有农人耕种。斗篷是农人必备，但因地域及材质不同，叫法也有差异，主要有斗笠、草笠、苇笠、竹笠、雨笠、箬笠等，里下河农人都称斗篷。

斗篷圆锥形，尖顶，边沿宽大，高约20厘米，直径45厘米左右。斗篷内侧有一道竹篾圆箍，戴在头上可稳住斗篷。竹篾圆箍上还有两根小带子，系扎于下巴下面，人在劳作时，有风也不会将斗篷从头顶上吹走。斗篷口朝上，状若装谷盛米的圆斗；头篷口朝下，戴在头上又像遮雨的篷子，故称斗篷。斗篷有竹篾编的、蒲草编的，还有棕皮和棕毛混编的。里下河地区盛产芦苇，斗篷以芦柴编织的居多。编斗篷是个精细活，芦柴长得多的地方的人家才会编，编好的斗篷连同席子、摺子、箔子等一起，装船后撑到外地卖。很多农家的斗篷都是买的。新买的斗篷，农人要用桐油里里外外涂抹两遍，这样防潮防蛀。斗篷的尖顶和边沿最容易破损，柴篾环环相扣，一处损坏则处处溃散，有农人就早早用布条将这两处缝起来，使用时间更长。

蓑衣的作用是防雨。蓑衣是蓑草编织而成。蓑草也叫蓑衣草、龙须草等，茎叶细长，质地柔韧，耐潮不易腐坏，古人选其做蓑衣真是适才适用。除了用蓑草，还有用棕丝、蒲草和稻草编织蓑衣的。里下河地区的蓑衣原料多为齐头稻草和蒲草，由农人自己编织。尽管使用寿命不长，但草源充足，编起来也不太费力。

蓑衣有两种款式，一为双层，一为整体。双层的分为上披和下披。上披系在脖颈处，披在肩膀上，防止雨水落在上身；下披系在胸部，重叠在上披里面，防止雨水落在下身。整体蓑衣就像今天的披风，系于脖颈，能从上到下遮挡身体，防雨水淋湿。双层蓑衣的好处是，人在劳动时能灵便操作农具，而穿上整体蓑衣，干活时不能完全放开手脚。蓑衣根据自身身高编织，“量体裁衣”，一般长1.5米左右，宽50厘米。农人劳作时，都是一双小腿裸露，赤着双脚，所以不管哪种蓑衣，只能长至膝盖处。

编织蓑衣，不用一针一线，完全靠手编。编蓑衣像织毛线衣和编辫子，两种技术简单混合运用。先用草绳作领口，围成圆圈，然后用几根草合成一束，对折后绑在领口上；领口布满了草束，从两股草束中各取一根或两根草交叉编连。依次编完一圈后，再向下以同样方法编织，直至达到所需长度。在这过程中，当上面某个草束即将编完，就再取几根草续接上去，形成新的草束。织好的蓑衣外部有一层垂直向下的稻草，便于流落雨水。

有的农人是将稻草、蒲草放在长凳上或桌子上编蓑衣，有的是将一只圆桶悬吊，领口和胸口围扣于圆桶，人站着编。一件蓑衣，要编上两三天，都是利用雨天不能下田的时间完成。年老眼花者，只编草鞋而不编蓑衣。

斗篷遮阳，农人下田就戴斗篷。立春后耕沤田，拉犁人和扶犁人都戴着斗篷；初夏时，耙田的、翻地的、挑粪水的、播稻种的，都有一顶斗篷戴着。尽管这个时候阳光柔和，但一天到晚暴露在阳光底下，若不戴斗篷，风吹日晒，皮肤更容易干裂，也口干舌燥。特别是夏收夏种和秋收秋种的大忙季节，每天天不亮，农人一个个拿着农具和斗篷，匆匆奔向田野。这两个时期，收割、栽插、挑把、薅草、掼把、踏水车等等，农活繁多，都是在炽热的阳光下劳作，没有斗篷戴着，人的脸部和颈部怎么受得了火针一般光芒的刺射？赤日炎炎，农人汗如浆出，他们常常直起腰，一边用手抹汗，一边取下斗篷当着蒲扇一样使劲地扇风。

蓑衣要与斗篷配合使用，这样全身不遭雨淋。斗篷戴在头上，宽阔的边沿挡住了从天而降的雨水，不让流到蓑衣的领口里。农时不等人，栽秧时，农妇们一个个披戴着斗篷和蓑衣，在沥沥小雨里弯腰栽插。秧苗醒棵后，还

锄草　佚名／摄

是她们在雨天里打耥耙、薅杂草。男人罱满了一船湖渣，却逢细雨潇潇落，他们戴着斗篷，穿好蓑衣，挥篙撑船往家赶。田地耕翻了，等着播种，农人心急如焚，冒雨拉平所有土垡……毕竟斗篷和蓑衣都是用草编织的，不是密不透风，大雨不仅将斗篷和蓑衣淋湿，也淋湿了农人的全身。天色将晚，农人收工，满身疲惫地走在烂泥地上，一步一滑，脚步倍感沉重。

斗篷和蓑衣两样不离身的，还有放牛人和放鸭人。阳光洒满田野，他们戴着斗篷，悠然自得地放牧。一旦下雨，他们赶紧穿上蓑衣，继续看护牛吃草、鸭淘食。放牛和放鸭，人与牛、鸭始终形影不离，雨天里也有人陪护，牛和鸭的生活丝毫不受影响。

下雨天，我常常忆起父亲戴着斗篷、身披蓑衣的身影。

我是在父亲的档案里知道到他详细身世的。父亲当过兵，打过仗，还立过功，但具体情况我不得而知。2013年秋，父亲弥留之际，我在兴化市人武部档案室查看到了他的档案：8岁放牛，9岁种田，成分雇工。参加过游击战争、淮海战役、渡江战役、上海高桥战斗和抗美援朝，立二等功一次，三等功三次、四等功一次……原来父亲就是一个放牛娃！可以想象，当年，一个身为雇工的八九岁少年，已经戴着斗篷、穿着蓑衣，拖着羸弱的身子在风雨中承受生活的苦重了。抗美援朝结束后，已成为副排级干部的父亲选择了回乡参加社会主义农村建设，先后在生产队用牛耕过地、做过田管员、干过拖拉机手。我十多岁时，父亲还在做田管员。田管员就是看护好生产队几部风车，不让庄稼遭旱、受渍。晴天，父亲戴着斗篷，手拿大锹，在田间巡查，有漏水的地方就挖土堵上。最烦人的是盛夏，时晴时雨，父亲既要看护好风车，避免大风将风车吹倒，或及时调整风车架，使风车迎风转动，正常上水，又要照管好稻田，不能缺水，也不漫水。暴风雨来临的时候，就是父亲坚守田间、守护风车和庄稼的关键时候。大雨如注，穿透了斗篷，穿透了蓑衣，田野里湿漉漉的，父亲浑身上下也是湿漉漉的。

“一蓑烟雨任平生”。这是苏轼面对人生坎坷时的超脱胸襟，这又何尝不是数千年来中国农民不惧风雨而默默耕耘、顽强乐观的真实写照呢！

沾满汗水的袋布

披肩

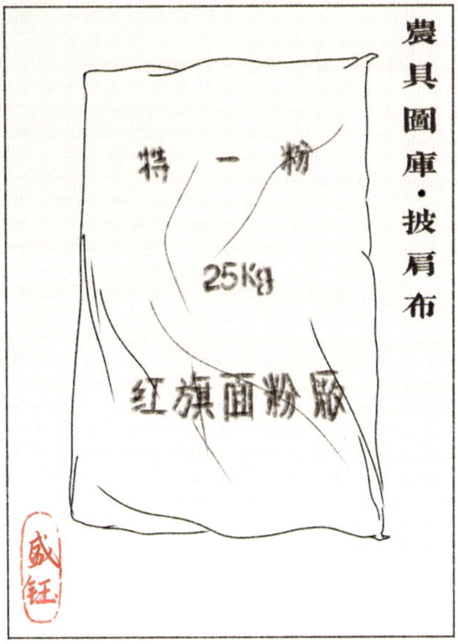

时光回到20世纪六七十年代。

其时，国家实行粮食统购统销的政策，即田地由生产队耕种，粮食则由国家统一收购、销售。粮食关乎国计民生，国家每年向生产队下达粮食统购（也叫征购）任务。统购粮是“皇粮”，每个生产队都不折不扣地完成，但同时带来了农村人口吃粮不足的矛盾。国家在对城镇居民定量供应粮食时，也对农村缺粮户供应返销粮，农户凭《缺粮户粮食供应证》到公社粮管所购买。返销粮包括大米、面粉、粯子等，价格不高，属于平价。以大米、面粉为例，折算成水稻和小麦后，相当于国家向农民收购水稻和麦子的统购价。农民购买时，有时买大米，有时买面粉或其他粮食，有时买大米同时买面粉。面粉装在布袋里，据说还是进口货，所以叫洋面粉，袋子就叫洋面袋。每袋面粉50斤，一户人家要不了，常常是两三户合买一袋，扛回家后再分。

面粉做成面疙瘩或粗面，没几天便吃完，留下了空空的洋面袋子。

买的次数多了，家里的洋面袋也多起来。洋面袋是粗布做成，纯白，长2.5尺，宽1.5尺，拆开后成了长5尺、宽3尺的长方形布块。家里缺衣少布，洋面袋成了稀罕物，农人爱不释手，拿到镇上染坊里染成蓝色或黑色，用来做被面子、鞋子、短褂和短裤。更多的是将洋面袋拆开来做“披肩”，供男人下田干活时护肩、擦汗。

披肩，就是袋布披在肩上的意思。洋面袋做成披肩，实际上就成了劳保用品。夏天和秋天，男人干活是舍不得穿上衣的，只穿一件短裤，也就是俗说的裩子。农活繁重，双手要动作，肩上要压担子，又常常流汗，上衣容易破损，农人只能光着上身，将披肩铺在肩膀上劳动。有时是将布块完全放开后披在肩上打个结，有时将布块对折后斜披在肩上打个结。具体怎么披，取决于所干的农活。没有洋面袋，就将旧帆布剪下来做披肩。那时，只要是下田干活的男人，都有一两件白布披肩。

初夏，生产队要把各家猪厩肥运送到田头。农人先用灰叉挖，再用笆斗扛。笆斗是柳条编成，底部凸凹不平，压在肩膀上硬生生的疼。农人将披肩对折，铺在左肩，笆斗上肩后压在披肩上，这才右手抓着笆斗环，左手叉腰，同时用左胳膊顶着笆斗底，弯腰走向河边的农船。船上装满了猪厩肥，撑到田头，仍用扛笆斗的方法，一趟一趟地送上岸。

麦子割完就赶紧挑把离田，既要掼把脱粒，又要耕田栽秧，还担心下雨影响晒麦，农人整天惶惶不安。挑麦把的男人一个个披着披肩，用大把叉戳着麦捆挑上船。芒种之时，烈日高悬，田野里更是干燥闷热。麦把多，天气热，一担接着一担挑，汗水从农人额头流向脖子，又流到披肩上，农人边走路边用披肩擦汗。披肩潮湿了又被晒干，生出了白色的盐霜，散发着浓浓的汗味。农人不停歇，继续在麦田里来回奔跑，每一双脚都匆匆忙忙，呼呼生风，发出哗嚓哗嚓踏平麦茬的声响。

麦把刚挑完，原先堆积在田头的猪厩肥紧接着就要挑送到田间。猪厩肥是栽秧的基肥，在耕翻麦茬地前一定要散施到田里。担兜里装满了猪厩肥，农人用扁担挑着，走向麦茬田深处。刚刚挑了几天的麦把，肩膀上的红肿还没有消退，现在硬邦邦的扁担又压在了肩膀上。但无论怎样疼痛也要忍着，叫苦叫累是没有用的，猪厩肥不会自己跑到田里，只有不停步，猪厩肥才能挑完。担距远，农人将披肩围在双肩上，边走边换肩挑：每走一段路，就弯一下头，将扁担从右肩经后颈转到左肩上；再走上一段路，又从左肩经后颈转到右肩上。换肩是在走路时进行的，换肩不影响走路，走路也不影响换肩。变着法子不停地挑，又有披肩护着，减轻了扁担压在肩上的痛感，田头上的猪厩肥越来越少。只是，披肩围在双肩上，担子在左右换肩时，披肩老是起皱，原本红肿的双肩哪里经得起这样磨来磨去？再加上炽热的阳光蒸烤，不知不觉地，农人的双肩和后颈部就破了皮，汗水一落到此处犹如开水烫、似刀子剐，疼痛钻心。农人还是忍受着，“嗨唷号、嗨唷号”，将内心的疼痛化作震天的号子，挑着扁担继续向前走。摸一摸每个农人的双肩，那里都有一个结结实实拳头大的“担瘤”，那是农人在天长日久的劳动中，经历数次皮开肉绽的磨炼而结出的果实。

秧苗栽插后，秧田不能缺水。四个农人踏动水车，接连不断地将河水送往田间。水车庞大笨重，没有众人的齐心协力，根本无法将河水输送上来。老天就是这么诡异，越是炎热，田野里就越没有风。农人一边踏水车，一边不住地用披肩擦汗。扶手棒上，每个人双手扶着的地方都是潮湿的。汩汩流淌的河水滋润了干裂的稻田，而炎炎烈日似乎要把农人和水车晒成干子。每踏上一阵子，口干舌燥的农人就跳下水车，钻入河中，用披肩洗去满身汗水。

小暑前后，秧田里长出了许多杂草。在稻棵尚未封行的时候，农人常用耥耙除草，俗称“打耥耙”。打耥耙有男有女，一个个戴着斗篷，女劳力还带来了头巾，男劳力清一色披着披肩。天气闷热，他们一边打耥耙，一边用毛

打耥耙　陈明干 / 摄

巾和披肩擦汗。一趟打到头，男男女女一起跳进河里，女劳力用头巾洗，男劳力用披肩擦……

就连十二三岁的放牛娃也有一件披肩。放牛娃披披肩，一是防晒，大白天看护水牛吃草，还要剐牛草积聚草料，一天到晚，细嫩的身子哪里经得住太阳暴晒？二是防“牛皮疥”。牛皮疥就是牛疥癣。疥癣虫寄生在牛的皮肤上，放牛娃每天骑在牛身上，腿部和裆部不可避免地就感染了牛疥癣。一旦染上，先是皮肤瘙痒，继而出现红斑点，越抓越痒，痒中带着刺痛。放牛娃将披肩铺盖在牛背上，人再骑上去，就难染上牛皮疥了。放牛其实是一种过渡，到十六七岁时，放牛娃就是成人，要扶犁耕田了，每天，披肩照样随身带。

扛笆斗、罱泥渣、晒谷堆草、耕地平田……凡夏秋之时干活，每个男人的披肩总是从早到晚不离身。但即便这样，成天在田里干活，风吹太阳晒，靠着披肩擦汗、护肩，他们的皮肤还是那么黝黑和粗糙。

村人王世平，是我的叔字辈了，他自小放牛，二十岁外出当兵，退伍后回到生产队参加集体劳动。他身材魁梧，力气大，冬季上河工他第一个报名，罱泥罱渣是第一个满船，挑泥、扛粮没有人的步子赶得上他，平时一点点伤风咳嗽怎么也不在乎，每年评选先进，他都是“积极分子”“劳动能手”，奖励他的，除了一张大奖状，还有一块白披肩和一个搪瓷缸。那年夏天在粮管所扛粮时，他忽然感到胸闷，一阵咳嗽后，几口带血的痰落在他被汗水浸透的披肩上……原来，世平叔得了咳痨病（肺结核）。那个年代，这种病似乎难治。五个月后，曾经生龙活虎的世平叔不幸咽气，年仅三十八岁。他的遗体放在堂屋里，白色洋面袋做成的遮脸布从头盖到脚。他母亲和妻子哀痛欲绝，在一旁抱头痛哭：“伤心的，我的伤心的，你怎么走得这么早啊！怎么就不顾我们了呢？”一屋子的人都陪着她们流泪，不停地叹息：“多好的人啊，怎么这么早就走了呢！”

草鞋

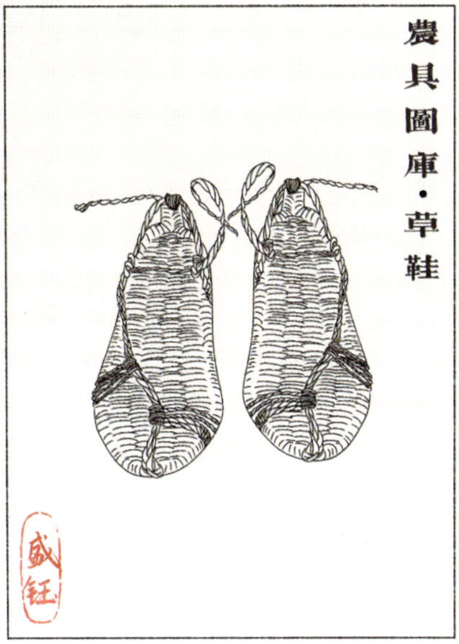

人与其他动物的区别，还在于能织造衣服御寒保暖、护身遮丑。比如人发明了鞋子，穿在脚上行走时就有了一种保护，安全而便捷。

草鞋是我们的先民较早发明的生活用品。草鞋有两种款式，一种是纯鞋底草鞋，另一种是既有鞋底又有鞋帮的草鞋。纯鞋底草鞋没有鞋帮，以绳扣系扎在脚上，春、夏、秋季时穿得多；既有鞋底又有鞋帮的草鞋，有保暖作用，在深秋和冬天穿。古时，纯鞋底草鞋叫扉（fèi），有鞋底鞋帮的草鞋叫屦（jù）。2500多年前，草鞋和蓑衣、斗篷一样，已被人们使用。春秋时期的编年体史书《左传》中记录这两种草鞋："供其资、粮、扉、屦。"意为供应费用、粮食和扉、屦两种草鞋。元代《王祯农书》更是将两种草鞋做了区分："今农人春夏则扉，秋冬则屦，从省便也。"意为现在农民在春夏时穿仅有鞋底的草鞋，秋冬穿有鞋底鞋帮的草鞋，是为了节省和便利。

传统农耕时代，生活贫穷，物质匮乏，数千年里，草鞋一直被广大农民所使用。因地域不同，中国农民常以树藤、树皮、麻丝、蒲草、玉米苞皮、棕皮、稻草等所在地原料编草鞋。里下河地区农民则用粳稻草和糯稻草编织草鞋，两者柔韧细长，编成的草鞋柔软耐穿。

在里下河，纯鞋底草鞋就叫“草鞋”，有鞋底鞋帮的草鞋则称“毛窝子”。

旧时，里下河农人家庭贫困，无论男女，大多穿草鞋。家庭人口多，草鞋又常穿常坏，稻草却有的是，每一位户主都练就了编织草鞋的手艺。纯鞋底草鞋，结构简洁，编织简单；毛窝子草鞋结构稍繁，做工更细。

编草鞋俗称“打草鞋”。讲究的人，家里配有一张“草鞋耙子”，跟打麦泥的耙子头相似：耙子上等距离固定着5至7根耙钉，每根2寸高，用来绕草绳。耙子绑定在长凳一端，人坐在凳子上，腰间束一条布带；草绳绕着布带和耙钉，绷紧后即可打草鞋。熟练的人不用草鞋耙子，直接以自己双脚的大拇趾头作“耙钉”：草绳绕于大拇趾，与腰间的布带相连接，人坐在蒲团或矮凳上打草鞋。耙钉或双脚大拇趾与腰间的布条，根据编织需要，起随时绷紧和放松草绳的作用。

草绳就是用稻草搓的绳子，也有人用麻丝搓成绳子编草鞋，更结实。绝大多数人用草绳编草鞋。将一根草绳从腰带穿过，再沿两根耙钉或两根脚趾头各绕一圈，就形成了回形针状的四股绳，这是做草鞋的四股经线；再用稻草做纬线，在四股经线之间横向交叉编织。稻草先从靠近腰部的一头也就是

编草鞋　佚名／摄

鞋头部位编起，编至两到三寸长时，手指用力向后挤，使编织的稻草更紧密，同时在两个边侧的绳上做成圆圈形状的“鞋耳”，供以后穿鞋带之用。再编至两三寸的长度时，仍用力后挤、再做鞋耳。当最后一次挤压时，就编到了鞋的后跟部，编鞋开始收尾，取下耙钉或脚趾头上的两个绳头扣，同样成了鞋耳。用剪刀剪去毛毛糙糙的草头，一双草鞋就算打成了。

打毛窝子草鞋有点费事。用同样的方法编成鞋底，然后用比鞋底经线更细的草绳密密地扣在鞋底边侧，像打麻花辫一样相互交织。这时已不用耙钉或脚趾头，而是拿在手上编，每一根绳子都是绵软的，所以只能慢慢编。毛窝子越暖和越好，有的人会将芦花、鸡毛、鸭毛、布条、穰草叶子等夹在绳子间编进去。当鞋帮达到预期高度时就收口，将一根根绳头呈一个方向编扎起来。有的毛窝子还用布条缝口，穿起来不伤脚面。编好的毛窝子体态肥厚，鞋帮高耸，嵌入芦花、鸡毛、穰草叶子的毛窝子更是毛茸茸的，一看就有温暖的感觉。

打草鞋，有几个关键点。稻草要用新鲜干燥的，这种草结实；稻草要用木榔头捶打几番，草身柔软有韧性；编草鞋底时，经线要伸缩有度，编成的鞋底宽窄才得当；稻草要及时衔接，一边搓绞一边编织，使每一根稻草都要咬

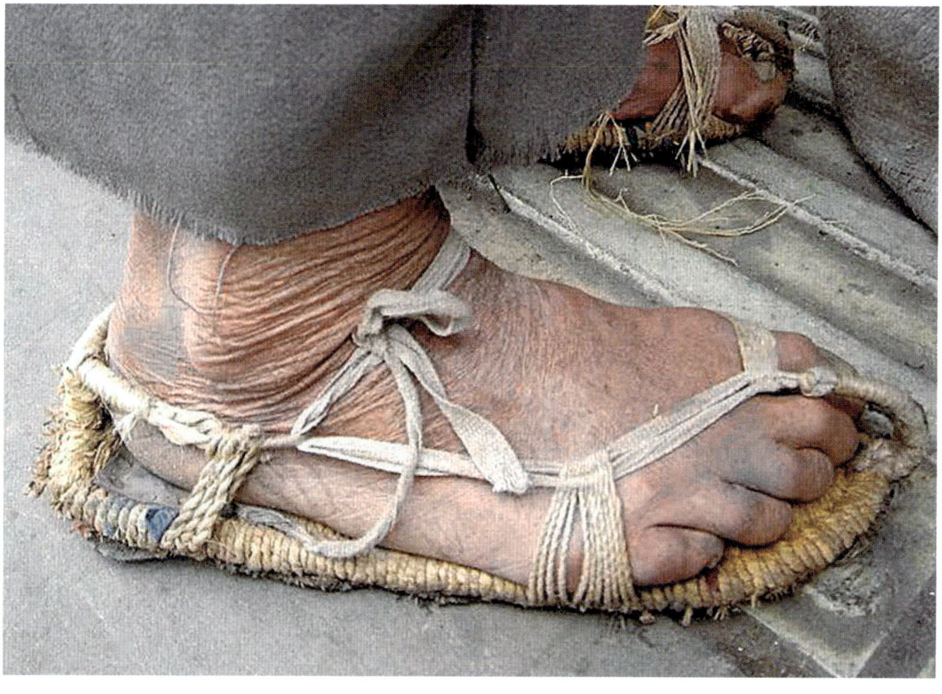

草鞋　毛剑云 / 供图

合其中。

打草鞋是一件细致活，尤其编毛窝子草鞋更是急不得。只有静下心来，全神贯注，方可编成一双大小适中、穿起来合脚的草鞋。但下田干活的人只能在晚上点灯打草鞋。还有下雨天，田里农活不能做，只好在家里抓紧编。记得小时候，邻居车井龙爷爷，70多岁了，不能下田干活，成天在家里专心致志地打草鞋，犹如一个虔诚的佛教徒一心无二用地念经。他家墙上挂的，柜子上放的，都是大大小小的草鞋。他子女多，心地善良，打的草鞋都送给子女及左邻右舍。要是谁顺路走到他家要一双草鞋，他会慷慨地送上一双。

尽管是草鞋，农人却极为珍惜。20世纪60年代前，草鞋是里下河农人最主要的脚上穿着，男人，女人，凡走路多穿草鞋，天气暖和穿纯鞋底草鞋，严冬时穿毛窝子。即便穿了，也分外小心，生怕碰断经线使草鞋散架，一旦受潮就赶紧晒。夏秋两季，很多农人干脆白天赤脚，晚上洗脚后走路才穿上一会儿草鞋，第二天一早下床，又赤脚下地。

下田干活，农人更是舍不得穿草鞋。即便有人穿着草鞋从家里跑到田里，但干活时就将草鞋脱了，放在田埂上。干完了活，一手拿着农具扛在肩上，一手拎着草鞋回家。

但冬天罱河泥，就必穿草鞋了。腊月天气阴冷，泥水常常溅到船头上，其时农船是木头船，木板潮湿后容易打滑，农人穿上了草鞋，船头上再铺上草包，就能避免滑倒。草鞋早已湿透，冰冷冷的，一双脚穿在里面，仍然随着罱篙的挥舞而跳跃……

集镇上，老浴室和茶水炉子店从乡下雇来的挑水工倒是每天穿着草鞋挑水的。草鞋防滑，挑水工的担子一头一只大水桶，在码头上提满水后，就能一步一个台阶，稳稳地挑上岸。

在我记事的时候，我父亲为生产队用牛耕地。起初，父亲是穿着草鞋扶犁耕地的。但耕田走路，草鞋不经穿，连换了几双，父亲因没时间编草鞋，也舍不得再浪费草鞋，后来干脆就赤脚耕地。一段日子下来，父亲的脚后跟裂出了一条条的缝，如张开的嘴巴往外冒血。晚上，父亲洗完脚，先用嘴对着双手呵气，有了热气的双手再迅速捂到流血的缝口上……年少的我，不知道父亲这种做法是用来止血的还是止疼的。那时，我实在体会不到父亲耕地的苦痛。

乡场上的岗亭

茅窝棚

农村大集体时期，每个生产队打谷场上都有一个茅窝棚，那是农人看护粮食的小棚子。茅窝棚可移动，四五个人即可抬起，粮食堆放在哪里，茅窝棚就抬到哪里，看护粮食的人就睡在茅窝棚里。

茅窝棚由木匠打制，长方形，长2.5米，宽、高均为2米。茅窝棚的四个角是四根木头立柱，粗大笔直；上端和下端，四周分别由木称固定连接；下部离地面50厘米处是床框，床框上用木棍拼排成床铺。前后两个床框中间位置的下方还各有一个竖称，以支撑床框。棚顶为矮矮的人字顶，用毛竹搭成人字架，铺上芦柴箔子后，再用齐头稻草密密实实地覆盖起来，即便下雨，棚顶也不漏水。除正面外，茅窝棚的另外三面也是齐头稻草围裹，遮风挡雨。茅窝棚的床铺上放一张草席子，外面挂一盏马灯。夏天和秋天，夜晚蚊子多，茅窝棚里支一顶占纱帐子。看护粮食的人睡在帐子里，留意着外面的动静。

这个茅窝棚，跟今天人们在乡村旅游景点看到的茅草屋十分相似。其实，茅窝棚就是这些茅草屋的原型。

在里下河地区，茅窝棚也叫“茅倌棚”“倌棚”“倌棚床”等。窝棚，百度上解释为“能避风雨的简陋的小屋”。窝棚用茅草覆盖，由此看来，叫茅窝棚是正确的。倌，旧时称乡村里饲养某种家畜的人，如猪倌、羊倌等。倌棚，作为看护粮食的人的住处，被称为“茅倌棚”“倌棚”“倌棚床”也没有错。

茅窝棚起源于何时，无法细考。但有一点可以肯定，农人收获麦子、水稻等庄稼时，有一个在野外场地脱粒、晒干、扬净的过程，短则三五天，长则十天半个月，为防止粮食被盗，农人须日夜看护，这就要有栖身之处。作为临时住所，农人只能因陋就简搭建，收获完毕即拆除。最简单的方法，是用毛竹和茅草搭成人字形的茅草棚子，一个人，一刻儿工夫，就能搭成一个三四平方米的茅草棚子。旧时，封建地主或其他官宦拥有更多土地，每收获一季庄稼，时间更长，他们便想到用树木做成茅窝棚，让自己信得过的人安稳地住在里面，牢牢看护已经到手的粮食，不用时再抬到风雨不透处保管。20世纪六七十年代，很多生产队打谷场上，除了有专门用木头打制的茅窝棚外，还搭有人字形茅草棚子。集体搭的茅草棚子占地面积大，有二十多平方米，可容纳十多人躲雨，还可以存放扫帚、翻耙、筛子、板锨之类的场上使用农具。稻子收获结束，这个茅草棚也就拆掉了，只留下茅窝棚，用稻草遮盖起来，等下年再用。

生产队农田面积多，夏收和秋收期间，每天每夜都有几万斤粮食堆积在打谷场上，生产队配备一名看场员看护。除了翻晒粮食，不忙时看场员就住在茅窝棚里。看场员是召开小队会推选出来的，做事马虎的人，手脚不老实的人，不可能被选上。

麦子或稻子登场后，白天，看场员和场上的人一同干活，晚上就睡在那个茅窝棚里。每个夜晚，看场人眯一会儿眼，就提着马灯，仔细查看每一个粮堆，看有无失窃。谷场附近的河边、船上、桥下，都是重点，要查看有无异常……万一失窃，既损失了集体的粮食，自己在全队人的面前也抬不起头来。

晒稻的时候，要防止麻雀、鸡、鸭、鹅上场偷食。秋天，田野里的稻子收割完了，黑压压的麻雀时常空降到打谷场上。看场员赶紧从茅窝棚里出来，挥舞着大扫帚拼命地驱赶，麻雀们惊恐地飞落在附近的草堆上，伺机再来。打谷场离村庄不远，农户家的鸡鸭鹅常来觅食。鸡子胆小，吃稻时警惕性很高，啄上几粒稻就抬头张望，一见人影便转身逃走；鸭子、鹅子有点傻，它们从河里爬上谷场，大摇大摆的，好像进了自家领地一样，呱呱呱、嘎嘎嘎，兴奋地大叫。看场员立即操起翻耙追赶……

晒稻晒草时，场上劳作的人常常在茅窝棚里休息，人少就躺在草席子上，人多就坐着。场上的活轻松，干活的多数是妇女，有时也有干重活时腿脚扭伤的男人参加。都是女人挤在茅窝棚里，则无话不谈，张家长李家短，无拘无束；若茅窝棚里有男人，说的话就有荤有素，甚至还有男人带玩带笑地动手动脚，结果自然是女人们群起而攻之，有往其脸上抹唾液的，有揪其头发的，有扒其衣服的。但这一切都是玩笑式的，是那个年代每天下田干活的大人们之间的嬉闹，谁也不会当真。

每天夜里翻稻场，扣喜伙总是早早来到场上，坐在茅窝棚里。不一会，凤莲也来了。看场员洪生大伯善解人意，朝两个年轻人笑笑，提着马灯“巡场”去了。两个月后，扣喜伙和凤莲都不见了，有人说凤莲的父母不同意扣喜伙和凤莲相好，两个人一起私奔去了江南。那个年代，男女相爱，若一方父母坚决不同意，最好的方法是两人一走了之，既摆脱了繁重的体力劳动，又能如愿以偿在一起。当生了小孩，生米煮成熟饭，父母再反对也只能接受这个事实。

1983年初秋，稻子尚未收割，打谷场上空无一人，安安静静。生产队长王金明一改晚饭后在家里开会的习惯，常把副队长张大宝、小队会计陈龙山召集到茅窝棚里商量事情。三个人围坐在床铺上，丰收牌香烟抽了一支又一支。

“干活的人越来越难管了，人心已经散了，分田到户是势在必行。你们说说，这田究竟怎么个分法？”王队长问。

“按人口分吧，每个人都要吃饭，按人口分公平。”陈会计说。

“人口多的户，有的人家小孩子多，能干活的少。田嘛，说到底是靠劳力干。按劳力分田，田不会荒废。”张副队长说得也有道理。

最后，王队长把烟头一掐，拍板：“按人劳各半分，稻子一收完，立即分田。”

那一年，所有农田都顺顺利利地分到了各户。茅窝棚连同水牛、农船、犁、耙等农具，也作价卖给了个人。队长王金明如同卸下一座大山，感到一身轻松。

乡村里的灯火

马灯

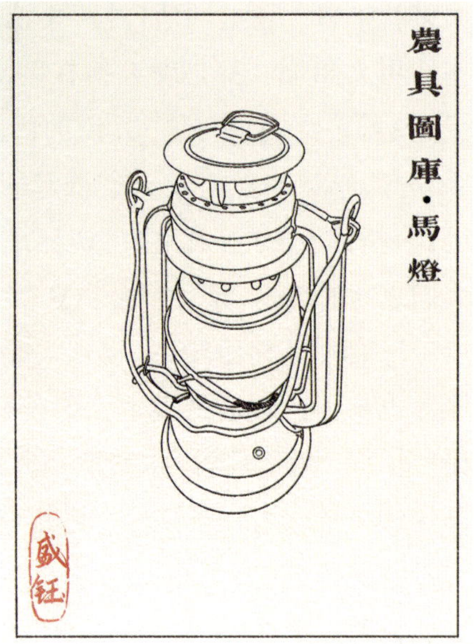

有人说马灯是舶来品，晚清时期由国外传到中国，也有人说马灯是中国在20世纪三四十年代发明的。无论何种说法，共同点是骑马人将马灯置于马鞍侧面，用于夜行，马灯因此得名。

常用的马灯高35厘米左右，宽约20厘米，多由铁皮制成灯架，也有很少的马灯架为铜皮的。马灯下端是油皿，盛放煤油。油皿一侧有凸起的注油口，加油后拧紧圆圆的螺丝盖，滴油不漏。油皿内有一条小铁链连接螺丝盖，避免螺丝盖丢失。这种设计非常细致周到，骑马夜行，倘若螺丝盖丢失了，油皿里装满了煤油也无济于事。马灯上端有两层盖子，分层设有空隙，便于出气而不致灯火熄灭；中间是一块特制的圆鼓形玻璃罩，罩外设有交叉的铁丝栅栏，防止玻璃罩遭碰撞或脱落；上层盖子有一个小提手，用于擦拭时装卸玻璃罩；灯架上还有一个铁丝做的大提手，用于吊挂或行走时提灯。灯罩下方、油皿上方正中位置，有一块隆起的圆形铁皮张着“嘴巴”，嘴巴里是扁形的灯眼，同样是扁形的棉线灯芯自灯眼穿过，大部分留在油皿里，一小头露出灯眼，“洋火”一擦，即可点燃染上煤油的灯芯。灯眼下有调节灯芯伸缩的螺卡，往上扭灯光明亮，往下扭灯光暗淡。总之，马灯小巧精致，设计独具匠心。

马灯可防风雨，20世纪70年代，里下河农人常依靠马灯在夜晚进行生产劳动。

生产队种植早稻，都是在清明时节浸种后再催芽，以缩短稻秧在秧池地里的生长期。催芽就是育种。

育种地点在生产队打谷场仓库里。我二叔是育种能手，每年育种期，陪伴二叔的就是那盏马灯。马灯是生产队长为他买的，烧的煤油也是用生产队煤油卡买的。二叔用稻摺子在仓库里围成一个大圆圈，铺上穰草和草包。他将浸过的稻种均匀地摊放在草包上，再用湿穰草覆盖好，使稻种自然升温。育种的关键是掌握稻种的温度，千万不能过高，否则稻种会被烫伤而毁于一旦；温度也不能低，低了稻种不发芽。二叔常常将手插进稻种里，体验温度。晚上，二叔提着马灯，借助昏黄的灯光，查看稻摺子内外有没有被老鼠咬过，然后再用手感受种子温度。连续三个晚上，二叔就睡在仓库里。马灯挂在墙壁上，他每两三个小时就起身翻一下稻种，保持稻种温度均衡。当绝大多数稻种都破口露芽了，二叔如释重负，长长地舒了一口气。

麦收时节，每天晚上都要轰把脱粒，打谷场上的马灯最多，有六七盏，农船上有，场头上有，场边四周也有，每一盏马灯的灯芯扭到了最亮。一盏盏马灯高挂在叉子柄或者竹篙上，再加上机器的灯泡，众多灯光融合在一起，驱散了乡村漆黑的夜色，拉开一片明亮的天地。一二十个农人在灯光映照下，拉把、喂把、择麦、扛麦、堆草等等，各自按照分工，紧张地忙碌着。连续十多个日日夜夜，农人不知疲倦地劳动，终于将一百多亩地的麦子颗粒归仓。

六、七月间的梅雨期，里下河地区常有连续的大到暴雨。又因这里地势低洼，防汛排涝就成了各级干部的头等大事。20世纪70年代，圩堤没有防洪闸，所有河口都敞开，河水上涨时，农人就用泥土将河口打成土坝，阻挡外来洪水。每个夜晚，大小队干部拿着手电筒，拎着马灯，来回巡圩守坝头。那一年夜里，雷声轰鸣间，看守坝头的生产队长王春树忽然在村庄奔走呼喊：“河西坝头漏水了，大家快去堵坝头啊！”他的声音犹如惊雷，炸醒了熟睡的人们。坝头漏水就有倒坝的危险。人们一个个从床上跃起，拿着大锹和担兜冲出了家门。王春树高举马灯，转身奔向风雨中。灯光如炬，一支抗洪抢险的队伍紧跟在后，快速向坝头挺进……

那个年代，每年冬季都有水利工程，或开挖生产河，或浚深老河道，或开河筑路，都是人工用大锹挖土，用担兜挑土。工程越接近尾声，施工节奏越是加快，先进的要确保先进，后进的要迎头赶上。起早贪黑挑了一天的土，本来就筋疲力尽，但为了争第一，很多村的民工点起一盏盏马灯，在寒风朔朔的夜空里，在摇晃不定的灯光下，有的赤脚开沟排渍，有的挑土上坡倒土，连妇女也点着马灯，在倒土区帮着平土。其他村民工不甘示弱，一觉醒来来了劲，也点起马灯上了工地。当冉冉升起的朝阳完全覆盖了马灯的亮光时，平坦坦的河底已经清晰地呈现在眼前。

在生产队，农人夜以继日地干活习以为常，一盏盏马灯成了一同作战的伙伴。早晚翻场、扛粮、拔秧、挑肥、挑把，还有“打夜工”干其他农活，哪一件离开马灯呢？马灯，见证了里下河农人勤劳耕种的生活，也见证了他们吃苦耐劳的精神。

与热火朝天的生产劳动相比，周叔显得冷清多了。周叔五十多岁，为生产队饲养了三头水牛。冬天，水牛不再干活，全部拴养在生产队牛棚里。周

农家屋子里的马灯　朱春桃／摄

叔与牛形影不离，他白天打扫牛棚，为水牛梳理毛发，晚上也睡在牛棚里照护水牛。牛棚有两间，中间无隔栏，三头水牛拴在西侧，周叔睡在东侧，一盏马灯挂在中间的柱子上，灯光照亮整个牛棚。夜里，周叔的事情并不少，不一会儿就要起床一次，为牛添草、加水，用粪桶为牛等尿，用板锨清理牛粪。牛棚低矮且封闭，难闻的气味充斥其间。但周叔从不嫌脏嫌臭，默默无闻地把三头水牛养得膘肥体壮。

与马灯为伴的还有成叔。成叔是村里的更夫，冬天一到，每天晚上他就拎起更锣和马灯，逐街逐巷巡夜了。乡村人家住的是草屋，烧的是秸秆，点的是煤油灯，白天干活，夜晚困倦，稍不注意，灯火就引起失火，燃及房屋。“火烛当心啊！”“平安无事啰！”“哐”“哐”“哐”，成叔的更语和更锣的声响在村庄里回荡，既像警钟时时提醒着庄户人家，也像安神的良药，让村庄宁静而安全。成叔打更多年，更锣和马灯始终陪伴着他从村东巡到村西，从一更打到五更，从天黑走到黎明。

很多传统农事已经消失，各式电灯耀眼夺目。但在老一辈农人心里，那马灯的光亮依然如星火一般闪烁，跳跃。

关爱水牛的“汤瓢”

牛灌筒

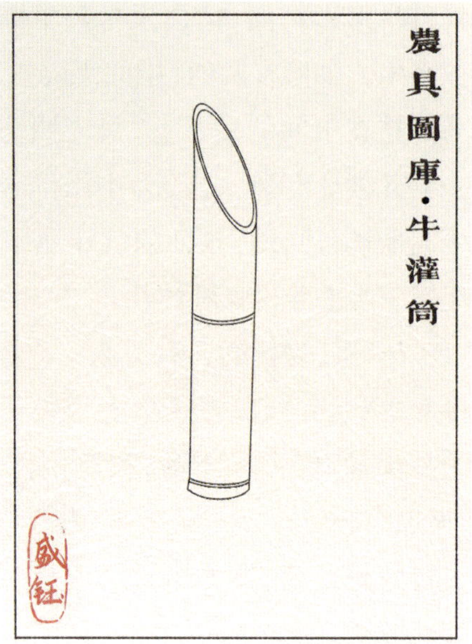

为年幼的孩子或患病在床的老人喂汤喂药，人们用的是汤瓢。牛灌筒，是农人给水牛投喂精料、药液的工具，是农人为水牛使用的“汤瓢”。牛灌筒里装着农人对牛的怜爱。

选一个长25厘米、直径3至4厘米的竹筒，将底部的节保留，其余的节打通，上端削成斜口，再用木锉或粗布在斜口处摩擦，使斜口光滑，一个牛灌筒便做成了。

除了冬天，其余的日子牛都不会闲着。“过了惊蛰节，耕地不停歇”，惊蛰一过，大地回春，水牛就耕翻沤田、让农人作播种的准备了。夏收夏种和秋收秋种两个农忙季节，农人和水牛更是早出晚归，整天在田间劳作，耕田、耙田、破垡、盖种，夜晚还要开夜工碾麦场或稻场，繁重的农活一个接着一个。农事不宜迟啊！

再强壮的身体也有被累垮的可能。农人将水牛当着家庭一员伺候，常在水牛最辛苦的时候给它“带料补膘”，加强营养。春天耕沤田，田水里还有寒气，农人就用煮熟的碎米或大麦渣，再加酒糟给水牛投喂，既饱肚子又起暖；夏季和秋季，农活紧张忙碌，农人常给其投喂用菜油、鸡蛋和面饼拌和的食料，以增强体力；冬天，水牛进了牛屋，农人要趁此时将筋疲力竭的水牛养得膘肥体壮，屁股滚圆，他们用酒糟和煮熟的黄豆饼喂给水牛吃，既有营养，又御寒当饱。

所有这些喂食，都需用牛灌筒操作。

食料拌和均匀后，农人将其倒入牛灌筒。一人拎起牛绳，系在树杈上，使牛头抬高、牛嘴朝上；另一人手拿牛灌筒，准备投喂。一人先用双手扒开牛嘴巴，然后一只手谨慎地伸进牛的大嘴中，用力摁住牛舌的根部或抓住牛舌头，另一人迅疾将牛灌筒的斜口插进牛的大嘴，倒入食料，“咕咚”一声，一灌的食料直接泻入牛的喉咙。那人立即松开紧抓牛舌的手，食料便被牛咽进了肚里，有些汁液因喉部受刺激而喷溅出来，牛就伸出长舌舔鼻子、舔嘴巴，清理残液。牛开始吊在树杈上不习惯，心中恐慌，抵触，不停地摇头，试图挣脱。牛是通人性的，当尝到第一口食料的滋味后，知道主人是给它喂好东西，于是，当农人第二次为其投料时，牛就很配合了，农人不再将牛绳系在树杈上，而是直接用手扒开牛嘴，将食料灌进去。牛也不客气，统统吞下。当农人准备离开时，牛还伸长脖子用舌头舔一舔空荡荡的牛灌筒；农人离开了，牛还眼巴巴地盯着农人手里的牛灌筒。

牛毕竟是有生命的动物，连日劳累、时饥时饱、季节交替等，都会导致水牛患上感冒、风湿、消化不良等疾病。牛一生病，眼神无光，牛鼻没有汗点，吃草没精打采，卧在那里也懒得动身，萎靡不振的样子。牛不说话，但心里肯定难受。心里难受的，还有农人。农人心急如焚，焦躁不安，赶紧找人。生产队长来了，乡村兽医来了，其他村民也来了。兽医蹲在牛的旁边，仔细观察，把脉问诊，很快开出了中草药方。待熬好的中药温和后，倒入牛灌筒，农人将牛嘴扒开，中药汁徐徐流进了牛的喉咙……

牛病治愈，牛又精神十足，活力四射；农人的愁容一扫而光，眉开眼笑，一个在前走，一个在后赶，如亲密的伙伴，又下田干活了。

牛灌筒也是农人的家什，放在家里，时时备用。

拾起乡村少年的第一件农事

畚箕

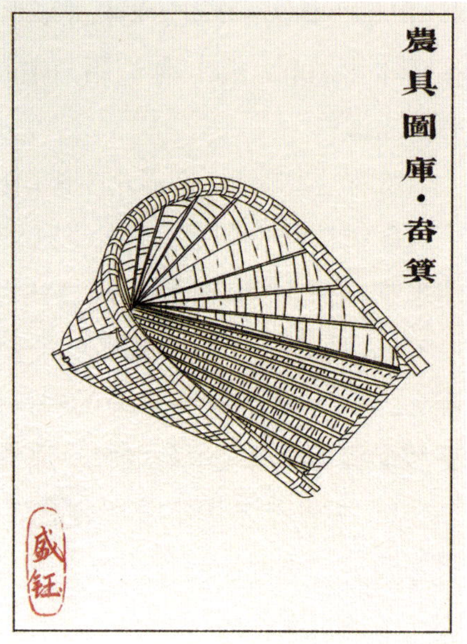

每个农家都有畚箕，它是扫地时撮垃圾的工具。

畚箕呈平口铲头状，前宽后窄，前端为平直的敞口，便于扫进垃圾；后端边沿高出，两侧边沿从前端至后端也渐渐高出，形成斜坡状。边沿高出能阻挡扫进的垃圾不外落。

先前，畚箕用芦柴、柳条、竹篾编织而成，整体粗糙，体型较大，前端平口宽70厘米，两侧边长60厘米，后端宽50厘米，边缘部分还卷成圈，用细麻绳扎绕，既使畚箕牢固，也能当把手。20世纪80年代初，有了铁皮畚箕，之后还有不锈钢畚箕和塑料畚箕，体型小，规格多，轻便耐用，一只畚箕能用上好几年。

在古代，畚箕也叫“箕畚”和“箕”，被先民作为生产和生活的用具。春秋战国时期，道家代表人物列子在寓言故事《愚公移山》中写道：“箕畚运于渤海之尾”，其意为凿石挖土后，用畚箕运到渤海边。西汉礼学家戴圣编纂的《礼记》中说：“凡为长者粪之礼，必加帚于箕上，甚至不及长者。”意思是说为长辈扫地，必须用扫帚挡在畚箕上，不要让灰尘碰到长辈身上。

在乡间，畚箕有两种式样，一种如《愚公移山》里说的用于运送土石的，柳条或竹篾做成，周边有支架或绳子，供挑运，这种畚箕后来演变成兜筐，也叫担筐。另一种如《礼记》中所说的供家庭扫地收拾垃圾用的，芦柴编织而成。

在里下河地区，这两种畚箕曾长时间存在过。

20世纪70年代前，农户的鸡均为散养，猪子也常从猪圈里跳出来寻食，狗子更是四处走动，它们的粪便无处不在，大街小巷里都有，又因种田肥料短缺，于是就有了一种叫“拾粪”的劳动。也有人叫“拾鸡屎”“拾狗粪”。

生产队安排拾粪的，多是十三四岁的少年。那时有的孩子已经不上学，生产队就让其做轻活，比如放牛、拾粪等。拾粪的工具，一是畚箕，二是粪耙子。畚箕是柳条编的，边框有三根树枝搭成的三脚架。粪耙子更简单，有的是小铲锹折弯后安装在一米长的树棍上，有的是用河蚌壳子绑定在树棍头上作铲子。看见鸡屎、猪屎，畚箕口就近，粪耙子一勾或一铲，鸡屎就进了畚箕里。然后用粪耙子柄挑起架子，将畚箕背在身后，继续寻找鸡屎。每拾满一畚箕，交给生产队的人称一下，记给相应的工分。一个少年每天也能挣一两分工，尽管仅是大人一天工分的零头，但毕竟是自己劳动所得，也是欢喜不已。拾的粪倒进生产队粪塘，沤制发酵后由大人挑施到田里。

家里有上小学的孩子也拾粪。有时是学校统一组织扫鸡屎，有时是上学前和放学后按爸妈的要求一天要扫多少鸡屎。这些孩子带的，就是用芦柴编成的家用畚箕，没有支架。他们没有专门的粪耙子，是用扫帚扫鸡屎，有的用小铲锹铲鸡屎，还有的是用两根长芦柴夹，同样能把鸡屎猪屎夹到畚箕里。学校组织拾的鸡屎，由老师带队，统一送到某个生产队的粪塘里；单独拾的鸡屎倒进自家粪坑或猪圈里，之后由生产队挑走，算给肥料钱。

“乘船赶巧，拾粪趁早”。天刚亮，农人就抽开鸡窝门，放鸡出来了。鸡群一出家门就拉屎，正好被拾粪的少年铲进畚箕。秋天下过霜和冬天落过雪的早晨，刚落地的鸡屎和狗屎很显眼，老远就能看见，很快被人拾走。树林里，草垛旁，长青菜的朝阳的河坎边，是家禽和猪狗最喜欢去的地方，鸡屎、狗屎、猪屎均有，几个拾粪的少年常常在这里相遇。农人在路上赶牛下田，拾粪的少年看见牛尾巴忽然翘起、后双腿叉开，一个个争相而去，那可是一坨大屎呢！当然，拾粪的人多，畚箕里拾不到鸡屎狗屎也是常事。

农户烧老虎灶，家里人口多，烧的稻草麦草也多，农妇每天早上起床后做的第一件事是扒灰，将灶膛里的草木灰扒出来。扒灰时，畚箕口支在灶膛口，用掏灰耙从里往外掏，一掏就是满满一畚箕草木灰，然后倒在屋后猪圈里。冬天的早晨，西北风呼呼的，被吹起的草木灰扑打在农妇的脸上，眼睛都睁不开。

晚上烧晚饭时，感觉灶膛里的草木灰又填满了，农妇再次扒灰。畚箕刚扒满，畚箕底却冒烟了，农妇赶紧端起畚箕往外跑。草木灰倒尽，畚箕底已经烧了一个洞。原来，中午烧饭时，烧的是棉花秸，棉花秸像树枝，底火足，熄火后余烬一时难以完全熄灭。农妇收工回来烧晚饭，心情急切，想都没想就扒灰，没料到烧坏了芦柴做的畚箕底，她深深叹了一口气。

畚箕常用，最容易破损的地方是畚箕口。当畚箕口缺了边，农妇就用旧布缝好边，照常使用。尽管是芦柴做的，但在农人家里，一只畚箕能用一年。

后来铁皮做的畚箕比芦柴畚箕小得多，农活中常用到铁皮畚箕。

稻把船、麦把船停在打谷场边，拉把上岸过程中，常有稻粒和麦粒掉落河中；农人从打谷场往船上扛粮、倒粮时，稻粒和麦粒有时也从笆斗边或船帮滚落到河里。农人最爱惜粮食，他们潜入河水中，用双手摸，将落在淤泥

扬菜籽　陈明干／摄

上的稻粒或麦粒捧到畚箕里，在水中搓揉清洗后，稻粒麦粒就干净了，再倒在场头上晒干。

十月下旬，生产队种花草。种花草是为来年春天沤制草泥塘肥提供青草。花草有红花草和黄花草。红花草种子细小，黄花草种子扁圆，轻巧，浑身毛刺。播种时，要将两种种子分别与淤泥拌和，揉成绿豆大小的颗粒状后再播种，这样种子既有养分，撒在田间又不因雨水而流失。将揉好的花草种子装在铁皮畚箕里，农人一手托着畚箕，一手启种子。种花草的田早已挖好了墒沟，形成几块大小一样的塝子，揉好的花草种子也按塝子分成等份，一块塝子启一畚箕，算起来既不费脑筋，又启得均匀。

大豆、绿豆、蚕豆、芝麻和油菜籽等，经连枷和棒槌拍打后，籽粒落在油布上。农人用畚箕择起籽粒，双手举过头顶，让籽粒从畚箕口缓缓落下，微风吹动，枯叶、碎屑被吹走了，籽粒则又落在油布上。如果没有风，农人就用畚箕簸：一上一下地掀动畚箕，籽粒在畚箕里波动，杂质也被掀了出来。

夏收时，麦子晒干扬净后，一家人在打谷场上往船上装麦子。女人用板锨择麦，男人用笆斗扛麦，老父亲用大扫帚扫麦，老母亲也闲不住，用畚箕帮着往笆斗里择麦。旁边玩耍的小孙子摇摇晃晃走过来，争抢奶奶手里的畚箕，用稚嫩的声音说："我要收麦，我要收麦。"奶奶乐不可支，忙把畚箕让给了小孙子。一家人喜笑颜开，其乐融融。

精打细算过日子

算盘

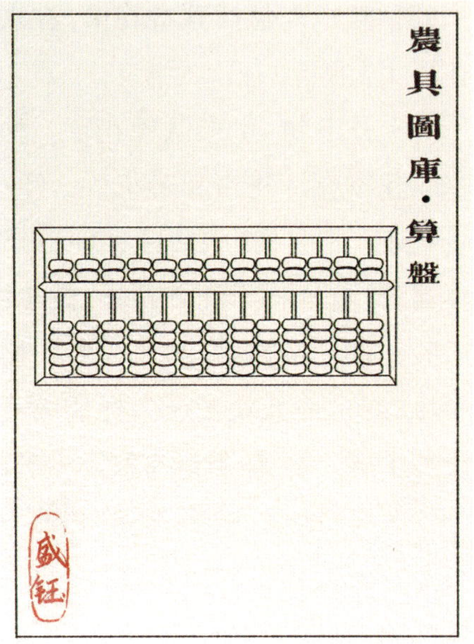

算盘，我国最古老的计算工具，由2500多年前春秋时期的筹算逐渐演变而来。

算盘长方形，规格有大有小。四边为木框，框内设横梁和档杆。档杆有9档至15档不等，每根档杆上有7粒算珠，其中横梁上方2粒，每粒作数5，横梁下方5粒，每粒作数1；从右到左，每档算珠代表个、十、百、千、万、十万……通过人的手指拨动算珠，可做加减乘除计算。算盘表层用漆涂抹，颜色多为黑色或紫红色。

小时候，我觉得只有小队（生产队）会计才用算盘。父母每月做的工分，平时分草分粮，年底能否拿到余粮钱，都是小队会计用算盘敲敲打打算出来的。

父母不识字，每天收工回来，总让我这个正上小学的儿子记下他们所做的农活和工分。每月底，趁晚上开小队会的空档，父母和小队会计核对工分。小队会计就着罩子灯，用算盘合计双方的记录。两者相符，父母就放心开会；若有差错，父母就心神不定，散会后再跟小队会计核对，把漏掉的工分找回来。

麦收时节，生产队常分麦草。其时家家用老虎灶烧饭，烧的就是作物秸秆。分麦草，多按家庭人口分，有时也按全家劳力所做的工分分。每脱粒一次就分一次麦草。傍晚时分，打谷场上，小队会计对照《工分表》，噼里啪啦地打算盘，报着数字："陈大龙上半年做工分2800分，分麦草堆4个……"麦草堆是麦子脱粒后刚刚打好的，小队会计一说完，报到名字的人家就用叉子叉草、捆草。不多时，60多个麦草堆就被挑走了。

生产队有蔬菜地，按季节种青菜、韭菜、南瓜、山芋、胡萝卜等作物。吃粮紧张的年代，收获的蔬菜可作为农人生活的接济之用。分蔬菜，都按人口。冬至前后，胡萝卜挖出来了，大白菜也起出来了，就地堆放着。小队会计将一只空笆斗反过来，屁股坐在笆斗底上，算盘搁在他的腿膝上，算珠响了片刻后，他喊名字："车龙珠，5口人，分胡萝卜50斤，大白菜30斤。"旁边两个拿大秤的分别称好后，将胡萝卜和大白菜倒在车龙珠的笆斗里。每一次分蔬菜，人们感觉算盘珠子的声音清脆响亮，很好听。

过年前，生产队还要分一次口粮。这次分口粮与平时不一样，是总结算，根据家庭人口、全年所做的工分等项目计算出口粮总斤数，再减去平时所付的口粮，就是这次分的口粮。口粮存放在生产队打谷场的仓库里，每家每户的笆斗排成了长队。小队会计用一块跳板当桌子，一手翻看《口粮分配表》，一手拨算盘。听着会计的算盘响，人们仿佛学生等待老师宣布考试成绩似的，心情有些紧张。"刘大扣5口人，实做工分8000分，应分口粮2840斤。减去已付口粮2050斤，应分口粮790斤。"刘大扣脸上笑成了一朵花，立即拿起笆斗，走进仓库里称粮。

"王爱兰，全家4口人……减去已付口粮，超支60斤，无粮可分了！"王爱兰听到会计的声音，一下子愣住了，继而蹲在仓库一角抽泣起来。去年，王爱兰丈夫因病去世，全家就靠她一个人干活。吃饭的人多，平时付的口粮也多，但干活的工分少，口粮就超支了。听到王爱兰的哭声，一旁的小队长连忙安慰她："别哭别哭，先付200斤过年……"

小队会计最忙时，是年底与各农户的经济结算，俗称"算分红账"。农户总工分乘以工分单价，再加上人畜粪肥等其他收入，得出家庭总收入；家庭总收入减去平时分粮、分草、分蔬菜等应负担的成本，收入大于支出的，称为"余钱户"，支出大于收入的，称为"超支户"。田里干活的人几天见不到小队会计下田，会计老婆就解释："他忙呢，天天算盘不离手，为你们算'分红'

呢！”为保证结算进度，大队会计还把小队会计集中到大队部统一办公，一时间，打算盘的声音如同油锅里炒蚕豆，噼里啪啦响个不停，从大队部传到巷子上。

我父母亲一心让我上学，为的是能有人为他们记工分，和小队会计核对时不漏掉一笔。父母没有想到的是，我高中毕业第二年，大队书记看我做事认真，让我担任了小队会计。母亲特别高兴，专门去集镇供销社为我买了一把红漆算盘。

但不久，全面推行分田到户的生产责任制，使用多年的工分制从此消失。同时取消小队会计岗位，村一级任用总账会计、补助会计和出纳会计，我被保留在会计队伍里。

每年，乡里都对各村进行农村财务审计，俗称“查账”，查账人员自带算盘一把。那一年，我被调到查账组，进驻“人民来信满天飞”的张家庄审计大集体后期账目。我发现被抽调的会计，年龄越大，所带的算盘也越旧，或许，这就是他们平时精打细算的习惯使然。有的算盘边框漆皮已经斑驳，有的算

生产队年终结算　毛剑云 / 供稿

盘档杆被算珠磨得凹陷，一两根档杆还被换成了新的；很多算珠被手指磨摸得光亮，中孔也被档杆磨成了大圈圈，稍一动算盘，算珠就抖动。有一位张姓会计所带的算盘好像受过伤，右上角有个缺口，用铜皮包裹着。我问是怎么回事，张会计笑说："那年挑生产河，按劳力分土方。有人说不合理，算盘就被他抢去摔在地上……"张会计到底是老会计，打起算盘来指尖飞舞，算珠跳跃，让人眼花缭乱，每一笔计算都准确无误。

看凭证，查往来，找人核实，两个月时间，张家庄的查账有了结果：原第三生产队会计也是现任补助会计蒋某某，占用生产队碳铵化肥200斤未还，价值24元；原第六生产队会计也是现任出纳会计刘某某，将集体稻谷260斤占为己有，价值36.40元；现任总账会计陆某某，采取收入不入账和巧立名目支出等手段，贪污现金230元……

乡党委书记听完汇报，勃然大怒，桌子一拍："简直是混账，贪污和浪费是极大的犯罪！严惩不贷！"很快，乡党委在张家庄召开"退赔大会"，张家庄全体村民到场，乡村干部同时参加，接受教育。会上宣布：蒋某某退出化肥款24元，撤销其补助会计职务；刘某某退出稻谷款36.40元，撤销其出纳会计职务；陆某某退出贪污款230元，法院判刑两年。

"贪污二百三，两年吃牢饭。"此话成了张家庄甚至全乡的顺口溜。从此，张家庄再无一封人民来信。

秤砣虽小压千斤

杆秤

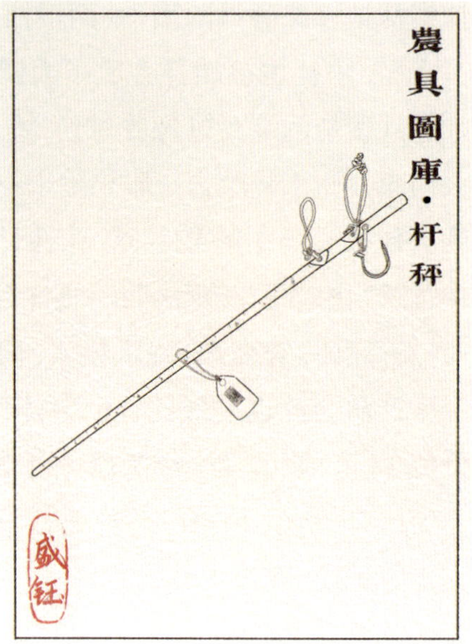

杆秤，是利用杠杆原理称重，从而得出实物斤两的衡器。因其携带便利、公平透明等特点，曾在我国城乡广泛使用。

杆秤是我国历史最悠久的衡器。有人认为它是在春秋战国时期不等臂秤的基础上，经过演变，直到秦汉乃至魏晋南北朝时出现的，距今已有一两千年的历史。

杆秤由秤杆、秤砣、提绳和秤钩组成。秤杆为笔直的小圆木，秤根稍粗，秤头略细；秤砣为铁制，圆锥形，用一根细线扎着，套在秤杆上；提绳有两道，分别为“头号”和“二号”，系于秤根一端；秤钩作为勾住称物之用。

杆秤有大有小，俗说大秤和小秤。大秤杆长80至140厘米，小秤杆长40至80厘米。使用杆秤，均以市斤算，大秤可称100斤以上实物，小秤只称几斤、几十斤实物。每根秤杆上，从头至尾嵌有两排亮晶晶的秤星，每颗秤星代表一定的斤两，上面一排代表“头号”，侧面一排代表“二号”，头号称的重量多，二号称的少。称头号时用头号提绳，称二号时用二号提绳。秤砣是砝码，所称之物有多重，秤砣线就移在秤杆上相应的秤星位置。

古人用聪明才智发明了杆秤，让人们得以用一种普遍认可的形式分配物质财富。

每个生产队都有一把大杆秤和一把小杆秤，用于统计和分配粮食等其他物资。生产队配有执秤员，所有粮食进出都由执秤员称秤登记。

刚开始收获的麦子和稻子，用于送公粮。公粮是生产队向国家缴纳的作为农业税的粮食，俗称“皇粮国税”，先要完成。

缴公粮的地点在几里外的公社粮管所，农人将场上的粮食先过秤后装上船，第二天再撑到粮管所出售。

过秤就是用大秤称。过秤后，假如一船上了1万斤的麦子，那么到粮管所出售后，卖出去的麦子还必须是1万斤。过秤是防止送粮过程中粮食有损失。

那时装运粮食，靠人工扛笆斗。每只空笆斗，再加上秤钩上吊笆斗的担钩，重8斤；笆斗里需装整整100斤麦子，每称一次笆斗，连同“家（gā）伙”（方言，装物的工具，指笆斗和担钩）都是108斤。笆斗重，称的次数多，大秤就要吊在秤架子上。秤架子是专做的，用铁丝将三根1.5米长的毛竹顶头串起来，叉开后形成支架，再用铁丝将大秤的头号提绳吊在秤架上。笆斗装满了麦子，两个人一手抓着一只笆斗环，分别勾在担钩上。笆斗一吊上大秤，秤头立即向上翘，执秤员随即将秤砣线移到108斤的秤星位置。秤头再上翘，一旁的人就用板锨取出一点麦子；秤头下垂了，那个人就往笆斗里添麦

大秤称粮　毛剑云／供图

子。当长长的秤杆水平时，两个人摘下担钩，由一人将笆斗扛到船上。

但过秤送粮，执秤员似乎很大度，秤头每一次都翘得高高的，送粮的人眉开眼笑。一笆斗麦子吊在秤钩上，秤头上下波动，向上翘一点能增加好几斤，向下垂一点也可减少好几斤。每次秤头都往上翘，意味着所称麦子总数不会少，这多出的部分，一来防止麦子水分高，到了粮管所要重晒，有蚀耗；二来也是让送粮的人打打牙祭，用多下来的麦子在集镇饭馆里吃一顿饱餐。

公粮完成了，再收获的麦子或稻子仍要过秤，送进仓库，作为种子和口粮。

称口粮，除了用秤架外，还要另竖一根草叉柄，柄上扎一根稻草作记号。每称一笆斗稻，秤杆在无人触碰的情况下，秤杆子必须呈水平状态，也就是秤头与稻草齐平，俗称“平秤”。口粮是命根子，众目注视下，秤头既不能高，也不能低，平秤是最公平的。

生产队蔬菜地每收获一次，大秤就扛到了田里。胡萝卜、山芋、南瓜、冬瓜和大白菜等，种得多，收得也多，分得多的人家有一两百斤，分得少的也有

小杆秤　陈明干 / 摄

几十斤。每次分这些果蔬，就用杠子抬着称，只是，因为分的数量不等，杠子一会儿要套在头号提绳上，一会儿又要换到二号提绳上。

小杆秤，家庭常用。人口多、口粮不够吃，拎个淘箩，到邻居家借米，邻居就用小杆秤称上几斤；菜油吃光了，用小杆秤称了菜籽，去油坊换几斤菜油；有时称一点麦子，去面店换几斤水面……

生产队猪场每年饲养肉猪，养大后卖给食品站，作集体收入。过年前，也要杀两头猪分给农户。猪子是集体的，不能随便杀，要得到大队干部批准。宰杀清理后，猪体一分为二，生产队长让人先用大杆秤吊起来称，有了总斤数，除以全队总人口，得出人均数后再切块用小杆秤分配。“刘大年4口子，每人1斤半，分肉6斤！”小队会计一报数，杀猪的手起刀落，一块猪肉切了开来。执秤员用秤钩勾住肉块，向上一拎，秤砣线一移，秤头还是有点翘。杀猪的用刀在肉块上再切去一点点，秤杆平了。刘大年瞟了杀猪的一眼，有些不高兴地拎走了肉。

水牛经十多年田间操劳，或患病难治，或年老体衰。水牛属生产队大型农具，宰杀程序更严格，必须经生产队书面申请、大队盖章同意、公社兽医站派人现场验证，最后经公社蹲点干部签字批准后才能宰杀。牛体虽大，但大的是骨架，水牛宰杀后，要用刀将牛肉剔出来，再用小杆秤分配。被宰杀的皆为老弱病残的牛，所有牛肉加起来也抵不上两头大猪的肉多。农人拎着分到手的精瘦的牛肉，想到水牛任劳任怨耕田耙地的日子，心里很不是滋味。那一年分牛肉，郭大桂知道杀的是自己用了十三年的牛，没去领牛肉，坐在家里抽闷烟，像害了病似的。

“干河了！”乡村孩子兴奋地奔跑着，叫嚷着。干河，就是将村西的老大河用泥土打好坝头，用抽水机抽干河水后捕鱼。每年腊月底，生产队都要干一次河，分一次鱼。河道是敞开的，鱼是散养的，因而鱼也不是特别多，都是鲢鱼、鲫鱼、鲦鱼等个体不大的杂鱼，每次分鱼，每人最多也只能分得一斤。但那时过年，农人有这样的年货也就不错了。“秤杆子一翘，一家子都笑”，农人是最知足的。

集体粮食的守护神

大印

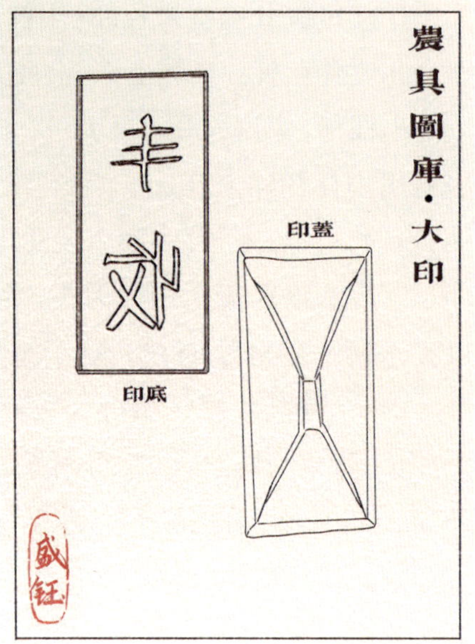

印，即印章、官印，也就是今天所说的私章和公章。印，古已有之。秦代丞相李斯所著的启蒙识字课本《仓颉篇》解释："印，验也。"东汉名臣、文学家蔡邕的史学专著《独断》细解："玺者，印也。印者，信也。"同时期经学家、文字学家许慎的语文工具书《说文解字》介绍："印，执政所持信也。"凡此种种，都是说明印的作用，私章代表个人行为，公章则是行使权力。

自古至今，无论私章还是公章，尽管形制各不相同，但印面大小也就在方寸之间，其用途都是盖在纸上。而今天我们所说的大印，印面尺寸更大，且是专门盖在粮食上，所以，准确地说，大印叫"粮印""仓印"。

早在2200多年前的秦代，《秦律十八种·仓律》中规定："入禾仓，县啬夫若丞及仓、乡相杂以印之……自封印，皆辄出。"其意是，谷物进入仓库后，由县令会同粮食主管人员以及乡吏一起盖上粮印，共同封缄，便于出仓时检验粮食有没有减少。由此可见，粮印的历史十分久远。

民间称粮印为"大印"，是因为印面较大，多为长方形。也有正方形的，但不多。长方形的大印，长度超过20厘米，宽度和高度（厚度）均超过10厘米。印底镂空刻字，看起来都是反字，盖在粮食上就是正字。

中华人民共和国成立前，土地私有，很多地主持有大印，印底刻着“王氏粮印”“李府谷印”“三槐堂仓印”等代表地主本人身份的字符，用于加盖在自家谷堆上。“民以食为天，食以粮为本。”中华人民共和国成立后，公粮管理更为严格。20世纪六七十年代，里下河地区每个生产队都有一方大印，用于对集体粮食的监管。

市场上没有大印卖，也不允许私自制作销售，生产队大印都是由各村的木匠特制。我们生产队的大印是一个长方形木盒，很像母亲的梳妆盒，长24厘米，宽18厘米，高14厘米。大印是木板做的，有印框、印底、印盖和把手。印底刻着“第四生产队印”和“丰收”字样。“第四生产队印”刻在印底的四边，字较小；“丰收”字样较大，刻在印底中间位置。用布纱装满石灰粉，放在印框里；将印盖插进印框上端的边槽，拎起把手，就可以盖印了。封印员提着大印，往地上用力一拍，再提起大印时，地面上赫然显现出洁白的、方方正正的“第四生产队印丰收”的字迹来。

夏季收麦、秋季收稻时，生产队打谷场上每天每夜都有成千上万斤的粮食堆放着，有晒干后准备入库的，有刚脱粒下来准备铺晒的。万一粮食被盗，轻则是社会治安问题，重则是阶级斗争新动向事件。因此，为了保管好粮食，除了有人日夜看场，还有专人即封印员在粮食堆上盖大印。晚上盖好大印，次日清晨再查验。

傍晚收工，场上的麦堆或稻堆，有的用板锨堆成了圆锥形，有的用拖盖拉成了岭子状。一切收拾停当，封印员提着大印来了。他弯着腰，自上而下地在粮堆上盖印，印迹与印迹之间相隔30厘米的距离，且上下错开。每拍一下大印，粮堆上便显现印迹。印迹模糊的，再用力补拍一下。最后，封印员还环绕谷堆底部，在谷堆与地面的结合部再盖印一圈，俗称“咬圈”“收口”。两转下来，每个粮堆上清晰地覆盖着密匝匝的一块块大白印。只要有人动一下粮堆，就会塌陷成一个凹塘，印迹全无。

在众人眼里，盖好大印的麦堆或稻堆格外重要，那一排排的印迹显得神圣而不可侵犯。为避免夜里露水浸湿粮堆，众人用草叉拖来稻草，然后覆盖上去。遮草时，千万不能因用力过重而将粮堆上的印迹抹灭。

村童知道父母在打谷场上晒草晒稻，傍晚放学后，常常去打谷场上玩耍。几个村童在一起翻跟斗、钻草堆时，父母亲就提醒：“你们玩归玩，千万不要把粮堆上的大印搞没了！”提醒归提醒，玩兴正浓的孩童早将父母的嘱告丢在了脑后，一个跟斗翻下来，粮堆塌了一角，盖好的印迹消失得无影无踪。孩童的屁股上免不了挨上父母几下脆崩的巴掌，父母连忙喊来封印员，重新补盖。

次日晨，晒稻的人们又来了。在大家的注视下，有人用草叉轻轻揭去粮堆上的稻草。一个个清晰的印迹再次呈现在眼前的时候，众人这才放心地散去，各做各的事。

每次送公粮，都是头天晚上将稻谷装上船，次日早上撑往粮管所出售。公粮上了船，封印员也要对船舱里的稻子盖上大印。第二天，送粮的几个人全部到场后，查验印迹仍然完好无损时，这才撑篙启程。

缴完了公粮，其余的麦子或稻子都要存放在生产队仓库里。这些麦子或稻子，都用摺子一堆一堆地储存着，有的是种子，有的是口粮。每个高大的摺子上端，也一排一排地盖着大印。每隔一两天，生产队长和小队会计都来查看印迹。毕竟，种子关乎来年，口粮关系生存，大意不得啊！

到手的粮食是全队人辛勤劳动所得，因而看管打谷场上的粮食必须有互相监督和制约的办法。每天，场头组长和封印员都在打谷场上干活，但他们的职责是分开的，场头组长负责晒粮、收粮，封印员负责在粮堆上盖印；场头组长摊晒粮堆前，需由封印员到场先查验印迹。场头组长和封印员是两个不同的角色，不能由一个人担任。

封印员虽不是生产队干部，但掌管粮食大印，责任重大，他是由生产队每家每户民主推选出来的，有的是办事公正的老党员，有的是德高望重的老村民。做事负责任的，可以一直掌印；有失误的，就要交出印把子，由他人接管。

分田到户的大功臣

丈管

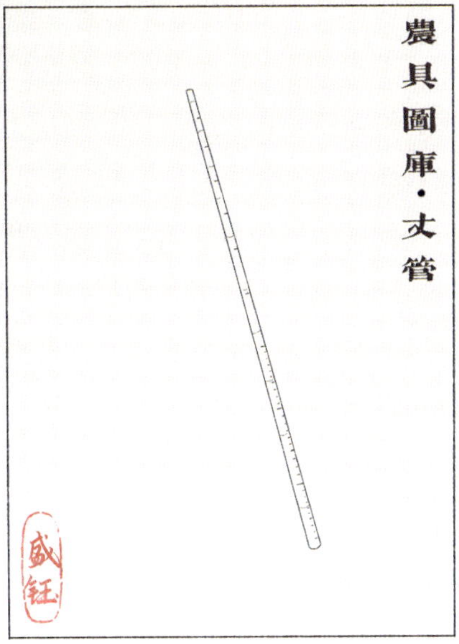

土地是人们赖以生存的最重要的物质基础。在中国古代，土地的分配和调整，最早的计量方式是以步代尺。先秦时期，政治家、思想家商鞅规定了“举足为跬，倍跬为步”的“迈步定亩”方法。后来用绳尺，即以一根绳子确定多少步，再以此绳测量土地。“古者量田较阔长，全凭绳尺以牵量。”这是400多年前，明代数学家、珠算宗师安徽人程大位在其专著《算法统宗》中描述的情景。之后程大位发明了丈量步车，测量土地面积因此更精确和高效。丈量步车的外套像一个无底的墨匣，内置十字架，可转动，一根根由铜丝连接起来的竹条篾尺上刻有尺寸，绕在十字架上，收放自如。这个丈量步车就是今天钢卷尺的雏形。

在物质贫乏和信息闭塞的旧时代，里下河农人哪里知道有什么丈量步车？但他们也有一种简单实用的测量工具——丈管。

丈管用芦苇做成，也可用竹竿制作。田野的河边有自然生长的芦苇，很多农户的屋后长有竹子，因而做丈管是就地取材。丈管粗细如铲子柄、镰刀柄；笔笔直直，不长不短，正好一丈长，故称丈管。过去民间通用市尺，所以丈管上以一市尺为单位，等距离刻划着长记号，在靠前的第一、二、三尺内，又刻划着每一寸的短记号,便于短距离精确测量。

20世纪60至80年代,钢卷尺尚未普遍使用,丈管是里下河农村生产管理中紧紧依靠的测量工具,测量土地面积,测量土方量,测量沟渠长度等,都离不开它。

我高中毕业那一年,还在大集体生产的尾期,大队支书让我担任第四生产队记工员。记工员虽不是村干部,但每天要对下田干活的人进行考核,其中很多农活验收就用到丈管,根据考核结果记给他们相应的工分。工分就是劳动报酬,每1分工两分钱。

农田宽阔,连成一片,但地势低洼,土壤含水量高,容易给作物带来渍害,需开沟降渍,开挖灌溉渠成为生产队常做的农活。每天傍晚,我手拿丈管,为挖渠的人量长度。测量时,人们总是紧跟我的身后,一步不离,生怕我漏量一寸。量完,我掏出《考勤本》,将工分记在他们名下。

割稻割麦也是先测量各人所割的面积,然后记工分。“大侄子,算算我割麦的工分。”叫我的,是邻居阿桂。阿桂很能做,割麦栽秧都会。但阿桂的男人有哮喘病,不能做重农活。一个女人再能干,家里还是年年超支。阿桂软软的声音,让我想到他男人佝偻的身影,还有三个尚未成年的孩子,我的心一软,给阿桂加了2丈长,多算了3分地。

春天翻草泥塘,是一件累人的农活。挖塘泥、挑河水、填青草、用钯子搅拌……一个草泥塘要三个人合作完成。傍晚,田头上三个草泥塘完工了,我来量土方。翻一方土记4分工。

赤脚卷裤劳作了一天,疲乏不堪的人们围了过来。“人心是把尺子,你把心放在当中量。”这是阿扣伙的声音,他的后一句说得特别重。我没有在意阿扣伙说的话。我将丈管垂直地插在草泥塘的一个角落,测出深度。很快,我用“长×宽×深”的公式算出了结果:“阿扣伙的草泥塘10方土,王大年的草泥塘12方土……”

“啪!”不等我说完,阿扣伙抢过我的丈管,一折两段,扔在地上。“你的心没有放在当中!”阿扣伙怒气冲冲。望着被折断的丈管,年轻气盛的我怒不可遏,冲上去,与阿扣伙扭打起来。

后来我才知道,阿扣伙的大锹柄上有一个秘密:刻有三尺长的尺寸。每次挖渠挖墒,他都预先知道自己一天做了多少工分。这天中午,阿扣伙提前上工,用他的大锹量了三个方塘的长宽深,都差不多。但王大年知道我丈量草泥塘的习惯是在塘角落量深度，这天他在每个角落都挖了一个洞。阿扣伙不好明说，只好用暗语提醒我量塘中间的深度。而我的丈管恰巧插在了塘边王大年挖的洞里，深度就长了，这样王大年的草泥塘比阿扣伙的多出了2方土。同样辛辛苦苦干一天，工分却不一样，阿扣伙当然不服气。

那年冬天，全大队合挖一条生产河，土方任务按人口和田亩分摊。分工段时，我拿着丈管跟在大队会计后面。噼里啪啦，大会计拨动算盘："一队人口186人，面积260亩，土方任务3400方，工段长25丈。"他一说完，我就弯腰量了25丈，其他人则放样绳，下界桩，更多的人准备挖土、挑担。

"不许分！"村民张山牛从人群里冲出来，夺过我手里的丈管，扔在地上，随即手起锹落，丈管成了两段。连锁反应似的，有人扯掉了样绳，有人拔掉了界桩，还有人将大队会计手里的算盘摔在了地上。那些挖土挑担的，干脆扛着扁担大锹回家了。工地上，只剩下几个大小队干部呆呆地站着。

原来，张山牛看到《河工任务花名册》上，没有大小队干部的名字，甚至干部老婆的名字也不在其中。"分粮分草就有他们的份，这挑担压肩的苦差就该派我们这些'黑背脊'做吗？不公平！"张山牛的话，像一把火，点燃了工地上所有挖土挑担的人……

分田　毛剑云／供图

进入20世纪80年代初，丈管用得最多，我也最忙。1981年联产到组，1982年联产到劳，1983年分田到户，每一次都要用丈管量田。我印象最深的，是分田到户。

“分田啦！”大伙儿兴高采烈，浩浩荡荡地涌向了马厂圩。此时，无论男女老少，只要能跑的，都一个跟着一个跑到了田里。那些没日没夜下田干活的，每个人的脸上都挂着舒心的笑，他们的脚步从来没有如此轻快。

阿扣伙、张山牛被推选做了社员代表，负责拉样绳、下界桩。“王大年家应分7亩，长56丈，宽7.5丈。”小队会计大声报着数字。我将丈管紧紧贴着地面的样绳，一下一下地量着。抓了多年的丈管，我似乎从来没有像今天这般谨慎和小心，也从来没有像今天这般轻松与愉快。我们每向前量一步，围观的人们都自觉地让开一条道。尽管田里的人很多，但是秩序却是出奇的好。

如同一幕大戏，田分完了，考勤员、公勤员、场头组长、生产队长、小队会计等各式人物相继谢幕，所有的丈管也全部消失。但时至今日，我都会想到当年阿扣伙说过的那句话：人心是把尺，为人做事，心要放在当中。

第九辑

打米用碓舂，五更碓声隆

——生活加工器具

砌房靠土墼框打制土坯，零用钱靠打草包卖出，稻谷靠牵砻去壳，米糠靠筛子分类……乡村里的加工器具无不浸染了农人的汗水，见证了农人生活的艰辛。

建造农家新住房

土墼框

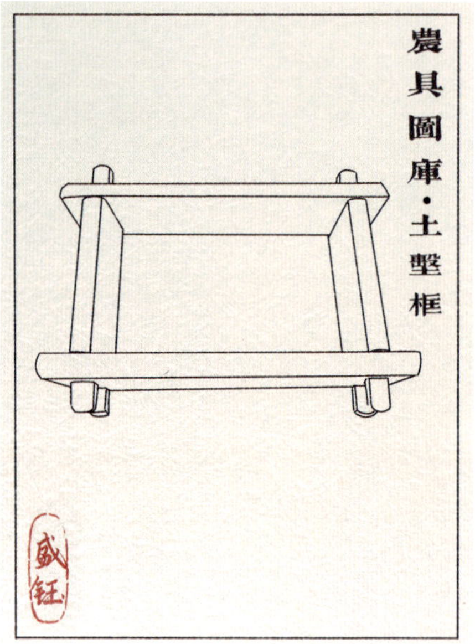

土墼（jī）框，一种专门制作土坯的模具，制出的土坯叫土墼。20世纪70年代前，里下河地区绝大多数农户的住房为土墙草房，土墙就是用土墼砌成的。

我们的先民用土坯造屋由来已久。考古人员在河南荥阳青台遗址中，发现了5000多年前中原地区史前最早的土坯房屋。而“墼”这个字，则出现在2200年前的汉代，东汉文字学家许慎在《说文解字》中解释：“墼，一曰土墼，未烧砖也。”意思是说，墼，未经烧制的砖块，是土坯。

土墙草房是与贫困连在一起的。旧时，里下河农人物质贫乏，要想有住所，只能就近取材，以泥土做墙，用茅草做顶。日积月累，农人发明了土墼框，提高了工效，制出的土坯方整，更坚硬，砌成土墙比直接用泥土堆垒速度更快，也更美观。

土墼框为木质结构，由木匠打制，长方形，四周木板厚度4厘米，经卯榫结合后固定成整体，外侧有把手。土墼框内径长35厘米，宽25厘米，高13厘米。泥土倒入框内经捣实后，通过提升把手及边角，使框子与土坯脱离，所以里下河农人把做土坯说成“脱土墼”。

土墼的成分是河泥和毛稳子。河泥细腻，黏稠；毛稳子包括麦稳子和稻稳子，有谷物壳、茅草丝等，干燥，有韧性。河泥和毛稳子混合后，更有凝固性，做成的土墼不裂缝，有一种像水泥与砂子拌和后变成混凝土砌墙更坚固的意思。

河泥要罱，通常是在夏收和秋收结束后罱泥脱土墼。经过了夏收和秋收，农人已经将麦稳子和稻稳子准备好了。此时打谷场上一无所有，光秃秃的，正好用来脱土墼。

罱来的河泥直接擢到场头，既爽水又能风干。风吹太阳晒，只需两天，河泥就像豆腐块一样绵软，正好到了脱土墼的稠和程度。河泥太烂，就不能与毛稳子粘合成型；河泥太硬，凝固性差，脱土墼也十分吃力。

脱土墼多是两个人一起干，有夫妻俩，有父子俩，有弟兄俩。实在没人，就请其他亲友帮忙。脱土墼是力气活，要协同作战，速战速决，一个人单独干力不从心。

先要把毛稳子拌在河泥里。毛稳子撒在泥面上，两个人赤脚站在河泥中，双脚不停地踩，用洋锹或泥择子不停地拌，直到毛稳子完全淹没在河泥里。这之后，再用洋锹或泥择子从一边翻起，将河泥统统翻个身，使河泥与毛稳子均匀地混合，这时的河泥才算“熟透”。

泥土黏稠，粘在双腿和洋锹上都让人感到吃劲，而且越踩越粘、越拌越粘，人越来越吃劲。当所有的河泥都拌熟了，农人感觉脱土墼的路已经走完了一半。将河泥堆成岭子状，或垒成一个个小堆子后，就准备脱土墼了。

场面平坦，是脱土墼最好的地方。倘若脱在场边、草地边，先要用洋锹将地面铲平，地面上还要撒一层毛稳子，不使土墼粘在地面上，方便以后搬离。

两个人一起干，都是力气小的用洋锹择泥，力气大的拿框子脱土墼。脱的人将框子放在地上，确认平稳了，择泥的人就将熟泥倒进框内。放满了泥，脱的人随即用拳头朝泥土鼓捣，“四角各一拳，中间再一拳”，感觉把框内泥土捣实了，用手掌抹平泥面，再轻稳地提起土墼框，一块土墼便脱框而出。泥土半干半潮，新脱的土墼四角见方，边壁垂直，整块成型。

旁边有一个大水桶，每脱下一块土墼，脱的人就要将土墼框放在桶里沾一下水。框壁潮湿，不沾泥土，泥土捣实后向上提框更容易。

新脱的土墼与土墼之间留有一定的空隙，相隔十多厘米，风干后好搬动。宽阔的场地上，无须拉绳放样，一块块土墼纵横成排，摆放有序。

择泥简单，比脱土墼快得多。择泥的人常将熟泥一大团一大团地放在将要脱土墼的地方。脱的人就着泥团放好土墼框，双手捧起泥团用力掼进框内，一个接着一个脱。只是，脱土墼的人一会儿要蹲下身体支框子，一会儿要弯腰捣拳头，紧接着再俯首提框子，始终处于躬身屈背状态，腰酸背痛，满头大汗。脱土墼，双手都是泥，没法用毛巾擦汗，只能摇头甩汗。当汗水流进双眼，那种刺激实在难受，农人只好站起来，用膀根压一下眼睛，缓解痛感。

脱土墼　陈明千 / 摄

夏天脱土墼，太阳火辣，早晨天不亮，夫妻俩就来到了场上。九点钟往后，每脱一阵子，就要往河里跳一次，洗去满身汗水。

“快的脱一千（块），慢的脱八百（块）。”起早带晚，两天时间，两个人脱出一千六百块土墼，正好够砌三间土屋。

土墼潮湿，需有半个月的晴好天气才能风干。那时没有天气预报，农人掌握天气完全凭经验。运气好，真有十天半月不下雨，土墼顺利风干。运气不好，两天后忽然下一场大雨，脱好的土墼被冲烂。农人一阵怨天怨地后，只好忍气吞声，把冲散的泥土聚拢，重新拌熟后再脱。还有的情况是，土墼风干了七八天，忽然天色不好，一家人急火火地奔到场上码土墼，堆积后用草帘子覆盖起来，等天晴时再搬到地上晒。听我岳父说，那一年他去湖里罱渣，因路远，当晚没有赶回来。夜里刮大风下大雨，岳母一个人奔到场上码土墼。一块土墼有三十斤重，在漆黑的风雨中，一个女人竟把近千块土墼搬盖好了。但也就是在那次，岳母因遭暴雨浸湿，受凉后得了严重的肺气肿。

土墼面发白，说明风干了。农人将它们竖起来，再晒土墼底子。又过了两天，土墼底子也干了，农人用菜刀削去毛糙的底边子，再留缝集中码放，用草帘盖好顶子。看到又高又长且通风透气的土墼堆，农人的一颗心才算踏实。有了土墼，下一步建房算不上什么难事了。

凡脱土墼建房，有的是住房矮小破旧，需重建；有的是儿子一个个大了，要结婚另立门户。在农人心里，即便是砌这土墙草屋，也是一件开心的事，只是脱土墼的过程实在让人费力气。很多农人一生要脱三四次土墼，每一次都铭肌镂骨。邻居石叔，生有五个儿子，每个儿子结婚前，他都要脱一次土墼，为他们造屋。石叔说：“脱土墼苦是苦，但看到他们结婚了，也算了了一个大心事。做大人的，不就是为儿女们苦嘛！”

民间风俗，木匠只有在做棺材时用剩余的料子才能做土墼框，否则不吉利，所以土墼框不多，需用时就跟人家借。现在想找到一个旧土墼框已非易事。

巷子里的捶草声

木榔头

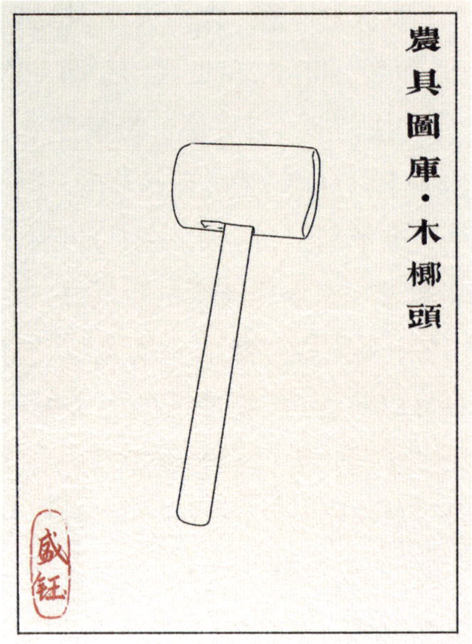

提起木榔头，人们自然想到搓草绳、打草包，因为木榔头是当年捶草的工具。但它的用途不仅仅是捶草，生产和生活中很多地方都用到木榔头。

木榔头由榔头和柄构成，均为木质，重两至三斤。榔头墩实，大多为一截树干，也有的是一截木头，长度在25厘米至30厘米之间，直径18厘米左右。树干或为榆树，或为楝树，或为杨树，越是靠近树根的树干越硬实；木头是松木，农家建房做屋梁时，多余的一截子舍不得浪费，就用来做榔头。若是杂木做的榔头更结实。无论树干榔头还是木头榔头，都是一整块，无拼凑的榔头。柄是树棍，镰刀柄一样粗，30厘米长。在榔头的中间位置凿一圆孔，用斧头将木柄打插进去，即可使用。更有意思的是，农人将有枝杈的一段树木锯下，做成木榔头，树干和柄天然地连成一体，用起来更牢靠。

树干做成的榔头，无过多加工，有天然形态，有的榔头像狼的头，所以榔头也叫作“狼头”。

作为一种生产工具，木榔头的历史十分久远。木榔头的前身叫“櫌”（yōu）。有学者研究认为，早在2400年前的战国时期，先民就广泛使用櫌。东汉时期《说文解字》中介绍：“櫌，摩田器，从木。”意思说櫌是一种敲碎土块、平整土地的木制农具。元代《王祯农书》中把耰的形状和功能说得更详细："首如木椎，柄长四尺，可以平田畴，击块壤，又谓之木斫。"王祯还在书中绘制了一幅耰的图片，其形状与今天的木榔头一模一样。

之后随着耙、概等破垡和整地农具的出现，使"柄长四尺"的耰消失。但作为耰所具有的敲击功能，还需传承，这就有了后来被缩小了的木榔头。

20世纪60年代前，里下河地区农户住房、生产队牛屋等，皆为土墙草盖的茅屋。土墙又分上下两部分，地面向上一米高为荒垡墙，再向上部分为土墼墙。荒垡墙风干硬实后，再在上面码放一块块土墼，最后盖房顶。

荒垡墙是房屋的基础，比土墼墙宽，达40厘米。将房屋四周的荒垡墙做好，不是一件容易的事情。

农人先要到田边挖取长着盐巴草的荒垡作原料。荒垡就是烂泥巴，这种带盐巴草的泥巴做土墙才硬实。荒垡用担子挑上船，再运到房基四周后，农人将其"盘熟"，即用脚踩、用手掼，或用洋锹翻，使泥土进一步压缩、泥草充分混合。将一块块盘熟的泥土沿墙基堆好并踩实后，农人站在土墙上，用一米多长的木棍朝泥墙抽打，俗称"鞭墙"。一转打下来，墙上是一道道紧密且笔直的棍痕。用洋锹将棍痕铲平，待土墙有了干中带湿状态，农人就用木榔头夯墙了。

农人手持木榔头，从土墙的一角开始，一下又一下地朝土墙上夯。榔头打在墙面，发出"叭、叭"清脆的响声，每打一下，土墙上就生出一个凹陷的圆圈。农人接连不断地夯打，土墙上出现了密密匝匝的圆圈，有的重叠，有的紧挨，就像青鱼身上的鳞片。土墙通体夯完，农人又用洋锹铲除这些鳞片，使墙面平整。

用木棍鞭墙、木榔头夯墙，是里下河农人借鉴了古人的夯土技术，来建造自己的房屋。堆墙、鞭墙、夯墙，不是一次性的，要分层实施，第一层墙体风干后，再往上加土、夯实、风干，否则，土墙潮湿会坍塌。一米多高的荒垡墙，需经两到三个层次、得有一个多月的时间才完成。

茅草屋内，地面也是泥土，每住上两三个月，地面就裂缝，泛起灰尘。这时候，农人也要用木榔头重新夯地面。用大锹将地面浅浅地翻开一层，泼上水，泥土膨胀后，农人蹲在地上，用木榔头从墙边往堂屋中心夯土。木榔头不重，男主人不在家就由女主人夯，女主人不在家就由年迈的父亲或母亲来夯。老年人夯地，不像男女主人那样风风火火、急急忙忙地连续往下砸，而是不紧不慢、不急不躁地捶着地。泥土很乖巧，随着木榔头一次次地落地，地面越发平实。

春天，生产队开挖草泥塘，农人也要带上木榔头。草泥塘是沤制有机肥的土池，不能漏水。新挖的草泥塘，上方的塘壁是土块堆垒，有缝隙。一个草泥塘挖好后，农人或用大锹拍实塘壁，或用木榔头捶打，直至塘壁密不透风。

较早前，里下河地区使用木质农船，这就有了一种特殊的木榔头，柄长3米，榔头像小鼓，体积大，分量也重，它是专门用来敲破河面冰层的。里下河是水乡，冬天寒冷，河面结冰，但罱泥、运草等生产活动不能停，婚嫁或送葬等事宜也要进行，这些都离不开农船。为避免木质船体受损，农人手执长柄木榔头，站在船头，将冰层敲碎，使木船行进。榔头硕大，高举的榔头一落下，冰层就破裂；榔头柄较长，农人伸开膀子，可敲打到船头前3米往外的地方，一边打破冰层，一边让农船正常行驶。

今天的人们，对于木榔头记忆最多的，当然是用它捶草了。20世纪70年代，里下河地区大多数农户用齐头稻草搓草绳、打草包，卖取零用钱。搓草

破冰　晓庄／摄

捶草 陈明千 / 摄

绳，首先要用木榔头捶草，将干硬的稻草捶打成柔软状态，这样搓起绳来不伤手，搓出的草绳才有韧性，不容易断。

捶草要接二连三地抡木榔头，举起、落下，不停歇，需臂力。我家捶草，都是父亲。傍晚，父亲将稻草扎成一个个小把子，小碗口粗细。浇上水，潮湿的稻草把子放在台阶上，父亲用木榔头捶打。稻秸根部硬朗，先遭捶打的必是这个部位。"嗵、嗵"，木榔头落在砖头台阶上，发出硬实的声音。木榔头每一次落下，稻秸就变扁、变软。待根部软熟后，木榔头又移向中部和尾部。父亲一边捶打一边滚动草把，还将草把里面的稻草翻出来捶打。总之，要让每一根稻草从头至尾都捶打成熟。一个晚上，父亲要打熟好几个稻草把子，凡是搓草绳的人，每人都有一个打熟的稻草把子。

那些年的冬天，每天晚饭前后，村子大街小巷里，每家门口的台阶上，都会发出嗵嗵嗵的捶草声，那是农人用木榔头奏出的悦耳的乐章。

它帮农家度难关

草包架
木扣

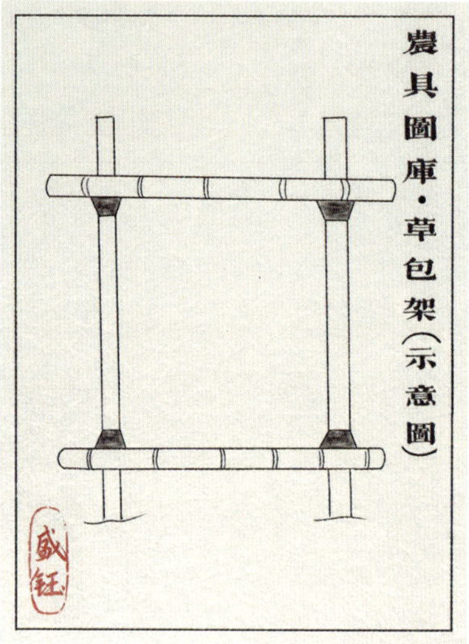

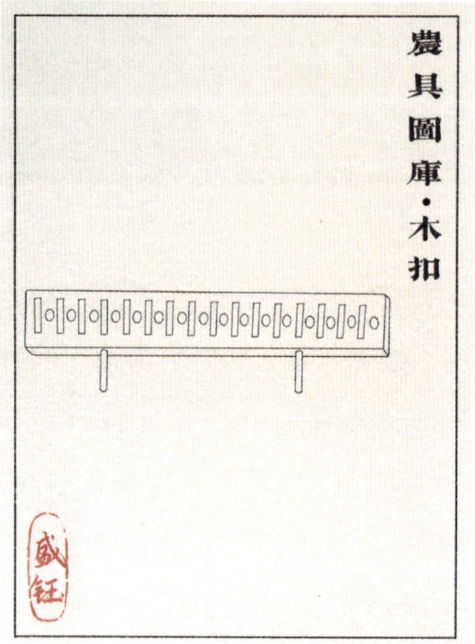

白天参加集体生产劳动，晚上搓绳打草包，这是20世纪70年代里下河农民的生活情景。草包卖给供销社，供外地装粗盐和粮食，也用于装泥土打坝头，防汛排涝。其时，外地很多草包是从里下河一带运过去的。草包作用多，据说还被列入国家战略性物资，所以由公社供销社统一收购。农户生活困难，卖草包的钱用来贴补家用。

草包用齐头稻草和草绳编织而成，双层重叠后，长120厘米，宽80厘米；两侧用稻草绞合，上端为口，一面有20厘米突出的包边，供装满实物后缝合包口。

里下河农人不说编草包，而是说“打草包”。打草包的器具有草包架、木扣、篾子和木剎等。

草包架，靠近墙壁设立，形同“井”字。高170厘米，宽150厘米，左右各有一根木头竖杠垂直立于地面，上下有两根横杠平行设在竖杠上，上面的叫顶杠，固定不动；下面的叫底杠，供"上"（布设）草绳。草包架距离墙面有30厘米宽的空隙，便于上草绳之类的操作。

木扣，简称扣，是打草包的核心部件。扣为长条形，厚木板做成，长100厘米，宽11厘米，厚7厘米；一侧装有两个木质小把手，供掌扣人抓握。从正面看，木扣中间有一排小圆孔和三角形凹槽，排列齐整。小圆孔16个，凹槽也是16个，共32个，一隔一地分布，用于穿插草绳。从背面看，也是16个小圆孔和16个凹槽，但背面的小圆孔对应着正面的凹槽、背面的凹槽对应着正面的小圆孔。草绳是草包的筋，没有筋，草包就没法编。根据扣的这种设置，草包中有16双筋绳，也就是32根单筋绳，正好从扣中的小圆孔和凹槽中一一穿过，环绕上杠和底杠一周后，在底杠处各打成一个结。

篾子，即竹篾，长105厘米，宽3厘米，轻薄，笔直，平滑，一端刻有凹塘和鼻钩，凹塘供递草，鼻钩供带草。篾子实际上就是梭子。

木刹即楔子，有两块，都是一头大一头小，三角形，长20厘米，宽7厘米。一根根筋绳在两根横杠上"上"好后，人踩住底杠，将两块木刹分别插在底杠与竖杠间的卡口处，原本松弛的筋绳都被拉得紧绷绷的，看上去如同古筝上的丝弦。

打草包原理与江南民间织布相似。筋绳上好后，掌扣的人坐在草包架子前，抓着木扣，上提、扳动、扑打；穿竹篾的人坐在掌扣人的左侧（也有的坐在右侧），手中的竹篾将一根根稻草在草绳间来回递送。穿竹篾的人每送进一根稻草同时又拉回一根稻草，掌扣的人就将木扣平直地向下拍一下，然后再迅速提起木扣，向上或向下扳动，以便筋绳交替着编住稻草。与此同时，穿竹蔑的人负责将拉回的每一根稻草头别在草包架最左侧的筋绳上，掌扣的人负责将竹篾递过去的每一根稻草头别在草包架最右侧的筋绳上，这样，每一根稻草都包裹着边绳，草包不松散。竖着扎的筋绳是经线，来回递送的草是纬线，经纬线交错编织成了密实的草包。

设计扣的人，肯定动了很大心思。圆孔和凹槽的设计，不仅使筋绳等距离分布，更能在扣的扳动下，使筋绳形成供篾子穿梭的微小的三角形空间；扣的正面和背面圆孔与凹槽的对应设置，以及扣的上下扳动，使筋绳交叉、稻草交织；扣的拍打，使稻草既平行又紧密。为什么叫扣，我问了很多人，都说不清楚。查找字典，"扣"有敲击与拍打的意思，而"叩"字即包含击打、敲打之意。再细查叩，原来"叩"通"扣"。

当一面的草包从底杠打至顶杠时，农人取下木刹，松开筋绳，将打好的这一面从木架正面经底杠转至木架背面，将背面的筋绳经顶杠转至木架正面，插上木刹后，再递草拍扣，继续编织。

一条2米多长、不足1米宽的单层草包，经过一根竹篾过千次的来回穿梭、几千根稻草单列的层层铺叠、木扣过千次的上下拍打和扳动，才能下架。农人再将其折叠，剪去毛边、缝合并压实，最终成形。

我年少时，除了搓绳，还常常坐在草包架旁边，和母亲一同打草包，母亲掌扣，我穿篾子。

那时家家打草包，每家都有一条铁定的任务：每晚不打完三条草包不许睡觉。晚饭后，家家户户草包架子边的墙壁上，都挂上一盏煤油灯。灯光下，小孩搓绳，大人打草包。打成一条草包需一个小时左右，三条草包，从七点要一直打到夜里十点多。在这三个多小时里，一家人该说的话早说完了，所以堂屋里大部分时间都是那“啪、啪、啪”的压扣声和“唰、唰、唰”竹篾穿梭的声音。用篾子传送稻草，要全神贯注和穿梭准确。夜里十点多钟，已经犯困的我时常打瞌睡，一不留神，手中的竹篾就将筋绳捣断，有时一断竟有几根。此时只能停下来，用搓绳的方法重新接好。曾有几次，竹篾竟穿出绳网，戳中母亲拿扣的手指，鲜血直流。母亲除因疼痛而本能地惊叫一声、丢下扣把外，并不责怪我，用布条简单缠绕一下手指后，又抓起了木扣。

打草包时，真正犯困的还是父母。他们白天起早带晚罱河泥，或浇泥浆，晚上再坐在草包架下打草包，其疲惫困倦的程度可想而知。为了不让我们搓绳的兄妹犯困，也是给他们自己提神，父母常给我们讲水獭猫、吊死鬼、僵尸鬼和白胡子老头等鬼怪故事。正是夜深人静时，父母这一善良的做法，时常让年少的我们不敢跨出院门去小便。

腊月里，一到夜里，搓绳打草包的我们，双脚更觉寒冷。好的是，那时家里有一个铜炉子。铜炉子里装有稻壳，放入锅膛里的热灰，盖上炉盖后，一家人的双脚可轮流搁在炉盖上取暖。

有一阵子“割尾巴”，禁止农户打草包，谁家打草包就用镰刀剐筋绳，连草包架都被拆除，木扣也没收。胆大的人家还是想办法，偷偷摸摸地打草包。草包架设置成灵活的，上面来人检查了，就立即拆散，检查的人一走又很快安装起来；木扣准备两张，没收了一张再用另一张，平时木扣藏在灶膛里；打草包时，大门关得死死的，拍扣声压得最小，煤油灯火拧得最暗……生活本

卖草包 毛剑云 / 供图

来就贫困，想挣点钱也不是那么容易。

竹篾来回穿梭，木扣上下扑腾，一个冬腊月下来，多的人家可以打出二三百条草包，最少的人家也有几十条。每条草包卖二角钱，辛苦了那么多个晚上，也就只挣得几十块钱。但在那时候，这可是不小的数字了，好多人家都指望用这笔钱购买口粮和年货，我也巴望父母为自己买一双尼龙袜或一本小人书。大人们选个赶集的日子，左邻右舍合用一条水泥船，将堂屋里堆积得高高见方的草包搬运到了船上，然后撑往十多里外的集镇。如果河面封冻，则由我们用扁担挑着，改走陆路。父亲力气大，一头十条草包，一担可以挑上二十条；我力气小，一头只挑三条。我们一前一后，冒着寒风，踩着冻硬了的泥土路，走上了庄后通往集镇的道路。一眼望去，白茫茫的雪地里，早有十多副挑着草包的担子在前面晃动了。

草包作为一种生产生活用具，起源于何时，由谁发明，史料上暂无法查证。700多年前，宋末元初棉纺织家黄道婆发明了织布机，而由架子、木扣、篾子等构成的“草包机”又源于何时呢？我们还在寻找答案。

磨出生活的原汁原味

石磨

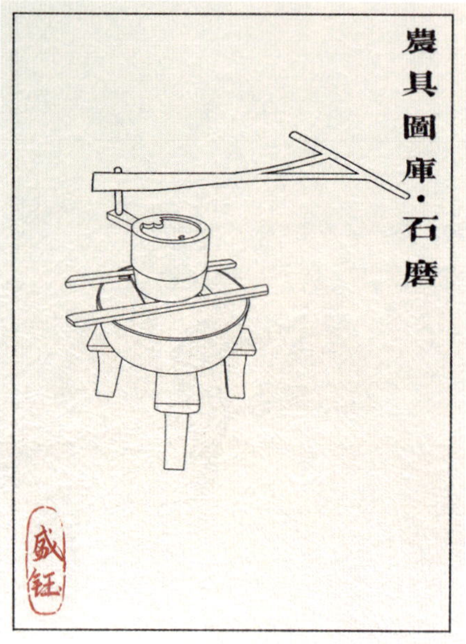

石磨，也叫石转磨，粮食加工器具，通过旋转碾压，将大豆、麦子、碎米等粮食去壳或粉碎。石磨圆形，均为花岗岩石块所制。

早在2200多年前的战国时期，我们的先民就发明了石磨。只是，起初的石磨不规整，有方形的、近似方形的、近似圆形的等多种形状。磨，最初叫硙（wèi），汉代时才叫磨，磨的形状也变成了圆形。

在里下河地区，石磨也叫“磨子”，有三种，即拉磨、推磨和手磨。无论哪种，它们的结构十分相似：上下两层，即有上下两块圆形石块，俗称上磨和底磨，也叫上扇和下扇。底磨固定在磨架上，上磨合在底磨上；上磨和底磨的直径一样大，但上磨厚重，底磨稍薄；底磨中间装有一个转动轴，叫“磨脐”，上磨中间有一个“脐眼”，上磨合在底磨后，磨脐与磨眼吻合，转动时，上磨不会从底磨上移位；两块磨石的吻合面均凿有凸凹的磨齿，随着石磨转动，磨齿交错碾压，使谷物去壳和粉碎；上磨的面上有一个叫“磨眼”的圆孔，供注入谷物，加工后的粮食从两块磨石之间的缝中流落。

它们的不同点在于：拉磨最大、最重，磨石直径1米以上，上磨厚度12厘米，重100多公斤，要用驴子拉。上磨装有横杠，驴子拉着横杠围着石磨转圈，用于对大豆和麦子之类的粉碎加工。推磨也叫“牵磨”，用于家庭磨麦粉和米粉。推磨属于中等磨子，磨石直径50厘米，上磨厚7厘米，重30多公斤。推磨需两个人操作，一人推磨，一人拗磨。上磨面装着一块厚木板，突出的板端有孔；另有一个用树杈做成的三角形“磨担”，其顶端有一垂直向下的“鼻轴”，鼻轴插在那个厚木板的孔中。一人推拉磨担使上磨转动，另一人一手扶着磨担头使之正常旋转，一手往磨眼中放谷物。前者叫推磨的人，后者叫拗磨的人。磨担手握的地方有绳索悬吊，推磨时可使磨担平稳，不用时离地悬挂。手磨也叫“摇磨”“拐磨”，是最小的一种磨子，磨面直径只有22厘米，上磨厚18厘米，不足10公斤重。它的上磨一侧装有一个竖着的摇柄，底磨四周有槽，一面有出口。一个人手握摇柄即可转动上磨进行加工。农人常用手磨磨芝麻，加工麻油。也有人家将大豆浸泡后，用手磨磨出豆浆。手磨只适用于少量食物的家庭加工。

旧时，每个规模较大的村子总有一两家私人开办的磨坊，磨坊中间置一个拉磨。磨坊相当于后来的面粉加工厂，专门磨大豆、蚕豆和麦子。大豆即黄豆，大豆磨成浆，用于做豆腐；蚕豆磨成粉，用于做淀粉和粉丝。磨坊做得

豆腐坊里的石磨　陈明千 / 摄

最多的，是磨小麦出麦粉（面粉），农户用麦子跟磨坊换麦粉，回家后做成刀切面或“干面疙瘩”。拉磨沉重，每家磨坊里养着一头驴子，用来拉磨。当麦子倒在宽大的磨面上时，驴子被蒙住双眼，拉着上磨打转，麦子从磨眼处缓缓陷落，被碾碎的麦壳及麦粉则从两块石磨的缝中流下来……石磨虽重，但麦粉需磨上两遍才细腻。磨出的麦粉还要用“壳箩”筛，筛子面上的叫麸皮，筛子下面才是洁白的麦粉。从早到晚，一头驴子可拉磨出百十斤麦粉。

在乡村，推磨的用途最多，因而也最常见。除豆腐坊里有，用它磨大豆做豆腐外，少数农户家里也有，一个小村舍里至少有一个推磨，大村子里有三四个，没有推磨的人家就端着待加工的谷物去有推磨的人家借用。

20世纪50年代，口粮紧张，里下河农人便用麦糁子煮粥。麦糁子是大麦或元麦磨出的面粉，用它煮粥吃，口感粗糙，味道平淡，难以下咽，但困难时期只能以此果腹。大麦和元麦是生产队作为口粮分给农户的。晴天要下田干活，磨麦粉是在晚上。推磨要力气，都是男人推磨担，女人拗磨。连续干了几天重活，人又累又困，昏暗的灯光下，推磨的人眼皮沉重，一不留神，用力过猛，能把磨担前端的鼻轴推断；拗磨的人昏昏欲睡，忽然间就趴倒在石磨上……

磨豆浆　毛剑云 / 供图

“六月六，吃口焦屑养块肉”，这是里下河乡间习俗。六月六指的是农历六月初六，也是阳历七月份。经历了夏收夏插的农忙，农人疲惫不堪，身体瘦弱。焦屑是用小麦或糯米下锅炒熟后磨成的粉，既有营养又味香可口。将适量的焦屑用开水或米汤拌泡膨胀后即可饮食。每年临近农历六月初六，农人都要用推磨磨焦屑，焦屑的芳香笼罩着村庄，冲散了成天劳动的沉闷气息。

每一次将稻谷轧成米，农人要分类处理，大米用来煮饭煮粥，筛下的碎米磨成米粉做米饼或“碎米疙瘩”，吃了这样的早饭再下田干活，长时间都不觉得饥饿。年少时，我常常配合母亲磨碎米，也因此对推磨有了深刻的记忆。

推磨的人必须始终站着。双手推动磨担的时候，身子顺势前倾；拉回磨担的时候，身子再后仰。只有这样，推磨和拉磨才有力。身子前倾和后仰时，一前一后叉开的双脚几乎固定不动。

母亲拗磨时，左手抓着磨担前端一侧的扶手，右手从淘箩里一小把一小把抓起碎米，有节奏地喂进上磨的小孔里。当我用力往前推动磨担的时候，母亲就用力将扶手回拉，如同带动方向盘一般；在我回拉时，母亲也即时将扶手一推，又像扳动了方向盘，这就使得整个上磨恰到好处地打起转来。“呜呜呜”的转动声中，雪白的米粉从两块磨石之间汩汩而下，落在下面的大匾里。

一淘箩的碎米，需要一个多小时方可磨完。一个人力气再大，绝不可能推着那六七十斤重的上磨，一鼓作气在很短时间里将碎米磨完。所以，推磨时，要心态平和淡定，用力均匀平稳，不可以急于求成。

推磨是一个既用力又寂寞乏味的过程。我抓着磨担，重复着推来推去，眼睛或久久仰望屋顶的芦柴箔子，或低头默默细数晃动的脚尖。推了很久，当我看到淘箩里仍有好多的碎米时，就在心里抱怨：怎么还有那么多啊？

之后，当我踮起脚尖，伸着头，看到淘箩里的碎米真的所剩不多时，极其兴奋，力气重新迸发出来，推磨的速度明显加快了。

此后，我的双臂会酸疼好几天。

石磨用上一段时间后，主人要付费请石匠“锻磨”，凿深磨齿。但石磨的主人从来不跟前来磨粉的人家收钱。磨粉的人家也知礼，一次磨粉结束，从不扫“磨肚”，也就是将两块磨石缝里的点滴米粉留给主家。有时，石磨的主人要出门办事，就将家屋留给磨粉的人。纯朴的乡风由此可见。

旧时的碾米机

砻

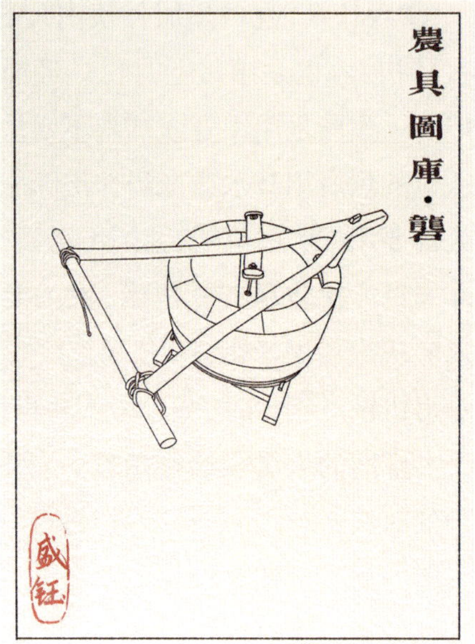

“锄禾日当午，汗滴禾下土。谁知盘中餐，粒粒皆辛苦。”这首耳熟能详的《悯农》诗，道出了农人田间种粮的艰辛。殊不知，将稻谷去壳变成雪白的米粒同样不容易。

稻壳与米粒紧密相连，如何将两者分开也是先民苦苦求解的难题。他们先后用石块、石磨盘、石磨棒等对干燥稻谷进行碾压脱壳，之后发明了石臼和臼杵，将稻谷放入石臼，以臼杵鼓捣而获得白米。但上述器具皆为石器，导致米粒粉碎，不能获得完整米粒。先民不断摸索，最终发明了砻。

砻也经历过石砻、土砻、木砻的试验和演变。砻的形状及工作原理和石磨相似，是受其启发而发明。它有上下两层磨盘，通过结合部的碾磨而剥离稻壳。石砻因为硬度较强而产生很多碎米；土砻由竹条或柳条编成圆盘状，加土后形成压力，碾压时使稻谷脱去外壳，但土砻容易损坏。木砻没有石砻的坚硬，也没有土砻的脆弱，材质柔韧，压力适中，是理想的去壳取米加工器具。

东汉经学家、文字学家许慎所著《说文解字》解释：“砻，石磨也。从石、龙声。”说明起初的砻为石制。1984年，考古人员在江苏泗洪重岗西汉石像上，发现一幅粮食加工图，其中有砻谷的画面：图中有一砻，砻上有装谷的漏斗，下面有等谷的盘子，一农妇双手握柄，推砻旋转……依据《说文解字》解释和西汉石像图景，人们推算砻的历史至少已有2200多年。

根据砻的大小及动力来源，砻又分为人力砻、畜力砻和水力砻。人力砻规格最小，靠人工牵拉；畜力砻和水力砻体型较大，畜力砻靠牛等动物牵引，水力砻安装在有落差的地方，靠水流冲击转轴而带动砻磨作业。里下河地区的砻都是人力牵拉的木砻。

先前，里下河乡村有私人开设的砻坊，大村有两爿，中等或小村有一爿。砻坊是两到三间土坯房，内设一台木砻、一台风箱及一副碓臼，是专门供村人碾稻出米和磕碎米、出米粉的地方。用木砻去稻壳叫“牵砻”或“拉砻”，用碓臼磕碎米叫“舂米”或“磕粉”。牵完砻或舂过米，客家给主家几分钱，或留点米，或留些米粉作为酬报。

砻是树木做成，上下两层的磨盘总高度40至60厘米，直径均为80厘米。其中上磨盘叫上扇，下磨盘叫下扇，上扇略厚于下扇。上扇的上部凹陷，中间有一圆孔，凹陷部分相当于谷斗，供放稻谷；圆孔就是进料口，供漏落稻谷，便于碾磨；下扇固定在座架上，座架下垫着大篾匾，碾出的米、糠落在篾

木砻　陈明干／摄

匾里。上下扇各有两根铜箍或铁箍紧束在周身，防止木砻裂缝。两扇中间有一主轴，将上下扇串联，并使上扇旋转，同时还可调节上下扇之间的结合部，避免碾磨时缝口大、压力小而无法去除稻壳，或因缝口小、压力大而碾碎大米。正常情况下，缝口正好是一粒米的空隙。上下扇的结合面，也就是上扇的底面、下扇的顶面，均凿有斜斜的凹槽与凸齿，两扇碾磨时，凹槽与凸齿反复搓磨去除了稻壳，米粒和稻壳从中溢出，滚落而下。砻配有三角形的“磨担柄”，前端有一根垂直向下的竖杆，套在砻的上扇边侧的圆孔中。屋梁上有两根绳索垂下，系扎在磨担柄上。农人双手握着磨担柄，用力旋转后，砻的上扇便运转，起碾压稻谷并去壳的作用。

砻是木质的，比人牵推的石磨大而厚；牵砻不是一时半刻的事，100斤稻谷需半天方可脱壳结束，所以明代宋应星在《天工开物·攻稻》中感慨：“凡木砻必用健夫。”在里下河乡村，牵砻多为两人同时把持磨担柄。砻的旁边，还有一人用大瓢勺之类的器具往上扇添稻谷，米和糠落至篾匾后也由其收集，放在笆斗或篼子里。牵砻过程中，两个推磨担柄的人最费力，双腿要一前一后地站着，躬身曲背，抓着磨担柄不停地来回推拉，使上扇连续旋转。牵砻半天，两个人定会手臂酸痛，腰腿僵硬。

牵砻　佚名／摄

中华人民共和国成立前，只有地主和富农家里才有砻。为地主干活的，是雇佣的长工，犁田、锄地、罱泥、挑担等，田间重累活都是长工干。逢到阴雨天，田里农活干不了，地主“作不得闲人”，就要长工牵砻。地主田多，储粮也多，晴天下田干活，雨天牵砻出米，一年到头，长工有干不完的活。“长工苦，苦到那十月中，牵砻做米闹哄哄，日夜牵得无数石，夜里做耒不当工……”一首民歌《长工苦》，哀伤悲凉，倒出了天下长工心中的苦水。

新中国成立后，地主富农的砻分给了农民。有些巧农民还自己制作木砻和风箱，添置碓臼，方便了村人生活。

砻的碾磨，使稻壳和米粒剥离，但两者是混在一起的，紧接着是将它们送进风箱，扬去稻壳，让两者完全分开。农人又通过筛子筛米，选出了仍带有稻壳的谷粒，把它们倒进砻中，再次加工。

由砻磨出的稻壳叫砻糠。砻糠粗糙，不能喂猪，只能送给茶炉店、炕坊、磨坊烧火，也有用在生产队稻摺子下垫底防潮。砻出的米，还属于糙米，米粒上有一层“胎衣”，即米皮，必须除掉，否则煮饭煮粥一时难熟，口感也不好。糙米要在碓臼里除去胎衣，所以每个砻坊里必配有碓臼，便于一条龙作业。

秋收后，砻坊里最忙，各家各户将分来的稻谷用笆斗和篼子装着送到砻坊里加工。砻坊少，加工的稻谷多，笆斗和篼子排队等着。与推磨一样，农人白天要生产劳动，牵砻也是在晚上。牵砻费时费力，村人就相互帮忙：有的帮着牵磨担柄，有的帮着摇风箱，有的帮着筛碎米……砻坊空间狭小，牵砻声、摇风箱声、舂米声，还有人们的说话声，相互交织，不绝于耳；牵砻有糠尘落下，摇风箱更有糠尘涌动，用袋子装糠也有糠尘腾起，砻坊里烟雾蒙蒙。但所有这一切，并不影响村人牵砻和舂米的兴致。那个年代，生产队每分配一次口粮，牵砻的人就络绎不绝，砻坊里的马灯通宵达旦地亮着。

20世纪70年代，乡村有了碾米机，木砻不再旋转，消失在岁月深处。

舂出香喷喷的生活

碓臼

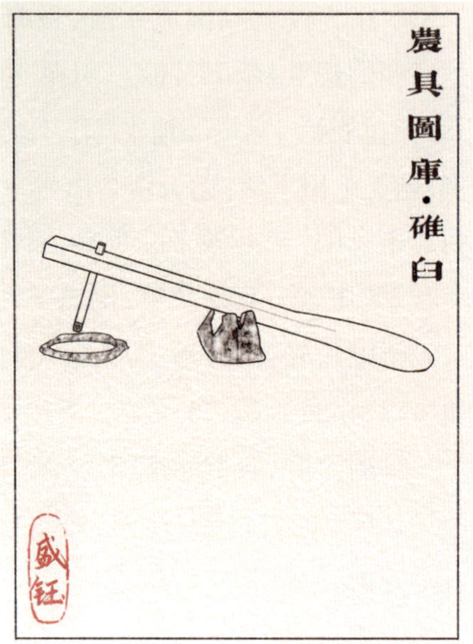

碓臼，古老的粮食加工器具，主要用来去除米皮和捣米成粉。

碓与臼，是这个器具上的两大部件，各有其用，人们习惯将它们连在一起叫，就组成了该器具的名字。

稻谷收获到手，如何去壳取米，古人尝试了多种方法，使用杵臼是其中一种。杵，指木棒；臼，指中部下凹的器具。早在一万多年前的新石器时代，古人就发明了杵和臼去除稻壳。西周时期的《周易·系辞》记载：“断木为杵，掘地为臼。”即在地面挖一个坑，铺上麻草，放入谷物后用木棒捣击，从而去稻壳。后来木棒由石棒代替，土坑由陶臼、木臼、石臼代替。石臼比陶臼、木臼坚硬，耐撞击，最终留存下来。碓是在木棒和石棒的基础上改进而来。木棒和石棒短，靠人的手力上下鼓捣，费力，只能少量加工。而碓则是利用人的双脚踩踏，所以也叫踏碓，不仅省力，效率也更高。踏碓需要石臼，人们便将这种器具叫做碓臼。

碓臼是继砻之后发明的。东汉哲学家、经学家桓谭在其所著《新论·离事》中第一次记载了碓臼：“及后人加巧，因延力借身重以踏碓，而利十倍杵臼。”意为后人在杵臼的基础上再创造，利用身体重力踏碓，效果是杵臼的数倍。

砻的作用是去除稻壳获得米粒，但米粒周身还有一层米皮，故称“糙米”。糙米呈暗黄色，煮饭煮粥不软熟，口感粗糙。碓臼是在砻的基础上对米粒再加工，去除米皮。只有将米皮剔除了，米粒色泽洁白，才算是名副其实的大米，煮出的饭绵软，粥也稠和。用碓臼去米皮叫舂米，每个砻坊里必有一副碓臼。

碓臼设在靠墙处。石臼埋入泥土，臼口与地面齐平。石臼多为青石凿制，中间凹陷，供放谷米，形状有外方内圆的，也有内外皆圆的，但高矮相差无几，一般40厘米高；内圆部分圆锥形，上口大、底端小，上口直径40厘米左右，底端直径约20厘米，深35厘米。碓由碓身、碓杵、碓齿组成。碓身是一根粗大横木，长3米多，头小尾大，头即碓身前端，俗称“碓头”，尾即碓身后端，俗称“碓尾”。碓杵是一截约45厘米长的木棒，安装在碓头下方，垂直向下、正对着石臼中心。碓杵末端装有片状铁齿，俗称“碓齿”。碓尾比碓头宽平，便于农人脚踏。在碓身中间位置，地面有一个丫字形支架，俗称“碓耳”，顶着碓身，形成跷跷板形态：脚踏碓尾，碓头高高翘起；松脚后碓头落下，碓齿砸入臼底，落在糙米中，达到加工目的。

踏碓需站在碓尾上，类似“高空作业”，所以踏碓者双手要扶着墙。也有的砻坊在墙壁上装有一根固定竹杠作为扶手，还有的是在墙壁上系扎绳扣作抓手，总之要让踏碓的人稳住身子。踏碓是一项消耗体力的重活，有时一个人踏，有时是两个人一起踏：一个人站在碓尾上踏，另一个人靠后，他的一只脚站在地上，另一只脚也踩着碓尾，跟着前面的人的节奏踏碓。无论是谁，都要扶着墙，或抓着竹杠或者抓着绳扣。

当糙米倒进石臼约有一半位置时，踏碓的人就上阵了：站在碓尾上，双脚分立碓耳两侧，后脚用力一压，碓头昂起；后脚放松，前脚下压，碓头落下，碓齿磕在糙米中……随着踏碓人双脚有节奏的踩踏，碓头也随之起落，碓齿不停歇地撞击着糙米。糙米干燥、硬实，在碓齿频繁捣击中，消薄而脆弱的米衣被一一剥离，暗黄的糙米变成了白亮的“熟米”。

碓杵是个有意思的东西。碓头好似鸡啄米，上下起落。碓杵落下，糙米被剥去米衣；碓杵向上提升时，自然而然地将去了皮的熟米从臼底翻上来，上层的糙米又落下去……如此轮番，更多的糙米在石臼中变成熟米。

在石臼处，有一农妇盘腿而坐，一刻不停地忙着，她负责添米、筛米和

“拨碓”（也称“拨臼”）。看到涌上来的熟米越来越多，农妇右手抓着筛子，乘碓杵上升的瞬间，迅速伸出左手，从石臼中抄起一把米揽入筛子中。筛过几下，熟米漏落，筛面上的米皮被农妇捧出，放于一旁，筛中仍没有脱皮的糙米又倒入石臼。农妇还伸手在石臼中拨动米粒，将臼底的糙米翻上来供碓齿捣击，这就叫“拨碓”。农妇的角色累人而又危险。碓杵不间断地上起下落，农妇抄米、拨碓都须瞅准机会，趁隙而作，稍有松懈，伸至石臼中的手就有可能被碓齿砸中，伤筋断骨。每过片刻，农妇就去抄米、拨碓，同时要将旁边未加工的糙米添加到石臼中；有米粒落在臼外，还要用“洗锅把子”（一种极小的扫帚）扫入石臼。抄米、筛米、添米、拨碓、扫米，舂米不结束，农妇就要一直坐在那里埋头弓背地做这些劳作。

踏碓的都为男人。没有足够力气和持久耐力，就难以使粗重的碓身保持运动。但无论力气有多大，哪怕是两个男人同时踏碓，也要不急不躁，不快不慢，保持均匀的节奏。踏碓过程中，前面踏碓的人双目要专注于碓头，注意石臼旁农妇的手，千万不能让碓齿落在她的手上。

踏碓臼　陈明干／摄

舂米结束，踏碓的男人将碓杵支在石臼边，让农妇清理石臼。抬着米回家，男人感觉双腿失重，脚板心疼痛；农妇则是双背生疼，腰眼如针刺一般难受。

舂过并筛过的米，雪白晶亮，放在鼻端闻闻，泛着清香。筛出的米皮叫皮糠，贫困年代，农人舍不得喂猪，而是用来做成皮糠团子和皮糠饼当早饭，尽管口感生硬粗糙，难以下咽，但进肚后，人一时不感到饥饿，下田干活有力气。

碓臼的另一个作用是舂米粉。

村里有了碾米机，木砻消失了，但碓臼仍在使用，农人用它舂米粉，也叫磕粉。

磕粉多是在腊月里。腊月里分口粮，不仅有籼稻，还有糯稻。里下河地区过年，乡村有做团划糕的习俗。做团就是用糯米粉揉搓成各式汤圆，划糕就是用籼米粉做米糕。汤圆和米糕除了吃，还用来敬菩萨，祈愿家人团团圆圆，生活水平节节升高。籼米或糯米浸泡后，沥过水，用淘箩、面盆装着，到有碓臼的人家磕米粉。那里已有很多人家在等着了，淘箩、面盆、篼子一个连着一个摆放在屋子里。等的人并不闲着，有的帮人家踏碓，有的帮着用筛子筛粉，实在没事干就兴致勃勃地聊天，全然忘了连日来下田干活的疲惫。毕竟要过年了，一年的劳累也快熬到了头，想象着雪白的汤圆和米糕出锅了，热气腾腾，香气扑鼻，一家人吃起来有滋有味的，还有对美好生活的期盼呢，哪个不高高兴兴呢！

让米粒更纯净

风箱

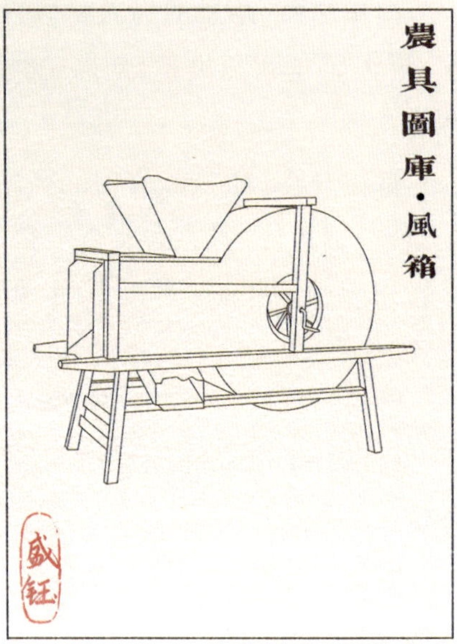

这里说的风箱，其实是风谷机，利用人工摇出的风清除谷物中杂质的器具。在其他地方，风箱除叫风谷机外，还叫“扬谷机”“风扇车”“风柜”“扬车”等。此器具有一大圆箱，风从箱中生出，里下河农人故称“风箱”。

在2000多年前的汉代，风箱就已出现。元代《王祯农书》介绍：“扬，风飞也，扬谷器。”明代《天工开物》也记载：“凡去秕，南方尽用风车扇去。”秕，指空壳稻，或不饱满的谷粒。可见风箱很早就用于农业生产了。

除一把摇柄是铁制的外，风箱全身为木制。风箱体形大，底座长180厘米，高160厘米，宽68厘米。部件有座架、风箱、风叶、风柜、进料斗、出料口、摇柄和调节阀等。座架长方形，四条腿，由杉木打制，其他部件多为木板打造，统统架设在座架上。风箱似侧立的圆鼓，内有四扇木板做的风叶；进料斗倒梯形，上口大，底口小；出料口是长方形的筒子，口为斜面；风柜也是长方形，上部安装的是进料斗，下部是出料口，右侧连着风箱，左侧是出风口；一把“Z”字形摇柄固定在风箱中部的风叶轴上。调节阀是一根狭长的条板，位于进料斗底部、风柜的上部，伸出的卡子是它的开关。风箱前还配有木台阶，供人站上去往进料斗倒谷物。

使用风箱，要懂其工作原理。将谷物倒入进料斗，转动摇柄；松开调节阀开关，谷物落入风柜时，风叶产生的风力将轻飘的杂质从出风口吹出，实沉的谷物从出料口落下。出料口又用隔板分成大出料口和小出料口，小出料口靠近出风口，流下的是半饱满的谷物，大出料口位于风柜正下方靠近风箱的位置，饱满实沉的谷物在此处落下。调节阀开关搁在风柜外侧的卡口上，卡口有 5 级，从小到大用于调节谷物流量。谷物流量大，摇柄转速必须快，反之则转速要慢。当调节阀开关搁在最上一级时，属于关闭状态。

既然叫风谷机，那就是用于处理谷物的。在别的地方，每到夏收和秋收时，麦子和稻子脱粒后，农人将其抬到空旷场地，用它去除草屑、穗头、稗子及灰尘等。但在里下河地区，风箱放于室内，先前放在砻坊，之后放在碾米厂，用于清理碾米后米粒中的稻糠。也有用于处理稻粒或麦粒的，很少见，那是在迫不得已时，且数量也不多。比如连续阴雨天，掼下来的稻子或麦子一直见不到太阳，农人担心受潮变质，便将谷物扛至室内用风箱处理，既清除了其中的草屑，也吹走了一些湿气，避免了谷物受损失。里下河地区没有用风箱处理谷物的习惯，缘于这里农作物种植面积大，农人早已熟练掌握了

风箱　陈明干 / 摄

扬场技术（用板锨扬麦、扬稻），总是瞅准时机利用自然风处理谷物，风箱再大、再多，也不及自然风清理得干净利索。再者，风箱体形庞大，而里下河地区河道密布，出脚便用船，在交通不便、农船为木船的旧时代，将风箱从岸上抬到船上、再从船上抬到岸上，颇为不便，也易使风箱受损。

旧时乡村有砻坊，每家砻坊必有一台风箱。木砻将稻壳分离后，有一道工序便是用风箱剔除米中粗糠。20世纪70年代初，碾米厂取代砻坊，解除了农人用木砻出米的繁重劳动，但每家碾米厂内仍然少不了一台风箱。小时候，我们常跟着父母去碾米厂，因此见识了风箱的神奇。

碾米也叫轧米。那时轧米，要撑船去往几里路外的村子，那里有碾米厂。傍晚，几户人家合用一条船，刚分来作为口粮的稻谷装在一个个笆斗里，叠加在船舱和船头上。到达米厂时，天已大黑，找到亲戚或熟人家吃过晚饭后，就等电轧米。

通常是晚上九点钟才等来电。这之前，在碾米厂一盏马灯的映照下，大人们早已将笆斗排在了碾米机的前面。小孩子没事可做，就在笆斗间窜来窜去地嬉闹。当我们发现靠近墙壁的风箱时，对这个庞然大物左瞅右瞧，一双小手用力转动油亮的摇柄，竟也呼呼生风。乘同伴钻在出风口好奇观看时，我奋力摇动摇柄，阵阵大风立即将同伴“吹”离了出风口，惹得其他

风谷　朱春桃 / 摄

同伴哈哈大笑。

电一到，碾米机轰响，众人忙碌起来，有用箢子倒稻的，有用笆斗等米的，有用大袋子装糠的。稻谷碾过三遍成了大米后，便用风箱风米了。轮到我家时，只见父亲先检查一下调节阀，看看开关是否放在最上一级，有没有卡紧，没有卡紧的话会漏米。确认无误后，父亲将装有大米的箢子扛起，走上木台阶，小心地将米倒入进料斗。进料斗上有了米堆，父亲就开始风米。他右手摇动摇柄，左手将调节阀开关慢慢下移，产生的风不停地吹向从进料斗落下的米。当开关移到第3级时，父亲将其固定在那里。此处是控制米粒流量的最佳位置，均匀的风速正好将米粒中的稻糠吹出来。随着风叶转动，进料斗上方的米堆缓缓下陷，形成一个凹塘；而从出料口落下的，则是洁白清爽的米粒。当进料斗里快没有米时，父亲又把开关拨至最上一级，停住摇柄，再用箢子扛米倒入进料斗……

只需风吹一遍，所有米粒就处理得干干净净，也被分门归类：从大出料口落下的整米，放在笆斗里；从小出料口落下的碎米放在箢子中，出风口下的稻糠则连同碾米时的稻糠一同装进袋子。

当所有的稻谷碾完，米和糠全部搬上船时，已是天色微明，浓霜满地。一船人顾不上熬了整夜的疲倦，拍去身上的尘灰，载着刚刚碾下且伴有温度的大米，行进在返家的河道里。

风箱体积大，制作精巧，又放在室内，难得损坏。即便多年不用了，即便它一直占据着老屋的一角，农人也舍不得将其拆散。时光流过数年，风箱仍在，但已成为一件文物。

粮食过滤器

筛子

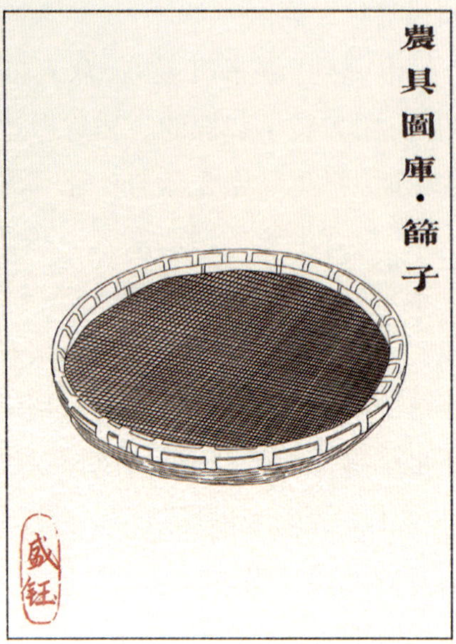

筛子，用竹篾或铁丝编成的有许多小孔的用具，通过抖动，将细碎的颗粒从孔中漏落，较粗的留在上层。筛子的作用是过滤，使粗细分离。

我国在汉代就有了筛子。东汉时期许慎所著《说文·竹部》中记述："簏（shāi），竹器也，可以去粗取细。"簏，即筛子。元代《王祯农书》中出现了另一种筛子——吊筛："筛谷䈬，竹器，其制比簏疏而颇深，如篮大而稍浅，上有长系可挂。农人扑禾之后，同稃穗子粒，旋旋贮之内，辄筛之下……"可见，筛子很早就被农人作为生产用具，用来处理谷物了。

随着农业生产程序的细化，以及人们对粮食的珍惜，筛子也不断改进，衍生了多种筛子，各有各的作用。但万变不离其宗，凡筛子必有筛孔，变化的只是筛孔的粗细、规格的大小和外形的差异。里下河地区的筛子有淌筛、吊筛、糠筛、米筛、抽筛和箩筛等。有的筛子既用于生产，也用于生活，综合使用。

大集体时期，淌筛是用来筛选粮食缴公粮、做口粮和种子的。打谷场是泥土面，晒干扬净的麦堆或稻堆里，夹有被扫起来的土粒和沙砾。每次送公粮前，先用淌筛筛选一下。淌，流淌之意。谷粒在筛子上流淌一遍，杂质就被过滤掉了。

淌筛是所有筛子中尺寸最大的，长方形，长1.7米，宽1.1米，四周边框为木质结构，中间有横档，用以托着筛网；筛网为细铁丝编成，筛孔有米粒粗。使用时，将淌筛放于麦堆或稻堆旁，呈45度角竖式倾斜，后侧用杠子支撑。

用淌筛筛选，叫“淌麦”或“淌稻”。农人用板锨或畚箕择起麦子，撒在淌筛上端，麦子像水一样从上而下流淌，从筛子面上滚落到地面的，都是金黄而饱满的麦粒；从筛子孔里漏落的，则是细碎的谷粒和砂土。若有很多麦粒挤在淌筛中部流速不快时，农人用板锨敲敲淌筛边框，筛网震动，麦粒又滚滚而下。

麦子撒往淌筛时，要注意高、宽、匀。高，就是撒在筛网的最上端；宽，撒在筛网的面要宽；匀，要撒得稀疏均匀。做到这三点，淌过的麦粒和稻粒就干干净净。

其实，当上万斤的麦堆全部淌完，落在淌筛下面的，也就是区区几斤的杂质。但装上粮船作为公粮的麦子则如水洗了一般，一尘不染。

吊筛，也称“漏筛”，圆形，竹篾做成，直径1.5米左右，边高约13厘米，形似篾匾。称其为吊筛，是因为需用三根毛竹先做成架子，再用三根绳子等边系在筛子上，然后悬吊于竹架才能使用；称其为漏筛，是因其筛孔比蚕豆还大，谷物放在上面容易漏落。吊筛就是《王祯农书》里所说的“筛谷箉”。

缺乏机械的年代，麦子或稻子多采用水牛拖着石磙碾场脱粒。麦草清理后，便是处理谷物。农人将吊筛立于场上，用畚箕把谷粒和断草的混合物放在吊筛里，摇晃吊筛时，谷粒及碎草落在地上，草秸则留在筛面。农人倒去草秸，再筛下一批。

20世纪70年代，生产队种植花草田，用于沤制有机肥。5月下旬，花草种子收割。花草种子扁圆形，周边有卷须，收割后，很多种子仍夹在残枝枯叶间。种子轻飘，不能用板锨对着风口扬，只能用吊筛处理。花草放在吊筛里，农人一边用竹棍拍打，一边摇晃吊筛，花草种子落在地上。

之后，里下河地区出现了一种小一点的吊筛，直径约1米，但筛眼还是原来那么大。这种筛子不用吊着，是用双手托着筛底抖动，使所筛谷物漏落，农人称之为“漏筛”。用它处理收割后的大豆、蚕豆、菜籽等，操作既方便，效果也好。

吊筛出现在元代，到20世纪70年代里下河地区仍在使用，它的历史至少有600多年，这说明旧时中国农业生产力的发展进程是何等缓慢，也意味着农人的艰辛耕种经历了多么漫长的隐忍时期。

下面几种筛子常用于处理稻米，均为圆形，家庭所用，多由农妇操作。

糠筛，竹篾做成，去除稻糠之用。直径50至60厘米，边框高7厘米，筛底有交叉的篾称，托着筛网，筛子也更牢靠。糠筛筛孔不大，不致碎米漏落。过去农户用碓臼舂米，或机器轧米时，就用糠筛处理。轧下来的米糠放在糠筛上，农妇双手托住筛底边缘，旋转，摇晃，糠从筛孔中落下，米粒留在筛面。筛米糠很吃力，舂多少斤米或轧多少斤稻，就筛多少斤。糠是粉尘，频繁晃动筛子，糠就上下翻滚，在农妇面前弥漫。全部筛完了，农妇浑身灰蒙蒙的，看到笆斗里白亮的大米，心里又是阵阵欣慰。

米筛，紧跟糠筛后面使用，其结构和形状与糠筛一样，但直径比糠筛略小，筛孔却比糠筛大。米筛的作用是筛落整米和碎米，选出尚未脱去外壳的稻谷，便于再加工。

米筛还常用于生产队选稻种。冬腊月，妇女们集中在仓库里选稻种，每

筛菜籽　杨训仁 / 摄

人自带一张米筛。稻种经米筛筛选后，没有杂质，每一粒都体形完整，大小一致，饱满硬实。

抽筛，也称打筛。筛孔比米筛略小，这是专门从大米中过滤出碎米和“谷嘴”（芽头部分）的筛子，从而获得整米。使用抽筛最需要技巧。小时候，我常常看到母亲用抽筛筛米。她双手托起筛底后，左手固定筛边，用右手的大拇指、食指和中指顶着筛底，不停地向身边扯动筛子，筛面上的米粒随之以顺时针方向转动，那些碎米及谷嘴纷纷落下；母亲将筛子倾斜，筛面上慢慢形成了一个旋涡。随着筛子的柔缓晃动，旋涡在缩小；母亲用右手轻轻拍打两下筛边，大米们最后集中成一小堆。让我惊奇的是，爬在小堆尖上的竟然全是披着破壳的稻谷，那是米筛的漏网之鱼。母亲用双手沿上层捧走这些稻谷后，再将纯净的大米倒入米桶……

至今，米筛和抽筛还是农人筛菜籽的最好用具。5月下旬，油菜籽被剐断晒干。一番踩踏和木棍捶打后，农妇将菜籽荚装在筛子里。菜籽粒细小而圆滑，菜籽壳轻飘而狭长，农人双手举筛晃动，只需几下，黑乎乎的菜籽就落在下面的塑料布上。

箩筛，是所有筛子中规格最小、筛孔最细的一种。直径30厘米，边框为宽竹篾，高约8厘米；筛网为纱布，筛孔比今天防蚊的纱窗孔还细小。经抽筛获得碎米和谷嘴后，农人将它们轧成米粉，再经箩筛的过滤，洁白细腻的米粉就能做成汤圆或米疙瘩。

从淌筛、吊筛到糠筛、米筛、抽筛，最后到箩筛，我们看到了农人处理稻米的每一道程序。经过了这一张张筛子，没有一粒稻谷是浪费的，稻糠成了家禽、家畜的饲料，而每一粒米都被家人珍惜食用。

时光像筛子，过滤了很多，但把农人勤劳苦干和精打细算的品质留存了下来。

驱除一切杂质

簸箕

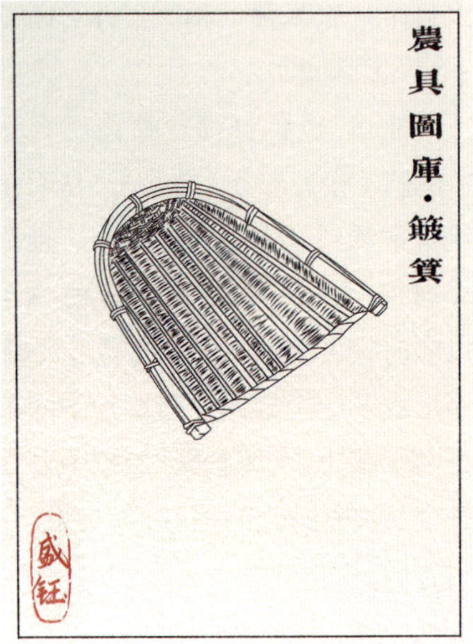

簸箕，用柳条或竹篾编成的器具，用来清选谷物。

簸箕U字形，前端是敞口，叫簸箕口，稍宽，75厘米左右；后端叫“簸箕屁股”，稍窄，35厘米，有边沿。簸箕两侧各长85厘米，也有边沿。簸箕的屁股边沿和两侧边沿高约10厘米。这是常用的簸箕的尺寸，也有更大一点的和再小一点的簸箕，形状都一样。簸，掀簸、颠簸的意思，即上下掀动。谷物放在簸箕里，通过上下掀动而产生风力，将谷物中的杂质驱除。

甲骨文中的“箕”字，形状就像条纹状编织、前端开口的器物，说明商周时期我们的先民已经发明了簸箕，或者说在那时就有了簸箕雏形的器具。再翻开其他古书，关于簸箕的文字不胜枚举。战国时期的经典著作《庄子》中有：“箕之簸物也，去粗留精。”汉代文学家李尤所著《箕铭》中有：“箕主簸扬，糠秕乃陈。”东汉经学家、文字学家许慎所著语文辞书《说文解字》中有：“箕，簸也。扬米去糠也。”凡此种种，足以说明，古人很早就利用簸箕清选谷物了。

在别的地方，畚箕也叫簸箕，簸箕也叫畚箕，指同一物。但在里下河农人眼里，畚箕就是畚箕，簸箕就是簸箕，两者是有区别的：畚箕是扫地时撮垃圾的，以及作为择取谷粒的工具；而簸箕则是用来清除谷物中杂质的。在结构上，畚箕多用芦柴或竹篾做成，而簸箕多用柳条编成，比畚箕编得更细密，身子骨更硬实，便于装入谷物后掀簸；簸箕的身段比畚箕长，能掀出更大风力；簸箕口比畚箕口宽敞，掀簸时更容易让杂质飘出。

簸箕由篾匠专门编织，选料是去了皮的细长的柳条。簸箕底子编好后，还用竹片夹住边框，将一根根柳条头包裹进去，再用篾丝绕扎好，使簸箕更“把实”耐用。农人把簸箕买回来，就是添了一件家什，用桐油里里外外刷一遍，风干后再刷一遍。农人还在堂屋一人高的墙缝里钉进一根竹钉，平时不用就将簸箕挂在那儿，既避免受潮，家人走来走去也不碍事，用时拿取也方便。在乡间，每个农户家里都有一张簸箕。

使用簸箕叫簸簸箕。第一个簸字是动词，操纵簸箕的意思。谷物放在簸箕里，农人通过操纵簸箕而达到清理杂质的目的。用簸箕处理的谷物很多，如大米、豆粒、芝麻等，还有其他谷物的种子，使用时直接就说“簸簸箕”，或者说得更具体，叫“簸米”“簸豆子”“簸芝麻”“簸稻种”。杂质是指稗子、谷壳、草屑和细微的泥粒、砂浆等。任何一种谷物在收获过程中需要挑运、脱粒和翻晒，或多或少都夹有杂质。要从谷物中将极其少量的杂质通过簸簸箕的方法剔除出来，没有技巧是达不到效果的。

簸簸箕，最基本的动作有掀、翻、“跌”、退、拣。掀，就是将簸箕屁股顶着自己的腹部，双手抓住簸箕两侧的边沿，均衡用力上下掀动，使簸箕中的谷物也同节奏上下掀动。当谷物呈平面状被掀向上时，谷物与簸箕之间产生空隙，草屑等轻微杂质浮存于空隙中；当谷物下落、簸箕再次向上时，产生的风力和压力正好将这些杂质挤出。翻，就是通过上下、左右掀动簸箕，使底层的谷物和杂质翻上来，更彻底地清除杂质。“跌”，就是将簸箕左侧高起、右侧降低，使谷物缓缓下落，稗子、细微泥粒等就被农人发现并拣出；紧接着再将右侧高起、左侧降低……如此轮番寻找杂质；退，就是簸的过程中，发现簸箕口处只有杂质而无谷粒，簸箕掀起后，再向后稍微退缩，杂质立时落地；拣，是最后一道工序，上述动作完成，谷粒应该说已经干净，但谷粒是进口之物，容不得半点杂质，农人还要在簸箕中用手指划来划去，寻找仍然遗存的细微砂粒，确认没有一粒杂质后才将谷物倒入旁边的器具，再簸下一轮谷物。

簸簸箕要有耐力，注意平稳和灵活。簸一次谷物有十几斤、几十斤，甚至上百斤，一簸箕谷物轻则二三斤，重则五六斤，连续不断地掀簸，没有持久的耐力不行；上下掀动时，平稳用力才能使谷物形成平面状，让杂质无处遁形，否则，簸箕中的谷物仍是一团状，杂质怎么也清理不净。簸簸箕有那么多的基本动作，但并不是按部就班、一成不变，还需要灵活操作，混合运用，这样才能事半功倍。

簸簸箕是家务活，也算是轻农活，大多由女人承担。簸簸箕要技巧，很多刚过门的新媳妇看到别人熟练地簸簸箕，很是羡慕，总要站在那儿看上一阵子、琢磨一阵子。在乡间，若是看到某个男人也会筛筛子、簸簸箕，别人就会夸他“有巧气”，是个勤快人。

生产队时期，麦种、稻种都是自留，选饱满的谷粒作为来年的种子。冬天选稻种，是在仓库里，五六个妇女一起选种，每个人都带一张簸箕和一张筛子。将三四斤稻种装入簸箕后，端到仓库外，翻来覆去簸上几遍后，稻种中的草屑、瘪谷和尘灰等全部簸尽。端进仓库，用筛子筛后，再倒进簸箕，通过“跌”和拣，将稗子、砂粒等杂质剔除。一个妇女一天最多也只能选出一百斤稻种。选麦种是在秋播前进行，同样用簸箕反复簸。一年里，生产队的稻

簸蚕豆　陈明干／摄

种和麦种有一万多斤，都要先经过女人的簸箕清理，再经她们的一双眼、一双手甄别，干干净净后才能播撒在田里。

稻谷轧成米，装进笆斗抬回家，首先用到的是筛子和簸箕。米粒里有“谷嘴”（米尖端的麸皮）、碎米、糠屑和细砂砾，经筛子和簸箕处理后就分门归类了：碎米放进淘箩，浸泡后用来轧米粉；整米（大米）装进米坛，日后烧饭煮粥。至于其他的杂质，早被弃之一旁了。

至今，农人对大豆和蚕豆长得不是很多，每到收获之时也用簸箕。豆粒重，簸它们时，农妇总是放开手脚，用力掀动簸箕，空壳及枯叶皆被吹尽。六七十岁的农妇，青壮年时期参加生产劳动，栽秧、割麦、挑担、挖墒，什么农活都干过，长年累月的磨炼，她们的手指和中年男人的手指一样粗，站着身子仍然那么平稳，簸簸箕的动作还是那么老练，一上一下，风声骤起，豆粒有节奏地落在簸箕里，也有节奏地叭叭作响。

芝麻细小，轻盈，簸这玩意儿就得小心了。力度大，产生的风力也大，芝麻粒会被掀到地上。手中簸箕掀簸的幅度一定要小，一下、一下地，产生的微风就能将叶屑驱走。对于断枝碎壳，只能停下手里的簸箕，用手指拾出来。有什么办法呢，谁叫芝麻这么小呢！

簸箕还一个作用，就是能放在庭院里晒东西。圆子粉（糯米粉）、面粉、面条、山芋干，凡少量的食品或食品原料均可以铺摊在簸箕里晒。农妇还用一根筷子扯着红布条插在簸箕边，吓唬麻雀，防止它们偷吃。儿子媳妇有他们自己的事，孙辈们也去上学了，自己料理家务逸逸当当的。农妇坐在椅子上，一边照看簸箕里的东西，一边享受着温暖的阳光，神情悠然，心情舒畅。

装谷三弟兄

箢子

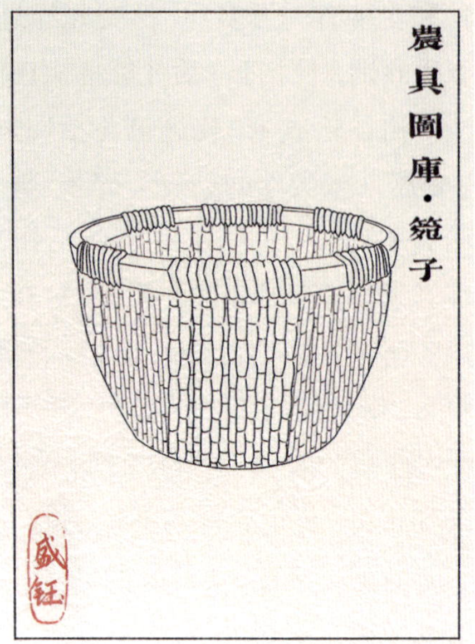

箢子，由柳条编织而成，用来盛放粮食的器具。有二斗箢子、三斗箢子和扒箢三款。

箢子是在斗的基础上衍生出来的。斗，古代计量粮食的器具。旧时，通用的方法是，1斗是10升，1升是2斤，每斗就是20斤。斗多为木板做成，所以也称“木斗”，有方形木斗、梯形木斗和圆形斗三种。也有柳条编成的圆形斗，叫“柳斗”，即笆斗。斗是旧时官仓、米行、粮栈及地主家里才有的量器。受圆形斗启发，人们后来发明了二斗箢子和三斗箢子，都用柳条编织。它们是相对于斗而称呼的，二斗箢子装40斤谷物，三斗箢子装60斤谷物。斗的容量小，有了二斗箢子和三斗箢子，粮食进出过仓就提高了效率。过去地主常用“小斗出（借出米）、大斗进（收回米）”的方式剥削贫苦农民。中华人民共和国成立后，在里下河地区，二斗箢子和三斗箢子成了生产和生活的用具。至于扒箢，诞生于20世纪70年代，是名副其实的劳动工具。

作为计量工具的斗，早在2000年前的东汉时期，朝廷大臣、史学家、文学家班固在其著作《汉书·律历志》中就有记载：“十升为斗。斗者，聚升之量也。”元代《王祯农书》中，记载盛放谷物的器具很多，包括箩、筐、篇、篮、畚等，但并没有笆斗和篼子器具；在量器中，记载有斗、升、斛等，也没有篼子的文字和图片介绍，这说明，在元代时篼子还没有出现。

篼子与笆斗的结构、形状十分相似，都是柳条编织而成，只有大小不一样，笆斗大，篼子小。作为盛放谷物的器具，笆斗产生于明代，篼子可能也出现在那个时候。

二斗篼子的直径没有笆斗大，也没有笆斗高，圆筒状，上口略大于底端，上口直径40厘米，底部直径35厘米，高40厘米。上口有用宽厚竹篾做成的包箍，以麻丝扎紧系牢，既避免柳头松散，又使斗口稳固不变形，还便于使用时抓握和牵拉。三斗篼子的形状与二斗篼子一模一样，但比二斗篼子稍大。三斗篼子有“躺”，即有两根厚实的长竹篾间隔而平行排列，兜住篼子的底部，竹篾两头插在篼子两侧的包箍中。躺，横倒、摊平之意。在这里，躺是方言，作名词，指篼子的一个部件。有了两根“躺”，篼子更牢固，不因谷物装得多而变形，同时因“躺”托着篼子底部而起助滑作用，人更容易挪动篼子。有的二斗篼子和三斗篼子的上口也有两只铁环，供手抓或系扎绳子，使用时更方便。扒篼的上口也比底部大，上口圆形，中下部是四方形，其余如高矮、所装谷物重量等，跟三斗篼子基本一样。

柳条编织的用具，轻而坚韧，没有铁制的粗重和生硬，也没有草编的软弱和易腐。篼子一经成为盛装实物的用具，自然让农人爱不释手。大集体时

播稻种　毛剑云／供图

期，物资是计划供应，粮食也靠分配，数量有限，所以每家都有一只二斗篼子和三斗篼子，正好适用。

二斗篼子大小适中，放进谷物后，一个人可端、可扛，也可以用绳子分别兜着两只篼子的底部，或系扎在两只铁环上，然后用扁担挑，所以它的用途最多。春天，秧池下种，稻种挑到田地后，农人就用二斗篼子戽种：用绳子打成圆圈，一头兜着篼子底部，另一头套在脖颈处；一只手稳住篼子，另一只手戽种，将稻种撒在秧池畈上。夏天，生产队分菜籽，每口只有五斤，一家几口人的菜籽正好用二斗篼子装着扛回家。到仓库里拣稻种，农妇围坐在一起，用二斗篼子和笆斗等，将稻种、稗子、瘪谷分门归类。腊月里，每家舂米，不少人家都用二斗篼子装碎米、装米粉。平时，自留地收获的、生产队分配的蚕豆、茨菇、荸荠等，也放在二斗篼子里储存。那时还没有蛇皮袋，木制的粪桶常挑粪，所以谷物就非得装在篼子里了。

三斗篼子大，除了存放谷物外，它还是生产用具。生产队挖山芋、胡萝卜，农人带着三斗篼子和笆斗下田，挖出来放在里面，然后集中堆在一起。临晚分配，分得的装进篼子和笆斗里，放在肩上扛回家。春天挖猪灰，除了

挑稻谷　朱春桃 / 摄

用担子挑、笆斗扛，也用有铁环的三斗篼子扛。三斗篼子只能装六七十斤的猪灰，对于初学扛笆斗的年轻人来说，正好是练习的机会。人手不足，妇女也用两只三斗篼子挑猪灰。季节不等人，农忙的时候，男人女人都辛苦。

农活忙得不可开交，干活的人一步不能离田，哺乳期的女人也不可能半途中从两三里外的田里跑回家给孩子喂奶。女人就用三斗篼子或笆斗装着孩子，用衣被围裹着，放在田头，任由孩子一个人玩、哭、睡，待到中途休息时，农妇再从田里爬上来给孩子喂奶。乡村的孩子，自幼就在田野里风吹日晒了，没有哪个皮肤白白净净的。

扒篼用于扒稻、扒米，碾米厂里才有，每台碾米机旁边配三只扒篼。每只笆斗能装一百多斤稻谷，但机工不可能将满满一笆斗稻谷一下子就倒进碾米机的漏斗里，只能分批倒进：先用一只扒篼装上三四十斤的稻谷，双手端起来倒进漏斗，再用另一只扒篼扒稻；漏斗上扒篼的稻谷快漏完，机工迅速将空扒篼撤下，将第二只扒篼再倒上去……还有一只扒篼放在出米处，米淌满了就挪开，等待碾第二遍。三只扒篼颠倒翻，轮流使用。一户米轧完，三只扒篼就齐刷刷的重叠在一旁。小时候，我们常跟随父母亲去轧米，看到机工像做魔术一般翻来覆去地挪动几只相同的扒篼，眼花缭乱，心里不免奇怪：他怎么就不会搞乱呢？

乡村建房有上梁的习俗。上梁仪式是在早晨太阳出来之前进行。天刚亮，架好的桁条上披红挂绿，挂满了新被面、新被里，还有写着“华堂落成之喜”的绸缎软匾。东西两侧山墙上，均铺有一块门板，各放有一只贴着大红“福”字的篼子，里面装满了馒头、米糕、粽子和糖果。一阵鞭炮声和唢呐声响起，站在东山墙上的木匠和西山墙上的瓦匠连敲几下斧头后，相继喊好：“日出东方喜洋洋，照到主家华堂上”“华堂砌的玉璧墙，中间立的紫金梁……”两个人一唱一和的同时，双手抓着馒头和糖果，天女散花似的撒下，地面上欢声雷动，数十个人嘻嘻哈哈地争抢……

阳光下的平常日子

匾

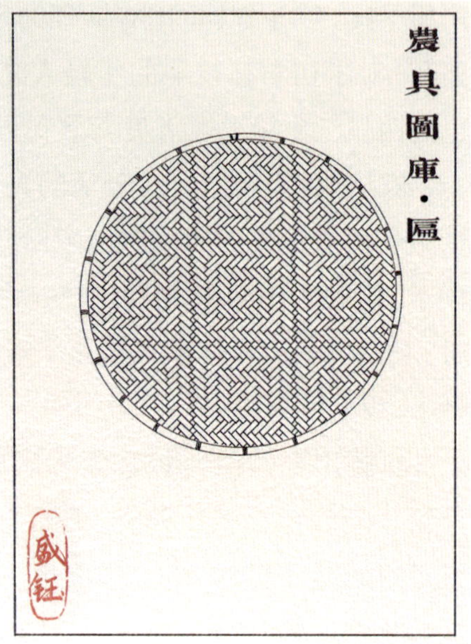

匾，一指匾额、牌匾，挂于门上、墙上的招牌和装饰品；二指农家生产和生活的器具，用来盛放物品和摊晒粮食。本文所写当然是后者。

作为农用器具，匾的前身应该是晒盘。700多年前，元代农学家王祯在其所著《王祯农书》中介绍："晒盘，曝谷竹器。广可五尺许，缘微起，深可二寸，其中平阔，似圆而长……趁日摊布谷实曝之。"从文字及图形分析，这个晒盘就是今天的大匾。

在里下河地区，匾有多种叫法。从材质上说，用柳条编成的叫柳匾，用竹篾编成的叫竹匾、竹篾匾；从形状上说，方形的叫方匾，圆形的叫圆匾；从大小上说，有小匾、中匾和大匾；从功用上说，又有针线匾、晒匾和磨匾等。无论柳条编的还是竹篾编的，都是枝条紧密、边框凸起，边框还以柳条或竹篾加箍，这样更硬实，端起来不松软、不变形。生活中，里下河农人常从功用上称呼。

针线匾最小，由细柳条编成，有正方形的，四个角稍圆，长、宽各33厘米，边框高5厘米；也有圆形的，大小与正方形的差不多。针线匾是娘家买的，通常是女儿出嫁后，娘家人去"望朝"时送给女儿。针线匾是农妇的百宝箱，一年到头，针线匾里放有剪刀、针箍子（顶针）、木尺、捻线砣、针锥，以及五颜六色的布头和大小不一的纽扣，还有各种尺寸的纸鞋样。过去家庭人口多，一家人的衣服破了，全靠农妇补。衣服的双肩、腿膝、屁股头最易磨破，一件旧衣服上要补好几个补丁。补丁就从针线匾里找，找与衣服颜色相配的布块。纳鞋底是一件十分细心又吃力的针线活。鞋底有十几层厚布，用面糊糊成，晒干剪下后，先用锥子钻孔，再用针线加密，一针一线地穿过来、穿过去，一双鞋底得要七八个晚上才完工。农妇白天要下田干活，补补丁、纳鞋底、做鞋子都在晚上。或坐于桌边，或坐于床头，一盏煤油灯和一个针线匾就是最好的陪伴。小时候，我几乎每天晚上都能看到母亲在昏暗的灯光下，顶着白天劳动的疲惫，一个人低头低脑专心致志地穿针引线。灯光微弱，困倦难耐，针头扎进母亲的手指，或灯火燃到母亲的头发是常事。"慈母手中线，游子身上衣"，每一位母亲都将自己的心血完全缝制在儿女的衣物里。

中等大小的匾最实用，用得也最频繁，之前几乎每个农家都有这样一个匾。这种匾圆形，直径110厘米左右，边框高15厘米，以竹篾编成的居多，也有柳条编的。因其作用主要是晒谷物、晒米粉，所以农人称之为"晒匾"。

口粮紧张时期，农人只能靠生产队分配的山芋、胡萝卜当口粮。冬天山芋容易坏，农人预先将山芋切成片，分摊在晒匾里，端在太阳下晒：用两张长凳当支架，晒匾就放在上面。山芋干放在篮子里或坛子里，煮粯子粥、萝卜缨子粥时，抓上几片一起下锅。粯子粥、萝卜缨子粥粗糙、涩口，难以下咽，但有了山芋干混合，便有了丝丝甜感。一锅胡萝卜煮熟后，一顿、两顿吃不了，也放在晒匾里晒。晒匾端起来方便，可以跟着太阳走，哪里有阳光就端到哪里晒。晒上两个好太阳，烂乎乎的胡萝卜变干了，软绵绵的，一时坏不了，又能放在粥锅里，吃上好几顿。生活艰苦的年代，凡能进口的就是好东西，都要省着吃、慢慢吃，一点不能浪费。

日子有了好转，农人每轧一次米，都按米质特性做成可口的食物：籼米黏性差，容易膨胀，筛出的碎米就磨成米粉，做成米疙瘩或者米饭饼，当早饭吃，香醇而实在，干一个上午的农活也没有明显的饥饿感；糯米有黏性，质地柔软，农人用碓臼将糯米舂成米粉，做成汤圆或芝麻团、豆沙团，口感细腻、滑爽，绵软黏糯。米粉都放在晒匾里晒，晒一会就用筷子翻一遍。米粉晒干

晒米粉　陈明干 / 摄

晒玉米　朱春桃 / 摄

后，装在坛子里，想吃什么就做成什么。

播种前，麦种和稻种都要拣、要晒，拣去破谷和瘪谷。种子倒在晒匾里，一边拣一边让太阳晒。分拣过的种子纯度高，籽粒饱实。种子晒上两三个太阳，既减少了病害，播到田里也更容易出芽。

大匾大多是圆形的，也有椭圆形的。顾名思义，大匾就是尺寸较大，圆形大匾直径有150厘米左右，边框也高，25厘米。大匾多为柳条编织。原先，大匾是在砻坊里使用：木砻放在大匾里，磨出的糙米落进大匾。同样，石磨也放在大匾里，磨出的米粉落在大匾中。将木砻或石磨抬出，就很方便清理大匾里的糙米或米粉了。

大匾常常成为农人处理谷物的“场地”。圩头圩脑长的玉米、芝麻、黄豆、向日葵、油菜籽等，剐下后晒干，直接在大匾里处置：用棒槌敲击，或用双脚踩踏。大匾底面宽，边框又高，只要将地面铲平，大匾平实地放在地上，人就能站在大匾里劳作。剔除了秸秆，农人又用畚箕扬，枯叶碎屑被风刮到了大匾外，大匾里留下的尽是饱满的果实。如果阳光充足，农人用手铺匀，大匾又成了晒场。

20世纪80年代，栽桑养蚕成为里下河农人勤劳致富的新途径，很多农户成为养蚕专业户，蚕农走上了富裕之路。养蚕离不开蚕匾，蚕匾就是晒匾和大匾。蚕匾是蚕宝宝的摇篮，自小它就在蚕匾里收蚁、吃蚕叶。十天的样子，蚕宝宝长大了，蚕匾也容不下数千只胖乎乎的蚕宝宝，蚕农将它们移到蚕箔上，争分夺秒地打桑叶，为蚕宝宝不间断地提供食料。又过了一段时间，一只只蚕宝宝终于织成洁白而椭圆的蚕茧。蚕农用大包小包装着，扛上船，欢天喜地地送往蚕茧站出售。

农家生活的见证者

土瓮子

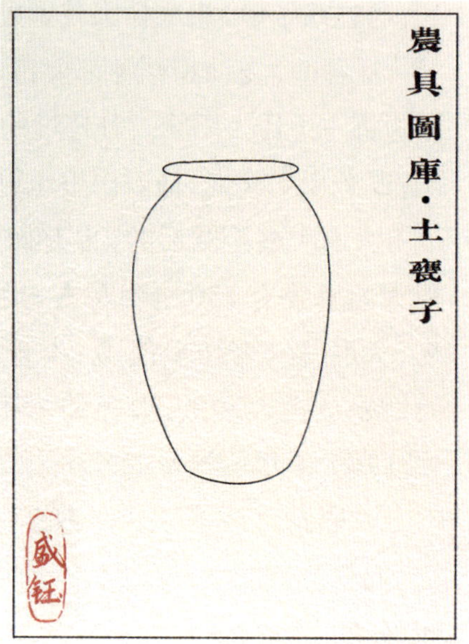

贫困年代，农人与土地相依为命。农人耕种的是土地，行走的是土路，居住的是土墙草屋，烧饭用土灶，睡觉用土炕，存放粮食用土瓮子。泥土成为农人生存的根本依靠，也给了农人生活的智慧。

瓮，一种肚大口小、盛放实物的陶器。土瓮子，则是农人用泥土制成后储存粮食的器具。

土瓮子也叫“泥瓮子”“土瓮”“泥瓮”。用土瓮子存放粮食，元代《王祯农书》中就有记载：“今江淮间农家造泥为瓮，披以麻草，用贮食米，细民甚便之。”20世纪70年代，江淮农家仍普遍用土瓮子存放粮食。如此算来，土瓮子在里下河地区存在了600多年。

早在元代之前，我们的先民就发明了存放物品的石器、木器、铁器、陶器，而农人却一直用土瓮子存放粮食，可见几百年来世世代代农人的命运多么贫苦，也足见土瓮子有何等顽强的生命力。

土瓮子用烂泥土和穰草混合后做成，里下河的男人和女人都会做，时间多选在春天。三、四月份，阳光和煦，春风柔和，这样的天气很适合泥土慢慢凝固。春天燕子做的泥窝就非常牢靠，所以农人把做土瓮子的泥称作“燕子泥”。

地点选在场头或自家院子里。春天，生产队打谷场空着，可以就近取土、取草；自家院子安稳，能避免人为碰着。在场头做，就挖取河坎上的黄泥土，土质细腻，黏性十足；在自家院子里做，则用废弃的土墼作泥料，这种泥土中有稻稳子和麦稳子，土质松软，凝固后稳定性好，不易裂缝。那时农家砌房都用土墼，多余的土墼很好找。

穰草是上年秋天打场时，经石磙子反复碾压后的乱头稻草，有韧性，不容易断。穰草拌在泥土里，就好似混凝土里加了钢筋，土瓮子更硬实。

往泥土里倒上水，农人双脚踩踏、双手鼓捣，使泥土“烂熟”，成为厚稠状；再将穰草摁进泥土，充分混合后，形成泥草。用部分泥草拧成铲子柄粗的一根根泥草要子后，下一步就做土瓮子了。

地面上铺一层草木灰或者乱草后，将先前预留的泥草平铺上去，面积要比所做的土瓮底子大；将4根或6根泥草要子交叉呈放射状平放在泥草上，轻轻压实后，就成了瓮底子。草木灰或乱草起瓮底子与地面隔离作用，便于以后抬走土瓮子。

接下来做瓮壁。取瓮底子上一根泥草要子头，在瓮底子周边呈圆形绕圈，其他泥草要子头依次相加绕圈。每绕完一圈，农人的双手在瓮壁内外轻柔合拍，使上下两股泥草要子紧密相连，吻合无缝。最底层的一圈直径较小，之后每向上一圈就往外凸一点。做至中部后渐渐收缩，土瓮做成，就是上下小、中间鼓的形状。

做土瓮子不能急于求成，每次只能用泥草要子绕做四五圈，第二天待泥草要子干硬后，用新的泥草要子接上，再继续往上做。如果第一天持续加做，泥草要子会坍塌。第一次绕成四五圈后，将瓮底周边剩余的泥草向上折起，粘贴在瓮壁外侧，这样瓮底与瓮壁就连成一体，不会分离了。以后每做成四五圈，农人就用泥草在瓮壁内外涂抹，既加固了瓮壁，又使瓮壁光滑，还及时调整瓮壁的弧度，保持瓮壁上下、左右有等样的曲线。

经过四到五次制作，一个土瓮子才算做成。最后还要用泥草做一个盖子。盖子大小根据瓮口而定。盖子像一个圆饼，向下一面的周边还粘贴着一圈细瘦的泥草要子，这样盖在瓮口后更合缝，老鼠不会钻进去。

太阳照晒七八天，土瓮子完全干了，周身呈灰白色。农人将门板插在瓮底下，用麻绳兜着门板，穿起草杠，两个人一前一后，小心翼翼地抬到了屋里。

大的土瓮子高约90厘米，瓮肚最大直径80厘米，可放100多斤粮食；小的土瓮子高约80厘米，瓮肚最大直径60厘米，可放80斤左右的粮食。每个农户家里有两到三个土瓮子，少数人家有四五个。农人视土瓮子为家具，有的放在堂屋，有的放在房间，靠墙而立。

土瓮子放得最多的是米。生产队每两三个月分一次口粮，也就是稻谷。每次分口粮，多的人家有200多斤，轧出的米放在大土瓮子里。我家分的口粮少，米就放在小土瓮子里。只吃了一个月，土瓮子里的米就快见底了。当母亲取米的半升子不经意掉到瓮底，发出“咚”的一声响时，我们就知道口粮吃完了，要跟邻居家借米了。

麦种也放在土瓮子里。麦种是为自留地留着的，不多，每年只留20多斤。还有收获的油菜籽、黄豆、蚕豆等，数量也不多，分别用布袋装着，一起放进土瓮子里。土瓮子成了储藏室。

山芋、胡萝卜是农家的辅助粮食，一顿吃不了，也放在土瓮子里，晚上再端出来吃。放在桌上，怕老鼠或猫子偷着吃。口粮紧缺，山芋、胡萝卜就是救命粮。

老鼠是一种聪明的动物，它们知道土瓮子里装着吃的。它们躲在墙壁处，悄悄地咬啃瓮壁，老旧的土瓮子终被它们咬出了一个洞；瓮盖子用久了也会缺角，老鼠趁机钻进土瓮子里。当农人伸手进去取米时，被乱窜的老鼠吓了一大跳。胆大的男人用旧衣服裹住手，伸进去捉拿。女人胆小，将扫帚放进去，为老鼠逃生架起“梯子”……农人找来熟泥，把瓮壁和盖子修理好。

粮食放在土瓮子里，时间长了会生蛀虫。农人将粮食取出来，摊放在太阳下暴晒。又点燃草把，放进土瓮子，盖上盖子熏，既灭杀了蛀虫，又烘干了内壁。

一团火苗从王家的厨房窜起，瞬间就上了正屋。屋顶是草盖的，又是三家连在一起，呼啸的西北风助阵似的，使得大火蔓延。惊恐的人们呼喊着“失火了，救火啊！”众人用水龙喷水，用面盆、椋子泼水。大火扑灭了，衣服、床被也烧掉了。三个人家揭开土瓮子的盖子，那刚刚轧下来准备过年的一土瓮子大米，竟然还是好好的。

一个土瓮子能用上十年八年。每年春节贴对联，我父亲都要在每个土瓮子的大肚上贴上一个红红的“丰”字，那是父亲对未来生活的期盼啊！

后记

为农具代言

宽阔的里下河平原，丰饶的鱼米之乡。这里，悠久的农耕历史蕴藏着丰富多彩的农事活动，也催生了风姿各异的传统农具。农人、农事和农具，孕育了里下河绚丽灿烂的农耕文化。

从小生长在农村，又长期在农村基层工作的我，手之所触，目之所及，农具无所不在。小时候，我们每天看到父母拿着农具下田干活，后来我们也用铲锹铲猪草、用叉子翻晒稻草、用草耙划树枝当柴烧。高中毕业回乡务农，农具又成了与我朝夕相处的伙伴，用大锹挖墒，用扁担挑泥，用钯子平田，用笆斗扛粮……躬体力行，我感受到了农具的力量和农耕的艰辛。尽管后来我调到乡镇机关，但我工作的环境仍在农村，工作的对象还是农民，还经常看到农人使用农具从事农耕，农具与我并未远离。耳濡目染，切身体验，农事和农具在我心里已经深深扎根。

农具如影随形，我一直想为它说话，为它干点什么。农事和农具，始终是我挥之不去的写作题材。

2013年，我陆续写出戽水瓢、扁担、笆斗等17种农具散文，《兴化日报》楚水副刊从12月20日开始，以“渐行渐远的农具”为专栏进行连载，每周刊登一篇。后因公务在身，也因为感觉所写农具的内容有些浅显，因而一度停笔。但全面收集里下河农具素材，专门写一本农具书籍的念头在我心中萌生，而且随着时间的推移，看到很多农具渐渐消失，这种念头越发强烈。

这之后，我更加留意农具。我曾做过一次统计，我所熟悉的农器具就有130多种；我曾多次到农户家里寻访农具，知道哪些农具已经难觅踪影，哪些还被保存着；我曾到多个民间人士创办的农具展览馆参观，感受到这些农具收藏爱好者对农具的深厚恋情；我注意收集传统农耕图片，发现农具实物和村民劳动的场面就拍照保存；我登门拜访兴化摄影家朱春雷、许才清、收藏家毛剑云三位老先生，以及兴化垛田文化站吴萍站长、本镇摄影师朱春桃等人，请他们提供农具和农事图片；我注意收集晓庄、邹文灿、单家容等多位摄影老师的摄影作品集，从中寻找反映里下河地区农耕活动的宝贵画面。至2023年，我的手机共拍摄和收集了2000多幅农具和农耕的图片。我还专程去北京中国农业博物馆传统农具展览馆和浙江河姆渡遗址参观，感受中国博大精深的农业文明和体现先民聪明才智的农具文化；我先后购买了《中国农具发展史》《中国传统农具古今图谱》《王祯农书》《天工开物》等20多本工具书翻阅研究，我为中国农具从简单到复杂的漫长历史演进，为从远古时代先民发明农具到近现代农具数不胜数而由衷惊叹和深深折服！

在我走进农户寻找农具过程中，我发现农人特别爱惜农具。有的人家将很多农具集中摆放于储藏室一角，有的人家将一件件农具悬挂于墙壁，或高空搭架搁放，这样通风透气，农具不易腐坏。每一件农具都干干净净，尽管一直不用，以后也不会再用，但农人始终舍不得拆除，或当废品卖掉。那是因为农人对农具有一种特殊的感情啊！

从2021年12月开始，传统农具成为我写作的重要内容。农具因农耕而产生，后又随着生产的分工细化而衍生分支。它们推陈出新，层出不穷，围绕农耕发展这一血脉而形成庞大的家族体系，所以我将本书定名为《农具家族》。

因为我对农具有所了解，也有资料上的积累，又因先前创作出版过散文集《里下河农事》，还有一种时不我待的紧迫感，所以我给自己设定的目标是每四天写出一种农具。截至2023年12月，我一共写出133篇散文计146种农器具（有的一文写两种农器具）。这期间，散文集《里下河农事》于2021年12月和2023年1月先后获得郑板桥文艺奖、泰州市政府文艺奖，《兴化日报》楚水副刊不定期刊登我的农具散文，学术刊物《历史文化研究》在“农耕印记”专栏推出我的《传统农具》文章。这些，对于一个基层业余写作者而言，都是巨大的鼓舞，更加坚定了我创作《农具家族》的信心。

本书收录的115篇文章，是从133篇文稿中挑选的，描写了130种农器具。这些农器具的共同点是，都与繁重的农业生产和沉重的家庭生活密切相关，它们浸染了农人的汗水，见证了农耕的艰难，是20世纪50至80年代里下河地区最具代表性的农器具。

很多农具是个多面手，不仅能干这种农活，也能干那种农活；不仅是生产用具，也是生活器具，从功能上不能具体细分，所以，书中目录只能大概分类。

从2013年开始写农具，到2023年《农具家族》一书完稿，其间整整相隔了十年。我觉得，有了这十年的日积月累和深思熟虑，今天的书稿应该更好。这也告诉我，在写作上，只要心里有目标，笔耕不停歇，终会有回报。北魏农学家贾思勰曾说："耕者，必有常心，不可有暴心，不可有急心，不可有慢心，不可有疑心。耕者，必有恒心。"种田人如此，写作者更要如此。

我特别要感谢鲁迅文学奖得主、泰州市文联主席、作协主席庞余亮老师！这么多年来，他一直关注我的写作，扶持我进步。2019年8月，他为我的散文集《里下河农事》写序；2020年12月，他亲临由兴化市文联、市文体广电和旅游局、市图书馆为我的散文集《里下河农事》举办的作品研讨会，并详细点评，对我今后的写作指点迷津。是他建议我到浙江河姆渡遗址参观，了解中国农耕历史文化。他还向我推荐其他作者有关农具和农事的文学作品。这次，他又从百忙之中为本书作序，给予勉励，让我倍感荣幸！

盛钰是我朋友的女儿，正在读研，品学兼优，多次获得学校表彰和奖励，绘画作品也在国外参与展览，并在大赛中获奖。她本科是美术学专业，研究生是艺术学专业，当我应邀其为本书绘制农具图库时，她欣然应许。在我提供实物图片和文字说明后，她利用课余时间抓紧绘制了所有农具图片。农具图片与文字相得益彰，使消失的农具得以再现，让广大读者对农具有了直观印象。在此，感谢盛钰同学！

毛九成是我们镇上初级中学的语文老师，教学特别忙。五年前，我请他为我的散文集《里下河农事》作校对，他利用夜晚和节假日时间，帮我逐字逐句审稿，修改的地方一一记在本子上，最后还当面跟我探讨，提出修改的原因，让我受益匪浅，印象深刻。这一次，我又请他为《农具家族》

书稿校对，占用了他很多宝贵的时间和精力。在此，感谢毛九成老师！

2022年9月6日上午，兴化文友徐兴旗给我发微信："知道你在写农具，现有一本《齐民要术——农具沿革研究》托朋友带给你阅读。"当时我十分感动。《农具家族》的完稿，有包括徐兴旗、王桂国、陆泉根、夏义阳等多位老师的关心和支持。在此，感谢你们！

写作过程中，座谈调查必不可少。每十天左右，我都要花半天或一天的时间去村里，召集部分老农座谈，了解农具的规格大小、结构形状、工作原理和使用季节。掌握了这些，写起来才顺手。每一次到村里，我总能带回三到四种农具素材，正好坐在家里写上十天半个月。兴化市西沈自然村村民王金寿、沈传保、王增山，向家自然村村民向玉黄、向红芝，垛田街道周严村村民周祝干、严桂祥、严恒月，还有我的老领导王德全，同事王许寿等，都成了我的"农具顾问"，他们毫无保留地向我介绍各种农器具。在此，感谢你们！

从2021年开始，《兴化日报》楚水副刊不定期刊发我的农具文章，《泰州日报》《稻河》文学杂志、《历史文化研究》学术刊物等也有选登，有的还被自媒体和微信朋友圈转发，使更多读者了解到尘封于岁月中的老农具。在此，感谢各位编辑老师的信任！

在本书排版印刷期间，得到了南京出版社杨传兵老师，南京凯德印刷有限公司厉海军先生、高淑芳老师和伟俊老师的大力支持，在此，向你们致以衷心的感谢！

书中有几张照片因年代久远，不太清晰，有的费尽周折也未能找到拍摄者，我将有关照片发至微信朋友圈和兴化摄影家协会会员群寻找，也未有结果，只能以"佚名"署名，在此向拍摄者致歉意。请拍摄者看到此书后与本人联系，我将付给稿酬，并在再版情况下补上拍摄者姓名。

农具是农业发展史的见证物，有很多故事。但农具不会说话，只会埋头苦干，就让这本书为它代言吧！

陈明干

2024年8月16日

作者寻访农具

作者寻访农具